魯迅

루쉰전집

7

루쉰전집 7권 거짓자유서 / 풍월이야기 / 꽃테문학

초판 1쇄 발행 _ 2010년 12월 10일
초판 2쇄 발행 _ 2018년 5월 25일
지은이 · 루쉰 | 옮긴이 · 루쉰전집번역위원회(이보경, 유세종)

펴낸이 · 유재건 | 펴낸곳 · (주)그린비출판사 | 신고번호 · 제2017-000094호
주소 · 서울시 마포구 와우산로 180, 4층 | 전화 · 702-2717 | 팩스 · 703-0272

ISBN 978-89-7682-226-0 978-89-7682-222-2(세트)
이 도서의 국립중앙도서관 출판시도서목록(CIP)은 서지정보유통지원시스템 홈페이지(http://seoji.
nl.go.kr/ecip)와 국가자료공동목록시스템(http://nl.go.kr/kolisnet)에서 이용하실 수 있습니
다.(CIP제어번호 : CIP2010004003)

1933년 5월 1일 노동절에 상하이에서 촬영한 사진.

『거짓자유서』(왼쪽)의 표지. 제목은 루쉰이 직접 썼다. 루쉰은 '도나캐나 언론'(不三不四言論)이라 비난받았던 잡문들을 엮은 이 책에 보란 듯이 "일명 '도나캐나 문집'"이라는 부제를 달았다. 『거짓자유서』가 판매금지 처분을 당하자 『도나캐나 문집』(오른쪽)으로 제목을 고쳐 출간했다. 표지 상단의 병음은 '거짓자유서'라는 뜻으로 당시 검열관들은 이를 이해하지 못하고 통과시켰다고 한다.

『풍월이야기』의 표지. 『거짓자유서』와 마찬가지로 표제는 루쉰의 친필이다.

『꽃테문학』의 표지. 꽃테(花邊)는 인쇄물 가장자리를 꾸미는 무늬나 그림을 뜻하는 것으로, 표지의 제목을 둘러싸고 있는 장식도 꽃테의 일종이다.

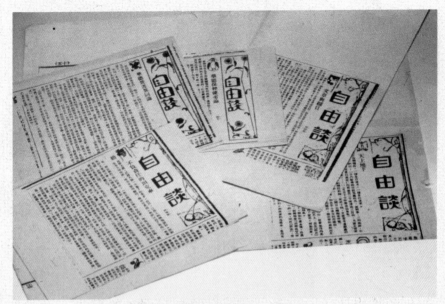

『선바오』의 부간 『자유담』. 1911년 만들어진 이래 원앙호접파 작품을 주로 싣다가 1932년 말부터 리례원이 편집을 맡은 후 루쉰, 마오둔, 바진 등의 글을 연재하면서 발행부수가 크게 늘었다.

루쉰이 스크랩해 놓은 신문 기사들. 오려 붙인 기사 옆에 간략히 메모를 해두었고, 잡문집을 펴낼 때 본문에 붙여 쓰기도 했다.

1933년 세계일주 중 중국을 방문한 버나드 쇼와 함께(왼쪽). 맨 오른쪽의 안경을 쓴 사람은 차이위안페이이다. 중국 내에서 쇼에 대한 관심이 커지자 루쉰은 양즈화, 취추바이, 쉬광핑과 함께 쇼에 관한 글들을 모아 『상하이에 온 버나드 쇼』(오른쪽)라는 평론집을 출간했다. 표지 하단에 야초서옥이라는 출판사명이 표기되어 있지만 이는 루쉰이 지어낸 것으로 실제로는 자비출판을 했다.

1933년 초여름 상하이에서 우치야마 간조와 함께(왼쪽). 이들은 1927년 알게 된 이래 서로 두터운 교분을 쌓았다. 루쉰은 그의 서점(우치야마서점. 오른쪽 사진)을 연락처로 삼았으며 간조는 루쉰이 수배 중일 때 그를 숨겨 주기도 했다.

우치야마 간조가 루쉰에게 선물한 우키요에(浮世繪). 18세기 후반의 천재화가 우타가와 도요하루(歌川豊春)의 작품이다. 루쉰은 1931년 목각강습회에서 학생들에게 우키요에 작품을 소개하기도 했다.

1931년 4월 20일 『전초』(오른쪽)의 편집을 마친 후 '좌련'(좌익작가연맹)의 성원이었던 펑쉐펑(馮雪峰) 가족과 루쉰 가족이 함께 찍은 기념 사진(왼쪽). 루쉰과 좌련의 지도부는 1931년 2월 좌련 소속 작가들이 총살당한 사실을 폭로하기 위해 비밀리에 『전초』(전사자 기념 특집호)를 창간했다. 표지의 제목 자리를 비워 두었다가 인쇄가 끝난 후 전부 루쉰이 집으로 가져가 자신이 새긴 목각 도장을 찍는 방식으로 책을 완성했다.

루쉰전집

7

거짓자유서　偽自由書
풍월이야기　准風月談
꽃테문학　花邊文學

루쉰전집번역위원회　옮김

ㅎB
그린비

| 일러두기 |

1 이 책은 중국에서 출판된 『魯迅全集』1981년판과 2005년판(이상 北京: 人民文学出版社) 등을 참조하여 번역한 한국어판 『루쉰전집』이다.

2 각 글 말미에 있는 주석은 기존의 국내외 연구성과를 두루 참조하여 옮긴이가 작성한 것이다.

3 단행본·전집·정기간행물·장편소설 등에는 겹낫표(『 』)를, 논문·기사·단편소설·영화·연극·공연·회화 등에는 낫표(「 」)를 사용했다.

4 외국의 인명이나 지명, 작품명은 〈국립국어원〉에서 펴낸 '외래어 표기법'에 근거해 표기했다. 단, 중국의 인명은 신해혁명(1911년) 때 생존 여부를 기준으로 현대인과 과거인으로 구분하여 현대인은 중국어음으로, 과거인은 한자음으로 표기했으며, 중국의 지명은 구분을 두지 않고 중국어음으로 표기하는 것을 원칙으로 했다.

5 루쉰전집 관련 참고사항을 그린비출판사 블로그(https://blog.naver.com/greenbee books) 내 '루쉰전집 아카이브'에 실어 두었다. 번역 관련 오류와 오탈자 수정사항 또한 이 아카이브를 통해 계속 업데이트할 예정이다.

『루쉰전집』을 발간하며

루쉰을 읽는다, 이 말에는 단순한 독서를 넘어서는 어떤 실존적 울림이 담겨 있다. 그래서 루쉰을 읽는다는 말은 루쉰에 직면直面한다는 말의 동의어가 되기도 한다. 그런데 루쉰에 직면한다는 말은 대체 어떤 입장과 태도를 일컫는 것일까?

2007년 어느 날, 불혹을 넘고 지천명을 넘은 십여 명의 연구자들이 이런 물음을 품고 모였다. 더러 루쉰을 팔기도 하고 더러 루쉰을 빙자하기도 하며 루쉰이라는 이름을 끝내 놓지 못하고 있던 이들이었다. 이 자리에서 누군가가 이런 말을 던졌다. 『루쉰전집』조차 우리말로 번역해 내지 못한다면 많이 부끄러울 것 같다고. 그 고백은 낮고 어두웠지만 깊고 뜨거운 공감을 얻었다. 그렇게 이 지난한 작업이 시작되었다.

혹자는 말한다. 왜 아직도 루쉰이냐고. 이에 대해 우리는 이렇게 대답할 수밖에 없다. 아직도 루쉰이라고. 그렇다면 왜 루쉰일까? 왜 루쉰이어야 할까?

루쉰은 이미 인류의 고전이다. 그 없이 중국의 5·4를 논할 수 없고 중국 현대혁명사와 문학사와 학술사를 논할 수 없다. 그는 사회주의혁명 30년 동안 누구도 건드릴 수 없는 성역으로 존재했으나 동시에 사회주의 이데올로기의 금구를 타파하는 데에 돌파구가 되었다. 그의 삶과 정신 역정은 그가 남긴 문집처럼 단순하지만은 않다. 근대이행기의 암흑과 민족적 절망은 그를 끊임없이 신新과 구舊의 갈등 속에 있게 했고, 동서 문명충돌의 격랑은 서양에 대한 지향과 배척의 사이에서 그를 배회하게 했다. 뿐만 아니라 1930년대 좌와 우의 극한적 대립은 만년의 루쉰에게 선택을 강요했으며 그는 자신의 현실적 선택과 이상 사이에서 끝없이 방황했다. 그는 평생 철저한 경계인으로 살았고 모순이 동거하는 '사이주체'間主體로 살았다. 고통과 긴장으로 점철되는 이런 입장과 태도를 그는 특유의 유연함으로 끝까지 견지하고 고수했다.

한 루쉰 연구자는 루쉰 정신을 '반항', '탐색', '희생'으로 요약했다. 루쉰의 반항은 도저한 회의懷疑와 부정否定의 정신에 기초했고, 그 탐색은 두려움 없는 모험정신과 지칠 줄 모르는 창조정신에서 비롯되었다. 또한 그의 희생정신은 사회의 약자에 대한 순수하고 여린 연민과 양심에서 가능했다.

이 모든 정신의 가장 깊은 바닥에는 세계와 삶을 통찰한 각자覺者의 지혜와 존재하는 모든 것들에 대한 허무 그리고 사랑이 있었다. 그에게 허무는 세상을 새롭게 읽는 힘의 원천이자 난세를 돌파해 갈 수 있는 동력이었다. 그래서 그는 굽힐 줄 모르는 '강골'强骨로, '필사적으로 싸우며'(쟁자爭扎) 살아갈 수 있었다. 그랬기에 '철로 된 출구 없는 방'에서 외칠 수 있었고 사면에서 다가오는 절망과 '무물의 진'無物之陣에 반항할 수 있었다. 그는 자신을 둘러싼 모든 것과 대결했다. 이러한 '필사적인 싸움'의 근저에는 생명과 평등을 향한 인본주의적 신념과 평민의식이 자리하고 있다. 이것이 혁명인으로서 루쉰의 삶이다.

우리에게 몇 가지 『루쉰선집』은 있었지만 제대로 된 『루쉰전집』 번역본은 없었다. 만시지탄의 감이 없지 않지만 이제 루쉰의 모든 글을 우리말로 빚어 세상에 내놓는다. 게으르고 더딘 걸음이었지만 이것이 그간의 직무유기에 대한 우리 나름의 답변이 될 수 있기를 희망해 본다.

번역저본은 중국 런민문학출판사에서 출판된 1981년판 『루쉰전집』과 2005년판 『루쉰전집』 등을 참조했고, 주석은 지금까지의 국내외 연구성과를 두루 참조하여 번역자가 책임해설했다. 전집 원본의 각 문집별로 번역자를 결정했고 문집별 역자가 책임번역을 했다. 이 과정에서 몇 년 동안 매월 한 차례 모여 번역의 난제에 대해 토론을 벌였고 상대방의 문체에 대한 비판과 조율의 과정을 거쳤다. 그러므로 원칙상으로는 문집별 역자의 책임번역이지만 내용상으론 모든 위원들의 의견이 문집마다 스며들어 있다.

루쉰 정신의 결기와 날카로운 풍자, 여유로운 해학과 웃음, 섬세한 미학적 성취를 최대한 충실히 옮기기 위해 노력했지만 많이 부족하리라 생각한다. 독자 제현의 비판과 질정으로 더 나은 번역본을 기대한다. 작업에 임하는 순간순간 우리 역자들 모두 루쉰의 빛과 어둠 속에서 절망하고 행복했다.

2010년 11월 1일
한국 루쉰전집번역위원회

•풍월이야기(准風月談)

1933년

거짓자유서 僞自由書

『거짓자유서』(僞自由書)는 루쉰이 1933년 1월에서 5월 사이에 쓴 잡문 43편을 수록하고 있다. 1933년 10월 상하이 베이신서국(北新書局)에서 '칭광서국'(靑光書局)이라는 이름으로 출판했다. 루쉰은 표지디자인을 하면서 '거짓자유서'의 왼쪽 편에 친필로 '일명 『도나캐나 문집』'(一名 『不三不四集』)이라고 썼다. 이듬해 2월 당국에 의해 금지되고 루쉰 생전에 초판으로 그쳤다. 1936년 11월 상하이 롄화서국(聯華書局)에서 『도나캐나 문집』이라는 이름으로 출판했다.

서문[1]

이 얇은 책에 담긴 글은 올 1월 말부터 5월 중순까지 『선바오』[2]의 『자유
담』에 투고한 잡감들이다.

상하이上海에 온 뒤로 신문은 줄곧 보기만 하고 투고하지는 않았고 투
고할 생각도 없었다. 뿐더러 신문 문예란도 주의한 적이 없어서 『선바오』
에 언제부터 『자유담』이란 칼럼이 생겼는지, 『자유담』에 어떤 글이 실리
는지도 몰랐다. 작년 연말이었나 보다. 우연찮게 위다푸[3] 선생을 만났는
데, 『자유담』의 편집인이 리례원[4] 선생으로 바뀌었다는 소식을 들려주었
다. 그런데 그는 막 프랑스에서 귀국한 터라 사람도 땅도 낯설어 당분간
원고를 못 모을 것이라고 하며 나더러 몇 차례 투고하라고 권했다. 나는
건성건성 대답했다. "그것도 좋지요."

다푸 선생의 부탁에 대해 나는 늘 "건성건성 대답하며, '그것도 좋지
요.'"라고 했다. 내놓고 말하자면 나는 지금까지 창조사[5] 사람들을 꽤나
피해 다녔다. 물론 여태까지 나를 특별히 공격해서라거나 심지어는 인신
공격을 해서만은 아니고, 대개는 그들의 '창조'연하는 얼굴 때문이었다.

훗날 그들 중 누구는 은사隱士가 되고 누구는 부호가 되고 누구는 실천적 혁명가가 되고 누구는 간첩이 되기도 했지만, '창조'라는 대독[6] 아래 있던 시절에는 땀, 재채기조차도 모두 '창조'인 양 너무 거들먹거렸다. 내가 다푸 선생을 처음 봤을 때는 얼굴에 그런 창조티가 나지 않았으므로 만나면 허물없이 이야기를 나누었다. 문학에 관한 의견은 일치할 리 없었을 터이나 나눈 이야기들도 대충 하잘것없는 말들이었다. 여하튼 이렇게 해서 잘 아는 사이가 되었다. 내가 이따금 그에게 글을 부탁하면 어김없이 보내 주었다. 그러므로 그가 나더러 뭐 좀 써 보기를 바라면 나도 당연히 좋겠다고 건성건성이라도 응대해야만 했던 것이다. 그런데 대답하되 '건성건성' 했으므로 나는 이미 충분히 실미적지근했던 것이다.

그때부터 『자유담』을 보기 시작했으나 여전히 투고는 하지 않았다. 얼마 후 『자유담』의 편집인이 사무에 치여 부인의 해산에도 병원 갈 틈을 내지 못해 아내가 홀로 죽어 갔다는 소문을 들었다. 며칠 지나 우연히 『자유담』에서 글 한 편[7]을 보았다. 낳아 준 모친이 있다는 것을 알 수 있도록 날마다 갓난이에게 사진을 보여 준다는 내용이었다. 나는 리례원 선생의 작품임을 금방 알아차리고 펜을 들어 거기에 반대하는 글을 쓰려고 했다. 나는 지금껏 자애로운 모친이 있다면 어쩌면 행복할 수도 있겠지만 나면서부터 모친이 없다고 해서 오롯이 불행해지는 것은 아니라고 생각하고 있었기 때문이다. 더 용감하고 더 시름없는 사내로 자랄 수도 있기 때문이다. 그러나 끝내 이 글은 못 쓰고 다른 글을 써서 『자유담』에 투고했다. 이것이 바로 이 책 맨 처음에 실은 「사실 숭상」[8]이다. 또한 예전 필명을 사용 못하는 경우도 있었기 때문에 '허자간'何家幹으로 고쳐 썼고 가끔 '간'幹이나 '딩멍'丁萌이라고 쓰기도 했다.

이 단평들은 개인적인 느낌에서 비롯된 것도 있고 시사로 인한 자극에서 나온 것도 있다. 그런데 견해도 아주 평범하고 말도 종종 난삽하다. 『자유담』이 동인들의 잡지도 아니고 '자유'도 물론 아이러니에 불과함을 알고 있었으므로 나는 결코 여기에서 활약하고 싶은 마음은 없다. 내가 투고한 까닭은 하나는 벗과의 우정을 위해서이고 다른 하나는 적막한 이들을 위하여 소리치기 위해서이며 나의 굳어진 성질 탓이기도 하다. 그런데 시사를 논할 때 체면을 봐주지 않고, 적폐를 지적할 때는 늘 유형類型을 사용하는 것이 나의 단점이다. 후자는 더욱이나 시의에 부합하지 않는다. 대개 유형을 들어 쓰는 방식의 폐단은 병리학적 그림과 같다. 부스럼과 종기 그림은 모든 부스럼과 종기의 표본이어서 갑甲의 부스럼과 닮았기도 하고 을乙의 종기와 비슷하기도 하다. 그런데 잘 살펴보지도 않고 갑은 자신의 부스럼을 그려 터무니없이 모욕한다고 여기고, 그림 그린 이를 기필코 사지로 몰아넣고자 한다. 예컨대 예전에 내가 쓴 발바리론은 애당초 실체를 지목하지 않은 일반론이었다. 그런데 스스로 발바리 성질이 있다고 생각하는 사람들이 제 발로 와서 인정했다. 사지로 모는 방법도 글의 시비를 따지는 게 아니라 우선 필자가 누구인지부터 묻는다. 다시 말하면 다른 것은 제쳐 두고 다만 필자에게 인신공격을 가하려는 것이다. 물론 그들 전부가 울분에 떠는 환자는 아니었고 의분을 느낀 협객도 있었다. 요컨대 이런 전술은 천위안[9] 교수가 "루쉰은 바로 교육부 첨사僉事 저우수런周樹人이다"라고 한 것이 발단이 되었다. 그 일로부터 10년이 지났으므로 사람들은 일찌감치 잊어버렸다. 이번에는 왕핑링[10] 선생이 앞서서 고발하고 저우무자이[11] 선생이 뒤에서 폭로하였다. 이들은 모두 작가에 관한 글을 쓰거나 심지어 좌익문학가를 연루시키기도 했다. 이 밖에도 내가 본 글은 여러 편 더 있다. 상하이의 이른바 문학가들의 필전이란 게 어떤 모양새고 나의 단평과 무슨 관계가 있는지 살펴볼 수 있도록 모두 본문 뒤에 덧붙여 놓았다. 또 다른 몇 편은 나의 감상을 촉발시킨 글이므로 특별히 독자들의 참고를 위하여 함께 남겨 두었다.

나는 매달 평균 여덟, 아홉 편을 투고했다. 그런데 5월 초에 뜻하지 않게 잇달아 발표를 할 수 없었다. 생각건대, 당시에는 시사 논의가 불허되었음에도 불구하고 나의 글이 시사를 언급하고 있었기 때문일 성싶다. 금지한 사람이 관방 검열관인지 신문사 총편집인지 나는 모르겠고 알 필요도 없다. 지금 게재 금지된 글까지 모두 이 책에 수록했다. 사실 내가 지적한 것들은 이제 모두 이미 사실로 증명되었다. 내가 당시에 며칠 미리 말한 것일 따름이다. 이것을 서문으로 삼는다.

1933년 7월 19일 밤, 상하이 처소에서, 루쉰이 쓰다

주)_____

1) 원제는 「前記」.

2) 『선바오』(申報)는 중국에서 최초로 출판된 일보(日報)이다. 1872년 4월 30일(동치同治 11년 3월 23일) 영국 상인이 상하이에서 만들었다. 1909년 매판 시위푸(席裕福)가 사들였고 1912년에 스량차이(史量才)가 넘겨 받아 이듬해부터 운영했다. 9·18사변(만주사변) 이후 민중의 항일 요구를 반영한 기사를 실었다. 1934년 11월 스량차이가 국민당에 의해 암살되자 논조가 보수적으로 변화했다. 1949년 5월 26일 상하이가 해방되면서 정간되었다. 『자유담』(自由談)은 『선바오』의 부간(副刊) 중 하나이다. 1911년 8월 24일에 만들었으며 원래는 원앙호접파(鴛鴦蝴蝶派) 작품을 위주로 실었다. 1932년 12월부터 진보적인 작가가 쓴 잡문과 단평을 게재하기 시작했다.

3) 위다푸(郁達夫, 1896~1945)는 저장(浙江) 푸양(富陽) 사람으로 작가이며 창조사(創造社)의 주요 성원이었다. 1928년 루쉰과 함께 『분류』(奔流) 월간을 편집했다. 저서에는 단편소설집 『침륜』(浸淪), 중편소설 『그녀는 약한 여자』(她是一個弱女子), 여행산문집 『나막신 흔적 곳곳에』(屐痕處處) 등이 있다.

4) 리례원(黎烈文, 1904~1972). 후난(湖南) 샹탄(湘潭) 사람이며 번역가이다. 1932년 12월부터 『자유담』 편집을 맡았고, 1934년 5월 사직했다.

5) '창조사'는 1921년 6월 일본 도쿄에서 만들어진 문학사단. 동인으로는 궈모뤄(郭沫若), 위다푸, 청팡우(成仿吾), 장쯔핑(張資平) 등이 있다. 주요 활동은 상하이에서 했다. 초기에는 낭만주의, 반제국주의, 반봉건적 경향을 보였다. 제1차 국내혁명전쟁(북벌) 시기 궈모뤄, 청팡우 등은 잇달아 혁명에 뛰어들었다. 1927년 프롤레타리아 문학운동을 주장했으며, 이와 동시에 일본에서 귀국한 펑나이차오(馮乃超), 펑캉(彭康), 리추리(李初梨) 등이 동인으로 가입했다. 1928년에는 프롤레타리아 문학을 주장한 또 다른 문학단체인 태양사(太陽社)와 함께 루쉰을 비판하면서 루쉰과 혁명문학 문제에 관한 논쟁을 벌였다. 1929년 2월 국민당 당국에 의해 폐간되었다. 『창조』(創造, 계간), 『창조주보』(創造週報), 『창조일』(創造日), 『홍수』(洪水), 『창조월간』(創造月刊), 『문화비판』(文化批判) 등의 간행물과 '창조사 총서'(創造社叢書), '사회과학 총서'(社會科學叢書) 등을 출판했다.

6) 대독(大纛). 군영에서 쓰는 큰 깃발을 뜻한다.

7) 리례원의 「다른 세계에 있는 사람에게 쓰다」(寫給一個在另一世界的人)를 가리킨다. 죽은 아내에 대한 그리움을 표현한 글로서 1933년 1월 25일 『자유담』에 발표하고, 그의 산문집 『숭고한 모성』(崇高的母性)에 수록했다.

8) 루쉰이 『자유담』에 처음으로 실은 글은 「'도망'의 합리화」("逃"的合理化)이며, 이후 『거짓자유서』를 출간할 때 「도망에 대한 변호」(逃的辯護)로 제목을 고쳐 수록했다.

9) 천위안(陳源, 1896~1970). 자는 퉁보(通伯), 장쑤(江蘇) 우시(武錫) 사람. 현대평론파 동인으로서 필명은 시잉(西瀅)이며, 베이징(北京)대학, 우한(武漢)대학 교수를 역임했다. "루쉰은 바로 교육부 첨사 저우수런(周樹人)이다"라는 말은 천위안이 1926년 1월 30일 『천바오 부간』(晨報副刊)에 발표한 「즈모에게」(致志摩)에 나오는 말이다.

10) 왕핑링(王平陵, 1898~1964). 장쑤 리양(溧陽) 사람. 『시사신보』(時事新報), 국민당의 기관지 『중앙일보』(中央日報) 부간의 주편을 맡아 이른바 '민족주의 문학'을 제창했다. 여기서 말한 '고발'은 이 문집의 「두 가지 불통」(不通兩種)에 수록된 「'가장 잘 통하는' 문예」('最通的'文藝)에 보인다.

11) 저우무자이(周木齋, 1910~1941). 장쑤 우진(武進) 사람. 당시 상하이에서 편집과 글쓰기에 종사했다. 여기서 말하는 '폭로'는 이 책의 「문인무문」(文人無文)에 수록된 「제4종인」(第四種人)에 보인다.

싸움 구경[1]

우리 중국인은 늘 평화를 사랑한다고 하기를 좋아한다. 그런데 실은 싸움을 사랑한다. 다른 생물들의 싸움 구경을 좋아하고 자신들 사이의 싸움도 구경하기 좋아한다.

가장 일반적인 것은 닭싸움과 귀뚜라미싸움이고, 남방에는 황두조싸움과 화미조싸움[2]이 있고 북방에는 메추라기싸움이 있다. 일군의 한가한 사람들은 멍하니 둘러서 보거나 또 이를 틈타 도박을 한다. 옛날에는 물고기싸움도 있었고 요즘에는 마술사가 벼룩싸움을 붙이기도 한다. 올해 나온 『동방잡지』[3]를 보고 진화金華에는 소싸움이 있음을 알게 되었다. 그런데 스페인과는 다른 모양이었다. 스페인에서는 사람과 소가 싸우지만 우리는 소끼리 싸움을 붙인다.

그것들끼리 싸움 붙여 놓고 자신은 안 싸우고 바라보기만 한다.

군벌은 자신의 싸움에만 신경 쓰고, 인민은 속사정을 모르고 바라보기만 한다.

그런데 군벌도 자신이 몸소 싸우는 것이 아니라 병사들끼리 싸우게 하므로 해마다 격전이 벌어져도 우두머리는 하나하나 끝내 무탈하다. 어느새 오해가 풀리고 어느새 술 마시며 환담을 나누고 어느새 함께 침략에 저항하고 어느새 보국報國을 맹세하고 어느새……. 물론 말할 필요도 없이 어느새 불가피하게 싸움을 시작하기도 한다.

그런데 인민들은 그들의 놀음에 모두 맡겨 놓고 바라보기만 한다.

그러나 우리의 투사가 외적에 대하여 취하는 태도는 다만 두 가지뿐이다. 가까이 있으면 '무저항'이고, 멀리 있으면 "쇠뇌를 짊어지고 선구가 된다"[4]라고 운운하는 것이다.

'무저항'은 문면으로도 의미를 확실하게 드러낸다. "쇠뇌를 짊어지고 선구가 된다"라는 말은 어떠한가? 쇠뇌틀의 규격은 오래전에 실전失傳되었으므로 모름지기 고고학자의 연구를 통해 제작이 된 연후에야 비로소 짊어질 수도 있고 선구가 될 수도 있다.

아무래도 국산의 군인과 구매한 무기는 뒤에 남겨 두고 인민들 스스로가 싸울 모양이다. 중국에는 인구가 아주 많으므로 여하튼 간에 한동안은 살아남아 구경하는 사람이 있을 것이다. 그런데 물론 이렇게 하려면 외적에 대하여 반드시 '평화를 사랑하'[5]는 태도를 취하지 않으면 안 된다.

1월 24일

주)_____

1) 원제는 「觀鬪」, 1933년 1월 31일 상하이 『선바오』의 『자유담』에 발표했다. 필명은 허자간(何家幹).

2) 황두조(黃頭鳥)는 '붉은머리오목눈이', 화미조(畵尾鳥)는 '흰눈썹웃음지빠귀'를 가리킨다.

3) 『동방잡지』(東方雜誌)는 시사와 문예를 모두 다루는 종합적 성격의 간행물. 1904년 3월 상하이에서 창간, 1948년 12월 정간. 상우인서관(商務印書館)에서 출판했다. 1933년 1월 16일 제30권 제2호에 「중국의 투우」(中國之鬪牛)라는 제목으로 저장 우저우(婺州 ; 지금의 진화金華)의 황소싸움 사진 몇 장이 실렸다.

4) 원문은 '負弩前驅'. 『일주서』(逸州書)에 "무왕(武王)이 주(紂)를 정벌하자 산의생(散宜生), 굉요(閎夭)가 쇠뇌를 짊어지고 선구가 되었다"라는 말이 나온다. 당시 국민당 정부는 일본의 침략에 대하여 무저항 정책을 쓰고 있었기 때문에 일본군이 공격하면 중국 수비군의 대부분은 명령을 받고 후퇴했다. 예를 들면, 1933년 1월 3일 일본군이 산하이관(山海關)을 공격하자 그곳 주둔군은 네 시간 만에 요새를 포기하고 후퇴했다. 반면 전선에서 멀리 떨어진 곳에 있던 크고 작은 군벌들은 '항일'을 외쳤다. 산하이관이 함락된 후 쓰촨(四川)에서 군벌 간의 혼전과 '비적 토벌'이라는 반공전투에 참가한 톈숭야오(田頌堯)는 1월 20일 "나라를 위해 목숨을 바칠 준비를 하고, 중앙의 명령을 받으면 바로 쇠뇌를 짊어지고 선구가 된다"라는 통전을 쳤다.

5) 당시 국민당 당국은 '평화를 사랑하자'는 말로 무저항 정책을 은폐했다. 예컨대 1931년 9월 18일 만주사변 이후에 장제스(蔣介石)는 9월 22일 난징시 국민당 당원대회에서 "이런 때일수록 반드시 상하가 단결해야 한다. 먼저 공리로 강권에 대항하고 평화로 야만에 대항해야 한다. 고통을 참고 분을 삼키며 우선은 외압을 참고 버티는 태도로 세계의 공리적 판단을 기다려야 한다"라고 연설했다.

도망에 대한 변호[1]

옛날에는 여자 노릇이 아주 운수 사나운 일이었다. 일거수일투족이 잘못으로 이래도 욕먹고 저래도 욕먹었다. 이제는 사나운 운수가 학생의 머리 위로 떨어져서 들어가도 욕을 얻어먹고 나가도 욕을 얻어먹는다.

우리는 아직도 재작년 겨울부터 학생들이 어떤 소동을 피웠는지 기억하고 있다. 남쪽으로 오려는 학생도 있었고 북쪽으로 가려는 학생도 있었다. 학생들이 남북을 오가는데 차를 운행하지 않았다. 수도에 와서 머리 조아리고 청원했지만 예기치 않게 '반동파들에 의해 이용되'고 수많은 머리가 공교롭게도 총검과 총부리에 '깨지'고, 어떤 학생들은 종국에는 '본인이 실족하여 물에 빠져' 죽기도 했다.[2]

검시 보고서에는 "몸에 다섯 가지 색이 있다"라고 했다. 나는 도대체가 무슨 말인지 모르겠다.

누가 한마디라도 묻고, 누가 한마디라도 항의했던가? 일부는 학생들을 비웃고 욕하기도 했다.

그러고도 제적시키고자 하고, 그러고도 가장에게 알리려 하고, 그러고도 연구실로 돌아가라고 권고했다. 일 년 사이에 좋아지고 마침내 진정된 셈이다. 그런데 별안간 위관[3]이 함락되었다. 상하이는 위관에서 멀지만, 베이핑은 연구실도 위험할 정도로 상황이 좋지 않았다. 상하이에 사는 사람이라면 작년 2월 지난대학, 라오둥대학, 퉁지대학…… 등의 연구실에서 편히 앉아 있을 수나 있었는지를 반드시 기억하고 있을 것이다.[4]

베이핑의 대학생들은 알고 있었을 뿐만 아니라 기억하고 있었다. 이번에는 더 이상 총검과 총부리에 머리가 '깨지'지 않고 '본인이 실족해서 물에 빠지'지도 않고 '몸에 다섯 가지 색'을 만들고 싶지 않았기 때문에 새로운 방법을 고안해 냈다. 그것은 바로 모두들 흩어져 각자 귀향하는 것이었다.

이것이야말로 요 몇 년 동안의 교육이 이룩해 낸 성과이다.

그런데 또 누군가가 욕을 퍼부었다.[5] 보이스카우트[6]는 열사들의 만장에다 그들이 "남긴 역겨운 냄새는 만년 동안 계속될 것이다"[7]라고 쓰기도 했다.

그런데 우리 한번 생각이나 해보자. 언어역사연구소에 있던 생명이 없는 골동품도 모두 옮겨 가지 않았더냐? 학생들이 모두 저마다 스스로 마련한 비행기를 소유하고 있는 것도 아니지 않은가? 자국의 총검과 총부리에 어리벙벙할 정도로 '깨져'도 연구실로 숨어들어 가 있어야 한다면, 결코 어리벙벙하지 않은 사람이라면 외국 비행기와 대포 때문에 연구실 밖으로 달아나지는 않았어야 하지 않겠는가?

아미타불!

1월 24일

1) 원제는 「逃的辯護」, 1933년 1월 30일 『선바오』의 『자유담』에 발표했다. 원래 제목은 「'도망'의 합리화」(逃的合理化)였다. 필명은 허자간.

2) 학생들이 난징에서 청원한 사건을 가리킨다. 만주사변 후 전국의 학생들은 장제스의 무저항 정책에 항의했다. 12월 초 각지의 학생들이 난징으로 달려와 청원운동을 하자 국민당 정부는 12월 5일 전국에 청원 금지 명령을 내렸다. 17일에는 군경을 출동시켜 난징에서 청원시위를 하고 있는 각지의 학생들을 체포하고 살해했다. 학생들은 자상을 입고 강에 버려지기도 했다. 국민당 당국은 진상을 은폐하고 학생들이 "반동분자들에게 이용당했다", 피해 학생은 "실족하여 물에 빠졌다"라고 했다. 또한 검시 보고 자리에서는 피해자의 "다리에는 청색, 자색, 흰색, 검은색 등 네 가지 색이 있으며 상반신에는 흰색, 검은색 두 가지 색이 있다"라고 했다.

3) '위관'(楡關)은 '산하이관'(山海關)을 가리킨다. 1933년 1월 3일 일본군에 의해 함락되었다.

4) 1932년 1월 28일 일본군이 상하이를 공격하자 지난(暨南)대학, 라오둥(勞動)대학, 퉁지(同濟)대학 등의 학교 건물은 포화에 의해 훼손되었고, 일본군이 점령하자 학생들이 각지로 흩어졌다.

5) 산하이관이 함락되고 베이핑이 위급해지자 대학생, 중학생들은 시험 연기, 조기 방학, 휴가를 요청하였다. 당시 자칭 '혈혼간흉제거단'(血魂除奸團)은 학생들이 "삶을 탐하고 죽음을 두려워한다", "수치를 모르고 나약하다"라며 비난했다. 저우무자이(周木齋)는 『파도소리』(濤聲) 제2권 제4기(1933년 1월 21일)에 발표한 「남 욕하기와 자기 욕하기」(罵人與自罵)에서 학생들은 "적이 도착하지도 않았는데 풍문을 듣고 멀리 숨었다", "나라를 구하러 가지는 못할지언정 최소한, 최소한 도망을 가지는 말아야 한다"라고 했다.

6) 원문은 '童子軍'. 1908년 영국에서 처음 만들어진 단체로 청년과 아동들의 군사훈련과 공익활동을 목적으로 만들어진 조직으로 이후 세계 각지에서 만들어졌다. 중국의 보이스카우트는 1912년에 우창(武昌) 문화서원(文華書院)에서 창립된 후 전국으로 퍼져 나갔다. 난징 국민정부 시기 전국적인 조직으로 발전하여 '중국 보이스카우트'(中國童子軍)라고 이름을 붙였다. 총부는 국민당 중앙 집행위원회 소속이었다.

7) 원문은 '遺臭萬年'. 1933년 1월 22일, 국민당 당국은 자신들이 산하이관 등의 요충지를 포기했다는 사실을 숨기기 위해 베이핑 중산(中山)공원에 있는 중산당(中山堂)에서 전사자 추도대회를 거행했다. 추도회에서는 국민당이 조종한 보이스카우트 조직이 보낸 만장이 있었다. 만장에는 "장군과 병사들은 총탄을 맞으며 적들을 살해했으므로 공적이 천고에 남는다. 학생들은 시험을 거부하고 몰래 도망쳤으므로 역겨운 냄새는 만년 동안 계속될 것이다"라고 씌어 있었다.

사실 숭상[1]

사실은 늘 문면만큼 그렇게 아름답지 않다.

예컨대 『자유담』은 실은 자유롭지 않음에도 불구하고 지금 『자유담』이라고 부르고 있으므로 간신히 우리는 이런 자유로운 모습으로 이 지면에서 말하고 있다.

또 달리 이번 베이핑의 고대유물 이동[2]과 대학생의 피난 금지[3] 사건을 예로 들어 보면, 명령을 내린 것도 일리가 있고 비판을 하는 것도 일리가 있다. 그러나 이것은 모두 문면에 불과하지 결코 고갱이는 아니다.

만약 고대유물이 아주 오래되었고 유일무이하기 때문에 서둘러 옮겨야 하는 보배라고 말한다고 치자. 그러면 이는 진정 말이 된다. 그런데 우리의 베이핑이 두 군데 있는 것도 아니고, 베이핑은 모든 현존하는 고대유물보다 더 오래되었다. 우임금이 벌레[4]이던 시절은 차치하고서라도 상주商周시대에도 베이핑은 확실히 존재했다. 그런데 도리어 왜 그곳은 방치하고 고대유물만 옮겨 간 것이란 말인가? 솔직하게 한마디 하자. 그것은 결코 고대유물이 '오래'된 것이어서가 아니라 베이핑이 함락된 이후에도 휴대가 가능했고 언제라도 동전으로 바꿀 수 있었기 때문이다.

대학생은 '중견인'이기는 하나 시장 가격이 형성되어 있지는 않다. 구미 시장에서 한 명당 500달러를 받을 수 있다면 기필코 상자에 담아 전용차로 고대유물과 함께 베이핑을 빠져나오게 하여 조계지의 외국은행 대여금고에 숨겨 두었을 것이다.

그런데 대학생은 널려 있고 새것이다. 애석하도다!

쓸데없는 말은 줄이는 게 좋다. 그저 최호[5]의 시 「황학루」를 박제하는 것으로 그들을 조문하고자 한다. 왈,

부호는 벌써 문화 타고 가 버리고, 이곳은 휑뎅그렁 문화성[6]만 남았구나
문화는 한번 가더니 돌아오지 않아, 고성古城은 천년 동안 쓸쓸하도다
전용차 부대는 첸먼前門역에 있고, 사나운 운수는 대학생을 둘러싸고
해거름녘 위관楡館 어디메서 저항하나, 연무가 이는 곳에 놀라는 이 하나 없다

1월 31일

주)＿＿＿＿＿

1) 원제는 「崇實」, 1933년 2월 6일 『선바오』의 『자유담』에 발표했다. 필명은 허자간.
2) 1933년 1월 3일 일본이 산하이관을 침략하자 국민당 중앙상무회의는 1월 17일 베이핑의 고궁박물관, 역사언어연구소 등이 소장하고 있던 고대유물을 난징과 상하이로 분산 이동시켰다.
3) 1933년 1월 28일 국민당 정부 교육부는 베이핑의 각 대학에 다음과 같은 통전을 보냈

다. "각 신문 보도에 따르면, 산하이관이 위급해지자 베이핑에 있는 대학들은 시험을 치지 않거나 조기방학 등을 시행한다고 한다. …… 대학생은 국민 가운데서도 중견인 인데, 어찌 경거망동 소란을 피우고 교칙을 어기는가. 학교 당국이 지금까지 보고를 하지 않은 것은 방임에 가까우며 이것 역시 옳은 일이 아니다."

4) 구제강(顧詰剛)이 1923년에 주장한 것이다. 그는 우(禹)에 대해 고증하면서 『설문해자』 (說文解字)에서 '우'를 '충'(蟲)이라고 한 것을 근거로 우는 '도마뱀류'의 '벌레'라고 주장했다. 『고사변』(古史辨) 제1책.

5) 최호(崔顥, ?~754)는 볜저우(汴州 ; 지금의 허난河南 카이펑開封) 사람으로 당대의 시인이다. 「황학루」(黃鶴樓)의 원문은 다음과 같다. "옛사람은 황학을 타고 가 버리고, 이곳은 휑한 황학루만 남았네. 황학은 한번 가더니 돌아올 줄 모르고, 흰 구름은 천년 세월 두둥실 떠 있네. 맑은 냇물에는 한양수 또렷하고, 향기로운 풀은 앵무주에 무성하네. 날 저무는데 고향은 어디인지, 강물 위의 노을은 근심을 자아내네."

6) 1932년 10월 초 베이핑 문화계 인사 장한(江瀚), 류푸(劉復) 등 30여 명은 일본군이 관내를 압박해 오고 화베이(華北)가 위급해지자 국민당 정부에 의견서를 제출했다. 베이핑에는 "국가의 명맥과 국민의 정신이 기탁되어 있는 문화적 물품"이 보관되어 있고 "각종 학문에 종사하는 전문가들이 대부분 베이핑에 모여 있다"는 것을 이유로 들며 "베이핑을 문화성(文化城)으로 지정하"고 "베이핑의 군사시설을 소개하"여 베이핑이 일본군의 포화를 피할 수 있도록 조치할 것을 건의했다. 이 의견서는 10월 6일 『세계일보』의 증간에 실렸다.

전기의 장단점[1]

일본에서는 막부시대[2]에 기독교도들을 대학살했다. 무시무시한 형벌로 다스렸으나 발표를 금지했기 때문에 세간에 아는 사람이 없었다. 그런데 최근 몇 년 동안 당시의 문헌이 적지 않게 출판되었다. 예전에 『기리시탄 순교기』[3]를 읽은 적이 있는데, 그중에는 교도에게 가한 고문의 정황들이 기록되어 있었다. 온천가로 끌고 가서 뜨거운 물을 교도의 몸에 뿌리거나, 교도 주위에 불을 피워 천천히 굽기도 했다. 이것은 원래 '화형'에 해당하지만 책임자가 불을 멀리 둠으로써 학살에 의한 사형으로 바꾼 것이다.

중국에는 훨씬 잔혹한 형벌이 있다. 당나라 사람들의 설부說部에는 한 현관縣官이 범인을 고문하면서 죄수의 사방에 약한 불을 오래 피워 죄수가 갈증을 느끼면 간장과 식초를 마시게 했다는 기록이 있다.[4] 이것은 일본에 비해 진일보한 방법이다. 요즘은 관청에서 혐의자를 고문할 때 고추 달인 즙을 콧구멍 속에 집어넣기도 한다. 이는 당나라 때부터 전해진 방법인 듯한데, 고금의 영웅이 경험한 바는 거의 비슷한 것 같다. 일찍이 반성원에 갇힌 청년의 편지를 본 적이 있다. 전에 이 형벌을 받고 참을 수 없을 만치 고통스러웠으며 고추즙이 폐, 장, 심장으로 흘러들어가 치유불능의 증상이 나타나서 석방되더라도 죽음을 면치 못할 것이라고 운운했다. 이 사람은 육군 생도이고, 내장의 구조를 잘 모르고 있었다. 사실 거꾸로 매달아 코에다 들이부으면 기관지를 통해 폐로 흘러들어가 죽음을 초래하는 병에 걸릴 수는 있어도 심장으로 들어가지는 않는다. 어쩌면 당시에 당한 고초로 말미암아 판단이 흐려져 심장으로 들어갔다고 의심한 것 같다.

그런데 최근 이른바 문명인이 만들어 낸 형구는 잔혹하기가 이런 방법의 수억 배를 넘어선다. 상하이에는 전기형벌이 있다. 한 번 받으면 온몸이 찢어질 듯 고통스럽고 혼절하고, 잠깐 다시 정신이 들면 또 형벌을 받는다. 예전에 일고여덟 차례 전기형벌을 받은 사람이 다행히 죽음은 면했으나 그로부터 이빨이 모두 흔들리고 신경도 둔해져서 몸을 회복하지 못했다는 이야기를 들었다. 재작년 에디슨[5]을 기념했다. 많은 사람들은 전보와 전화의 편리함을 찬양했는데, 똑같은 전기라도 이처럼 엄청난 피해를 당하는 사람이 있다는 생각은 하지 못했다. 부자는 전기로 병을 치료하거나 미용에 사용하지만, 피억압자들은 이것으로 말미암아 고통을 받고 목숨을 잃는다.

외국은 화약으로 총알을 만들어 적을 제어하지만 중국은 폭죽을 만들어 신을 경모한다. 외국은 나침반으로 항해를 하지만 중국은 풍수를 점친다. 외국은 아편으로 병을 치료하지만 중국은 그것을 가져와 밥 삼아 먹는다. 똑같은 물건임에도 불구하고 중외의 사용법은 이처럼 다르다. 비단 전기만 그런 것은 아닐 게다.

1월 31일

주)_____

1) 원제는 「電的利弊」, 1933년 2월 16일 『선바오』의 『자유담』에 발표. 필명은 허자간.

2) 1192년 미나모토 요리모토(源賴朝)의 가마쿠라(鎌倉)막부부터 1867년 도쿠가와 요시노부(德川慶喜)의 에도(江戶)막부에 이르는 시기를 일본 역사에서는 막부시대라고 한다. 막부시대는 무사들이 정권을 잡아 대권은 막부에 귀속되었고 천황은 허수아비에 불과했다.

3) 원문은 『切利支丹殉敎記』. 원래 제목은 『切支丹の殉敎者』인데, 일본인 마쓰자키 미노루(松崎實)가 지어 1922년에 출판했다. 1922년에 수정판을 내면서 『切支丹殉敎記』로 제목을 고쳤다. 이 책에는 16세기 이래 일본에서의 천주교 전파와 에도막부시대 천주교도에게 가한 박해와 도살의 상황이 기술되어 있다. '切支丹', '切利支丹'은 Christian에 대한 일본식 번역어이다.

4) 『태평광기』(太平廣記) 권28에는 『신이경』(神異經)을 인용하고 있는데, 이 중에 유사한 기록이 있다. 당 무측천(武則天) 시대 혹리 내준신(來俊臣, 651~697)은 자백을 강요하며 "죄수를 국문할 때마다 경중을 따지지 않고 우선 식초를 코에 들이붓고 금지구역에 가두어 놓고 불로 주위를 둘러쌌다"라고 했다.

5) 에디슨(Thomas Edison, 1847~1931). 미국의 발명가. 전기학을 연구하여 전등, 전보, 전화, 영사기, 유성기 등 많은 발명품을 남겼다. 1931년 10월 18일 사망 당시 세계 각지에서 추모식을 거행했다.

항공구국의 세 가지 소원[1]

요즘 각양각색의 사람들이 온갖 구국을 외치고 있어서 별안간에 모든 사람들이 애국자라도 된 것 같다. 실은 그렇지가 않다. 애당초 이랬고 이렇게 구국을 하고 있었는데, 요즘은 소리를 지르고 있는 것에 불과하다.

그래서 은행가는 저축구국을 말하고 글쟁이는 문학구국을 말하고 그림쟁이는 예술구국을 말하고 춤추기 좋아하는 사람은 유흥 속에 구국을 담았다고 말한다. 또 있다. 연초공사에 따르면, 마잔산[2] 장군표 담배를 피우는 것도 구국의 한 길이라고 하지 않을 수 없다고 운운한다.

이런 온갖 종류의 구국은 예전에 벌써 시행된 것과 마찬가지로 앞으로도 시행하는 데 채 5분도 걸리지 않을 것이다.

그런데 다만 항공구국[3]은 좀 색다르기 때문에 눈을 비벼 크게 뜨고 바라보아야 한다. 그것의 미래도 예측하기가 아주 어려운데, 주장하는 사람들부터가 대개 비행가가 아니기 때문이다.

그렇다면 우리가 미리 한 가지 소원을 이야기해 두는 것도 괜찮겠다.

작년 이맘때 상하이의 신문을 본 사람들은 쑤저우에 비행기 부대가 날아와 전쟁을 일으킨 사건을 기억하고 있지 않은가? 결국 다른 비행기는 모두 도중에 '실종'되고 인솔하던 서양 열사⁴⁾의 비행기만이 남아 두 주먹으로 네 손을 당해 내지 못하는 처지에 놓여 끝내 일본군 비행기에 의해 격추되고 말았다. 조종사의 모친이 멀리 아메리카 대륙에서 수고로이 달려와 한바탕 통곡을 하고 화환 몇 다발을 들고 되돌아갔다고 한다. 듣자 하니 광저우廣州에서도 비행기 부대가 출발했는데, 당시 규수들이 전사들의 기세를 북돋아 주기 위하여 시사詩詞를 수놓은 셔츠를 선물했다고 한다. 그런데 몹시 애석하게도 아직까지 돌아오지 않은 것 같다.

따라서 우리는 방공防空 부대를 창설하기 전에 미리 두 가지 소원을 분명히 밝혀 두어야 한다.

첫째, 항공로를 확실히 알아야 할 것.
둘째, 더 빨리 날 것.

그리고 한층 더 긴요한 것이 있다. 우리는 마침 '무저항'에서 '장기저항'으로, 다시 '심리저항'⁵⁾으로 들어가는 시기에 놓여 있다. 실제로 한동안 외국과 전쟁할 필요는 없을 것 같다. 그동안 전사들의 몸은 근질거릴 것이고, 영웅이 무용武勇을 사용할 데가 없다는 사실에 고통스러워할 것이다. 그러다 어쩌면 폭탄은 수중에 작은 쇠붙이도 없는 인민들의 머리로 떨어질지도 모른다.

그래서 아무래도 전전긍긍 한 가지 소원을 분명히 밝혀 두어야겠다. 바로 이것이다.

셋째, 인민을 죽이지 말라!

2월 3일

주)_____

1) 원제는 「航空救國三願」, 1933년 2월 5일 『선바오』의 『자유담』에 실렸다. 필명은 허자간.

2) 마잔산(馬占山, 1885~1950). 지린(吉林) 사람. 국민당 동북군 장군. 만주사변 이후 헤이 룽장성(黑龍江省) 대리주석을 맡았다. 일본군이 랴오닝을 거쳐 헤이룽장을 침입하자 군대를 이끌고 저항하여 여론계에서는 그를 '민족영웅'으로 지칭했다. 상하이의 푸창 담배공사(福昌煙公司)는 그의 이름을 딴 담배 상표를 만들고 "무릇 우리 대(大)중화의 애국동포들은 일제히 마잔산 장군표 담배로 바꿔 피워야 한다"라는 광고를 게재했다.

3) 1933년 1월 국민당 정부는 항공구국 비행기 의연금 모집을 결정하고 중화항공구국회 (中華航空救國會; 후에 중국항공협회中國航空協會로 개칭)를 조직하여 "전국 각지의 역량을 모아 정부를 도와 항공사업에 노력한다"라고 선언하며 전국 각지에서 항공복권을 발 행하고 의연금을 모금했다.

4) 1932년 2월 국민당 정부 항공서(航空署)를 대신하여 새로 구입한 비행기의 성능을 시 험하던 미국인 비행사 쇼트(B. Short)가 상하이에서 난징으로 향하던 도중 쑤저우(蘇 州) 상공을 지날 때 일본군 비행기 여섯 대를 만나 격추되어 사망했다. 국민당의 통신사 와 신문들은 이를 빌미로 선전을 했다. 쇼트의 모친은 이 소식을 듣고 4월에 중국을 방 문했다.

5) 만주사변 때 장제스는 동북군에게 "저항을 하지 않고 충돌을 피한다"라는 명령을 내렸 다. 1·28사변(1932년의 제1차 상하이사변)이 폭발하자 국민당은 뤄양(洛陽)에서 열린 4 차 이중전회에서 "중앙은 장기저항을 할 결심을 했다"라고 선언했고, 이외에 '심리저 항'류의 화법을 사용했다.

두 가지 불통[1]

사람들은 문장을 비평할 때면 모두 국어선생처럼 대개는 '통'通인가, '불통'不通인가에 착안한다. 『중학생』[2] 잡지는 이를 위해 병원을 만들기까지 했다. 그런데 사실 중국 문장을 쓰면서 '통'하게 하기는 아주 용이하지 않다. 태사공 사마천[3] 같은 고수라도 자신의 문장을 퇴고할 때는 글자, 문법, 수사 등 어떤 각도에서 보든지 간에 '불통'하는 곳을 발견하기 마련이다.

그런데 지금 이런 말을 하려는 것은 아니다. 다만 막연하게 '불통'이라고 한 것들은 원인에 따라 몇 가지로 나누어진다는 것을 말하고 싶을 뿐이다. 대체적으로 말하면 이렇다. 필자가 애당초 통하게 못 쓴 경우가 있고, 애당초 통하게 쓸 수 있었음에도 이런저런 사정으로 감히 통하게 쓰지 못하거나 혹은 통하게 쓰기를 바라지 않는 경우도 있다.

작년 10월 31일 『다완바오』[4]에 실린 '장두江都의 토지세청산운동'에 관한 기사를 예로 들어 보자. 「향민이 두 차례 파랑을 일으키다」라는 교묘한 제목 아래 천여우량陳友亮의 죽음을 진술하며 다음과 같이 운운했다.

천여우량은 관방의 군경 가운데 총을 들고 있는 류진파를 발견하고 류의 권총을 뺏으려 하다가 총알이 총열을 빠져나오는 바람에 총알을 먹고 죽었다. 경찰대가 또한 공포탄을 일렬로 쏘자 향민들이 비로소 후퇴했다…….

'군경' 앞에 굳이 '관방'이라는 두 글자의 사족을 달 필요가 없다는 것은 여기서 말하지 않겠다. 제일 괴상한 것은 총알을 스스로 총열에서 빠져나온 살아 있는 생물처럼 묘사하고 있다는 것이다. 그런데 이로 말미암아 이어지는 문장에서 거치적거리는 '또한'이라는 글자가 통하지 않게 되어 버렸다. 모름지기 앞 문장은 '사격을 받아 죽었다'라고 고쳐 써야 타당하다. 앞 문장을 살리고자 한다면 마지막 구절은 '경찰대의 공포 소리가 또한 일제히 울리자 향민들이 비로소 후퇴했다'라고 해야 피차일반이 되고 군경과 아무런 관계가 없어진다. 물론 문맥이 어쨌거나 조금 희한해지는 것은 피할 수 없는 일이다.

요즘 이런 희한한 글들이 간행물에 자주 출현한다. 그런데 실은 결코 필자가 문맥이 안 통하도록 쓴 것이 아니라 대개는 '통하는 것을 금지'할까 봐 미리부터 '감히 통하게 쓰지 못'는 까닭이다. 총명하기가 일등인 사람들은 이런 것들에 대해서는 말하지 않고 '예술을 위한 예술'[5]가가 되고, 그다음으로 총명한 사람은 있는 힘껏 온갖 방법으로 불통을 미화하며 '민족주의 문학'[6]가가 되었다. 그런데 이 둘은 모두 스스로 '통하게 쓰기를 바라지 않는', 다시 말하면 '기꺼이 통하지 않게 쓰'는 부류에 속한다.

2월 3일

'가장 잘 통하는' 문예[7]

왕핑링

루쉰 선생은 최근 허자간이라는 필명으로 리례원이 주편하는 『선바오』의
『자유담』에 500자 채 안 되는 단문을 자주 발표하고 있다. 한동안 노^老선생
의 글을 보지 못했다. 유머성의 풍자가 풍부한 맛이라고 하면 중국 작가 가
운데서 물론 루쉰 선생을 뛰어 넘어설 수 있는 사람은 아직까지 없다. 그
런데 요즘 루쉰 선생은 사거리로 뛰쳐나가 혁명의 대열 속으로 들어섰다
고 한다. 그렇지만, 유한^{有閑}계급의 유머를 띤 그의 작풍 같은 것은 엄격하
게 말하면 그야말로 혁명적이지 않다. 나는 그가 한 번 바뀌어야 된다고 생
각한다. 예를 들어 보자. 루쉰 선생은 제3종인[8]을 싫어하고 민족주의 문예
를 혐오한다. 가능한 한 시원하게 직설적으로 말하면 될 것을 그는 어째서
젠체하며 떠듬떠듬 그렇게 구불구불 돌아가는 것인가? 최근 그의 처지에
서는 물론 소련의 덕정을 칭송하는 헌사 말고는 더 잘 통하는 문예가 있을
수 없다. 그는 이런 것들에 대해 말하지 않는 제3종인이 상대적으로 가장
총명한 사람이고, 일부러 이유를 찾아내어 자신의 불통^{不通}한 글쓰기를 미
화하는 민족주의 문예가들은 상대적으로 그다음으로 총명한 사람이라고
생각한다. 이런 말들은 심히 악랄한 능력이라고 말할 수 있다. 그런데 요
즘 가장 잘 통하는 문예라는 것이 기껏해야 소련 당국에 꼬리 치고 비위 맞
추는 헌사인지는 여전히 의문스럽다. 만약 선생들께서 진정으로 노동하는
대중의 해방을 위해 소리치고 있다면 그럴 법도 하겠다. 그러나 가령 겨우
개인의 출로를 위해서 일부로 허세 부리기 좋은 황금글자 상표를 만들어

호소하는 것에 불과하다면, 그렇다면 나는 선생들의 고심과 고행이 당신들이 아랑곳 않는 제3종인과 민족주의 문예가들에 비해 도대체 얼마나 고매한지 모르겠다.

실은 선생들 개개인의 생활은 내가 보기에 결코 당신들이 매도하는 프티부르주아 작가들만큼 곤궁하지 않다. 물론 루쉰 선생은 예외이다. 대다수의 이른바 혁명적 작가들은 듣자 하니 상하이의 댄스홀 라파엘화원에 자주 나타난다고 한다. 그들은 고혹적인 애인과 함께 샴페인을 마시고 초콜릿을 먹으며 흥겹게 폭스트롯을 추다가 춤이 지겨워지면 눈같이 빛나는 차를 타고 예정된 사랑의 보금자리로 달려가 영혼을 소비하는 참다운 생활을 보내고 있다고 한다. 다음 날 아침에 일어나서는 노동자여! 투쟁이여!라는 따위를 써서 책장사들이 운영하는 간행물에 실어 원고료로 바꾸고, 저녁이 되면 으레 울긋불긋한 등불 아래 한껏 취하고 노래하고 열렬히 사랑한다. 이렇게 여유로운 생활을 하면서 선생들께서 무슨 고통을 외치고 무슨 원망을 부르짖고자 하는지 나는 이해가 되지 않는다. 고양이 쥐 생각하는 식의 인자함으로 노동하는 대중의 공감을 폭넓게 얻을 수 있을지는 아마도 선생들 본인부터도 대단히 의심스러울 것이다!

만약 중국인이 문화 그 자체로부터 기초적인 공부를 하지 않는다면, 다시 말하면 이처럼 사람들이 공연히 구호를 외치고 소란을 피운다면, 내 생각에는 세계에서 가장 참신하고 가장 유행하는 것을 중국에 가져온다고 해도 아무런 소용이 없을 것이다. 우리는 최근 소비에트 러시아가 확실히 상당한 성공을 거두었다는 사실을 인정한다. 하지만 이것은 우연이 아니다. 그들이 과거로부터 물려받은 문화적 유산의 일부는 얼마나 풍부한가? 10월혁명 이전의 러시아 문학, 음악, 미술, 철학, 과학을 소급해 보면 어느 하나 국제적인 문화 수준에 도달하지 않는 것이 없다. 그들은 이러한 충실한 뿌리를 가지고 있었으므로 비로소 지금의 기초가 탄탄한 지도자로 태어날 수 있었던 것이다. 우리는 기껏 남들의 성공을 갈망할 뿐 문화의 근본을 심기 위한 노력은 모르고 있다. 다시 십 년, 백 년, 심지어는 천 년, 만 년이 흘러도 중국은 여전히 이 모양일 것이고, 어쩌면 지금보다 더 엉망일 수도 있다.

그렇다. 중국의 문화운동은 이미 20년의 역사를 가지고 있다. 그런데 이 20년 동안 문화적으로 도대체 무슨 수확이 있었던가. 구미의 명저 가운데 비교적 믿을 만한 번역본이 중국에 한 권이라도 있는가? 문예상의 각종 유파, 각종 주의 가운데 우리가 대표작이라고 내세울 만한 것이 하나라도 있는가? 기타 과학적 발명, 사상적 창조 가운데 우리가 기억할 만한 것이 하나라도 있는가. 아! 중국의 문화가 이 지경으로 전락했거늘, 달리 무슨 할 말이 있겠는가!

만약 중국의 문예 종사자들이 오늘부터라도 모두들 기본적인 실력을 쌓고 문예의 양식을 대대적으로 운반하고 문예의 씨앗을 대대적으로 심기를 맹세하지 않는다면, 나는 감히 단언한다. 현대 중국에서는 결코 '가장 잘 통하는' 문예를 생산할 수 없을 것이라고.

2월 20일 『우한일보』의 『문예주간』

관화일 따름[9]

자간[家幹]

왕핑링 선생의 이름이 본명인지 필명인지 나는 잘 모른다. 그런데 그가 투고한 곳, 입론의 말투를 보건대 '관방'에 속하는 것이 분명하다. 펜을 들자마자 상사, 부하 모두를 고발하는 모양이 참으로 관가[官家]의 기세가 십분 넘쳐 난다.

　말에 굽이가 없는 것도 족히 관화라고 할 만하다. 돌덩이에 눌린 식물은 어쩔 수 없이 구불구불 자라게 마련이고, 이때 엄연히 오만하게 구는 것은 돌덩이이다. '듣자 하니', '만약'이니 하는 말들은 너무 자연스럽지 않다. 누가 하는 말을 들었다는 것인가? 만약 '만약'이 아니라면? '소련 당국에 꼬리 치고 비위 맞추는 헌사'는 어떤 글이며, '춤이 지겨워지면 눈같이 빛나는 차를 타고 예정된 사랑의 보금자리로 달려가'는 '이른바 혁명작가'는 누구를 말하는 것인가? 맞다. 일전에 누군가[10] 개학 즈음 대학생 전체를 기립시켜 보로딘[11]을 향하여 허리 숙여 절하도록 하여 그를 어리둥절하게 만들었다. 또한 일전에 누군가[12] 『쑨중산과 레닌』이란 글을 써서 그들 둘은 어떠한 다른 점도 없이 꼭 닮았다고 말했다고 한다. 세금으로 향락을 즐기는 사람들이 많다는 사실에 대해서는 사회적으로 모든 사람들이 주지하고 있다. 그런데 애석하게도 그들 모두는 결코 우리가 아니다. 핑링 선생이 말한 '듣자 하니'와 '만약'은 모두 과녁 없이 화살을 쏘거나 피를 머금고 남에게 뿜어내는 격이다.

　그러므로 이제 '문화의 본질'에 대해 이야기해야겠다. 생각해 보면 필묵을 희롱한 몇몇 청년들이 감금되거나 총에 맞아 죽거나 실종되는 불운을 겪는 일이 일어나서 나는 '500자 채 안 되는' 단평 6편을 지었다. 그런데 금세 '듣자 하니'와 '만약'이라는 관화를 불러들이고 '선생들'이라고 불렸으니, 그는 크게 일망타진했다고 할 수 있겠다. 그렇다면 '기본적인 실력'을 쌓으려는 이가 믿을 수 있는 사람은 현재 관에서 허가한 '제3종인'[13]과 '민족주의 문예가'들 말고 또 누가 있단 말인가? "에잇!"

　그런데 그들은 글을 쓰지 못한다. 지금은 '젠체하며 떠듬떠듬'하는 나의 글뿐이고, 이것이야말로 이 사회의 산물이다. 그런데 핑링 선생은 또 '혁명적이지 않다'고 책망하고 있다. 마치 그가 바로 진정한 베테랑 혁명당인 것처럼 보이니, 이것은 정말 이상한 일이다 —— 그런데 진정한 베테랑 관화란 바로 이런 것이다.

7월 19일

주)＿＿＿＿＿

1) 원제는 「兩種不通」, 1933년 2월 11일 『선바오』의 『자유담』에 발표했다. 필명은 허자간.

2) 『중학생』(中學生)은 중학생을 대상으로 한 종합간행물이다. 샤몐준(夏丏尊), 예성타오(葉聖陶) 등이 편집했다. 1930년 1월 상하이에서 창간, 카이밍(開明)서점에서 출판했다. 1932년 2월부터 '문장병원'(文章病院)이라는 난을 만들어 당시의 서적, 간행물 가운데서 문법이 틀렸거나 논리에 부합하지 않는 문장을 선별하여 수정을 가했다.

3) 사마천(司馬遷, 약 B.C. 145~약 86). 자가 자장(子長), 샤양(夏陽; 지금의 산시陝西 한청韓城 남쪽) 사람. 서한의 사학자이자 문학가로 태사령(太史令)을 지냈으며, 그가 지은 『사기』(史記)는 중국 역사상 최초의 기전체(紀傳體) 역사서이다.

4) 『다완바오』(大晚報)는 1932년 2월 12일 상하이에서 창간했다. 장주핑(張竹平)이 사장, 쉬바이(虛白)가 주필을 맡았다. 1935년 국민당 재벌 쿵샹시(孔祥熙)가 사들인 다음부터는 쿵링칸(孔令侃)이 주관했다. 1949년 5월 25일 정간.

5) 프랑스 작가 고티에(Theophile Gautier, 1811~1872)가 처음으로 주장했다(소설 『마드무아젤 모팽』의 서문 참고). 예술은 모든 공리적 목적을 초월해서 존재해야 하며 창작의 목적은 예술 그 자체에 있으며 사회정치와는 무관하다고 했다. 1930년대 초 신월파의 량스추(梁實秋), '제3종인'을 자처하는 쑤원(蘇汶) 등이 선전했다.

6) 1930년 6월 국민당 당국이 주도한 문학운동. 발기인으로는 판궁잔(潘公展), 주잉펑(朱應鵬), 황펑링(王平陵), 푸옌장(傅彦長), 황전샤(黃震遐) 등 국민당 관원과 문인들이다. 『선봉주보』(前鋒週報), 『선봉월간』(前鋒月刊) 등을 출판했다. '민족주의'라는 이름을 빌려 프롤레타리아 혁명문학을 반대했다. 만주사변 이후에는 장제스의 친일반공정책을 선전했다.

7) 원제는 「"最通的"文藝」.

8) 제3종인. 1930년대 초 자유주의 문학사조 중 하나로서 쑤원이 스스로 '제3종인'이라고 자칭하면서 주장한 것이다. 원래 맑스주의자였으나 정치와 계급으로부터 자유로운 문학을 주장하여 좌익작가연맹과 문예논쟁을 벌였다.

9) 원제는 「官話而已」.

10) 다이지타오(戴季陶, 1890~1949)를 가리킨다. 1926년 10월 17일 광저우 중산대학위원회 위원장에 취임하는 자리에서 국공합작을 찬성하는 연설을 하고 학생들에게 회의에 참가한 보로딘을 향하여 절을 하여 경의를 표하도록 했다. 저장 우싱(吳興) 사람이다. 청년 시절 동맹회에 참가, 후에 국민당 중앙정치회의 위원, 국민당 정부 고시원 원장 등을 역임했다.

11) 보로딘(Михаил Маркович Бородин, 1884~1951). 소련 정치활동가. 1919년에서 1923년까지 코민테른 원동지부에서 일했다. 1923년부터 1927년까지 중국에 있었으며, 쑨중산에 의해 국민당 특별고문으로 초빙되어 국민당 개조작업에 중요한 역할을 했다.

12) 간나이광(甘乃光, 1897~1956)을 가리킨다. 『쑨중산과 레닌』(孫中山與列寧)은 그의 강연 원고로서 1926년 광저우 중산대학 정치훈련부에서 출판했다. 광시(廣西) 천시(岑溪) 사람. 국민당 중앙집행위원, 국민당 정부 내정부(內政府) 차장 등을 역임했다. 1926년에는 중산대학 정치훈련부 부주임이었다.

13) 1931년에서 1933년까지 좌익문예계가 '민족주의 문학'을 비판하던 당시, 후추위안(胡秋原), 쑤원(즉 두헝杜衡)은 '자유인', '제3종인'을 자처하며 '문예의 자유'론을 주장하고 좌익문예운동이 문단에서 '패권'을 장악하고 창작의 '자유'를 저해한다고 비난했다. 『남강북조집』의 「'제3종인'을 논함」과 「다시 '제3종인'을 논함」 참고.

저주[1]

"하늘이 벌하고 땅이 멸하며, 남자는 도둑질하고 여자는 창녀가 된다"라는 말은 '시경에서 말하길, 공자께서 가로되'와 거의 흡사한 중국인의 저주의 경전이다. 요즘에는 이런 성어를 사용하지 않는 것 같고 '맹세코 적을 죽이고, 맹세코 죽을 때까지 저항하고, 맹세코……'라고 선서한다.

그런데 저주의 본질은 똑같다. 요컨대 믿을 수 없다는 것이다. 그는 하늘이 꼭 자신을 벌하지는 않을 것이고 땅도 꼭 자신을 멸하지는 않을 것임을 잘 알고 있다. 요즘은 인삼밭에도 전기가 흐르는 '과학화된 땅'인 세상인데,[2] 설마 '천지'가 아직도 과학화되지 않았겠는가! 도둑놈, 창녀는 무해할 뿐만 아니라 유익하기도 하다. 남자가 도둑이 되면 고혈을 더 짜낼 수 있고, 여자가 창녀가 되면 '치맛바람 관직'[3]의 지위를 몇 개 더 누릴 수 있기 때문이다.

오랜 벗이 말했다. "'도둑'과 '창녀'에 대한 자네 해석은 모두 옛날의 의미가 아닐세." 나는 대답했다. "자네 지금 어떤 시대인지 알기나 하는가! 이제는 도둑도 모던이고 창녀도 모던이야. 그래서 저주도 모던해져서 선서로 바뀐 거라네."

2월 9일

주)_____

1) 원제는 「賭呪」, 1933년 2월 14일 『선바오』의 『자유담』에 발표했다. 필명은 간(幹).

2) 1932년 말, 상하이의 불자대약창(佛慈大藥廠)은 신문광고를 내며 소위 '장생불로의 신약', '전기가 흐르는 인삼젤리'라고 선전하며 이런 약은 모두 '과학'적 발명으로 '체내에 전기를 보충'할 수 있고 '사람의 생명의 원동력인 살아 있는 전자'를 공급한다고 했다.

3) 원문은 '裙帶官兒'. 송대 조승(趙升)의 『조야류요』(朝野類要) 권3에 "황족 자제의 사위는 서관(西官)이라고 불렀는데, 곧 이른바 군마(郡馬)이다. 세상에서는 치마끈으로 얻은 관직이라고 했다"라는 말이 나온다. 후에는 아내, 딸, 자매 등 여자 덕으로 관직을 얻은 사람을 가리키게 되었다.

전략 관계[1]

수도의 『구국일보』[2]에 명언이 실렸다.

전략 관계로 적이 깊숙이 들어오도록 유인하기 위하여 잠시 베이핑을 포기하고 …… 마땅히 장쉐량[3]을 엄히 문책하고 유혈이라도 불사하고 무력으로 반대운동을 제지해야 한다.(『상하이일보』 2월 9일자 옮겨 씀)

유혈이라도 불사한다니! 용감하도다, 전략의 대가들이여!

흘린 피는 분명 적지 않았다. 지금 흐르고 있는 피도 더욱 적지 않고 앞으로 흐를 피도 얼마나 될지 아직 알 수가 없다. 이것은 모두 반대운동가들의 피다. 무엇 때문인가? 전략 관계 때문이다.

전략가들[4]은 작년 상하이사변 때 "전략 관계로 제2차 방어선으로 퇴각한다"라고 말하고 군대를 철수했다. 이틀 지나 다시 전략 관계로 "일본군이 아군을 향해 총격을 가하지 않으면 아군은 총을 쏘아서는 안 된다. 사병은 일체가 되어 명령을 준수하라"라고 하고는 싸움을 멈추었다. 그 뒤로 '제2차 방어선'은 사라지고 상하이강화[5]가 시작되어 담판하고 서명하고 완결되었다. 당시에도 전략 관계 때문에 피를 보았을 것이다. 이것은 군사기밀이므로 서민들은 알 길이 없다. 피 흘린 당사자는 알고 있겠으나 그들은 이미 혀가 잘렸다. 도대체 그때 적들은 왜 '깊숙이 유인되지' 않았을까?

지금 우리는 알고 있다. 그때 적들이 '깊숙이 유인되'지 않았던 까닭은 결코 당시 전략가들의 수단이 너무 하수여서도 아니고, 결코 반동운동가들이 흘린 피가 '너무 적었기' 때문도 아니다. 다른 원인이 있었다. 애당초 영국이 중간에서 조정할 때 암암리에 일본과 양해가 있었던 것이다. 일본, 당신의 군대가 잠시 상하이에서 퇴각해 주면 우리 영국은 국제연맹[6]이 만주국[7]을 부인하지 못하도록 당신들을 도와주겠다고 했던 것이다──이것이 바로 현재 국제연맹의 무슨 무슨 초안,[8] 어떤 어떤 위원들[9]의 태도이다. 이것은 사실 여기에 깊숙이 들어오지 말라는 것이다──여기에는 장물 분배의 법칙이 포함되어 있다. 우선 북방부터 깊숙이 들어가고 다시 말해 보자는 것이다. 깊숙이 들어가는 것은 마찬가지이나 장소가 잠시 동안 다를 뿐이다.

따라서 "적을 유인하여 베이핑으로 깊숙이 들어오도록 하"는 전략이 지금 필요해진 것이다. 피도 물론 수차례 많이 흘려야 할 것이다.

사실 지금 모든 준비가 되어 있다. 임시수도, 제2의 수도[10] 등 형형색색으로 구비하고, 문화적 고대유물은 대학생들과 더불어 각자 벌써 이동했다. 누런 얼굴과 흰 얼굴, 신대륙과 구대륙의 적들을 막론하고, 이런 적들이 어느 곳으로 깊숙이 들어오든지 간에 모두가 깊숙이 들어오라고 청하고 있다. 어떤 반대운동이 일어날지 걱정이겠지만, 그러면 우리의 전략가들은 "유혈이라도 불사한다!" 마음 놓게나, 마음 놓으시게나!

2월 9일

[비고]

멋진 글을 다함께 감상하다[11]

저우징차이周敬僑

대인선생들이 '고궁의 고대유물'을 운명(물론 어린 백성들의 운명은 아니다)에 순응하듯이 남쪽으로 옮기기로 결정한 것을 두고 '고대유물'의 가치가 '여러 성의 합'[12]을 넘어설 뿐만 아니라 옮기기 쉽고 돈으로 바꾸기 쉽기 때문이라고 했다. 이 역시 하찮은 일에 깜짝 놀라며 냉소하고 풍자하는 당신들과 참으로 잘 어울린다! 내가 마침 이런 생각을 하고 있을 적에 놀랍게도 수도의 한 신문에 실린 '고대유물 남천南遷'에 찬성하는 사설을 보았다. 사설은 "무력으로 반대를 제지하"고, "유혈이라도 불사하"기를 건의하고 정부가 "권위를 유지할 것"과 "정책을 관철시킬 것"을 요구하고 있었다. 나는 그야말로 이런 훌륭한 고론高論이 빛을 보지 못하고 사라질까 걱정하여 굳이 고생을 불사하고 초록하여 대중들에게 바친다.

······ 베이핑 각 단체의 고대유물의 남천 반대는 베이핑의 미래의 번영에 해가 된다. 국가의 이익을 완전히 무시하는 사리사욕의 이유에서 베이핑의 각 단체들은 감히 말하고 있으니 오인吾人은 그 후안무치함에 심히 탄복하는

바이다. 저들은 다만 베이핑의 번영을 위할 뿐, 수천 년 된 고대유물 전부가 적들에 의해 겁탈되는 커다란 위험을 무릅써야 한다고 하므로 소견이 지나치게 좁다고 하지 않을 수 없다. 정부로 하여금 전략 관계로 모름지기 잠시 베이핑을 포기하고 적들을 깊숙이 들어오도록 유인한 뒤 포위하여 섬멸해야 한다. 그런데 고대유물이 적들에 의해 겁탈되고 나면, 묻건대, 베이핑의 번영은 어떻게 유지할 것인가? 그러므로 먼저 옮겨 간 다음에 일본을 무너뜨리는 것이 낫다. 베이핑이 타이산泰山처럼 평안해지고 나면 다시 옮겨 오면 된다. 베이핑 각 단체의 사리사욕은 진실로 수치스럽고 근시안적 사고 또한 가련하다. 옮기는 것을 반대하는 다른 한 가지 이유는 정부는 모름지기 우선 국토부터 온전하게 해야 한다는 것이다. 이 말은 그럴듯하지만 실은 그렇지 않다. 대개 적을 섬멸하기 위해서 땅의 일부분을 포기하고 적들이 한동안 점령하게 한 연후에 다시 회복한 사례는 고금중외에 너무나 수두룩하다. 예컨대 1812년의 전쟁에서 나폴레옹을 곤경에 빠뜨리려고 러시아인은 모스크바를 포기했을 뿐만 아니라 모스크바를 불태웠다. 유럽전쟁 당시 벨기에와 세르비아는 전 국토를 포기하고 적의 유린에 바쳤다가 창졸간에 강력한 독일을 격파했다. 대개 적들에 의해 영토가 점령되는 것은 모름지기 적들과의 강화나 할양조약에 대한 서명을 의미하지만은 않는다. 따라서 적들이 진실로 이 강토를 어떻게 할 수 있는 것은 아니다. 고궁의 고대유물을 만약 옮기지 않는다면, 가령 불행히도 적들이 베이핑을 점령하여 고대유물을 겁탈해 간다면, 묻건대, 중국은 무슨 방법으로 그것을 찾아올 수 있겠는가? 머지않아 중국 문명의 결정체가 적들의 전리품으로 바쳐진다면 그 수치심은 얼마나 심할 것인가. …… 마지막으로 오인은 정부를 향해 삼가 말씀을 올린다. 정부는 고대유물 이전 정책을 이미 결정했으므로 어떤 장애에 부딪히더라도 그것을 관철시켜야 한다. 만약 식견이 없고 멀리 내다보는 생각이 없는 무리의 어리석은 반대로 중지한다면 정부의 권위는 어떻게 되겠는가. 그러므로 오뀸는 장쉐량을 엄히 문책하여 무력으로 반동운동을 제지하고 부득이하다면 유혈이라도 불사할 것을 주장한다.……

2월 13일 『선바오』의 『자유담』

주)————

1) 원제는 「戰略關係」, 1933년 2월 13일 『선바오』의 『자유담』에 발표했다. 필명은 허자간.

2) 『구국일보』(救國日報). 1932년 8월 난징에서 창간. 궁더보(龔德柏)가 주편. 1949년 4월 정간. 인용은 1933년 2월 6일 사설 「고궁의 고대유물의 이전을 위해 정부에 고한다」(爲遷移古宮古物告政府)에 나온다.

3) 장쉐량(張學良, 1901~2001). 자는 한칭(漢卿), 랴오닝(遼寧) 하이청(海城) 사람. 펑톈군(奉天軍) 사령관. 만주사변 당시 국민당 정부 육해공군 부사령 겸 동북변방군사령장관이었으며 장제스의 명령을 받아 동북 3성을 포기했다. 만주사변 후 국민정부군사위원회 베이핑군분회대리위원장 등을 맡았다.

4) 국민당 군사당국을 가리킨다. 1932년 1·28사변(제1차 상하이사변)이 발생하자 수차례 중국 군대의 철수를 명령하고 "전략을 변경하여", "적이 깊숙이 들어오도록 유인한다", "결코 전쟁 패배는 아니다"라고 말했다.

5) 1·28사변이 발생하자 국민당 정부는 전 국민의 항일요구를 묵살하고 '무저항' 정책을 견지했다. 항전을 지속하는 19로군을 고립무원에 빠지게 했을 뿐만 아니라, 영국, 미국, 프랑스 등 제국주의의 참여 아래 일본 침략군에 투항하는 담판을 벌여 1932년 5월 5일 「상하이정전협정」(淞滬停戰協定)에 서명하고 19로군으로 하여금 푸젠(福建)의 '공산당 포위토벌' 작전을 수행하도록 했다.

6) 국제연맹. 제1차 세계대전이 끝난 뒤 1920년에 성립된 국제조직이다. "국제 협력을 촉진하고 세계평화와 안전을 유지한다"는 것을 표방했으나 실제적으로는 영국, 프랑스 등의 이익을 위한 기구이기도 했다. 제2차 세계대전의 발발로 와해되고 1946년 4월 정식으로 해산을 선언했다. 만주사변 당시 일본제국주의의 중국 침략을 비호하기도 했다.

7) 만주국(滿洲國). 일본이 중국의 동부를 침략하여 세운 괴뢰 정권. 1932년 3월 창춘(長春)에서 세웠으며 청나라 폐제 푸이(溥儀)로 하여금 '집정'하게 했다. 1934년 3월 '만주제국'으로 이름을 바꾸고 푸이를 '황제'로 칭했다.

8) 1932년 12월 15일 국제연맹의 19개국위원회 특별회의는 중일분쟁을 해소하기 위한 '결의초안'을 통과시켰다. 1933년 1월에는 이 초안을 근거로 '드러먼드신초안'으로 개정했다. 이 초안은 일본의 침략을 비호하고 '만주국'을 묵인했다. 드러먼드는 1920년부터 1933년까지 국제연맹 사무총장을 역임했던 제임스 에릭 드러먼드(James Eric Drummond, 1876~1951)를 가리킨다.

9) 국제연맹 19개국위원회에 참가한 영국 대표이자 외교사절이었던 존 사이먼(John Simon)을 가리킨다. 그는 국제연맹 회의에서 수차례 일본의 중국 침략을 변호하는 발언을 하여 당시 중국 여론계로부터 비난을 받았다.

10) 각각 원문은 '行都', '陪都'이다. 전자는 필요시 정부가 임시로 옮긴 수도를 말하고 후자는 수도 외에 따로 만든 수도를 말한다. 국민당 정부의 수도는 난징이었는데, 1932년 1·28사변이 발발하자 1월 30일 '뤄양으로 옮겨 사무 볼 것'을 급히 결정하고, 3월 5일 국민당 4차 이중전회 제2차 회의의 결의를 통하여 뤄양을 임시수도, 시안(西安)을 제2의 수도로 정식 결정했다. 같은 해 12월 1일 뤄양에서 난징으로 돌아왔다.

11) 원제는 「奇文共賞」.

12) 원문은 '連城'. 전국시대 조(趙)의 혜문왕(惠文王)이 진귀한 보석인 화씨벽(和氏璧)을 얻자 진(秦)의 소왕(昭王)이 조왕에게 편지를 보내어 15성과 바꾸자고 했다(『사기』, 「염파린상여열전」廉頗藺相如列傳에 나옴). 이후 '연성'(連城)은 화씨벽과 같은 진귀한 보물을 가리키는 말이 되었다.

쇼에 대한 송가[1]

버나드 쇼[2]가 중국에 도착하기 전『다완바오』는 화베이華北에서 벌어지고 있는 일본의 군사행동이 그로 인해 잠시 멈추기를 희망하면서 그를 '평화의 노옹老翁'[3]이라고 불렀다.

버나드 쇼가 홍콩에 도착한 뒤 각 신문은『로이터 통신』[4]에 실린 청년들과의 대화를 번역하고는 '공산주의 선전'이라고 제목을 붙였다.

버나드 쇼는 "로이터 통신원에게 일러 가로되, '그대는 너무 중국인 같지 않군요. 쇼는 중국의 신문계 인사 중에 방문자가 한 사람도 없는 것이 이상하다고 생각했소'라며, 물어 가로되 '그 사람들은 나를 모를 정도로 유치한가요?'"라고 했다.(11일자『로이터 통신』)

우리는 사실 노련하다. 우리는 홍콩 총독[5]의 덕정, 상하이 공부국[6]의 장정章程, 주요 인사들끼리 누가 친구이고 누가 원수인지, 누구 부인의 생일이 언제이고 즐겨 먹는 것이 무엇인지 아주 잘 알고 있다. 그런데 쇼에 대해서는, 아쉽게도 작품의 번역본도 겨우 서너 종이 있을 뿐이다.

그러므로 우리는 유럽전쟁 전과 후의 그의 사상을 알 수 없고, 소련을 유람한 뒤의 그의 사상도 깊이 알지 못한다. 다만 14일 홍콩의 『로이터 통신』이 전한, 홍콩대학에서 학생들에게 "만약 그대가 스무 살에 적색혁명가가 되지 않으면, 쉰이 되면 가망 없는 화석이 될 것입니다. 그대가 스무 살에 적색혁명가가 되고자 한다면, 마흔이 된 그대는 낙오하지 않을 기회를 얻을 수 있을 것입니다"라고 한 말만으로 그의 위대함을 알 수 있다.

그런데 내가 말하는 위대함이란 결코 그가 사람들에게 적색혁명가가 되기를 바랐다는 데 있지 않다. 우리는 '특별한 국가의 사정'[7]이 있기 때문에 꼭 적색일 필요는 없다. 그대가 오늘 혁명가가 되는 것만으로도 내일 그대는 목숨을 잃게 될 것이므로 마흔까지 살 수가 없다. 내가 위대하다고 말한 것은 그가 우리의 스무 살 청년을 대신해서 마흔 살, 쉰 살 때를 생각해 주었을 뿐만 아니라 결코 현재에서 벗어나지 않았다는 점이다.

부호들은 재산을 외국 은행으로 옮기고 비행기 타고 중국 땅을 벗어날 수 있다. 어쩌면 내일을 생각하는 것이리라. "정치는 회오리바람 같고, 백성은 야생사슴 같다"[8]고 했겠다. 그러나 가난뱅이들은 그야말로 내일조차도 생각할 수 없다. 항차 생각해서도 안 되고 감히 생각할 수도 없다.

하물며 20년, 30년 이후라니? 이 문제는 지극히 평범하지만, 그럼에도 불구하고 위대하다.

이것이 바로 버나드 쇼가 버나드 쇼인 까닭이다!

2월 15일

[또 대주필의 분노를 사다]

버나드 쇼는 여하튼 비범하다[9]

『다완바오』사설

당신들은 영국인이 일처리를 그렇게 잘하는 것도 없고 그렇게 못하는 것도 없다고 비판한다. 그런데 당신들은 끝내 영국인 때문에 그르친 일을 한 가지도 찾아내지 못한다. 그들의 일처리에는 주의가 많다. 그들은 당신을 치려고 하면 애국주의를 제창하고, 그들이 당신에게서 약탈하려고 하면 공정처리주의를 제안하고, 그들이 당신을 노예로 부리려고 하면 제국주의라는 위대한 도리를 제기하고, 그들이 당신을 기만하려고 하면 영웅주의라는 위대한 도리가 있고, 그들이 국왕을 옹호하려고 하면 충군애국주의가 있지만, 그들이 국왕의 머리를 자르려고 하면 또 공화주의라는 도리가 있다. 그들의 좌우명은 책임이다. 그러나 그들은 국가의 책임과 이익에 충돌이 발생하면 야단난다는 사실을 언제나 잊지 않는다.

이것은 버나드 쇼 선생이 『운명적 인간』에서 영국인을 신랄하게 비판한 말이다. 우리는 이 한 가지 사례를 들어 쇼 선생을 소개함으로써 독자들에게 대大위인이 위대한 까닭과 그 비결의 소재를 알려 주고자 한다. 쇼 씨의 작품 속에는 이런 암전이 가득하여 맞는 사람은 견디기 어렵고 듣는 사람은 통쾌하다. 따라서 쇼 선생의 명언과 경구가 가가호호 전해지고, 동시대의 문호들도 그의 위대함을 인정하는 것이다.

한동안 현대 작가들 사이에서 주의를 빌려 명성을 얻는 것이 유행했다. 쇼 선생은 영국인에 대해 말하고 있으면서 아쉽게도 자신을 가늠해 보는 눈은 없다. 우리는 쇼 선생이 범평화주의의 선구자이며, 한평생 점진적 사회주의를 옹호했음을 알고 있다. 그의 희곡, 소설, 비평, 산문은 이러한 주의의 선전품으로 채워져 있기 때문에 쇼 선생은 사회주의에 대하여 철두철미하게 충실한 신도라고 말할 수 있다. 그런데 또한 우리는 쇼 선생이 수와 치[10]도 꼼꼼히 따지는 재테크 전문가이자 자선사업을 반대하는 강력한 이론가이고, 그 결과 백만 거액의 푸둥푸둥한 얼굴로 일찌감치 부옹이 되었다는 것도 알고 있다. 쇼 선생은 자산의 평균적 분배를 목청껏 노래하고, 피억압 노동자를 대신해 불평등을 호소하고 기생적 성질을 가진 자산가를 향해 냉소와 풍자를 퍼붓는다. 그는 이로 말미암아 전 민중의 공감을 얻어내어 책이 출판되면 사람들은 서로 사려 들고 드라마가 공연되면 백여 개의 극장에서 상연되므로 관객이 없을까 걱정하지 않는다. 따라서 쇼 선생은 공산주의를 제창하는 안락의자에 앉아서 해죽이 웃으며 스스로 흡족해하고 있다. 주의를 빌려 명성을 얻고 양머리를 내걸고 개고기를 파는 요술이 필경 교묘하기 짝이 없다.

지금 공적도 세우고 명성도 얻은 쇼 선생이 우리 가난한 중국에 놀러 왔다. 후진들과 손잡는 그의 열성으로 홍콩에서 우리 학생들에게 "스무 살에 적색혁명가가 되지 않으면 쉰 살에 화석이 될 것이고, 스무 살에 적색혁명가가 되면 마흔 살에 낙오하지 않을 것이다"라고 말한 것에 깊은 감사를 드린다. 애당초 적색혁명가가 되는 원인은 스스로가 화석이 될까, 낙오자가 될까 두려워해서일 따름인 것이다. 주의 그 자체의 가치가 무엇인지는 본시 개인의 전망과 커다란 관련이 없고, 우리가 사회에 머리를 들이미는 것 역시 화석이 되지 않고 낙오자가 되지 않기를 바라는 것일 뿐이라는 말이다. 이것이야말로 현대인의 입신처세의 명언이며, 쇼 선생이 그것을 솔직담백하게 말한 것이다. "성인으로서 때에 맞는 사람이다"[11]라고 한 말에 정녕 손색이 없는 현대판 공자에게 어찌 우리가 오체투지하지 않을 수 있 겠는가?

그럼에도 불구하고 쇼 선생은 이 노老대국 중국을 절대로 하찮게 보지 마시라. 선생 당신처럼 유행에 민감한 학자는 우리에게도 없었던 적이 없 다. 안락의자에 앉아서 뾰족한 암전을 쏘아 무슨 주의를 선전하는 일 같은 것은 선생의 가르침이 필요 없다. 그런 요술이라면 우리도 벌써부터 아주 능수능란하다. 나는 선생이 이 사실을 알게 되면 반드시 빙그레 웃으며 이 렇게 말할 것이라고 생각한다. "나의 도는 외롭지 않구나!"[12]

그럼에도 불구하고 미련한 우리의 견해에 따르면, 위대한 인격적 자질 가운데서 중요한 것은 '성誠'이라는 글자이다. 당신이 무슨 주의를 믿는다 면 성실하게 힘써 실천하면 그만이지 입을 쫙 벌리고 듣기 좋은 노래를 부 를 필요는 없다. 만약 쇼 선생과 그의 동지들이 공산주의를 진정으로 믿는 다면 청컨대 가산을 모두 분배한 다음에 이야기하기 바란다. 하지만 말을 원점으로 돌려야겠다. 쇼 선생이 가산을 모두 분배하고 프롤레타리아 동 지의 남루한 옷가지를 입고 삼등실에 앉아 중국에 온다면 그를 아랑곳할 사람이 누가 있겠는가? 이렇게 생각해 보니 쇼 선생은 여하튼 비범한 사람 이다.

2월 17일

앞글에 대한 주석[13]

러원樂雯

이 '비범'한 논의의 요점은 이렇다. (1) 뾰족한 암전은 "맞는 사람은 견디기 어렵고 듣는 사람은 통쾌하"지만, '위대'함을 얻는 비결에 지나지 않는다. (2) 이 비결이라는 것은 "주의를 빌려 명성을 얻고, 양머리를 걸고 개고기를 파는 요술"에 있다. (3) 『다완바오』의 의견에 비추어 보면, 자신의 '주의'를 위해서라면 "신성한 무공武功의 위대한 문장"을 소리쳐 노래하며 "시뻘건 커다란 입을 벌려" 사람을 먹어 치우고 스무 살에 낙오자가 되어 화석으로 변한다고 해도 안타까워하지 말아야 할 것 같다. (4) 만약 버나드 쇼가 이런 '주의'에 찬성하지 않는다면 안락의자에 앉아서도 안 되고 가산이 있어서도 안 되는데, 그런 주의에 찬성한다면 물론 별도로 논의한다는 것이다.

애석하게도 세계의 붕괴는 공교롭게도 벌써 이 지경까지 이르고 말았다. 프티부르주아 지식계층의 분화로 광명을 사랑하고 낙오하지 않으려는 몇몇 사람들이 나타났고, 그들은 혁명의 길을 향하여 걸음을 떼었다. 그들은 자신의 다양한 가능성으로 혁명의 전진에 성실한 도움을 주고 있다. 그들은 이전에 어쩌면 객관적으로 자본주의 사회적 관계의 옹호자였을 것이다. 그러나 그들은 기어이 부르주아의 '반역자'로 변신하려 했다. 그런데 반역자는 언제나 적보다 훨씬 가증스러운 법이다.

부르주아의 비열한 심리로는 '백만의 재산'을 주고 세계적인 명성을 주었음에도 불구하고 배반하려 하고 불만을 품고 있으므로 '실은 가증스러움의 극치에 속한다'고 여겨지는 것이다. 이것은 물론 "주의를 빌려 명성을 얻는" 것이다. 비열한 시정잡배들은 만사에 반드시 물질적인 부귀영화라는 목적이 있다고 생각한다. 이것이 알짜배기 '유물주의' 즉, 명리名利주의이다. 그런데 버나드 쇼는 이런 비열한 심리의 예측 밖에 있으므로 가증스러움의 극치가 되는 것이다.

그리고 『다완바오』는 또한 일반적인 시대적 유행까지 추론했다. 중국에도 "안락의자에 앉아서 뾰족한 암전을 쏘아 무슨 무슨 주의를 선전하는 일 같은 것은 선생의 가르침이 필요 없다"라고 추론했던 것이다. 이것이 물론 중외에 두루 통하는 도리라는 것은 꼭 거듭 설명할 필요는 없겠다. 아쉬운 것은 이것이다. 유독 그 식인'주의'는 빌려 쓴 지 아주 오래되었음에도 불구하고 아직도 충분한 '명성을 얻'지 못했다는 점이다. 오호라!

가증스럽고 괴상야릇한 쇼. 이러한 사람들이 '견디기 어려워' 한다고 해서 그의 위대함이 줄어들지는 않았다. 따라서 경전과 도를 배반한 중국 역대의 문인들처럼 황제로부터 '가산몰수'의 판결을 받아도 싸다.

『상하이에 온 버나드 쇼』

주)_____

1) 원제는 「頌蕭」, 1933년 2월 17일 『선바오』의 『자유담』에 발표했다. 발표 당시 제목은 「蕭伯納頌」, 필명은 허자간.

2) 버나드 쇼(George Bernard Shaw, 1856~1950). 영국의 극작가이자 비평가. 청년 시절에는 개량주의 정치조직인 페이비언 소사이어티(Fabian Society)에서 활동했다. 1차대전 때는 제국주의 전쟁을 비난하였고, 10월혁명에 공감을 표시하며 1931년 소련을 방문했다. 『워런 부인의 직업』(Mrs. Warren's Profession), 『피그말리온』(Pygmalion) 등

의 극본을 썼으며, 작품 대부분은 자본주의 사회의 허위와 죄악을 폭로하고 있다. 1933
년에 배를 타고 세계를 주유하던 중 2월 12일에는 홍콩, 17일에는 상하이에 들렀다.

3) 1933년 1월 6일 『다완바오』는 「평화의 노옹 버나드 쇼 북소리 속에서 베이핑을 유람하
다」(和平老翁蕭伯納, 鼙鼓聲中游北平)라는 제목으로 버나드 쇼가 베이핑에 온다는 소식
을 전했다. 이 기사는 버나드 쇼가 "창청(長城)으로 날아와 베이핑을 유람하면서 잠시
라도 전쟁을 멈추게 할 수 있"기를 희망했다.

4) 유태인 로이터(Paul Reuter)가 만든 통신사. 1850년 독일 아헨에서 만들었다가 1851
년 영국 런던으로 옮긴 다음 영국 최대의 통신사가 되었다. 중국에서는 1871년 전후에
활동을 시작했다. 여기서 말하는 것은 1933년 2월 14일 로이터통신사가 홍콩에서 전
한 버나드 쇼의 연설에 관한 통신을 가리킨다. 15일 『선바오』에 「홍콩대학생에게 한 연
설―버나드 쇼의 공산주의 선전」(對香港大學生演說―蕭伯納宣傳共産)이라는 제목으로
실렸다.

5) 당시 홍콩 식민통치를 위한 영국의 대표로서 영국 국왕이 임명했다.

6) '공부국'(工部局)은 영국, 미국, 일본 등이 상하이, 톈진 등지의 조계지에 설치한 통치기
관으로 제국주의 국가들의 식민주의 정책 시행 기관이다.

7) 원문은 '特別國情'. 위안스카이가 제제(帝制) 시행의 음모를 꾸밀 당시 퍼뜨린 말이었다.
1914년부터 1915년 사이에 위안스카이의 헌법고문인 미국인 굿나우(Frank Johnson
Goodnow)는 중국에는 '특별한 국가의 사정'이 있어서 '군주제'를 시행해야 하며 민주
공화정치는 맞지 않다고 했다. 후에 국민당 당국과 일부 우익 문인들 역시 중국에는 '특
별한 국가의 사정'이 있다고 하면서 맑스-레닌주의와 사회주의 제도는 중국에 적합하
지 않다고 선전했다.

8) 원문은 '政如飄風, 民如野鹿'이다. 앞 구절은 『노자』 제20장의 "회오리바람은 아침을 넘
기지 못하고 소나기는 하루를 넘기지 못한다"에서 나왔으며, 뒷 구절은 『장자』 「천지」
(天地)의 "임금은 높은 나뭇가지 같고, 백성은 야생사슴 같다"에서 나왔다.

9) 원제는 「蕭伯納究竟不凡」.

10) 수(銖)와 치(錙)는 무게 단위. 수는 1냥의 1/24, 치는 1냥의 1/4이다.

11) 『맹자』 「만장상」(萬章上)에 "공자는 성인으로서 때에 맞는 사람이다"라는 말이 있다.

12) 원문은 '我道不孤'. 『논어』의 「이인」(里仁)에 나오는 "덕은 외롭지 않고 반드시 이웃이
있다"라는 말을 패러디했다.

13) 원제는 「前文の案語」. 러원은 루쉰의 필명. 1933년 2월 취추바이(瞿秋白)가 상하이에
서 요양하고 있을 때 루쉰의 제의와 협조로 상하이에서 출판된 중외 간행물에 실린
버나드 쇼의 중국 방문에 관한 글을 모아 『상하이에 온 버나드 쇼』라는 책으로 묶어
내었는데, "러원이 오려 붙이고, 번역 및 편집 교정하다"라고 씌어 있다. 루쉰이 서문
을 쓰고 1933년 3월 야초서옥(野草書屋)에서 출판했다.

전쟁에 대한 기도
―독서 심득[1]

러허에서 전쟁[2]이 시작되었다.

3월 1일 ―상하이사변의 종결 '기념일'이 곧 다가온다. '민족영웅'의 초상[3]이 한 차례 한 차례 인쇄되고 판매되고 있다. 그런데 어린 병사의 피, 상처, 뜨거운 마음은 아직 얼마나 더 유린되어야 하는가? 기억 속의 포성과 몇천 리 밖의 포성은 우리로 하여금 속수무책의 쓴웃음으로 무료함에도 불구하고 몇 마디 '경구'가 있는 심심풀이 책을 펼치게 한다. 경구는 이것이다.

"저기요, 소대장님, 우리 도대체 어디로 가는 겁니까?" 그중의 하나가 물었다.

"가자. 나도 잘 몰라."

"씨발, 죽어 버리면 그만이지, 가기는 왜 가."

"시끄럽게 굴지 마, 명령복종!"

"씨발놈의 명령!"

그런데 씨발은 씨발이고 명령은 명령이다. 가라니까 당연히 그대로 가야 한다. 4시 정각 중산로中山路는 다시 고요해지고 바람과 나뭇잎 사그락 소리만 울렸다. 달빛은 청회색의 구름바다 속으로 숨어들어 잠들고 늘 그랬듯 인류의 일에 신경 쓰지 않았다.

이렇게 해서 19로군은 서쪽을 향하여 퇴각했다.

(황전샤, 『대大상하이의 훼멸』[4])

언젠가 '씨발'과 '명령'이 이렇게 따로 놀지 않을 때가 되면 위험에서 벗어날 것이다.

그렇지 않다면? 이 문제에 대답할 수 있는 경구가 또 있다.

19로군의 싸움은 우리가 공염불 말고도 잘하는 일이 있음을 알려 준다!
19로군의 승리는 구차함과 거짓안녕과 교만이라는 우리의 미몽을 증가시켜 줄 따름이다!
19로군의 죽음은 우리가 불쌍하고 재미없게 살고 있음을 경고한다!
19로군의 실패야말로 우리가 노력하지 않으면 차라리 노예가 되는 것이 낫다는 것을 알려 준다! (같은 책)

이것은 혁명이 아니면 모든 전쟁은 운명적으로 반드시 실패하기 마련임을 우리에게 경고한다. 이제 주전론에 대하여 저마다 모두 알게 되었다—이것은 1·28사변 때의 19로군[5]의 경험이다. 싸움이라면 모름지기 싸워야 하지만, 그런데 절대로 이길 수 없고 싸우다 죽는 것도 좋지 않으므로 어지간하게 적절한 방법은 패배라는 것이다. '민족영웅'의 전쟁에 대한 기도가 이렇다. 그런데 전쟁은 또한 분명 그들이 지휘하고 있고, 지휘권은 다른 사람에게 양도하지 않으려 한다. 전쟁을 감당할 수 있는 사람이 패배할 경우의 계획을 미리 예정하고 있다는 것인가? 마치 연극무대 위 화롄과 바이롄[6]의 싸움에서 누가 이기고 누가 질 것인지 미리 무대 뒤에서 약속한 것처럼 말이다. 오호라 우리의 '민족영웅이여!'

2월 25일

주)_____

1) 원제는 「對於戰爭的祈禱―讀書心得」, 1933년 2월 28일 『선바오』의 『자유담』에 발표했다. 필명은 허자간.

2) 1933년 2월 일본군은 산하이관을 함락한 뒤 이어 러허(熱河; 과거의 성省 이름, 지금의 허베이河北의 동북부 랴오닝遼寧의 서남부, 네이멍구內蒙古자치구의 동남부를 가리킨다)로 진공하여 3월 4일 성도 청더(承德)를 점령했다.

3) 상하이에서 판매되고 있던 마잔산(馬占山), 장광나이(蔣光鼐), 차이팅제(蔡廷鍇) 등 일본군에 저항한 국민당 장교의 사진을 가리킨다.

4) 황전샤(黃震遐, 1907~1974)는 광둥(廣東) 난하이(南海) 사람. 『다완바오』 기자, 항저우(杭州) 젠차오(筧橋) 공군학교 교관을 지냈다. '민족주의 문학'의 대표자. 『대상하이의 훼멸』(大上海的毀滅)은 1·28 상하이사변을 소재로 일본군의 무력을 과장하고 패배주의를 선전한 소설이다. 1932년 5월 28일 상하이의 『다완바오』에 연재하기 시작하여 같은 해 11월 다완바오출판사에서 단행본으로 출간했다.

5) 국민당의 군대. 원래 국민혁명군 제11군이었으나 1930년대 제19로군으로 재편되었다. 총지휘는 장광나이, 부총지휘 겸 군장은 차이팅제가 맡았다. 만주사변 후 상하이에 주둔했다. 1932년 1월 28일 일본군이 상하이로 진공하자 저항했으나 국민당 당국과 일본이 '상하이정전협정'을 체결하자 푸젠(福建)으로 가서 '공산 포위토벌'을 맡았다. 1933년 11월 제19로군의 지도자와 국민당의 리지선(李濟深) 등과 연합하여 푸젠에서 '중화공화국 인민혁명정부'를 세워 홍군과 더불어 항일, 반(反)장제스 협정을 맺기도 했으나, 얼마 못 가 장제스 군대의 공격으로 실패했다. 1934년 1월에 부대 번호가 취소되었다.

6) '화롄'(花臉)은 '징'(淨)이라고도 하며 성격이 외모와 일치하지 않는 남자배역을 말하고, 바이롄(白臉)은 음험하고 간사한 배역이다. 화롄과 바이롄은 일반적으로 모두 반면인물이다.

풍자에서 유머로[1]

풍자가는 위험하다.

가령 그의 풍자 대상이 문맹이고 살육되고 구금되고 억압받는 사람이라면, 그러면 아무 문제 없다. 그의 글을 읽는, 이른바 교육받은 지식인에게 해죽해죽 웃을 수 있는 거리를 마침맞게 제공함으로써 그는 자신의 용감함과 고명함을 더욱 잘 느끼게 된다. 그런데 작금의 풍자가가 풍자가인 까닭은 바로 일류의 이른바 교육받은 지식인 사회를 풍자하는 데 있다.

풍자 대상이 일류사회이기 때문에 거기에 속한 각각의 구성원들은 저마다 자신을 찌르고 있는 것처럼 느끼고 하나하나 암암리에 마중 나와 자신들의 풍자로 풍자가를 찔러 죽이고 싶어 한다.

우선 풍자가가 냉소적이라고 말하고 차츰차츰 왁자지껄 그에게 욕설, 우스개, 악랄, 학비,[2] 사오싱紹興 서기관 등등, 등등의 말을 쏟아붓는다. 그런데 사회를 풍자하는 풍자는 오히려 종종 늘 그렇듯 '놀라우리만치 유구하다'. 중 노릇 한 서양인[3]을 치켜세우거나 타블로이드 신문을 만들어 공격해도 효과가 없다. 따라서 어떻게 울화통 터져 죽지 않겠느뇨![4]

지도리는 여기에 있다. 풍자 대상이 사회인 경우 사회가 변하지 않으면 풍자는 더불어 존재하고, 풍자 대상이 그 사람 개인인 경우 그의 풍자가 존재하면 당신의 풍자는 허사가 되고 말기 때문이다.

따라서 이런 가증스러운 풍자가를 타도하고자 한다면 하릴없이 사회를 변화시킬 수밖에 없다.

그런데 사회풍자가는 여하튼 위험하다. 더욱이 일부 '문학가'들이 알게 모르게 '왕의 발톱과 이빨'[5]을 자처하는 시대라면 그러하다. 누가 '문자옥'의 주인공이 되기를 좋아하겠는가? 그러나 죽어 없어지지 않고서는 뱃속이 늘 답답해서 웃음이라는 장막을 빌려 허허거리며 그것을 토해 내는 것이다. 웃음은 남한테 죄 짓는 것도 아니고 최근 법률에도 국민이라면 모름지기 죽을상을 해야 한다는 규정이 아직은 없으므로 단언컨대 전혀 '위법'이 아니다.

나는 생각한다. 이야말로 작년부터 글에 '유머'가 유행하게 된 원인이다. 그런데 개중에는 물론 '웃음을 위한 웃음'도 적지 않다.

그런데 이 상황은 어쩌면 오래가지 않을 듯싶다. '유머'는 국산이 아니고[6] 중국인이 '유머'에 능한 인민도 아니며, 더구나 요즘은 그야말로 유머를 쓰기 어려운 세월이다. 따라서 유머조차도 불가피하게 모양을 바꾸게 되었다. 사회에 대한 풍자로 경도되거나 전통적인 '우스갯소리', '잇속 챙기기'로 전락했다.

3월 2일

주)_____

1) 원제는「從諷刺到幽默」, 1933년 3월 7일『선바오』의『자유담』에 발표했다. 필명은 허자간.

2) 학비(學匪). 당시 보수적인 학자들은 루쉰과 같은 '학계의 이단아', '반골 기질의 학자'를 '학비' 즉, '학계의 토비'라고 비난했다.

3) 트레비쉬 링컨(Ignatius Timothy Trebitsch-Lincoln, 1879~1943)을 가리키는 것 같다. 헝가리에서 태어난 유태인으로 개신교 선교사로 활동했다. 독일 우익 정치인이자 스파이로서 상하이에서 활동 당시 자오쿵(照空)이라는 법명으로 스님 행세를 했다.

4) 이 구절에서 사용하고 있는 어기사는 '也應哥'인데, 의미가 없는 허사로서 원곡(元曲)에서 상용하는 것이다. '波哥', '也未哥'로 쓰기도 한다.

5) 원문은 '王之爪牙'.『시경』의「소아(小雅)·기부(祈父)」에 "저희는 왕의 발톱과 이빨인데, 어찌하여 저희를 근심하도록 내버려 두며 머물러 살 곳도 없게 하나이까"라는 말이 나온다. 당나라 공영달(孔穎達)의 소(疏)에 따르면 '발톱과 이빨'(爪牙)은 '발톱과 이빨 역할을 하는 병사'로서 왕의 '수비군'을 가리킨다. 여기서는 통치자의 졸개를 의미한다.

6) '유머'에 해당하는 중국어 '幽默'는 humour의 음역. 린위탕(林語堂)이 1924년 5월에 발표한「산문번역 모집과 '유머' 제창」(征譯散文與提倡"幽默")에서 처음으로 humour를 '幽默'로 번역했다.

유머에서 엄숙으로[1]

'유머'가 풍자로 경도되면 자신의 본령이 사라지게 된다는 것은 차치하고, 가장 두려운 것은 다시 '풍자'를 가져오고 모함을 하는 사람들이 있다는 것이다. 그런데 '우스갯소리'로 전락하면 수명이 비교적 오래가고 운수도 대체로 순탄하겠으나 국산품에 가까워질수록 종당에는 서양식 서문장[2]이 되고 말 것이다. 국산품 제창 소리 가운데 벌써부터 중국의 '자체 제작 박래품'이 광고되고 있다는 것이 바로 그 증거이다.

더구나 나는 법률에도 조만간 국민이라면 모름지기 죽을상을 해야 한다는 명문 규정이 생기지 않을까 정녕 걱정스럽다. 웃음은 애당초 '위법'일 수가 없다. 그런데 불행히도 동부의 성城들이 함락되고 온 나라가 소란스러워지자 애국지사들은 땅을 잃어버린 원인을 찾으려 애썼다. 그 결과, 원인 중의 하나가 청년의 유흥과 춤바람에 있음을 발견했다. 베이하이에서 시시덕거리며 스케이트를 타고 있을 때 거대한 폭탄이 떨어졌던 것이다.[3] 부상자는 없었지만 얼음에 거대한 구멍이 뚫려 버려 멋들어진 활강은 할 수 없게 되었다.

또다시 불행히도 위관楡關 방어선이 무너지고 러허熱河가 긴박해지자 유명한 문인학사들도 한층 더 긴박해졌다. 만가를 짓는 이도 있고 전투가를 짓는 이도 있고 문덕[4]을 말하는 이도 있다. 욕설하기는 싫거니와 빈정 거림도 문명적이지 않으므로 사람들더러 엄숙한 글을 짓도록 요구했다. 엄숙한 얼굴로 '무저항주의'의 부족분을 보충하라는 것이다.

그런데 인류는 필경 이렇게 가만히 있지 못하는 법이다. 대적이 국경을 압박할 때 쇠붙이 하나 없어 적들을 죽이지 못하면 마음에는 예외 없이 분노가 일어나 적들을 대신한 대체물을 찾게 된다. 이 순간 시시덕거리던 사람은 재앙을 만나게 된다. 왜냐하면 그는 이 순간 "간도 쓸개도 없는 진숙보"[5] 같은 인간으로 불리기 때문이다. 따라서 눈치 빠른 사람은 모름지기 재앙을 모면하기 위해 죽을상을 한다. "총명한 사람이라면 빤한 손해는 보지 않는다"라는 말은 고대의 현인이 남긴 가르침이다. 이때에도 '유머'는 저세상으로 가고 '엄숙'이 남아 있는 전全 중국을 통일하게 된다.

이 대목을 이해하면 우리는 옛날에 왜 정절부인, 음부를 막론하고 사람들을 만날 때 웃지도 말하지도 말아야 했는지, 요즘은 왜 장사 지내는 여인네가 슬프거나 말거나 길에서 반드시 대성통곡해야 하는지를 알게 된다.

이것이 바로 '엄숙'이다. 말하고 보니, 그것은 바로 '악독'이다.

3월 2일

1) 원제는 「從幽默到正經」, 1933년 3월 8일 『선바오』의 『자유담』에 실렸다. 필명은 허자간.

2) 서문장(徐文長, 1521~1593). 이름은 위(渭), 호는 청등도사(靑藤道士)이며, 저장 산인(山陰; 지금의 사오싱) 사람으로 명말의 문학가이자 서화가이다. 저서로는 『서문장집』(徐文長集), 희곡으로 『사성원』(四聲猿) 등이 있다. 저둥(浙東) 일대에 그에 관한 이야기가 많이 전해지고 있는데, 익살스럽고 신랄한 인물로 묘사되고 있다.

3) 1933년 새해 첫날 베이핑의 학생들이 중난하이(中南海) 공원에서 가장 스케이트대회를 개최하고 있었는데, 폭탄 투척 사건이 일어났다. 이 일이 발생하기 전 '한간처단 구국단'(鋤奸救國團)의 명의로 남녀 학생들이 유흥에 빠져 국난을 망각해서는 안 된다고 경고한 바 있다.

4) 다이지타오(戴季陶)는 난징의 『신아세아월간』(新亞細亞月刊) 제5권 제1, 2기 합간(1933년 1월)에 발표한 「문덕과 문품」(文德與文品)에서 "입만 열면 욕설을 퍼붓고 농담을 하는 것……, 이 모든 것은 문명인이라면 해서는 안 되는 일이다"라고 했다.

5) 진숙보(陳叔寶)는 남조 진(陳)의 후주(后主)를 가리킨다. 『남사』(南史)의 「진본기」(陳本紀)에 "(진숙보는) 용서를 받고 수(隋) 문제(文帝)의 후덕을 입어 수차례 접견하기도 했으며 삼품(三品) 벼슬 대우도 받았다. 매번 연회가 있으면 상심할까 하여 오음(吳音) 연주를 못하게 했다. 후에 감독하는 자가 '숙보가 지위가 없으니 조회를 할 때면 관호(官號) 하나 얻기를 바라고 있다고 말했다'라고 상주하자, 수 문제는 '숙보는 간도 쓸개도 없다'라고 했다"는 기록이 있다.

왕도시화[1]

'인권론'[2]은 앵무새로부터 시작한다. 옛날 높이 멀리 나는 앵무새 도령이 있었다고 한다. 우연히 자신이 살던 숲을 지나가다 큰불이 난 것을 보고 날개에 물을 적셔 산에 뿌렸다. 사람들이 그렇게 적은 물로 어떻게 이렇게 큰불을 끌 수 있느냐고 말하자, 앵무새는 "여하튼 나는 여기에 산 적이 있으므로 지금 마음을 다하지 않을 수가 없다"라고 말했다는 것이다. (이야기는 『역원서영』[3]에 나오고, 후스[4]의 『인권론집』 서문에서 인용하고 있다.) 앵무새가 불을 끌 수 있는 것처럼 인권으로 반동통치를 좀 미화해도 괜찮을 것이다. 여기에 보상이란 게 없을 수는 없다. 후 박사는 창사長沙에 가서 강연을 한 번 했고, 허 장군[5]은 오천 위안의 거마비를 보냈다. 돈은 적지 않은 셈이고, 이것을 실험주의[6]라고 "부른다".

그런데 이번 불은 어떤 식으로 끄는가? '인권론' 시기(1929~30년)에만 해도 잘 알 수 없었으나 한 번에 5천 위안이라는 소매가가 나온 뒤로는 달라졌다. 최근(올 2월 21일) 『쯔린시바오』[7]에 후 박사의 이야기가 실렸다.

어떤 정부건 간에 당연히 자신을 보호하고 자신을 위해하는 운동을 진압할 권리를 가진다. 물론 정치범도 기타 범인과 마찬가지로 당연히 법률의 보장과 합법적 심판을 받아야 한다.

이제야 훨씬 분명해졌다! 이것은 '정치권력'을 말하고 있는 것이 아닌가? 물론 박사의 머리는 결코 단순하지 않다. 그는 그저 "한 손에는 보검을, 다른 손에는 경전을 들자"라고 하는 무슨 주의를 말하는 지경으로 나아가지는 않았다. 그는 당연히 법률을 들고 있어야 한다고 말했던 것이다.

중국의 문인식객들은 언제나 무슨 왕도니, 인정仁政이니 하는 일련의 비결을 가지고 있었다. 맹부자孟夫子께서 얼마나 유머스러운지 보시게나. 그는 당신더러 돼지 도축장에서 멀리 떨어져 지내고 고기를 먹을 때에는 마음속에 차마 하지 못하는 마음[8]을 가지도록 가르쳤으며, 인의도덕仁義道德이라는 명분도 있었다. 남을 속일 뿐만 아니라 자신도 속였으니, 진실로 이른바 마음도 편안하고 실리도 무궁하다.

시에서 가로되,

문화두목 박사직함
인권을 포기하고 오히려 왕권을 말한다
조정은 자고로 살육이 많았고
이 도리는 작금에 실험으로 전해진다.

인권과 왕도는 두 번 뒤집어 새롭게 하니
군은君恩에 감복하여 성명聖明을 주청하고

학정도 무방하다 법률에 근거하면

풀 베듯 죽여도 아무 소리도 들리지 않는다.

선생은 성현의 책을 숙독하고

애당초 군자의 도는 외롭지 않은 법

천고에 한마음 맹자가 있고

육식에 푸줏간을 멀리하라 가르쳤다.

수다스러운 앵무새는 뱀독에 올라

물방울의 미력한 힘 과장해서 늘어놓고

걸핏하면 고관저택에 염치를 팔아

오천을 던져 주어도 과분하다 생각 않네.

3월 5일

주)_____

1) 원제는「王道詩話」, 1933년 3월 6일 『선바오』의 『자유담』에 발표했다. 필명은 간. 이 글
과 이어지는 글인「억울함을 호소하다」,「곡의 해방」,「마주보기경」,「영혼을 파는 비
결」,「가장 예술적인 국가」,「안과 밖」,「바닥까지 드러내기」,「대관원의 인재」 그리고
『남강북조집』(南腔北調集) 중「여인에 관하여」(關於女人),「진짜 가짜 돈키호테」(眞假堂
吉訶德), 『풍월이야기』(准風月談) 중의「중국 문장과 중국인」(中國文與中國人) 등 12편은
모두 1933년 취추바이(瞿秋白)가 상하이에 있을 때 쓴 것이다. 이 가운데 몇몇 글은 루
쉰의 의견에 근거하거나 루쉰과 의견을 교환한 후에 썼다. 루쉰은 여기에 첨삭을 가하
고(제목을 바꾸기도 했다) 누군가에게 베껴 쓰게 하여 자신의 필명으로『선바오』의 『자
유담』 등의 간행물에 발표했다. 후에 그것들을 자신의 잡문집에 각각 나누어 수록했다.

2) 『인권론집』(人權論集)을 가리킨다. 이 책은 후스(胡適), 뤄룽지(羅隆基), 량스추(梁實秋) 등이 1927년 『신월』(新月) 잡지에 발표한 인권문제에 관한 글들을 모은 것이다. 1930년 2월 상하이 신월서점에서 출판했으며 후스가 서문을 썼다.

3) 『역원서영』(櫟園書影)은 『인수옥서영』(因樹屋書影)을 말한다. 명말청초에 주역원(周櫟園)이 지었다. 이 책의 권2에 "옛날에 앵무새가 지퉈산(集陀山)을 날아가다 산에 큰불이 난 것을 멀리서 보고 물에 들어가 날개를 적신 후 날아가 그것을 뿌렸다. 천신(天神)이 '너는 비록 의지가 있다고는 하나 어찌하여 그것으로 충분하다고 운운하느냐'라고 말하자, 대답하여 가로되 '일찍이 이 산에서 산 적이 있으므로 차마 그냥 보고 있지는 못하는 것일 따름입니다'라고 했다. 이에 천신은 감동하여 곧 불을 진화했다"라고 했다. 원래 인도의 우화로서 중역(中譯) 불경에 자주 등장한다. 주역원(1612~1672)은 이름은 양공(亮工)이고 허난 샹푸(祥符; 지금의 카이펑開封) 사람이다.

4) 후스(胡適, 1891~1962). 자는 스즈(適之), 안후이(安徽) 지시(績溪) 사람으로 미국 컬럼비아대학에서 박사학위를 받았다. 1917년 귀국하여 베이징대학에서 교수를 역임했다. '5·4' 시기 신문화운동의 대표적 인물. 후에 국민당 정부 주미대사 등을 지냈다. 1949년 4월 타이완(臺灣)에서 병사했다.

5) 허젠(何鍵, 1887~1956)을 가리킨다. 후난(湖南) 리링(醴陵) 사람으로 국민당 군벌이었다. 당시 후난성 정부 주석을 지냈다. 1932년 12월 후스는 허젠의 요청으로 창사(長沙)에서 「우리가 가야 할 길」(我們應走的路) 등의 강연을 했는데, 후스의 일기에는 허젠이 '거마비'로 사백 위안을 주었다고 한다.

6) '실험주의'(實驗主義)는 실용주의, 도구주의라고도 하며, 근대 미국에서 유행한 철학이다. 사상이나 의식이 객관 세계의 반영이 아니라 인간이 자신의 필요에 맞게 만들어 낸 '가설'과 사용하는 '도구'라는 것이며, '교환가치'와 '유용성'이 진리이고 개인의 활동을 통하여 자신의 '가설'과 '도구'의 가치와 효용을 실험할 것을 강조했다. 대표적인 인물로는 존 듀이(John Dewey)가 있다. 후스는 듀이의 학생이었으며, 1919년 베이징에서 실험주의를 선전했다. 1921년에 쓴 「듀이 선생과 중국」(杜威先生與中國)에서 듀이의 철학 방법을 "통칭하여 '실험주의'라 부른다"라고 했다.

7) 『쯔린시바오』(字林西報, North China Daily News)는 영국인이 상하이에서 만든 영자 신문, 쯔린양행(字林洋行)에서 출판. 1864년 7월 1일 창간, 1951년 3월 31일 정간했다.

8) 원문은 '不忍人之心'. 『맹자』 「양혜왕상」(梁惠王上)에 "군자는 금수에 대하여 산 것을 보고는 차마 죽음을 보지 못하고, 그 소리를 들으면 차마 고기를 먹지 못한다. 이런 까닭으로 군자는 푸줏간을 멀리하는 것이다"라는 말이, 「공손추상」(公孫丑上)에는 "사람은 모두 남에게 차마 하지 못하는 마음이 있다. 선왕께서는 남에게 차마 하지 못하는 마음을 가지고 있었으며, 이에 남에게 차마 하지 못하는 정치가 있었다"라는 말이 나온다.

억울함을 호소하다[1]

「리턴 보고서」[2]가 중국인 스스로가 발명한 '국제협력을 통한 중국 개발계획'을 채택한 것은 감사할 만하다. 최근 난징시 각계의 전보문에는 벌써부터 "삼가 난징시 70만 민중을 대표하여 안심의 마음을 올린다"라고 하며, 리턴은 "중국의 좋은 벗일뿐더러 세계평화와 인도적 정의의 보장인"이라고 칭했다(3월 1일 난징 중앙사[3]발發).

그런데 리턴도 중국에 감사해야 옳다. 첫째, 중국에 '국제협력 학설'이 없었다면 리턴 경은 자신의 의사를 표현할 적당한 언어를 찾기 어려웠을 것이다. 공동관리라는 것은 학리적인 근거가 없었던 것이 아닌가? 둘째, 리턴 경은 스스로 "난징은 본래 공산주의의 조류를 막기 위하여 일본의 원조를 환영했다"라고 말했다. 따라서 그는 당연히 중국 당국의 고심어린 조예에 대하여 진실한 경의를 표시해야 한다.

그런데 리턴 경은 최근 파리에서 한 연설에서(『로이터 통신』, 2월 20일 파리발) 두 가지 문제를 제안했다. 하나는 이것이다. "중국의 전도는 이처럼 위대한 인적 자원에 대하여 어떻게, 언제, 누가 국가의식으로 통일된 힘을 부여하는가에 달려 있는 것 같다. 제네바[4]인가, 모스크바인가?" 또 다른 문제는 이것이다. "중국은 현재 제네바에 경도되어 있다. 그러나 만약 일본이 현행 정책을 견지하고 제네바가 실패한다면 중국은 바라는 바가 아니더라도 장차 자신의 경향을 바꾸게 될 것이다." 이 두 문제는 모두 중국이라는 국가의 인격을 다소 모독하고 있다. 국가라는 것은 정부이다. 리턴은 중국은 아직 '국가의식으로 통일된 힘'이 없다고 했고, 심지어는 제네바에 경도된 경향을 바꿀 것이라고까지 말했다! 이 말은 중국이라는 국가의 국제연맹에 대한 충심, 일본에 대한 고심苦心을 믿지 못하는 것이 아닌가?

중국이라는 국가의 존엄과 민족의 영광이라는 견지에서 우리가 리턴 경에게 대답을 주려고 한 지 벌써 여러 날이 지났으나, 그에 상응하는 문건이 없다. 이것은 정말 답답한 노릇이다. 그런데 오늘 별안간 신문에서 리 대인大人에게 대답할 수 있는 보배 하나를 발견했다. 그것은 바로 '한커우漢口 경부警部의 3월 1일자 공고문'이다. 여기에서 리 대인의 의심에 반박할 수 있는 '강철 같은 사실'을 찾을 수 있다.

예컨대 이 공고문은(원문은 『선바오』, 3월 1일 한커우 특별 송고에 나옴) 다음과 같이 말하고 있다.

외국 자본 아래에서 노동하는 노동자들에게 만약 노사 간에 해결할 수 없는 정당한 문제가 발생하면, 우리 주관기관이 교섭하고 해결하도록 요청해야지 절대로 직접 교섭해서는 안 된다. 위반자는 처벌한다. 혹 다른 사람에게 이용당하여 고의로 직접 교섭하는 방법으로 엄중한 사태를 만드는 자는 사형에 처한다.

이것은 외국 자본가는 "노사 간에 해결하지 못하는 정당한 문제가 발생하"면 직접 임의로 처리할 수 있으나, 노동자 측에서 이처럼 처리하는 자는…… 사형에 처하게 된다는 것이다. 이렇게 하면 우리 중국은 다만 '국가의식으로 통일된' 노동자만 남게 된다. 왜냐하면 무릇 이 '의식'을 위반하는 사람은 모두 중국이라는 '국가'를 떠나도록, 저세상으로 가도록 요구받기 때문이다. 리 대인은 설마 아직도 중국 당국이 '국가의식으로 통일된 힘'이 아니라고 말할 수 있겠는가?

두번째는 이 '통일된 힘'을 통일하는 주체는 물론 모스크바가 아니라 제네바라는 것이다. "중국은 현재 제네바에 경도되어 있다"라는 말은 리 턴 경 본인의 말이다. 우리의 이런 경향성은 십이만분 확실하다. 예를 들면 이상의 공고문에서도 "만일 악한이나 건달이 꾐에 빠져 결탁하여 직접 부추김을 당하거나 명의를 빌려 질서와 안녕의 파괴를 도모하고 기타 우리 국가와 사회에 불리한 중대한 범법행위를 저지르면 가차 없이 죽인다"라고 말했다. 이것은 '제네바 경향'을 보장하는 확고한 수단으로 이른바 "유혈이라도 불사한다"라는 것이다. 게다가 '제네바'는 세계평화를 이야기하는 곳이다. 따라서 중국은 최근 2년 동안 저항을 하지 않았다. 왜냐하면 저항은 평화를 파괴하려 하기 때문이다. 1·28사변 발발 당시에도 중국은 폭탄과 총포를 제지하는 포즈를 취했을 따름이었다. 최근의 러허사변에서도 중국 측은 마찬가지로 '전선 축소'[5]에 온 힘을 다했다. 이뿐이 아니다. 중국 측은 비적 토벌에 몰두하고 있다. 일찌감치 한두 달 공산 비적을 숙청하기 위하여 '잠시' 러허는 관여하지 않겠다고 선언했던 것이다. 이 모든 것은 "일본이…… 중국 남방에 공산 조류가 점차 일어나는 것을 보고 우려하"[6]는 것이 불필요하고, 일본이 친히 출정하지 않아도 괜찮다는 것을 입증한다. 중국 측이 이처럼 고생스레 인내하며 일하고 있는 것은 바로 일본을 감동시키고 깨닫게 하여 원동의 영원한 평화를 이루려는 목적에 도달하기 위해서이다. 따라서 국제 자본은 이 일을 분담하여 협조해도 좋다. 그런데 리턴 경이 아직도 중국은 "자신의 경향을 바꿀"지도 모른다고 의심하는 것은 너무 억울한 노릇이다.

요컨대, "사형에 처하고, 가차 없이 죽인다"라는 것은 리턴 경의 의심에 회답하는 역사적 문건이다. 청컨대 마음 푹 놓으시고, 도움이나 주십시오.

3월 7일

주)_____

1) 원제는 「伸寃」, 1933년 3월 9일 『선바오』의 『자유담』에 발표했다. 필명은 간.

2) 리턴(Victor Alexander George Robert Bulwer-Lytton, 1876~1947)은 영국 정치가이다. 1932년 3월 국제연맹은 그를 대표로 하는 조사단을 파견했다. 이들은 중국의 동북 지방에 가서 만주사변을 조사하고, 같은 해 10월 2일 「국제연맹조사단 보고서」(일명 「리턴 보고서」)를 발표했다. 보고서는 '동삼성(東三省; 평톈성, 지린성, 헤이룽장성)이 중국의 일부이며' 일본이 만주사변을 일으킨 것은 결코 '합법적 자위 수단'이 아님을 확인했다. 그런데 중국의 동북지방에 일본의 '무시 못할 권리'와 '이익'이 있으며, 일본이 동북을 점령한 까닭은 중국 사회 내부의 '파행'과 중국 인민의 '외국 배척'으로 말미암아 일본이 '손해'를 입고 있었고, 소련의 '확장'과 '중국공산당의 발전'에 대한 일본의 '우려' 때문이라고 말하기도 했다. 보고서는 동삼성에 '만주자치정부'가 성립되었으며, 일본을 위주로 하고 영미 등 다수국이 참가하는 '고문회의'를 통하여 공동관리하자고 제안함으로써 중국을 분할하려는 목적을 드러냈다. 당시 국민당 정부는 이 보고서가 "분명하고 합당하다"라고 말하며 보고서의 원칙에 대한 수용 의사를 표시했다.

3) '중앙사'(中央社)는 '국민당중앙통신사'의 약칭. 1924년 4월 1일 광저우에서 만들었고 1927년 난징으로 옮겨 갔다.

4) 스위스 서부, 국제연맹 총부의 소재지. 여기서는 영국, 프랑스 등을 가리킨다.

5) 국민당이 작전 부대의 패주를 은폐하기 위해 사용한 말이다. 예컨대 『선바오』 1933년 3월 3일에 실린 기사 제목은 "적군이 러허성(熱河省)의 경계 속으로 깊이 들어와 츠펑(赤峰) 방면의 소식을 알 수가 없고, 링위안(凌原)의 우리 군대는 방어선을 축소했다"로 되어 있다.

6) 리턴이 파리에서 행한 연설에서 한 말이다.

곡의 해방[1]

'사詞의 해방'[2]에 대해서는 벌써 특집호가 나왔기 때문에 사詞에서는 어미를 걸고 욕할 수도 있고 '마작을 칠' 수도 있다.

곡曲은 왜 썩을 놈, 썩을 놈 하도록 해방시킬 수 없는가? 그런데 '곡'曲이 해방되면 자연스레 '직'直이 된다. 무대 뒤의 연극을 무대 앞으로 옮기면 시인의 온유돈후[3]의 뜻이 상실되지 않을 수 없다. 평측平仄이 조화를 잃고 성률이 괴팍해지는 것은 그다음 문제이다.

『평진회』(平津會) 잡극

성生 등장 : 좋은 연극이 연속 상연되는 것은 일반적이지 않아. 외국을 물리쳐야 할 시기에 내부 안녕에 바빠서 말이야. 열탕熱湯[4]이 빨리 끓어올라 징과 북을 치기도 전에 막을 내리는 것이 한스러울 뿐이고. (노래):

[단주천정사][5] 열탕 썩을 놈──도망!

저항 포즈──문제 돼?

단旦 등장, 노래 : 중앙의 모범을 배우자

―행장을 꾸려 서쪽을 바라보며

셴양咸陽으로 달아날 의론을 하네.

성 : 당신, 당신, 당신 …… 소리 낮춰요! 우리 그 탕湯 보시게나, 그들 거

기에 끼어들 마음이 없고, 우리 여기서도 변명하기 어렵소. 좋은 연극을

올려도 이처럼 엉망진창이 되어 버리고, 너무 골치가 아프오!

단 : 그게 왜요? 다시 '조사 처벌'⁶⁾ 하면 되잖아요. 우리처럼 남자 한 명

여자 한 명, 주연 한 명 조연 한 명이면 충분히 노래할 수 있어요.

성 : 옳거니! (노래):

[전도양춘곡]⁷⁾ 공공연히 지적당한 가증스러운 장張⁸⁾

　　　　　한바탕 욕지거리, 무저항!

단 몰래 노래 : 정신없이 바쁜 중에 무슨 바보 같은 시시비비?

　　　　　그저 거짓 포즈일 뿐이지

　　　　　그러니 욕 좀 하면 또 뭐 어때?

처우표 보퉁이를 들고 급히 등장 : 아이고, 빨리 빨리, 큰일 났습니다요!

단 처우를 안는 동작 : 이놈아, 왜 이리 수선을 떨어! 너는 앞에서 더 저지

해야지, 이렇게 몇 번 더 저지해야지. 우리가 잘 수습할 수 있도록. (노래):

[전도양춘곡] 가만히 따져 보니 불쌍한 탕

　　　　　한바탕 욕지거리, 공연한 저항

　　　　　무대 위에서 심히 황망한 꼬락서니를 보이다니?

　　　　　그저 행장을 꾸리는 것에 불과한데,

　　　　　그러니 기다리면 또 뭐 어때?

처우 우는 동작 : 당신들이 행장을 꾸리려 하시다니요! 제 행장도 미리

다 꾸리지 못했어요. 보시라고요. (보퉁이를 가리키는 동작)

단 : 이놈아 어서 어서 부상[9]으로 가자꾸나.

성 : 천둥같이 무섭게 바람처럼 빠르게 서둘러 조사하자.

처우 : 이런 희생은 값어치가 있어. 당당한 대장부에게 영광이 있을지니.

(모두 퇴장)

3월 9일

주)_____

1) 원제는 「曲的解放」, 1933년 3월 12일 『선바오』의 『자유담』에 발표했다. 필명은 허자간.

2) 1933년 쩡진커(曾今可)는 그가 주편한 『신시대』(新時代) 월간에서 이른바 "사(詞)를 해방하자"고 주장했다. 『신시대』 제4권 제1기(1933년 2월)는 '사 해방운동 특집호'인데, 그가 지은 「화당춘」(畫堂春)이 실렸으며 내용은 다음과 같다. "일 년이 시작되니 연초가 길어, 객이 와서 나의 쓸쓸함을 위로해 준다. 어쩌다 심심풀이 하는 건 문제 될 것 없으니 마작이나 한번 놀아 보자꾸나."

3) 『예기』의 「경해」(經解)에 "공자께서 가로되 '……온유돈후(溫柔敦厚)는 시의 가르침이다'라고 했다"는 말이 나온다.

4) '열탕'(熱湯)은 쌍관어(雙關語)로서 당시 러허성의 주석 탕위린(湯玉麟)을 가리킨다. 탕위린(1871~1937)은 랴오닝(遼寧) 푸신(阜新) 사람이다. 토비 출신으로 장쉰(張勳)의 복벽에 참가했다. 1928년 러허성 정부 주석 겸 36사단 사단장을 역임했다. 1933년 2월 21일 일본군이 러허를 침략하자 서둘러 도망쳤다. 일본군은 3월 4일 겨우 100여 명의 병력으로 당시 성도인 청더(承德)를 점령했다.

5) '단주천정사'(短柱天淨紗)에서 '단주'는 사곡(詞曲) 중 한 곡조로서 한 편 전체를 통틀어 한 구절에 두 운, 혹은 두 글자에 한 운을 사용한다. '천정사'는 '월조'(越調) 중의 곡패명이다.

6) 러허가 함락되자 도망자에 대한 처벌을 위하여 1933년 3월 7일 국민당 정부 행정원은 탕위린을 "조사 처벌하여 면직"하기로 결의하고, 8일에는 다시 탕위린을 "철저하게 조사하고 체포하여 처리하라"라는 명령을 내렸다.

7) 「양춘곡」(陽春曲)은 일명 「희춘래」(喜春來)라고도 한다. '중궁조'(中宮調)의 곡패명이다.

루쉰은 「양춘곡」 앞에 '전도'(顚倒)라는 두 글자를 붙여 익살과 풍자의 의미를 더했다.

8) '장'(張)은 장쉐량(張學良)을 가리킨다. 러허 함락 후 장제스는 함락의 책임을 장쉐량에게 지웠다. 「유명무실에 대한 반박」 참고.

9) '부상'(扶桑)은 중국 고대 전설 속의 신성한 나무의 이름이다. 태양이 뜨는 곳을 의미하다가 나중에는 동방 대해의 먼 나라 이름으로 사용되기도 했다. 『남사』(南史)의 「동이전」(東夷傳)에 "부상은 대한국(大漢國) 동쪽 2만 리쯤에 있다"라고 되어 있다. 당대부터 '부상'은 일본을 가리키기 시작했다.

문학의 에누리[1]

일부 사람들을 모함하는 소설을 게재하는 것을 자랑 삼는 무료한 타블로 이드가 있다. 당사자의 이름도 넌지시 알려 주며, 별안간 투고에 대하여 "개인이나 단체를 비방하는 성격이 포함된 글은 게재하지 않음을 양해해 주시기 바랍니다"[2]라고 말했다. 이 때문에 몇 가지 일들이 나도 모르게 떠 올랐다.

　대개 내가 만나 본 중국 문학을 연구하는 외국인들 중에 종종 중국 문 장의 과장에 대하여 불만을 가진 이들이 있었다. 이들은 그야말로 중국 문 학을 연구한다고 하지만 죽을 때까지 중국 문학을 이해하지 못하는 외국 인인 것이다. 우리 중국인이라면, 몇백 편의 문장을 읽고 십여 명의 이른 바 '문학가'의 행적을 살펴보기만 하면, 또는 막 '민간에서 나온' 우직한 청년이 아니라면, 결코 속임수에 걸려들지 않는다. 우리는 익숙해졌기 때 문인데, 흡사 전당포의 점원이 수표를 보고 어느 것은 통용되고 어느 것은 에누리해야 하고 어느 것은 절대로 받아서는 안 되는 부도수표인지 아는 것과 같다.

예를 들어 보자. 귀상貴相을 칭찬할 때는 "두 귀가 어깨까지 내려온다"[3]라고 한다. 이 경우 우리는 적어도 반값으로 에누리해서 보통보다 좀 클 거라고 생각하지, 결코 그의 귀가 돼지만 할 거라고 믿지 않는다. 근심을 말할 때는 "백발이 삼천 장丈이다"[4]라고 한다. 이 경우 우리는 적어도 2만분의 1로 에누리하여 일고여덟 자쯤 될 거라고 생각하지, 결코 정수리를 대초원처럼 휘감고 있을 거라고는 믿지 않는다. 이런 수치는 조금 애매하기는 하지만 여하튼 차이가 아주 큰 정도는 아니다. 뒤집어 말하면, 우리는 적은 것을 많게도 할 수 있고 없는 것을 있게도 할 수 있다. 예컨대, 칼을 든 바싹 마른 광대 네 명이 무대에 등장하면 우리는 이들을 10만의 정예군으로 이해한다. 위엄 있는, 정말 그럴듯한 문장이 간행물에 실리면 우리는 그 이면과 행간에 보이지 않는 귀신놀음이 있는 것으로 이해한다.

　다시 뒤집어 말하면, 뿐만 아니라 우리는 있는 것을 없게 할 수 있다. 예컨대, '침과대단'이라든가, '와신상담'이라든가, '진충보국'이라든가 하는 말[5]에서 우리는 금방 백지를 보아 낼 수 있다. 마치 정착되기도 전에 햇빛에 노출된 사진처럼 말이다.

　그런데 우리는 가끔 아직도 이런 문장을 본다. 소동파가 황저우黃州로 좌천되고 무료함이 극치에 달하자 방문한 객에게 귀신 이야기를 해보라고 했다. 객이 없다고 하자, 동파가 말했다. "자네가 우선 아무렇게나 하나 지어 보시게나."[6] 우리가 보는 문장도 이런 생각에서 벗어나지 않는다. 그런데도 사회에 이런 게 나온 것을 알게 되면 좀 무료해진 눈을 소모하기도 한다. 사람들은 종종 마작이나 춤이 유해하다고 생각하지만 실은 이런 문장의 해독이 훨씬 더 심하다. 자칫하면 후천적인 저능아로 만들어 버릴 수 있기 때문이다.

『시경』의 「송」[7]은 알랑방귀였고 『춘추』[8]는 속임수였고, 전국시대에는 유세가들이 벌떼처럼 일어나 과격한 언어로 긴장시키거나 미사여구로 감동시켰다. 이리하여 과장, 허세, 거짓말은 한도 없이 지속되었다. 요즘 문인들은 양복으로 갈아입었지만, 그들의 골수에는 여전히 조상들이 깊이 자리하고 있다. 따라서 모름지기 취소하거나 에누리해야지만 비로소 몇 푼의 진실이라도 드러나게 된다.

'문학가'들이 과장, 허세, 거짓말 따위의 자신들의 고질병을 이미 고쳤다는 것을 구체적인 사실로 증명하지 않는다면, 설령 하늘에 맹세하며 앞으로 충분히 엄숙해질 것이오, 안 그러면 하늘과 땅이 벌할 것이오, 라고 말한다 해도 헛수고하는 것일 뿐이다. 왜냐하면 우리는 오래전부터 "왕마쯔[9] 도용은 멸문삼대"라는 금칠 간판을 써 붙여 놓은 수많은 가게에 익숙해졌기 때문이다. 하물며 그들의 작은 꼬리가 여전히 살랑살랑거리고 있음에랴!

3월 12일

주)_____

1) 원제는 「文學上的折扣」. 1933년 3월 15일 『선바오』의 『자유담』에 발표했다. 필명은 허자간.

2) 1933년 3월 『다완바오』 부간 『고추와 감람』(辣椒與橄欖)의 원고 모집 광고에 나오는 말이다. 『다완바오』에 연재한 장뤄구(張若谷)의 『파한미』(婆漢迷)는 문화계 인사를 악의로 날조한 장편소설인데, '뤄우신'(羅無心)은 루쉰을, '궈더푸'(郭得富)는 위다푸(郁達夫)를 빗댄 인물이다.

3) 원문은 '兩耳垂肩'. 전통시대 야사, 소설 등에서 비범한 인물의 모습을 형용할 때 쓰던

말이다. 『삼국연의』(三國演義) 제1회에는 "(유비는) 키가 팔 척이고 두 귀가 어깨에 닿고 두 손은 무릎을 넘는다"라는 말이 나온다.

4) 원문은 '白髮三千丈'. 당대 이백(李白)은 「추포가」(秋浦歌) 제15수에서 "백발이 삼천 장이나 되고, 인연의 근심은 몸만큼 자란 듯"이라는 말이 나온다.

5) '침과대단'(枕戈待旦)은 진(晉)나라 유곤(劉琨)의 이야기이다. 『진서』(晉書)의 「유곤전」(劉琨傳)에 "(곤은) 친구들에게 글을 써서 '나는 창을 베고 아침을 기다린다네. 용감함에 뜻을 두고 포로로 잡히지 않고자 함인데, 조상들이 나에게 채찍을 내릴까 늘 두렵다네'라고 했다"는 대목이 있다.

'와신상담'(臥薪嘗膽)에서 '상담'은 춘추시대 월왕 구천(勾踐)의 이야기이다. 『사기』의 「월왕구천세가」(越王勾踐世家)에 "(구천은) 노심초사하여 앉는 곳에 쓸개를 두고 앉거나 누울 때 쓸개를 보았으며 먹고 마실 때도 쓸개를 맛보았다"라는 말이 나온다. '와신'은 송대 소식(蘇軾)의 「손권이 조조에게 답한 글을 모방하며」(擬孫權答曹操書)에 "저는 과업을 받은 이래로 와신상담하고 있습니다"라는 말이 나오는데, 후에 월왕 구천을 이야기를 할 때 관용적으로 '와신상담'이라는 말을 사용하게 되었다.

마지막으로 '진충보국'(盡忠報國)은 송대 악비(岳飛)의 이야기이다. 『송사』의 「악비전」(岳飛傳)에 "비에 옷이 찢어져서 등이 보이니 '진충보국'이라는 네 글자가 피부 깊숙이 새겨져 있었다"라는 말이 나온다. 당시 국민당 군정의 '요인'들은 담화, 통전에서 이런 말을 자주 인용했다.

6) 소동파(蘇東坡)가 객에게 귀신 이야기를 해달라고 했다는 이야기는 송대 엽몽득(葉夢得)의 『석림피서록화』(石林避暑錄話) 권1에 나온다. "자첨(子瞻; 소동파)이 황저우와 링뱌오(嶺表)에 있을 때 매일 아침에 일어나면 객을 불러 이야기를 나누지 않고 반드시 나가서 객을 방문했다. 더불어 노는 사람을 가리지 않았고 그 사람의 신분 고하에 맞추어 이야기하고 놀아 경계를 나누지 않았다. 말재주가 없는 사람이 있으면 억지로 귀신 이야기를 하도록 하고, 없다고 사양하면 곧 '우선 아무렇게나 이야기하시오'라고 말하여 듣는 사람들 가운데 포복절도하지 않는 사람이 없었고 모두 아주 기뻐하며 돌아갔다."

7) 「송」(頌)은 『시경』의 「주송」(周頌), 「노송」(魯頌), 「상송」(商頌)을 가리킨다. 대부분 통치자가 조상에게 제사 지내거나 신에게 보답하는 내용이다.

8) 『춘추』(春秋)는 공자가 노나라 사관의 기록에 근거하여 편찬했다고 전해지는 노나라 역사서이다. 『춘추곡량전』(春秋穀梁傳)의 '성공(成公) 9년'에 따르면, 공자가 『춘추』를 편집할 때 "존귀한 사람들을 위해서 그들의 수치를 꺼렸고, 현자를 위해서 그들의 과실을 꺼렸고, 친족을 위해서 그들의 병폐를 기록하기를 꺼렸다"고 한다.

9) '왕마쯔'(王麻子)는 오랜 역사를 가진 베이징의 대장간 이름이다. 과거에 '왕마쯔'를 도용한 가게가 많았고, 심지어는 이름을 도용한 사람이 간판에 '왕마쯔 도용은 멸문삼대'라는 글자를 명시하기도 했다.

마주보기경[1]

중국의 현대 성경——마주보기경에서 가로되, "우리는 …… 마주보고 따라잡아야지 뒤를 향해 따라가지 말라."[2]

전[3]에서 가로되, 뒤쫓기라는 것은 여하튼 뒤를 향해 따라가는 것이지, 일반적으로 이른바 마주보고 뒤쫓는 것은 없다. 그러나 성경은 결코 틀릴 리가 없고 더구나 말이 안 될 리도 없고 하물며 올해는 모든 것이 수상함에 있어서랴. 따라서 따라잡기에 굳이 마주보기를 말하고, 뒤를 향해 따라가는 것은 안 된다고 말하는 것이다.

현재 통용되는 화법은 "일본군이 도착한 곳에 저항이 따른다"는 것이다. 그렇다면, 실지失地의 회복 여부는 당연히 "군사 전문가가 아니므로 상세한 계획은 알 수 없다".[4] 옳은 말이다. "일본군이 도착한 곳에 저항이 따른다"라는 말은 마주보고 따라잡는 것이 아니고 무엇이겠는가! 일본군이 도착하기만 하면 마주보고 "따라잡는다". 일본군이 선양沈陽에 도착하면 마주보고 베이핑을 따라잡고, 일본군이 자베이閘北에 도착하면 마주보고 전루眞茹를 따라잡는다. 일본군이 산하이관에 도착하면 마주보고 탕구

塘沽를 따라잡고, 일본군이 청더承德에 도착하면 마주보고 구베이커우古北口를 따라잡고…… 예전에는 임시수도 뤄양洛陽이 있었고 지금은 제2의 수도 시안西安이 생겼고 미래에는 '한족의 발원지' 쿤룬산崑崙山——서방 극락세계가 생길 것이다. 실지의 회복을 운운하는 것에 대해서는 군사 전문가가 아니라도 알 수 있다. 따라서 경에 있으니, 가로되, "뒤를 향해 따라가지 말라"라고 했겠다. 얼마 전 상하이사변이 증거이다. 일본군이 물러나 조계지를 방어하고 있을 때면 "소속부대는 절대로 경계를 한 발자국도 넘어가지 말라고 엄명했다".[5] 이렇게 보면 이른바 '마주보고 따라잡기'와 '뒤를 향해 따라가지 말기'는 모두 경전에 나와 있을뿐더러 실험으로도 입증한 진리이다. 이상 전의 1장.

전에서 또 가로되, 마주보고 따라잡기와 뒤를 향해 따라가지 말기에는 두번째의 미언대의가 숨겨져 있다.

러허 실황보도에 가로되, "의용군[6]은 모두 아주 용감했다. 소란과 일본군에 대한 살육은 흥분하는 일로 간주하고…… 장쭤샹[7]이 의용군을 접수한다는 소식이 발표되었을 뿐, 장쭤샹은 몸소 가서 군인을 위로하지 않았고, 러탕도 의용군에 대한 휘발유 공급을 멈추고 수송을 멈추었다. 의용군의 대부분은 실망했고 심지어는 장쭤샹을 위해 세운 공적은 가치가 없다고 생각하는 사람도 있었다." "일본군이 링위안凌源에 도착할 당시 장쭤샹은 이미 거기에 없었다. 우리는 소식을 듣고 나가 러탕에서 수하물 수송을 막고 있는 것을 실제로 목격했는데, 일본군이 비행기를 보내 청더를 폭격하지 않았음을 입증하고…… 타협을 위해 청더를 포기했음을 잘 알 수 있다."(상하이 동북난민구제회에서 장후이충[8] 군이 한 말) 장후이충 군의 "명성이 가장 높았던 의용군 영수의 충성스러운 용맹 정신은 우리의 생각으로는 헤아릴 수 없는 것이었다"라는 말에 근거하더라도 의용군 병사는 분명 극히 용감한 어린 백성들이다. 어린 백성들은 성경을 몰랐으므로 마주보기식의 전략도 몰랐다. 따라서 어린 백성들은 자연히 마주보기의 저항에 부딪혀야 했던 것이다. 러탕이 청더를 포기하자 베이핑 군위원회 분회는 "구베이커우를 사수하고, 의용군 중에 구베이커우 안으로 들어오려는 자가 있으면 총을 쏘아 마주보고 격퇴하라"고 명령했다. 다시 말하면, 나의 '저항'은 일본군이 도착한 곳을 따를 뿐이다. 만약 당신이 태도를 바꾸어 저항하고자 한다면 나는 당신에게 저항한다. 더구나 나의 후퇴는 미리 약속된 것임에도, 당신이 타협하지 않으려 한다면, 그렇다면 "당신이 뒤를 향해 따라가지 못하게 하"고 당신으로 하여금 량산漅山을 '마주보고 따라잡'게 하는 것이 있을 뿐이다. 이상 전의 2장.

시에서 가로되, '안절부절'못하는 대군大軍은 마주보고 달아나고, '쩔쩔'매는 서민은 뒤를 향해 따라가서는 안 된다! 이것은 부[9]이다.

3월 14일

이 글은 검열관의 지적으로 수정하고서야 비로소 19일 신문에 실릴 수 있었다.

원래 글은 다음과 같았다.

세번째 단락 '현재 통용되는 화법은'에서 '당연히'까지는 원래 "민국 22년 봄 ×3월 모일,[10] 당국의 담화에서 가로되, '일본군이 도착한 곳에 저항이 따른다. …… 실지의 회복과 청더를 반격하는 것은 모름지기 군사의 진전이 어떤가를 보고 결정해야 한다. 나는'"이었다. 또한 '알 수 없다' 옆에 '(『선바오』 3월 12일 제3면)'이라고 주석을 달았다.

다섯번째 단락 '러허 실황보도……' 앞에 '민국 22년 봄 ×3월'이라는 글자가 있었다.

3월 19일 밤에 쓰다

주)_____

1) 원제는 「迎頭經」, 1933년 3월 19일 『선바오』의 『자유담』에 발표했다. 필명은 허자간.

2) 쑨중산(孫中山)의 『삼민주의』를 가리킨다. "마주보고 따라잡는다" 등의 말은 「민족주의」 제6강에 나오는데, 내용은 다음과 같다. "우리는 외국을 배워야 한다. 마주보고 따라잡아야 하며 뒤를 향해 그것을 따라가서는 안 된다. 예컨대 과학을 배우고자 한다면 마주보고 따라잡아야만 200여 년의 시간을 줄일 수 있다."

3) '전'(傳)은 경전을 해석한 글. 여기서는 "중국의 현대 성경" 해설문이라는 뜻이다.

4) 1933년 3월 12일 『선바오』에 기자의 질문에 대한 국민당 대리행정원장 쑹쯔원(宋子文)의 대답이 실렸다. "나는 무슨 일이 있더라도 끝까지 저항한다. 일본군이 도착하면 거기에 따라 저항한다." "실지의 회복과 청더를 역공하는 것은 모름지기 군사의 진전에 따라 결정되어야 한다. 나는 군사 전문가가 아니므로 상세한 계획은 알 수 없다."

5) 1·28 상하이사변 이후 국민당 정부는 일본군에게 강화를 요구하며 중국 영토를 침입한 일본군이 잠시 상하이 공공조계로 철수하는 데 동의하며 중국 군대가 경계를 넘어 전진해서는 안 된다고 "엄히 칙령을 내렸다".

6) 만주사변 후에 둥베이 삼성, 러허 일대에서 활동한 항일의용군을 가리킨다.

7) 장쭤샹(張作相, 1887~1949). 랴오닝 이현(義縣) 사람. 만주사변 당시 지린성(吉林省) 정부수석, 동북변방군 부사령장관이었다.

8) 장후이충(張慧沖, 1898~1962). 광둥 중산(中山) 사람. 영화배우이자 영화촬영인으로서 1933년 초 러허전선에서 의용군 항일 다큐 「러허 혈루사」(熱河血淚史)를 찍었다. 여기에 인용된 것은 그가 러허에서 상하이로 돌아와 3월 11일에 발표한 담화의 내용으로, 3월 12일 『선바오』에 실렸다.

9) '부'(賦)는 『시경』에 쓰인 표현수법 중 하나이다. 당대 공영달(孔穎達)의 『모시주소』(毛詩注疏)에 따르면 "사건을 직설적으로 진술한다"는 뜻이다.

10) 여기에 쓴 '×'는 『춘추』의 첫번째 구절 "원년, 봄, 왕정월(王正月)"이라는 상투적 표현법을 모방한 것이다. 『춘추공양전』(春秋公羊傳)에 "'왕정월'이란 무엇을 말하는 것인가? 대통일이다"라는 해석이 나오는데, 여기에 '×3월'이라고 쓴 것은 국민당 독재를 풍자하는 의미를 띠고 있다.

'광명이 도래하면······'[1]

중국의 감옥에서 고문이 자행된다는 것은 공공연한 비밀이다. 지난달 민권보장동맹[2]이 일찍이 이 문제를 제기했다.

    그런데 외국인이 만드는 『쯔린시바오』 2월 15일자 '베이징통신'에 후스 박사가 친히 감옥 몇 곳을 돌아보고 '아주 친절하게' 기자에게 알려 주었다고 하며 다음과 같이 상술하고 있다.

> 그의 신중한 조사에 근거하면, 그야말로 아주 소소한 증거도 찾을 수 없었다······ 그들은 죄수와 아주 쉽게 대화를 할 수 있었는데, 한번은 후스 박사가 영국 말로 그들과 대화를 나눌 수도 있었다고 한다. 감옥의 상황에 대하여 그(후스 박사―간幹 주)는 만족할 수는 없지만, 하지만 그들은 아주 자유롭게(아, 아주 자유롭게―간 주) 열악하고 모욕적인 대우를 호소했으나 혹독한 형벌과 고문에 관하여 일말의 암시조차도 하지 않았다고 말했다······.

나는 비록 이번 '신중한 조사'를 수행할 영광을 얻지 못했지만 10년 전에 베이징의 모범감옥을 참관한 적은 있다. 모범감옥이라고는 하나 죄수를 방문하고 대화하는 것은 아주 '자유'롭지 못했다. 유리로 나누어져 있어 피차간에 약 석 자 정도 거리가 있었고 옆에는 간수가 서 있었고 시간 제한도 있었고 대화에는 은밀한 신호도 사용할 수 없었으니 외국어는 말할 것도 없었다.

그런데 이번에 후스 박사는 "영국 말로 그들과 대화를 나눌 수 있었다"라고 하니 정말 예외적인 경우라 하겠다. 설마 중국의 감옥이 뜻밖에도 벌써 이 정도로 개량되었고, 이 정도로 '자유'로워졌다는 말인가? 아니면 간수가 '영국 말' 때문에 놀라 자빠져서 후스 박사가 리턴 경과 동향이라고 생각하는, 유서 깊은 까닭 때문인가?

운 좋게도 나는 이번에 『초상국 3대 안건』[3)]에 실린 후스 박사의 서문을 보았다.

공개적인 고발은 어두운 정치를 타도하는 유일한 무기이다. 광명이 도래하면 어둠은 저절로 사라진다.(원래 신식 표점이 없지만, 내가 외람되이 첨가했다—간 주)

이리하여 나는 철저히 깨달았다. 감옥에서 외국 말로 죄수와 대화해서는 안 되지만, 후스 박사가 도착하자마자 특별한 사례를 만들었던 것이다. '공개적인 고발'을 할 수 있고 외국인과 '아주 친절하게' 대화를 나눌 수 있었던 까닭은 그가 바로 '광명'이기 때문이다. 따라서 '광명'이 도래했으므로 '어둠'이 '저절로 사라'졌던 것이다. 이리하여 그는 외국인을 향하여 민권보장동맹을 '공개적으로 고발'했고 '어둠'은 우리 편에 있게 되었다.

그러나 이 '광명' 어르신이 댁으로 귀가한 뒤에도 이때부터 감옥에서 다른 사람들도 '영국 말'로 죄수와 대화를 나누는 게 영원히 허락될는지는 알 수가 없다.

허락되지 않는다면, 그것은 바로 '광명이 지나가면 어둠이 다시 온다'는 것일진저.

그런데 '광명' 어르신은 대학과 경자년 배상금위원회[4]의 사무로 바빠서 '어둠' 속으로 자주 달려가지 못할 것이다. 제2차 감옥에 대한 '신중한 조사'가 이루어지기 전에는 죄수들은 어쩌면 '아주 자유롭게' 다시 '영국 말'을 하는 행복을 누릴 수 없으리라. 오호라. 광명이 '광명'만을 쫓아가 버리니 감옥 속의 광명세계는 정녕 순식간이었도다!

하지만 누구도 원망할 수 없다. 그들 스스로가 '법'을 어기는 일은 천부당만부당하기 때문이다. '좋은 사람'[5]은 단연코 '법'을 어기지 않는다. 믿지 못한다면 이 '광명'을 보시게나!

3월 15일

주)_____

1) 원제는 「"光明所到……"」, 1933년 3월 22일 『선바오』의 『자유담』에 발표했다. 필명은 허자간.

2) '민권보장동맹'(民權保障同盟)의 원래 이름은 '중국민권보장동맹'이다. 1932년 12월 쑹칭링(宋慶齡), 차이위안페이(蔡元培), 루쉰, 양취안(楊銓) 등이 발기하고 조직한 진보적 단체이다. 총회(總會)는 상하이에 있었으며 상하이, 베이핑 등에 분회가 만들어졌다. 국

민당의 독재정책을 반대하고 정치범을 원조하고 집회, 결사, 언론, 출판 등의 자유를 쟁취하고자 했다. 국민당 감옥의 열악한 상태를 조사·폭로했으며, 이로 말미암아 국민당 당국의 박해를 받았다. 1933년 양취안이 암살되자 활동을 중단했다.

3) 『초상국 3대 안건』(招商局三大案)은 리구판(李孤帆)이 지은 것으로 1933년 2월 상하이 현대서국에서 출판됐다. 리구판은 초상국 감독처 비서, 총관리처 외부검사관을 지냈다. 1928년 톈진, 한커우 초상국 분국의 부패 안건 조사에 참가했으며, 1930년 초상국 부설의 지위공사(積餘公司) 독립안 조사에 참가했다. 후에 이 세 가지 안건의 내용을 책으로 묶어 냈다. 초상국은 윤선초상국(輪船招商局)을 가리키는데, 과거 중국에서 가장 큰 해운기업이었다. 청 동치(同治) 11년(1872) 11월 이홍장(李鴻章)이 만들었으며 정부 감독하의 민영기업이었으나, 1932년 이후에 국민당 관료자본의 산업으로 바뀌었다.

4) 1900년(경자년庚子年) 8국 연합군은 중국을 침략하여 청 정부를 압박하고 이듬해 '신축 조약'(辛丑條約)을 체결했다. 각국에게 '배상금'으로 세관표준 은(銀) 4억 5천만 냥(兩)을 39년에 걸쳐 나누어 갚고, 연이율 4리(원금, 이자 총액 9억 8천만 냥)로 할 것을 규정하고 있는데, 이를 '경자년 배상금'(庚子賠款)이라 통칭한다. 후에 미, 영, 독, 일본 등은 잇달아 배상금의 일부를 '반환'하여 중국의 교육사업 등에 집행하도록 '경제적 원조'를 하였는데, 이 항목의 자금을 관리하는 기구가 만들어졌다. 후스는 중·영 경자년 배상금 고문위원회의 중국 측 위원, 미국의 경자년 배상금을 관리하는 중화교육문화기금이 사회 이사 및 비서를 맡아 실권을 장악하고 있었다.

5) 1922년 5월 후스는 그가 주관하는 『노력주보』(努力週報) 제2기에서 '좋은 정부'(好政府)를 주장했다. '좋은 사람'(好人), '사회적으로 우수한 인재'가 '정치 활동에 참가'하여 '좋은 정부'를 만들면 중국은 구원될 수 있다고 했다. 1930년 전후 후스, 뤄룽지(羅隆基), 량스추 등은 『신월』 월간에서 이러한 주장을 거듭 내세웠다.

울음막이 문학[1]

3년 전 '민족주의 문학'가들이 큰 징과 큰북을 울리던 시절, 칭기즈칸 황제의 손자 바투 원수[2]의 뒤를 좇아 '아라사'를 섬멸하는 것이 최고의 소원이라고 밝힌 「황인종의 피」[3]라는 작품이 있었다. 아라사는 지금의 소비에트 러시아이다. 당시 바투의 대군은 지금 일본의 군마이고 '서방 정복'에 앞서 모름지기 우선 중국을 정복하여 종군노예로 만들어야 한다는 말이라고 지적한 사람이 있었다.

자기 편이 정복되면 극소수를 제외하고는 아주 고통스럽다. 실례로는 동삼성東三省의 함락, 상하이의 폭격[4]이 있는데, 무릇 살아남은 사람들 중에 터럭만치도 비분에 떨지 않은 이는 아마도 아주 드물고 아주 드물 것이다. 그런데 이런 비분은 다가올 '서양 정복'에 커다란 장애물이다. 그리하여 『대大상하이의 훼멸』이 나왔다. 수치를 들어 가며 중국의 무력은 확실히 일본만 못하다는 것을 알려 주며 사람들을 안심시킨다. 게다가 삶은 죽음만 못하고("19로군의 죽음은 우리가 불쌍하고 재미없는 삶을 살고 있음을 경고한다!"), 승리는 패주만 못하다("19로군의 승리는 구차함과 거짓안녕과 교만이라는 우리의 미몽을 증가시켜 줄 따름이다!")고 생각한다. 요컨대, 전사戰死도 좋지만 전패戰敗가 더 낫고, 상하이전투야말로 중국의 완전한 성공이라는 것이다.

이제 두번째 걸음을 내딛기 시작했다. 중앙사의 뉴스에 따르면, 일본은 이미 만주국과 '중화연방제국 밀약' 음모에 서명했다. 그 방안의 제1조는 이러하다.

"현재 세계는 두 종류의 국가가 있을 뿐이다. 하나는 영·미·일·이탈리아·프랑스의 자본주의이고, 다른 하나는 소비에트 러시아의 공산주의이다. 지금 소비에트 러시아를 저지하기 위해서 중·일이 연합하지 않으면 …… 성공할 수 없다"라고 운운.(자세한 것은 3월 19일 『선바오』 참고)

'연합하'기 시작했다. 이번에는 중·일 양국의 완전한 성공이며, '대상하이의 훼멸'에서 '황인종의 피'의 길로 내딛는 두번째 걸음이다.

물론 어떤 곳은 한창 폭격 중이지만, 상하이가 폭격을 당한 지는 벌써일 년 남짓 지났다. 그런데도 일부 인민들은 '서방 정복'의 필연적 행보를깨닫지 못하고 아직도 재작년의 비분을 말끔히 잊어버리지 못한 듯하다.비분은 목전의 '연합'에 커다란 장애물이다. 이러한 형편에 시의적절한 것은 '고추와 감람' 문학처럼 사람들에게 상쾌함과 위안을 주는 것이다. 이것도 어쩌면 바로 고심 어린 처방약일 것이다. 왜냐? "고추는 맵지만 죽을정도로 맵지는 않고 감람은 쓰지만 쌉쌀함 속에 맛이 있"5)기 때문이다. 이를 이해하면 쿨리6)들이 왜 아편을 피우는지 알게 된다.

더구나 소리 없는 고민에만 해당하는 것일 따름이 아니다. 듣자 하니 고추는 '지겨운 울음소리'도 멈출 수 있다고 한다. 왕츠王慈 선생은 「고추 구국 제창」이라는 명문에서 우리에게 다음과 같은 점을 알려 준다.

……또 북방 사람들은 어릴 적부터 어머니의 품에서 시끄럽게 울어 대면, 어머니는 매운 가지 하나를 아이에게 물렸다. 그러면 정말 영험하게도 시끄러운 울음을 멈출 수 있었다…….
지금의 중국은 시끄럽게 울어 대는 북방의 젖먹이와 흡사하다. 지겨운 울음소리를 멈추게 하기 위해서는 매운 가지를 넉넉하게 물리기만 하면 된다.(『다완바오』 부간, 제12호)

고추가 어린아이의 시끄러운 울음을 멈추게 한다는 것은 정녕 전무후무한 신기한 이야기이다. 진짜라면 중국인은 그야말로 남다른 특별한 '민족'인 것이다. 그런데 이 '문학'의 의도는 죽지 않을 만큼 매운 것을 주어 '지겨운 울음소리를 멈추게' 하고, 바투 원수를 조용히 기다리는 데 있다는 것은 분명해 보인다.

그런데 이 방법은 효과가 없고, 우는 즉시 '때려 죽여도 무방하다'의 영험함에는 훨씬 못 미친다. 앞으로는 '노상의 눈짓'[7]을 막으려 할 것이다. 따라서 우리는 눈가리개 문학이나 기다리고 있자꾸나.

3월 20일

[비고]

고추구국 제창[8]

왕츠

북방 친구를 따라서 톈진의 간이식당에 갔던 일을 기억하고 있다. 자리를 잡자 점원이 뛰어와 물었다.

"고향 어르신! 뭐 드시겠습니까?"

"군만두 두 접시!" 북방 친구가 순수한 북방 말투로 말했다.

군만두와 함께 들고 온 것은 고춧가루 한 종지였다.

나는 북방 친구가 군만두에 고춧가루를 듬뿍 찍어서 맛있게 입으로 넣는 것을 보고는 호기심이 발동했다. 실험 삼아 군만두에 살며시 고춧가루를 찍어서 뱃속으로 집어넣었다. 혀끝이 순간 얼얼해지고 감각이 없었다. 목구멍은 참을 수 없을 만큼 간질간질 매웠고 눈가에는 주체할 수 없는 눈물이 솟아올라 왔다. 이때 나는 크나큰 고통을 느꼈다.

북방 친구가 내 몰골을 보더니 크게 웃으면서 북방 사람들이 고추를 즐겨 먹는 것은 천성이고 '밥과 반찬은 없어도 되지만 고추는 반드시 먹어야 한다'는 생각을 가지고 있다고 말했다. 그들은 아편을 피우는 것처럼 고추에 인이 박혔다는 것이다. 뿐만 아니라 북방 사람들은 어릴 적부터 어머니의 품에서 시끄럽게 울어 대면, 어머니는 매운 가지 하나를 아이에게 물렸다. 그러면 정말 영험하게도 시끄러운 울음을 멈출 수 있었다고 했다…….

* * *

지금의 중국은 시끄럽게 울어 대는 북방의 젖먹이와 흡사하다. 그들의 지겨운 울음소리를 멈추게 하기 위해서는 매운 가지를 넉넉하게 물리기만 하면 된다.

　중국 사람들은 고추를 먹지 않으면 기분이 좋아지지 않는 나의 북방 친구와 매한가지다.

3월 12일 『다완바오』 부간 『고추와 감람』

[한사코 고추로 울음을 막으려 하다]
함부로 사람을 씹지 말라[9]

왕츠

조심해서 고추를 씹어라

상하이에는 요즘 들어 몽둥이 들고 '아Q 상相'을 한 사람을 빠득빠득 찾아내어 분풀이하려는 자오趙 어르신, 자오 수재秀才 같은 사람들이 많아졌다. 이건 좋다. 그런데 이런 문인들이 색안경을 쓰고 '아Q 상'이라 찍은 사람들은 공교롭게도 진짜 아Q가 아니다.

　내력이 어떤지 알 수 없는 허자간이라는 사람이 나의 「고추구국 제창」(본 잡지 12호에 나옴)을 보고는 북방 아이들이 고추를 즐겨 먹는다는 것은 '전무후무'한 '신기한 이야기'라고 했다. 만약 나의 북방 친구가 나에게 알려 준 것이 허풍이라면, 그렇다면, 확실히 전무하다고 말할 수 있다. 그런데 허자간은 수천 년 전의 유백온劉伯溫도 아니면서 모 신문에 글을 써서 『추배도』[10]를 만들고 있는 것 같다. 북방 아이들이 고추를 즐겨 먹는 것이 '신기한 이야기'라고 한다면, 그렇다면 아편 피우는 부모가 낳은 젖먹이 중에 왜 또 아편 중독이 있는가?

허자간은 분풀이 대상을 찾지 못하고 헛방을 치고서는 오히려 더 자신만만하게 뭐라고 하느냐면, "진짜라면 중국인은 그야말로 남다른 특별한 '민족'인 것이다"라고 했다.

감히 허자간에게 묻겠다. 색안경을 끼고 「고추구국 제창」을 봉독할 때 '북방'이라는 두 글자를 못 보았습니까? (허자간은 이 두 글자가 있는 구절을 그의 이야기에 기록해 두고 있으므로 분명히 보았을 것이다.) 보았다면, 그렇다면, 삼가 묻건대 슈체친[11]이 모든 게르만을 대표할 수 있습니까? 애버딘[12]은 모든 영국의 군도를 대표할 수 있습니까?

여기에서 나는 진짜 의심이 생겼다. 허자간의 머리가 어찌 이리도 단순할 수 있단 말인가? 이 지경으로까지 앞뒤 모순투성이라니!

자오 어르신과 자오 수재 같은 사람들은 작당하여 사람을 함부로 씹어 대려고 한다. 내가 미리 그들에게 알려 주겠다. 나는 『고추와 감람』의 편집자와 평소에 일면식도 없다. 또한 나는 「황인종의 피」를 쓴 적도 없다. 허자간이 꼭 나를 한입 씹어 먹어야겠다면 또렷하게 보이는 안경을 다시 끼고 목표를 분명히 한 다음에 씹어 먹기를 권한다. 그렇지 않으면 고추를 씹어 먹고 울지도 웃지도 못하더라도 나는 책임지지 않겠다.

3월 28일 『다완바오』 부간 『고추와 감람』

[하지만 아무래도 아니다]

이를 일러 점입가경이라 한다[13]

자간

슈체친은 그야말로 전 게르만을 대표할 수 없고, 북방도 그야말로 전 중국을 대표할 수 없다. 그런데 고추로 북방 아이의 울음을 멈추게 할 수 없다는 것도 사실이므로 그야말로 어쩔 수 없다.

아편 피우는 부모가 낳은 젖먹이 중에 아편 중독이 있다는 것은 분명하다. 하지만 식초를 즐기는 아이 중에 식초 중독이 없는 것과 마찬가지로 고추를 즐기는 부모가 낳은 젖먹이 중에 고추 중독은 없다. 이것도 사실이고 어느 누구도 어떻게 하지 못한다.

무릇 사실이라는 것은 도련님이 몽니를 부린다고 해서 바뀌지 않는다. 갈릴레이[14]가 지구는 돌고 있다고 말하자 기독교도들은 그를 불태워 죽이려고 했고, 그는 죽음이 두려워 주장을 취소했다. 하지만 지구는 여전히 돌고 있다. 왜냐? 지구는 그야말로 돌고 있기 때문이다.

따라서 내가 반대 안 한다고 해도, 울고 있는 북방(!) 아이의 입속에 고추를 틀어넣으면 아이는 울음을 그치기는커녕 훨씬 더 고약하게 울어 댈 것이다.

7월 19일

주)_____

1) 원제는 「止哭文學」. 1933년 3월 24일 『선바오』의 『자유담』에 발표했다. 필명은 허자간.
2) 칭기즈칸(成吉思汗, 1162~1227). 본명은 테무친(鐵木眞). 고대 몽골족 지도자. 13세기 초

몽고족 부락을 통일하여 칸국을 건립하고 왕으로 옹립되어 칭기즈칸이라 칭해졌고, 1279년 쿠빌라이(忽必烈, 1215~1294)가 남송을 멸하고 원나라를 세운 뒤에는 원의 태조(太祖)로 추존되었다. 그의 손자 바투(拔都, 1209~1256)는 1235년에서 1244년 전후까지 군대를 이끌고 서방 정벌에 나서 러시아와 유럽 일부 나라까지 침입했다.

3) 「황인종의 피」(黃人之血)는 황전샤(黃震遐)의 시극으로 『선봉월간』(前鋒月刊) 제1권 제7기(1931년 4월)에 발표했다. 루쉰은 『이심집』의 「'민족주의 문학'의 임무와 운명」에서 이를 비판했다.

4) 루쉰은 '폭격'에 해당하는 중국어 '轟炸'를 쓰지 않고 일본어인 '爆擊'을 사용하고 있다.

5) 1933년 3월 12일 『다완바오』의 『고추와 감람』(辣椒與橄欖) 중 '편집인의 말'로서 제목은 「우리의 좌우명」(我們之格言)이다.

6) '쿨리'(苦力, coolie)는 19세기 이후 제국주의자들에 의해 혹사당한 중국의 하층 노동자를 일컫는 말이다.

7) 원문은 '道路以目'. 『국어』의 「주어」(周語)에 주 여왕(厲王)이 포악무도해서 "나라 사람들이 감히 말을 하지 못하고 노상의 눈짓으로 주고받았다"라는 말이 나온다. 삼국시대 오(吳)의 위소(韋昭)의 주에는 "감히 말하지 못하고 눈으로 서로 흘끗할 뿐이다"라고 했다.

8) 원제는 「提倡辣椒救國」.

9) 원제는 「不要亂咬人」.

10) 『추배도』(推背圖)는 고대 중국의 도참설을 반영한 예언서 중의 하나이다. 당나라 때 이순풍(李淳風)과 원천강(袁天罡)이 지었다고 전해지는데, 일설에는 유백온(劉伯溫)이 지었다고 한다. 유백온(1311~1375)은 이름은 기(基)이고 자가 백온이다. 원말명초의 전략가이자 정치가로서 제갈량(諸葛亮)에 비유되기도 했다.

11) 슈체친(Stettin)은 유럽 중부 오더 리버(Oder river) 하구에 있는 도시. 원래 폴란드에 속했으며 프러시아에 점령당하기도 했다. 1933년에 독일로 귀속되었다가 1945년에 다시 폴란드로 반환되었다. 지금 이름은 Szczecin이다.

12) 애버딘(Aberdeen)은 영국 스코틀랜드의 북해 해안에 접해 있는 도시이다.

13) 원제는 「這叫作愈出愈奇」.

14) 갈릴레이(Galileo Galilei, 1564~1642). 이탈리아의 물리학자이자 천문학자. 1632년 『두 세계 체계에 관한 대화』(*Dialogo dei due massimi sistemi del mondo*)를 발표해 교회가 믿고 있던 프톨레마이오스(Claudios Ptolemaeos)의 지구중심설을 반대하고 코페르니쿠스(Nicolaus Copernicus)의 태양중심설을 증명하고 발전시켰다. 이로 말미암아 1633년 로마 교황청의 종교재판에 회부되어 종신토록 연금생활을 했다.

'사람의 말'[1]

네덜란드 작가 반 에덴(F. Van Eeden)[2] —— 애석하게도 그는 작년에 사망했다 —— 이 지은 동화 『꼬마 요하네스』에 이런 이야기가 있다. 꼬마 요하네스는 두 종류의 버섯이 다투는 소리를 곁에서 듣다가 "너희 둘은 모두 독이 있어"라고 비판하자, 버섯들이 깜짝 놀라 "너 사람이야? 이건 사람 말인데!"라고 소리쳤다는 것이다.

버섯 입장에서 보자면 확실히 놀라 소리칠 일이다. 인류는 버섯을 먹으려 하기 때문에 독의 유무부터 주의하는 것이다. 그런데 버섯에게는 독의 유무가 아무런 관계가 없고 전혀 문제가 되지 않는다.

사람들에게 과학지식을 알려 주고자 하는 책과 글이라고는 하지만 재미있게 이야기하려고 왕왕 '사람 말'이 너무 많이 들어 있다. 파브르(J. H. Fabre)[3]가 지은 그 이름도 쟁쟁한 『곤충기』(*Souvenirs Entomologiques*)에서도 이런 병폐를 피하지 못했다. 아무렇게나 베낀 글들은 말할 것도 없다. 최근 잡지에서 청년들에게 생물학적 지식을 가르쳐 주는 글[4]을 우연히 보았더니 이러한 서술이 있었다.

새똥거미…… 모양은 새똥과 흡사하고 가만히 엎드려 스스로 새똥 모양을 흉내 낼 수 있다.

동물계에는 자신의 남편을 잔인하게 먹는 것이 아주 많다. 그런데 제일 유명한 것은 앞서 말한 거미와 지금 말하고자 하는 사마귀이다…….

이것도 실로 '사람 말'을 너무 많이 한 것이다. 새똥거미는 생김새가 새똥을 닮았고, 천성적으로 잘 움직이지 않을 따름이다. 결코 작은 벌레들을 속이기 위하여 일부러 새똥 모양을 흉내 내는 것은 아니다. 사마귀 세계에는 아직 오류설[5] 같은 것은 없다. 그것이 교미 중에 수컷을 먹어 치우는 것은 배가 고파서일 따름이다. 먹고 있는 것이 자신의 가장家長 어른이라는 것을 결코 알지 못한다. 그런데 '사람 말'을 거쳐 쓰면 목숨을 해하려는 음모를 꾸민 흉악범이 되거나 지아비를 모살한 독부가 되어 버린다. 실인즉, 누명을 뒤집어씌운 것이다.

'사람 말'에도 온갖 '사람 말'이 있다. 영국 사람 말이 있고 중국 사람 말이 있다. 중국 사람 말도 가지가지다. '고등 중국인 말'이 있고 '하등 중국인 말'이 있다. 저시浙西 지방에 촌부의 무지함을 비웃은 우스개가 있다.

무더운 날 정오 한창 고되게 일하던 농촌 아낙이 갑자기 탄식하며 말했다. "황후마마는 얼마나 즐겁게 사실까? 지금쯤 침대에서 낮잠을 주무시고 있지 않을까, 잠에서 깨면 소리치겠지. '태감, 곶감 좀 가져오게나!'"

그런데 이것은 결코 '하등 중국인 말'이 아니다. 고등 중국인이 생각

하는 '하등 중국인 말'이므로 실은 '고등 중국인 말'이다. 하등 중국인 본
인이라면 이 경우 이렇게 말하지 않을 것이며, 이렇게 말한다고 해도 결코
우스개로 여기지 않을 것이다.

말을 이어 가다 보니 계급문학이라는 골칫거리를 끄집어내어야 할
것 같다. "그만하자."

요즘 들어 청년이나 소년에게 부치는 편지 형식으로 책을 쓰는 사람
들이 많아졌다. 물론 하는 말은 반드시 '사람 말'이다. 그런데 어떤 '사람
말'인지는 모르겠다. 왜 나이가 훨씬 많은 사람들에게는 편지를 쓰지 않는
가? 나이가 많으면 가르칠 가치가 없어서인가? 아니면 청년과 소년은 비
교적 순박하므로 쉽게 속일 수 있어서인가?

3월 21일

주)_____

1) 원제는 「"人話"」. 1933년 3월 28일 『선바오』의 『자유담』에 발표했다. 필명은 허자간.
2) 반 에덴(Frederik van Eeden, 1860~1932). 네덜란드 작가이자 의사. 『꼬마 요하네스』
   (De kleine Johannes)는 1885년에 발표했다. 1927년에 루쉰이 중국어로 번역하여
   1928년 베이핑 웨이밍사(未名社)에서 출판했다. 버섯의 싸움에 관한 이야기는 제5장에
   나온다.
3) 파브르(1823~1915)는 프랑스 곤충학자. 『곤충기』는 모두 10권. 제1권은 1879년에, 제
   10권은 1910년에 출판했다.
4) 1933년 3월호 『중학생』(中學生)에 실린 왕리눙(王曆農)의 「동물의 본능」(動物的本能)을
   가리킨다.
5) '오륜'(五倫)은 군신, 부자, 부부, 형제, 붕우 등 다섯 종류의 관계를 일컫는 말이다. 『맹
   자』의 「등문공상」(滕文公上)에 이들 관계의 준칙으로 "부자 사이에는 친함이 있으며, 군
   신 사이에는 의리가 있으며, 부부 사이에는 분별이 있으며, 장유 사이에는 순서가 있으
   며, 붕우 사이에는 믿음이 있다"라고 했다.

영혼을 파는 비결[1]

몇 해 전 후스 박사는 "귀신 다섯이 중화를 어지럽힌다"[2]라는 농간을 부렸다. 그것은 바로 세계적으로 결코 이른바 제국주의 무리가 중국을 침략하고 있는 것이 아니라 도리어 중국 자체의 '빈궁', '우매'…… 등 다섯 귀신이 어지럽혀 사람들이 불안해한다는 내용이다. 요즘 후스 박사는 증오라는 여섯번째 귀신을 발견했다. 이 귀신은 중화를 어지럽힐 뿐만 아니라 그 화가 우방에까지 미치게 하여 도쿄를 어지럽히고 있다는 것이다. 이로 말미암아 나온 후스 박사의 처방약은 '일본 친구'를 향해 진술서를 올리려는 것이다.

후 박사는 "일본 군벌이 중국에서 자행한 폭행으로 인한 증오는 아직까지도 해소하기가 자못 쉽지 않"고, "일본은 결코 폭력으로 중국을 정복할 수 없다"라고 말했다(후스의 최근 담화가 실린 신문에 보인다. 하동下同). 이런 상황은 우려할 만하다. 설마 진짜로 중국을 정복할 방법이 없다는 말인가? 아니, 좋은 수는 있다. "9대째 묵은 원수가 되느냐, 백년지기가 되느냐, 하는 것은 모두 각성하느냐 못 하느냐의 고비에 달려 있다." "일본이 중국을 정복할 수 있는 유일한 방법은 낭떠러지에서 말고삐를 잡아채듯이 중국 침략을 확실하게 멈춤으로써 거꾸로 중국 민족의 마음을 정복하는 것이다.”

이에 따르면 이것은 '중국을 정복하는 유일한 방법'이다. 맞다. 고대의 유교 책사는 늘 “덕으로 사람을 복종시키는 자는 왕이다. 사람들의 마음은 진심으로 복종한다”[3]라고 말했다. 후스 박사는 일본 제국주의의 책사가 되기에 손색이 없다. 그런데 중국의 어린 백성 편에서 말하자면, 이것은 영혼을 파는 유일한 비결이다. 중국의 어린 백성들은 그야말로 '우매'하고 원래부터 자신의 '민족성'을 잘 모르기 때문에 그들은 하나같이 일본을 증오한다. 만약 일본 폐하께서 대☆자비를 베풀어 놀랍게도 후 박사의 진술서를 받아들인다면, 그렇다면, 이른바 '충효, 인애, 신의, 화평'이라는 중국의 고유문화가 회복될 것이다. 왜냐하면 일본이 폭력이 아니라 유연한 전략의 왕도를 사용하면 중국 민족의 증오는 더 이상 살아나지 않을 것이기 때문이며, 증오가 없으면 자연스레 가일층 저항하지 않게 되기 때문이며, 저항하지 않으면 자연스레 가일층 평화롭게 되고, 가일층 충성스럽고 효성스럽게…… 될 것이기 때문이다. 중국의 육체를 살 수 있거니와 중국의 영혼도 정복할 수 있다는 것이다.

아쉬운 점은 '유일한 방법'의 실행은 전적으로 일본 폐하의 각성에 달려 있다는 사실이다. 만약 일본 폐하가 각성하지 않는다면 어떻게 할 것인가? 후 박사의 대답은 “속수무책인 때가 되면 굴욕적인 성하지맹[4]”을 정말로 받아들이”면 그만이라는 것이다. 이것은 정녕 속수무책이로다. 왜냐하면 그때는 '원귀'가 떠나려 하지 않을 것이기 때문이다. 이것은 시종여일한 중국 민족성의 오점으로서 일본을 위해서 생각해 보더라도 완전무결한 방도가 아니다.

이로 말미암아 후 박사는 태평양회의[5]에 출석하여 그의 일본 친구에게 재차 '충고'를 할 작정이다. "중국을 정복하는 좋은 수가 결코 없는 것은 아닙니다. 우리가 팔아 치운 영혼을 받아 주시기 바랍니다. 더욱이 이것은 전혀 어렵지도 않습니다. 이른바 '침략을 확실하게 멈춘다'는 것은 '공정한' 「리턴 보고서」를 집행하기만 하면 됩니다. 이렇게 하면 증오는 자연스레 해소될 것입니다!"

3월 22일

주)_____

1) 원제는 「出賣靈魂的秘訣」. 1933년 3월 26일 『선바오』의 『자유담』에 발표했다. 필명은 허자간.

2) 후스는 『신월』 월간 제2권 제10기(1930년 4월)에 「우리는 어느 길을 가는가」(我們走那條路)를 발표하여 중국을 위해하는 것으로 "다섯 가지 큰 적이 있다. 첫번째 큰 적은 빈궁, 두번째 큰 적은 질병, 세번째 큰 적은 우매, 네번째 큰 적은 탐오, 다섯번째 큰 적은 소란이다. 이 다섯 가지 큰 적 가운데 자본주의는 포함되지 않으며 …… 봉건세력도 포함되지 않는다. 왜냐하면 봉건제도는 이천 년 전에 붕괴되었기 때문이다. 제국주의도 포함되지 않는데, 제국주의는 이 다섯 가지 귀신이 들어가 있지 않은 나라는 침략하지 않기 때문이다"라고 했다.

3) 『맹자』 「공손추상」(公孫丑上)에 "덕으로 인을 행하는 사람은 왕이시다. …… 힘으로 사람을 복종시키는 자는 마음으로 복종시킬 수 없다. 힘은 우러러보지 않기 때문이다. 덕으로 사람을 복종시키는 자는 마음에서부터 기뻐하고 진심으로 복종시키는 것이다. 예를 들면 70명의 제자가 공자에게 복종한 것이다"라는 말이 나온다. 루쉰은 『맹자』의 이 말을 조금 변형하여 인용하고 있다.

4) '성하지맹'(城下之盟)은 성 밑까지 육박해 들어온 적군과 맺는 굴욕적인 맹약을 뜻한다. 『춘추좌씨전』(春秋左氏傳)에 나온다.

5) 태평양학술회의('범태평양학술회의'라고도 한다)를 가리킨다. 1920년 미국 호놀룰루에서 제1차 회의가 개최된 이래 2년에 한 번씩 회의가 열렸다. 여기에서 말하는 것은 후스가 참석하려고 했던 1933년 8월 캐나다 밴쿠버에서 열린 제5차 회의이다. 후스의 "일본은 결코 폭력으로 중국을 정복할 수 없다"에 관한 말 등은 모두 3월 18일 베이핑에서 신문기자에게 말한 내용이다. 1933년 3월 22일 『선바오』에 나온다.

문인무문[1]

'다'大씨 성을 가진 신문의 부간에 '장張씨'가 "중국의 유망한 청년들이 '문인무행'[2]이라는 허울을 빌려 지탄받을 만한 악취미는 절대로 자행하지 않기를 바란다"[3]라고 했다. 그야말로 지당한 말씀이다. 그런데 '무행'의 정의 또한 빈틈없기 짝이 없다. 듣자 하니, "이른바 무행이라는 것은 꼭 불규칙적이라거나 부도덕한 행위를 가리키는 것은 결코 아니다. 무릇 인지상정에 어긋나는 모든 악행도 그 속에 포함된다."

그는 계속해서 몇몇 일본 문인들의 '악취미' 사례를 거론하며 중국의 유망한 청년들에게 실패한 본보기가 된다고 했다. 그중 하나는 '미야지 가로쿠의 손톱으로 머리 긁기'[4]이고, 또 다른 하나는 '가네코 요분의 입술 핥기'[5]이다.

물론 건조한 입술과 두피 가려움증에 대해 고금의 성현들은 미덕이라고 보지 않았다. 그런데 악덕으로 배척하지도 않았던 것 같다. 어쩌다 요즘 중국 상하이에서는 긁고 핥는 것이 설령 자신의 입술과 머리라고 하더라도 "인지상정에 어긋나는 악행"이 되고 말았다. 따라서 불편하더라도 그저 참고 견디는 수밖에 없다. 유망한 일을 하고자 하는 청년이나 문인들은 정녕 하루하루 살아가기 힘들어지고 있는 것이다.

그런데 중국 문인의 '악취미'는 사실 결코 이런 게 아니다. 그가 글을 써 낼 수만 있다면 굵든지 핥든지 모두 대수롭지 않다. "인지상정에 어긋나는" 것은 '문인무행'이 아니라 '문인무문'이다.

두세 해 전 우리는 한 간행물에서 모某 시인이 시를 읊으러 시후西湖에 갔고, 모某 문호는 5만여 자짜리 소설을 쓰고 있다고 말하는 것을 보았다. 그런데 지금까지 예고조차 없었던 『자야』[6] 말고는 다른 대작이 나오지 않고 있다.

사소한 사건을 주워 모아 수필로 만든 것도 있고, 고문을 고쳐 창작인 양 낸 것도 있다. 터무니없는 말을 늘어놓고 평론이라 칭하고, 몇 장짜리 정기간행물을 엮어 은근히 자신을 치켜세우는 사람도 있다. 외설을 나열하여 하류작을 쓰고, 구문舊文을 모아 평전을 찍어 내는 사람도 있다. 심지어는 외국의 문단 동향을 번역하여 세계문학사가가 되고, 문학가 사전을 모아 놓고 자신의 이름을 끼워 넣어 세계적 문인이 되는 사람도 있다. 그런데 지금 대관절 이런 사람들이 모두 중국의 황금 간판 '문인'들이다.

문인들은 실로 문文이 없고 무인들도 매한가지 무武가 없다. '침과대단'枕戈待旦이라고 하면서 한밤중에도 움직이지 않고, '죽음을 맹세하고 저항한다'고 하지만 적병 백여 명만 보아도 도주해 버린다. 통전이나 선언 따위가 변문체로 쓴 대작으로서 심상찮은 '문'일 따름이다. '무를 멈추고 문을 닦는다'[7]라는 고대의 훌륭한 가르침이 있으므로 문곡성[8]이 군영 속을 골고루 비추게 된 것이다. 이리하여 우리의 '문인'들은 하릴없이 입술을 핥지 않고 머리를 긁지 않고 인지상정을 헤아리는 것이 오로지 '하나의 행실'有行로 귀결되고 말았다.

3월 28일

[비고]

악취미⁹⁾

뤄구若谷

'문인무행'이 보통 사람들의 지탄을 받은 지는 오래되었다.

이른바 '무행'이란 꼭 불규칙적이거나 부도덕한 행위를 가리키는 것은 결코 아니다. 무릇 인정상정에 어긋나는 모든 악행도 그 속에 포함된다.

사람이라면 누구나 불량한 습관에 물들기 쉽다. 특히 문인은 오로지 문장과 저술에 몰두하기 때문에 일상생활 측면에서는 자연스레 괴이한 행동을 보이고 만다. 게다가 어쩌면 일이 고된 까닭에 십중팔구는 불량한 기호에 물들게 된다. 가장 보편적인 것은 신경을 자극하는 흥분제의 복용을 즐기는 것으로 궐련과 커피는 현대 문인들 사이에 유행하는 기호품이 되었다.

일본의 현대 문인들은 담배 피우고 커피 마시는 것 말고도 각자 온갖 기괴한 악취미를 자행하고 있다. 마에다코 히로이치로前田河廣一郎는 목숨처럼 술을 좋아하여 취하면 쉴 새 없이 떠들고 울고, 다니자키 준이치로谷崎潤一郎는 여성의 체취를 맡고 여성의 가래와 눈물을 맛보기를 좋아한다. 가네코 요분은 입술을 자주 핥고, 호소다 겐키치細田源吉는 외설을 좋아하고 아침식사 후 두 시간 동안 숙면을 취한다. 미야지 가로쿠는 손톱으로 머리를 자주 긁고, 우노 고지^{宇野浩二}는 술에 취하면 기생들을 모욕한다. 하야시 후사오^{林房雄}는 간통벽이 있고, 야마모토 유조^{山本有三}는 전차에서 무릎 꼬고 비스듬히 앉기를 좋아하고, 가쓰모토 세이이치로^{勝本清一郎}는 자주 엄지로 콧구멍을 파면서 이야기한다. 이런 것들은 형형색색 이루 다 손꼽기도 어렵다.

일본의 현대 문인들이 자행하는 악취미는 과거 중국의 문인 구훙밍[10]이 여인의 금련[11] 냄새를 즐겨 맡던 행위만큼이나 혐오스럽다. 나는 비단 문인뿐 아니라 현대 중국의 유망한 청년들이 모두 건전한 정신을 보존하고, '문인무행'이라는 허울을 빌려 일본 문인들과 같은 지탄받을 만한 악취미는 절대로 자행하지 않기를 바란다.

3월 9일 『다완바오』 부간 『고추와 감람』

[서늘한 말?]

제4종인[12]

저우무자이^{周木齋}

4월 4일 『선바오』의 『자유담』에 허자간 선생의 「문인무문」이라는 글이 실렸다. 중국의 문인에 대해 논하면서 다음과 같이 운운했다.

"인지상정에 어긋나는" 것은 '문인무행'이 아니라 '문인무문'이다. 사소한 사건을 주워 모아 수필로 만든 것도 있고, 고문을 고쳐 창작인 양 낸 것도 있다. 터무니없는 말을 늘어놓고 평론이라 칭하고, 몇 장짜리 정기간행물을 엮어 은근히 자신을 치켜세우는 사람도 있다. 외설을 나열하여 하류작을 쓰고, 구문舊文을 모아 평전을 찍어 내는 사람도 있다. 심지어는 외국의 문단 동향을 번역하여 세계문학사가 되고, 문학가 사전을 모아 놓고 자신의 이름을 끼워 넣어 세계적 문인이 되는 사람도 있다. 그런데 지금 대관절 이런 사람들이 모두 중국의 황금 간판 '문인'들이다.

진실로 이상의 글에서 말한 바대로 "그야말로 지당한 말씀이다." 그런데 예외적인 것은 있으니, 바로 이것이다.

지금까지 예고조차 없었던 『자야』 말고는 다른 대작이 나오지 않고 있다.

'문'의 '정의'가 같은 글의 말을 빌려 표현하면 "또한 빈틈없기 짝이 없다". 이 글의 동기는 서두 몇 구절로도 알 수 있다. 직접적으로는 '다'씨 성을 가진 신문의 부간에 실린 '성이 ×씨'인 '문인무행'에 관한 말에서 비롯되었다. 이외에 듣자 하니 '허자간'은 바로 루쉰 선생의 필명이라고 한다.

그런데 의론이 '지당하'고 '문'의 '정의'가 "빈틈없기 짝이 없다"고 하더라도, 바로 이러한 까닭으로 조심성 없이 스스로 함정에 걸리고 말았다. 설령 루쉰 선생이 제4종인으로 자처한다고 하더라도 말이다.

중국 문단이 충실하고도 공허하다는 말은 터부가 될 수도 없고 터부일 필요도 없다. 그러나 난쟁이 가운데서도 어쨌거나 상대적으로 큰 키다리는 찾을 수 있다. 우리로서는 선진을 바라는 것이 아무개 한 사람을 기대하는 것보다 훨씬 더 절실하다. 황무지보다는 숙전熟田이 수확하기가 더 쉽기 때문이다. 루쉰 선생의 소양과 과거의 성취로 볼 때 중국의 금강석 간판 문인이 되기에 모자람이 없다. 그런데 최근에는 어떤가? 단순히 그 사람 개인의 발전을 가지고 말해 보아도 도중에 멈춘 처지이다. 이러한데도 지금 자책 조서를 내리기는커녕 도리어 자신은 쏙 빼놓고 서늘한 말을 내뱉고 있다. 이것이야말로 '제4종인'이다. 이름 그대로 완전무결하도다!

'인지상정에 어긋나는' 것은 물론 '문인무문'이지만, 그래도 제일 중요한 것은 '문인불행'[13]('행'은 동사)이다. "나가자, 내가 가겠다!"

4월 15일 『파도소리』濤聲 2권 14기

[바람 쐬기]

두 가지 오해와 한 가지 차이점[14]

자간

무자이 선생은 나에 대한 두 가지 오해가 있고, 의견도 나와 조금 차이가 있다.

첫째는 '문'의 정의에 관한 것이다. 나의 잡감은 『다완바오』 부간에 실린 「악취미」로 말미암아 나온 것인데, 거기서 거론하고 있는 문인은 모두 소설가이다. 이 점을 무자이 선생도 잘 알고 있음에도 지금 그것을 뒤섞어 말하고 있다. 아마도 쓰는 게 중요해서 이 점을 미처 생각하지 못했기 때문일 터이고 「제4종인」이라는 제목도 그야말로 최신식이다.

두번째는 나더러 '자책 조서'를 내리라는 것이다. 그렇다면 나는 지금 무료한 성명을 발표하겠다. "허자간은 물론 루쉰이다. 그러나 결코 황제 노릇을 한 적은 없다. 그런데 다행히도 이렇게 오해하는 사람은 결코 많지 않다."

의견의 차이점은 이것이다. 무자이 선생은 무릇 누군가를 비난하는 글에 본인이 포함되어 있으면 '서늘한 말'로 간주한다. 나는 본인이 포함되지 않는 것을 '서늘한 말'이라고 생각한다. 예를 들자면, 상하이에 있으면서 베이핑의 학생더러 국난을 구하러 나가야 하고 최소한 도망가서는 안 된다고 질책하는 따위 같은 것이다.[15]

그런데 이 한 편의 글로 나는 사실 막대한 이익을 얻었다. 바로 이것이다. 무릇 사회 전체의 응어리를 지적하는 글에 대해 논자들은 그것을 '욕설'이라고 말하는데, 예전에는 이런 태도가 너무 의아했다. 이제야 비로소 일부 사람들이 그런 글은 결코 필자 본인은 포함시키지 않았다고 생각한다는 것을 알게 되었다. 만약 필자 본인도 포함된다면 자책 조서를 내려야 하는데, 현재 조서는 없고 공격만 있다는 사실에서 비난 대상이 모두 다른 사람이라는 것을 족히 알 수 있다는 것이다. 이리하여 그들은 그것을 '욕설'이라고 부른다. 더욱이 그리하여 떼거지로 욕을 해대며 필자로 하여금 그가 지적한 모든 응어리를 짊어지고 심연 속으로 가라앉도록 한다. 그리고 천하는 이리하여 태평이다.

7월 19일

주)_____

1) 원제는 「文人無文」. 1933년 4월 4일 『선바오』의 『자유담』에 발표했다. 필명은 허자간.

2) '문인무행'(文人無行)은 문인들의 행실은 종종 단정하지 않다는 의미의 사자성어이다. 이 글의 제목인 '문인무문'은 루쉰의 언어유희라고 할 법한데, 문인들이 글다운 글을 쓰지 못한다는 뜻으로 사용하고 있다.

3) 『다완바오』의 『고추와 감람』에 실린 장뤄구(張若谷)의 「악취미」(惡癖)를 가리킨다. 장뤄구(1905~1960)는 장쑤 난후이(南匯; 지금의 상하이에 속한다) 사람으로 『다완바오』,『선바오』의 부간에 글을 자주 실었다.

4) 미야지 가로쿠(宮地嘉六, 1884~1958). 일본의 소설가. 노동자 출신으로 노동운동에 참여했다. 작품으로는 『매연의 악취』(煤煙の臭ひ), 『노동자의 수기』(或る職工の手記) 등이 있다.

5) 가네코 요분(金子洋文, 1894~1985)은 일본의 소설가이자 극작가. 청년 시절 프롤레타리아 문학운동에 참가했다. 작품으로는 소설 『지옥』(地獄)과 희곡 『창화』(槍火)가 있다.

6) 『자야』(子夜)는 마오둔(茅盾)의 장편소설이다. 1933년 1월 상하이 카이밍서점(開明書店) 출판.

7) 원문은 '偃武修文'. 『상서』의 「무성」(武成)에 주 무왕이 상(商)을 멸한 뒤 "왕께서 상에서 출발하여 펑(豊)에 도착하였다. 이에 무력을 멈추고 글을 닦았다"라는 말이 나온다.

8) '문곡성'(文曲星)은 문창성(文昌星)이라고도 하는데, 문단을 주재하는 별로 전해진다.

9) 원제는 「惡癖」.

10) 구훙밍(辜鴻鳴, 1857~1928). 원래는 구훙밍(辜鴻銘)이다. 자는 탕성(湯生). 중국 근현대의 걸출한 한학자이자 영어, 프랑스어, 독일어, 라틴어 등 9개 언어와 서방문화에 정통한 인물로서 '청말의 괴걸(怪傑)'로 칭해졌다. 저서로 『중국인의 정신』(中國人的精神)이 유명하다.

11) '금련'(金蓮)은 전통시대 중국에서 전족한 여인의 아름다운 발을 묘사하는 말이다.

12) 원제는 「第四種人」.

13) 원문은 '文人不行'. 저우무자이는 루쉰이 제대로 된 글을 쓰는 실천을 하지 않고 있음을 풍자하며 '문인이 실천하지 않는다'라는 뜻으로 쓰고 있다.

14) 원제는 「兩誤一不同」.

15) 저우무자이가 난리를 피해 도망가는 학생들을 나무라는 말은 앞의 「도망에 대한 변호」 참고.

가장 예술적인 국가[1]

우리 중국에서 가장 위대하고 가장 오래되었을 뿐만 아니라 가장 보편적인 '예술'은 여장남자이다. 이 예술의 소중함은 쌍방 모두를 빛나게 해준다는 데 있으며, 그것을 일러 '중용'이라고도 한다 ── 남자들은 '분장한 여자'를 보고, 여자는 '남자의 분장'을 본다. 표면적으로는 중성이지만 뼛속은 당연히 남자이다. 그런데 분장하지 않고도 예술이 될 수 있는가? 예컨대, 중국의 고유문화로는 과거제도와 기부금족[2] 따위가 포함된다. 애당초 이것들은 민권에도 너무 맞지 않고 시대조류에도 부합하지 않는다고 말하며 중화민국으로 분장했다. 그런데 민국이 된 이래 오랫동안 꾸미지 않아서 화단[3] 얼굴의 연지분처럼 간판마저도 이미 거의 모두 벗겨졌다. 그런데 동 시기 우직한 민중들은 진짜로 정권을 세워 과거시험 출신과 기부금족 출신의 참정권을 잘라 내려 하고 있다. 이러한 생각은 민족에 대한 불충이자 조상에 대한 불효이므로 실은 반동의 극치에 속한다.

지금은 벌써 고유문화의 회복이라는 '시대조류'로 회귀했으므로 어찌 이러한 불충과 불효를 방임할 수 있겠는가? 따라서 다시 한번 새롭게 분장하지 않을 수 없으므로[4] 다음과 같은 초안[5]이 나왔다. 첫째, 누가 국민을 대표할 자격이 있는지는 모름지기 시험으로 결정한다. 둘째, 거인擧人을 합격시킨 뒤에 다시 한번 뽑는데, 이를 일러 '선거인'(선選은 동사)이라고 말한다. 그리고 뽑힌 거인은 물론 '피선거인'被選擧人이다. 문법적으로 보면, 이러한 국민대회에서 말하는 '선거인'은 '거인을 뽑는 사람'이라고 칭해야 하고, '피선거인'은 '피선된 거인'이라고 칭해야 한다.[6] 그런데 분장하지 않아도 예술이 될 수 있는가? 따라서 그들은 실질적으로는 여전히 수재와 거인임에도 불구하고 그들은 헌정국가[7]에서 선거하는 사람과 피선거인으로 분장한 것이다. 민중들로 하여금 민권을 보게끔 하고, 민족과 조상들이 보는 것은 충효이다——과거제도를 가진 민족에 대해 충성하고, 과거제도를 만든 조상에 대해 효도한다. 이 밖에 상하이에서 벌써 실현된 민권은 납세자만이 선거와 피선의 권리를 갖도록 하여 대大상하이에 4,465명의 대大시민들만 남게 되었다.[8] 기부금족——돈 있는 사람이 위주이다——이면서도 반드시 거인에 합격하고 심지어는 재시험을 보지 않아도 동진사 출신을 하사받을 수 있다.[9] 왜냐하면 서양 나리 슬하의 모범이므로 마땅히 그러해야 한다. 하물며 이것은 한편으로는 고유문화에 위배되지 않고 다른 한편으로는 헌정 민권과 아주 흡사하게 분장한 것이 아닌가? 이것이 그 첫번째이다.

둘째, 한편으로는 교섭하고 다른 한편으로는 저항한다는 것이다.[10] 이편에서 보면 저항이지만 저편에서 보면 실은 교섭이다. 셋째, 한편으로는 실업가, 은행가이지만 다른 한편으로는 자칭 '소빈小貧일 따름이다'라고 하는 것이다.[11] 넷째, 한편으로는 일제의 판로의 부흥이지만 다른 한편으로는 사람들에게 '국산품의 해'[12]라고 말하는 것이다……. 이러한 예는 이루 다 꼽을 수가 없다. 대부분이 기가 막히게 분장을 하고 있어 쌍방 모두가 반질반질거린다.

아, 중국은 정녕 가장 예술적인 국가, 가장 중용적인 민족이다.

그런데도 어린 백성들은 불만스러워하고 있다. 오호라, 군자는 중용을 지키고, 소인은 중용을 반대한다고 했던가![13]

3월 30일

주)_____

1) 원제는 「最藝術的國家」. 1933년 4월 2일 『선바오』의 『자유담』에 발표했다. 필명은 허자간.

2) 원문은 '捐班'. 과거시험을 거치지 않고 돈이나 재물로 관직이나 관리가 될 수 있는 자격을 사는 것을 가리킨다. 청대에는 정해진 가격으로 관리를 사는 제도가 있었다. 베이징의 관리는 낭중(郞中) 이하, 지방관은 도부(道府) 이하는 모두 살 수 있었다.

3) '화단'(花旦)은 중국의 전통극에서 성격이 활발하고 젊은 말괄량이 여자 역을 가리킨다.

4) 1933년 봄 장제스가 제안한 '제정헌법초안'과 '국민대회 소집'을 가리킨다. 1931년 5월 국민당 정부는 한 차례 '국민회의'를 열어 소위 '훈정시기약법'(訓政時期約法)을 공포한 적이 있으므로 여기서 '새롭게 한 차례 분장하지 않을 수 없다'라고 한 것이다.

5) 1933년 3월 24일 국민당 정부의 헌법초안기초위원회가 기초한 '국민대회조직'에 관한 초안을 가리킨다. 이 초안의 제3조는 이와 같다. "중화민국의 국민 가운데 만 20세가 된 자는 선거대표권을 가지며, 만 30세가 되어 시험에 합격하면 피선거대표권을 가진다."

6) '이를 일러'부터 '칭해야 한다'까지 원문에는 작은따옴표(' ')가 없다. 순조로운 읽기를 위해서 옮긴이가 작은따옴표를 사용했음을 밝혀 둔다.

7) 쑨중산(孫中山)이 쓴 『건국대강』(建國大綱)에는 '건국'의 순서를 '군정', '훈정', '헌정'의 세 시기로 나누고 헌정 시기에는 국민대회를 소집하여 헌법을 반포하고 민선정부를 수립한다고 주장했다. 장제스를 수장으로 하는 국민당 당국은 쑨중산의 '군정', '훈정'을 이용하여 전제독재와 국민의 자유를 박탈하는 구실로 삼았다. 1933년 그들은 '훈정을 완결'하고 헌정 실시를 준비한다고 선언했으나 실제로는 국민당의 통치를 여전히 이어 가고 있었다.

8) 여기서 말하는 상하이는 상하이의 공동조계지를 가리킨다. 상하이 공동조계지는 1928 년부터 '고등 중국인'이 조직한 '납세화인회'(納稅華人會)가 중국인 이사 3인(1930년부 터는 5인), 중국인 위원 6인을 선출하여 조계지의 행정기관인 공부국(工部局)에 참여할 수 있게 했다. '납세화인회'는 아래의 자격이 있어야 회원이 되고 선거권을 가질 수 있 었다. 1. 소유한 산업의 지가가 500냥(은냥) 이상인 자, 2. 매년 납부하는 부동산세가 10 냥 이상인 자, 3. 매년 부동산 임대료가 500냥 이상이고 납부하는 자(상하이 공동조계 지는 임대 부동산의 세금은 임차인이 부담하도록 규정하고 있었다). 또한 공동조계지에 5 년 이상 거주한 자 가운데 1. 연 부동산세가 50냥 이상인 자, 2. 연 부동산 임대료가 연 1200냥 이상이며 납부하는 자는 '납세화인회' 대표대회의 대표로 선출될 수 있고 공부 국의 중국인 이상, 중국인 위원으로 선출될 수 있다.

본문에서 말하고 있는 '4,465명의 대(大)시민'은 1933년 3월 27일 '납세화인회'의 시민 조직이 제12차 선거를 할 때 상술한 조건에 따라 통계 낸 회원 수이다. 이 중 선거권을 가진 자는 2,175명이고, 피선거권을 가진 자는 2,290명이다.

9) 명·청의 과거제도는 거인(擧人)이 회시(會試)에 합격하고, 이어 전시(殿試)에 합격하면 세 종류의 갑(甲)으로 나누었다. 일갑(一甲)은 '진사 급제'(進士及第), 이갑(二甲)은 '진사 출신'(進士出身), 삼갑(三甲)은 '동진사 출신'(同進士出身)을 하사했다.

10) 1932년 1·28사변이 발발하자 국민당 정부 행정원장 왕징웨이(汪精衛)는 2월 13일 대 일본 방침에 관한 담화를 발표하면서 "한편으로는 저항하고 한편으로는 교섭한다"라 고 하면서 "싸울 수 없으므로 저항하고, 강화할 수 없으므로 교섭한다. 이런 까닭으로 저항과 교섭을 병행한다"라고 했다.

11) '소빈'(小貧)은 쑨중산의 『삼민주의』 중 「민생주의」 제3강에 나오는 말이다. 쑨중산은 "중국인은 이른바 빈부가 균등하지 않고, 가난한 계급은 대빈(大貧)과 소빈(小貧)으 로 나누어진다. 사실 중국의 거대 자본가는 외국 자본가에 비하면 소빈에 지나지 않는 다"라고 했다. 쑨중산은 중국의 민족자본주의가 외국자본주의의 배척과 타격으로 발 전하는 데 어려움이 있다는 것을 설명하고자 했다. 그런데 중국의 일부 자본가들은 이 말을 이용하여 프롤레타리아와 부르주아의 구분을 부인하기도 했다.

12) 상하이 공상업계는 1933년을 '국산품의 해'로 정하고 이 해 정월 초하루에는 시위대 회를 열었다.

13) 『예기』의 「중용」에 "중니께서 가로되, 군자는 중용을 지키고 소인은 중용을 반대한 다"라는 말이 나온다.

현대사[1]

내가 기억을 할 수 있는 시절부터 지금까지, 무릇 내가 가 본 공터에서는 언제나 '요술', 혹은 '마술'이라는 것을 보았다.

마술은 대개 두 종류가 있을 따름이다.

하나는 원숭이에게 가면을 씌우고 옷을 입혀 무기놀이를 하게 하거나 양을 타고 몇 바퀴 돌게 하는 것이다. 또 흰죽으로 키워 피륙이 상접한 흑곰이 재주를 부리기도 한다. 마지막에는 사람들에게 돈을 요구한다.

다른 하나는 돌덩이를 빈 상자에 넣고 수건으로 왼쪽을 가렸다 오른쪽을 가렸다 하다가 흰 비둘기로 변해 나오는 것이다. 종이를 입에 틀어넣고 불을 붙이면 입가와 콧구멍에서 연기와 불덩이를 내뿜는 것도 있다. 그 다음에는 사람들에게 돈을 요구한다. 돈을 달라고 한 뒤 한 사람은 적다고 불평하고 거드름을 피우며 마술 부리기를 안 하려 하고, 다른 한 사람은 그를 달래면서 사람들에게 다섯 푼을 더 달라고 한다. 아니나 다를까 누군가 돈을 던지면, 다시 네 푼, 세 푼······.

던져진 돈이 충분하면 마술은 다시 시작된다. 이번에는 어린아이를 입이 작은 항아리 속으로 작은 변발만 남기고 집어넣고는 다시 빠져나오게 한다면서 또 돈을 요구한다. 충분히 거두어지면 무슨 영문인지 어른은 예리한 칼로 아이를 찔러 죽이고 뻣뻣하게 누운 아이에게 이불을 덮어 주고는 그를 살린다고 하면서 또 돈을 요구한다.

"집에서는 부모에게 의지하고 집 나오면 친구에게 의지한다네……Huazaa! Huazza!"[2] 마술쟁이는 돈을 뿌리는 손짓으로 엄숙하고도 슬프게 말한다.

다른 아이가 가까이 다가가 자세히 보려고 하면 그는 욕을 할 것이고, 재차 듣지 않으면 때리기도 할 것이다.

아니나 다를까 많은 사람들이 Huazza한다. 숫자가 예상과 엇비슷해지면 그들은 돈을 줍기 시작하면서 도구를 수습하고 죽은 아이는 스스로 일어나 함께 도망친다.

구경꾼들도 얼이 빠진 듯 흩어진다.

이 공터에 순간 적막이 흐른다. 얼마 지나면 또 이런 놀이가 시작된다. "마술은 누구나 할 줄 알고 저마다 색다른 요령이 있다"라는 속담이 있다. 사실 이렇게 여러 해 늘 같은 놀이임에도 늘 보는 사람이 있고 늘 Huazaa하는 사람이 있다. 그런데 모름지기 그 사이에는 적막한 며칠이 지나야 한다.

내가 할 말은 다 했고 내용도 시시하다. 사람들에게 한바탕 Huazaa Huazaa한 뒤 며칠 조용히 지내다가 다시 이 놀음을 하는 것에 불과하다.

여기까지 와서야 나는 비로소 제목을 잘못 붙였다는 생각이 들었다. 이 글은 정녕 '죽은 것도 아니고 산 것도 아닌' 놈이 되고 말았다.

4월 1일

주)_____

1) 원제는 「現代史」. 1933년 4월 8일 『선바오』의 『자유담』에 발표했다. 필명은 허자간.
2) 돈 뿌리는 소리를 형용한 말이다.

추배도[1]

내가 여기에서 사용하는 '추배'推背의 의미는 배면背面으로 미래의 상황을 추측한다는 것이다.

지난달 『자유담』에는 「정면문장 거꾸로 읽는 법」[2]이 실렸다. 이것은 모골이 송연한 글이다. 왜냐하면 이 결론을 얻기 앞서 반드시 수많은 고통 스러운 경험을 하고 수많은 불쌍한 희생들을 보았을 것이기 때문이다. 본 초가[3]가 붓을 들어 '비상砒霜, 대독大毒'이라고 썼다. 네 글자에 불과하지만 그는 확실히 비상이 몇몇 생명을 독사시켰음을 알고 있었던 것이다.

항간에 이런 우스개가 있다. 갑甲이라는 자가 은 30냥을 땅에 파묻고 는 사람들이 알아챌까 봐 그 위에 "이곳에는 은 30냥이 없다"라고 쓴 나 무판을 세웠다. 이웃에 사는 아얼阿二이 이것을 파내고는 발각될까 봐 나 무판의 한쪽에 "이웃 아얼이 훔치지 않았다"라고 써 넣었다. 이것은 바로 '정면문장 거꾸로 읽는 법'을 가르쳐 주고 있는 것이다.

그런데 우리가 날마다 보는 문장은 이렇게 단순하지 않다. 하겠다고 분명히 말하는 것은 사실 하지 않겠다는 것이고, 하지 않겠다고 분명히 말하는 것은 사실 하겠다는 것이다. 이렇게 하겠다고 분명히 말하는 것은 사실 저렇게 하겠다는 것이고, 사실 본인이 이렇게 하겠다고 하는 것은 다른 사람들이 이렇게 해야 한다고 말하는 것이다. 아무런 소리도 나지 않았다면 사실 이미 저지른 것이다. 그럼에도 불구하고 말한 대로 그대로 하는 경우도 있다. 난점은 바로 여기에 있다.

요 며칠 신문에 실린 주요 뉴스를 예로 들어 보자.

1. ××군 ××혈투에서 적××××인을 사살했다.
2. ××담화: 결코 일본과 직접 교섭하지 않는다. 변함없이 초심을 바꾸지 않고 끝까지 저항한다.
3. 요시자와의 중국 방문[4]은 소식통에 따르면 개인 사정이라고 한다.
4. 공산당이 일본과 연합, 위僞중앙은 이미 간부 ××를 일본으로 파견하여 교섭했다.[5]
5. ××××……

만약 이 모든 것을 배면문장으로 본다면 정말 놀라 자빠질 것이다. 그런데 신문지상에는 '모간산로莫干山路에서 띠짚배 100여 척에 큰 화재 발생', '×××× 단 4일간 염가판매' 등, 대개 '추배'할 필요가 없는 기사도 있다. 이리하여 우리는 다시 헷갈리기 시작한다.

듣자 하니 『추배도』[6]는 애당초 영험했으나 아무개 황조, 아무개 황제는 그것이 인심을 미혹시킬까 가짜로 만든 것을 안에 끼워 넣었다고 한다. 이로 말미암아 예지 능력을 상실하게 되어 반드시 사실로 입증되고 나서야 사람들이 비로소 불현듯 상황을 알아차리게 된 것이다.

우리도 사실이 확인될 때까지 기다리는 수밖에 없다. 다행인 것은 그다지 오래 걸리지 않을 것이라는 점이다. 여하튼 간에 올해는 넘기지 않을 것이다.

4월 2일

주)＿＿＿＿

1) 원제는 「推背圖」. 1933년 4월 6일 『선바오』의 『자유담』에 발표했다. 필명은 허자간.

2) 「정면문장 거꾸로 읽는 법」(正面文章反看法)은 천쯔잔(陳子展)이 1933년 3월 13일 『선바오』의 『자유담』에 발표한 글이다. 당시 '항공구국' 주장은 감히 일본군을 공격하지는 못하고 '토비'(홍군)를 공격하는 것이며, '장기 저항'은 장기 무저항과 마찬가지이고 '실지의 회수'는 실지의 불(不)회수와 마찬가지라고 했다.

3) '본초가'(本草家)는 중약(中藥) 약물학자이다. 한대 신농(神農)의 이름에 가탁하여 지은 약물학서 『본초』에는 한약 365가지가 실려 있다. 후에 본초는 중약에 대한 통칭이 되었다. 북송 일화자(日華子)의 『일화제가본초』(日華諸家本草)와 서승(徐承)의 『본초별설』(本草別說), 명대 이시진(李時珍)의 『본초강목』(本草綱目) 등에는 비상이 '유독'(有毒), '유대독'(有大毒)하다고 기록되어 있다.

4) 1933년 3월 31일 일본 주중공사, 외무대신을 역임한 요시자와 겐키치(芳澤謙吉, 1874~1965)가 상하이에 와서 대외적으로 개인 '유람'이며 "결코 외교와 정치 등의 사명을 포함하고 있지 않다"(4월 1일 『선바오』 중앙사 뉴스로 실렸다)라고 선전하고 다니면서 중국에 온 목적을 은폐했다.

5) 국민당 당국이 퍼뜨린 유언비어로 1933년 4월 2일 『선바오』의 '국내통신'(國內電訊)에 실렸다.

6) 『추배도』(推背圖)는 참위설(讖緯說)에 기반한 그림책이다. 『송사』의 「예문지」(藝文志)에는 편찬자의 이름 없이 오행가(五行家)의 저서로 열거하고 있다. 남송 악가(岳珂)의 『정사』(桯史)에는 당대 이순풍(李淳風)이 지었다고 했다. 현존하는 판본은 1권 60도(圖)로 되어 있다. 59번째 그림까지는 후대 역사의 흥망과 변란을 예측한 것이며, 60번째 그림은 이순풍이 계속 예측하는 것을 막기 위하여 당대 원천강(袁天綱)이 이순풍의 등을 떠미는 동작이 그려져 있다. 이런 까닭으로 이순풍과 원천강의 합작으로 보기도 한다. 『정사』 권1의 「예조금참서」(藝祖禁讖書)에는 다음과 같은 기록이 있다. "당 이순풍이

『추배도』를 지었다. 오대(五代)의 난리로 왕과 제후들이 굴기(崛起)하자 사람들은 요행을 바라는 마음을 가지게 되었다. 따라서 참위에 관한 학설이 맹렬하게 일어나고 걸핏하면 참위서를 뒤져 오월(吳越)에서는 그 자식의 이름을 짓기에 이르렀다. …… 송 왕조가 흥하자 명을 받은 부절(符節)로서 더욱 유명해졌다. 예조(藝祖 ; 송 태조)가 즉위하여 참위서를 금하는 조서를 내렸다. 그것이 백성의 마음을 미혹시킬까 두려워하여 여러 가지 형벌로 다스렸다. 그런데 『추배도』가 전해진 지 수백 년이 되었고 민간에서도 많이 소유하고 있었기 때문에 회수하기가 어려워 관리들이 걱정했다. 하루는 조(趙) 한왕(韓王)이 카이펑의 감옥 사정에 대해 상주하면서 '범죄자가 너무 많아서 이루 다 죽일 수가 없습니다'라고 했다. 이에 상께서 '지나치게 금지할 필요는 없다. 그것을 혼란스럽게 만들면 된다'라고 하였다. 이에 구본(舊本)을 가져오게 명령한 뒤 입증된 것을 제외하고 모두 순서를 바꾸어 놓고 뒤섞어 써서 백 가지 판본으로 만들어 원래 책과 함께 병존하게 했다. 이에 전하는 사람은 그것의 선후, 진위를 알 수 없게 되었다. 간간이 구본을 가지고 있는 사람도 있었으나 더 이상 영험하지 않아 보관하지 않고 버렸다."

「사람을 잘못 죽였다」에 대한 이의[1]

차오쥐런[2] 선생의 「사람을 잘못 죽였다」를 보고 아주 통쾌했다. 그런데 돌이켜 생각해 보니 아무래도 격분에서 나온 말에 지나지 않는다는 생각이 들어서 몇 마디 이의를 달기로 마음먹었다.

위안스카이[3]는 신해혁명 후 당원들을 대대적으로 학살했다. 위안스카이 측에서 보면 조금도 잘못 죽인 것이 아니다. 왜냐하면 그가 바로 거짓 혁명을 한 반反혁명가이기 때문이다.

잘못이라면 혁명가가 속임수에 걸려들어 위안스카이가 진실로 공중 회전하여 베이양 대신에서 혁명가로 변신했다고 생각하고 동조자를 끌어들여 많은 사람들의 피를 흘리게 하고 그를 총통의 보위에 올렸다는 것이다. 2차혁명[4] 당시 표면적으로 그는 다시 한번 공중회전하여 '국민의 공복'[5]에서 흡혈귀로 변신한 것처럼 보였다. 실은 그게 아니라 그의 참모습을 드러낸 것일 따름이었다.

이리하여 죽이고, 죽이고, 죽였다. 베이징성에 있는 음식점, 여인숙은 모두 스파이로 득시글거렸다. 또 '군정집법처'[6]를 두고 혐의만으로 체포된 청년들이 그곳으로 들여보내졌다. 또 있다. 『정부공보』政府公報에는 날마다 당원들의 탈당광고가 실렸다. 지난날 친구들에게 끌려가 잘못 입당했으며 지금은 어리석었음을 알게 되었으므로 앞으로 여기서 벗어나 개과천선하여 좋은 사람이 되고자 한다는 내용이다.

머지않아 위안스카이의 살인이 잘못 죽인 것이 아니었음이 입증되었다. 그는 황제가 되고자 했던 것이다.

이러한 일들이 일어난 지 어느덧 벌써 20년이 지났다. 지금 스무 살 남짓한 청년들은 당시에는 젖을 빨고 있었을 터이므로 세월은 정말 쏜살같다.

그런데 위안스카이는 자신이 황제가 되고자 했음에도 불구하고 왜 그의 진정한 적수인 구舊황제[7]를 남겨 두었던 것일까? 이것에 대해서는 이러쿵저러쿵 할 필요 없이 최근에 벌어지고 있는 군벌의 혼전을 보면 알 수 있다. 그들은 불구대천의 원수처럼 너 죽고 나 살자고 싸움을 벌이다가도 나중에 한쪽이 '하야'하기만 하면 곧바로 정중해진다. 그런데 혁명가에 대해서는 어떠한가. 설령 서로 싸운 적이 없더라도 결코 한 사람도 가만두려 하지 않는다. 그들은 너무나 똑똑하게 알고 있는 것이다.

따라서 중국의 혁명이 이 꼴이 된 것은 결코 그들이 '사람을 잘못 죽여'서가 아니라 우리가 사람을 잘못 보았기 때문이라고 나는 생각한다.

마지막으로 "중년을 넘긴 사람을 더 많이 죽여야 한다"는 주장에 대해서도 나는 조금 이의가 있다. 하지만 나 자신이 '중년을 넘긴' 지가 이미 한참 되었으므로 혐의를 피하기 위해서라도 그저 땅이나 바라보고 있어야겠다.

4월 10일

원고의 '정중해진다'라는 말 다음에 "어쩌면 외국을 나갈 때 환송회를 크게 열지도 모른다"라는 의미의 구절이 있었으나 삭제되었다.

4월 12일에 쓰다

[비고]

사람을 잘못 죽였다[8]

차오쥐런

요전 날 모某 신문에 창춘에서 돌아온 사람의 이야기에 대한 모某 군의 글이 실렸는데, 일본인들이 괴뢰국에서 이미 '아편전매'와 '화폐통일'이라는 양대 정책을 완성했다는 내용이었다. 이 두 가지 제도는 과거 장씨 부자[9]의 시대에는 정리할 수 없다고 여긴 것들이나, 지금 일본인들이 일거에 처리하여 두서를 갖춘 것이다. 따라서 모 군은 탄식하면서 말했다.

소생은 동북 인사들과 화폐제도의 혼란으로 인한 해악을 논의한 적이 있는데, 모두들 적폐가 심하여 되돌리기 어렵고 처리하기 곤란하다는 핑계를 댔다. 그런데 어찌하여 일본인들은 찰나에 이 일을 끝낼 수 있었던 것인가? "할 수 없었던 게 아니라 하지 않았던 것이다." 이야말로 나라 사람들의 심각한 고질병이로다!

어찌 '고질병'일 따름이겠는가! 중화민족의 멸망과 중화민국의 전복도 이 폐결핵 때문이다. 한 사회, 한 민족이 노년기로 접어들면 누구라도 "적폐가 심하여 되돌리기 어렵"기 때문에 '혁명'하지 않으면 안 된다. 혁명은 사회가 돌변하는 과정이다. 이 과정에서 좋은 사람, 나쁜 사람이 좋지도 나쁘지도 않은 사람과 더불어 언제나 약간은 죽게 마련이다. 약간을 죽이는 행위가 결코 보답이 없는 것은 아니다. 사회에 격리 작용이 일어나 구사회와 신사회가 확연히 두 토막으로 나누어지고, 악의 세력은 새로운 조직 속으로 전염되지 않는다. 따라서 혁명적 살인에는 표준이 있어야 하는데, 중년을 넘긴 사람을 더 많이 죽이고 구세력을 대표하는 사람을 더 많이 죽여야 한다. 프랑스대혁명이 성공한 것은 대공황 시기에 구세력을 소탕했기 때문이다.

그런데 중국에는 혁명이 일어날 때마다 언제나 정상적인 형식을 뒤집었다. 많은 청년들이 혁명운동에 참여했다는 이유로 희생되었다. 혁명의 진행 중에 구세력은 한동안 숨어 있었으므로 그들 중에 약간도 제거하지 못했다. 혁명이 성공하자 구세력은 다시 솟아나와 청년들을 희생으로 삼아 대대적인 살인을 했다. 쑨중산 선생은 힘겹게 10여 년 혁명에 투신했으나 신해혁명이 성공하자 위안스카이가 대권을 잡고 날마다 당원들을 죽였다. 심지어는 15, 6세의 아이들도 모두 죽였다. 이런 혁명은 격리 작용을 일으키기는커녕 그야말로 구세력을 위한 호위병으로 전락했다. 이로 말미암아 민국 이래로 생기 없는 무기력만이 감돌았고 어떠한 사업에도 개혁을 거론할 필요가 없게 되었다. 개혁을 거론하기만 하면 꼭 "적폐가 심하여 되돌리기 어려우며 처리가 곤란하다는 핑계"가 돌아왔다. 악의 세력은 지금까지도 계속해서 주입되고 있다.

이러한 비정상적인 상태를 이름하여 나는 "사람을 잘못 죽였다"라고 말하고자 한다. 나는 늘 친구들에게 이렇게 말한다.

피를 흘리지 않는 혁명은 없다. 그러나 '피를 흘린다'는 것이 엉뚱한 사람의 피를 잘못 흘리는 일이어서는 안 된다. 하루빨리 푸이를 죽이고, 정샤오쉬鄭孝胥 무리를 더 많이 죽여야 바야흐로 나라의 큰 행복이 된다. 25세 이하의 청년을 함부로 죽이는 것은 시대의 흐름에 역행하는 것이다. 사회의 원기를 꺾어 버리면 '망국과 종멸'이라는 '눈앞의 보복'을 받게 될 것이다.

『자유담』, 4월 10일

주)_____

1) 원제는 「『殺錯了人』異義」. 1933년 4월 12일 『선바오』의 『자유담』에 발표했다. 필명은 허자간.

2) 차오쥐런(曹聚仁, 1900~1972). 저장 푸장(浦江) 사람. 당시 지난(暨南)대학 교수와 『파도소리』(濤聲) 주간의 주편을 맡고 있었다.

3) 위안스카이(袁世凱, 1859~1916). 자는 웨이팅(慰亭). 허난 샹청(項城) 사람. 청조의 즈리(直隸) 총독 겸 베이양(北洋) 대신과 내각총리대신을 역임했다. 신해혁명이 발발하자 1912, 1913년에 각각 중화민국 임시대총통, 정식 대총통의 직위에 올랐다. 1916년 1월에 복벽을 시도하여 '홍헌'(洪憲) 황제라고 자칭했다. 같은 해 3월 국민들의 저항으로 제제(帝制)를 취소하고 6월에 병사했다.

4) 위안스카이는 복벽을 시도하고 '중화민국임시약법'을 파괴하며 국민당 대리이사장 쑹자오런(宋敎仁) 등 혁명당원을 살해했다. 1913년 7월 쑨중산은 위안스카이 토벌전쟁을 시작하면서 '2차혁명'이라고 일컬었다. 9월 중순 각지의 위안스카이 토벌군이 모두 패배했다. 2차혁명이 실패하자 위안스카이는 혁명당원들을 체포·살해하는 광풍을 일으키고, '부화뇌동 자수' 특사령을 반포하여 혁명의 힘을 분산시켰다.

5) 위안스카이는 중화민국 총통에 즉위하고 자신을 '국민의 한 사람'이라고 자칭하며 "총통은 늘 공복(公僕)으로 불렸다"라는 등의 말을 했다.

6) '군정집법처'(軍政執法處)는 위안스카이가 1913년 5월에 만든 것으로 혁명가와 애국인사의 체포를 위해 만든 특무기관이다.

7) 청조의 선통(宣統) 황제, 푸이(溥儀, 1906~1967)를 가리킨다. 신해혁명 후 난징 임시정

부와 청 조정은 담판을 통하여 퇴위한 청 황제에게 특별대우를 하고 황제 칭호를 유지하도록 의결했다. 위안스카이는 복벽을 시도하면서 "청 황실에 대한 우대조건은 영원히 바뀌지 않음을 언명한다"라고 했다.

8) 원제는「殺錯了人」.

9) 장쭤린(張作霖), 장쉐량(張學良) 부자를 가리킨다.

중국인의 목숨 자리[1]

"땅강아지와 개미도 목숨을 부지하고자 한다"[2]라는 말이 있고, 중국의 백성들은 예로부터 '의민'蟻民[3]으로 자칭했다. 나는 나의 목숨을 잠시라도 보전하기 위하여 늘 비교적 안전한 처소를 염두에 두고 있는데, 영웅호걸 말고는 나를 꼭 비웃지는 않을 것이라고 생각한다.

그런데 나는 기록의 문면 그대로는 그다지 믿지 않는 편으로 종종 다른 독법을 사용하곤 한다. 예를 들어 보자. 신문에서 베이핑에 방공防空 체계를 갖추고 있다고 하면, 나는 결코 그 소식이 믿을 만하다고 생각하지 않는다. 그런데 고대유물을 남쪽으로 운반한다[4]는 기사가 실려 있으면 즉각 고성孤城의 위기를 감지할 뿐만 아니라 이 고대유물의 행방으로부터 중국의 파라다이스를 추측한다.

지금 한 무더기 한 무더기의 고대유물이 모두 상하이로 집중되고 있는 데서 가장 안전한 곳이란 결국은 상하이의 조계지임을 알 수 있다.

그런데 집세가 반드시 비싸질 것이다.

이것은 '의민'에게는 커다란 타격이므로 다른 곳을 생각해 보아야 할 것이다.

이런저런 생각 끝에 '목숨 자리'가 생각났다. 이것은 바로 '내지'도 아니고 '변경'도 아닌[5] 이 양자 사이에 끼어 있는 곳이다. 하나의 고리, 하나의 동그라미 같은 곳에서 어쩌면 'X세에 목숨을 구차하게라도 부지'[6]할 수 있을지도 모르겠다.

'변경'에는 비행기에서 폭탄이 투하된다. 일본 신문에 따르면 '군대와 비적'을 소탕하고 있다고 하고, 중국 신문에 따르면 인민을 도륙하여 촌락과 시전을 잿더미로 만들고 있다고 한다. '내지'에도 비행기에서 폭탄이 투하된다. 상하이의 신문에 따르면 '공비'를 소탕하고 있고 그들은 폭격으로 곤죽이 되었다고 하는데, '공비'의 신문에서는 어떻게 말하고 있는지 우리는 알 수가 없다. 그러나 요컨대 변경에도 폭격, 폭격, 폭격이고, 내지에도 폭격, 폭격, 폭격이라는 것이다. 한쪽에서는 남이 포격하고 다른 한쪽에는 우리가 폭격하고 있다. 폭격하는 사람은 다르지만 폭격을 당하는 사람은 똑같다. 이 두 곳 사이에 있는 사람들만이 폭탄이 잘못 떨어지지만 않는다면 '피범벅'을 면할 희망을 가질 수 있다. 따라서 나는 그곳을 이름하여 '중국인의 목숨 자리'라고 이름 붙이기로 한다.

다시 바깥으로부터 폭격해 들어온다면 이 '목숨 자리'는 '목숨 줄'로 축소된다. 다시 더 폭격해 들어오면 사람들은 모두 폭격이 끝난 '내지'로 도망쳐 들어가고, 결국 이 '목숨 자리'는 '목숨○'로 완결된다.

사실 모든 사람들이 이런 예감을 하고 있다. 요 일 년 새 "우리 중국은 땅이 넓고 물산이 풍부하며 인구가 아주 많다"라는 상투어가 있는 문장이 그다지 안 보인다는 것이 바로 증거이다. 그리고 중국인은 '약소민족'이라고 스스로 연설하는 선생도 있다.

그런데 부자들은 이런 말들이 그럴싸하다고 생각하지 않는다. 그들은 비행기를 가지고 있을 뿐만 아니라 그들의 '외국'도 있기 때문이다!

4월 10일

주)_____

1) 원제는 「中國人的生命圈」. 1933년 4월 14일 『선바오』의 『자유담』에 발표했다. 필명은 허자간.

2) 원대 마치원(馬致遠)의 『천신비』(薦神碑) 제3절에 "땅강아지와 개미도 목숨을 부지하고자 하는데, 사람이 어찌 목숨이 아깝지 않겠는가"라는 말이 나온다.

3) '의민'(蟻民)은 '개미 같은 백성'이라는 뜻으로 백성들이 자신을 낮추어 사용한 말이다.

4) 1933년 2월에서 4월까지의 신문에는 국민당 정부가 베이핑 고궁박물원, 역사언어연구소 등에서 소장하고 있던 고대유물 2만 상자를 상하이로 운반하여 조계지 창고에 보관했다는 기사가 실렸다.

5) '내지'는 장시(江西) 등지의 노동자, 농민, 홍군의 근거지를 가리킨다. 1933년 2월에서 4월까지 장제스는 제4차 반(反)혁명 '포위토벌' 말기에 50만 병력으로 혁명 근거지를 공격하고 비행기를 출동시켜 마구잡이로 폭격했다.
'변경'은 당시의 러허 일대를 가리킨다. 1933년 3월 청더(承德)를 점령한 일본군은 렁커우(冷口), 구베이커우(古北口), 시펑커우(喜峰口) 등지에 비행기로 마구잡이로 폭격을 가하여 사상자가 허다하게 발생했다.

6) 원문은 '苟延性命於×世'. 제갈량(諸葛亮)의 「전출사표」(前出師表)에 "난세에는 구차하게라도 목숨을 온전히 보존하지(苟全性命於亂世), 제후들에게 영달을 구하지는 않는다"라는 말이 나온다.

안과 밖[1]

옛사람들은 안과 밖에는 구분이 있고 각각의 도리가 같지 않다고 말했다. 남편을 '바깥사람'이라고 하고 아내를 '못난 안사람'이라고 불렀다. 부상병은 병원 안에 있고 위문품은 병원 밖에 있는데, 확실한 조사를 거치지 않으면 위문품을 수령해서는 안 된다. 대외적으로는 안녕을 추구하고 대내적으로는 배척하거나 고함지른다.

허샹닝[2] 선생은 탄식했다. "그 해는 다만 그들이 봉기하지 않는다고 걱정하더니, 지금은 다만 그들이 죽지 않는다고 걱정한다." 그런데 죽는 도리도 안과 밖이 같지 않다.

장자 가로되, "슬픔 가운데 마음이 죽는 것보다 더한 것은 없고, 몸이 죽는 것은 그다음이다"[3]라고 했다. 그다음이라는 것은 두 가지 안 좋은 것 가운데 정도가 가벼운 것을 말한다. 따라서 외면의 신체가 죽으려 해도 내면의 마음은 살게끔 한다. 혹은 그 마음이 살도록 하기 위해서 신체를 죽음으로부터 다스리는 것이다. 이를 일러 마음을 다스린다고 한다.

마음을 다스리는 도리는 아주 현묘^{玄妙}하다. 마음은 물론 살아야 하거니와 지나치게 살아서는 안 된다.

마음이 죽으면 분명 저항하지 않게 된다. 그 결과는, 도리어 사람들로 하여금 진정할 수 없도록 만든다. 마음이 지나치게 살게 되면 쓸데없는 생각을 하게 되어 진짜로 저항하기 마련이다. 이런 사람은 "절대로 항일을 말해서는 안 된다".[4]

사람들을 진정시키기 위하여 마음이 죽은 사람은 해외로 나가야 한다.[5] 유학은 외국에서 마음을 치료하는 방법이다.

마음이 지나치게 살아 있는 사람은 죄를 짓는 것이므로 마땅히 엄중히 처벌해야 한다. 이것이야말로 국내에서 마음을 다스리는 방법이다.

허샹닝 선생은 "누가 죄인이 되는가는 아주 중요한 문제이다"라고 생각했다. 이것이야말로 그녀가 안과 밖에는 구분이 있다는 도리를 모르는 데서 나온 것이다.

4월 11일

주)_____

1) 원제는「內外」, 1933년 4월 17일『선바오』의『자유담』에 발표했다. 필명은 허자간.

2) 허샹닝(何香凝, 1878~1972). 광둥 난하이 사람. 랴오중카이(廖仲愷)의 부인. 청년 시절 쑨중산이 이끄는 동맹회에 참가하고 혁명에 종사했다. 국민당 중앙집행위원 역임. 1927년 장제스의 쿠데타 이후에도 진보적 입장을 견지하고 비타협적으로 투쟁했다. 1933년 3월 국민당 중앙의 각 위원에게 전국의 정치범 대사면을 건의하는 편지를 보내고, 북상(北上)하면서 항일군 구호 작업을 했으나 국민당은 아랑곳하지 않았다. 본문에 인용한 것은 그녀가 3월 18일에 이 일에 대하여 일일사(日日社) 기자에게 한 말로서 다음 날 상하이의 각 신문에 실렸다.

3) 원문은 '哀莫大於心死, 而身死次之'.『장자』의「전자방」(田子方)에 "중니가 가로되 '어찌 살피지 않느냐? 대저 슬픔 가운데 마음이 죽는 것보다 더한 것은 없고, 사람이 죽는 것은 또한 그다음이다'(哀莫大於心死, 而人死亦次之)라고 했다"는 말이 나온다.

4) 1933년 봄, 장제스는 제4차 '포위토벌'에 실패하자 4월 10일 난창(南昌)에서 국민당 장교들에게 다음과 같이 연설했다. "항일하기 전에 반드시 먼저 비적을 소탕해야 한다. 역대의 흥망을 살펴보면, 안이 안녕해야 외적을 물리칠 수 있었다. 비적이 완전히 소탕되기 전에 절대로 항일을 말해서는 안 된다. 위반자에 대해서는 가장 엄중히 처벌한다. …… 비적 소탕 요령의 첫번째는 마음을 다스리는 것이다. 왕양명(王陽明)이 궁(贛)에서 토비를 소탕할 때 성공한 방법은 바로 여기에서 나온 것이다. 슬픔은 마음이 죽는 것보다 더한 것이 없다. 내우외환은 모두 두려워할 만하지 않고 오로지 불행히도 나라 사람의 마음이 죽어 버릴까 이것이 걱정이다. 구국은 모름지기 마음을 다스리는 것에서 시작해야 한다. 우리는 거듭 경의를 표한다."

5) 장쉐량(張學良)을 가리킨다.「유명무실에 대한 반박」참고.

바닥까지 드러내기[1]

범사에 철저한 것은 좋은 일이다. 그런데 '바닥까지 드러내기'는 꼭 고명하다고 할 수 없다. 왜냐하면 계속해서 왼쪽으로 돌다 보면 결국은 오른쪽으로 도는 친구와 부딪히게 되고, 그럴 경우 피차간에 알겠다는 듯이 고개를 끄덕이더라도 얼굴은 얼얼해지기 때문이다. 자유를 요구하던 사람이 별안간 복벽을 보장할 자유나 대중을 도살할 자유를 요구한다. 바닥까지 드러내기이기는 하다. 하지만 자유 자체마저도 구멍을 내 버리고 기껏 바닥 없는 독만 남기고 마는 형국이다.[2]

예컨대 팔고[3] 반대는 지극히 당연한 것이다. 팔고는 애당초 어리석음의 산물이다. 첫째는 시험관이 성가신 일을 싫어해서이다. 그들 머리의 십중팔구는 매목埋木[4]으로 만든 것이다——성현을 대신하여 말을 한다느니, 기승전결이니, 문장기운文章氣韻이니 하는 것들은 모두 정해진 표준이 없어서 파악하기가 어렵다. 따라서 한 고股, 한 고 규정하고 이를 임용규정[5]에 합당한 격식으로 간주하고 이러한 격식으로 '문장을 저울질하여' 한눈에 경중을 보아 낼 수 있도록 한 것이다. 둘째는 응시자도 품이 덜 들고 손이 덜 간다고 느낀다. 이런 팔고라면 신구를 막론하고 모두 소탕해야 한다. 그런데 이것은 총명해지기 위해서이지 더 어리석어지기 위해서가 아니다.

그런데 어리석음을 보존하고자 하는 사람도 전략을 가지고 있다. 그들은 말한다. "나는 안 돼, 그리고 그 사람도 나와 마찬가지고." 모두가 살 수 없다면 그만두는 것이 대길大吉이다! 그런데 '그'가 그만두면 예전의 어리석은 '나'는 살그머니 일어선다. 실속은 어리석은 자가 챙기는 것이다. 마치 이런 것에 비길 수 있다. 우상을 타도하려 하는데, 다급해진 우상이 살아 있는 모든 사람을 가리키며 "저들도 모두 나를 닮았습니다"라고 말하자 우상을 닮은 살아 있는 사람들에게 달려가 모조리 타도해 버리는 것이다. 그런데 돌아오면 우상은 우상 타도를 말하면서 '타도'를 타도한 것은 확실히 바닥까지 드러내기의 극치라고 한바탕 찬사를 늘어놓는다. 사실 이쯤 되면 가일층 거대한 어리석음이 전 세계를 뒤덮게 된다.

입만 열면 『시경』에서 운운, 공자 왈 하는 것은 노老팔고이다. 그런데 '다윈이 말하길, 플레하노프가 가로되' 하는 것을 신新팔고로 간주한 사람이 있다.[6] 따라서 지구가 둥글다는 것을 알고자 한다면 저마다 모두 스스로 지구를 한 바퀴 돌아 봐야 하고, 증기기관을 생산하려면 우선 보온병 앞에 앉아 격물[7]부터 해보아야 하고……. 이것은 물론 바닥까지 드러내기의 극치이다. 사실 예전에 위도衛道문학을 반대하면서 그런 식인의 '도'는 위호해서는 안 된다고 했다. 그런데 바닥까지 드러내야 한다면서 어떤 도라도 위호해서는 안 된다고 말하는 사람이 있다. "어떤 도든지 위호하지 않는다"라는 것도 역시 일종의 '도'가 아닌가? 따라서 진정으로 가장 바닥까지 드러낸 것은 아래에 나오는 이야기이다.

옛날 어떤 나라에 혁명이 일어났다. 구 정부가 무너지고 신 정부가 들어섰다. 옆 사람이 말했다. "당신들 혁명당은 애당초 유(有)정부주의를 반대해 놓고 어째서 스스로 정부를 만드십니까?" 그 혁명당은 즉시 검을 빼들고 자신의 머리를 잘랐다. 그런데 그의 육체는 결코 고꾸라지지 않고 강시로 변한 채 꼿꼿이 서 있었고 목구멍으로 우물우물 흡사 이와 같은 말을 했다. "이 주의의 실현은 애당초 3천 년은 기다려야 했다."[8)

4월 11일

[보내온 편지]
자간 선생님께

어제 대작 「바닥까지 드러내기」라는 글을 읽었습니다. 일전에 발표한 「'신팔고'를 논한다」에서 인용한 것이 있어서 아주 기뻤습니다. 다만 '예컨대' 운운한 것은 정말 오해에서 비롯된 것입니다. 소위 신팔고에 대한 저의 생각은 충실한 내용이 없고 다만 유행하는 간판만 걸고 있거나 혹은 새로운 스타일로 낡은 가죽 몸뚱이를 포장한 글을 가리킨 것입니다. 탕만 바꾸고 약은 바꾸지 않았기 때문에 '이 공허한 우주'라는 표현은 여전히 '대저 천지지간'과 팔고라는 점에서 동일하다는 것입니다. 양머리를 걸어놓고 개고기를 팔기 때문에 '다윈이 말하길', '플레하노프가 말하길'은 여전히 '공자 왈', 『시경』에서 운운'과 터럭만치도 차이가 없습니다. 이런 고로 '다윈이 말하길', '플레하노프가 말하길'과 '이 우주'라는 표현 그 자체가 아니라

(사실 '공자 왈', 『시경』에서 운운'이라는 표현은 중국 문학사를 쓰려면 여전히 인용해야 하므로 결코 소위 팔고는 아닌 거지요) 이를 이용하여 신팔고의 형식으로 만든 것을 공격한 것입니다. 선생께서 열거한 '지구', '기계'의 사례, '바닥까지 드러내기'와 '위도'의 이치는 삼척동자라도 그것이 그르다는 것을 알 수 있는 것입니다. 그런데 이것으로 비유하시니 너무 곡해가 심하다고 느껴집니다.

오늘날의 문단은 비록 새로운 기운이 만발하나 모두가 여우나 쥐새끼의 도깨비짓이고 여전히 얼굴만 바꾼 채 비단옷을 입고 소요하는 형국입니다. 마치 토요일파니 금요일파니 하는 부류들이 낡은 물건에다 새로운 포장을 하여 출현한 것처럼, 새로운 가죽에 낡은 골수 그대로인 팔고에 대하여 선생님께서 청소해야 할 부류로 여기는 것인지 아직 잘 모르겠습니다.

시대의 간판을 빌려서 혁명의 학설을 왜곡하는 사람도 있습니다. 입으로는 아미타불을 염하면서 마음은 망상에 사로잡혀 있는 자입니다. 타인의 차림새를 빌려 자신의 냄새나는 발을 가리는 신팔고 역시 선생께서 청소해야 할 부류로 여기고 있는지 아직 잘 모르겠습니다.

'바닥까지 드러내'고 말하면, '예컨대' 예전의 황제는 오늘날의 주석과 실질적으로 크게 구분된다는 것은 잘 알고 있으면서도 여전히 오늘날의 주석이 예전의 황제와 똑같다고 하는 것은 어떤 의미에서 보면 주석을 비난하려는 의도가 자명하다고 하겠습니다. 가령 서캐 잡기를 의도한 것이 아니라면 설마 두 눈을 똑바로 안 뜨고 있는 것은 아니겠지요.

저는 선생님보다 늦게 태어나 지식도 없고 능력도 없습니다. 그러나 '철저'한 총명함은 없다고 하더라도 마찬가지로 '바닥까지 드러낼' 정도로 어리석지는 않습니다. 혹 말한 것들이 '드러냄'遷에 이르지 못하여 오해를 샀다면 용서하시기 바랍니다. 또한 '바닥'㞷까지 가르침을 주시면 바닥까지 '드러낼' 정도로 감사하고, '드러낼' 정도로 감사히 여기겠습니다![9]

주슈샤[10] 올림

[답신]

슈샤 선생께

당신의 편지를 받고서 당신이 말한 신팔고가 금, 토요일파 부류[11]라는 것을 알게 되었습니다. 사실 금, 토요일파의 고질병이 결코 전적으로 그들의 팔고적 성격에만 있는 것은 아닙니다.

팔고는 신구를 막론하고 모두 청소해야 하는 예에 속한다는 것은 내가 이미 말했습니다. 금, 토요일파에도 신팔고적 성격이 있고, 나머지 사람들에게도 신팔고적 성격이 있을 수 있습니다. 예컨대 '욕설 퍼붓기', '으름장 놓기', 심하게는 '판결 내리기'나 할 줄 알고,[12] 구체적으로 적절하게 과학적으로 얻은 공식을 운용하여 날마다 생겨나는 새로운 사실과 새로운 현상을 해석하려 하지 않고 다만 공식이나 베껴서 모든 사실에다 함부로 끼워 맞추는 것, 이것 역시 팔고입니다. 설령 분명히 당신의 이치가 옳다고 하더라도, 독자들은 당신을 공허하다고 의심하고 당신이 대답을 못 한다고 의심하고 그저 '나라욕'[13]만 먹게 될 것입니다.

'혁명의 학설을 왜곡'하는 사람이 '플레하노프 가로되' 등으로 자신의 냄새나는 발을 가린다고 한 것에 대해서는, 그렇다면 그들의 잘못이 설마 그들이 '플…… 가로되' 등등이라고 말했기 때문이라고 생각하는 것입니까?

우리는 이런 사람들이 어떤 잘못을 했고 왜 잘못했는지를 구체적으로 증명해야 합니다. 단순하게 '플레하노프 가로되' 등등을 『시경』에서 운운, 공자 왈'과 동등하게 간주한다면, 그것은 반드시 필연적으로 오해를 불러일으키게 될 것입니다. 선생의 편지는 이 점을 인정하고 있는 것으로 보입니다. 이것이 바로 내가 「바닥까지 드러내기」에서 지적하고자 한 까닭입니다.

마지막으로 나의 그 글은 허무주의적인 일반적 경향들을 반대한 것입니다. 당신의 「'신팔고'를 논하다」 중에서 인용한 구절은 여러 사례 중의 하나에 불과하므로, 이것은 반드시 풀어야 할 '오해'입니다. 그리고 나의 글은 결코 전적으로 그 사례 때문에 쓴 것이 아닙니다.

자간

주)_____

1) 원제는 「透底」, 1933년 4월 19일 『선바오』의 『자유담』에 발표했다. 필명은 허자간.

2) 중국어에서 '透'는 '통과하다', '투과하다'라는 뜻이고, '底'는 '바닥'이라는 뜻으로 '透底'라고 하면 문자 그대로는 '바닥까지 드러내다', '바닥까지 파헤치다'라는 뜻이 되고, 이것이 확장되어 '진상을 알리다', '내막을 폭로하다'라는 뜻으로 사용된다. 루쉰은 여기에서 바닥까지 투명하게 한다는 명분으로 결국은 독의 바닥에 구멍을 내 버리는 형국을 비판하고 있다.

3) '팔고'(八股)는 '팔고문'(八股文). 명청시대 과거제도가 규정한 공식화된 문체이다. 매 편마다 파제(破題), 승제(承題), 기강(起講), 입수(入手), 기고(起股), 중고(中股), 후고(後股), 속고(束股)라는 여덟 부분으로 구성된다. 뒤의 네 부분이 중심을 이루고 두 고(股)씩 서로 대우를 이루어야 한다. 모두 팔고로 이루어지므로 팔고문이라고 한다.

4) 원문은 '陰沈木'. 일명 '陰杪'라고도 함. 땅 속에 오랫동안 묻혀 있어 재질이 딱딱해진 나무를 가리키는데, 과거에는 관을 만드는 귀중한 목재로 쓰였다. 여기서는 사상이 완고하고 경화된 것을 비유한다.

5) 원문은 '功令'. 과거 학자를 심사하고 등용하는 것에 관한 법령과 규정을 가리킨다. 정부법령을 두루 가리키는 말로 쓰이기도 한다.

6) 주슈샤(祝秀俠)가 1933년 4월 4일 『선바오』의 『자유담』에 발표한 「'신팔고'를 논하다」(論"新八股")를 가리킨다. 이 글에는 '신구 팔고의 대비'가 다음과 같이 열거되어 있다. "(구) 공자 왈…… 맹자 왈……『시경』에서 운운하지 않았던가? …… 진실하도다, 옳은 말이로고. (신) 칸트가 말하길…… 플레하노프가 말하길……『삼민주의』에서 말하지 않았던가? …… 이것은 정말 맞다."

7) '격물'(格物)은 사물의 도리를 규명하는 것을 말한다. 『예기』의 「대학」에서 "앎에 이르는 것은 격물에 있다"라고 했다.

8) 여기서는 국민당의 주요 인사 우즈후이(吳稚暉)를 가리킨다. 그는 1926년 2월 4일에 쓴 「이른바 적화문제―샤오퍄오핑에게」(所謂赤化問題―致邵飄萍)에서 다음과 같이 말했다. "적화 곧, 이른바 공산은 사실 3백 년 이후의 일이다. 이것에 비교해 더욱 진보된 듯한 것도 있는데 그것을 일러 무정부라고 한다. 그것은 3천 년 이후의 일이다."

9) '혹 말한 것들이'부터 끝까지의 내용은 필자인 주슈샤가 루쉰이 쓴 글의 제목 '바닥까지 드러내기'(透底)에 대해 패러디한 것이라고 할 수 있다. 특히 마지막 구절은 '감사합니다'(感謝)라고 해야 할 부분에 '철처하게 느끼다', '바닥까지 느끼다'를 뜻하는 '感透'라고 비아냥거리고 있다.

10) 주슈샤(祝秀俠, 1907~1986). 광둥 판위(番禺) 사람. '좌련'에 참가한 적이 있고, 당시 『현대문화』(現代文化) 월간의 편집을 맡았다. 후에 국민당 후보중앙감찰위원을 역임했다.

11) '토요일파'(禮拜六派)는 '원앙호접파'라고도 한다. 청말민초에 생겨났다. 문언문으로 소시민의 기호에 영합하는 재자가인(才子佳人) 이야기를 썼다. 1914년에서 1923년까지 『토요일』(禮拜六) 주간을 출판했기 때문에 '토요일파'라고 불렸다. '금요일파'(禮拜五派)라는 말은 진보적 문예계에서 통속적인 작가와 작품에 대해서 풍자한 말이다. 1933년 3월 9일 루쉰, 마오둔(茅盾), 위다푸(郁達夫), 훙선(洪深) 등이 모인 자리에서 마오둔이 "일군의 이른바 문인들이 토요일파의 후안무치함을 가지고 있으면서 글은 토요일파보다도 못하다. 그 파를 지칭하는 이름이 없으니 우선 '금요일'이라고 합시다"라고 말하자 모두들 크게 웃으면서 동의했다고 한다. 1933년 3월 22일 『예술신문』(藝術新聞) 주간 참고.

12) 루쉰은 1932년 12월에 발표한 「욕설 퍼붓기와 으름장 놓기는 결코 전투가 아니다」(辱罵與恐吓決不是戰鬪; 나중에 『남강북조집』에 수록)에서 당시 좌익문예계 일부의 잘못된 경향에 대하여 비판을 했다. 글이 발표되자 주슈샤는 '서우자'(首甲)라는 필명으로 다른 사람들과 연합하여 『현대문화』 제1권 제2기(1933년 2월)에 루쉰의 비판을 받은 잘못된 경향에 대해 변호하는 글을 발표했다.

13) '타마더'(他媽的)는 '십새끼', '씨팔' 등으로 번역될 수 있는데, 루쉰은 『무덤』 「'타마더'에 대하여」에서 모든 국민이 일상적으로 사용한다는 의미로 '나라욕'이라고 말한 바 있다.

'이이제이'[1]

나는 아직까지 기억하고 있다. 작년 중국의 많은 사람들이 무턱대고 국제
연맹에 하소연하자 당시 일본 신문에서는 이를 수시로 비웃으면서 중국
의 조상들이 전해 준 '이이제이'[2]라는 유서 깊은 수단이라고 말했다. 얼핏
보면 좀 닮은 듯하지만, 그러나, 사실 그렇지 않다. 당시 중국의 많은 사람
들은 확실히 국제연맹을 '청천靑天 큰 어르신'으로 간주했다. 마음속에 어
찌 조금이라도 '오랑캐'夷라는 글자의 그림자라도 품고 있었겠는가?

오히려 정반대로 '청천 큰 어르신'들이 항상 '이화제화'以華制華의 방법
을 사용하고 있었다.

예를 들어 보자. 그들이 심히 증오하는 제국주의를 반대하는 '죄인'에
대하여 그들은 직접 악인 노릇을 하지 않고 시원스럽게 화인華人들에게 넘
겨주며 당신들이 죽이라고 했다. 그들이 원통해하는 내지의 '공비'들에 대
하여 그들은 결코 직접 의견을 분명하게 표현하지 않고 다만 비행기에서
투하하는 폭탄을 화인에게 팔면서 당신들이 처리하라고 했다. 하등 화인
을 처리하는 사람으로는 황제 자손인 조계지 경찰과 서양인의 졸개가 있

고, 지식계급을 처리하는 사람으로는 '고등 화인'인 학자와 박사가 있다.

우리는 '큰칼부대'³⁾가 절대로 제압되지 않을 것처럼 오랫동안 자랑했다. 그런데 4월 15일자『××바오』에는 헤드라인으로 인쇄된「아군이 적군 200명을 베다」라는 제목의 기사가 실렸다. 얼핏 보면 승리했다고 느끼게 만든다. 그런데 다시 본문을 찬찬히 살펴보기로 하자.

(본보 금일 베이핑발) 어제 시펑커우의 우군은 예나 다름없이 롼양청灤陽城 동쪽 각지에서 쟁탈전을 계속해서 벌이고 있었다. 적군 가운데 출현한 큰칼부대 1천 명은 새로 출동한 자들로서 우리의 큰칼부대와 항전을 벌였다. 그들의 칼은 특히 길었으나 적군의 사용은 굼떴다. 우리 군이 칼을 휘둘러 베어 내자 적군은 버텨 내지 못했고 칼과 팔뚝이 서로 달라붙는 지경이 되었다. 우리 군에 의해 베여 쓰러진 자가 온 천지에 가득했고, 우리 군의 사상 또한 2백여 명에 달했다.……

그렇다면 실은 '적군이 아군 2백 명을 베었다'는 것이다. 중국 문장은 참으로 '국보'國步⁴⁾처럼 나날이 어려워지고 있다. 그런데 내가 지적하고자 하는 것은 결코 이것이 아니다.

내가 지적하려는 것은 '큰칼부대'는 중국인들이 오랫동안 자랑해 온 장기이고, 일본인들에게는 펜싱이 있지만 큰칼은 익숙하지 않다는 것이다. 그런데 지금 여기서 '출현'했다고 하므로 망설일 것도 없이 그들은 반드시 만주국의 군대일 것이다. 만주는 명말 이래 매해 즈리直隷와 산둥山東 사람들이 대거 이주하여 수 세대 지나면서 정착한 곳이다. 만주국 군대라고 해도 대다수는 사실 화인이라는 것도 결코 의심의 여지가 없다. 지금 벌써 서로의 장기인 큰칼을 가지고 롼양의 동쪽에서 서로 죽이기 시작하고 있는 것이다. 한편으로는 '칼과 팔뚝이 서로 달라붙는 지경이 되어 죽은 자가 온 천지에 가득하'지만 다른 한편으로는 '사상 또한 2백여 명에 달'하여 지극히 현저한 '이화제화'의 일막을 공연했던 것이다.

이른바 중국적인 수단이라고 하는 것은, 내가 보기에, 응당 있다고 해야 하겠지만, 그것은 결코 '이이제이'가 아니라 '이이제화'以夷制華하려는 것이다. 그런데 그렇게 멍청한 '오랑캐'가 어디에 있겠는가? 오히려 그들은 먼저 '이화제화'를 보여 주고 있는 것이다.

이런 사례는 중국 역사에서 늘 일어나던 일이다. 후대의 사관은 새로운 조정을 위해 송가를 지으며 이런 사람들의 행위를 가리켜 이렇게 말했다. "왕을 위해 선구가 된다!"[5]

최근 전쟁 보도는 너무 괴이하다. 같은 날 같은 신문에 렁커우浥口의 함락을 운운하면서 "10일 이후에 렁커우 방면의 전투는 대단히 격렬하며 화군華軍은 …… 완강하게 저항하여 미증유의 대격전을 계속하고 있다", 그런데 미야자키宮崎 부대는 10여 명의 병사로 인간 계단을 만들어 앞에서 넘어지면 뒤에서 이어 주어 "마침내 창청長城을 넘었다. 이로 말미암아 미야자키 부대는 23명이나 희생이 있었다고 한다". 험준한 요충지를 넘으면서 일본군은 겨우 23명 죽었을 따름인데도 '이나'라고 운운하고 있다. 뿐만 아니라 '미증유의 대격전'이라고 한 것 역시 이해하기 힘들다. 따라서 큰칼부대의 전쟁은 아마도 내가 추측한 것과는 다른 것 같다. 하지만 이미 써 둔 것이므로 갖추어 말하기 위해 우선 남겨 두기로 한다.

4월 17일

'이이제이' **159**

[펄쩍 뛰다]

'이화제화'[6]

리자쭤 李家作

　신문은 안 볼 수가 없다. 신문에는 아미타불을 염하는 것처럼 경건히 공덕을 닦는 내용도 볼 수 있고, 추녀와 벽을 나는 듯이 넘나드는 유의 '좋은' 글 모집과 같은 국사國士를 선발하는 내용도 볼 수 있다. 또한 수시로 많은 견문을 넓힐 수도 있다. 살인을 예로 들어 말해 보면, 예전에는 머리 베기, 목 매달기 정도 알고 있었을 뿐이나 이제는 인육 먹기도 있고, 게다가 '이이제이', '이화제화' 등등의 구별이 있다는 것도 알게 되었다. 통찰력이 있는 사람이 한 말인지라 생각할수록 맞는 말인 것 같다.

　더욱이 '이화제화'의 수단은 실로 생각할수록 많은 것 같다. 원인은 사람이 지나치게 많아서 화인이 화인에게 결코 친절하지 않기 때문이다. 게다가 자신의 이해관계를 위해 큰 교의交椅에 앉으려면 반드시 다른 사람들을 제거하지 않으면 안 된다. 따라서 '제압'制이라는 것은 어떤 이유를 막론하고 '제압'해야 하는 것이다. 다른 사람을 제압하여 이점을 얻거나 혹은 다른 사람을 제압하여 상사의 환심을 살 수 있다면 물론 더욱 기운이 솟을 것이다. 오랑캐는 이런 심리를 이용하는 데 아주 능하다. 영토 침략에서부터 비누 판매까지 모두 '화인'이 '화인을 제압하는' 데 능한 장점을 이용한 것이다. 그런데 화인이 화인에 대해서도 실은 이런 방법을 아주 잘 이용할 줄 알뿐더러 대단히 교묘하기까지 하다. 쌍방은 터놓고 말할 필요도 없이 이심전심으로 각자 잇속을 챙기고 제삼자에게는 어떤 흔적도 남기지 않는다. 듣자 하니 이용되는 사람을 발바리 즉, 주구라고들 한다. 그런데 자세히 감별해 보면 결코 발바리만이 아니라 이외에 경찰견도 있다.

발바리 노릇을 하고 경찰견 노릇을 하는 것은 물론 '이화제화'이다. 그런데 그 속에도 구분이 없는 것은 아니다. 발바리는 주인의 분부만 따르고 원수에게는 꼬리를 흔들며 얼마간 미친 듯이 짖어 대기도 한다. 그는 자신이 어떤 신분인지 알고 있다. 경찰견은 그렇지 않다. 세상물정에 노련한 사람들이 왕왕 이렇다. 그는 자신을 호한, 권위자, 대의의 집행을 위하여 천하를 바로잡는 사람으로 굳게 믿는다. 사방 한 치의 뜨락에서 자신만이 방황하고, 방황하고, 외치고, 외칠 수 있다고 생각한다. 그의 위풍 앞에 누구도 감히 무례를 범하지 못한다. 발바리와 비교해 보면 발바리는 정말이지 불쌍할 정도로 천박하다. 그런데 어째서 똑같이 '이화제화'라고 하는가? 세상물정에 노련하다고는 하지만 역시 허점의 노출을 피할 수 없기 때문이다. 허점이란 이것이다. 엄격한 그는 악을 원수처럼 미워한다. 평소에는 바닥에 쪼그리고 앉아 싸늘한 눈으로 방관하다가 '죽여도 좋을' 것 같은 상황을 보면 바로 앞으로 쫓아가 사납게 한입 물어뜯는다. 그러나 그는 결코 함부로 물어뜯지 않는다. 그는 벌써 잘 살펴봐 두었다. 무릇 자신이 의탁한 동네(그도 의탁하는 곳이 없을 수 없다)에서는 결코 상해를 입히지 않는다. 물어뜯어야 할 상황이 있다고 하더라도 '불편'한 일을 만들지 않기 위해 안 본 것으로 치부한다. 그가 물어뜯는 것은 바깥동네 사람, 특히 바깥동네에서 제일 눈에 거슬리는 원수이다. 이것이 곧 용감함이고, 이것이 곧 대의의 집행이다. 이와 동시에 자신의 권위를 드러내고 주인의 환심을 두루 살 수 있게 된다. 왜냐하면 그가 물어뜯는 대상이 왕왕 그와 그의 물주의 공통의 적이기 때문이다. 주인은 분통해하는 사람에게 결코 자신의 의견을 분명하게 드러내지 않고 먹여 주고 지위를 주면서 물어뜯게 만든다. 이런 까닭으로 연거푸 용기를 내고 생트집으로 기회를 찾는다. 방외인들은 뭐가 뭔지 모르고 원한이 너무 깊다고 생각할 뿐이다. 이것이 바로 세상물정에 노련한 사람의 처세 방법, 이른바 악한 사회를 향한 '육박전', '공방전'이라는 것을 알지 못한다. 그런 속셈이라니, 정녕 너무도 고달프리라!

민망한 것은 하늘을 대신해 도를 행한다는 큰 깃발 아래 몸부림치기 위하여, 뜻밖에도 원외부군[7]이 거둬 먹여 주는 것을 부끄러워하지도 않고, 깃발은 장원의 문루[門樓] 곁에 비스듬히 걸어 두고 한동안 "강호는 한 사발 물로 흔들리지 않는다"라는 벽보를 만들고 있다는 것이다. 여기에서 중국인 노릇을 하기란 쉽지가 않고, '이화제화'의 노고는 현자도 피할 수 없음을 알 수 있도다.

민국 22년 4월 21일

4월 22일 『다완바오』 부간 『햇불』

허물이 있더라도 고칠 수 있다[8]

푸훙랴오[傅紅蓼]

예전 공부자[孔夫子] 어른께서는 그렇게 많은 문하생들을 가르치며 말씀하셨다. "허물이 있더라도 고칠 수 있으면 이보다 더 큰 선함은 없도다!" 잘못은 저마다 저지르기 마련이지만 뉘우치기만 하면 된다는 뜻이다. 나는 공부자 어른의 이 말씀에는 아직 미진한 구석이 있다고 생각한다. 예를 들자면 "허물이 있더라도 고칠 수 있으면 이보다 더 큰 선함은 없도다"라는 말 뒤에 한 마디 더 보태어 "허물을 알고도 고치지 않으면 죄과가 엄중하다"라고 해야 천의무봉이라고 생각된다.

예를 들어 말하자면, 현재 전방에서의 전투는 낙화유수와 같다. 그런데 나라를 위한 희생이 잔혹하고 무료하다고 느끼고 싸우지 말 것을 주장할 뿐만 아니라 강화하지 말 것을 주장하면서 차라리 머리를 숨기고 50년을 기다리자고 말하는 사람이 있다. "10년 동안 인구를 늘리고 10년 동안 교훈을 가르친다"[9]라는 속담이 있는데, 보아하니 50년 동안 교훈을 준다고 하니 무엇을 가르치더라도 충분할 것이다. 범사는 잘못이 있어야 교훈이 있다고 했듯이 중국인이 아직은 처방약을 가지고 있음을 알 수 있다. 국사國事를 이렇듯 시커먼 연기와 독한 기운으로 망쳐 놓자 의외로 사람들은 모두 자신들의 내부 조직의 3대 불건전함에 대해 불현듯 대오각성하고 더 나아가 무기의 부족을 발견하게 되었다. 앞으로 몇십 년 동안 준비를 해야 한다. 여기까지 말하고 보니 러허에서 이어진 환둥灤東까지의 함락에 대하여 우리는 크게 억울하지 않다고 생각해야 할 것 같다. 우리 당(차용하자면)의 건설에서 오늘날에 이르기까지, 군사에서 헌정에 이르기까지 아직 잘못을 기꺼이 인정하는 사람이 없었기 때문이다. 따라서 지금 국토 몇 곳의 상실은 천재로 자부하는 국가의 동량으로 중서中西를 꿰뚫고 있는 명유名儒로 하여금 놀랍게도 모두가 기꺼이 잘못을 인정하도록 하는 것이다. 이른바 "허물이 있더라도 고칠 수 있으면 이보다 더 큰 선함은 없도다"라고 했으므로 새옹이 말을 잃어버린 것이 어찌 복이 아님을 알겠느냐고 잠시 스스로 위안하며, 하릴없이 눈을 감고 두어 차례 소리를 지른다. 그러나 가령 앞으로 "허물을 알고도 여전히 고치지 않으면 죄과가 엄중하다"고 한다면, 부고문에 쓴 글보다도 어쩌면 사람들의 주목을 더욱 끌 수 있을 것이다.

4월 22일 일본의 간행물에 실린 리자줴의 「'이화제화'」에서 말한 경찰견을 예로 들어 다시 말해 보기로 하자. 경찰견은 사람을 물어뜯는다. 바닥에 쪼그리고 앉아 싸늘한 눈으로 곁에서 바라보다 죽여도 좋을 때가 되면 단번에 앞으로 뛰어나가 맹렬하게 한입 물어뜯는다. 그런데 가끔, 사람들이 몽둥이를 들고 머리를 향해 내리치면 전문적으로 사람을 물어뜯는 경찰견도 머리를 숨기며 혀를 빼물고 어둠 속에서 초초해한다. 이러한 초조함 역시 아마도 이른바 '허물'일 것이다. 경찰견은 야수의 성질을 가지고 있지만 간혹 몽둥이로 머리를 내리쳐서 그의 잘못을 끄집어낼 수도 있을 것이다. 이리하여 "허물이 있어도 고칠 수 있는" 경찰견은 어둠 속에서 초초해하면서 참회할 것이다. 만약 개과천선을 잘 못하는 경찰견이라면 어둠 속에서 초초해하다가 기회를 봐서 다시 물어뜯기를 시도하려고 할 것이다. 이런 개는 아마도 '죄과가 엄중할' 것이다.

중국인들은 허물이 있어도 고칠 수 있으면 그보다 더 큰 선함은 없다고만 알고 있지, 애석하게도 그 뒤에 이어지는 구절은 모두가 잊어버리고 말았다.

4월 26일 『다완바오』 부간 『횃불』

[딱 몇 마디만]

부연 설명[10]

자간

이상 두 편은 일주일 새 『다완바오』의 부간 『횃불』에 실린 글로서 나의

「'이이제이'」때문에 발표된 것으로 '이화제화'의 흑막을 파헤치고 있다. 뜻밖에 그들이 이처럼 극도의 미움과 질시를 가지고 있었다니, 혹 정녕 이들의 마음을 너무 상하게 한 것은 아닐까?

그런데 꼭 그런 것은 아니다. 대개는 내가 예로 인용한 『××바오』가 실은 『다완바오』였기 때문에 그들로 하여금 이렇게 펄쩍 뛰고 술렁거리게 했던 것이다. 하지만 아무리 펄쩍 뛰고 술렁거리더라도 인용한 기사는 존재하고, 이전의 『다완바오』도 여전히 존재하므로 결국은 애당초 꽉 끼워진 굴레를 벗어나지는 못한다.

이 밖에 여러 말은 필요 없겠다. 그저 이 두 편을 옮겨 실어 두는 것만으로도 이미 그들 스스로 『횃불』의 영광을 십분 설명하는 것이고, 그들의 진실한 몰골을 드러내는 것이기 때문이다.

7월 19일

주)_____

1) 원제는 「"以夷制夷"」, 1933년 4월 21일 『선바오』의 『자유담』에 실렸다. 필명은 허자간.
2) '이이제이'(以夷制夷)는 오랑캐를 이용하여 오랑캐를 제압한다는 뜻이다. 중국의 역대 통치자들이 소수민족에 대해 사용한 전략이다. 『명사』(明史)의 「장우전」(張祐傳)에 "오랑캐를 오랑캐로 다스리면 군대를 번거롭게 하지 않고도 복종시킬 수 있다"라는 말이 나온다. 아편전쟁이 일어나자 청 조정은 서양에 대해 이 전략을 사용하여 자신을 보호하고자 했으나 실패로 끝났다.
3) '큰칼부대'(大刀隊)는 쑹저위안(宋哲元)의 소속부대로 제29군을 가리킨다. 1933년 3월 일본군이 시펑커우(喜峰口)를 공격하자 일본군과 격전을 벌였다.
4) 『시경』의 「대아(大雅)·상유(桑柔)」에 "오오 슬프도다, 국보가 위험하도다(國步斯頻)"라는 말이 나온다. '국보'(國步)는 국가의 전도와 발전이라는 뜻이다.
5) 원문은 '爲王前驅'. 『시경』의 「위풍(衛風)·백혜(伯兮)」에 "내 님은 용감하도다, 나라의 호

'이이제이' **165**

걸. 내 님은 긴 칼을 들고 왕을 위해 선봉을 서네"라는 말이 나온다. 주 왕실의 정복 전쟁을 위해서 선봉으로 나선다는 뜻이다.

6) 원제는 「"以華制華"」.

7) '원외'(員外)는 '원외랑'(員外郎)이라고도 하며 '정원'(定員) 이외에 배치한 낭관(郎官)을 의미한다. '부군'(府君)은 벼슬아치에 대한 존칭이다.

8) 원제는 「過而能改」.

9) 『좌전』의 '애공 원년'(哀公元年)에 "(오자서伍子胥가) 물러나며 사람들에게 말하길 '월(越)이 10년 동안 인구를 늘리고 10년 동안 교육하면, 20년이 지나면 오(吳)는 소택(沼澤)이 되고 말 것이로다!'라고 말했다"라는 기록이 있다. 이후 "10년 동안 인구를 늘리고 10년 동안 교훈을 가르친다"라는 말은 군인과 민간인이 합심하여 설욕한다는 의미로 사용되었다.

10) 원제는 「按語」.

언론 자유의 한계[1]

『홍루몽』[2]을 보고서 가賈씨댁은 언론이 퍽이나 자유롭지 않은 곳이라고 느꼈다. 종의 신분인 초대焦大는 술기운을 빌려 주인부터 시작해서 다른 모든 종들한테까지 욕을 퍼붓고는 이 집안에서 두 마리 돌사자[3]만 깨끗하다고 말했다. 결과는 어떻게 되었을까? 결과는 주인도 증오하고 종들도 질시하여 그의 입안 가득 말똥을 쑤셔 넣었다는 것이다.

사실 초대가 욕을 한 것은 가씨댁을 타도하려 해서가 아니라 가씨댁이 잘 되기를 바라고 주인과 종들이 이래 가지고는 가씨댁이 유지될 수 없다고 말한 것에 불과하다. 그런데 돌아온 보답은 말똥이었다. 따라서 초대는 진정 가씨댁의 굴원[4]이었던 것이다. 그가 글을 쓸 줄 알았다면 내 생각에는 아마 「이소」 같은 글을 쓰지 않았을까 한다.

3년 전 신월사[5]의 제諸 군자들은 불행히도 초대와 유사한 처지가 되었다. 그들은 경전을 인용하여 당국[6]에 대하여 완곡한 비판을 했다. 대체로 영국 경전을 인용했지만, 조금이라도 당국을 불리하게 할 악의는 없었다. 그저 "어르신, 저 사람들의 옷은 얼마나 깨끗합니까? 그런데 어르신 옷은 좀 지저분하니까 그것을 씻어 내야 합니다"라고 말한 것에 불과하다. 그런데 뜻밖에도 "임금님께서는 나의 심중을 헤아리지 못"[7]고 입 안 가득 말똥을 쑤셔 박았던 것이다. 나라 안의 신문들은 한목소리로 성토했고 『신월』잡지도 봉변을 당했다. 그런데 신월사는 필경 문인학사들의 단체인지라 이 순간에도 삼민주의三民主義를 한 보따리 인용하고 본마음을 분명히 밝히는 '이소경'을 들고 나왔다. 이제는 좋아졌다. 말똥을 뱉어 내고 단것으로 채웠다. 고문도 되고 교수도 되고 비서도 되고 대학원장도 되었다. 『신월』에게는 언론 자유라는 것도 이른바 '문예를 위한 문예'였던 것이다.

이것이 바로 문인학사들이 필경 문맹의 종보다 총명하고, 당국이 필경 가씨댁보다 고명하고, 지금이 필경 건륭乾隆시대보다 더 광명한 세상이라고 하는 삼명주의三明主義이다.

그런데 아직도 언론 자유를 요구하며 소리치는 사람들이 있다. 세상에는 단것이 그리 많지 않다는 것이, 내 생각에는 확실하다. 그런데 이런 오해는 아마도 현재의 언론 자유가 주인의 넓은 아량을 족히 드러낼 수 있는, "어르신, 당신의 옷이⋯⋯"라고 말하는 것에 제한됨을 깨닫지 못하고 말을 더 계속하려고 하는 데서 비롯된다.

이것은 절대로 안 된다. 그런데 『신월』의 수난 시절과 달리, 지금은 언론 자유를 요구하며 소리치는 사람들이 이미 생겨난 것 같다. 이 『자유담』이 증거이다. 비록 아직도 가끔 말똥을 들고 다가와 두리번거리는 영웅들이 있기는 하지만 말이다. 말을 더 계속해서 하려고 하는 것은 바로 언론 자유를 파괴하는 보장이 되기에 족하다. 지금이 예전보다 광명하다고 하더라도 예전보다 더 매섭다는 것도 알아야 한다. 더 계속해서 말하다가는 목숨조차도 내주어야만 한다. 언론 자유에 관한 법령이 있다고는 하지만 절대로 방심해서는 안 된다. '노인티를 내는 것'이 아니라 이런 일은 내 눈으로 수차례 목격했다. 종노릇하고 있는지도 모르는 군자께서는 잘 생각해 보시고 귀감이 되시기를 바라옵나이다.

4월 17일

주)_____

1) 원제는 「言論自由的界限」, 1933년 4월 22일 『선바오』의 『자유담』에 발표했다. 필명은 허자간.

2) 『홍루몽』(紅樓夢). 청대 조설근(曹雪芹)이 지은 장편소설이다. 통용되는 판본은 120회인데, 후반부 40회는 고악(高鶚)의 속작으로 알려져 있다. 초대(焦大)는 소설 속 가씨 집안의 충실한 종이다. 그가 술에 취해 욕하자 사람들이 말똥으로 입을 틀어막은 이야기는 제7회에 나온다. 두 돌사자만 깨끗하다는 말은 제66회에 나오는데 초대가 아니라 류상연(柳湘蓮)이 한 말이다.

3) 두 마리 돌사자(兩個石獅子). 중국 고대 건축물에서 자주 사용하는 돌로 만든 사자 모양의 장식물이다. 주로 대문의 좌우 양쪽에 배치한다.

4) 굴원(屈原, 약 B.C. 340~약 278). 이름은 평(平), 자는 원(原) 혹은 영균(靈均). 초(楚)나라 잉(郢; 지금의 후베이湖北 장링江陵) 사람. 전국시대 후기 시인이다. 초나라 회왕(懷王) 때 관직이 좌도(左徒)에 이르렀는데, 그의 정치적 입장이 귀족 집단과 맞지 않았다. 후에 경양왕(頃襄王)에 의해 환(浣), 샹(湘) 유역으로 추방되었다. 이에 장시 「이소」(離騷)를 써서 분노의 심정과 이상을 추구하고자 하는 결심을 드러냈다.

5) '신월사'(新月社)는 문학적, 정치적 성격의 단체로 1923년 3월경 베이징에서 결성되었다. 동인으로는 후스, 쉬즈모(徐志摩), 천위안(陳源), 량스추, 뤄룽지 등이 있다. 신월사는 인도 시인 타고르(Rabindranath Tagore)의 『초승달』(*The Crescent Moon*)에서 이름을 따왔다('신월'新月은 '초승달'에 대한 번역어이다). 신월사 명의로 1926년 여름 베이징 『천바오 부간』(晨報副刊)에서 『시간』(詩刊; 주간)을 내었다. 1927년 상하이에 신월서점을 세우고, 1928년 3월에 종합지 성격의 『신월』 월간을 출판했다. 1929년 『신월』은 인권, 약법(約法) 등의 문제에 관한 글을 발표하여 국민당 '독재'를 비판하고 영미의 법규를 인용하여 중국의 정치문제 해결에 관한 의견을 제시했다. 이에 국민당 기관지는 연

이어 그들의 "언론은 실은 반동에 속한다"라고 공격하는 글을 발표했다. 국민당 중앙은 교육부의 의결을 거쳐 후스에게 '경고'를 하고, 『신월』 월간 제2권 제4기를 압수했다. 이에 그들은 '국민당의 경전'을 연구하고 '당의 뜻'에 근거하여 본의를 해명함으로써 마침내 장제스의 찬사를 받았다.

6) '당국'(黨國)은 국민당 통치 시기 국민당과 국민당의 통치권을 가리키는 말이다.

7) 굴원의 「이소」에 "임금께서는 나의 심중을 헤아리지 못하시고 도리어 참언을 믿고 분노하신다"라는 말이 나온다.

대관원의 인재[1]

몇 해 전 대관원의 피날레[2]는 유 할멈의 산문山門 욕하기였다.[3] 라오단[4]
이 무대에 등장하여 거들먹거리는 노티를 내며 바지 뒤에 구멍이 뚫릴 때
까지 방귀를 '빵' 하고 뀌는 장면이다.[5] 이때 수중에 쇠붙이 하나 없거나
이미 무장해제당한 사람들을 가리키며 "죽여, 죽여, 죽여!"[6]라고 크게 소
리친다. 그 소리는 얼마나 웅장했던가. 따라서 그——노파로 분장한 남
자——역시 한 명의 인재라고 할 수 있다.

그런데 요즘 세상이 아주 달라졌다. 손에는 칼을 들고 입으로는 '자
유, 자유, 자유', '개방××'[7]이 필요하다고 운운한다. 피날레를 바꾸어야
할 것 같다.

따라서 인재의 배출에는 저마다 다른 요령이 있다. 무대에 등장하는
인물은 라오단이 아니라 화단[8]이 되었다. 뿐만 아니라 평범한 화단이 아
니라 상하이파 연극 광고에서 말하는 '완샤오단'[9]이다. 그(그녀)는 비위
맞출 줄도 알고 생떼 쓸 줄도 알고 가볍게 희롱할 줄도 알고 방정맞게 지
껄일 줄도 안다. 요컨대 화단과 샤오처우小丑를 합해 놓은 배역이다. 시절

이 영웅('미인'이라고 하는 게 더 타당하겠다)을 만들었는지, 아니면 미인이 다년간 굴러먹은 결과인지 모르겠다.

미인으로서 '다년간'의 경력을 말하자면 당연히 사교에 능했던 서낭[10]을 들 수 있겠다. 그녀는 기생에서 시작하여 기생어미로 올라갔지만 그녀의 우아함은 여전했다. 비록 사람들을 파는 처지에 있었지만 자신도 팔았다. 자신을 파는 것은 쉬우나 다른 사람을 파는 일은 좀 어렵다. 지금은 수중에 쇠붙이 하나 없는 사람뿐만 아니라 가지고 있는 사람마저도…… 항차 너무 노골적으로 강간을 당한다. 이런 비상한 변고에 대처하려면 비상한 재주가 있지 않으면 안 된다. 생각해 보라. 요즘의 피날레는 전쟁하는 듯 강화하는 듯, 전쟁하면서 강화하고, 항복하지도 않고 방어하지도 않고, 항복하면서 방어하는 것이다![11] 이것은 얼마나 하기 어려운 연극인가. 못 이기는 척하거나 순진한 척하는 재주가 없다면 못 하는 일이다. 맹부자께서는 "천하를 다른 사람에게 주기는 쉽다"[12]라고 하셨다. 사실 간단하게 두 손으로 '천하'를 받쳐 들고 '다른 사람에게 주어 버릴 수 있으'면 오히려 어렵지 않게 된다. 문제는 이렇게 할 수 없다는 데 있다. 따라서 눈물 쭉, 콧물 쭉, 울고불고, 그리고 능글맞고 천박하게 호소하면서 말한다. "내가 불구덩이에 들어가지 않으면[13] 누가 불구덩이에 들어가겠는가."

그런데 기생은 그녀 스스로 불구덩이에 들어갔어도 사람들이 구해 주기를 바란다고 말한다. 그러나 기생어미는 불구덩이를 호소해도 그녀를 믿어 줄 사람이 없다. 하물며 그녀는 자신의 품을 열어젖혀 모든 사람들을 불구덩이로 끌어들일 준비가 되어 있다고 이미 똑똑히 천명했음에랴. 그렇다고 하더라도 이 신선한 피날레의 우스개는 오히려 나쁘지 않았다. 비상한 재주가 있지 않으면, 설령 갖은 궁리를 짜낸다고 하더라도 못 생각해 내는 것이다.

라오단이 객석으로 들어오자 완샤오단이 무대에 등장했다. 대관원의 인재는 참으로 적지 않도다!

4월 24일

주)_____

1) 원제는 「大觀園的人才」, 1933년 4월 26일 『선바오』의 『자유담』에 발표했다. 필명은 간.
2) 원문은 '壓軸戲'. '압대희'(壓臺戲)라고도 한다. 연극 공연에서 가장 나중에 나오는 프로그램이다. 질적 수준이 가장 높고 연기도 가장 정채로워서 무대 전체를 압도한다.
3) '대관원'(大觀園)은 『홍루몽』에 나오는 가씨댁의 화원으로 여기서는 국민당 정부를 비유한다. 유(劉) 할멈은 『홍루몽』의 등장인물로 여기서는 국민당의 '원로'를 자처하는 우즈후이(吳稚暉; 그를 '우 할멈'이라 불렀다)를 가리킨다. 우즈후이에 관해서는 뒤에 나오는 「신약」 참고.
4) '라오단'(老旦)은 경극에서 노부인 역을 하는 배우나 그 역할을 가리키는 말이다.
5) 우즈후이의 언설에는 "방귀를 뀐다"라는 등의 글자가 자주 나온다. 예를 들면, 그의 「약자의 결어」(弱者之結語)에는 "전체적으로 말하면, 묶어서 말하면 다만 안건을 제안하고 방귀를 뀔 수 있을 따름이다. …… 나는 오늘 다시 한번 방귀를 뀌어 뱃속을 비워 내는 것으로 완결을 짓고자 한다"라고 했다. 장타이옌(章太炎)은 「우징헝에게 다시 답하는 편지」(再復吳敬恒書)에서 우즈후이의 말을 비난하면서 "입에 재갈을 잘 물려 악창을 빨지 않도록 하고 바지를 잘 기워 뒤에 구멍이 생기지 않도록 하시오"라고 했다.
6) 1927년 4월 우즈후이는 장제스의 '당내 숙청'(淸黨) 정책에 따라 공산당원과 혁명적 군중에 대한 '타도'와 '엄벌'을 주장했다.
7) 원래 원고에는 '개방정권'(開放政權)으로 되어 있었다. 1933년 2월 23일 국민당 중앙당 상무회의는 「국민참정회조직법」(國民參政會組織法)을 통과시키고, '개방정권'이 되자고 선전했다.
8) '화단'(花旦)은 경극에서 말괄량이 여자 배역을 가리킨다.
9) '완샤오단'(玩笑旦)은 경극의 '화단'에서 나온 것으로 희극(喜劇) 혹은 소극(笑劇)에서 우스개를 잘하고 소란을 잘 피우는 인물이다.

10) 『남사』「후비전」(后妃傳)의 양(梁) 원제(元帝)의 비 서소패(徐昭佩)에 대한 기록에 "서 낭(徐娘)은 나이가 많아도 여전히 다정했다"라는 말이 나온다. 후에 "서낭은 중늙은이 임에도 우아함이 남아 있다"라는 고사가 나왔다. 여기서는 왕징웨이(汪精衛)를 가리 킨다.

11) 왕징웨이 등을 풍자하는 말. 1933년 4월 14일 왕징웨이는 상하이에서 기자들에게 답 변하면서 "국난이 이렇듯 엄중한 때 전쟁을 말하면 군대를 잃고 땅을 잃는 우를 범할 수 있고, 강화를 말하면 권리를 잃고 국가를 욕보이는 우를 범할 수 있고, 강화하지도 않고 전쟁하지도 않는다고 말하면 두 가지 모두의 우를 범할 수 있다"라고 말했다.

12) 『맹자』의 「등문공상」(滕文公上)에 "천하를 다른 사람에게 주기는 쉽지만 천하를 위해 서 사람을 얻는 것은 어렵다"라는 말이 나온다.

13) 왕징웨이는 1933년 4월 14일 상하이에서 기자들에게 대답하면서 "현재 난징 정부에 몸을 둔 사람들의 마음은 초조하기가 불구덩이에 몸을 던진 것과 다르지 않다. 우리는 함께 국난을 구하자는 결심으로 몸을 솟구쳐 불구덩이에 뛰어들었다. 동시에 …… 동 지들이 함께 불구덩이에 뛰어들기를 성의를 다해 기다린다"라고 말했다.

글과 화제[1]

한 가지 화제로 이리저리 쓰다가 글이 끝나려는 참에 다시 새로 수작을 부리면 독자들은 사람의 말이 아니라고 느낀다. 그런데 한 걸음 한 걸음 해 나가고 날마다 식객들이 변죽을 울려 익숙하게 만들어 버리기만 하면 그래도 될 뿐만 아니라 먹히기까지 한다.

예컨대 요사이 제일 주된 화제는 '안을 안정시키는 것과 바깥을 물리치는 것'[2]이고, 이에 관해 쓰는 사람도 참으로 적지 않다. 안을 안정시키려면 반드시 먼저 바깥을 물리쳐야 한다고도 하고, 안을 안정시키는 것과 동시에 바깥을 물리쳐야 한다고도 하고, 바깥을 물리치지 않으면 안을 안정시킬 수 없다고도 하고, 바깥을 물리치는 것은 바로 안을 안정시키기 위한 것이라고도 하고, 안을 안정시키는 것은 바로 바깥을 물리치기 위한 것이라고도 하고, 안을 안정시키는 것이 바깥을 물리치는 것보다 시급하다고도 한다.

이렇게까지 되고 보면 글은 이미 더 이상 뒤집을 수 없을 것 같다. 보아하니 대략 절정에 이른 셈이다.

따라서 다시 새로 수작을 부리려고 하면 사람들은 사람의 말이 아니라고 느끼게 된다. 요즘 가장 유행하는 명명법으로 말하면 '한간漢奸'이라는 혐의를 받을 가능성이 크다. 왜 그런가? 새로운 수작을 부려 지을 수 있는 글로는 '안을 안정시키면 꼭 바깥을 물리칠 필요는 없다', '바깥을 영접하여 안을 안정시키는 것이 낫다', '바깥이 곧 안이므로 애당초 물리칠 것이 없다'라는 이 세 가지 종류만이 남아 있기 때문이다.

이 세 가지 생각으로 글을 쓰면 너무 이상할 것 같지만 실은 그런 글들이 있다. 뿐만 아니라 멀리 진晉, 송宋으로 거슬러 올라갈 필요도 없이 명조明朝를 살펴보는 것만으로도 충분하다. 만주족이 벌써부터 기회를 엿보고 있는데도 국내에서는 백성들의 목숨을 풀 베듯이 하고 청류淸流들을 살육한 것은[3] 첫번째에 해당한다. 이자성[4]이 베이징을 진공하자 권세가들은 아랫사람에게 황제 자리를 내어 주는 것을 달가워하지 않았으므로 차라리 '대大청나라 군대'에게 그를 물리치도록 요청했는데, 이는 두번째에 해당한다. 세번째에 대해서는 나는 『청사』[5]를 본 적이 없기 때문에 알 수 없다. 그러나 선례에 비춰 보면 아이신조로[6]씨의 선조는 원래 헌원[7] 황제의 몇째 아들의 후예로서 북방에서 피해 살다가 은혜가 두텁고 심히 인자했던 까닭으로 마침내 천하를 가지게 되었으며, 요컨대 우리는 애당초 한집안이었다고 운운했을 것이다.

물론 후대의 역사평론가들은 그것의 그릇됨을 강력히 비난했고, 요즘의 명인들도 만주 도적을 통절하게 증오하고 있다. 그런데 후대와 요즘에 이랬다는 말이지 당시에는 절대로 그렇지 않았다. 앞잡이들이 득시글거리고 양아들이라고 자청하는 이들이 장악하고 있었다. 위충현[8]은 살아서도 공자묘에서 제사상을 받지 않았던가? 당시에는 그들의 행태에 대해

뭐든지 지당하다고 말하는 사람이 있었던 것이다.

청말 만주족이 혁명의 진압에 사력을 다할 당시 "우방에게 줄지언정 집종에게 주지는 않겠다"[9]라는 구호가 있었다. 한족들은 이를 알고 더욱 이를 갈며 증오했다. 사실 한족이라고 해서 달랐던 적이 있었던가? 오삼계[10]가 청나라 군대에게 산하이관山海關으로 들어오라고 한 것은 자신의 이해에 부딪히면 바로 '사람 마음은 똑같아진다'라는 것의 실례이다……

4월 29일

부기.

원래 제목은 「안을 안정시키는 것과 바깥을 물리치는 것」이었다.

5월 5일

주)＿＿＿＿

1) 원제는 「文章與題目」, 1933년 5월 5일 『선바오』의 『자유담』에 발표했다. 필명은 허자간.
2) 원문은 '安內與攘外'. 1931년 11월 30일 장제스는 국민당 외교부장 구웨이쥔(顧維鈞)의 취임회의 '친서훈사'(親書訓詞)에서 "바깥을 물리치기 위해서는 반드시 먼저 안을 안정시켜야 한다"라는 방침을 제안했다. 1933년 4월 10일, 장제스는 난창(南昌)에서 국민당 장교를 대상으로 한 연설에서 또 "항일을 하기 위해서는 반드시 먼저 공산당을 토벌해야 한다. 안을 안정시켜야만 비로소 바깥을 물리칠 수 있다. 비적을 깨끗이 소탕하기 전에 절대로 항일을 말해서는 안 된다. 위반한 사람은 엄격하게 처벌한다"라고 했다. 당시 간행물에는 '안을 안정시키는 것과 바깥을 물리치는 것'에 관한 문제를 다룬 글이 많이 실렸다.
3) 명말 천계(天啓) 연간에 희종(熹宗)이 환관 위충현(魏忠賢) 등을 임용하여 특무기구인 동창(東廠), 금의위(錦衣衛), 진무사(鎭撫司)를 통하여 백성들을 억압, 착취, 살해한 것을 가리킨다. 위충현 엄당(閹黨)은 그들을 반대하는 동림당(東林黨)의 수많은 사대부들을

'천감록'(天鑒錄), '점장록'(點將錄) 등의 명부에 올려 살해했다. 당시 중국의 동부에서는 만주족을 통일한 누르하치(청 태조)가 명 만력(萬曆) 44년(1616)에 칸의 지위에 올라 명을 공격하고 있었다.

4) 이자성(李自成, 1606~1645)은 산시(陝西) 미즈(米脂) 사람으로 명말 농민봉기 지도자이다. 숭정(崇禎) 2년(1629)에 봉기했다. 숭정 17년 1월 시안에서 황제라고 칭하고 국호를 대순(大順)이라 했다. 같은 해 3월 베이징을 공격하여 명나라를 무너뜨렸다. 후에 산하이관을 지키던 명의 장군 오삼계(吳三桂)는 청의 군대로 하여금 산하이관 안으로 들어오게 하여 봉기군을 진압했다. 이에 이자성 부대는 패배하고 베이징에서 물러났다. 청 순치(順治) 2년(1645) 9월 후베이 퉁산현(通山縣) 주궁산(九宮山)에서 지주들에 의해 살해되었다.

5) 1914년에 『청사』(淸史)를 편찬하기 시작했다. 자오얼쉰(趙爾巽)이 주편하여 1927년에 대부분 완성했다. 편찬자들 가운데 청(淸)의 인물이 많았기 때문에 민국의 입장에 부합하지 않는 내용이 있고, 편찬 체제와 역사적 사실도 타당하지 않은 부분이 있다. 미완성 원고였으므로 『청사고』(淸史稿)라 개칭했다.

6) 아이신조로(愛新覺羅)는 청나라 황실의 성. 만주어에서 금(金)을 '아이신'(愛新)이라고 하고 종족을 '조로'(覺羅)라고 한다.

7) 헌원(軒轅)은 전설에 등장하는 한족의 시조. 『사기』의 「오제본기」(五帝本紀)에 "황제(黃帝)는 소전(少典)의 아들로 성은 공손(公孫)이고 이름은 헌원이다"라고 했다.

8) 위충현(魏忠賢, 1568~1627). 허젠(河間) 쑤닝(肅寧; 지금의 허베이河北에 속한다) 사람. 명말 천계 연간에 권력을 장악한 환관이다. 사례병필태감(司禮秉筆太監)까지 올랐다. 특무기관인 동창을 장악하여 잔인무도하게 많은 사람들을 죽였다. 『명사』의 「위충현전」에는 "뭇소인들이 더욱 아첨했다", "서로 다투어 충현 편에 서려고 했으며 양아들이라 자칭했다", "감생(監生) 육만령(陸萬齡)은 충현을 공자와 같은 지위로 할 것을 청하기까지 했다"라는 등의 기록이 있다.

9) 강의(剛毅, 1834~1900)의 말이다. 강의는 만주족 양람기인(鑲藍旗人)이다. 청 청 조정의 왕공대신 가운데 완고한 인물로 알려져 있으며 군기대신 등을 지냈다. 청말 유신변법운동 시기 그는 사람들에게 "우리 집의 재산을 차라리 벗들에게 줄지언정 뭇 집종들에게 주지는 않겠다"(량치차오梁啓超의 『무술정변기』戊戌政變記 권4에 보인다)라고 했다. 그가 말한 '벗'이란 제국주의 국가를 가리킨다.

10) 오삼계(吳三桂, 1612~1678). 명대 가오유(高郵; 지금의 장쑤에 속한다) 사람. 숭정 때 랴오둥총병(遼東總兵), 주방산하이관(駐防山海關)을 맡았다. 숭정 17년(1644)에 이자성이 베이징을 공격할 당시 청나라 병사를 산하이관 안으로 들어오게 한 공을 인정받아 후에 평서왕(平西王)에 봉해졌다.

신약[1]

말하려고 보니 정말이지, 9·18 만주사변 이후로는 우즈라오[2]의 경구를 다시 들은 적이 없다. 병이 났다고도 한다. 지금 막 난창발 특별 송고에서 어떤 소리가 날아들었다.[3] 그런데 안면을 바꾼 사람들도, 9·18 이후 숨죽인 민족주의 문학가들도 차가운 비웃음을 보냈다.

왜 그런가? 9·18 때문이다.

생각해 보니 우즈라오의 붓과 혀는 아주 중요한 임무를 다 수행했다. 청말 때, 5·4 때, 북벌 때, 당원 숙청 때, 당원 숙청 이후에도 뭔가 말끔하지 않다고 일을 벌일 때. 그런데 그가 지금 입을 벌리자 요리조리 피해 다니는 인물들마저도 냉소를 보내고 있다. 9·18 이래로 비행기가 정말로 이 당국黨國의 원로인 우 선생을 폭격했거나 아니면 요리조리 피해 다니는 인물들의 작은 간담을 크게 만들어 버린 것이다.

9·18 이후 상황은 이렇게 달라졌다.

옛날 책에 이런 우화가 있다. 모某 조정 모 황제 시절 다수의 궁녀들이 병에 걸렸는데 아무리 해도 치료가 되지 않았다. 마지막으로 명의가 와서

'건장한 남자 약간 명'이라는 비방을 내렸다. 황제는 하릴없이 그의 처방에 따라 처리했다. 며칠 지나 몸소 가서 살펴보니 궁녀들은 과연 하나하나 화색이 돌기 시작했다. 그런데 사람 같지 않게 말라비틀어진 채로 땅에 엎드려 있는 남자들이 많았다. 황제는 깜짝 놀라 이것이 무엇이냐고 물었다. 궁녀들이 머뭇거리며 대답했다. "약 찌끼입니다."[4]

며칠 전 신문에 실린 사정에 비춰 보면 우 선생은 흡사 약 찌끼처럼 어쩌면 개새끼한테도 짓밟힐 것 같았다. 그런데 그는 총명하고 아주 담박한 사람으로 결코 다른 사람들을 위해 수분을 다 빼는 지경이 되도록 자신을 방치하지는 않았다. 그러나 9·18 이후 상황은 이미 달라졌기 때문에 팔아먹을 신약이 필요하다는 것은 확실했던 것이다. 그에 대한 냉소는 알고 보면 신약의 작용이었던 것이다.

신약의 맛은 아주 자극적이고도 부드러워야 한다. 글에 비유하자면 우선 열사의 순국에 대해서 말하고 다시 미인의 순정에 대해서도 서술해야 한다. 한편으로는 히틀러의 조각細閣을 찬성하고 다른 한편으로는 소련의 성공을 칭송해야 하고, 군가를 부른 다음에 연가가 따라 나와야 하고, 도덕을 말하고는 기방을 거론해야 한다. 국치일로 말미암아 수양버들을 보고 슬퍼하고 노동절을 맞이하여 장미를 기억해야 하고, 주인의 적을 공격하면서 자신의 주인에게도 불만이 있는 것처럼 해야 하고…… 결론적으로 말하면 예전에 사용하던 것이 단방약單方藥이라면 앞으로 팔아먹을 약은 복약復藥인 것이다.

복약은 만병에 효과가 있는 것 같지만 흔히 한 가지 효과도 보지 못한다. 치료해도 치료가 안 되는데, 다시 말하면 죽지 않을 만큼 독이 된다. 그런데 이 약을 잘못 먹은 환자는 좋은 약을 다시 구해 보지도 않고 증상을 악화시켜 영문도 모른 채 죽음에 이를 수 있다.

4월 29일

주)_____

1) 원제는「新藥」, 1933년 5월 7일『선바오』의『자유담』에 발표했다. 필명은 딩멍(丁萌).

2) 우즈라오(吳稚老)는 우즈후이(吳稚暉, 1865~1953)를 가리킨다. 이름은 징헝(敬恒)이고 장쑤 우진 사람이다. 청년 시절 일본과 영국에서 유학했다. 1905년 동맹회에 참가했으며, 일찍이 장타이옌(章太炎), 쩌우룽(鄒容)을 밀고하기도 했다. 1924년 이후에는 국민당 중앙감찰위원, 중앙집행위원회 상임위원, 중앙정치회 위원 등을 맡았다. 1927년 봄 국민당 중앙에「당국에 모반을 꾀하는 공산당원 규찰안」(糾察共産黨員謀叛黨國案),「공산분자의 모반 조사건의안」(請査辦共産分子謀叛案)을 제출하고, 공산당 제거를 위한 장제스의 '당원 숙청'(淸黨)을 충실히 이행했다.

3) 우즈후이가 난창(南昌)에서 신문업계와 한 인터뷰를 가리킨다. 1933년 4월 29일『선바오』에 실린 '난창발 특별 송고'는 다음과 같다. "우즈후이는 포악한 일본의 중국 침략이 전국을 대상으로 한 계획이므로 우리가 양보한다고 해서 부드러워지거나 저항한다고 해서 강경해지는 것은 아니므로 우리는 생사를 돌보지 말고 필사적으로 저항해야 한다고 말했다." 국민당 정부는 무저항정책을 쓰고 있었는데, 이때 친일인사 황푸(黃郛)를 파견하여 화베이(華北)를 침범한 일본군과 타협을 시도했다. 따라서『다완바오』의 '일요장광설'(星期談屑)에는「우즈후이의 항일」(吳稚暉抗日)이라는 글을 실어 우의 담화에 조소를 보내며 "9·18 이후, 1·28 이후, 우리는 오랫동안 우즈후이 선생의 유쾌한 논의를 들어 보지 못했다. 그런데 최근에 선바오의 난창통신에 우즈라오 선생의 담화가 실렸다"는데, "곧 우즈라오 선생의 입으로는 나라를 구원할 수가 없다", "우즈후이 선생의 유쾌한 논의"는 그저 "'백발의 필부'가 내키는 대로 말해 본 것에 불과하다!"고 했다.

4) 청대 저인획(褚人獲)이 지은『견호병집』(堅瓠丙集)의「약사」(藥査)에 다음과 같은 내용이 있다. "명나라 때 우군(吾郡)에 사는 육천지(陸天池)는 박학하고 글을 잘 지었고 음률에 재주가 있었다. 이런 우화가 있다. 모(某) 황제 때 궁녀들이 모두 회춘(懷春)을 앓고 있었다. 의사가 '수십 명의 소년을 약으로 써야 합니다'라고 하자 황제가 그 말대로 했다. 수일이 흐르자 궁녀들은 모두 화색이 돌고 살이 올라 황제를 배알하고 '약을 내리시어 병을 치료했습니다. 감사합니다'라고 말했다. 뒤에는 여러 명의 소년들이 엎드려 누워 있었는데 말라비틀어진 것이 더 이상 사람의 몰골이 아니었다. 황제가 무슨 물건인가를 묻자 대답하여 가로되 '약 찌끼입니다'라고 했다." 여기서 '회춘'은 성숙한 여성이 이성을 마음에 품는다는 뜻이다.

'다난한 달'[1]

지난달 말 신문에서 수차례 5월은 '다난多難한 달'이라고 했다. 예전에는 이런 말을 본 적이 없다. 이제 '다난한 달'이 이미 닥쳤다. 지난날로 따져 보니, 맞다, 5월 1일은 '노동절'이므로 '다난하다'고 할 수 있고, 5월 3일도 지난참사[2] 기념일이므로 물론 '다난'한 것 중 하나에 속한다. 그러나 5월 4일은 신문화운동이 떨쳐 일어난 날이고, 5월 5일은 혁명정부가 성립[3]된 좋은 날임에도 불구하고 왜 모두 '어렵다'難라는 말의 더미 속에 포함시키는 것인가? 이것은 실로 이상하고 괴상하다!

그런데 이 '어려움'이란 말을 국민이 '어려움을 당하다'의 '어려움'으로 해석하지 않고 사람들을 '어렵게 만들다'의 '어려움'으로 해석하면 모든 의혹이 얼음 녹듯 풀린다.

시국이란 것도 정말이지 나는 듯이 빨리 변하기 때문에 옛날에는 좋았던 날이 훗날에는 난관이 되기도 한다. 예전에는 대중을 따라 공터에서 회의가 열렸지만 지금은 "기회를 틈타 소란 피우는 것"을 방지하려고 하릴없이 대표들에게 양옥에 모이도록 서한을 보내고 또 군경에게 질서유지를 요청한다.[4] 예전에는 주요 인사들이 나타나면 '청도'淸道(속칭 '거리 정화')라는 것을 했지만 그래도 그들은 땅 위를 걸어 다녔다. 그런데 지금은 '반역 도모'를 더욱 방지해야 한다. 반드시 비행기를 타야 하고, 해외에 나가야 할 때 비로소 마음놓고 친구에게 비행기를 선물한다.[5] 명인들의 골동품 상점 구경도 예전에는 신기한 일로 치지 않았는데, 지금은 '미복',[6] '미복'이라고 귀가 멍하도록 질러 대서 하릴없이 명산에 오르거나 고찰古刹에 들어가야지 야단법석으로부터 조금이라도 자유로워질 수 있게 되었다. 결론적으로 말하자면, 믿을 만한 나라의 기둥들 대부분은 이미 공중에 떠 있거나 적어도 높은 누각이나 험준한 고개로 올라가 버리고, 지상에는 일부 의심스러운 백성만 남아서 실로 '하민'下民 노릇을 하고 있다. 뿐만 아니라 백성과 비적의 구분이 어렵기 때문에 국가의 경조사가 있을 때마다 끝내 "가명으로 소란을 피운다"라는 혐의에서 벗어나지 못했다. 여태까지 '중서中西 당국이 엄히 예방'했기 때문에 무슨 커다란 혼란이 일어난 적은 없지만, 어쨌거나 평소에 비해 힘이 들었다. 이것이 바로 사람들을 어렵게 만든 것이다. 그리고 5월은 '다난한 달'이 되었고, 좋은 일 기념이든지 나쁜 일 기념이든지, 슬픈 날이든지 기쁜 날이든지 간에 모두 입에 올리지 않게 되었다.

그저 세계적으로 큰 사건이 늘어나지 않기를 바랄 뿐이고, 그저 중국에서 참사가 더 이상 일어나지 않기를 바랄 뿐이고, 그저 더 이상 무슨 정부라는 게 세워지지 않기를 바랄 뿐이고, 그저 더 이상 위인의 생일과 기일이 늘어나지 않기를 바랄 뿐이다. 그렇지 않으면 시간이 갈수록 늘어나서 미구에는 '다난한 해'가 되어 중서 당국은 일상적으로 어려움에 처하게 될 것이다. 땅 위를 걸어 다니는 우리 같은 어린 백성마저도 하릴없이 영원토록 '혐의'를 단 채 계엄과 함께할 수밖에 없다. 오호라 슬프다, 숨도 못 쉬게 될 판이로다.

5월 5일

주)_____

1) 원제는 「"多難之月"」, 1933년 5월 8일 『선바오』의 『자유담』에 발표했다. 필명은 딩멍.

2) '지난참사'(濟南慘案)는 1928년 5월 3일 지난을 점령한 일본이 중국 군인과 민간인 5천여 명을 사상한 5·3 참사를 가리킨다.

3) 1921년 쑨중산(쑨원)이 베이징의 베이양 군벌정부에 대항하기 위하여 광저우의 군정부를 해산하고 5월 5일 광저우에서 중화민국 정부를 정식으로 세우고 비상대총통으로 취임한 것을 가리킨다.

4) 1933년 5월 5일 국민당 상하이시당부(黨部)는 '혁명정부 수립 12주년 기념' 대회를 거행했다. 사전에 각계에 "이날 오전 9시 본당부 3층 대강당에서 각계 대표를 소집하여 기념대회를 거행한다"라고 통지하고 기념 방법 아홉 가지를 정했다. 마지막 항목은 "사령부 지시(曁市) 공안국에 서신으로 경비를 요청하여 반동분자가 기회를 틈타 소란을 피우는 것에 엄격히 대비한다. 또한 군경 약간 명을 파견하여 회의장의 질서를 유지한다"라는 것이었다.

5) 장쉐량은 1933년 2월 전용 포드비행기를 쑹쯔원에게 보냈고, 4월에 사직하고 출국할 때 또 다른 포드비행기 한 대를 장제스에게 선물했다.

6) 전통시대에는 고관들이 외출할 때 사람들이 알아보지 못하도록 평범한 옷으로 갈아입었는데, 이를 '미복'(微服)이라 한다. 1933년 4월 4일 국민당 정부 주석 린썬(林森)이 난징의 공자 사당 문물점에서 골동품을 구매하자 신문은 요란스럽게 이 일을 선전했다. 이튿날 『선바오』의 '난징발 통신'에서는 "린 주석이 오늘 미복으로 고서점에 들러 고서적 몇 권과 골동품 몇 점을 샀다"라고 했다.

무책임한 탱크[1]

최근 신문지상에 장시江西 사람들이 처음으로 탱크를 보았다고 보도했다. 물론 장시 사람들은 눈요기를 잘 즐겼다. 그런데 안절부절못하며 또 허리춤에서 돈을 끄집어내어 탱크에 기부를 해야 하는지 우려하기도 했다. 나는 공연히 다른 한 가지 일이 떠올랐다.

자칭 '장'씨라는 사람[2]이 말했다.

나는 언론의 부자유를 옹호하는 사람이다……. 언론이 자유롭지 않아야 비로소 좋은 글이 나온다. 이른바 냉소, 풍자, 유머 그리고 기타 형형색색의 감히 언론의 책임을 지지 않는 문체는 억압과 견제 아래에서 이에 호응하여 탄생된다.

이른바 무책임한 문체가 탱크에 비하면 어떤지 모르겠다.

풍자 등이 왜 무책임하다는 것인지, 나는 정말 모르겠다. 그런데 '비아냥'이 왜 안 되고, '암전'이 어떻게 천재를 사살하는지에 대한 논의를 들은 지는 벌써 여러 해 되었다. 여러 해 되다 보니 이치에 잘 맞는 말일 성 싶기도 하다. 대체로 욕쟁이는 감히 호한에 끼지 못하는 겁쟁이이다. 사실 두꺼운 철판 탱크 속에 숨어 땅땅 펑펑거리며 폭격하는 것은 대담하다고 는 할 수 없을 것 같아도 그야말로 아주 통쾌한 일임에는 틀림없다.

고등인高等人들은 원래부터 두꺼운 물건 뒤에 숨어서 살인하는 데 능 수능란하다. 옛날에는 비적과 떠돌이를 대비하기 위한 두꺼운 성벽이 있 었다. 지금은 철갑옷, 장갑차, 탱크가 있다. '민국'과 사유재산을 보장하는 법률도 하나같이 두꺼운 커다란 책이다. 심지어는 천자부터 경대부까지 그들의 관재棺材조차도 서민보다 두꺼워야 한다. 얼굴 가죽의 두께도 고례 古禮에 부합한다.

그런데 유독 하등인이 이런 대비를 하면 '무책임하다'라는 등의 조소 를 받게 된다.

"당신 나와! 나오라고! 등 뒤에 숨어서 비아냥거리다니 호한은 아니 로군!"

그런데 만약 당신이 그의 속임수에 걸려들어 정말로 웃통을 벗어젖 히고 전선으로 달려 나와 허저³⁾ 같은 호한에 끼려고 한다면, 그쪽에서는 즉각 사정없이 당신에게 창을 던지고 나서 『삼국연의』에 주석을 단 김성 탄의 필법⁴⁾을 따라 "누가 당신더러 웃통을 벗으라고 했느냐", 싸다 싸, 라 며 욕을 퍼부을 것이다. 요컨대 살아도 죄, 죽어도 죄다. 따라서 사람 노릇 을 하기란 그야말로 어렵고, 탱크 되기가 훨씬 쉽다는 것을 알 수 있다.

5월 6일

1) 원제는 「不負責任的坦克車」, 1933년 5월 9일 『선바오』의 『자유담』에 발표했다. 필명은 허자간.

2) 장뤄구(張若谷)를 가리킨다. 「문인무문」 참고. 인용한 말은 1933년 3월 3일 『다완바오』 의 『고추와 감람』에 발표한 「옹호」(擁護)에 나온다.

3) 허저(許褚)는 삼국시대 조조(曹操) 휘하의 명장. 웃통을 벗고 전쟁터에 나간 이야기는 『삼국연의』(三國演義) 제59회 「허저가 옷을 벗고 마초와 싸우다」(許褚裸衣鬪馬超)에 나 온다.

4) 김성탄(金聖嘆, 1608~1661)은 우현(吳縣; 지금의 장쑤) 사람으로 명말청초의 문인이다. 『수호』(水滸), 『서상기』(西廂記) 등에 주석을 달았다. 그가 붙인 서문과 독법, 비평문 등 을 일컬어 '성탄외서'(聖嘆外書)라고 한다. 『삼국연의』는 원말명초 나관중(羅貫中)이 지 은 것으로 청대 모종강(毛宗崗)이 개편했다. 권1에 김성탄을 가탁하여 지은 서문이 있 고 '성탄외서'라는 글자도 있다. 매회 앞에는 비평이 있는데, 일반적으로 김성탄이 지은 것으로 보고 있다.

성쉬안화이와 이치에 맞는 억압[1]

성㣞씨의 조상은 아주 많은 덕을 쌓았고, 그들의 자손은 '실지 수복'이라는 성대한 의식을 두 차례 거행했다. 한 번은 위안스카이의 민국정부 치하에서, 다른 한 번은 지금의 민국정부 치하에서이다.

민국 원년 시절 성쉬안화이[2]는 일등 매국의 역적으로 지목되고 그의 가산은 몰수당했다. 미구에 2차혁명이 끝난 뒤쯤에 되돌려 주었다. 이 일은 그리 이상할 것도 없다. '만물은 동종의 불행을 슬퍼한다'라고 했듯이 위안스카이 본인 역시 매국노이기 때문이다. 해마다 5월 7일과 5월 9일[3]을 기념하고 있지 않은가? 위안스카이는 21개조에 서명했으므로 매국이라고 한 말은 확실한 증거에 근거한 말이다.

최근에 또 신문에서 한 뉴스를 보았는데, 대체적인 내용은 이렇다. "성씨의 가산은 이미 명령을 받들어 반환했다. 쑤저우의 유원,[4] 장인과 우시의 전당포 등은 지금 반환수속을 밟고 있는 중이다." 이것은 나를 깜짝 놀라게 했다. 알아보았더니 민국 16년 국민혁명군이 상하이와 난징에 갓 도착했을 때 성씨의 가산을 다시 한 차례 몰수했다고 했다. 이때의 죄명은 대충 '토호열신'土豪劣紳이었다. 신사紳士이면서 '비열'하고 게다가 과거의 매국죄까지 더하여 당연히 몰수해야 했던 것이다. 그런데 왜 또 반환한 것인가?

첫째, 지금은 매국의 역적이 있다고 의심해서는 안 된다는 것이다. 결코 확실한 증거가 없기 때문인데, 지금 권좌에 있는 사람들은 일찌감치 굴욕적인 조약에 서명하지 않겠다고 맹세했으므로[5] 그들은 성쉬안화이나 위안스카이와 다르다. 둘째, 지금 항공의연금을 모금하고 있는 데서[6] 정부재정이 결코 넉넉하지 않음을 알 수 있다. 그렇다면 왜인가?

학리적인 연구 결과는 이렇다. 억압에는 본래 두 가지 종류가 있다. 하나는 이치에 맞을 뿐만 아니라 앞으로도 영구히 이치에 맞는 것이고, 다른 하나는 이치에 맞지 않는 것이다. 이치에 맞는 억압은 어린 백성들을 핍박하여 고리대를 받거나 소작료를 내게 하는 것과 같은 것이다. 이러한 억압의 '이치'는 "채무의 반환은 중외中外 공통의 정해진 이치이고, 소작료의 납부는 천고불변의 법칙이다"라고 쓴 공고문에 있다. 이치에 맞지 않는 억압은 바로 성쉬안화이의 가산 몰수 등등이다. 거신巨紳을 '억압'하는 이런 수법은 당시에는 이치에 맞았을지 모르지만 지금은 이치에 맞지 않는 것으로 변한 지 오래되었다는 것이다.

신문에 실린 「5월 1일 노동자 벗에게 알리는 글」[7]에서 "우리나라 자본가의 이치에 맞지 않는 억압에 반항하라"라는 말을 금방 보았을 때는 나도 깜짝 놀랐다. 이것은 계급투쟁을 제창하는 것이 아니던가? 나중에 곰곰이 생각해 보고 영문을 알 수 있었다. 이것은 바로 이치에 맞지 않는 억압에는 반대해야 하지만 이치에 맞는 억압은 예외로 해야 한다는 말이다. 어떤 것이 이치에 맞는 것인가에 대해서는 계속 읽어 내려가면 알게 된다. 이어지는 문장은 이렇다. "모름지기 고생이 되더라도 생산에 박차를 가해야 하고…… 특히 시국의 어려움을 다함께 견디며 노사 간의 진실한 협조를 힘써 도모하고 노사 간의 모든 분규를 해소해야 한다." 또 이런 말도 있다. "중국 노동자는 외국 노동자만큼 고생스럽지 않다"[8] 등등.

다행히도 별것 아닌 일에 화들짝 놀라 소리치지는 않았다. 나는 내심 세상일이란 언제나 까닭이 있는 것처럼 일체의 억압 역시 이러하다고 생각했다. 하물며 성쉬안화이 등에게 대처할 이유는 아주 적다고 하더라도, 노동자에게 대처해야 할 이유가 없을 리 만무함에 있어서랴.

5월 6일

주)_____

1) 원제는 「從盛宣懷說到有理的壓迫」, 1933년 5월 10일 『선바오』의 『자유담』에 발표했다. 필명은 딩멍.

2) 성쉬안화이(盛宣懷, 1844~1916). 자는 싱쑨(杏蓀), 장쑤 우진 사람. 청말 대관료자본가. 일찍이 윤선초상국(輪船招商局), 전보국, 상하이 기기직포국(機器織布局), 한예핑공사(漢冶萍公司) 등을 만들어 당대 유수의 부호가 되었다. 1911년 우전부(郵電部) 대신을 맡아 제국주의 각국에 철로와 광산 등의 권리를 팔아넘겼고, 외채를 빌려와 위기에 몰린 청 조정의 통치를 유지시켰다. 그의 재산은 신해혁명 후 두 차례에 걸쳐서 몰수되었다. 첫번째는 민국 원년이었고, 1912년 12월 당시 장쑤도독 청더취안(程德全)의 명령으로 되돌려 받았다. 두번째는 1928, 29년 사이에 국민당 정부 행정원이 쑤저우, 창저우(常州), 항저우, 우시(無錫), 장인(江陰), 창수(常熟) 등지의 현 정부에 명하여 성씨의 가산을 몰수했으나, 1933년 4월 다시 반환을 명령했다.

3) 1915년 1월 18일 일본 정부는 위안스카이 정부를 향해 중국을 자신의 독점적 식민지로 만들기 위한 '21조'의 요구를 제시하고, 5월 7일 48시간 안에 '만족할 만한 답변'을

하라고 최후통첩을 했다. 국민들의 반대에도 불구하고 위안스카이 정부는 5월 9일 '21 조'를 수용했다. 이후 여론계는 매년 5월 7일과 9일을 국치기념일로 삼았다.

4) 유원. 중국의 유명한 정원 중 하나. 장쑤성 쑤저우시에 있다. 명나라의 태부소경(太仆少卿) 서시태(徐時泰)는 아름다운 정원, 즉 동원(東園)과 서원(西園)을 지었다. 청나라 가경(嘉慶) 5년(1800) 유서(劉恕)는 동원을 개축하여 '유원'(劉園)이라 불렀다. 청나라 말기 다시 성씨에게 귀속되면서 '유'(劉)를 '유'(留)로 바꾸어 '유원'(留園)이라 불렀다.

5) 1931년 9월 29일 장제스는 난징에서 청원하는 각지의 청년대표들에게 "국민정부는 결코 군벌시대의 매국정부가 아니다. …… 결코 국권을 상실하는 치욕적인 조약에 서명하지 않는다"라고 했다. 1932년 4월 4일 행정원장 왕징웨이는 상하이에서 담화를 발표하면서 마찬가지로 "국민정부는 단호히 국권을 상실하는 치욕적인 조약에 서명하지 않는다"라고 말했다.

6) 「항공구국의 세 가지 소원」 참고.

7) 국민당에 협조하던 상하이시 총공회(總工會)에서 1933년 5월 1일 노동절에 발표한 「시 노동자 벗에게 알리는 글」(告全市工友書)을 가리킨다.

8) 1933년 국민당이 주관한 상하이의 노동절 기념회의에서 상하이시 총공회 대표 리융샹(李永祥)은 "중국은 자본주의 세력이 아직 지극히 미미하다. 지금 중국의 노동자들이 받고 있는 자본가의 억압은 당시 구미 노동자들이 받은 심각한 억압에 미치지 않는다"라고 말했다.

왕의 교화[1]

지금 중국에서 왕의 교화는 진정 "빛이 사방을 뒤덮고 천지 상하에 이르"[2]고 있을 정도이다.

푸이의 제수씨가 3만여 위안을 거머쥐고 요리사를 따라 도망갔다.[3] 이에 중국의 법정은 그녀를 체포하여 사건을 종결하고 "남편에게 넘겨 단속하도록 한다"라는 판결을 내렸다. 만주국은 '가짜'僞지만 부권은 '가짜'가 아니었던 것이다.

신장의 회족이 소란을 피우자,[4] 이에 선위사를 파견했다.

몽고의 왕족들이 떠돌아다니자, 이에 특별히 '몽고 왕족 구제위원회'[5]를 조직했다.

시짱에 대한 회유책으로[6] 판첸 라마를 초청하여 경전을 외도록 했다.

그런데 가장 인자한 왕의 교화정책은 광시에서 요족을 다루는 방법이라고 할 수 있다.[7] 『다완바오』의 기사에 따르면, '인자한 정책'이란 3만요족 중에 3천 명을 살해하고, 비행기 세 대를 요족 마을에 보내 '알을 낳'[8]게 하여 그들로 하여금 '깜짝 놀라 천신天神, 천장天將으로 여기도록 하여 싸우지도 않고 항복하'게 만드는 것이었다. 그다음에는 요족 대표를 선발하여 대도시 관광으로 상국[9]의 문화를 구경하도록 했다. 예컨대 거리에서 볼 수 있는 붉은 머리 아싼[10]의 위풍 같은 것 말이다.

그런데 붉은 머리 아싼이 하는 말은 이것이다. "쏼라쏼라거리지 마!"

귀화한 지 오래된 이런 '이적'夷狄들이 요즘 들어 자주 '쏼라쏼라'거린다. 그 까닭은 모두가 원망을 품고 있기 때문이다. 왕의 교화가 성행하던 시절에는 "동쪽을 바라보며 정벌하면 서이西夷가 원망하고, 남쪽을 바라보고 정벌하면 북적北狄이 원망했다".[11] 따라서 '쏼라쏼라거림'은 애당초 당연하다고 하겠다.

그러나 우리는 여전히 결코 나태함이 없이 동분서주, 남정북벌하고 있다. 좀 고되기는 하기만 '정신적인 승리'는 우리의 것이다.

'가짜' 만주국의 부권이 보장되고 몽고의 왕족들이 구제되고 라마의 독경이 끝나고 회족이 진심으로 위안을 받고 요족이 '싸우지도 않고 항복'하게 되면, 더 이상 무슨 할 수 있는 일이 있을까? 물론 문덕文德을 닦아서 '멀리 있는 사람'[12] 즉 일본을 설득하는 일만이 남게 된다. 이때는 우리의 인도 아싼 식의 책임을 다한 셈이다.

오호라, 초야의 서민들은 태평성세를 만나 멀리서 들려오는 환호소리에 고무가 될 따름이로다![13]

5월 7일

이 글은 신문검열처新聞檢查處에서 삭제하여 게재되지 못했다. 다행히도 요족도 아닐뿐더러 조계지에 살고 있어서 국산품 비행기가 와서 '알을 낳'는 처지는 면하게 되었다. 그럼에도 불구하고 '쏼라쏼라거리지 마'라는 것은 일률적으로 적용되므로 '환호'조차도 허락되지 않는다. 따라서 숨소리도 내지 않고 쥐 죽은 듯 구국에나 힘쓸 따름이로다!

15일 저녁에 쓰다[14]

주)──────

1) 원제는 「王化」. 이 글은 『선바오』의 『자유담』에 투고했으나 국민당 신문검열처(新聞檢査處)에 의해 금지되었다가 1933년 6월 1일 『논어』(論語) 반월간 제18기에 발표했다. 필명은 허간.

2) 원문은 '光被四表格於上下'. 『상서』의 「요전」(堯典)에 나오는 말로서 요의 공덕을 서술한 송사(頌詞)이다. 빛이 상하사방에 미치지 않는 곳이 없다는 뜻이다.

3) 1933년 5월 1일 『선바오』에 '푸이(溥儀) 제수씨의 간통사건' 뉴스가 실렸다. 푸이의 사촌 제수씨가 요리사와 함께 돈을 훔쳐 창춘에서 옌타이(烟臺)로 도망가다 옌타이 공안국에 발각되어 요리사는 1년 징역을 살고 여자 측은 시집이 데리고 가 단속하기로 했다는 내용이다.

4) 1933년 신장(新疆)의 위구르족(당시 신문에서는 '회족'이라고 했다)의 항거를 가리킨다. 1931년 4월 위구르족은 신장성 주석이자 군벌인 진수런(金樹仁)의 폭정에 항거하다가 잔혹하게 진압되었다. 1933년 초에 다시 대규모로 저항하자 진수런은 하미(哈密) 등지를 포기했고, 성도인 디화(迪化; 지금의 우루무치)도 포위되었다. 4월 진수런은 권좌에서 쫓겨나 도망갔으며, 그의 참모인 성스차이(盛世才)가 이것을 기회로 신장의 통치권을 장악했다. 4월 말 난징 국민당 정부는 참모본부차장 황무쑹(黃慕松)을 '선위사'(宣慰使)로 파견하여 이 일을 처리하게 했다.

5) 만주사변 이후 일본이 네이멍구(內蒙古) 동부를 침략하자 국민당 정부는 군사위원회 베이핑분회로 하여금 베이핑 등지에서 떠돌고 있는 둥멍(東蒙)의 왕족과 관민, 학생, 그리고 네이멍(內蒙)으로 도망쳐 온 와이멍(外蒙)의 왕족 등에게 구제금을 지급하도록 명령하고, 1933년 4월 베이핑에 '몽고 구제위원회'(蒙古救濟委員會)를 설립했다.

6) 만주사변 전후 시짱(西藏)에서는 달라이 라마 등의 친영국 세력이 칭하이(靑海)의 왕수(王樹), 시캉(西康)의 간메이(甘枚) 일대에서 끊임없이 지방 군벌과 무력 충돌을 일으켰다. 1933년 4월 그들은 무력으로 진사장(金沙江)을 건너 시캉의 바안(巴安)으로 들어가 이른바 '캉장 통일'(康藏合一) 계획을 달성하고자 했다. 당시 이에 대해 속수무책이던

국민당 정부는 달라이 라마에 의해 쫓겨난 시짱의 판첸 라마(당시 판첸은 난징에 사무처를 두고 있었다)를 데리고 와 기도법회를 여는 등의 종교적 형식을 통한 회유책을 썼다.

7) 광시(廣西) 북쪽, 후난(湖南) 남쪽 등지에 소수민족 요족(瑤族)이 모여 살고 있었다. 국민당 정부는 일관되게 대한족(大漢族) 정책을 시행했기 때문에 요족에 대한 지방정부의 착취와 모욕이 심각하였다. 이에 요족은 몇 차례에 걸쳐 항거했다. 1933년 2월 광시 북부의 취안현(全縣), 관양(灌陽) 등지의 요족들은 제단을 만들고 제사를 지내는 등의 방식으로 자못 규모가 큰 봉기를 일으키고, "부자 영감을 죽이자, 관병을 죽이자"라는 구호를 외쳤다. 당시 광시성 정부는 병력을 동원하여 '토벌'하고 비행기로 폭격을 가하여 요족의 사상(死傷)이 심각한 정도에 이르렀다. 요족을 진압한 후 국민당 당국은 '토벌과 위로를 병행'하는 전략으로 요족 촌장을 이끌고 전국 각 성의 대도시들을 둘러보게 했다.

8) 원문은 '下蛋'. 조류가 알을 낳는다는 뜻이나 여기서는 비행기에서 폭탄을 투하한다는 의미로 쓰였다.

9) 춘추시대에는 오(吳), 초(楚) 등과 비교하여 중원에 있던 제(齊), 진(晉) 등을 '상국'(上國)이라고 했다. 여기서는 국민당 당국이 소수민족 앞에서 '상국'이라 자처한 것을 풍자한 말이다.

10) '붉은 머리 아싼'(紅頭阿三)은 상하이 공동조계에 있던 인도 순경에 대한 속칭이다. 그들은 붉은 두건을 머리에 두르고 있었고, 옷소매에 '인'(人)을 거꾸로 쓴 듯한 모양으로 세 줄의 표시를 새겨 넣었기 때문에 생겨난 호칭이다.

11) 원문은 '東面而征西夷怨, 南面而征北狄怨'이다. 『상서』의 「중훼지고」(仲虺之誥)에 "동쪽을 정벌하면 서이가 원망하고 남쪽을 정벌하면 북적이 원망한다"(東征西夷怨, 南征北狄怨)라는 말이 나온다. 여기에 인용한 것은 『맹자』 「양혜왕하」(梁惠王下)와 「등문공하」(滕文公下)에서 맹자가 한 말이다. 원래 뜻은 상(商)나라 탕(湯)이 어진 정치를 행하니 이웃 나라의 백성들이 모두 하루라도 일찍 와서 자신의 나라를 정복해 주기를 바라고, 정복이 늦어지는 것을 좋아하지 않았다는 뜻이다.

12) 원문은 '遠人'. 이민족이나 외국인을 가리키다. 『논어』의 「계씨」(季氏)에 "그러므로 멀리 있는 사람이 복종하지 않으면 문덕을 닦아서 그들을 오게 해야 한다"라고 했다.

13) 쑨중산이 1894년 6월에 쓴 「이홍장에게 보내는 글」(上李鴻章書)에 나온다.

14) 이 부기는 처음 발표했던 『논어』지에는 실리지 않았다.

하늘과 땅[1]

지금 중국에는 두 종류의 폭격이 있다. 하나는 폭격해 들어가는 것이고 다른 하나는 폭격해 들어오는 것이다.

폭격해 들어가는 것의 일례는 가로되,

수일 내 비행기가 비적 지구로 가서 폭격하는 것 말고는 전투가 없다. 3부대와 4부대가 7일 새벽부터 오후까지 번갈아 대오를 지어 이황 서쪽과 충런 남쪽[2]으로 날아가 120파운드짜리 폭탄 이삼백 개를 투척했다. 무릇 비적들이 숨어 있을 만한 곳은 거의 파괴하여 비적들은 휴식·정비할 곳이 없게 되었다.……(5월 10일 『선바오』 난창발)

폭격해 들어오는 것의 일례는 가로되,

오늘 새벽 6시 적기가 지현을 폭격하여 백성 10여 명이 사망했다. 또한 미원은 오늘 네 차례나 적의 폭격을 받았는데,[3] 매번 두 대의 비행기가

100개의 폭탄을 투하하였다. 손해는 현재 상세히 조사하고 있는 중이다.……(같은 날『다완바오』베이핑발)

이런 시국에 호응하여 생겨난 것은 상하이의 소학생들이 비행기를 사고 베이핑의 소학생들이 땅굴을 파는 일이다.[4]

이상의 전문電文도 역시 '안을 안정시키지 않으면 바깥을 물리칠 수 없다'거나 혹은 '안을 안정시키는 것이 바깥을 물리치는 것보다 시급하다'라는 화제에 대하여 써낸 두 편의 좋은 글이다.[5]

조계지의 거주자들은 복 받은 사람들이다. 그런데 눈을 감고 좀 넓게 생각해 보면, 안에는 관군이 하늘에 있고 '공비'와 '비적화'된 백성들이 땅에 있으며, 바깥에는 적군들이 하늘에 있고 '비적화'되지 않는 백성들이 땅에 있음을 느낄 수 있을 것이다. "손해는 상세히 조사 중"인데도 태평한 지역에서는 보탑을 쌓고 있다.[6] 석가모니는 태어나면서 한 손으로 하늘을 가리키고 다른 한 손으로 땅을 가리키며 "천상천하에 유아독존이로다!"라고 했는데, 바로 이것을 두고 한 말이다.

그런데 다시 눈을 감고 조금 멀리 생각해 보면 어려운 화제에 봉착하게 된다. 폭격해 들어가는 것이 느리고 폭격해 들어오는 것이 빨라서 두 비행기가 만나게 되면, 또 어찌할 것인가? '안을 안정시키는 것'을 멈추고 방향을 돌려 '마주보고 호되게 공격'할 것인가, 아니면 여전히 폭격해 들어가는 것만 생각하고 그들이 뒤따라 폭격해 들어오도록 내버려 두어 하나는 앞에서 다른 하나는 뒤에서 동시에 '비적 지구'를 폭격하여 깨끗이 박살 낸 뒤에 다시 그들을 '물리쳐' 나가게 할 것인가?……

그러나 이것은 우스개에 지나지 않는다. 사실 결코 이 지경이 되지는 않을 것이다. 설령 이 지경이 된다고 하더라도 해결하기 어려울 것도 없다. 해외에 나가 요양하거나 명산에서 불공을 드리면,[7] 이것으로 그만이다.

5월 16일

마지막 구절의 원고는 다음과 같았던 것으로 기억한다. "해외에 나가 요양하거나 등에 부스럼이 생기거나 명산에 올라 불공을 드리거나 소변에 당이 생기면, 이것으로 그만이다."

19일 밤에 보충해서 쓰다

주)_____

1) 원제는 「天上地下」, 1933년 5월 19일 『선바오』의 『자유담』에 발표했다. 필명은 간.

2) 이황(宜黃)과 충런(崇仁)은 장시성(江西省)의 현 이름. 이황 서쪽과 충런 남쪽은 당시 중앙 소비에트 지구 군민(軍民)들이 '포위토벌' 반대 투쟁을 벌였던 최전방 지역이다.

3) 지현(薊縣), 미윈(密雲)은 당시 허베이성(河北省)의 현 이름. 지현은 지금의 톈진(天津)에, 미윈은 지금의 베이징에 속한다. 1933년 4월 일본군이 이둥(冀東), 롼허(灤河) 일대를 습격하면서 이곳을 비행기로 폭격했다.

4) 1933년 초 국민당 정부가 항공구국을 위한 비행기 의연금을 모으면서 상하이시는 200만 위안을 모금하기로 예정되어 있었다. 5월 초까지 거두어들인 돈이 반액에 그치자 12일 상하이의 보이스카우트를 동원하여 3일 동안 교통 요지와 유흥지에서 '보이스카우트호 비행기' 구매를 위한 의연금을 모금했다. 1933년 5월에는 베이핑의 각 소학교장들이 일본 비행기가 수시로 상공을 맴돌자 11일 자신들의 대표를 사회국(社會局)에 파견하여 오전수업 중지와 방공호 파기를 승인할 것을 요구했다.

5) 루쉰의 수고(手稿)에는 이 구절에 이어서 다음과 같은 내용이 더 있다. "비행기 구매는 장차 '안을 안정시키기' 위해서이고, 땅굴 파기는 '바깥을 물리칠 수 없기' 때문이다. '안을 안정시키는 것이 바깥을 물리치는 것보다 시급하기' 때문에 비행기 구매가 필요하고, '안을 안정시키지 않으면 바깥을 물리칠 수 없기' 때문에 반드시 땅굴 파기를 해야 하는 것이다."

6) 1933년 국민당 정부 고시원장 다이지타오(戴季陶)는 난징에 있는 광둥 중산대학 선생과 학생 70여 명으로 하여금 쑨중산의 저술을 초록하게 하여 자개를 박은 구리함에 담아서 중산릉 부근에 보탑을 쌓아 보관했다.

7) 국민당 정부 인사들이 내홍으로 하야하거나 곤란한 처지가 되었을 때 습관적으로 사용하는 핑계이다. 예를 들어 왕징웨이는 등창과 당뇨병이 생겼다며 '침대에 누워 휴식'하거나 '출국하여 요양했'으며, 황푸는 모간산(莫干山)으로 물러나 '불학 공부를 하'고, 다이지타오는 자칭 불교신자라고 하며 난징 부군의 바오화산(寶華山) 룽창사(隆昌寺)에서 경을 읽고 불공을 올리는 소식이 신문에 자주 실렸다.

유보[1]

요 며칠 신문에서 다음과 같은 뉴스를 우리에게 전해 주었다. 신임 정무
정리위원회 위원장 황푸[2]의 전용차가 톈진에 도착하자 17세 청년 류경성
이 폭탄을 투척했으며, 범인은 현장에서 체포되었다. 진술에 따르면 일본
인의 사주를 받았고 이튿날 새 기차역 바깥에서 공개 효수되었다고 운운
했다.[3]

  청 조정이 민국으로 바뀐 지 벌써 22년이나 되었지만 헌법 초안의 민
족, 민권 두 편은 목전에야 비로소 초안이 만들어졌고 아직 반포되지도 않
았다. 지난달 항저우에서는 시후西湖에서 잡힌 강도를 공개처형했는데, 듣
자 하니 달려가 구경한 자가 "만 명이나 되고 거리가 텅 비었다"[4]고 했다.
이것은 '민권법' 제1항의 '민족지위의 고양'과는 조금 차이가 있지만 '민
족법' 제2항의 '민족정신의 발양'에는 부합한다. 남북통일의 과업을 이룬
지도 이미 8년이 지났다. 따라서 톈진에서도 작은 머리가 내걸린 것은 전
국이 일치되었음을 보여 주기 위한 것이므로 애당초 꼭 화들짝 놀랄 일은
아닌 것이다.

다음으로 중국에는 "여자와 소인은 부양하기 어렵다"[5]라는 말이 있지만, 일단 사고가 생기면 세 분의 원로가 통전을 내고 두 분의 원로가 선언을 하고 94세의 노인이 글자를 쓰는 것을[6] 제외하고는, 늘 '어린이 애국', '미녀 종군'과 같은 미담이 허다하여 장정들을 아주 무색하게 만든다. "어릴 때 똑똑하다고 커서도 반드시 훌륭해지는 것은 아니다"[7]라는 말처럼 우리 민족은 종종 노년이 되어야 비로소 노티를 벗고, 부고를 살펴보면 알 수 있듯이 죽고 나서야 더욱 대단한 인물이 된다. 따라서 17세의 소년이 폭탄을 투척하는 것도 인지상정을 벗어나는 일은 아닌 것이다.

그런데 내가 유보하려는 것은 "진술에 따르면 일본인의 사주를 받았다"라는 구절이다. 왜냐하면 이것은 이른바 매국에 해당하기 때문이다. 20여 년간 국난은 쉼이 없었는데 여태까지 대중들에 의해 매국노로 공인된 사람들은 전부 30세 이상이었다. 비록 그들은 그후에도 여전히 유유자적 살고 있지만 말이다. 소년과 어린이들이 자신들의 유치한 마음과 체력을 다해 죽통과 박만撲滿[8]을 들고 모래바람과 진흙탕 속으로 뛰어들어 미력하나마 중국의 조력자가 되고자 했던 것이 정말이지 몇 번이나 되는지 알 수가 없다. 그들이 피땀으로 구해 온 돈의 태반이 도리어 호랑이나 이리의 먹잇감으로 바쳐진다는 사실을 미리 예측하지는 못했다고 하더라도, 그들의 애국심은 진정이었을지언정 여태까지 매국적인 일을 한 적은 없었다.

뜻밖에 이번 일은 전례를 깨뜨렸다. 그러나 나는 우리가 그에게 씌운 죄명을 잠시 유보하고 다시 사실을 찬찬히 살펴보기를 희망한다. 사실은 3년을 기다릴 필요도 없고 50년을 기다릴 필요도 없다. 내걸린 머리가 썩어 문드러지기도 전에 명백해질 것이다. 누가 매국노인지 말이다.[9]

우리의 어린이와 소년의 머리에서 그들이 뿌려 놓은 개의 피[10]를 씻어 내자!

5월 17일

이 글과 이어지는 세 편은 모두 게재되지 못했다.

7월 19일

주)_____

1) 원제는 「保留」.

2) 황푸(黃郛, 1880~1936). 저장 사오싱 사람. 청년 시절 동맹회에 참가했으며, 베이양정부 외교총장 등을 역임했다. 1928년 국민당 정부 외교부장을 맡았으나 치욕스러운 외교로 각계의 질책을 받아 물러났다. 1933년 5월 장제스에 의해 다시 기용되어 행정원 베이핑 정무정리위원회 위원장을 맡았다.

3) 류경성(劉庚生)이 '폭탄을 던져' 황푸를 겨냥한 사건은 1933년 5월에 발생했다. 이 해 4월 일본군이 롼허(灤河) 동쪽과 창청(長城)의 연선(沿線)에 총공격을 가했다. 이에 탕산(唐山), 쭌화(遵化), 미윈(密雲) 등지가 잇달아 함락되고 베이핑과 톈진이 위험해졌다. 국민당 정부는 일본과 타협하고 정전을 모색하기 위해 5월 상순 황푸를 새로 만든 행정원 베이핑 정무정리위원회 위원장으로 임명했다. 황푸는 15일 난징에서 출발하여 북쪽으로 올라오던 중 17일 아침 전용차가 톈진역에 진입하자마자 폭탄을 맞았다. 신문 보도에 따르면 폭탄을 투척한 자는 현장에서 체포되어 제1군부로 이송되어 조사를 받았다고 한다.

류경성의 이름은 류쿠이성(劉魁生; '류경성'은 『로이터 통신』의 음역이다)이며, 당시 나이는 17세, 산둥(山東) 차오저우(曹州) 사람으로 천자거우(陳家溝) 류싼비료공장(劉三糞廠)의 노동자이다. 당일 오후 류쿠이성은 '일본인의 사주를 받았다'는 모함을 받고 새 기차역 바깥에서 공개적으로 효수되었다. 류쿠이성은 당시 철로를 건너던 중이었고 조사 당시 폭탄 투척을 강하게 부인했다.

4) 1933년 4월 24일 『선바오』에는 「시후의 강도」(西湖有盜)라는 기사가 실렸는데, 내용은 이렇다. "23일 오후 2시 시후 삼담인월(三潭仁月)을 유람하던 상하이에서 온 여행객 뤄

왕(駱王) 씨는 강도 탄징쉬안(譚景軒)을 만났다. 강도가 권총을 꺼내 금팔찌를 빼앗으려고 하자 여자가 소리쳤고, 이에 총으로 사살하고 물건을 빼앗아 달아났다. 강도는 쑤디(蘇堤)를 배회하다 경찰에 체포되어 숨김없이 자백했다. 당일 저녁 후빈(湖濱)운동장에서 참수되었는데, 구경꾼이 만 명이었다. 강도는 44군 중대장을 지냈다."

5) 『논어』의 「양화」(陽貨)에 "공자께서 가로되, '오로지 여자와 소인은 부양하기가 어렵다. 가까이하면 불손하고 멀리하면 원망한다'"라는 말이 나온다.

6) '세 분의 원로'는 마량(馬良), 장빙린(章炳麟), 선언푸(沈恩孚)를 가리킨다. 이들은 1933년 4월 1일 전국에 통전을 내어 국민당 정부가 일본에 대하여 "양으로는 저항하는 척하고 음으로는 타협을 하고 있다"며 비난했다.

'두 분의 원로'는 마량과 장빙린으로 이들은 1933년 2월 초 연합선언을 했다. 내용은 역사에 근거하여 동삼성(東三省)이 중국의 영토라는 것이었다. 두 사람은 같은 해 2월 18일 '러허는 중국 영토가 아니'라는 일본의 주장에 대한 반박선언을 했다. 4월 하순에는 연명으로 통전을 보내어 국민들의 강력한 항일과 실지 회복을 주장했다.

'94세의 노인'은 마량(馬良, 1840~1936)이다. 그는 자가 샹보(相伯)이고, 장쑤 단투(丹徒) 사람이다. 당시 집에서 세는 나이로 94세였으므로 '94세의 노인'(九四老人)이라는 서명으로 글을 썼다.

7) 『세설신어』(世說新語)의 「언어」(言語)에 나오며, 한대의 진위(陳韙)가 공융(孔融)을 놀린 말이다.

8) '박만'(撲滿)은 도자기로 만든 저금통이다. 진(晉) 갈홍(葛洪)은 『서경잡기』(西京雜記) 권5에 "만이라는 것은 흙으로 만든 그릇으로 돈을 모아 두는 것이다. 들어가는 구멍이 있으나 나오는 구멍은 없다. 가득 차면 넘어진다"라고 했다.

9) 루쉰이 이 글을 쓰고 14일 후인 5월 31일, 황푸는 장제스의 지시에 따라 슝빈(熊斌)을 파견하여 일본 관동군 대표 오카무라 야스지(岡村寧次)와 '탕구협정'(塘沽協定)을 체결했다. 이 협정에 근거하여 국민당 정부는 실질적으로 일본의 창청과 산하이관 이북 지역의 점령을 합법화하고, 창청 이남의 차베이(察北), 지둥(冀東)의 20여 개 현을 비무장지대로 만듦으로써 일본이 화베이로 진군할 수 있는 길을 터 주었다.

10) 옛날 중국에서는 검둥개의 피로 사악한 것을 물리칠 수 있다고 생각하여 구마의식에 사용하곤 했다. 그런데 훗날 연극에서 가짜 도사들이 무대에 등장할 때면 상투적으로 검둥개의 피를 뿌리는 장면으로 시작했다. 이로 말미암아 '개의 피'는 졸렬한 모방, 과장된 거짓연기를 빗댄 말로 사용되었고, 일상생활에서의 허위적 행위를 뜻하는 말로 의미가 확장되었다.

유보에 관해 다시 말하다[1]

류경성劉庚生의 죄목에 대해 말한 적이 있으므로 입을 열고 펜을 들고 싶은 생각이 들었지만, 요즘 중국에서는 사실 쉽지 않은 일이다. 안전하게 지내려면 아무래도 소리 내지 않는 편이 좋다. 그러지 않았다가는 도리어 자신의 머리가 떨어지기 마련이다.

여기에 몇 가지 예를 들어 보기로 한다.

20년 전 루쉰이 지은 「아Q정전」은 대체로 국민의 약점을 폭로하려고 한 작품인 것 같다. 비록 자신이 그 속에 포함되는지는 말하지 않았지만 말이다. 그런데 올해 들어 몇몇 사람들이 '아Q'는 그 사람 자신이라고 말했다.[2] 이것은 바로 현세의 악과惡果이다.

8, 9년 전 정인군자正人君子들이 신문을 발행하여[3] 반대하는 사람들은 루블을 받았다고 말해서 학계가 소란스러웠다. 그런데 4, 5년 지나 정인은 교수가 되고 군자는 주임이 되어[4] 러시아의 지원금[5] 덕에 복을 누리다가 지원이 끊겼다는 말을 듣고 있는 힘을 다해 싸우려고 했다. 이것은 비록 현세의 선과善果이나 여하튼 간에 자신들의 머리에 떨어진 것이다.

그런데 펜을 사용하는 사람들은 조심한다고 해도 끝내 용의주도하지 못한 점이 있다. 최근의 사례는 이것이다. 여러 신문에서 '적'이니, '반역'이니, '가짜'니, '괴뢰국'이니 하는 말들을 천지가 진동할 정도로 많이 사용하고 있다. 이렇게 쓰지 않으면 그야말로 자신들의 애국심을 충분히 표현하지 못할뿐더러 독자들의 불만을 사게 된다. 그런데 "침략을 막기 위해서는 현실적인 것을 중시해야 한다. 역적 따위와 같은 과도하게 자극적인 글자는 현실적인 것에 도움이 되지 않으므로 앞으로 사용하지 말아야 한다"라는 '모某 기관의 통지'[6]를 받을 것이라고 누가 예상이라도 했겠는가? 뿐만 아니라 황 위원장[7]은 베이핑에 도착하여 정견을 발표하면서 급기야 "중국은 강화를 하든지 전쟁을 하든지 간에 모두 피동적인 입장에 놓여 있어서 방책을 말하기가 어렵다. 국난의 원인은 한 가지 실마리에 그치는 것이 아니고, 시급히 최종적 구제책을 도모해야 한다"(모두 18일 『다완바오』의 베이핑발 기사에 나옴)라고 말하지 않았던가?……

요행히 아직은 괜찮다. 아니나 다를까 신문에는 그저 '일본 비행기가 베이핑을 위협한다'라는 식의 제목이 보일 뿐 '과도하게 자극적인 글자'는 없고 '한간'漢奸이라는 자구가 있는 정도일 따름이다. 일본이 적이 아니라면서 어떻게 한인漢人을 간첩이라고 운운하는지? 이것은 커다란 맹점이라고 하지 않을 수 없을 것 같다. 다행히도 한인은 '과도하게 자극적인 글자'를 두려워하지 않는다. 머리가 잘리고 거리에 내걸려서 중외의 남녀들에게 구경거리로 제공되어도 여태까지 말 한마디 하는 사람이 없다.

이런 곳에서는 말하기가 어렵다는 것을 우리는 잘 알고 있다.

청조의 문자옥[8] 이래로 문인들은 감히 야사를 짓지 못했다. 300년 전의 공포를 잊을 수 있는 사람이 있다면 신문을 모아 그 핵심만 간추려도 불후의 대작이 될 것이다. 그런데 물론 꼭 신경이 지나치게 예민해져서 사전에 '상국'上國 혹은 '천기'天機라고 고쳐 부를 필요는 없다.

5월 17일

주)_____

1) 원제는 「再談保留」.

2) 1933년 5월 9일 『사회신문』(社會新聞)에 실린 추이궁(粹公)의 「장쯔핑이 『자유담』에서 밀려나다」(張資平擠出「自由談」)에서 루쉰이 아Q라고 말했다. 「후기」 참고.

3) 후스(胡適), 천시잉(陳西瀅) 등이 1924년 12월 베이징에서 만든 『현대평론』(現代評論) 주간을 말한다. 천시잉은 『현대평론』 제74기(1926년 5월 8일)에 실은 「쓸데없는 말」(閑話)에서 진보적 인사들은 '직간접적으로 소비에트 러시아의 돈을 받은 사람'이라고 중상했다. '정인군자'(正人君子)는 베이양정부를 옹호한 베이징의 『대동완바오』(大同晚報)의 보도에서 현대평론파를 칭찬하며 한 말이다. 1925년 8월 7일에 보인다.

4) 천시잉은 베이징대학 영문학과 주임 겸 교수, 우한대 대학원 원장 겸 교수를 역임했다. 후스는 베이징대학 철학과 교수였고, 1931년부터 베이징대 대학원 원장을 역임했다.

5) 10월혁명 후 소비에트 러시아는 1919년 7월 25일 「중국 인민과 남북정부에 고하는 선언」을 발표하고 제정 러시아 시대 중국에서 취득한 토지와 경자배상금 중 미지불금에 대한 반환을 포함하여 모든 특권을 포기한다고 선언했다. 1924년 5월 중국과 소련은 외교를 재개하고 '중러협정'을 맺었다. 그중에는 중국 정부가 이미 반환한 각 항의 채무를 제외하고 나머지 모든 금액을 중국의 교육사업에 사용하도록 규정하고 있다. 1926년 초 『현대평론』은 '러시아 배상금의 용도'에 대한 논의를 잇달아 게재하면서 '베이징 교육계'를 위해서 러시아 배상금을 사용할 것을 주장했다. 만주사변 이후 국민당 정부가 '국난에 대응한다'는 명분으로 교육비용에 충당하기로 한 경자배상금의 지불을 다시 정지하자 교육계 유관인사의 항의가 잇달았다.

6) 황푸가 베이핑 정무정리위원회 위원장으로 취임한 후 일본의 호의를 사기 위해 반포한 특별 통지를 가리킨다.

7) 황푸를 가리킨다.

8) 청조는 엄격한 형벌과 법으로 한족의 반항과 민족사상을 없애고자 문자옥(文字獄)을 수차례 일으켰다. 유명한 문자옥으로는 강희(康熙) 연간 장정롱(莊廷鑨)의 『명서』(明書)의 옥, 옹정(雍正) 연간의 여유량(呂留良)과 증정(曾靜)의 옥, 건륭(乾隆) 연간의 호중조(胡中藻)의 『견마생시초』(堅磨生詩鈔)의 옥 등이 있다.

'유명무실'에 대한 반박[1]

최근에 출판된 『전쟁 지역 견문기』戰區見聞記에는 이런 기록이 있다.

기자는 방금 최전선에서 이곳으로 방어임무를 수행하러 온 한 소대장을 만났는데, 그는 이렇게 말했다. "우리 군이 전에 스먼자이石門寨, 하이양진海陽鎭, 친황다오秦黃島, 뉴터우관牛頭關, 류장柳江 등지에서 만든 진지와 엄폐호는…… 고가의 목재를 빼고도 다양大洋 삼사십만 위안을 썼고…… 어렵게 만든 것이므로 사수하기를 바랐으나 불행히도 렁커우冷口가 함락되고 명령이 전달되자 바로 후퇴했다. 피땀과 돈으로 만든 진지임에도 몇 번 중요하게 사용해 보지도 못하고 해진 신발 버리듯 했으니 실로 마음이 아프다. 무저항 장군이 권력에서 내려오고 높은 자리에 있는 사람을 바꾸었으므로 나의 사병들은 이마에 손을 얹고 축하하지 않을 수가 없었으나…… 결과는 바람과 달랐다. 불행하게도 중국인으로 태어난 것이다! 더욱 불행한 것은 유명무실한 항일 군인으로 태어난 것이다!"(5월 17일 『선바오』 특약통신)

소대장의 천진함은 '교훈'을 배우지 못한 우매한 인민이고, 더불어 정치를 논의하기에는 부족하다는 것을 입증하기에 딱 좋다. 첫째, 그는 무저항 장군[2]이 권력에서 내려왔으므로 '무저항'하면 반드시 그에 따라 권력에서 내려오게 된다고 생각했다. 이것은 논리를 모르는 것이다. 장군은 한 사람이지만, 무저항은 일종의 주의이기 때문에 사람은 권력에서 내려올 수 있지만 주의는 여전히 권력에 남아 있을 수 있다. 둘째, 그는 삼사십만 다양을 써서 방어공사를 했으므로 반드시 사수해야 한다고 생각하고 있다(그나마 다행은 그가 진공까지는 생각하지 않았다는 것이다). 이것은 전략을 모르는 것이다. 방어공사는 애당초 백성들에게 보여 주기 위해 세운 것이지 결코 진지를 사수하라는 것이 아니었다. 전략의 진짜 목표는 '적이 깊숙이 들어오도록 유인하는 것'이었다. 셋째, 그는 명령을 받아서 후퇴했으면서도 감히 "마음이 아프다"고 했다. 이것은 철학을 모르는 것이다. 그의 마음은 반드시 치료하지 않으면 안 된다. 넷째, 그가 "이마에 손을 얹고 축하한" 것은 그야말로 너무 미리 기뻐한 것이다. 이것은 명리命理를 모르는 것이다. 중국인은 고달픈 운명을 가지고 태어난 사람들이다. 이처럼 어리석은 소대장이므로 그가 두 차례나 '불행'을 호소하고 놀랍게도 스스로 "유명무실한 항일 군인"으로 자인한 것도 이상할 것 없다. 사실 도대체 누가 '유명무실'한지 그는 끝내 알 수 없었던 것이다.

소대장보다 더 계급이 낮은 병사들은 말할 필요도 없다. 그들은 그저 "툭 터놓고 말해서 오늘날과 같은 시국에서 외국에 맞서고 있는 상황이 아니라면 우리 형제들 중에 쿠데타를 일으키지 않을 자가 드물 것이다"(같은 통신)라고 했을 따름이다. 이것이 말이나 되는가? 옛사람은 "적대국과 외환이 없으면 그 나라는 항상 망한다"[3]고 했다. 예전에 나는 이 말이 무슨 뜻인지 정녕 이해할 수가 없었다. 적대국도 없는데 우리나라가 누구한테 망한다는 말인가? 그런데 지금 이 병사의 말에 비춰 보니 분명해졌다. 나라는 '쿠데타를 일으키는 자'한테 망할 수 있는 것이다.

　　결론: 나라가 망하지 않게 하기 위해서는 모름지기 '적대국과 외환'을 많이 찾아내야 하고, 다시 마음 아파하는 우매한 인민들에게 모름지기 더 많은 '교훈'을 주어 그들을 '유명유실'有名有實하도록 만들어야 한다.

5월 18일

주)_____

1) 원제는 「"有名無實"反駁」.
2) 여론계에서 장쉐량(張學良)을 칭하던 이름. 만주사변 당시 장쉐량은 장제스의 '반드시 무저항주의를 지킨다'라는 명령을 받들어 동북지방을 포기했다. 1933년 3월 일본군이 러허를 침략하자 장제스는 민중의 분노를 막기 위해 장쉐량을 '문책 사직'시키고 허잉친(何應欽)으로 하여금 장쉐량이 맡고 있던 군사위원회 베이핑분회 대리위원장을 맡게 했다. 장쉐량은 사직하고 4월 11일 출국했다.
3) 『맹자』 「고자하」(告子下)에서 "안으로 법도를 지키는 가문과 보필하는 신하가 없고, 밖으로 적대국과 외환이 없으면 그 나라는 항상 망한다. 그런 연후에야 우환에서 살아날 수 있고 안락에서 죽을 수 있다는 것을 알게 된다"라고 했다.

깊은 이해를 추구하지 않는다[1]

글에는 반드시 주해가 있어야 한다. 특히 세계적 주요 인사의 글은 더욱 그러하다. 일부 문학가들은 자신이 지은 글에 스스로 주석 다는 일을 아주 성가시다고 생각한다. 그런데 세계적 주요 인사들은 그렇지 않다. 그들은 그들을 대신해서 주석을 다는 비서가 있거나 사숙하는 제자가 있다.

예를 들어 말해 보자. 세계 제일의 주요 인사인 미국 대통령이 '평화' 선언[2]을 발표했다. 듣자 하니 각국 군대의 월경越境을 금지하는 것이라고 한다. 그런데 주석가는 즉시 "중국에 주둔한 미군은 조약에서 승인한 바이므로 루스벨트 대통령이 제안한 금지의 범위에 들지 않는다"[3](16일 『로이터 통신』, 워싱턴발)라고 말했다. 다시 루스벨트 씨의 원문을 살펴보자.

세계 각국은 엄숙하고 적절한 불가침 조약에 참가해야 하고, 군비의 제한과 축소에 대한 의무를 거듭 엄숙하게 선언해야 한다. 더불어 서명한 각국이 자신의 의무를 충실히 이행할 수 있을 때 각각 어떤 성격의 무장 군대도 국경 넘어 파견하지 않을 것임을 승인해야 한다.

이 말에 대해 성실하게 주해를 달아 보면 실은 이런 내용이다. 무릇 '적절'하지 않고, '엄숙'하지 않고, 더불어 '각각 승인'하지 않은 국가라면 어떤 성질의 군대도 국경 넘어 파견할 수 있다는 것이다. 적어도 중국인들은 잠시 기쁨을 늦추어야 한다. 이런 해석에 따르면 일본 군대의 월경은 이유가 충분하다. 게다가 중국에 주둔한 미국의 군대도 "이 사례에 포함되지 않는다"라고 이미 성명까지 발표한 상황이다. 하지만 이런 성실한 주석은 사람들의 기분을 잡치게 한다.

그리고 "굴욕적인 조약에 서명하지 않기로 맹세한다"[4]와 같은 경문經文에도 벌써 적지 않은 전주傳注가 나왔다. 전에서 가로되 "일본과의 타협에 대하여 현재 감히 말하는 사람이 없고, 또한 감히 실천하려는 사람도 없다"라고 했다. 여기에서 중요한 것은 '감히'라는 말이다. 그런데 조약 체결에 감히 하다, 감히 못하다, 라고 구분하는 것은 펜대를 잡은 사람의 일이지, 총신을 잡은 사람은 감히 하다, 감히 못하다, 라는 어려운 문제를 연구할 필요가 없다. 방어선을 축소하거나 적이 깊숙이 들어오도록 유인하는 식의 전략은 체결이 필요 없는 것이기 때문이다. 펜대를 잡은 사람도 그저 서명만 할 줄 아는 것은 아니다. 만약 그러하다면 너무 저능한 것이다. 따라서 다른 일설이 있으니 그것을 일러 '한편으로 교섭한다'라고 하는 것이다. 이리하여 주소注疏가 뒤따른다. "책임자임을 인정하지 않는 제삼자가 불합리한 방법으로 구두로 교섭하는…… 무익한 항일을 청산해야 한다." 이는 일본 덴쓰샤의 뉴스이다.[5] 이러한 천기누설의 주해는 너무나 밉살스럽다. 이로 말미암아 이것은 일본인이 '날조한 유언비어'가 아닐 수 없다.

요컨대 뒤죽박죽인 이런 글에는 주해를 달지 않는 것이 제일 좋다. 기분을 잡치게 하거나 밉살스러운 주해라면 더욱 그렇다.

어린 시절 공부 중에 도연명의 "책 읽기를 좋아하지만 깊은 이해를 추구하지 않는다"[6]라는 말에 대해 선생님은 나에게 설명해 주었다. 그는 "깊은 이해를 추구하지 않는다"라는 것은 주해는 보지 않고 본문만 읽는다는 뜻이라고 했다. 주해가 있어도 우리가 보는 것을 바라지 않는 사람이 분명 있다.

5월 18일

주)_____

1) 원제는 「不求深解」.

2) 1933년 5월 16일 루스벨트가 44개국 국가 원수에게 발표한 「세계평화의 보장을 호소하는 선언서」를 가리킨다. 군비의 감축과 무장군대의 월경 금지를 호소하는 내용이다.

3) 루스벨트가 선언을 발표할 당시 미국 관방에서 중국에 주둔한 미군이 이 선언의 내용과 위배되는 사실에 대해 해명하면서 한 말이다.

4) "굴욕적인 조약에 서명하지 않기로 맹세한다"는 「성취안화이와 이치에 맞는 억압」참고. '일본과의 타협……'은 1933년 5월 17일 황푸가 기자에게 한 말이다.

5) '덴쓰샤'(電通社)는 일본 전보통신사를 가리킨다. 1901년 도쿄에서 설립되었고, 1936년에 일본 신문연합사와 합병하여 동맹통신사로 되었다. 1920년에 중국 상하이에 지부를 설립했다. 이 뉴스의 원문은 이렇다. "도쿄 17일발 통전: 중국 측의 정전교섭 문제에 관하여 일본군 중앙부의 의향은 다음과 같다. 비록 정전교섭에 관한 정보가 있다고 하나 그것의 본의는 의심스럽다. 중국 제1선의 군대는 아직도 집요하게 싸우고 있고 화베이 군정당국은 저항, 심지어는 결전 명령을 내리기도 했다. 정전에 대해서는 모름지기 군사책임자들이 확실한 방법으로 당당하게 교섭해야 한다. 책임자임을 부인하는 제삼자가 비합리적인 방법으로 구두로 교섭하는 것은 일본 군대의 예기를 일시적으로 완화시키려는 데 불과할 따름이다. 중국 당국은 동아시아의 대세를 두루 살피고 무익한 항일을 청산하기를 바란다. 따라서 시급한 임무는 모름지기 우선 실제적 행동으로 성의를 표시하는 것이다."(『다완바오』, 1933년 5월 17일)

6) 도연명(陶淵明)의 「오류선생전」(五柳先生傳)에 "책 읽기를 좋아하지만 깊은 이해를 추구하지 않는다, 매번 깨달은 바가 있을 때에는 기뻐서 먹는 것조차 잊어버린다"라는 말이 나온다.

후기[1]

내가 『자유담』에 투고하게 된 자초지종에 대해서는 「서문」에서 말했다. 여기까지 본문 정리는 다 끝냈으나 전등이 아직 밝고 모기도 잠시 조용해졌으므로 가위와 펜을 들고 다시 『자유담』과 나로 인해 일어난 자질구레한 소문들을 남겨 두고자 한다. 여흥인 셈이다.

　내가 단평을 발표하던 중에 가장 격렬하게 공격한 것이 『다완바오』라는 사실은 책을 읽어 보면 바로 알 수 있을 것이다. 그들이 나와 전생에 원수지간이어서가 아니라 내가 그들의 글을 인용했기 때문이다. 그런데 나도 그들과 전생에 원수지간이어서가 아니라 내가 보는 신문이 『선바오』와 『다완바오』 두 종류밖에 없고, 후자에 실린 글이 왕왕 퍽이나 참신하여 근심과 번민을 덜기 위해 인용할 만했기 때문이다. 지금도 내 눈앞에는 향기를 담고 배달된 3월 30일자 『다완바오』가 있다. 개중에는 이런 단락이 있다.

　　푸둥浦東 사람 양장성楊江生은 나이가 마흔 하고도 하나인데 얼굴이 못생겼고 또 가난하여 줄곧 미장이 노릇을 하고 지냈다. 전에 쑤저우 사람 성 바오산盛寶山의 미장일에 고용되었다. 성에게는 진디金弟라고 하는 딸이 있었는데, 올해 바야흐로 열다섯 살이고 키가 이상하리만치 작았고 사람됨도 자잘했다. 어제 저녁 8시에 양은 홍커우虹口 톈퉁로天潼路에서 성과 맞닥뜨렸는데, 양은 성의 딸과 성관계를 맺은 적이 있다. 순경이 양에게 심문하자 양은 조금도 발뺌하지 않고 작년 1·28 이후로 잇달아 10여 차례 성관계를 가졌다고 인정했다. 조사관이 성진디를 병원으로 보내고 의사는 분명히 처녀가 아님을 확인해 주었다. 오늘 새벽 제1특구 지방법원으로 압송하고 류위구이劉毓桂 판사의 심문을 거치고 조계 경찰서 검사 왕야오탕王耀唐은 피고인이 16세 미만의 여자를 유혹했으며 그후 수차례 모두 그 여자가 스스로 피고의 집에 가서 만났다고 하더라도 법에 따라 마땅히 강간죄로 논해서 취조해야 한다고 했다. 이어 여자의 아버지 성바오산을 심문했는데, 처음에는 이 일이 있었는지 몰랐다가 그저께 밤에 어떤 일로 딸을 나무랐는데 딸이 갑자기 사라졌다가 어제 새벽이 되어서야 돌아와서, 이를 엄히 따졌더니 딸이 비로소 피고의 집에서 지냈으며 피고의 유혹으로 성관계를 하게 된 경과를 이야기해 주어서 자신이 알게 되었고, 그래서 피고를 조계지 경찰서에 집어넣었다고 운운했다. 이어 성진디가 진술했는데, 피고와 성관계를 맺은 것은 작년 2월부터 지금까지 이미 10차례가 되는데, 매번 모두 피고가 자신을 불러냈고 자신은 부모에게 말할 수 없었다고 운운했다. 양장성에게 질문하니 성의 딸이 자신을 숙부로 불렀고 성관계를 갖고 싶었으나 차마 할 수 없었으며 절대로 그런 일은 없었고 10여 차례라고 했던 것은 성의 딸을 데리고 나가 놀러 다닌 횟수 등을 말한 것이라고 자백했다. 류 판사는 본

안건은 조사가 더 필요하므로 피고를 구금하고 다시 날을 잡아 재심한다는 판결을 내렸다.

기사에서 성은 양과 결코 '윤상'倫常의 관계에 있다고 말한 적이 없고, 양은 여자가 그를 '숙부'로 불렀다고 진술했음을 알 수 있다. 이것은 중국인의 습관으로 열 살 남짓 많은 사람에게 종종 '숙부, 백부'라고 한다. 그런데『다완바오』는 어떤 제목을 붙였는가? 4호와 1호 글자로 달았다.

> 길을 막고 조계지 경찰서로 보내 고발하다
> 수양 숙부가 질녀와 성관계를 맺다
> 여자는 스스로 10여 차례 강간당했다고 했다
> 남자는 놀러 다닌 것이지 정사가 아니었다고 했다

제목은 '숙부' 앞에 '수양'이라는 글자를 덧붙이고 '여자'는 '질녀'로 만들어 양장성은 이로 말미암아 '인륜을 저버리'거나 '인륜을 저버리'는 것에 준하는 중죄인이 되어 버렸다. 중국의 군자들은 인심이 옛날 같지 않음을 한탄하고 사람 같지 않은 사람이 인륜을 저버리는 것을 증오하면서도 세상에 인륜을 저버리는 이야기가 없을까 걱정하며 기어이 펜으로 현란하게 과장하여 저급한 취미를 가진 독자의 이목을 끌어당기려 한다. 양장성은 미장이이므로 기사를 읽을 수가 없고 읽었더라도 항변도 못 하고 그들의 결정에 맡길 수밖에 없다. 그러나 사회 비평가들은 이를 비판할 의무가 있다. 그런데 그들은 비판은 고사하고 이상한 몇 구절만 인용하여 '원외랑'이니 '경찰견'[2]이니 하며 그저 미친 듯이 짖어 댄다. 흡사 그들 무리는 바람을 마시고 이슬을 먹으며 자신의 가산을 사회봉사에 갖다 바치는 지사라도 되는 것처럼 말이다. 맞다. 사장은 우리가 알고 있지만 누가 물주인지, 다시 말하면 도대체 누가 '원외랑'인지는 끝내 모른다. 상인경영도 아니고 관방경영도 아니라면 신문업계에서는 아주 드문 일이다. 그런데 이런 비밀은 여기에서 더 이상 연구하지 않는 것이 좋다.

『다완바오』와 막상막하로 『자유담』에 주목하는 신문으로는 『사회신문』[3]이 있다. 그런데 수단은 훨씬 교묘하다. 그것은 통할 수 없거나 통하기 원치 않는 글은 게재하지 않고 그저 진위가 뒤엉킨 기사를 부추길 따름이다. 즉 『자유담』 개혁의 원인에 관한 기사 같은 것인데, 말하고 있는 것이 진짜인지 거짓인지 단정하기는 어려우나 내가 제2권 제13기(2월 7일 발간)에서 본 내용은 이것이다.

『춘추』와 『자유담』으로부터 말하다

중국 문단은 애당초 신구의 구분이 없었다. 그런데 5·4운동이 일어나던 해 천두슈陳獨秀가 『신청년』에 포효를 내지르고 기치를 걸며 문학혁명을 제창했고, 후스즈胡適之, 첸쉬안퉁錢玄同, 류반눙劉半農이 뒤에서 깃발을 흔들며 소리쳤다. 이때 중국의 청년들은 바깥으로는 외국으로부터의 모욕이라는 억압을 느끼고 안으로는 정치에 자극받아 실망하고 번민하고 있었다. 광명의 출로를 찾고자 온갖 신사조가 마침내 청년들의 열렬한 지지를 받음으로써 문학혁명이 위대한 성공을 거두게 되었다. 이때부터 중국 문단에는 거대한 운하를 사이에 둔 것처럼 신과 구의 구분이 분명해졌다. 그런데 구문단의 세력은 사회적으로 유구한 역사를 가지고 있었고 뿌리가 깊었기 때문에 일시에 흔들기는 쉽지 않았다. 당시 구문단의 기관지는 유명한 『토요일』이었는데, 천하의 기세등등한 문인들이 『토요일』이라는 용광로에 거의 다 모였다! 『토요일』에 실린 글은 열에 아홉이 그대와 나, 엉엉 앙앙 우는 소설들로서 민족성의 극한까지 넋이 빠지고 맥이 빠지게 만들었다! 이것이 바로 이른바 원앙호접파의 문장이다. 그 가운데 쉬전야徐枕亞, 우쌍러吳雙熱, 저우서우쥐안周瘦鵑 등은 특히 원앙호접 이야기를 잘하는 것으로 유명하며 저우서우쥐안은 토요일파의 건장健將이 되었다. 이때 신문단은 구세력의 대본영인 『토요일』에 대하여 퍽 힘 있게 공격했다. 그런데 신흥세력은 세력이 약하고 구파는 봉건사회를 배경으로 믿는 구석이 있어서 두려움이 없었다. 양자는 서로 양보함이 없이 각자 옳다고 생각하는 대로 행동했다. 이후에 문학연구회, 창조사와 같은 신파들이 육속 생겨나고 인재가 점차 모여들어 세력이 두터워졌으나 『토요일』은 시국의 추이에 따라 마침내 '천수를 다하고 죽었다'! 오로지 토요일파의 잔여 인사들이 지금까지도 사방에 나타나 활동하니 일소를 바랄 수 없게 되었다. 상하이에 있는 큰 신문사의 문예편집인은 아직까지도 대부분 소위 원앙호접파에 의해 지탱되고 있다.

그런데 최근의 출판계로 눈을 돌려 보면 신흥문예의 출판 수량은 놀라울 정도이며 이미 구세력은 머리를 들 수 없는 형세가 되었다! 오늘날 토요일파 문인은 『토요일』의 직함으로 호소할 수 없게 되었으며 쇠뇌의 활을 이미 다 쏘아 버린 듯 막바지에 이르렀다고 할 수 있다! 최근 보수적인 『선바오』가 홀연 『자유담』 편집인이자 토요일파의 대가 저우서우쥐안을 해직시키고 신파작가 리례원으로 바꾸었다. 이 일은 물론 구세력에 대해서는 비상한 변고였으며 마침내 작금의 신구 문단의 격렬한 충돌이 발생하게 되었다. 저우서우쥐안은 한편으로는 각 타블로이드를 움직여 리례원을 총공격하도록 했다. 정이메이鄭逸梅가 주편한 『금강찬』金剛鑽에서 저우서우쥐안이 『자유담』의 원래 지위로 돌아가고, 리례원은 『춘추』의 주편을 맡을 것을 주장하는 것만 보더라도 구파문인들이 잃어버린 영역에 대한 정을 끝내 잊지 못하고 있음을 알 수 있다. 다른 한편, 저우서우쥐안은 자신이 편집하는 『춘추』에서 각종 부간들은 저마다 특징이 있으므로 강물은 우물물을 침범하지 않는다는 논리를 펴고 있다. 여기에서 저우서우쥐안이 현재 자신의 자리가 불안한 데 대해 안절부절 못하고 있음을 알 수 있다. 저우는 동시에 자신이 주관하는 순수 쑤저우인 문예단체인 '싱사'星社에 쑤저우 사람이 아닌 옌두허嚴獨鶴의 가입을 억지로 종용하고 있는데, 이는 세력을 긁어모아 자신의 지위를 공고히 하기 위해서이다. 예상 밖으로 구파 세력의 실패는 저우에게서 발단이 되었다. 내가 들은 바에 따르면 저우가 자신의 자리를 보존할 수 없었던 데는 까닭이 있는데, 그는 평소 원고를 고를 때 지나치게 각박하고 사심이 있어서 아는 사람이 투고한 원고는 내용도 보지 않고 글만 있으면 바로 싣고, 무명의 소졸小卒이나 저우가 모르는 투고자인 경우에는 내용도 보지 않고 그렇게 쌓인 원고는 휴지통의 포로로 취급했다는 것이다. 저우가 편집한 간행물에는 언제나 훗날에 이용할 가치가 있는 몇몇 인물들의 글을 사심을 가지고 게재했기 때문에 내용이 말할 수 없을 만큼 형편이 없었다! 따라서 외부에서 가한 그에 대한 공격은 나날이 심해졌다. 예컨대 쉬샤오톈許嘯天이 주편한 『단풍』紅葉에서도 수차례 극렬하게 저우를 비판했다. 스량차이史量才는 저우에 대한 외부의 불만을 고려하여 그를 해직시켰던 것이다. 이번 스량차이의 결정을 알게 되자 저우는 마침내 도화선에 불을 붙여 최근 신구 양파 사이의 육박전이 더욱 격렬해지는 상황을 만들었던 것이다! 앞으로 좋은 구경거리가 많아질 것으로 생각되므로 독자들은 눈을 닦고 기다려 주기 바란다.

[웨이즈微知]

그런데 2권 21기(3월 3일)에서는 벌써 화들짝 놀라며 '보수문화의 보루'가 동요하는 것에 대해서 안타까워하고 있었다.

좌익문화운동의 대두

수이서우水手

좌익문화운동은 각 방면의 매서운 억압과 내부의 분열이 있었음에도 불구하고 근래에 다시 차츰 대두되고 있는 것 같다. 상하이에서 좌익문화는 "같은 길을 걷는 사람들과 연합한다"라는 공산당 노선 아래 분명 전보다 조금 화색이 돌고 있다. 잡지를 살펴보면 전통 있는 잡지마저도 좌익이 되기 시작했다. 후위즈胡愈之가 주편하는 『동방잡지』東方雜誌는 본래 중국 역사에서 가장 오래된 잡지이자 가장 온건한 잡지였다. 그런데 왕윈우王雲五 사장의 생각에 따르면 후위즈가 근래에 너무 좌경화되어 위즈가 만든 모양을 그가 반드시 다시 한번 살펴보아야 한다고 했다. 그런데 왕 사장이 큰칼을 휘둘러 삭제해도 『동방잡지』는 여전히 너무 좌경화되었기 때문에 후위즈의 밥그릇을 깨뜨리지 않을 수 없었으며 리李 아무개가 그의 손을 이어받았다. 또한 『선바오』의 『자유담』 같으면, 토요일파의 저우 아무개가 주편이던 당시에는 꼴 같지 않을 정도로 부패했고, 지금은 '좌련'의 수중에 놓여 있다. 루쉰과 선옌빙沈雁氷은 지금 『자유담』의 양대 간판 배우가 되었다.『동방잡지』는 상우인서관 소속이고『자유담』은『선바오』에 속한다. 상우인서관과 선바오관은 양대 보수문화의 보류임에도 지금 동요가 시작되었으므로 나머지 상황도 물론 알 만하다. 이외에도 중급의 새로운 서국들이 있는데 역시 완전히 좌익작가의 수중에 들어갔다. 예컨대 궈모뤄, 가오위한高語罕, 딩샤오셴丁曉先은 선옌빙 등과 더불어 모두 저마다 서국을 틀어잡고 간판 배우 노릇을 하고 있다. 이들은 모두 유명한 빨갱이임에도 불구하고 서국의 사장들은 이제 그들에 의지해 밥을 먹고 있는 것이다.……

삼 주 지나 루쉰과 선옌빙[4]은『자유담』의 '간판 배우'로 확실하게 지목되었다(제2권 제28기, 3월 24일).

리례원은 문총에 가입하지 않았다

『선바오』의『자유담』편집인 리례원은 프랑스 유학생 출신으로 경전에는 나오지 않는 신진작가이다. 그가『자유담』을 만든 이후로『자유담』의 논조는 일변했고 집필자도 싱사의『토요일』소속의 구식 문인에서 좌익 프로문학 작가로 바뀌었다. 현재『자유담』의 간판 배우는 루쉰과 선옌빙 두 명의 씨이고, 루쉰이『자유담』에 발표한 글이 선옌빙보다 많으며 필명은 '허자간'何家幹이다. 루쉰과 선옌빙 말고도 기타 작품 가운데 열에 아홉은 좌익작가의 작품이다. 예컨대 스저춘施蟄存, 차오쥐런曹聚仁, 리후이잉李輝英 무리들이 그렇다. 일반인들은『자유담』에 글 쓰는 사람들이 모두 중국좌익문화총동맹(약칭 문총) 소속이므로 리씨 본인 역시 문총 소속이 아닌가 의심하고 있다. 그러나 리씨는 이를 부인하고 자신은 결코 문총에 가입하지 않았고, 이상 여러 사람들과는 겨우 우정 관계에 있을 따름이라고 운운했다.

[이逸]

다시 한 달 남짓 지나고, 이 두 사람의 '웅대한 기도'가 발견되었다(제3권 제12기, 5월 6일).

루쉰, 선옌빙의 웅대한 기도

루쉰, 선옌빙 등이 『선바오』의 『자유담』을 기반으로 괴상야릇한 논조를 풀어낸 뒤로 놀랍게도 군중을 끌어당기는 만족할 만한 수확을 거둘 수 있었다. 루(?)와 선의 초심에서 물론 이러한 논조는 효과적인 시도이고, 자신들의 문화운동을 부흥시키고자 했을 것이다. 이제, 듣자 하니 이미 단체를 조직할 불땀을 피웠다고 한다.

이 운동에 참가하는 간판 배우는 그들 두 사람 말고도 위다푸, 정전둬鄭振鐸 등이 있다. 이들은 의견 교환 후, 중국 최초의 문화운동은 위쓰사語絲社, 창조사, 문화연구회가 중심이 되었고, 이들 단체가 해산하자 위쓰와 창조 동인들의 분화가 제일 심하고 왕퉁자오王統照, 예사오쥔葉紹鈞, 쉬즈徐雉 등의 부류처럼 문학연구회의 인사들은 대부분 아직도 일치하고 있다는 결론을 내렸다. 그리고 선옌빙과 정전둬가 여태까지 문학연구파의 주연배우였으므로 이 노선을 따라 진행하기로 결정했다. 최근에는 톈한田漢마저도 군중을 이끌고 귀순하기를 원하고 있고, 대개 모임의 조직은 이미 다 됐고 붉은 5월 중에 실현될 수 있을 것이라고 한다.

[눙農]

이상의 기사는 편집자 리례원에게 해로울 것도 없다. 그런데 또 다른 타블로이드식 간행물, 이른바 『미언』[5]에 실린 「문단행진곡」文壇進行曲에는 이런 기사가 있었다.

차오쥐런은 리례원의 소개로 이미 좌련에 가입했다(제9기, 7월 15일).

이 두 간행물의 입론의 차이가 사적인 원한의 유무에서 비롯된다는 점은 말하지 않아도 알 수 있다. 그런데 『미언』은 더욱 교묘하다. 겨우 몇 글자로 두 사람을 함께 함정에 빠뜨려 억압당하고 수난을 겪는 사람으로 만들어 버렸다.

5월 초가 되면서부터 『자유담』에 대한 억압은 날로 심해지고, 나의 투고는 그후로 잇달아 발표되지 못했다. 하지만 나는 이것이 결코 『사회신문』 따위의 고소장 때문이 아니라, 그때 마침 시사에 대한 논의가 금지되었고 나의 단평에 간혹 시국에 대한 분노의 언어를 담고 있었기 때문이라고 생각한다. 마찬가지로 결코 『자유담』만 억압했던 것은 아니다. 당시의 억압은 무릇 관방 발행의 간행물이 아니고서는 억압의 정도는 대체로 마찬가지였다. 이때 가장 적절한 글로 간주된 것은 원앙호접의 유영과 비상이었고, 『자유담』은 너무 어려워져서 5월 25일 마침내 이런 광고를 게재하게 되었다.

편집실에서

올해 들어 말하기가 어려워지고 붓대를 놀리기는 더욱 어려워졌습니다. 이것은 결코 '화와 복은 뾰족한 수가 없고 사람이 하기 나름'이고, 그야

말로 '천하에 도가 있으'면 '뭇사람'은 이에 상응하여 '의론을 펴지 않는
다'라고 말하는 것은 아닙니다. 편집인은 마음의 향을 받들고 국내^{海內}의
문호들에게 앞으로는 풍월을 더 말하고 불평을 덜 드러내기를 호소하면
서 필자와 편집인 모두 그 은혜를 입기를 바랍니다. 만약 기필코 장단점
을 논하고 망령되이 대사를 이야기한다면, 글자통에 채우는 것은 차마
할 수 없는 바이며, 신문의 지면에 배치하는 것 또한 할 수 없는 바가 있
습니다. 따라서 편집인을 양난지경에 빠뜨리는 것은 실로 관대함을 상
실한 태도라고 하지 않을 수 없습니다. 옛말에 가로되, 시대의 임무를 아
는 자는 준걸이 된다고 했습니다. 편집인은 감히 이를 국내의 문호들에
게 알리고자 합니다. 구구한 고충을 불쌍히 여기고 살펴주시기를 엎드
려 바랍니다!

편집인

이 현상은 『사회신문』의 무리들을 대만족시켰던 것 같다. 제3권 제21
기(6월 3일) '문화비사'^{文化祕聞} 란에 아래와 같은 기사가 실렸다.

『자유담』의 태도 변화

『선바오』의 『자유담』은 리례원이 주편을 맡은 이래로 좌익작가 루쉰, 선
옌빙 그리고 까마귀주의자 차오쥐런 등을 기본 필자로 흡수하여 일시에
논조가 같잖게 흘러가서 독자들의 불만이 아주 많았다. 게다가 '토요일
파'에게 조소를 퍼부어 장뤄구^{張若谷} 등을 화나게 했고, '청산식' 사회주
의 이론을 공격하여 옌링펑^{嚴靈峰}과 원수가 되었으며, 『시대와 사랑의 기
로』^{時代與愛的岐途}의 허리를 잘라 장쯔핑^{張資平}파의 반감을 샀다. 리가 『자

유담』을 수개월 주편한 결과는 이미 장벽이 만들어졌다는 것이고, 이러한 장벽은 바로 경영주의를 내세우는 『선바오』가 가장 기피하는 것이다. 또한 외부에서 나오는 온갖 불만의 논조를 들은 스 사장은 이에 특별히 경고를 하고, 그렇게 하지 않으면 이로 말미암아 계약 취소만이 있다고 했다. 최후의 결과는 물론 고용인이 사장에게 굴복하는 것이었다. 따라서 「옛말」, 「샤오단小丹의 말로」 같은 글이 최근에 더 이상 보이지 않게 된 것이다.

[원聞]

그리고 5월 14일 오후 갑자기 딩링과 판쯔녠 실종사건이 일어났다.[6] 사람들의 대부분은 흉계에 걸려들었다고 추측했으며 이 추측이 역시나 날이 갈수록 사실로 드러나고 있다. 이로 인한 유언비어도 아주 많았고, 들리는 말로 아무개, 아무개도 함께 흉계에 걸려들었다고도 하고 경고나 협박 편지를 받은 사람도 있었다고 한다. 나는 편지 같은 것은 받지 않았지만 잇달아 대엿새 동안 우치야마서점[7]의 분점에 전화를 걸어 내 주소를 묻는 사람이 있었다. 나는 이런 편지와 전화가 모두 흉계를 꾸민 자들의 짓이라기보다는 몇몇 이른바 문인들의 귀신놀음에 불과하다고 생각한다. '문단'에도 물론 이런 사람은 있기 마련이다. 그런데 성가신 일이 벌어지는 것을 싫어하는 사람이라면 이런 소소한 놀이로도 효과를 거둘 수 있다. 6월 9일 『자유담』에 게재된 「오두막의 잔소리」[8]에 이어 다음과 같은 글이 실렸다. 내가 보기에는 이런 귀신놀음이 효과를 본 증거이다.

편집인 부기: 어제 쯔잔 선생의 편지를 받았습니다. 현재 어떤 책을 쓰

는 데 전력을 다해야 하므로 다른 일에 신경 쓸 겨를이 없다고 합니다. 「오두막의 잔소리」는 여기서 끝내기로 합니다.

『다완바오』는 한 달 남짓 가만히 살펴보다가 마침내 6월 11일 저녁 문예부간 『횃불』에서 실낱같은 빛을 발산했다. 그것은 아주 분개하고 있었다.

도대체 자유를 원하기나 하는 것인가?

파루^{法魯}

한동안 거론되지 않던 '자유'라는 문제가 최근 아무개의 명문에 다시 등장했다. 국사^{國事}는 언제나 뜨거운 화제인지라 건드리기 쉽지 않으므로 차라리 거론하지 않기로 하고 체념하고 '풍월'을 말하려고 했지만, '풍월'을 말하기에는 마음이 흡족하지 않아 목구멍 아래에서 중얼중얼 몇 마디 '자유'가 새어 나오지 않을 수 없다는 것이다. 또 문제가 엄중하므로 몇 마디 중얼거리는 것은 괜찮다고 느껴졌다고 한다. 명언^{明言}과 직언은 좀 곤란할 것 같으므로 정면으로 드러나는 문제를 감히 직접적으로 제기하지 못하겠고 큰칼과 도끼를 면전에다 대고 휘두르기도 어렵기 때문에 구불구불 빙빙 돌려 사람들로 하여금 포인트를 잡을 수 없게 만들고 정면을 다루면서도 그것을 거꾸로 읽도록 하는 것, 이것이 바로 '유머' 문장을 보는 방법이라고 했다.

마음으로 자유를 원하면서도 입으로는 명백히 말할 수 없고, 입이 마음을 대표할 수 없다는 데서 입 그 자체가 이미 부자유스럽다는 것을 알 수 있다. 부자유스러우므로 변죽을 울리고 찌르는 것이다. '자유를 원한다'고 했다가 다시 '자유를 원하지 않는다'라고 하고, 한참 지나면 다시 '부자유의 자유'와 '자유의 부자유'를 '원한다'라고 한다. 엎었다가 다시 뒤집어 머리 단순한 사람은 '신경쇠약'에 걸리게 되고 중심을 못 잡게 된다. 도대체 자유를 원하기나 하는 것인가? 까놓고 이야기하자. 사람들도 바람 부는 대로 가기를 좋아한다. 알아들을 수 없는 자유 같은 조롱박에 갇히지 않도록 말이다. '고상한 사람'이 아닌 나의 생각에 비추어 아무래도 거칠게, 곧바로 말해야겠다. "우리는 자유를 원한다. 부자유라면 너 죽고 나 살자는 식으로 덤벼들겠다!"

애당초 '자유'는 결코 대단한 문제가 아니지만, 사람들에게 한 번 말하게 되면 도리어 심각해진다. 문제는 결국 자신이 심각하게 만든다는 것이다. 더 이상 큰칼과 도끼를 사용하지 않고서 어떻게 칠흑 같은 어둠을 돌파할 수 있겠는가? 세침細針으로 잠깐 찌르는 것은 필경 조충소기彫蟲小技에 불과하고 대大주제에 도움도 안 된다. 풍자와 조롱은 이미 다른 세대의 노인이 말하는 잠꼬대가 되어 버렸다. 우리 총명한 지식인들은 풍자가 이 시대에 이미 효력을 상실했음을 잘 알고 있었다. 그런데 칼과 도끼를 놀리려고 하면 좌우에서 팔꿈치를 잡아당기는 것 같다. 요즘 같은 시대에 과학의 발명으로 칼과 도끼는 물론 총포에 못 미친다. 목숨이 개미만도 못하다고 해서 슬퍼할 것도 없지만, 속절없이 우리의 무능한 지식인들이 기어이 자신들의 생명을 안타까워하니, 어찌하겠는가!

다시 말하면, 자유는 애당초 무슨 희한한 물건이 아닌데, 한마디 하다 보면 아주 귀중한 것으로 말하게 된다는 것이다. 시국에 대하여도 본래 구불구불하게 풍자해서는 안 된다는 말이다. 이제 그는 풍자하는 사람에 대하여 '거칠게, 곧바로' 죽음을 요구하고 있다. 필자는 마음이 곧고 말이 거침없는 사람이나, 이제는 "자유를 원하기나 하는 건지"도 종잡을 수 없을 정도로 다른 사람 때문에 지쳐 있다는 것이다.

그런데 6월 18일 아침 8시 15분 중국민권보장동맹의 부회장 양싱포 (취안)[9]가 암살당했다.

이것은 어쨌거나 '너 죽고 나 살자'는 식으로 덤벼든 셈이지만, 파루 선생은 더 이상 『횃불』에서 속 시원히 말하지 않고 있다. 다만 『사회신문』 제4권 제1기(7월 3일 발간)에는 좌익작가의 나약함을 그리고 있었다.

좌익작가들이 잇달아 상하이를 떠나고 있다

5월 상하이에서 좌익작가들은 한동안 시끄럽게 굴었다. 어떤 것이라도 빨강색으로 물들이고 문예계 전체를 좌익으로 만들기라도 하겠다는 듯이 말이다. 그런데 6월 하순에 정세가 확연히 달라졌다. 비非좌익작가들의 반격전선 배치가 이루어지고 좌익 내부에서도 분화가 일어났다. 최근 상하이에 암살 분위기가 매우 심각해지자 문인들의 머리도 극도로 예민해졌다. 간담이 제일 작고 걸음이 제일 빠른 그들은 피서를 명분으로 상하이를 떠났다. 확실한 소식통에 따르면 루쉰은 칭다오青島로 갔고, 선옌빙은 푸둥 시골마을에 있으며, 위다푸는 항저우, 천왕다오陳望道는 고향으로 돌아갔고, 펑쯔蓬子, 바이웨이白薇 등도 종적이 사라졌다고 한다.

[다오道]

시후는 시인들의 피서지이고 구링牯嶺은 부호들이 여름을 보내는 곳이다. 가고 싶어도 감히 못 가는 곳일진대, 하물며 유람이라니? 양싱포가 죽었다고 사람들이 갑자기 더위 먹기 시작했을 리 만무하다. 듣자 하니 칭다오도 좋은 곳이라고 한다. 그런데 그곳은 량스추[10] 교수가 도를 전하던 성지라고 하는데, 이제껏 나는 멀리서 바라보는 눈요기도 한 적이 없었다. '다오' 선생은 나름의 까닭이 있겠지만, 나를 대신해서 생각해 낸 공포는 그야말로 맞지 않다. 공포가 맞다면, 일군의 불량배들의 권총 몇 자루로도 진정 치국평천하를 이룰 수 있었을 것이다.

그런데 후각이 특별히 예민할 성싶은 『미언』이 제9기(7월 15일 발간)에 또 다른 뉴스를 실었다.

자유의 풍월

완스頑石

리례원이 주편한 『자유담』이 "풍월만을 이야기하고 불평을 덜 드러낸다"라고 선언한 이래로 신진작가들이 투고한 진정 풍월을 말하고 있는 원고는 여전히 게재 거부되고 있다. 최근에 게재된 비非노작가의 변성명한 풍자문장은 바로 정탐가들의 무료한 고고학이다. 이번에는 구극 중의 징과 북에 관한 토론이 실렸는데, 필명 '뤄푸'羅復는 곧 천쯔잔이고, '허루'何如는 전에 체포되었던 황쑤黃素라고 들었다. 이 멍청한 송사로 적지 않은 원고비만 빼앗겼다.

이 글도 물론 '불평'이다. 그런데 "진정 풍월을 말하고"와 "전에 체포되었던" 등의 문구에 대해서 내가 느낀 것은 퍽이나 재미있다는 것이다. '완스'로 '변성명'하고, 총기가 코에 모이지 않는 우리 세대를 끝내 '신진작가'나 혹은 '노작가'로 구분하지 않은 것은 안타깝다.

「후기」는 애당초 여기서 끝낼 수도 있었다. 그런데 아직 거론해야 할 것이 있다. 그것은 이른바 '장쯔핑의 허리를 자른'[11] 안건이다.

『자유담』에 원래 이 작가의 소설이 실렸으나 완성되기 전에 게재 정지되자 일부 타블로이드에서 "장쯔핑의 허리를 잘랐다"라고 떠들썩하게 전했다. 당시에는 편집인과 오고 간 반박의 글이 있었던 것 같은데, 신경 쓰지 않았기 때문에 모아 두지 않았다. 지금 가지고 있는 것은 『사회신문』 제3권 제13기(5월 9일 발간)에 실린 글밖에 없다. 이에 따르면 죄악의 원흉은 또 나다. 아래와 같다.

장쯔핑이 『자유담』에서 밀려나다

추이궁粹公

요즘 『자유담』은 의도를 가지고 행동하는 사람들의 기반이자, '까마귀'와 '아Q'의 방송국이 되었다. 물론 '삼각, 사각 연애'의 장쯔핑이 그 사이에 뒤섞여 순수성을 훼손시킬 필요는 없다.

그런데 이런 질문을 하는 사람이 있다. "왜 색정광인 '잃어버린 양', 위다푸는 예외적인가? 그는 장쯔핑과 마찬가지로 창조사에서 나오지 않았던가? 마찬가지로 '누이, 난 널 사랑해'라며 노래하지 않았던가?" 위다푸가 확실히 예외가 된 까닭에 대해 나는 대답해 줄 수 있다. 위다푸는 색정광이기는 하지만 '좌련'으로 흘러들어 가 '민권보장'의 저명한 인물들을 알고 있고 최근 『자유담』의 무대 뒤 사장인 루(?) 어르신과는 동지이고 '까마귀', '아Q'의 동료가 되었기 때문이다.

『자유담』의 주편 리례원이 장쯔핑을 자른 이유에 근거하면, 독자들이 『시대와 사랑의 기로』에 불만을 가지고 있었기 때문에 중도에서 허리를 잘라 버렸다는 것이다. 이것은 물론 발뺌이다. 기름기 줄줄 흐르는 살찐 선바오관 사장으로서는 1천 자에 10다양 하는 원고를 사서 글자통을 채우는 데 몇천 위안이 아깝지는 않을 것이다. 그러나 매문賣文으로 살아가는 장쯔핑으로서는 사형선고보다 더 비참하다. 그가 그러고서도 얼굴을 들고 다닐 수가 있겠는가!

뿐만 아니라 『자유담』에 원고를 쓴 것은 작년 11월 리례원이 객원으로 청하며 그더러 맡아 달라고 했기 때문이다. 루(?) 선생이 자신의 기반을 청소하려고 했을 때에도 다소 예의를 차려 이렇게 매서운 수단을 사용하지는 않았던 것 같다. 문제는 이렇다. 루 선생은 문예(?)운동을 부흥시키기 위하여 응당 첫걸음으로 우선 같은 길을 가지 않는 모든 사람들을 타도해야 했으므로 쩡진커, 장뤄구, 장이핑 등을 '금요일파'로 거론하며 비판했다. 장쯔핑이 눈치가 있었다면 자신이 그들의 침대 곁에서 단잠을 자던 도중에 바로 꺼져야 하는 신세가 되리라는 것을 감지하기 어렵지 않았을 것이다! 공교롭게도 1천 자당 10다양에 연연하는 바람에 사나운 운수에 걸려들고 말았던 것이다. 물론, 사형이건 징역형이건 간에 타도는 독하면 독할수록 좋은 법이다!

장쯔핑이 『자유담』에서 밀려난 뒤, 인지상정으로 보면 누구라도 이 쓴물을 그냥 삼키지는 못할 것이다. 그러나 장쯔핑의 나약함은 유명하다. 그는 처자를 핑계로 그들과 싸우지 않았을 뿐만 아니라 그들이 진영을 잘 짜 둔 집단과도 감히 싸우지도 못했다. 이리하여 겨우 『중화일보』中華日報의 「작은 공헌」小貢獻에다 연약하고 무기력한 암전을 쏘는 것으로 수치를 덮고자 했을 뿐이다.

이제는 모든 것이 사라졌다. 『홍당무』[12]가 이미 그의 자리를 대신했고, 선옌빙이 새로 조직한 문예참관단이 장차 대규모로『자유담』에 이식될 것이다.

또 다른 것도 있다.『자유담』에서 쩡진커[13)의 '해방사'를 공격한 적이 있는데,『사회신문』제3권 제22기(6월 6일 발간)에 따르면 애당초 또 내가 소란을 피우고 있었다는 것이다. 아래와 같다.

쩡진커의 반격 준비

쩡진커는 루쉰 등의 공격으로 실제로 만신창이가 될 지경이다. 물론 반격을 생각하지 않은 적이 없었으나 힘도 없고 능력도 모자라 소원성취가 어려웠다! 게다가 루쉰 등은 '좌련'이 배경이고 사람들이 많고 의기투합하고 있어 고군항전으로는 당해 낼 수가 없었다. 따라서 손을 맞잡고 세력을 모았으니, 무릇 루쉰 등에게 모욕을 당한 적이 있는 사람들은 더욱 환영받았다. 최근 장쯔핑, 후화이천, 장펑張鳳, 룽위성龍楡生 등 10여 명을 모아 문예만담회를 조직하고 신시대서점新時代書店을 빌려 기반으로 삼아 좌익작가의 반월간에 전문적으로 대응하기로 계획했다. 이달 중순에 출판될 예정이다.

[루如]

나는 당시에 비록 쩡진커만을 대상으로 한 글을 쓴 적은 없으나「곡의 해방」(이 책 15번째 글)에서 분명 언급한 적이 있으므로 어쩌면 '모욕'이라고 할 수 있을 법도 하다고 생각했다. 후화이천[14)은 나와 아무런 상관이 없지만『자유담』에서 "묵적은 인도인이다"라고 한 그의 학설을 비웃은 적은 있다. 그런데 장, 룽 두 분은 어찌 된 일인가? 피차간의 간섭이 내 기억으로는 전혀 없다. 이 일에 대해서는 내가 『파도소리』[15] 제2권 제26기(7월 8일 발간)를 보고서야 의심의 덩어리가 비로소 풀렸다.

'문예좌담' 부재수령기[16]

쥐런聚仁

『문예좌담』[17]은 사인詞人의 반격 기관지이다. 부재라는 것은 먼 곳에 있었다는 뜻이고 수령이라는 것은 고맙게 받아들인다는 뜻이다. 필자는 좌담과 함께하지는 않았으나 부재수령의 깊은 호의에 대한 경과를 기록하고자 한다.

제목 설명을 마쳤으므로 이제 본사本事를 서술하겠다.

내가 지난暨南에서 수업하고 있던 어느 날, 휴게실의 테이블 위에 불쑥 초대장이 보였다. 펼쳐서 삼가 읽어 본즉, 『신시대월간』의 초대장이었다. 나 같은 놈이 무슨 복으로 이런 초대장을 받다니! 접어 보관하며 가보로 전하리라고 생각했다.

『신시대』가 손님들을 초대하자 『문예좌담』이 생겨났다. 반격의 전선이 형성된 것이다. 실린 글들이 휘황찬란하고 명장名將이 거기에 있었다. 나는 그저께 장펑 선생을 우연히 만난 김에 자문을 구했다. 그가 말했다. "무슨 좌담인지 누가 알았소이까? 그 사람은 전에 아무 말도 없었어요. 서명을 했더니 그다음 날 신문들마다 발기인이라고 하더이다." 어제는 룽위성 선생을 우연히 만났다. 룽 선생은 이렇게 말했다. "상하이라는 곳은 정말 사람 노릇 하기가 쉽지 않은 곳이에요. 그 사람들이 자꾸만 나더러 이야기해 달라고 해서 다과를 조금 했을 뿐인데 포함시켰더군요. 나는 또 광고를 낼 돈도 없고." 내가 말했다. "그 집 차를 마셨으니 당연히 그 집 사람이 된 거지요."

나는 다행히 차를 마시러 가지 않았기 때문에 강간당하지 않을 수 있었다. 부재수령의 깊은 호의에 대해 감사를 표하고자 한다!

그런데 '문예만담회'의 기관지 『문예좌담』 제1기에는 필자 10여 명의 이름이 나열되어 있었고, 7월 1일에 출판되었다. 개중에 한 편은 오로지 나를 대상으로 쓴 글이었다.

우치야마서점에 잠시 들른 기록

바이위샤白羽遐

어느 날 오후 나는 친구와 함께 상하이 베이쓰촨로北四川路에서 산보하고 있었다. 걸어가다 보니 베이쓰촨로 끝까지 갔다. 나는 훙커우공원에 가 보자고 하고 나의 친구는 우선 새로 나온 책이 있는지 우치야마서점에 가 보자고 해서 함께 우치야마서점으로 들어갔다.

우치야마서점은 일본 낭인 우치야마 간조內山完造가 연 서점이다. 그는 표면적으로는 서점을 열고 실제로는 거의 일본 정부를 위한 스파이 노릇을 하고 있다. 그는 매번 중국인과 무슨 말을 나누고 나면 바로 일본영사관에 보고한다. 이것은 이미 '공개된 비밀'로서 우치야마서점에 약간이라도 가까이 가 본 사람이라면 모두가 알고 있는 사실이다.

나와 내 친구는 내키는 대로 책과 신문을 뒤적거리고 있었다. 우치야마는 우리를 보자 급히 달려와 아는 척하며 앉으라고 하고는 늘 하던 대로 한담을 나누었다. 우치야마서점에 오는 중국인은 대다수가 문인이므로 우치야마도 중국의 문화를 잘 알고 있었다. 그는 항상 중국인들과 중국 문화와 중국 사회의 사정에 대해 이야기를 나누었을 뿐 중국의 정치에 대해서는 그다지 말하지 않았다. 물론 중국인이 그에 대해 의심할까 해서이다.

"중국에서는 만사를 에누리해야 하는데, 글도 마찬가지예요. '백발이 삼천 장丈이다'라는 말은 어마어마한 속임수죠! 이 말은 엄청 에누리해야 해요. 중국에서 일어나는 다른 문제들도 이런 것에 견주어 추측할 수 있지요. …… 하하! 하!"

우치야마의 말을 듣고 우리는 전혀 면구스럽지 않았다. 시는 과학적 방법으로 비판할 수 없다. 우치야마는 구주[18)의 한 모퉁이에 있는 소상인, 스파이에 불과하다. 우리는 미소로 대답하는 것 말고는 무슨 말로도 그에게 해명할 수가 없었다. 얼마 전에 『자유담』에서 허자간 선생의 글을 보았는데, 바로 우치야마가 한 말들이었다. 애당초 이른바 '사상계의 권위' 이른바, '문단의 노장'이라고 불리는 사람이 쓴 글조차도 '스스로의 구상에서 비롯된 것'이 아니었던 것이다!

우치야마는 또한 우리에게 '항공구국' 등의 문제에 대해서도 장황하게 말했는데, 마찬가지로 허자간 선생이 벌써 베껴서 『자유담』에 발표한 것들이었다. 우리는 하릴없이 건성으로 대하는 것 말고는 많은 말을 하지 않았으며 아랑곳하고 싶은 생각도 없었다. 왜냐하면 우리는 우치야마가 어떤 놈인지 알고 있었을뿐더러 우리는 그에게 구명해 달라고 한

적도 없고 앞으로도 결코 그에게 구명이나 보증을 청할 작정이 없기 때문이었다.

나는 나의 친구와 우치야마서점을 나와 산보하다가 홍커우공원에 도착했다.

일주일도 지나지 않아(7월 6일) 『사회신문』(제4권 제2기)이 응원을 보냈고, 뿐만 아니라 '좌련'[19]으로까지 확대했다. 여기에서 '마오둔'이라고 한 것은 '루쉰'이라고 써야 할 것을 고의로 저지른 실수이다. 동일인이 쓴 글이라는 의심을 피하기 위함이다.

우치야마서점과 '좌련'

『문예좌담』 제1기에서는 일본 낭인 우치야마 간조가 상하이에서 서점을 열어 스파이 역할을 하고 있다는 것이 확실할 뿐만 아니라 특히 '좌련'과 인연이 있다고 했다. 궈모뤄가 한커우에서 상하이로 도피할 당시 우치야마서점 건물에 숨었고 일본행 배표를 대신 사 주었던 것을 기억한다. 마오둔도 뒷소문으로 절박할 때 우치야마서점이 유일한 피난처였다. 그렇다면 이 서점의 역할은 도대체 무엇인가? 대체로 중국에 공비가 있으면 일본에 이익이 된다. 따라서 일본 잡지에 실린 중국 비적의 동정을 조사한 글이 중국 스스로가 알고 있는 것보다 많은 것이다. 그리고 이런 자료의 절반은 구명의 은혜를 받은 공산당 문예인의 제공으로 얻은 것이다. 또 나머지 절반은 자신의 세력을 떠벌리기 위해 공산당이 친히 보낸 것이다. 또한 무료한 문인들 가운데 포섭되어 기꺼이 스파이가 되고자 하는 사람도 많이 있다. 이런 스파이 기관으로 우치야마 말고도 일

일신문사, 만철조사소 등이 있다고 하고, 유명한 스파이로는 우치야마 간조 외에도 다나카田中, 고지마小島, 나카무라中村 등이 있다고 한다.

이 두 편의 글에는 두 가지 새로운 패턴이 있다. 하나는 예전의 모략가들은 좌익작가들이 소련의 루블을 받은 사람들이라고 말했는데, 지금은 일본의 간접 스파이로 바꾼 것이다. 다른 하나는 예전의 폭로가들은 반드시 특정한 책에 근거하여 표절을 말했는데, 지금은 다른 사람의 입을 통해 들은 것으로 오로지 자신의 귀에 기댄다는 것이다. 우치야마서점이라면 최근 3년 동안 나는 확실히 자주 가 책을 고르고 이야기를 나누었다. 상하이의 이른바 몇몇 문인들보다 상대적으로 더 마음이 놓였다. 왜냐하면 나는 그가 스파이 노릇을 하는 게 아니라 돈 벌려고 장사를 하고 있다고 확신했기 때문이다. 그는 돈을 벌려고 책을 팔았지 사람의 피를 팔지는 않았다. 이 점은 무릇 스스로가 사람이라고 생각하면서도 실은 개만도 못한 문인들이 힘써 좀 배워야 하는 것이다!

그런데도 불평을 품은 사람이 있었다. 7월 5일 『자유담』에 마침내 아래와 같은 글이 게재되었다.

'문인무행'을 말하다[20]

구춘판谷春帆

비록 나 자신도 이른바 '문인'의 '숲'에 끼어들어 가 있지만 요즘 들어 '문인무행'이라는 말에 대하여 실로 약간의 동의를 표시한다. 또한 '인심이 옛날 같지 않다'거나 '세상의 풍조가 나날이 나빠진다'라는 한탄에 대하여도 온전히 '도학선생'의 편협한 말만으로 보지는 않는다. 실제로 오늘날 '인심'은 아주 몸서리칠 정도로 험악하다. 특히 이른바 '문인'들은 음모와 중상, 유언비어 날조하기, 공개적으로 고발하기, 친구 팔아 부귀영화 도모하기, 앞잡이 되기의 수작 등과 같은 온갖 비열한 행위를 생각하고 실천하는데, 이런 것들은 이루 다 셀 수도 없다. 그리고 다른 한편으로 스스로 북치고 나팔 불기, 낯 두꺼운 줄 모르고 '천재'와 '작가'로 자처하기, 다른 사람들이 뱉은 침 훔쳐 가기, 또한 우쭐거리기와 같은 온갖 괴상한 현상이 있는데, 이 역시 '갖추지 않은 허물이 없고 온갖 나쁜 짓은 다 한다'라는 것이다. 이런 가슴 아픈 사실을 마주하고도 우리가 '문인무행'이라는 말의 상당한 진실을 부인할 수 있겠는가? (물론 나도 결코 무릇 문인들이라면 모두 무행하다고 말하는 것은 아니다.) 우리가 '세상의 인심'에 대한 한탄을 안 할 수 있겠는가?

물론 이런 나의 느낌은 결코 전혀 근거가 없지 않다. 사실을 들어 말하자면 지난번에 쩡鄭 아무개가 무리하게 '씨발', '마작이나 하자' 등의 천한 말로 이른바 '사의 해방'을 실천하여 '경박한 청년', '색정에 미친 호색한'이라는 비난을 받은 적이 있고, 쩡 아무개는 중얼중얼 쉬지 않고 변명했다. 지금은 어떤가? 새로운 사실이 쩡 아무개는 경박한 청년일뿐더러 가증스러운 악독한 뱀, 전갈임을 입증하고 있다. 그는 추이완추崔萬秋라는 이름으로 자신을 치켜세웠고(2월 추이가 본 신문에 실은 광고에 나온다), 심지어는 무리수를 두어 일본의 타자수와 중학 교사를 '여성 시인'과 '대학교수'로 만들어 자신을 살뜰하게 치켜세우기까지 했다. 그는 제일 비열한 수단으로 타블로이드에 투고하여 자신의 친구를 ×××라고 지목했을 뿐만 아니라 그의 거주지를 공표하여 친구를 공개적으로 팔아먹기도 했다(『중외서보신문』,[21] 제5호). 이런 대담함, 이런 악독함,

이런 무료함은 그가 그야말로 염치 있고 인격적인 '사람', 특히 '문인'이 할 수 있는 일이라는 것을 믿을 수 없도록 만들었다. 그럼에도 불구하고 쩡 아무개는 정녕 생각해 냈고 정녕 실천했다. 따라서 나는 그 어떤 사람이라도 쩡 아무개의 두려움 없는 정신에 감복하지 않을 수 없을 것이라고 생각한다.

들자 하니 쩡 아무개는 나이가 많지 않고 공부할 기회도 없지 않았다고 한다. 나는 만약 쩡 아무개가 허풍 떨고 알랑거리는 정신, 악독하고 교활한 마음을 실학 추구에 사용했다면 성취한 바가 훨씬 많지 않았을까 한다. 그런데 쩡 아무개는 하필이면 날마다 허풍 떨고 알랑거리기를 일삼고 날마다 유언비어를 만들어 중상하기를 일삼고 있다. 쩡 아무개의 모습은, 한편으로는 진실로 쩡 아무개의 무서움을 드러내기에 족하고 다른 한편으로는 애석하게도 스스로 무너지는 청년의 모습을 보여 주는 것이다.

그런데 돌려 말해 보면, 고등교육을 받은 사람도 꼭 반드시 몸가짐을 자제할 수 있는 것은 아니다. 예컨대 전적으로 삼각연애소설을 써서 유명해지고 부자가 된 장×× 같은 사람은 일본의 어떤 학교 출신이라고 스스로 떠벌리고 다닌다. 그런데 그는 최근에도 악에 받쳐 으르렁거리며 완전히 독기 서린 '버림받은 여인'의 표정을 하고 있다. 그는 음모를 꾸며 중상하고 유언비어를 만들어 이간질하고 사람들을 억지로 부하린이나 레닌 같다고 하며 그야말로 사지로 몰아붙이려 하고 있다. 그의 비열한 인격과 악랄한 수단은 전무후무하다고 할 수 있다. 이렇게 보면 고등교육이 무슨 소용이 있겠는가? 뿐만 아니라 새로 출판된 무료한 모某 간행물에서 '바이위샤'라는 필명으로 「우치야마서점에 잠시 들른 기록」

이라는 글을 발표하여 공공연하게 아무개가 우치야마서점에 자주 들르고 우치야마서점에 구명과 보증을 요청했다고 말했다. 내 생각에는 이런 공개적인 고발 수작은 아마도 일류 인사들이 변성명하여 놀아 보는 술수인 것 같다.

그런데 그들이 아무리 유언비어를 날조하여 중상하거나 아무리 음모를 꾸며 모해하더라도 눈 밝은 사람은 단번에 알아본다. 따라서 상해도 못 입히고 공연히 그들 자신의 너절함과 무인격을 폭로하는 데 불과하다.

그런데 내 생각에는, '유행'有行한 '문인'이라면 이런 추악한 부류에 대하여 그야말로 지금처럼 시종 치지도외해서는 안 되고 분연히 떨쳐 일어나 그들을 문단 밖으로 내몰아 참을 수 없을 만치 오염된 중국 문단을 청소해야 할 필요가 있을 것 같다!

이리하여 화근은 다시 『자유담』까지 이끌어 냈다. 이튿날 『시사신보』에는 사방 한 치의 대자로 제목을 단 광고가 실렸다.

장쯔핑 광고

5일 『선바오』의 『자유담』에 실린 「'문인무행'을 말하다」에 나오는 뒷 단락은 아마도 나를 지목한 말인 듯하다. 나는 무슨 일이 일어나도 이름을 바꾸지 않는 사람이다. 어쩌다 다른 필명을 사용하더라도 발표한 글은 모두 내가 책임을 졌다. 이것은 첫째로 밝혀야 하는 것이다. 바이위샤는 다른 사람이다. 「우치야마서점에 잠시 들른 기록」이 얼마나 안 좋은 작품인지 보지 못했다. 그러나 나는 나의 펜에서 나온 글이 아니라고 인정한 적도 없다. 이것은 둘째로 밝혀야 하는 것이다. 내가 쓴 글은 모두 확신에서 나왔고 정치적인 주장과 국제정세 연구에 착각이나 혼란이 있는 경우 모두 꺼리지 않고 수정했다. '위조편지에 관한 유언비어를 만들고 의견이 다른 사람에 대하여 함부로 모함했다는 것'에 대해서는 모두 내가 평생토록 반대해 오던 것들이다. 이것은 셋째로 밝혀야 하는 것이다. 나는 편집인 자리를 차지해 우쭐해하거나, 더 나아가 '위조편지를 만들었다는 유언비어를 만들어 모함하'는 등의 비열한 행동을 할 수 있도록 나를 후원해 주는 자본가 출판인도 없고 대大상인의 첩으로 시집간 누이들도 없다. 나는 정치나 국제정세에 대한 견해를 발표하고 싶어도 발표할 수가 없기 때문에 나의 이런 글을 받아 주는 간행물이라면 두루 투고하고자 했다. 그런데 해당 간행물의 기타 글에 대해서는 책임을 질 수가 없다. 이것은 넷째로 밝혀야 하는 것이다. 앞으로 무릇 자본가를 뒷배로 하는 간행물을 이용하여 나를 모함하는 자가 있으면 나는 개소리로 간주하고 더 이상 대답하지 않을 것임을 특히 여기에서 분명히 밝혀 둔다.

이것은 나 말고는 대부분 『자유담』의 편집인 리례원에 대한 글이라는 것은 아주 분명하다. 따라서 이튿날 『시사신보』에 이에 대응하는 광고가 실렸다.

리례원 광고

례원은 지난해 유럽여행에서 돌아온 뒤로 상하이에서 타향살이하고 있다. 『선바오』의 사장 스량차이 선생은 윗대로부터 교분이 있는 어른인 까닭에 자주 방문하여 문안인사를 드렸다. 스 선생은 례원이 어떤 당파에도 들어간 적이 없고 유럽 유학 시절 문학에 전념했다는 이유로 선바오관에 들어가 『자유담』을 편집하게 했다. 예기치 않게 최근 두 달 동안 삼각연애소설 장사꾼 장쯔핑은 례원이 자신의 장편소설 게재를 중지시켰다는 이유로 원한이 골수에 맺혀 크고 작은 각종 간행물에 유언비어로 모략하고 흠집으로 모함하는 등 못하는 짓이 없었다. 례원은 그의 수단과 목적이 너무 비열하여 눈 밝은 사람이라면 단번에 알아볼 것이므로 변호할 가치도 없다고 생각했기 때문에 지금까지 아무런 대응을 하지 않고 있었다. 그런데 장씨는 어제 다시 『칭광』靑光에 광고를 실어 몰래 비방하고 함부로 모함했다. 그 가운데 '또한 대상인의 첩으로 시집간 누이도 없다'라고 한 말은 누구를 가리키는지 모르겠다. 장씨의 광고는 『자유담』을 겨냥해 발표한 것이고 례원이 현재 『자유담』의 편집인이므로 뭇사람의 의심을 해소하기 위하여 분명히 밝히지 않을 수 없다. 례원은 친누이가 둘 있는데, 큰 누이 잉위안應元은 시집도 가기 전에 일찍 죽었고, 둘째 누이 유위안友元은 창사長沙의 한 학교에서 공부하고 있고 아직 결혼하지 않았으므로 둘 다 후난湖南에서 한 걸음도 벗어난 적이 없다. 뿐만 아니라 례원이 알고 있기로는 샹탄湘潭 리씨의 친족 누이들 가운데 친소원근을 막론하고 첩으로 시집간 사람은 하나도 없고 '대상인'과 결혼한 사람도 하나도 없다. 장 아무개의 말은 어쩌면 진심에서 우러난 유감(대상인의 첩으로 시집간 누이가 없다는 사실에 대한 유감)일 수도 있고, 어쩌면 달리 지목한 사람이 있을 수도 있고, 어쩌면 례원이 모르는 미친개처럼 짖어 대는 일종의 병의 발작일지도 모르겠다.

이후에도 광고 몇 개가 더 있었으나 번거로움을 피해 그만 오려 붙이기로 한다. 요컨대, 비교적 중요한 문제는 "누이가 대상인의 첩으로 시집간" 사람이 누구냐는 것이다. 그런데 이 사안에 대해서는 "무슨 일이 일어나도 이름을 바꾸지 않는" 장쯔핑 본인에게 물어봐야만 알 수 있을 것이다.

그런데 중국에는 분명히 호사가들이 있다. 더위 먹는 것을 무서워하지 않고 전루眞茹의 '풍년을 소망하는 소농의 집'이라는 양옥 아래 가서 가르침을 청한 사람이 있었던 것이다. '방문기'는 『중외서보신문』의 제7호(7월 15일 발행)에 실렸다. 아래는 '첩 되기' 등의 문제에 관한 부분이다.

(4) 광고 중의 의문

이상 이런 말들은 게재와 게재 중지의 경과에 대해 이야기한 것에 불과하다. 계속해서 나는 광고 중의 몇 가지 의문에 대해 대답해 줄 것을 청했다.

"당신의 광고 중에 많은 이야기가 외부 사람은 봐도 잘 모르는 것들입니다. 제가 여쭈어 보아도 되겠습니까?"

"어느 구절을?"

"'누이가 상인의 첩으로 시집갔다'고 한 말에 어떤 암시가 있는 건지 모르겠습니다."

"그건 리례원 그 사람이 괜한 마음을 쓴 거예요. 광고를 쓰는 김에 다른 사람을 지목해 본 것에 불과해요."

"그 사람은 누구십니까?"

"그건 공개할 수 없어요." 그가 공개할 수 없다고 했으므로 캐묻기 어려웠다.

"또 다른 문제가 있습니다. 당신은 '정치과 국제정세에 대한 견해를 발표하고 싶어도 발표할 수 없다'라고 말했는데, 무슨 말입니까?"

"그것은 문예 이외의 나의 정치적 견해에 관한 것, 수필 같은 것을 말한 거지요."

"『신시대』에 발표한 「풍년을 소망하는 소농의 집 일기」[22] 같은 것입니까?"(『신시대』 7월호 참고) 내가 끼어들며 물었다.

"그것은 루쉰에 대한 비판이고요. 내가 말한 것은 정치에 대한 견해인데, 『문예좌담』에 있어요."(『문예좌담』 1권 1기, 「아침에서 오후까지」 참고)

"루쉰에 대한 무슨 비판입니까?"

"이건 이번 화제와 동떨어진 일이지요. 내가 보기에 이것에 관해서는 부탁건대 아무래도 발표하지 않는 것이 좋겠어요."

이것은 진실로 "속마음이 바르지 않으면 눈동자가 흐리다"[23]는 격이니, 겨우 몇 구절로 이 문학가의 상판이 드러난다. 『사회신문』에서는 그가 '나약'하다고 말했는데, '약한 자를 돕는' 사회적 동정을 널리 얻으려는 분명한 의도가 있으므로 신뢰할 수가 없다. 그런데 광고에 나온 자백은 중국 문학의 사례에 비추어 대대적으로 에누리할 필요가 있다(만약 바이위샤 선생이 '어느 날' 다시 '우치야마서점에 잠시 들른'다면 반드시 사장의 입으로부터 듣게 될 것이다). 왜냐하면 그 자신이 "이름을 바꾸지 않는다"라고 해놓고도 "어쩌다 다른 필명을 사용하더라도"라고 했기 때문이고, "발표한 글은 모두 내가 책임진다"라고 했으면서도 "아무래도 발표하지 않는 것이 좋겠어요"라고 한 것은 어째서인가? 하지만 "아무래도 발표하지 않는 것이 좋겠어요"라고 했으므로 나에 관한 글은 나도 더 이상 깊이 논의하지 않겠다.

한 펜으로 두 가지 일을 한꺼번에 쓸 수는 없다. 예전에 나는 그야말로 『문예좌담』의 좌장이자 '해방사인'解放詞人 쩡진커 선생을 무심히 내버려 두었다. 그런데 쓰려고 보니 정말 간단했다. 그는 '반격을 준비하'는 것 말고도 '고발' 놀음을 하고 있었던 것이다.

이 사인詞人은 추이완추[24] 선생과 애당초 알고 지내던 사이였으나 사소한 갈등 때문에 익명으로 타블로이드에 투고하고 오래된 친구를 모함했다. 불행히도 원고는 공교롭게도 추이완추 선생의 수중으로 떨어져 동판으로 제작되어 『중외서보신문』(제5호)에 말끔히 인쇄되어 나왔다.

추이완추가 국가주의파에 가입하다

『다완바오』의 말단 편집인 추이완추는 일본에서 귀국한 뒤 바로 위위안팡愚園坊 68호 쭤순성左舜生의 집에서 살았다. 곧바로 쭤와 왕짜오스王造時가 『다완바오』에서 일하도록 소개시켜 주었다. 최근에 국가주의와 광둥 쪽을 위해 힘써 선전하고 있고, 밤에는 댄스홀과 팔선교장八仙橋莊 주위를 어정거린다고 한다.

죄안罪案이 있고 주소가 있으므로 체포하기가 너무 좋다. 그런데 동시에 사소한 실수를 저지르고 말았다. 이 사인은 일찍이 추이완추의 이름으로 자신의 시의 서序를 거창하게 쓴 적이 있다. 자신이 쓴 서에다가 자신의 시에 대해 거창하게 칭찬했던 것이다.[25] 크고 작은 병폐들의 동시 협공으로 점차 이 유약한 시인 겸 사인은 견딜 수 없게 되었고, 그는 하야하려 했다. 그런데 『시사신보』(7월 9일)에는 다음과 같은 광고가 실렸다. 마치 이 시기 문단은 '광고 시대'로 진입이나 한 듯이 말이다.

쩡진커 광고

소인은 불원간 상하이를 떠나 여행이나 하며 글쟁이 생활에서 벗어날까 한다. 차후로 사람들이 나에 대해 유언비어를 만들어 모욕하더라도 일괄적으로 치지도외하겠다. 금년은 강자의 싸움은 허락되나 약자의 외침은 불허되고 있으므로 나도 물론 할 수 있는 말이 없다. 나는 내가 약자이고 내가 반항할 힘이 없다는 것을 인정한다. 나는 장차 영웅들의 승리의 웃음소리 속에서 가만히 이 문단을 떠나고자 한다. 만약 나더러 '겁쟁이'라고 비웃는 사람이 있다면, 나는 그저 그 사람에 대해 나를 '영웅'으로 존경하는 인물이라고 생각하겠다. 이를 알림.

이렇게 끝났다. 그런데 나는 흥미로운 글이라 생각되었는데, 마지막 두 구절은 유독 빼어나다.

내가 위에 오려 붙여 놓은 「'문인무행'을 말하다」는 사실 쩡과 장의 두 사안에 대한 합론에 해당한다. 그런데 내가 보기에 이 사건은 여전히 문제점이 좀 남아 있어 단평을 써서 『자유담』에 투고했다. 한참이 지나도 게재되지 않기에 원고를 회수했더니 등사잉크의 손자국으로 가득했다. 이는 조판작업을 했으나 누군가에 의해 거부당했다는 증거이며 "대상인의 첩으로 시집갈 누이가 없다"고 하더라도, "자본가 출판인"이 어쨌거나 이 유명인사를 '후원'했음을 보여 준다. 그런데 어쩌면 유명인사에게 죄를 지으면 즉각 붉은 모자가 씌워질지도 모른다.[26] 목숨을 보전하기 위해서는 게재되지 않은 것이 낫다고 말하기도 어렵다. 따라서 지금 여기에 베껴 둔다.

'문인무행'을 반박하다

'문인'이란 위대한 간판은 사람들을 속이기가 아주 쉽다. 비록 작금의 사회가 문인들을 가벼이 본다고 하지만 사실 이른바 '문인'들이 스스로를 가벼이 여기는 것만큼 심하지는 않다. '사람'이라면 절대로 하지 않으려 하는 일을 저지르는 것을 두고, 논자들은 그가 '무행'하면 '미치광이'라고 해석하며 그의 '불쌍함'을 용서한다고 말하는 것에 불과하다. 사실 그들은 애당초 장사치였고 줄곧 총명이 넘치는 사람들이었다. 예전의 온갖 것들은 '장사요령경經'이 아닌 게 없었고 지금의 온갖 것들도 결코 '무행'이 아니다. 오히려 그는 '개행'改行하고자 한다.[27]

망해 가는 장사는 그로 하여금 '개행'하도록 만든다. 아주 저열한 삼각 연애소설도 대대적으로 팔아먹을 수 있다. 야밤에 대로변을 걷다 보면 종종 어둠 속에서 나와 슬그머니 묻는 불량배들을 만나게 된다. "춘화 필요해요? 춘화 필요해? 중국 거, 동양 거, 서양 거 모두 있어요. 안 살래요?" 장사도 결코 잘 되지 않는 것은 아니다. 속임수에 걸려든 사람은 상하이에 처음 온 청년이거나 촌사람들이다. 그런데 이것도 많아야 네다섯 번을 넘지는 않는다. 그들도 몇 권만 보면 싫증이 나고 심지어는 구역질이 나기도 하기 때문이다. '중국 거, 동양 거, 서양 거, 모두 있다'고 해도 소용이 없다. 게다가 시국의 변화에 따라 독서계도 변화가 일어났다. 일부는 더 이상 이런 것들을 안 보려고 하고, 일부는 그야말로 춤추러 가거나 매음하러 간다. 수음소설전집을 사는 것보다 싸게 치기 때문이다. 이런 현상은 삼각연애소설가들로 하여금 몰락을 예감하게 했다. 우리는 사람들이 양옥을 짓는 것으로 만족할 것이라고 생각해서는 안 된다. 자식들마다 각각 적어도 10만 위안은 벌어 주어야 하니 말이다.

이리하여 조급해지기 시작했다. 그런데 삼각연애로는 출로가 없어져 버렸다. 따라서 동류同類들과 유착하여 다과회를 열고 타블로이드를 만들어 유언비어를 날조하여 심지어는 친구들을 팔아먹기까지 한다. 마치 그들의 대작을 감상하는 사람들이 없어진 이유가 한 손으로 세상 사람들의 눈을 모두 가려 버린 일부 사람들 때문인 것처럼 말이다. 하지만 그가 진정으로 이렇게 생각한다고 오해하지는 마시라. 그는 총명이 넘치는 사람이므로 사실 결코 이렇게 생각하지 않는다. 지금의 이런 상판도 '장사요령경'이자 삼각으로 뚫고 나온 활로이기 때문이다. 결론적으로 말하면 지금은 부득불 이런 장사를 해야만이 돈을 벌 수 있다는 것이다.

예를 들어 말해 보자. 일부 '제3종인'들이 '혁명문학가' 노릇을 한 적이 있다. 이를 구실로 서점을 열어 귀모뤄의 인세를 많이 꿀꺽했다. 지금 살고 있는 양옥의 일부는 어쩌면 귀모뤄의 피땀으로 장식한 것이 아닌가 한다. 이 경우 어떻게 계속 이런 장사를 할 수 있겠는가? 이 경우에는 동료들과 연합하여 좌익을 공격하고, 더불어 유언비어를 만들어 그들의 행위를 알고 있는 사람들을 모함해야지만 자신은 비로소 깨끗하고 강직한 작가가 된다. 게다가 고발문 식의 투고로도 돈을 크게 벌 수 있지 않은가.

예전의 수음소설은 아랫도리 수작과 관련이 있었다. 그런데 이 길은 이미 통하지 않으므로 반드시 위로 올라가야 했다. 그래서 사람들, 특히 그와 구면인 사람들의 머리통이 위험해졌다. 이것이 어떻게 오로지 '무행'만 하고 있는 문인들이 할 수 있는 짓이겠는가?

이상의 글 중 몇 군데는 물론 쩡진커, 장쯔핑 부류를 거론하고 있는 것도 같다. 그러나 예전의 '장쯔핑의 허리 자르기'는 분명히 내 의견이 아니다. 이 대大작가의 작품을 나로서는 보고 싶은 마음이 없다. 이유는 아주 간단하다. 내 머리는 삼각, 사각 같은 다각을 원하지 않기 때문이다. 나에게 읽어 볼 만한가를 물어보는 청년이 있으면 볼 필요가 없다고 충고할 것이다. 이유도 아주 간단하다. 청년의 머리에도 삼각, 사각 같은 다각이 있어야 할 필요가 없기 때문이다. 자유롭게 투고하여 원고료를 받고 출판하여 돈을 번다면, 설령 그가 처자식을 부양할 필요가 없다고 하더라도 나는 절대로 상관하지 않는다. 이유도 아주 간단하다. 나는 여태까지 그의 그러한 삼각, 사각의 끝도 없는 여러 각을 생각해 본 적이 없기 때문이다.

그런데 다각의 무리들이 예기치 않게 내가 '장쯔핑의 허리 자르기'를 선동했다고 말했다. 기왕에 이런 말이 나온 김에 나도 그야말로 X 광선으로 그들의 오장육부를 비춰 보았던 것이다.

「후기」는 애당초 여기에서 끝내도 좋았다. 그런데 잠깐만, 아직도 여흥의 여흥이 남아 있다. 오려 놓은 자료 중에 빼어난 글이 있기 때문이다. 만일 이것이 흩어져 사라져 버린다면 너무나 안타까울 것이다. 따라서 특별히 여기에 그것을 남겨 두고자 한다.

이 글은 6월 17일 『다완바오』의 『횃불』에 실렸다.

신유림외사[28]

류쓰柳絲

제1회 깃발을 높이 들어 공영[29]을 만들고, 군대를 일으켜 올가미를 배치하다

각설하고, 맑스와 레닌 두 사람이 이날 마침 천당에서 중국혁명 문제를 토론하다 문득 하계 중국 문단의 대大고비사막을 보았다. 살기가 등등하

고 모래먼지가 자욱하고 좌익방어구역에는 한 노장이 어린 장수를 바짝 쫓고 있었다. 전고戰鼓는 하늘을 흔들고 함성은 사방에서 일어났다. 홀연 노장이 이빨 틈새로 흰 안개를 토해 냈다. 맑스는 그 냄새를 맡고 쓰러지고 레닌은 책상을 치고 분노하며 '독가스! 독가스!'라고 말하고 맑스를 부축하여 재빨리 피했다. 원래 하계 중국 문단의 대고비사막의 좌익방어구역에서는 최근 공영을 새로 만들어 프티부르주아 혁명문학의 깃발을 높이 들고 있었고, 프롤레타리아 문예진영은 간교한 사람들의 이간질로 이를 성토하는 군대가 크게 들고 일어났다. 이날 대군이 경계를 압박하자 새로 공영을 만든 사령관이자 군관이자 사병인 양춘런[30]은 붓창을 들고 말을 달려 마중나갔다. 전고가 하늘을 진동시키고 함성이 사방에서 일어나는가 싶더니 선봉에서 검을 휘두르며 질주하여 달려오는 이는 바로 노장 루쉰이었다. 양춘런은 공수拱手하며 소리를 질렀다. "노장군께서는 그동안 별고 없으셨는지요?" 노장 루쉰은 아무런 대답을 않고 말을 내달려 곧바로 검을 휘둘러 찔렀다. 양춘런의 붓창이 그것을 막으며 말했다. "노장께서는 할 말씀이 있으시면 말씀을 하십시오. 어찌하여 무력을 행사하십니까? 저는 따로 군대를 일으켜 스스로 공영을 만들었습니다. 다만 일이 창졸간에 이루어진지라 지휘를 청하지 못했을 따름입니다. 결코 창을 거꾸로 돌려 배반할 생각은 없었습니다. 사실인즉, 독자적으로 한 부분의 일을 담당하고 있고, 이 마음 이 뜻은 하늘과 사람이 모두 알고 있습니다. 노장군께서는 좌익의 여러 장수들을 생각해 보십시오. 승리를 공언하고 자만으로 가득합니다. 전술도 연구하지 않고 무기도 만들지 않습니다. 전투에 임해서는 군용도 갖추지 않고 전장에 나아가서는 창을 버리고 도망가기 바쁩니다. 만약에 이대로 계속 간다면 어떻게 위신을 지키겠습니까? 노장군께서는 기강을 정비할 틈도 없이 군대를 위문하고 원정을 가십니다. 저는 혁명군중들에게 너무 얼굴을 들 수가 없다고 생각했습니다!" 노장 루쉰은 또 대답 없이 눈을 동그랗게 뜨고 호랑이 수염을 거꾸로 세우는가 싶더니 그의 이빨 틈새에서는 흰 안개가 뿜어져 나왔다. 어린 장수 양춘런은 노장이 독가스를 뿜어 낸다는 사실을 알고 말하는 것은 굼떴으나 그 순간 재빨리 방독면을 착용했다. 이것은 "바로 감정의 작용은 말로 표현할 수 없고, 시비가 불분명한 것은 하늘만이 안다!"라는 것이다. 노장이 필경 독가스로 어린 장수를 질식시켜 죽일 수 있는지를 알고 싶다면, 잠시 다음 회의 설명을 기다리시오.

이튿날 편집인의 편지를 받았다. 대의는 이렇다. 필명이 류쓰라는 사람이("선생께서 이 글의 내용을 읽어 보면 그가 누구인지 어렵지 않게 생각할 수 있을 것입니다") 「신유림외사」라는 제목으로 골계문을 투고했는데, 개인의 명예를 더럽히지는 않았으므로 그것을 발표하기로 결정했으며 반박문을 쓰면 게재할 수 있다고 운운했다. 간행물을 잠시 전쟁터로 만들어 한바탕 시끌벅적하도록 하는 것은 신문발행가들이 하는 지극히 일반적인 방법이다. 요즘 들어 나는 더욱 '세상사에 밝아졌고' 날씨도 너무 더워서 땀을 빼고 재주넘기는 하지 않을 것이다. 게다가 골계문에 대해 '반박'한다는 것도 너무 흔하지 않고 이상한 일이기도 하다. 설령 "개인의 명예를 더럽혔다"고 하더라도 나는 방법이 없다. 나도 「구舊유림외사」를 지어 '맑스와 레닌'의 말의 진위를 가려 보는 것을 제외하고는 말이다. 그런데 나는 박수무당이 아닌지라 어떻게 '천당'을 볼 수 있겠는가? '류쓰'는 양춘런 선생이 '프롤레타리아 혁명문학가' 노릇을 하던 당시에 사용한 필명이 므로 내용을 안 봐도 누군지 알 수 있다. 얼마나 됐다고 '프티부르주아 혁 명문학'의 깃발 아래 이런 꿈을 꾸면서 자신을 이런 몰골로 그려 내고 있 는 것이다. 시대의 거대한 바퀴는 정녕 이토록 냉혹하게 사람들을 갈아 버 릴 수 있는 것이다. 그런데 다행히도 이렇게 갈려지자 한스형[31] 선생은 이 로 말미암아 이 '어린 장수'의 뱃속에서 '양심'을 보아 냈다.

이 작품은 제1회로 그치고 완성되지 않았다. 나는 전혀 '반박'할 생 각이 없었고 도리어 이 '양심' 있는 문학을 계속 보게 되기를 바랐지만, 뜻 밖에 이후로는 보지 못했다. 지금까지 한 달 남짓 되었으나 '천당'에 있는 '맑스와 레닌', 지옥에 있는 '노장수'와 '어린 장수'의 소식을 듣지는 못했 다. 그런데 『사회신문』(7월 9일, 4권 3기)에서는 다시 '좌련'이 저지했다고 말했다.

양춘런이 AB단으로 넘어가다

'좌련'을 배반하고 프티부르주아 전투의 깃발을 들었던 양춘런이 최근 한커우漢口에서 상하이로 와서 AB단의 병졸 쉬샹徐翔의 집에서 기거하 고 그 단에 벌써 가입하여 활동한다고 한다. 일전에 『다완바오』에 필명 류쓰가 발표한 「신봉신방」新封神榜이라는 글은 양의 글로서 암암리에 루 쉰에 대하여 크게 풍자하고 있었다. 그런데 미완으로 그쳤으며 '좌련'의 경고를 받았기 때문이라고 운운하는 것을 들었다.

[위預]

'좌련'이 '풍자'글 한 편을 이렇게 중시하고 '좌련'을 '배반'하고 프티

부르주아의 깃발을 든 양춘런에게 '경고'를 했다는 것은 그야말로 이상한 일이다. 일부 사람들의 말에 따르면, '제3종인'의 '자신에게 충실한 예술'은 이미 좌익이론가의 무시무시한 비판 때문에 쓸 수가 없고,[32] 지금은 이 '프티부르주아 전투'의 영웅은 또 '좌련'의 경고를 받아 더 이상 '전투'에 임하지 않는다고 한다. 내 생각에는 다시 얼마 지나면 영토 할양과 배상금 횡령, 전쟁과 수재, 고대유물의 실종, 부자의 발병 등 모든 것이 '좌련'의 죄, 특히 루쉰의 죄가 될 것 같다.

여기쯤에서 장광츠[33] 선생 생각이 난다.

일찌감치 과거지사가 된 일이다. 아마 사오 년은 되었을 것이다. 장광츠 선생이 태양사[34]를 조직하고 창조사와 연맹하여 '어린 장수'들을 이끌고 나를 포위토벌하던 당시 그는 글을 한 편 썼다. 그중 몇 구절의 대의는 이러했다. 루쉰은 여태까지 공격을 받은 적이 없어서 스스로 당대의 최고로 생각하고 있는데 이제 그에게 맛을 보여 주겠다는 것이다. 사실 이것은 잘못된 판단이었다. 나는 평론을 시작한 이래 공격을 받지 않은 적이 없었다. 예컨대 삼사월 중에 『자유담』에서만도 벌써 여러 편이 있었고, 내가 여기에 수록한 것은 겨우 일부분에 지나지 않는 것처럼 말이다. 예전이라고 해서 이와 다른 적은 없었다. 그런데 그것들은 모두 흐르는 빛처럼 한꺼번에 사라져 흔적을 찾을 길이 없기 때문에 사람들이 감지하지 못하는 것일 따름이다. 이번에는 몇 가지 간행물들을 여태 수중에 가지고 있었으므로 그 일부분을 「후기」에 옮겨 실어 놓았다. 이것도 사실 오로지 나 자신만을 위한 것은 아니다. 전투는 아직 막바지에 이르지 않았다. 오래된 족보는 장차 끊임없이 습용될 것이고, 생각해 보면 다른 사람을 공격할 때 여전히 이 방법을 사용하려 들 것이다. 물론 공격당하는 사람의 이름은 바뀌게 될 것이다. 미래의 전투적 청년이 유사한 처지에 놓여 우연히라도 이 기록을 보게 된다면 반드시 활짝 웃을 것이며, 이른바 적이라는 사람이 어떤 놈인지도 보다 분명히 알 수 있게 될 것이라고 나는 생각한다.

인용된 것 중에서 내 생각에는 몇몇 글들은 예전의 '혁명문학가'들에게서 나온 것 같다. 그런데 그들은 이제 다른 필명, 다른 상판을 하고 있다. 이것 역시 당연하다. 혁명문학가가 자신의 문학으로 혁명의 심화와 전개를 도우려 하지 않고 혁명을 빌려 자신의 '문학'을 팔려고 한다면 어떻게 될 것인가? 혁명이 고양될 때는 그가 바로 사자 몸속의 해충[35]이 되고, 혁명이 수난을 받으면 예전의 '양심'을 발견하거나 '효자'[36]라는 이름이나 '인도'人道라는 이름이나 '지금 수난을 겪고 있는 혁명보다 더한 혁명'이라는 이름으로 전선 밖으로 걸어 나와 잘하면 침묵하고 나쁘면 발바리가 되고 말 것이다. 이것은 나의 '독가스'가 아니다. 이것은 피차간에 목도한 사실이다!

1933년 7월 20일 오후에, 쓰다

주)_____

1) 원제는 「後記」.

2) 『다완바오』 부간 『횃불』에 발표한 리자쭤(李家作)의 글은 루쉰을 '원외랑'(員外郞)의 공양을 받는 '경찰견'이라고 했다. 「이이제이」의 부록 「이화제화」 참고.

3) 『사회신문』(社會新聞). 1932년 10월 상하이에서 창간. 3일간, 순간, 반월간 등으로 나왔으며 신광서국(新光書局)에서 출판했다. 1935년 10월부터 『중외문제』(中外問題)로 이름을 바꾸었으며 1937년 10월에 정간했다.

4) 선옌빙(沈雁冰, 1896~1981). 필명은 마오둔(茅盾). 저장 퉁샹(桐鄕) 사람. 작가, 문학평론

가, 사회활동가, 문학연구회 동인으로『소설월보』(小說月報)를 주편했다. 저서에는 장편소설『식』(蝕),『자야』(子夜)와『마오둔 단편소설집』(茅盾短篇小說集),『마오둔 산문집』(茅盾散文集) 등이 있다.

5)『미언』(微言). 시사와 문예를 포괄하는 종합적 성격의 잡지. 1933년 5월 상하이에서 창간. 처음에는 반주간이었다가 1934년 4월부터 주간으로 바꾸었다. 항일전쟁 폭발 전에 정간했다.

6) 딩링(丁玲, 1904~1986)은 후난(湖南) 린펑(臨澧) 사람으로 작가이다. 단편소설집『어둠 속에서』(在黑暗中), 중편소설『물』(水) 등이 있다. 판쯔녠(潘梓年, 1893~1972)은 장쑤 이싱(宜興) 사람으로 철학자이다. 이들은 1933년 5월 14일 상하이에서 체포되었다.

7) '우치야마서점'(內山書店)은 일본인 우치야마 간조(內山完造, 1885~1959)가 상하이에서 연 서점. 우치야마 간조는 1913년 상하이에 왔다. 1927년 10월 루쉰을 알게 된 이래 자주 왕래했고, 루쉰은 그의 서점을 연락처로 삼기도 했다.

8)「오두막의 잔소리」(蓬廬絮語)는 천쯔잔(陳子展)이 지은 찰기(札記). 1933년 2월 11일부터 6월 9일까지 모두 40편을 잇달아『선바오』의『자유담』에 게재했다.

9) 양싱포(楊杏佛, 1893~1933). 이름은 취안(銓), 자가 싱포. 장시(江西) 칭장(淸江) 사람. 미국 유학 뒤 둥난(東南)대학 교수, 중앙원구원 총간사 등의 직을 역임했다. 1932년 12월 그는 쑹칭링, 차이위안페이, 루쉰 등과 중국민권보장동맹을 조직하여 집행위원 겸 총간사를 맡았다. 1933년 6월 18일 상하이에서 국민당 스파이에게 암살당했다.

10) 량스추(梁實秋, 1902~1987). 저장 항현(杭縣; 지금의 위항余杭) 사람. 신월파 동인. 당시 칭다오대학 교수 겸 외국어학과 주임을 맡았다.

11) 장쯔핑(張資平, 1893~1959). 광둥 메이현(梅縣) 사람. 창조사 초기 성원. 1928년 상하이에서 러췬(樂群)서점을 열고『러췬』(樂群) 월간을 주편했으며 삼각연애소설을 많이 썼다. 항일전쟁 시기 일본의 '흥아건국운동'(興亞建國運動) 본부 상무위원 겸 문위회(文委會) 주석, 왕징웨이 정부의 농광부(農礦部) 기정(技正) 등을 역임했다. 그의 장편소설『시대와 사랑의 기로』(時代與愛的岐路)는 1932년 12월 1일부터『선바오』의『자유담』에 연재되었다. 이듬해 4월 22일『자유담』간행출판 편집실에서는 다음과 같은 광고를 내었다. "본 잡지는 장쯔핑 선생의 장편 창작『시대와 사랑의 기로』를 이미 수개월 동안 연재하고 있습니다. 최근에 가끔 지겹다는 뜻을 표시하는 독자의 편지를 받고 있습니다. 본 잡지는 독자의 의견을 존중하여 내일부터『시대와 사랑의 기로』의 연재를 중단합니다." 당시 상하이의 타블로이드는 이 사건에 대해서 많이 다루었는데, 본문에서 인용한『사회신문』을 제외하고도 같은 해 4월 27일『징바오』(晶報)에서도「자유담이 장쯔핑의 허리를 자르다」라는 단문을 실었다.

12)『홍당무』(Poil de carotte). 프랑스 작가 쥘 르나르(Jules Renard, 1864~1910)의 소설. 리례원이 번역하여 1934년 10월 상하이생활서점(上海生活書店)에서 출판. 중국어 제

목은 '紅羅卜須'이다. 여기서 말한『홍당무』는 리례원을 대신한 말로 쓰인 것 같다.

13) 쩡진커(曾今可, 1901~1971). 장시(江西) 타이허(泰和) 사람. 일본에서 유학했다. 1931년 상하이에서 신시대서국(新時代書局)을 만들고『신시대』 월간을 주편했다. 그의 '해방사'(解放詞)에 관한 것은「곡의 해방」 참고.

14) 후화이천(胡懷琛, 1886~1938). 안후이 징현(涇縣) 사람. 상하이 후장(滬江)대학 등에서 교수 역임. 그는『동방잡지』 제25권 제8호(1928년 4월 25일)와 제16호(같은 해 8월 25일)에서 잇달아「묵적은 인도인이다」(墨翟爲印度人辨)와「묵적 속변」(墨翟續辨)을 발표하여 묵적이 인도인이며 묵학(墨學)은 불학의 방계라고 했다. 1933년 3월 10일『자유담』에 쉬안(玄; 마오둔)이라는 필명으로「하필 해방하려는가」(何必解放)라는 글이 실렸는데, 여기서 "몇 해 전에 묵적이 인도인임을 '발견'한 선생이 있는데, 아주 그럴싸한 많은 '고증'을 했다"라고 했다. 이에 후화이천은 이것이 '독단적인 조롱'이고 '개인의 명예를 훼손했다'라고 하며『자유담』편집인의 책임을 묻는 편지를 보냈다.

15)『파도소리』(濤聲)는 문예적 성격을 띤 주간, 차오쥐런(曹聚仁) 편집. 1931년 8월 상하이에서 창간, 1933년 11월 정간. 제1권 제21기부터 표지에는 파도와 싸우는 까마귀 그림과 "노인은 보고 고개를 흔들고 청년들은 보고 두통을 앓고 중년은 보고 의기소침해지는데, 이것이 바로 우리들의 까마귀주의이다"라는 설명이 인쇄되어 있었다. '까마귀주의'에 관한 말은 이것을 가리킨다.

16) 원제는「"文藝座談"遙領記」,'遙領'은 직위의 이름만 받고 직접 부임하여 다스리지 않는다는 뜻이다. 예컨대 당대의 수도 창안(長安)과 제2의 수도 뤄양(洛陽)에는 '부'(府)가 있었는데, '부'의 최고 관리는 '목'(牧)이라고 칭했다. 일반적으로 '친왕'(親王)은 직접 부임하지는 않고 직위만 받았으며 실제 정무는 '윤'(尹)이 주재했다. 여기에서 '부재'는 '遙','수령'은 '領'에 대한 번역어이다.

17)『문예좌담』(文藝座談). 반월간. 쩡진커, 장쯔핑 주편. 1933년 7월 상하이에서 창간하였고, 모두 4기가 나왔다. 신시대서국 발행.

18) '구주'(九州)는 전설에 나오는 상고(上古)시대의 행정구획이다. 지금은 중국에 대한 별칭으로 사용된다.

19) '좌련'(左聯)은 중국 좌익작가연맹을 가리킨다. 중국공산당이 지도한 혁명문학단체로 1930년 3월 상하이에서 성립되었고 1935년 자진해산했다. 주요 성원으로 루쉰, 마오둔, 샤옌(夏衍), 펑쉐펑(馮雪峰), 펑나이차오(馮乃超), 저우양(周揚) 등이 있다.

20) 원제는「談"文人無行"」.

21)『중외서보신문』(中外書報新聞). 주간. 1933년 6월 상하이에서 창간, 바오커화(包可華)가 편집. 내용은 도서 간행물의 광고가 위주이고 문단의 소식도 함께 실었다. 중외출판공사(中外出版公司) 발행. 같은 해 8월『중외문화신문』(中外文化新聞)으로 이름을 바꾸었다.

22) 원래 제목은「望歲小農居日記」이다.

23) 『맹자』「이루상」(離婁上)에 "사람에게 있는 것 가운데 눈동자보다 선량한 것은 없다. 눈동자는 그 악함을 가릴 수 없다. 속마음이 바르면 곧 눈동자가 밝고, 속마음이 바르지 않으면 곧 눈동자가 흐리다"라는 말이 있다.

24) 추이완추(崔萬秋, 1903~1982). 산둥(山東) 관청(觀城 ; 지금은 허난 판현範縣에 편입됨) 사람. 일본에서 유학했으며, 『다완바오』의 문예부간『횃불』 주편.

25) 1933년 2월에 쩡진커는 자신의 시집『두 개의 별』(兩顆星)을 출판하면서 추이완추의 이름으로「서문을 대신하여」(代序)를 실었다. 같은 해 7월 2, 3일에 추이완추는 각각 『다완바오』의『횃불』과『선바오』에 광고를 실어「서문을 대신하여」는 자신의 글이 아니라고 했다. 이에 쩡진커는 7월 4일『선바오』에 광고를 실어「서문을 대신하여」는 추이 군의 편지를 발췌한 것이라고 변명했다.

26) '붉은 모자를 씌우다'라는 표현은 백색테러 시기 진보적 인사들이 근거 없이 빨갱이로 지목되는 것을 두고 비유적으로 표현한 말이다.

27) '무행'(無行)은 문인이 문인다운 행위를 하지 않는다는 뜻인데, 중국어로 '行'은 다의어다. '싱'으로 발음될 때는 '행하다'라는 뜻이고 '항'으로 발음될 때는 '직업'을 뜻한다. '개행'(改行)이라는 말은 일종의 루쉰의 언어유희다. 여기에서 루쉰은 문인들이 '문인다운 행위를 하지 않는다'기보다는 실은 장사가 안 되면 바로 '업종을 바꾸는' 데 능수능란한 사람들이라고 풍자하고 있다.

28) 원제는「新儒林外史」.

29) 나관중(羅貫中)의『삼국지연의』(三國志演義)에는 제갈량(諸葛良)의 '공성계'(空城計)뿐만 아니라 조운(趙雲)의 '공영계'(空營計)가 나온다. '공영계'는 허함을 허하게 보이도록 하는 전략이다. 텅 빈 것을 그대로 보여 주면 적들은 도리어 속임수가 있는 것으로 생각하여 혼란에 빠지게 되고 결과적으로 승리를 거두게 하는 전략이다. 이 전략의 핵심은 허술한 처지를 과감하게 이용할 줄 아는 장수의 용기와 담력이다.

30) 양춘런(楊邨人, 1901~1955). 광둥 차오안(潮安) 사람. 1925년 중국공산당에 가입, 1928년 태양사(太陽社), 1930년에 '좌련'에 참가했으나 1932년에 혁명 진영을 떠났다. 그는 1933년 2월『독서잡지』(讀書雜誌) 제3권 제1기에「정당 생활이라는 참호를 떠나며」(離開政黨生活的戰壕)를 발표하여 혁명을 비판했다. 같은 해『현대』제2권 제4기에「프티부르주아 혁명문학의 깃발을 올리며」(揭起小資産階級革命文學之旗)를 발표하며 '제3종의 문예'를 선전했다.

31) 한스형(韓侍桁, 1908~1987). 톈진(天津) 사람. '좌련'에 참가했다가 '제3종인'으로 전향했다. 양춘런이 전향선언을 발표하자, 그는『독서잡지』제3권 제6기(1933년 6월)에「문예비평·프티부르주아 혁명문학의 깃발을 올리며」(文藝批評·揭起小資産階級革命文學之旗)를 발표했다. 여기에서 양춘런에 대해 "충실한 사람, 자신을 속이지 않고, 단체

를 속이지 않는 충실한 사람이다"라고 하고, 양춘런의 말은 "순수하게 진리를 추구하는 지식인의 문학에 대한 발언이다"라고 했다.

32) 쑤원(蘇汶)은 『현대』 제1권 제6호(1932년 10월)에 발표한 「'제3종인'의 출로」("第三種人"的出路)에서 다음과 같이 말했다. "작가, 만약 그가 자신에게 충실하다면, …… 그는 자신에게 그가 가지고 있지 않은 것을 바라지 않을 것이다. 그런데 이론가들은 그래도 큰 목소리를 내며 작가들에게 그가 가지고 있지 않은 것을 달라고 한다! 속일 용기가 없는 작가는 그들이 가진 것을 감히 꺼낼 수 없을 뿐만 아니라 다른 사람이 바라는 것도 꺼내지 못한다. 그러면 어떻게 하는가? 절필이다."

33) 장광츠(蔣光慈, 1901~1931)는 장광츠(蔣光赤)라고도 한다. 안후이 류안(六安) 사람. 작가, 태양사의 동인. 저서로는 시집 『신몽』(新夢), 중편소설 『단고당』(短袴黨), 장편소설 『전야의 바람』(田野的風) 등이 있다.

34) '태양사'(太陽社)는 문학사단으로 1927년 하반기 상하이에서 결성되었다. 동인으로 장광츠, 첸싱춘(錢杏邨; 아잉阿英), 멍차오(孟超), 양춘런 등이 있다. 1928년 1월 『태양월간』(太陽月刊)을 출판하여 혁명문학을 주장했다. 1930년 '좌련'의 성립과 동시에 자진 해산했다.

35) '사자 몸속의 해충'이라는 말은 원래 불가의 비유로 불법을 파괴한 비구승을 가리키는 표현이다. 『연화면경』(蓮華面鏡, 상권)에 다음과 같은 대목이 있다. "아난(阿難)아, 예를 들어 사자의 명이 다하여 죽으면 공중이거나 땅이거나 물이거나 육지에 있는 모든 중생들은 감히 그 사자의 살을 먹지 못한다. 오로지 사자의 몸에서 저절로 생겨난 각종 벌레들이 사자의 살을 먹는다. 아난아, 다른 사람이 나의 불법을 파괴하는 것이 아니고, 나의 불법 안의 여러 나쁜 비구승들이 독침과도 같이 내가 삼천아승지겁(阿僧祇劫) 동안 쌓고 고생하여 모은 불법을 파괴할 것이다." 여기에서는 혁명진영에 섞여 들어간 기회주의자를 가리킨다.

36) '효자'(孝子)는 양춘런을 가리킨다. 그는 「정당 생활이라는 참호를 떠나며」에서 다음과 같이 말했다. "나 자신을 되돌아보면 부친은 나이가 많았고 집은 가난했으며 동생은 어렸다. 반평생 떠돌이 생활로 한 가지 일도 이룬 게 없다. 혁명은 언제나 성공할 수 있을까. 나의 가족들은 지금 굶주린 시체가 되어 하루를 넘기기 어렵다. 장래에 혁명이 성공한다고 하더라도 상어(湘鄂) 서부 소비에트 지구의 상황으로 미루어 보면 나의 가족들은 굶주린 시체나 거지꼴을 면하기 어려울 것이다. 아무래도 근본을 지키고 나의 가족을 돌보아야겠다! 병중에 천만 번을 생각하고 마침내 이성적으로 판단하여 중국공산당을 떠났다."

풍월이야기 准風月談

『풍월이야기』(准風月談)는 루쉰이 1933년 6월에서 11월 사이에 쓴 잡문 64편을 수록하고 있다. 1934년 12월 상하이 롄화서국(聯華書局)에서 '싱중서국'(興中書局)이라는 이름으로 출판했다. 이듬해 1월 재판이 나왔고 1936년 5월에 롄화서국으로 이름을 바꾸어 출판했다. 필자 생전에 3판이 나왔다.

서문

중화민국 건국 22년 5월 25일 『자유담』의 편집인이 "국내海內의 문호들에게 이제부터 풍월을 더 많이 이야기해 주기를 호소한다"라는 광고[1]를 실은 뒤로 풍월문호의 노장老將들이 고개를 끄덕이며 한동안 기뻐했다. 냉화冷話를 하는 사람도 있었고, 우스개를 하는 사람도 있었고, '문단 스파이' 노릇에 능한 발바리들마저도 자신들의 존귀한 꼬리를 치켜세웠다. 그런데 흥미로운 점은 풍운을 이야기하는 사람들은 풍월도 이야기할 수 있다는 것이다. 비록 여전히 그대의 뜻과 다르지만 풍월을 이야기하라고 했으니 풍월을 이야기해 보기로 한다.

한 가지 화제로 작가를 구속하려고 해도 사실 그렇게 되지 않는다. 만약 "배우고 때때로 그것을 익힌다"[2]라는 시험문제로 유소[3]와 인력거꾼더러 팔고문[4]을 짓게 해도 그들 각각의 작법은 결코 같지 않다. 물론 인력거꾼이 지은 문장은 불통不通이고 헛소리라고 할 수도 있겠지만, 불통이나 헛소리가 유소들의 통일천하를 깨뜨리는 법이다. 옛말에도 있다. 류하혜는 설탕물을 보고 "노인을 모실 수 있겠다"라고 했으나, 도척이 보고는

"빗장을 붙일 수 있겠다"고 말했다.[5] 그들은 형제임에도 같은 것을 보고 생각한 용처가 이렇듯 천양지차였던 것이다. "달 밝고 바람 서늘한데, 이 좋은 밤을 어찌할까나?"[6] 좋다. 풍아風雅의 지극함에 쌍수를 들어 찬성한다. 그런데 마찬가지로 바람과 달을 언급하면서 "검은 달 살인하는 밤, 높은 바람 방화하는 낮"[7]이라고 한 것은 어떠한가? 이것 또한 분명 고시古詩가 아니던가?

나는 풍월을 이야기하면서도 끝내 시빗거리를 끄집어내고 말았지만, 결코 '살인방화'를 주장하기 위해서는 아니다. 사실 "풍월을 더 많이 이야기한다"는 말이 바로 '국사國事를 말하지 말라'는 의미라고 생각하는 것은 오해이다. '국사를 질펀하게 이야기하는 것'은 문제 될 것이 없고 그저 '질펀하기'만 하면 된다. 시위를 떠난 돌화살이 사람들의 콧등을 맞추어서는 안 된다. 왜냐하면 이것은 그들의 무기이고 그들의 간판이기 때문이다.

유월부터는 투고한 글에 다양한 필명을 사용했다. 한편으로는 물론 번거로운 일을 줄이기 위해서이기도 했고, 다른 한편으로는 독자들이 글 내용은 상관 않고 필자의 서명만 본다고 욕하는 사람들을 줄이기 위해서였다. 그런데 이렇게 하다 보니 시각은 사용하지 않고 오로지 후각으로만 글을 보는 '문학가'들의 괜한 의심을 사고 말았다. 그런데 그들의 후각은 신체와 더불어 함께 진화하지 않았기 때문에 새로운 필자의 이름을 보면 나의 별명이 아닌지 의심부터 하고 나에게 끊임없이 앵앵거렸다. 어느 때는 그야말로 독자들도 그들의 영향을 받아 까닭 없이 소란을 피우기도 했다. 지금 당시의 필명 그대로 각각의 글 아래에 남겨 두어 응분의 책임을 다하기로 한다.

예전의 편집 방법과 또 다른 점도 있는데, 게재될 당시 삭제된 문장을 대개는 살려 놓았다는 것이다. 그리고 갈피를 분명히 할 수 있도록 위에 검은 점을 찍어 두었다.[8] 삭제는 편집인이나 총편집인, 그리고 관방파의 검열관이 한 것도 있겠지만 지금은 분간할 수 있는 방법이 없다. 추측건대 구절을 바꾸고 금기를 삭제하고도 문장이 이어지는 부분은 편집인이 했을 것이고, 문기文氣가 이어지는지 혹은 의미가 완전한지 아랑곳 않고 함부로 삭제한 것은 관에서 친히 결정한 문장일 것이다.

일본의 간행물에도 금기가 있지만, 삭제된 곳은 공백으로 남기거나 실선을 그어 독자들이 알아볼 수 있게 한다. 그런데 중국의 검열관은 공백으로 못 남기게 하고 반드시 이어 놓기 때문에 독자들은 검열하고 삭제한 흔적을 보지 못하고, 모호하고 어리둥절한 구절은 필자의 탓으로 귀결된다. 일본보다 훨씬 진보적인 이 방법에 대하여, 나는 지금 중국문망사[9]에서 아주 가치 있는 역사적 사실로 보존하기를 제안한다.

작년 꼭 반년 동안 수시로 쓴 글들이 놀랍게도 어느새 한 권이 되었다. 물론 두서없는 글에 지나지 않고 '문학가'들이 거론할 가치도 없다. 하지만 이러한 글마저도 이제는 많지 않으므로 '폐품 줍는' 사람이라면 이 속에서 무언가를 찾아낼 수도 있을 것이라 생각한다. 이러한 까닭으로 나는 이 책이 잠깐이라도 생존할 것이라 믿고 있으며, 또 이것이 글을 모아 찍어 내는 까닭이기도 하다.

1934년 3월 10일 상하이에서 쓰다

주)_____

1) 국민당의 압력으로 『선바오』(申報)의 부간 『자유담』(自由談) 편집인은 1933년 5월 25일 다음과 같은 광고를 냈다. "올해는 말하기가 어려워졌고 붓대를 놀리기는 더욱 어려워졌다. 국내의 문호들에게 이제부터 풍월을 더 많이 이야기하고 근심은 덜 풀어 주기를 호소한다. 이것이 작가와 편집인 모두에게 좋은 일이 되기를 희망한다."

2) 『논어』(論語)의 「학이」(學而)에 나오는 말이다.

3) '유소'(遺少)는 패망한 청조에 대한 충성을 맹세한 유로(遺老)들 못지않게 수구적인 청년을 가리키는 말로서, 루쉰의 글에 자주 등장한다.

4) '팔고문'(八股文)은 명청(明淸)시대 과거시험의 답안으로 쓰던 문체이다. 파제(破題), 승제(承題), 기강(起講), 입수(入手), 기고(起股), 중고(中股), 후고(後股), 속고(速股) 등 여덟 부분으로 구성된다. 내용이 공허하고 형식이 상투적이다.

5) 류하혜(柳下惠)와 도척(盜跖)이 설탕물을 본 이야기는 『회남자』(淮南子)의 「설림훈」(說林訓)에 나온다. "류하혜는 엿을 보고 '노인을 모실 수 있겠다'고 말했다. 도척은 엿을 보고 '빗장(牡)을 붙일 수 있겠다'라고 말했다. 같은 것을 보고 사용하는 것이 달랐던 것이다." 동한의 고유(高誘)의 주에는 "모(牡)는 문의 빗장이다"라고 했다. 류하혜는 춘추시대 노(魯)나라 대부로서, 『맹자』의 「만장하」(萬章下)에서는 "조화의 성품을 지닌 성인"이라고 했다. 도척은 류하혜의 동생으로 전해지는데, 『사기』의 「백이열전」(伯夷列傳)에는 "날마다 무고한 사람을 죽이고 인육을 먹고 모질고 사납게 굴며 무리 수천 명을 모아 천하에 횡행한" 대도(大盜)라고 했다.

6) 송대 소식(蘇軾)의 「후적벽부」(後赤壁賦)에 나오는 구절로서 원문은 "月白風淸, 如此良夜何?"다.

7) 원대 천연자(囅然子)의 『부장록』(拊掌錄)에 나온다. "구양공(歐陽公; 즉 구양수歐陽修)이 사람들에게 명하여 각각 시 두 구절씩 짓게 했다. 모두 징역형 이상의 범죄자였다. 하나는 '칼을 들고 과부를 기만하고, 바다로 내려가 남의 배를 약탈했다'고 했고, 다른 하나는 '검은 달 살인하는 밤, 높은 바람 방화하는 낮'이라고 했다. 구양수가 가로되 '술이 소맷자락을 적시니 무거워지고 꽃이 모자 가장자리를 누르니 기울어지는구나' 했다. 누군가 시에 대해 묻자 대답하여 가로되 '이때에 징역형 이상을 저지른 사람도 시를 지었다'라고 대답했다."

8) 루쉰이 글을 쓰던 시절에 중국은 세로줄 쓰기를 하고 있었으므로 글자 옆에 강조점을 찍었다. 이 책에서는 글자 위 강조점으로 표시했음을 밝혀 둔다.

9) 루쉰은 '중국문학사'가 아니라 '중국문망사'(中國文網史)라고 하는 언어유희를 통하여 중국 문학이 제도적 감시의 그물(網)에 걸려 있던 시대였음을 드러내고 있다고 할 수 있다.

밤의 송가[1]

유광游光

밤을 사랑하는 사람은 고독한 자일뿐만 아니라 한가한 자, 싸우지 못하는 자, 광명을 두려워하는 자이다.

사람의 언행은 대낮과 한밤, 태양 아래와 등불 앞에서 종종 다른 모습을 보인다. 밤에는 조물주가 짠 유현幽玄한 천의天衣가 모든 사람들을 따뜻하고 편안하게 덮어 주므로 저도 모르게 인위적인 가면과 의상을 벗어 버리고 적나라한 모습으로 무망무제의 검은 솜 같은 커다란 덩어리 속에 싸여 들어간다.

밤에도 명암은 있다. 미명도 있고, 땅거미도 있고, 손을 내밀어도 손바닥이 안 보이기도 하고, 칠흑 같은 덩어리도 있다. 밤을 사랑하는 사람은 밤을 듣는 귀와 밤을 보는 눈이 있기 마련이어서 어둠 속에서 모든 어둠을 본다. 군자들은 전등불에서 벗어나 암실로 들어가 그들의 피로한 허리를 편다. 애인들은 달빛에서 벗어나 나무숲 속으로 들어가 그들의 눈짓을 갑작스레 달리한다. 밤의 강림은 모든 문인학사들이 백주대낮에 눈부신 백지에 쓴 초연하고 순박하고 황홀하고 왕성하고 찬란한 문장을 지우고, 애걸하고 비위 맞추고 거짓말하고 속이고 허풍 떨고 수작 부리는 야기夜氣만을 남겨 현란한 금빛의 코로나를 형성한다. 그것은 탱화 위를 비추는 빛처럼 비범한 학식을 가진 자의 두뇌를 휘감는다.

밤을 사랑하는 사람은 그리하여 밤이 베푸는 광명을 받아들인다.

하이힐의 모던 걸은 대로변 전등불 아래 또각또각 신이 나 걷지만 코 끝에 번들거리는 기름땀은 그녀가 풋내기 멋쟁이임을 증명한다. 깜빡이는 등불 아래 오랜 시간 걷다 보면 그녀는 '몰락'[2]의 운명과 마주하게 될 것이다. 줄줄이 문을 닫은 상점의 어둠이 한몫 거들어 그녀로 하여금 걸음을 늦추고 한숨을 돌리게 할 때, 비로소 심폐에 스며드는 밤의 산들거리는 시원한 바람을 느끼게 된다.

밤을 사랑하는 사람과 모던 걸은 그리하여 동시에 밤이 베푼 은혜를 받아들인다.

밤이 다하면 사람들은 다시 조심조심 일어나 밖으로 나온다. 여성들의 용모도 대여섯 시간 전과 확 달라진다. 이때부터는 시끌벅적, 와자지껄해진다. 그러나 높은 담 뒤편, 빌딩 한복판, 깊은 규방 안, 어두운 감옥 안, 객실 안, 비밀기관 안에는 여전히 놀랄 정도로 진짜 거대한 암흑으로 가득하다.

최근의 백주대낮의 흥청거림은 바로 암흑의 장식이자 인육조림 장독의 황금 뚜껑이자 귀신 면상의 로션이다. 오로지 밤만이 그냥저냥 성실한 셈이다. 나는 밤을 사랑하고, 밤새 「밤의 송가」를 짓는다.

6월 8일

1) 원제는 「夜頌」, 1933년 6월 10일 『선바오』의 『자유담』에 발표했다.

2) 1920년대 말에 벌어진 소위 '혁명문학' 논쟁에서 창조사(創造社) 동인들은 루쉰을 비판했다. 특히 청팡우(成仿吾)는 1928년 5월 『창조월간』 제1권 제11기의 「어쨌거나 '취한 눈은 느긋한' 법이다」(畢竟是"醉眼陶然"罷了)에서 루쉰의 '몰락'을 조롱했다.

밀치기[1]

펑즈위豊之餘

두세 달 전 신문에 이런 뉴스가 실렸던 것 같다. 신문팔이 아이가 신문값을 받으려고 전차의 발판에 올라서다가 내리려는 손님의 옷자락을 잘못 밟고 말았다. 그 사람은 대로하여 아이를 힘껏 밀쳤고 아이는 전차 아래로 떨어졌다. 전차는 막 출발했고 순간 멈추지 못해 아이가 깔려 죽게 했다는 내용이다.

아이를 밀쳐 넘어뜨린 사람이 어디로 갔는지는 그때도 몰랐다. 그런데 옷자락이 밟혔다고 하니 장삼[2]을 입었을 터이다. '고등 중국인'은 아니라고 하더라도 어쨌거나 상등에는 속하는 사람임을 알 수 있다.

상하이에서 길을 걷다 보면 우리는 맞은편이나 앞쪽의 행인에게 절대로 양보하지 않는 두 부류의 좌충우돌과 자주 만나게 된다. 한 부류는 두 손은 사용하지 않고 곧고 긴 다리만으로 흡사 사람이 없는 곳을 가는양 걸어오는 사람들인데, 비켜 주지 않으면 이들은 당신의 배나 어깨를 밟을 것이다. 이들은 서양 나리들인데, 모두 '고등'인으로 중국인처럼 상하의 구분이 없다. 다른 한 부류는 두 팔을 굽혀 손바닥을 바깥으로 향하게 하여 흡사 전갈의 두 집게처럼 밀치고 지나가는 사람들인데, 밀쳐진 사람이 진흙수렁이나 불구덩이에 빠지든 말든 신경 쓰지 않는다. 이들은 우리의 동포이지만 '상등'인이다. 이들이 전차에 탈 때는 이등칸을 삼등칸으로 개조한 것을 타고 신문을 볼 때는 흑막을 전문적으로 싣는 타블로이드 신문을 본다. 침을 삼켜 가며 앉아서 신문을 보지만, 전차가 움직이면 바로 밀친다.

차를 타거나 입구에 들어서거나 표를 사거나 편지를 부칠 때 그들은 밀친다. 문을 나서거나 차에서 내리거나 화를 피하거나 도망을 칠 때도 그들은 밀친다. 여성이나 아이들이 비틀비틀거릴 정도로 밀친다. 넘어 자빠지면 산 사람을 밟고 지나가고, 밟혀 죽으면 시체를 밟고 지나간다. 밖으로 나온 그들은 혀로 자신의 두꺼운 입술을 쓱 핥을 뿐 아무런 감정도 느끼지 않는다. 음력 단옷날 한 극장에서는 불이 났다는 헛소문으로 말미암아 또 밀치는 일이 발생하여 힘이 모자라는 10여 명의 소년들이 밟혀 죽었다. 죽은 시신은 공터에 진열되었고, 듣자 하니 구경 간 사람이 10,000여 명으로 인산인해를 이루어 또 밀치는 일이 발생했다고 한다.

밀치고 난 뒤에는 입을 헤벌쭉 벌리고 말한다.

"아이고, 고소해라!"[3]

상하이에서 살면서 밀치기나 밟기와 마주치지 않기를 바라는 것은 불가능하다. 뿐만 아니라 사람들은 이러한 밀치기와 밟기를 더 확장하려고 한다. 하등 중국인 가운데 모든 유약한 사람들을 밀쳐 넘어지게 하고, 모든 하등 중국인을 밟아 넘어뜨리려고 한다. 그러고 나면 고등 중국인만 남아 축하하고 있을 것이다.

"아이고, 고소해라. 문화의 보전이라는 입장에서 보면, 어떤 한 물건들이 희생된다고 해도 안타까워해서는 안 된다. 이런 물건들이 뭐가 중요하겠는가!"

6월 8일

주)_____

1) 원제는 「推」, 1933년 6월 11일 『선바오』의 『자유담』에 발표했다.
2) '장삼'(長衫)은 전통시대 중국 남성이 입던 두루마기 모양의 옷이다.
3) 루쉰은 '정말 재미있다'라는 뜻의 상하이 방언 '好白相來希'를 사용했다.

얼처우 예술[1]

펑즈위

저둥淅東의 한 지방희[2] 가운데 '얼화롄'二花臉이라는 배역이 있는데 좀 고상하게 번역하면, 그러자면, '얼처우'二丑가 그만이다. 샤오처우小丑와 다른 점은 막돼먹은 난봉꾼 역을 하는 것도 아니고 권세를 등에 업은 재상의 하인 역을 하는 것도 아니라는 것이다. 그가 맡은 역은 공자公子를 보호하는 권법사拳法師이거나 공자를 받드는 문객이다. 요컨대, 신분은 샤오처우보다 높고 성격은 샤오처우보다 나쁘다.

의로운 하인은 라오성老生이 연기하는데, 간언을 하다가 끝내는 주인을 따라 죽는다. 악한 하인은 샤오처우가 연기하며 나쁜 짓만 할 줄 알고 결국에 가서는 패망한다. 그런데 얼처우의 본령은 다르다. 그는 상등인의 품새가 조금 있어서 가야금, 바둑, 서예, 그림을 알고 주령[3]과 수수께끼 놀이를 할 줄도 안다. 하지만 그들은 권문세가에 의지하고 백성을 능멸한다. 억압당하는 사람이 있으면 그는 수차례 냉소 짓고 통쾌해하고, 모함받는 사람이 있으면 그는 수차례 을러댄다. 그런데 그의 태도가 항상 이런 것은 아니다. 대개 한편으로는 얼굴을 돌려 무대 아래 관객을 바라보며 공자의 결점을 꼬집어 내고 머리를 흔들어 귀신 같은 얼굴로 분해서는 말한다.

"여러분, 이 녀석 보시오, 이번에는 분명 운수 사나울 것이오!"

최후의 한방이 얼처우의 특징이다. 의로운 하인의 미욱함이 없고 악한 하인의 단순함이 없다. 그는 지식계급이다. 그는 자신의 의지처가 빙산이므로 결코 오래갈 수 없으며 앞으로 다른 집의 식객이 되어야 한다는 것을 잘 알고 있다. 따라서 비호를 받으며 남은 위세를 나누어 누릴 때조차도 귀공자와 절대 한 패거리가 아니라고 시침을 뗀다.

얼처우들이 편집한 극본에는 물론 이런 배역이 없다. 그들이 어찌 인정할 수 있겠는가. 샤오처우 즉, 난봉꾼들이 편집한 극본에도 있을 수 없다. 왜냐하면 그들은 만나는 보았으나 미처 생각하지 못하기 때문이다. 얼화롄은 백성들이 이런 종류의 사람을 간파하고 정수를 추출하여 만들어 낸 배역이다.

세상에 권문세가가 있으면 반드시 악의 세력이 있다. 악의 세력이 있으면 반드시 얼화롄이 있고 또한 얼화롄 예술도 있다. 간행물을 구해 일주일만 보아도 돌연 봄￼을 원망하고, 돌연 전쟁을 찬양하고, 돌연 버나드 쇼[4]의 연설을 번역하고, 돌연 혼인문제를 거론하는 사람을 보게 된다. 그런데 그 사이에 반드시 강개격앙하여 국사에 대한 불만을 표현하는 때도 있다. 이것이 바로 최후의 한방을 사용하는 것이다.

이 최후의 한방은 한편으로 그가 결코 식객이 아니라고 은폐해 준다. 그렇지만 백성들은 잘 알고 있었기 때문에 오래전에 그들의 유형을 무대 위에 올렸던 것이다.

6월 15일

주)_____

1) 원제는 「二丑藝術」, 1933년 6월 18일 『선바오』의 『자유담』에 발표했다.

2) 사오싱희(紹興戱)를 가리킨다. 사오싱다반(紹興大班), 사오싱롼탄(紹興亂彈)이라고도 했
   으며, 1949년 이후에 사오쥐(紹劇)로 개칭되었다. 친창(秦腔)에서 유래하여 명말청초
   사오싱 일대에서 완비되고 건룽(乾隆) 연간에 번성했다. 악기는 후궁(胡弓), 디(笛)가 중
   심이고 격렬하고 비장한 음조가 특징적이다.

3) '주령'(酒令)은 술자리에서 술을 권하기 위한 일종의 언어 놀이이다.

4) 버나드 쇼(George Bernard Shaw, 1856~1950). 영국의 극작가이자 비평가. 『워런 부인
   의 직업』(Mrs. Warren's Profession), 『피그말리온』(Pygmalion) 등의 극본을 썼으며, 작
   품 대부분은 자본주의 사회의 허위와 죄악을 폭로하고 있다. 1차대전 때 제국주의 전쟁
   을 비난하였고, 10월혁명에 공감을 표시하며 1931년 소련을 방문했다. 1933년에 배를
   타고 세계를 주유하던 중 2월 12일에는 홍콩, 17일에는 상하이에 들렀고, 체류 중 루쉰
   과 만났다.

우연히 쓰다[1]

웨이쒀葦素

치국평천하[2]에 능한 인물은 정녕 어디에서든지 치국평천하의 방법을 보아 낸다. 쓰촨에는 장의[3]가 옷감을 낭비한다고 하며 군대를 파견하여 잘라 버리도록 한 사람이 있고,[4] 상하이에는 찻집을 정비하려는 유명인사가 있다.[5] 듣자 하니 정비할 것은 대략 세 가지란다. 첫째는 위생에 주의하는 것이고 둘째는 시간을 정하는 것이고 셋째는 교육을 시행하는 것이다.

첫번째 항목은 물론 아주 좋다. 두번째 항목은 찻집을 열고 닫을 때마다 일일이 요령을 흔들어 댄다면, 학교 수업처럼 다소 성가실 것이다. 하지만 차를 마시기 위해서라면 달리 도리가 없고 나쁘다고 할 수도 없다.

가장 수월하지 않은 것은 세번째 항목이다. '어리석은 백성'들은 찻집에 와서 소식을 듣거나 심사를 풀어놓는다. 이외에도 『포공안』[6]류의 이야기를 듣기도 하는데, 시대가 이미 많이 흘러서 진위를 가리기 어렵기 때문에 아무렇게나 이야기하고 아무렇게나 들으면서 죽치고 앉아 있다. 이제 와서 그것을 '아무개 공안'이라고 고친다 해도 믿지도 않고 듣지도 않을 것이다. 적의 비사秘史나 흑막을 전문으로 이야기하면, 이편의 적이 꼭 저편의 적은 아니기 때문에 그다지 흥미를 자아내지 못한다. 결과적으로 찻집주인만 운수 사나워져서 헛장사를 하게 될 것이다.

청 광서光緒 1년에 고향에는 '췬위반'群玉班이라고 하는 극단이 있었다. 그런데 명실상부하지 않게 연극은 아주 형편없었고 끝내 보려는 사람이 아무도 없는 지경이 되고 말았다. 고향 사람들의 재주가 결코 대문호 못지 않았으므로 그 극단을 위해 노래 한 수를 지어 주었다.

무대 위에 췬위반이 오르면
무대 아래는 모두 흩어진다.
다급히 사당 문을 걸어 잠그지만
양쪽 벽이 모두 허물어지고 (평성)[7]
다급히 힘껏 잡아당기지만
훈툰[8] 봇짐만 남는다.

구경꾼이 연극을 보고 안 보고는 억지로 할 수 없는 것이다. 그가 안 보려고 하면 아무리 잡아당겨도 헛수고이다. 돈과 세력을 가진 일부 간행물은 천하를 주름잡을 수 있을 것 같았지만, 독자도 제한적이고 투고도 드물어서 결국 두 달에 겨우 한 권을 발행할 뿐이다. 풍자는 벌써 지난 세기 노인네의 잠꼬대가 되어 버렸고,[9] 풍자가 아닌 좋은 문예는 장차 다음 세기 청년들의 창작이 될 것 같다.

6월 15일

주)_____

1) 원제는「偶成」, 1933년 6월 22일『선바오』의『자유담』에 발표했다.

2) 수신제가치국평천하(修身齊家治國平天下)로 이어지는 유가의 교육·정치 이념으로『대학』(大學)에 나온다. 국민당 우파들은 쑨원(孫文)의 삼민주의를『대학』의 이념에 기초하여 재해석했다.

3) '장의'(長衣)는 일반적으로 독서인들이 입는 긴 복장이나, 쓰촨성(四川省)에는 일반 민중들도 즐겨 입었다.

4) 군대를 파견하여 장의를 잘라 버린 사건은 당시 쓰촨군벌 양썬(楊森)이 주장한 소위 '단의운동'(短衣運動)을 가리킨다.『논어』(論語) 반월간 제18기(1933년 6월 1일)의 '고향재'(古香齋) 칼럼에 '양썬 치하의 잉산(營山)의 현장 뤄샹주(羅象翥)의 장의금지 명령'을 전재했는데, 다음과 같은 말이 있다. "본 군이 방어임무를 임계받은 이후를 조사해 보니 이미 군단장이 서북부 민중들에게 문서에 있는 대로 나란히 단의를 입도록 하는 훈령을 내렸다. …… 4월 16일부터 공안국은 군대를 파견하였다. 가위를 휴대하여 성 안팎을 돌아다니며 금지 명령을 우습게 보고 장의를 입고 있는 사람을 만나면 가차 없이 곧장 옷 자르기를 집행했다." 「골계'의 예와 설명」 참조.

5) 1933년 6월 11일 상하이『다완바오』(大晚報)의 '일요잡담'에는 '랴오'(蓼)라는 필명으로「찻집을 개량하자」(改良坐茶館)라는 글이 실렸다. 군중이 모이는 찻집을 "무심히 둘 수 없다"고 하며, 찻집을 군중에 대한 '교육' 장소로 바꾸기를 국민당 당국에 건의하면서 '찻집의 설비를 개량할 것', '찻집의 영업시간을 규정할 것', '민중 교육의 설비를 갖출 것' 등의 방법을 제시했다.

6)『포공안』(包公案)은『용도공안』(龍圖公案)이라고도 한다. 명대 공안소설. 송(宋)의 청렴한 관리 포증(包拯)의 판결 이야기이다.

7) '허물어지다'의 원문은 '爬塌'인데, 여기서 '塌'는 고음(古音)에서는 측성(仄聲)이었으나 근대 이후 평성(平聲)으로 변했다. 여기서 루쉰이 '평성'이라고 한 것은 근대음으로 읽어야 한다는 뜻인지, 사오싱 방언음으로 읽어야 한다는 뜻인지 분명하지 않다.

8) 고기나 해산물을 넣어 만든 납작한 만두로 끓인 것으로 만둣국과 비슷하다.

9) 1933년 6월 11일『다완바오』의『횃불』(火炬)에는「대관절 자유를 바라는 것인가」(到底要不要自由)라는 글이 실렸다. 루쉰 등이 쓴 잡문을 공격하며 "풍자와 조롱은 이미 다른 시대의 노인이 하던 잠꼬대에 속한다"라고 했다.

박쥐를 말하다[1]

유광

사람들은 밤에 나오는 동물에 대하여 하나같이 조금은 혐오하는 법이다. 대개는 그것이 자신의 습관과는 달리 잠을 자지 않고, 게다가 캄캄한 밤의 숙면이나 '미행'[2] 중에 무슨 비밀을 엿보지 않을까 해서이기 때문일 것이다.

박쥐는 밤에 날아다니는 동물임에도 불구하고 중국에서 그것의 명예는 그냥저냥 괜찮은 편이다. 모기나 등에를 잡아먹어 사람들에게 이로움을 주어서가 아니라 십중팔구 그것의 이름이 '복'蝠이라는 글자와 발음이 같기 때문이다.[3] 그런 상판으로도 그림에 등장할 수 있는 까닭은 그야말로 이름을 잘 지었기 때문이다. 또 있다. 중국인은 원래부터 자신이 날 수 있기를 소망했고, 다른 것들도 모두 날 수 있다고 상상했다. 도사는 날개가 돋아나길 바라고 황제는 날아오르고 싶어 하고 사랑하는 사람들은 비익조[4]가 되고자 하고 고생스러운 사람들은 날개를 달지 못하는 것을 한스러워한다. 날개가 달린 호랑이 모습을 생각하면 모골이 송연해지지만, 칭푸[5]가 날아오면 싱긋 눈웃음 짓는다. 묵자의 비연[6]은 끝내 전해지지 않으므로 비행기는 성금을 모아 외국에 가서 구매하지 않으면 안 된다.[7] 정신문명을 지나치게 중시하기 때문으로 필연적이며 당연하고 조금도 이상할 것이 없다. 그런데 할 수는 없다고 하더라도 상상할 수는 있는 법이다. 따라서 쥐와 흡사한 것이 날개가 달린 것을 보고도 전혀 의아하게 생각하지 않았을뿐더러 유명한 문인은 시재詩材로 삼아 "황혼 무렵 산사에 도착하니 박쥐가 난다"[8]라는 것과 같은 아름다운 구절을 꾸며 내기도 했다.

그런데 서양인은 이처럼 고아한 마음이 없기 때문에 박쥐를 좋아하지 않는다. 박쥐가 화근으로 간주된 근원을 따져 보면, 생각건대 아마도 이솝[9]에게 죄를 물어야 할 성싶다. 그의 우화에는 새와 짐승들이 따로 대회를 열었는데, 박쥐가 짐승들 쪽으로 가니 날개 때문에 받아주지 않고 새들 쪽으로 가니 네 다리 때문에 받아주지 않아 어떤 입장도 취할 수 없게 되었다는 이야기가 있다. 이 때문에 사람들은 박쥐를 양다리의 상징으로 간주하고 혐오하게 되었던 것이다.

최근 중국에서는 서양 고전을 주워 때로 박쥐를 비웃기도 한다. 그런데 이 우화가 이솝에게서 나왔기에 다행이다. 그의 시대에는 동물학이 아주 유치한 수준이었기 때문이다. 하지만 이제는 달라졌다. 고래가 무슨 유에 속하고, 박쥐가 무슨 유에 속하는지는 소학생도 똑똑히 안다. 만약 그리스 고전을 주워 경전 속의 말처럼 대접한다면, 그것은 그저 그의 지식을 드러내기에 족할 뿐이고 이솝 시대에 따로 대회를 열었던 두 부류의 신사숙녀들과 마찬가지가 된다.

대학교수 량스추 선생은 고무신이 짚신과 가죽신 사이의 신발이라고 했다.[10] 이 지식 역시 서로 엇비슷하다. 그리스에서 태어났다면 그의 지위가 이솝에 버금갔을지 모르겠지만, 지금은 그가 너무 늦게 태어난 것이 정녕 애석할 따름이다.

6월 16일

주)_____

1) 원제는 「談蝙蝠」, 1933년 6월 25일 『선바오』의 『자유담』에 실렸다.
2) '미행'(微行)은 제왕이나 대신이 자신의 신분을 숨기기 위해 옷을 바꿔 입고 나가는 것을 가리킨다.
3) 중국어로 박쥐는 '볜푸'(蝙蝠)인데, 푸(蝠)는 복을 의미하는 푸(福)와 발음이 같다.
4) '비익조'(比翼鳥)는 전설상의 새 이름으로 『이아』(爾雅)의 「석지」(釋地)에 나온다. 진(晉) 곽박(郭璞)의 주는 "청적색이며, 눈이 하나고 날개가 하나여서 짝이 되어야 날 수 있다"라고 했다. 주로 연인을 비유하는 데 사용되었다.
5) '칭푸'(靑蚨)는 전설상의 곤충 이름. 고전 시문에 돈의 별칭으로 쓰였다. 진(晉) 간보(干寶)의 『수신기』(搜神記) 권13에 다음과 같은 내용이 있다. "남방에 곤충이 있는데 …… 이름이 칭푸이고 생김새는 매미와 비슷하지만 조금 크다. …… 새끼는 반드시 풀잎에 낳고, 크기는 누에와 같다. 새끼를 취하면 어미가 날아온다. …… 어미의 피를 입힌 돈은 81문(文)이고, 새끼의 피를 입힌 돈도 81문이다. 물건을 내다 팔 때 어떤 때는 어미 돈을 먼저 사용하고 어떤 때는 새끼 돈을 먼저 사용하는데, 모두 다시 날아 돌아와 돌고 도는 것이 그침이 없었다."
6) 묵자(墨子, 약B.C. 468~376). 이름은 적(翟), 춘추전국시대 노(魯)나라 사람, 묵가학파의 창시자. 묵자가 비연(飛鳶)을 만든 일에 관해서는 『한비자』(韓非子)의 「외저설(外儲說) 우상편(右上篇)」에 "묵자는 삼 년에 걸쳐서 나무 솔개(木鳶)를 만들었는데, 하루 동안 날고 부서졌다"라고 쓰여 있다. 『회남자』의 「제속훈」(齊俗訓)에는 "노반(魯般)과 묵자가 나무로 솔개를 만들어 날렸는데, 삼 일 동안 돌아오지 않았다"고 했다. 『묵자』의 「노문」(魯問)에는 공수반(公輸般; 일설에는 노반이라고 한다)이 "대나무를 깎아서 까치를 만들었다"는 기록이 있다.
7) 1933년 1월 국민당 정부는 항공구국비행기 의연금 모집을 결정하고 중화항공구국회(中華航空救國會; 후에 중국항공협회로 개칭)를 조직하여 "전국 국민의 역량을 모아 정부를 보조하고 항공사업에 노력을 기울여야 한다"라고 선언하며 전국 각지에서 항공복권을 발행하고 의연금을 모금했다.

8) 당(唐) 한유(韓愈)의 시 「산석」(山石)에 "산석은 울퉁불퉁 오솔길은 좁다 / 황혼 무렵 산사에 도착하니 박쥐가 난다"라고 했다.

9) 이솝(Aesop, 약 B.C. 6세기). 고대 그리스 우화 작가. 노예 출신이었으나 기지가 넘치고 박학하여 자유민 신분이 되었다고 한다. 『이솝 우화』 중 「박쥐와 족제비」는 박쥐 한 마리가 새들의 적인 족제비와 함께 붙잡히자 쥐라고 했다가 나중에 쥐를 미워하는 족제비에게 붙잡혔을 때는 다시 박쥐라고 해서 두 번 모두 쫓겨났다는 내용이다.

10) 량스추는 「제3종인을 논한다」(論第三種人)에서 다음과 같이 말했다. "루쉰 선생이 최근 베이핑(北平)에 와서 수차례 강연을 했는데, 한번은 강연 제목이 '제3종인'(第三種人)이었다. …… 여기서 루쉰은 비유를 들어가며 후스즈(胡適之) 선생 등이 제창한 신문화운동이 가죽신을 신고 문단에 올라선 것이라고 한다면 요즘에 벌어지는 프롤레타리아 운동은 맨발로 문단에 틈입하려는 것이라고 말했다. 이를 이어 루쉰 선생은 강연 날 가죽신을 신지도 않았고 맨발도 아니었으며 고무 밑창의 범포(帆布) 신발을 신고 있었다고 비판하는 글을 신문에 낸 사람이 있었는데, 바로 '제3종인'이다."(『편견집』偏見集) 루쉰은 1932년 11월 27일 베이징사범대학에서 '제3종인을 재론하다'(再論 '第三種人')라는 제목으로 강연했다.

'차오바쯔'[1]

뤼쑨旅隼

중국은 필경 문명이 가장 오래된 곳이고 또한 인도人道를 소중히 여기는
나라이기 때문에 줄곧 사람을 대단히 중시했다. 이따금 능욕과 주륙이 발
생하기도 했지만, 그런 것들은 사람이 아니었기 때문이다. 황제가 죽인 것
은 '반역자'이고 관군이 소탕한 것은 '비적'이고 회자수會子手가 죽인 것은
'범죄자'이다. '중하에 들어'온 만주인[2]도 금방 이처럼 인정스러운 풍속
에 물들었다. 옹정 황제는 그의 형제를 제거하기 위해 우선 '아치나'와 '싸
이쓰헤이'라는 이름을 하사하여 개명하게 했다.[3] 만주어를 몰라서 정확히
번역하지는 못하겠지만 아마도 '돼지'와 '개'라는 뜻일 것이다. 황소[4]는
반란을 일으키고 사람을 양식으로 삼았지만, 그가 사람을 먹었다고 말하
는 것은 옳지 않다. 그가 먹은 물건은 '두 다리의 양羊'이라고 불렀다.

　때는 20세기, 장소는 상하이, 뼛속으로는 늘 '인도를 소중히 여겨'도
표면적으로는 물론 다소 차이가 있을 수 있다. 중국에 있는 일부분의 결코
'사람'이 아닌 생물에 대하여 서양 나리가 어떤 시호를 내렸는지 나는 알
수 없고, 다만 서양 나리의 하수인들이 부여한 이름을 알고 있을 따름이다.

만약 당신이 조계지 거리를 자주 걸어 다닌다면 가끔 권총으로 당신을 겨누고 온몸과 들고 있는 물건을 수색하는 제복을 입은 동포 몇 사람과 이국인 한 사람(종종 이 사람이 없을 때도 있다)을 만나게 될 것이다. 백인종이라면 겨냥할 리가 없다. 황인종이라면? 표적이 된 사람이 일본인이라고 말하면 당장 권총을 내리고 지나가도록 할 것이다. 오로지 가장 오래된 문명을 가진 황제의 자손만이 절대로 "피할 수 없다".[5] 홍콩에서는 이를 일러 '몸 수색'이라고 하므로 체통이 많이 손상된다고 할 수 없다. 그런데 상하이에서는 하필이면 '차오바쯔'抄靶子라고 부른다.

차오라는 것은 수색한다搜는 뜻이고, 바쯔는 총으로 쏴야 하는 물건이다. 나는 재작년 구월에야[6] 비로소 이 이름의 정확한 뜻을 알게 되었다. 4억 개의 바쯔가 모두 문명이 가장 오래된 곳에 줄지어 있다. 개인적으로 다행인 것은 아직 총에 맞은 적이 없다는 점이다. 서양 나리의 하수인은 그의 동포들에게 실로 절묘한 이름을 지어 주었다.

그런데 우리 '바쯔'들이 서로 간에 까발릴 때는 예의를 좀 차리는 편이다. 나는 '상하이 토박이'가 아닌지라 상하이탄上海灘에서 예전에 서로 욕할 때 피차간에 어떤 시호를 내렸는지 모른다. 기록을 살펴보니 그저 '취볜쯔', '아무린'[7]에 지나지 않는다. '서우터우마쯔'[8]는 벌써 '돼지'의 은어가 되었지만, 어쨌거나 은어이므로 차라리 '고아'함을 추구할지언정 '통달'을 기하지는 않겠다[9]는 고상한 뜻을 포함하고 있다. 그런데 요즘은 자신을 대하는 태도가 그리 공손하지 않다고 생각되면, 그는 핏줄 터진 두 눈을 동그랗게 뜨고 목청을 날카롭게 세우고 입언저리에 흰 거품을 무는 동시에 두 마디를 토해 낸다. 돼지 새끼!

6월 16일

주)_____

1) 원제는 「抄靶子」, 1933년 6월 20일 『선바오』의 『자유담』에 발표했다.

2) '중하'(中夏)란 중국 내지를 뜻한다. 1616년에 금나라를 세운 만주족은 1636년에 국호를 청(淸)으로 고치고, 1644년 청에 항복한 명나라 장군 오삼계(吳三桂)의 도움을 받아 산하이관(山海關)을 침략, 같은 해 10월에 도읍을 선양(沈陽)에서 베이징으로 옮겼다.

3) 청 옹정(雍正) 황제(윤진胤禛; 강희康熙의 넷째 아들)는 즉위 전에 형제들과 황위 다툼을 했다. 즉위 후 옹정 4년(1726)에 그의 동생 윤사(胤禩; 강희의 여덟째 아들)와 윤당(胤禟; 강희의 아홉째 아들)을 제거하라고 명하고, 윤사를 '아치나'(阿其那)로, 윤당을 '싸이쓰헤이'(塞思黑)로 개명시켰다. 만주어로 전자가 개, 후자는 돼지라는 뜻이다.

4) 황소(黃巢, ?~884)는 차오저우(曹州) 위안쥐(冤句; 지금의 산둥山東 차오현曹縣) 사람, 당말 농민봉기 영수. 역사서 등에는 그의 잔인함에 대한 기록이 많이 있다. 『구당서』(舊唐書) 「황소전」(黃巢傳)에는 그가 봉기를 일으킬 당시 "포로를 잡아서 먹었다"는 기록은 있으나 '두 다리의 양'(兩脚羊)은 없다. 루쉰이 인용한 말은 남송 장계유(莊季裕)의 『계륵편』(鷄肋編)에 나온다. "정강(靖康) 병오년(1126), 오랑캐 금(金)이 중화를 어지럽힌 지 7~8년 동안 산둥, 징시(京西), 화이난(淮南) 등에는 가시덩굴이 우거져 수만 리를 헤매도 쌀 한 말을 구할 수 없었다. 도적과 관병, 주민들도 서로 잡아먹었다. 인육의 가격은 개, 돼지보다 낮아서 살찐 사람 한 덩어리에 만오천에 불과했는데, 통째로 소금에 절여 말렸다. 덩저우(登州)의 범온(范溫)은 충성스러운 사람들을 이끌고 계축년(1133)에 사오싱에서 배를 띄워 첸탕(錢塘)에 도착했으며, 어떤 이는 더 가서 항저우(杭州)에서 먹기도 했다. 늙고 여윈 남자는 '라오바훠'(饒把火; 불을 더 지펴야 함)라고 불렸고, 부인과 젊은 여자는 '부셴양'(不羨羊; 양이 부럽지 않음)이라고 불렸으며, 어린아이는 '허구란'(和骨爛; 뼈가 부드러움)이라고 불렸다. 통칭하여 '두 다리의 양'이라고 하였다."

5) 『맹자』(孟子) 「양혜왕상」(梁惠王上)에 "등(滕)은 소국이다. 힘을 다해 대국을 섬기는 일을 피할 수 없다"고 했다. 여기서 '피한다'는 것은 모욕을 당하는 것을 피한다는 뜻이다.

6) 1931년 만주사변 이후를 가리킨다.

7) 왕중셴(汪仲賢)의 『상하이속어도설』(上海俗語圖說; 상하이대학출판사, 2004)에 의하면 "상하이 사람들은 상하이에 처음 온 사람들을 보면 '취볜쯔'(曲辮子; 꾸불꾸불한 변발)라고 했다.' '취볜쯔'는 돼지라는 뜻이다. 돼지꼬리는 땋은 머리(辮; 변발)처럼 항상 꾸불꾸불하기 때문이다. '아무린'(阿木林)은 바보천치를 뜻하는 상하이 말이다.

8) '서우터우마쯔'(壽頭碼子)는 상하이 말이다. '서우터우모쯔'(獸頭模子)라고 쓰기도 하는데, 글자 그대로 해석하면 짐승머리를 달고 있다는 뜻으로 세상사에 어두워 잘 속는 바보 같은 사람을 가리킨다.

9) 청말 옌푸(嚴復)는 『천연론』(天演論)의 「역례언」(譯例言)에서 "번역에는 세 가지 어려움이 있다. 충실(信), 통달(達), 고아함(雅)이 그것이다"라고 했다.

'바이샹 밥을 먹다'[1]

뤼쉰

'바이샹'白相이라는 상하이 말을 표준말로 바꾸면 '놀다'라고 할 수밖에 없다. '바이샹 밥을 먹다'라는 말은 문언으로 "정당한 직업에 종사하지 않고 빈둥거리며 산다"라고 번역해야지만 타지방 사람들이 조금이라도 이해할 수 있을 것이다.

빈둥거려도 생활이 가능하다니 정말 이상하다. 그런데 상하이에서는 남자에게 물어보거나 여자에게 남편의 직업을 물어보면 때때로 아주 시원시원한 대답을 듣게 될 것이다. "바이샹 밥을 먹고 있어." 듣는 사람도 '학생을 가르친다', '노동을 한다'라는 말을 듣는 것처럼 조금도 이상하게 여기지 않는다. '아무 직업도 없어'라고 말하면 오히려 조금 걱정스러워질 것이다.

상하이에서 '바이샹 밥을 먹는' 것은 이처럼 광명정대한 직업이다.

우리가 상하이의 신문에서 보는 소식들은 거의 대부분이 이런 인물들의 공적이다. 그들이 없으면 항구도시의 뉴스는 결코 흥미진진할 수가 없다. 그런데 그들의 공적이 비록 많다고 하더라도 귀납해 보면 세 가지 수단에 지나지 않는다. 다만 한 가지 일에 세 가지 전부를 사용할 필요는 없기 때문에 각양각색으로 보일 뿐이다.

첫째 수단은 속임수이다. 욕심쟁이를 보면 재물로 유혹하고 고군분투하는 사람을 보면 동정하는 척하고 재수 없는 사람을 보면 비분강개하는 척하지만 비분강개하는 사람을 보면 고통스러운 척한다. 이 결과는 상대방의 것을 몽땅 강탈하는 것이다.

둘째 수단은 위압이다. 속임수가 효과 없거나 들키면 위협적인 얼굴로 바꿔 버린다. 무례하다고 말하거나 불량하다고 모함하거나 빚을 졌다고 생떼를 쓴다. 혹은 아무런 이유도 말하지 않으면서 이것도 '도리를 따지는 것'이라고 말한다. 결과는 여전히 상대방의 것을 몽땅 강탈하는 것이다.

셋째 수단은 뺑소니이다. 위에 말한 한 가지 혹은 두 가지 수단을 함께 사용하여 성공하면 곧장 슬그머니 뺑소니쳐 흔적도 찾을 수 없다. 실패해도 마찬가지로 슬그머니 뺑소니쳐서 흔적을 찾지 못하도록 한다. 크게 한번 사고를 치고는 항구도시를 떠나고 바람이 잦아지면 다시 나타난다.

이런 직업이 있다는 것이 명명백백한데도 사람들은 이상하게 생각하지 않는다. '바이샹'으로 밥을 먹을 수 있다면 노동하는 사람은 당연히 굶주려야 한다는 것은 명명백백하다. 그럼에도 불구하고 사람들은 이상하게 생각하지 않는다.

그러나 '바이샹 밥을 먹는' 친구들에게도 존경할 만한 점이 있기는 하다. 그들은 그래도 '바이샹 밥을 먹어!'라고 시원스레 알려 주기 때문이다.

6월 26일

주)_____

1) 원제는 「"吃白相飯"」, 1933년 6월 29일 『선바오』의 『자유담』에 발표했다.

중·독의 국수보존 우열론[1]

히틀러 선생[2]은 독일 국경 안에 다른 당이 존재할 수 없게 했다. 심지어는 굴복한 독일국가인민당[3]조차 요행으로라도 살아남기를 기대하기 어렵게 되었다. 이러한 조치가 우리의 몇몇 영웅들을 자못 감동시켰는지 벌써부터 그의 '일도양단'[4]을 칭송하고 있다. 그런데 사실 이것은 히틀러 선생과 그 부류들의 한 측면에 지나지 않는다. 다른 한 측면으로 그들은 아주 꼼꼼하고 치밀한 사람들이다. 증거가 될 만한 노래가 있다.

　　벼룩이 대大 관료가 되어
　　한 무리를 데리고 사방으로 돌아다닌다.
　　황후 궁녀들이 모두 두려워
　　아무도 감히 잡지 못한다.
　　근질근질 물려도
　　눌러 죽이고 싶지만 어떻게 감히.
　　아이고 하하, 아이고 하하, 하하, 아이고 하하!

이것은 모두가 알고 있는 세계적 명곡 「벼룩의 노래」5)의 한 소절이지만 독일에서는 금지된 노래이다. 물론 벼룩을 존경해서가 아니라 관료들을 풍자하고 있기 때문이다. 그런데 '이전 세기 노인의 잠꼬대'를 풍자해서가 아니라 '비非독일적'이기 때문이다. 중국과 독일의 크고 작은 영웅들 사이에는 어쨌거나 피치 못할 간극이 있기 마련이다.

중국도 꼼꼼하고 치밀한 인물이 탄생하는 곳이다. 간혹 그야말로 미시적인 데까지 생각이 미치기도 한다. 예컨대 금년 베이핑사회국에서는 시 정부가 여성의 수캐 사육을 금지하도록 하는 공문6)을 올리며 말했다.

…… 계집이 수캐와 함께 사는 곳을 조사해 보면 건강에 해로울 뿐만 아니라 수치심이 없다는 더러운 소문이 나기도 쉽다. 생각건대 예의지국인 우리나라에서는 마땅히 이러한 습속은 허용되지 말아야 하는 바이므로 삼가 훈령으로 엄금하되, 문지기 개와 사냥개를 제외하고 무릇 여성들이 기르는 수캐는 무조건 잡아 죽여 단속하기 바란다.

양국의 입각점은 모두 '국수'에 있으나 중국의 기백이 좀더 크다. 왜냐하면 독일인들은 노래 한 곡을 부를 수 없을 뿐이지만, 중국에서는 '계집'은 개를 기를 수 없을 뿐만 아니라 '수캐'도 머리를 잘리게 될 것이기 때문이다. 이것이 발바리에 미친 영향은 아주 크다. 자신을 보존하려는 본능과 시세의 필요에 호응하기 위해서 발바리는 반드시 앞으로 '문지기 개나 사냥개' 모양으로 변신해야 한다.

6월 26일

1) 원제는 「華德保粹優劣論」, 1933년 7월 2일 『선바오』의 『자유담』에 발표했다.

2) 히틀러(Adolf Hitler, 1889~1945). 독일 파시스트 지도자. 1933년 1월 내각의 수상에 임명되어 1934년 8월 대통령 힌덴부르크가 죽자 스스로 '총통 및 수상'이라 칭했다. 대내적으로 파시즘의 공포정치를 시행하고, 대외적으로 침략 정책을 시행했다. 1939년 9월 제2차 세계대전을 일으켜 1941년 6월에 소련을 침공하고, 1945년 4월 말 소련군이 베를린을 포위하자 자살했다.

3) 독일국가인민당은 히틀러가 정권을 획득할 즈음 파시스트 나치스당(국가사회주의독일노동자당)과 긴밀히 협조했다. 독일국가인민당의 당수 후겐베르크(Alfred Hugenberg)는 히틀러와의 연립 내각에서 경제와 농업부 장관을 역임했다. 1933년 6월 히틀러가 나치스당 이외의 모든 정당을 금지하자 독일국가인민당은 해산하고 후겐베르크도 장관직을 사임했다.

4) 1933년 6월 23일 『다완바오』에 「히틀러의 일도양단」(希特勒的大刀闊斧)이라는 글이 필명 없이 실렸는데, "일도양단은 언행일치의 수단으로서 히틀러 정치의 특색이다"라고 했다.

5) 독일 괴테의 『파우스트』(Faust)에 나오는 정치풍자시로서 1879년 러시아 작곡가 모데스트 페트로비치 무소르크스키(Модест Петрович Мусоргский, 1839~1881)가 이 시에 곡을 붙였다.

6) 이 문서는 『논어』 반월간 제18기 '고향재'(古香齋)란에 전재되어 있다. 「'골계'의 예와 설명」 참고.

중·독의 분서 이동론(異同論)[1]

루뉴

독일의 히틀러 선생들이 서적을 불태우자[2] 중국과 일본의 논자들은 그들을 진시황[3]에 비유했다. 그런데 진시황은 실로 억울하기 짝이 없다. 그가 억울한 까닭은 진나라가 그의 2세 때에 망하자 일군의 식객들이 새 주인을 위하여 그에 관한 험담을 했기 때문이다.

맞다. 진시황도 서적을 태운 적이 있기는 하다. 그런데 분서는 사상을 통일하기 위해서였다. 그는 농서와 의약서는 불태우지 않았고, 타국에서 온 많은 '객경'[4]들을 불러 모으기도 했다. 오로지 '진나라의 사상'만 존중한 것이 아니라 다양한 사상을 널리 받아들였던 것이다. 진나라 사람들은 아동을 존중했고, 시황의 어머니는 조나라 여자이고 조나라에서는 여성을 존중했다.[5] 따라서 우리는 '단명한 진나라'[6]가 남긴 글 가운데서 여성을 경시한 흔적을 볼 수 없다.

히틀러 선생들은 달랐다. 그들이 불태운 것은 우선 '비非독일사상'이 담긴 서적이었으므로 객경을 받아들일 만한 패기가 없었다고 할 수 있다. 그다음은 성性에 관한 서적이었다. 이것은 과학적으로 성도덕의 해방을 연구하는 것에 대한 말살이므로 결과적으로 부인과 아동들은 옛날 지위로 떨어지게 되고 빛을 볼 수 없게 된다. 뿐만 아니라 진시황이 시행한 두 수레바퀴 사이의 거리 통일, 문자 통일[7] 등등의 대사업에 비교해 보면, 그들은 아무것도 해내지 못했다.

아랍인들은 알렉산드리아를 공격하면서 그곳의 도서관을 불태워 버렸는데, 논리는 이러했다. 책에서 말하고 있는 도리가 『코란』과 같다면 『코란』이 있으므로 남겨 둘 필요가 없고, 만일 다르다면 이단이므로 남겨 놓아서는 안 된다는 것이다. 이들이야말로 히틀러 선생들의 직계조상——설령 아랍인들이 '비非독일적'이라고는 하더라도——으로 진의 분서와는 비교가 안 되는 것이다.

그런데 결과는 종종 영웅들의 예상을 빗나가기도 한다. 시황은 자신의 후손들이 만세에 이르도록 황제가 되기를 바랐지만, 기껏 2세 만에 망하고 말았다. 농서와 의약서를 분서에서 제외시켰으나 진 이전에 나온 이런 종류의 책은 현재 공교롭게도 한 부도 남아 있지 않다. 히틀러 선생은 정권을 잡자마자 책을 태우고 유태인을 공격하며 안하무인으로 행동했다. 이곳의 누런 얼굴의 양아들들도 기뻐 날뛰면서 억압받는 사람들에게 한바탕 조소를 보내고 풍자적인 글에 대하여 풍자의 차가운 화살을 쏘아 대었다.[8] "아무래도 분명하게 냉정하게 물어보아야겠다. 당신들은 도대체 자유를 원하는가, 원하지 않는 것인가? 자유가 아니면 차라리 죽겠다더니 지금 당신들은 왜 목숨을 걸지 않는가?"

이번에는 2세까지도 갈 필요도 없이 반년 만에 히틀러 선생의 문하생들은 오스트리아에서 활동이 금지되자 당의 휘장마저 삼색 장미로 바꾸어 버렸다. 정말 재미있는 것은 구호를 외치지 못하게 하자 손으로 입을 가리는 '입 막기 방식'[9]을 썼다는 사실이다.

이것이야말로 위대한 풍자이다. 찌르는 대상이 누구인지는 물을 필요도 없을 터이지만, 풍자가 아직은 '잠꼬대'가 아님을 알 수 있다. 그런데 누런 얼굴의 양아들들에게 그것을 물어보면 어떻게 생각할지는 모르겠다.

6월 28일

주)_____

1) 원제는 「華德焚書異同論」, 1933년 7월 11일 『선바오』의 『자유담』에 발표했다.

2) 1933년 히틀러는 정권을 잡은 후 문화전제정책을 시행하여 이른바 '비(非)독일'(나치즘에 부합하지 않는 것)적인 서적의 출판과 유통을 금지했다. 1933년 5월부터는 베를린 등지에서 서적을 불태우기도 했다.

3) 진시황(秦始皇, B.C. 259~210). 전국시대 진(秦)나라 군주. B.C. 221년 중국 역사상 첫번째 중앙집권 봉건왕조를 건립했다. 『사기』(史記)의 「진시황본기」(秦始皇本紀)에는 시황 34년(B.C. 213) 승상 이사(李斯)가 당시 박사 가운데 군현제를 의심하고 과거를 잣대로 현재를 비난하는 자가 있자 진시황에게 "사관의 기록 가운데 진의 사관의 기록이 아니면 모두 불태우십시오. 박사가 아니면서『시』(詩),『서』(書), 제자백가의 어록을 소장하고 있으면 모두 관리들을 시켜 불태우십시오. 간혹『시』,『서』를 말하는 자가 있으면 거리에서 사형을 집행하십시오. 과거를 들어 현재를 비난하는 자는 삼족을 멸하십시오. 관리 중에 이를 보고서도 거론하지 않는 자는 같은 죄로 벌하십시오. 명령을 내리고 30일이 되어도 불태우지 않으면 묵형에 처하십시오. 태우지 말아야 할 책은 의약, 점복, 식물 관련 서적입니다. 만일 법령을 배워야 한다면 관리를 스승으로 삼으십시오"라고 건의했다고 기록되어 있다. 진시황은 이사의 건의를 받아들여 진 이전의 농서와 의약서를 제외한 모든 고적을 불태우라고 명령했다.

4) 전국시대 각 제후국은 다른 나라 사람들을 관리로 임명하고 '객경'(客卿)이라 불렀다. 진시황의 승상 이사도 초(楚)나라 사람이다.

5) 『사기』의 「편작열전」(扁鵲列傳)에는 다음과 같은 기록이 있다. "편작의 명성은 천하에 유명했다. 한단(邯鄲)을 지나가다 (조나라 사람이) 여성을 귀하게 여긴다는 말을 듣고 냉대하 전문의사가 되었다……셴양(咸陽)에 들어가서 진나라 사람이 아이를 사랑한다

는 말을 듣고 소아 전문의사가 되었다. 편작은 풍속에 따라 변신했던 것이다." 『사기』의 「진시황본기」와 「여불위열전」(呂不韋列傳)에는 진시황의 모친이 조나라 한단 지방의 '권문세가의 딸'이라 기록되어 있다.

6) 원문은 '극진'(劇秦)인데, 아주 단명한 역사를 가진 진나라 조정이라는 뜻이다. 한대(漢代) 양웅(揚雄)의 「극진미신」(劇秦美新)에 "2세에 망했으니 얼마나 심한가!"(二世而亡, 何其劇歟!)라고 했으며, 『문선』(文選)의 「극진미신」에 대해 당대(唐代) 이선(李善)은 "극(劇)은 대단히 촉급하다는 말이다"라고 주를 달았다.

7) 『사기』의 「진시황본기」에 다음과 같은 기록이 있다. "석(石), 장(丈), 척(尺)과 같은 도량형을 통일하고 두 수레바퀴 사이의 거리를 통일하고 문자를 통일했다." 전국시대는 제후들의 할거로 각국의 제도가 모두 달랐다. 진시황은 6국을 통일한 이후 수레의 넓이를 하나로 통일시키고, 진국의 소전(小篆)을 표준 자체(字體)로 정하여 전국에 시행했으며, 동시에 화폐와 도량형도 통일했다.

8) 1933년 6월 11일 『다완바오』의 『횃불』에는 파루(法魯)의 「도대체 자유를 원하는 것인가」라는 글이 실렸다. 글쓰기의 자유를 얻지 못해서 어쩔 수 없이 '에두르는' 방법으로 글을 쓰는 작가들을 조롱하는 내용이다.

9) 1933년 1월 히틀러는 독일-오스트리아 합병을 추진했다. 오스트리아의 나치스도 독일과의 조기 합병을 희망했다. 당시 오스트리아 총리였던 돌푸스(Engelbert Dollfuss)는 나치스의 합병운동을 반대하고, 5월에는 국기 외의 모든 정당 깃발을 내거는 것을 금지했다. 독일-오스트리아 관계의 긴장이 심화됨에 따라 오스트리아 정부는 6월에 오스트리아 나치스를 해산하고 정당의 휘장을 달지 못하게 하고 정당의 구호를 외치는 것도 금지했다. 이에 따라 몇몇 나치스당원은 당의 卐 표지를 검은색, 홍색, 백색의 삼색 장미꽃으로 대체하고, 똑바로 서서 오른손은 들고 왼손으로는 입을 막는 행동으로 구호를 외쳤다.

'타민'에 대한 나의 견해[1]

웨커越客

6월 29일자 『자유담』에서 탕타오[2] 선생은 저둥浙東의 타민墮民에 대해서 거론했다. 『타민외담』[3]에 근거하여 그들은 송宋의 장군 초광찬의 부하인데, 금에 항복했기 때문에 당시 사람들이 배척했고 명 태조 때 그들의 집 대문에 '개호'丐戶라는 편액을 붙여 놓은 이래로 고통과 경멸 속에서 생활하게 되었다고 했다.

나는 사오싱에서 태어났기 때문에 유소년 시절 타민을 자주 보았고 어른들로부터 그들이 타민이 된 까닭에 대해서도 같은 이야기를 들었다. 그런데 나중에 나는 의심이 생겼다. 왜냐하면 명 태조가 원나라 조정을 함부로 대하지 않았으므로[4] 전조前朝에서 금에 투항한 송나라 장군에 대해 신경 쓸 리가 없다는 생각이 들었기 때문이다. 하물며 그들의 직업을 보더라도 '교방'이나 '악호'[5]였다는 흔적이 분명히 있으므로 그들의 조상은 오히려 명초에 홍무나 영락 황제에게 반항한 충신의사[6]일지도 모를 노릇이다. 또 다른 측면도 있다. 훌륭한 사람의 자손이 고생할 수도 있고 매국노의 자손이 꼭 타민이 되란 법도 없기 때문이다. 최근의 비근한 예를 들자면 악비[7]의 후예는 아직도 항저우에서 악왕의 분묘를 지키며 실로 어렵고 비참하게 생활하고 있는 데 반해, 진회와 엄숭[8] 등의 후손들은 어떻게 생활하고 있는가?

하지만 나는 지금 이 오래된 장부를 들추고 싶은 생각은 추호도 없다. 그저 사오싱의 타민은 이미 해방된 노비들이고, 옹정 연간에 해방되었을지도[9] 모른다고 말하고 싶을 따름이다. 그래서 그들은 물론 천한 직업이기는 하나 다른 직업을 가지게 된 것이다. 남자들은 고물을 모으거나 닭털을 팔거나 개구리를 잡거나 연극을 한다. 여자들은 설이나 명절이 되면 주인으로 여기는 집에 찾아가서 축하를 하고, 경조사가 있으면 일을 거들어 주곤 한다. 이런 일에는 여전히 노비의 모습이 남아 있지만 일을 마치면 집으로 돌아갈 뿐만 아니라 자못 많은 보상을 받는 것으로 보아 일찌감치 해방되었음을 알 수 있다.

타민이 찾아가는 주인집은 정해져 있고 아무 데나 가지 않는다. 시어머니가 죽으면 며느리가 주인집에 가는데, 마치 유산인 양 후대로 전해진다. 너무 가난해서 찾아가는 권리마저 남에게 팔아 버리면 비로소 옛 주인과의 관계가 단절된다. 그런데 만일 까닭 없이 그만 오라고 한다면 그녀에게 엄청난 치욕을 주는 것이 된다. 민국혁명 이후에 나의 모친이 한 타민 여성에게 한 말을 나는 아직도 기억한다. "앞으로 우리는 모두 같은 신분이 되니 자네들은 오지 않아도 되네." 뜻밖에 그녀는 발끈 안색을 바꾸며 분노 섞인 대답을 했다. "마님은 무슨 말씀을 하시는 거예요? …… 저희는 대대손손 계속할 거라고요!"

하잘것없는 보상을 위하여 기꺼이 노비 노릇에 안주할뿐더러 보다 광범위한 의미의 노비가 되고자 하고, 또 돈을 내어 노비가 될 권리를 사기까지 한다. 이것은 타민이 아닌 자유인이라면 절대로 생각하지 못하는 것이리라.

7월 3일

주)_____

1) 원제는 「我談 "墮民"」, 1933년 7월 6일 『선바오』의 『자유담』에 실렸다.

2) 탕타오(唐弢, 1913~1992)는 저장(浙江) 전하이(鎭海) 사람. 작가. 저서로는 잡문집 『추배집』(推背集), 『단장서』(短長書) 등이 있다. 그는 1933년 6월 29일 『선바오』의 『자유담』에 「타민」(墮民)을 발표하고 "나라를 욕보인 자의 자손이 타민이 되었으므로 나라를 팔아먹은 매국노의 자손도 적어도 앞으로 타민이 될 것이다"라는 말을 했다. '타민'은 사오싱부(紹興府)에 속하는 각 현(縣)의 일정한 지역에 모여 살던 사람들로서 과거시험을 칠 자격이 없었고 평민과 통혼하지 못했다.

3) 루쉰은 『타민외담』(墮民猥談)으로 썼지만 『타민외편』(墮民猥編)이 옳다. 작가는 미상. 청대 전대흔(錢大昕)이 편찬한 『은현지』(鄞縣志) 권1 「풍속」(風俗)에 타민에 관한 이 책의 기록을 인용한 대목이 있다. "타민은 개호(丐戶; 동냥아치 집안)를 가리킨다. …… 그들은 송나라 때의 죄수와 포로의 후손들인 까닭으로 배척당했다고 한다. 동냥아치 당사자들의 말에 따르면 송의 장군 초광찬(焦光贊)의 부하들이 송을 배반하고 금에 투항했기 때문에 배척당했다고 한다. …… 원나라 사람들은 '겁쟁이 집'(怯憐戶)이라고 했고, 명 태조가 호적을 정리하면서 그들의 문에 '동냥아치'(丐)라는 편액을 붙였다. …… 남자들은 개구리를 잡고 엿을 팔았다. …… 입동에는 도깨비를 잡았는데, 수염에 꽃모자에 귀신 얼굴을 하고 종과 북을 치며 놀이로 문전걸식을 했다. 그들의 부인들은 여자들의 쪽을 틀어 주고 솜털을 밀어 주거나 중매를 하거나 양갓집 색시의 들러리를 서 주고 머리를 빗겨 주었다." 명대 평민의 호적은 세습적 부역에 의해 군호(軍戶), 민호(民戶), 장호(匠戶), 조호(竈戶)로 나뉘었는데, 여기에 속하지 않는 '타민'을 '동냥아치 집안'이라고 불렀다.

4) 명초에는 원나라 조정의 잔여 세력에 대하여 토벌 겸 무마 정책을 실시했다. 『명사』(明史)의 「태조본기」(太祖本紀)에는 다음과 같은 기록이 있다. 홍무(洪武) 3년(1370) 5월 장수 이문충(李文忠)이 잉창(應昌; 지금의 네이멍구자치구 커스커텅치克什克騰旗)을 공격하여 원 황제의 아들 마이디리바츠(買的里八剌)를 생포하였다. 6월에 마이디리바츠가 수도에 도착하자 여러 신하들이 '포로를 종묘에 바치려했다'(獻俘). 이에 명 태조는 허락하

지 않고 마이디리바츠를 '숭례후'(崇禮侯)로 봉했다. 동시에 이문충의 승전보가 지나치게 과장되었으므로 재상들에게 "원은 중국에서 백 년 동안 주인 노릇을 했다. 짐과 경들의 부모는 모두 그들의 양육에 의지했건만 어찌하여 이렇게 경박한 말을 하는가, 급히 그것을 고쳐야 한다"라고 했다. 홍무 7년 9월에는 마이디리바츠를 돌려보냈고, 11년 4월에 원 황제 아이유스리다라(愛猷識理達臘)가 죽자, 명 태조는 6월에 사신을 파견하여 제사를 지냈다. 루쉰이 명 태조가 원 조정에 대하여 '함부로 대하지 않았다'라고 한 것은 이를 두고 한 말이다.

5) '교방'(敎坊)은 당대부터 설치된 여악사들의 훈련을 주관하던 기구이다. '악호'(樂戶)는 죄인들의 처자들 가운데서 악적(樂籍)에 기록된 자인데, 이 명칭은 『위서』(魏書)의 「형벌지」(刑罰志)에 처음 보인다. '교방'과 '악호'는 실제로 모두 관기이며 청대 옹정(雍正) 연간에 폐지되었다.

6) 영락(永樂) 황제에게 반항한 충신의사로는 제태(齊泰), 경청(景淸), 철현(鐵鉉), 방효유(方孝孺) 등이 있다. 주원장(朱元璋) 사후에 황태손 주윤문(朱允炆)이 즉위했으니 곧 건문제(建文帝)이다. 오래지 않아 그의 숙부인 연왕(燕王) 주체(朱棣)가 병사를 일으켜 제위를 탈취했으니 곧 영락제(永樂帝)이다. 당시 제태, 경청 등은 건문에게 충성하고 영락에게 반항했기 때문에, 그들의 부인과 자식들, 친족들 중 다수가 죽임을 당하거나 노예가 되었다(하지만 타민이 되었다는 기록은 없다). 홍무(洪武; 명 태조)에 반항한 충신의사는 누구를 가리키는지 알 수 없다.

7) 악비(岳飛, 1103~1142). 자는 붕거(鵬擧), 샹저우(相州) 탕인(湯陰; 지금의 허난河南) 사람으로 남송의 명장. 금의 군대에 저항했기 때문에 항복파인 송 고종(高宗)과 진회(秦檜)에 의해 살해당했다. 악비는 피살된 후 항저우 첸탕먼(錢塘門) 밖 황지에 매장되었다가 송 효종(孝宗) 때 항저우 시후(西湖)의 서북쪽 언덕에 이장되었다.

8) 진회(秦檜, 1090~1155)의 자는 회지(會之), 장닝(江寧; 지금의 난징南京) 사람이다. 북송 흠종(欽宗) 때 어사중승(御使中丞) 역임. 정강(靖康) 연간에 금나라 군대의 포로로 잡혀갔으나 금나라 주군의 신임을 받아 금방 풀려났다. 남송 고종(高宗) 때 재상을 지내면서 금에 대한 항복을 주장했으며 악비를 살해한 주모자이다.

엄숭(嚴嵩, 1480~1567)은 자가 유중(惟中)이고 장시(江西) 펀이(分宜) 사람이다. 명 홍치(洪治; 효종 때의 연호)에 진사가 되고 세종(世宗) 때에 화개전대학사(華蓋殿大學士), 태자태사(太子太師), 내각수보(內閣首輔) 등을 역임. 권력을 독점하여 여러 가지 악행을 저지르고 조정의 신하들을 죽였다.

9) 청대 장량기(蔣良騏)의 『동화록』(東華錄)에는 옹정 원년(1723) 9월 "저장 사오싱부 타민 동냥아치(墮民丐) 호적을 폐지하다"라는 기록이 있다.

서문의 해방[1]

타오추이桃椎

한 권의 책을 써서 "명산에 숨겨 후세 사람에게 전하"[2]는 것은 봉건시대의 일로서 일찌감치 과거지사가 되었다. 시절은 20세기 하고도 30년이 지났고 장소는 상하이 조계이다. 여기서는 매판 노릇을 하면 바로 영화를 누리지만 문학가 노릇을 하면 아무리 해도 금방 명리를 구할 수는 없다. 이리하여 술수가 존재하는 것이로다.

술수라는 것은 자신이 먼저 스스로를 문학가로 규정하는 것인데, 이들은 약간의 유산이나 수당이 있는 사람들이다. 이어서 스스로 서점을 열고 스스로 잡지를 만들고 스스로 자신의 문장을 싣고 스스로 광고하고 스스로 소식을 보도하고 스스로 온갖 술책들을 구상하고……. 그래도 안 되면 시詩의 해방[3]은 벌써 다른 사람이 했고 사詞의 해방[4]은 기껏 새나 속일 수 있을 뿐이므로 이리하여 '서문의 해방'이 제기되었다.

무릇 서문이라는 것은 자고로 있었으니 남이 지어 주기도 하고 스스로 짓기도 했다. 그런데 이런 방식은 너무 진부하기 때문에 '신시대'의 '문학가'[5]의 입맛에 부합하지 않았다. 자서는 허풍 떨기가 난감하고 다른 사람이 써 주는 것은 꼭 치켜세워 줄 것이라는 보장이 없기 때문이다. 그렇다면 당연히 해방, 해방하는 수밖에 없다. 다시 말하면 스스로가 다른 사람을 대신하여 자신의 글에 서문을 짓고,[6] 여기에 '보내온 편지 초록'이라는 말을 붙이니 정말 금상첨화가 따로 없다. '호평 한 다발'도 말미에 반드시 붙인다. 대서[代序]는 책을 펴자마자 한바탕 찬양을 보여 주는데, 흡사 명배우가 무대에 등장하자마자 온 객석에서 커다란 갈채를 보내며 얼마나 재미있는가, 라고 하는 것과 같다. 연극쟁이라면 우선 유성기를 여러 대마련하여 스스로가 '좋아'라고 녹음해 놓고 무대에 오르면서 일제히 틀어 놓는 것이다.

그런데 이런 놀음이 까발려지면 어떻게 할 것인가? 그래도 술수가 있다. 바로 '불쌍'한 얼굴로 자신이 무당파無黨派이고 주의에 기대지 않고 또한 패거리도 없고 "이제껏 오만방자하게 군 적이 없"[7]으며, '좌담'[8]에서 머리와 꼬리를 흔들거나 자신의 처지를 잊고 자만한 적이 전혀 없다고 하고, 반대로 다른 사람들이야말로 반동파이고 살인 방화주의이고 청방홍방[9] 등을 동원하여 문약하나 천재적인 공자公子님들을 기만하는 것처럼 말한다.

가장 효과적인 술수는 그가 공격을 당하는 것은 실은 "능력이 모자라서 벗들의 요구를 만족시켜 줄 수 없기" 때문이라고 말하는 것이다. 만약우리가 이 '문학가' 분의 성별을 모른다면 당파나 패거리를 가진 여러 사람들이 그에게 수차례 돈을 빌리거나 그녀에게 용을 쓰며 구혼 같은 것을 하였으나 그들을 "만족시켜 줄 수 없었기" 때문에 마침내 억울한 보복을 당하는 것이라고 의심했을 것이다.

하지만 나는 나의 말이 여전히 '신시대'의 '문학가'에게 해가 되지 않기를 희망하면서, '호평'을 '초록해'서 '발문을 대신하'고자 한다.

> "'명산에 숨겨 후세 사람에게 전하'는 일은 벌써 과거지사가 되었다. 20
> 세기에는 다른 술수가 존재하는도다. 사의 해방, 해방하고 해방하니 금
> 상첨화요, 얼마나 재미있는가? 그런데 다른 사람이야말로 반동파로서
> 문약하나 천재적인 공자를 기만하지만, 실은 곧 '능력이 모자라서 벗들
> 의 요구를 만족시켜 줄 수 없기' 때문에 마침내 억울한 보복을 당한 것이
> 므로 '신시대'의 '문학가'에게는 해가 될 것이 없도다."

7월 5일

주)_____

1) 원제는 「序的解放」, 1933년 7월 7일 『선바오』의 『자유담』에 실렸다.

2) 서한(西漢) 시대 사마천(司馬遷)의 「임소경에게 보내는 편지」(報任少卿書)에 "저는 진실
   로 이 책(『사기』)을 지어 명산에 숨겨서 후세 사람에게 전해 주고자 합니다"라는 구절
   이 나온다. 『문선』(文選) 권41에 이 글이 수록되어 있으며 당대 유량(劉良)이 "당시 그것
   을 보여 줄 성인이 없었으므로 명산에 깊이 숨겨 두고자 했다"라고 주를 달았다.

3) 5·4 신문화운동에서 후스(胡適) 등이 주장한 백화시운동을 가리킨다.

4) 1933년 쩡진커(曾今可)는 그가 주편한 『신시대』(新時代) 월간에서 소위 '사(詞)'를 해방
   하자'고 주장했다. 『신시대』 제4권 제1기(1933년 2월)는 '사 해방운동 특집호'로 출간됐
   다. 거기에는 자신이 지은 「화당춘」(畵堂春)을 게재했는데, 내용은 다음과 같다. "일 년
   이 시작되니 연초가 길어, 객이 와서 나의 쓸쓸함을 위로해 준다. 어쩌다 심심풀이하는
   건 문제 되지 않으니 마작이나 한번 놀자꾸나."

5) 쩡진커를 가리킨다. 그가 주관한 서점과 간행물에는 모두 '신시대'(新時代)라는 이름을
   사용했다.

6) 쩡진커가 추이완추(崔萬秋)의 이름으로 자신의 시집『두 개의 별』(兩顆星)에 「대서」(代序)를 쓴 일을 말한다. 같은 해 7월 2, 3일에 추이완추는 각각 『다완바오』의 『햇불』과 『선바오』에 광고를 실어 「대서」는 자신이 쓰지 않았다고 했다. '호평 한 다발'(好評一束)은 쩡진커가 『두 개의 별』의 「자서」에서 나열한 '독자의 호평'을 가리킨다.

7) 쩡진커는 1933년 7월 4일 『선바오』에 추이완추에게 답하는 광고를 실었다. "미천한 저는 당파로 호신부를 삼은 적이 없고 주의에 기대어 평계 삼은 적도 없으며, 집단적인 배경 같은 것은 더욱이나 없으며, 이제껏 오망방자하게 군 적이 없습니다. 오로지 능력이 모자라서 벗들의 요구를 만족시켜 줄 수가 없기 때문에 마침내 지기에게 죄를 짓게 되었습니다……(비록 스스로는 다행히도 영혼을 팔아먹은 적은 없기 때문에 '패거리'가 없는 사람의 불쌍한 처지를 알 수 있을 따름입니다)."

8) 쩡진커는 일군의 사람들을 초청하여 '문예만담회'(文藝漫談會)를 개최했으며 잡지『문예좌담』(文藝座談: 1933년 7월 1일판)을 주관했다.

9) '청방'(青幇)은 청말에 대운하를 이용하여 남쪽에서 베이징으로 양미(糧米) 수송을 하던 노동자들이 항해의 위험을 방지하기 위해 조직한 비밀결사이다. 홍방(紅幇)도 청말에 결성된 비밀결사로서 홍문(洪門), 홍방(洪幇)이라고도 하며 천지회(天地會)의 대외적 명칭이다. 명 태조 주원장의 연호인 홍무(洪武)의 '홍'을 본뜬 것으로 반청복명(反淸復明)의 의미가 담겨 있다고도 한다. 여기서는 모두 집단 혹은 패거리라는 뜻으로 사용되었다.

불을 훔친 또 다른 사람[1]

딩멍丁萌

불의 기원에 대하여 그리스 사람들은 프로메테우스[2]가 하늘에서 훔쳐 왔기 때문에 제우스신이 분노하여 그를 높은 산에 가두고 매로 하여금 날마다 그의 살점을 쪼아 먹도록 명령했다고 생각한다.

아프리카 토인 니암웨지족[3] 역시 일찍부터 불을 사용했으나 그리스인들이 그들에게 전수한 것은 아니다. 그들은 불을 훔쳐 온 또 다른 사람에 대한 이야기를 가지고 있다.

사람들은 불을 훔친 사람의 이름을 모른다. 어쩌면 일찌감치 망각해 버렸는지도 모른다. 그는 하늘에서 불을 훔쳐 니암웨지족 조상들에게 전해 주었다. 이로 말미암아 달라스신의 분노를 샀다고 하는 대목은 그리스의 고대 전설과 흡사하다. 그런데 달라스의 방법은 달랐다. 그를 산꼭대기에 가둔 것이 아니라 비밀리에 아무도 모르게 어두운 토굴에 가두어 버렸다. 매가 아니라 모기, 벼룩, 빈대를 보내어 그의 피를 빨아 피부가 부어오르도록 만들었다. 그때 상처를 찾아내는 역할에 능수능란한 파리도 있었다. 윙윙거리며 필사적으로 빨아 대며 그의 피부에다 파리똥을 푸지게 싸질러 그가 얼마나 더러운 물건인지를 입증했다.

그런데 니암웨지족 사람들은 이 이야기를 알지 못한다. 그들은 그저 불은 추장의 조상들이 발명하여 추장이 이단을 화형에 처하거나 집을 불태우는 데 사용하도록 전해 준 것으로 알고 있다.

운 좋게도 최근에는 교통의 발달로 아프리카 파리들도 중국에 날아들어왔다. 나는 웡웡, 잉잉거리는 소리 속에서 이런 놈들의 소리를 들을 수 있었다.

7월 8일

주)_____

1) 원제는 「別一個竊火者」, 1933년 7월 9일 『선바오』의 『자유담』에 발표했다.

2) 프로메테우스(Prometheus). 제우스한테서 불을 훔쳐 인류에게 전해 주었기 때문에 제우스의 벌을 받은 신으로 전해진다.

3) 니암웨지(Nyamwezi)는 '달의 백성'이라는 뜻으로 동아프리카 탄자니아의 주요 민족 중 하나로서 반투어계에 속한다. 원래는 조상을 숭배했으나 지금은 대다수가 기독교나 이슬람교를 믿고 있다.

지식과잉[1]

위밍虞明

세계는 생산과잉으로 말미암아 경제공황이 발생했다. 한꺼번에 3천만 명 이상의 노동자가 굶주리고 있지만 식량과잉은 여전히 '객관현실'이다. 그렇지 않다면 미국이 밀가루를 외상으로 빌려 줄 리가 없고,[2] 우리도 '풍년 재난'[3]이란 게 일어날 리가 없다.

그런데 지식도 과잉이 될 수가 있다. 지식과잉의 공황은 훨씬 심각하다. 듣자 하니, 중국의 시골에서는 현행 교육이 제창되면 될수록 농촌의 파산이 빨라지고 있다고 한다.[4] 이것은 아마도 지식의 풍년이 도리어 재난이 되어 버린 것이리라. 미국은 목화가 싸서 목화밭을 파내고 있다는데, 중국에서는 지식을 파내야 한다. 이것이야말로 서양에서 전해진 묘책이다.

서양인은 능력이 있다. 대여섯 해 전 독일에서는 대학생이 너무 많다고 아우성이었다. 정치가와 교육가들은 청년들에게 대학을 가지 말라고 큰소리로 권고했다. 현재 독일은 권고뿐만이 아니라 지식을 파내는 일을 시행하고 있다. 예를 들자면, 모든 서적을 불 질러 없애고 작가들에게는 자신의 원고를 뱃속으로 도로 삼키도록 한다.[5] 또한 일군의 대학생들이 병영에서 고된 노동을 하는 것을 가리켜 '실업문제를 해결했다'고 한다. 중국은 문과·법과 학생들의 과잉[6]을 떠들고 있지 않는가? 사실 어찌 문과·법과뿐이겠는가? 중학생도 너무 많다. '엄격한' 연합고사 제도[7]를 시행하여 쇠빗자루로 싹, 싹, 싹 쓸어버리듯 지식청년 대다수를 '민간'으로 돌려보내려고 한다.

지식과잉이 어째서 공황을 일으킬 수 있는가? 중국은 백분의 팔구십이 아직도 문맹이 아닌가? 그런데도 지식과잉은 시종일관 '객관현실'이며, 이로 말미암은 공황도 '객관현실'이다. 그런데 지식이 지나치게 많아졌다는 말은 동요가 아니면 심약에서 나온 것이다. 동요라면 터무니없는 생각일 수가 있고, 심약이라면 악랄한 수단을 쓰지 못한다. 이것의 결과는 스스로가 침착할 수 없거나 다른 사람의 침착함을 방해하는 것이다. 이리하여 재난이 발생한다. 그러므로 지식은 파내지 않으면 안 된다.

하지만 그저 파내는 것으로는 아직 미흡하다. 반드시 실용에 적합한 교육을 해야 한다. 첫째는 명리학命理學이다. 천명에 순응한다면 운명이 고단하더라도 즐겨야 한다. 둘째는 눈치학이다. '눈치를 좀 보게 되면' 근대 무기의 이해利害를 알게 된다. 최소한 이 두 가지 실용에 적합한 학문은 하루빨리 제창해야 하는 것이다. 제창하는 방법은 아주 간단한다. 고대의 한 철학자는 유심론을 반박하며 당신이 이 보리밥 한 그릇의 물질이 존재하는지를 의심한다면 먹어 보고 배가 부른지를 보는 것이 제일 좋다고 말했다. 지금 이를 빌려서 말해 보자. 전기학을 알게 하려면 전기에 감전시켜서 아픈지 보게 하는 것이 제일 좋고, 비행기 등의 효용을 알게 하려면 머리 위에서 비행기를 몰아 폭탄을 터뜨려 죽는지……를 보게 하는 것이 제일 좋다.

이러한 실용교육이 있다면 지식은 과잉이 아니다! 아멘!

7월 12일

주)_____

1) 원제는 「智識過剩」, 1933년 7월 16일 『선바오』의 『자유담』에 발표했다.

2) 1933년 5월 국민당 정부 재정부장 쑹쯔원(宋子文)은 워싱턴에서 미국 부흥금융공사와 '면화보리차관'(綿麥借款) 협정을 맺었다. 500만 불 차관을 빌려 4/5는 미국 면화를 구매하고 1/5은 미국 보리를 구매하는 것이었다.

3) 1932년 창장(長江) 유역의 여러 성은 풍년을 거두었다. 그런데 제국주의, 국민당 정부, 지주, 상인 등의 개입으로 곡물가격이 크게 하락하여 풍년을 거둔 지방의 농민이 도리어 살기 힘들어졌다.

4) 1933년 7월 11일 『선바오』에 상하이시장 우톄청(吳鐵城)의 담화가 실렸다. 그는 농촌 파산의 주요 원인을 "현행 교육제도가 농촌 환경의 필요에 적합하지 않다"는 데로 돌리면서 "현행 교육제도가 시골에서 제창되면 될수록 농촌의 파산이 빨라진다. 그러므로 농촌의 발달을 추구하고자 한다면 반드시 실용에 적합한 교육을 실시해야 한다"라고 하였다.

5) 쑹칭링(宋慶齡)은 1933년 5월 13일에 발표한 「히틀러의 폭행에 대한 항의」(抗議希特勒暴行)라는 글에서 "소설가 한스 바우어는 자신의 원고를 삼키도록 강요받았다"고 했다.

6) 1933년 5월 국민당 정부 교육부는 각 대학에 문과·법과 학생의 모집을 제한하라고 명령하며 다음과 같이 말했다. "우리나라는 수천 년 동안 문을 숭상하는 관습이 있는데, 이를 답습하여 학문을 추구하는 자들은 이를 추세로 간주하며, 학교를 세우는 자들도 문과·법과 등은 설립이 비교적 간단하여 어려움을 피하고 쉬운 것을 좇아서 마침내 인문에 치중하고 생산을 경시하여 인재의 과잉과 결핍이라는 모순 현상이 나타나게 되었다."(『선바오』, 1933년 5월 22일)

7) 국민당 정부는 1933년부터 전국 각 소·중학생이 졸업하기 위해서는 교내 졸업시험 이외에 다른 학교 졸업생들과 함께 '연합고사'(會考)라고 하는 현지 교육행정기관이 주관하는 시험에 응시하여 합격하는 자만이 졸업할 수 있게 하는 제도를 실시했다.

시와 예언[1]

위밍

예언은 언제나 시이고, 시인은 태반이 예언가이다. 그런데 예언은 시에 불과할 따름이지만 시는 종종 예언보다 영험하다.

예컨대 신해혁명 때에 갑자기 이런 노래가 발견되었다.

강철도 아흔아홉 개를 쥐고, 오랑캐가 죄다 죽을 때까지 휘두른다.

이 구절은 『추배도』[2]에 나오는 예언으로 '시'에 불과한 것일 따름이다. 그때, 어찌 아흔아홉 개의 강철도만 있었겠는가? 아무래도 서양 소총과 대포가 훨씬 무시무시했으므로 서양 소총과 대포가 결국은 우위를 점하고 강철도만이 큰 피해를 입게 될 운명이었다. 게다가 당시의 '오랑캐'는 아직도 '죄다 죽지' 않고 살아 있을 뿐만 아니라 우대를 받고 있으며,[3] 요즘은 '괴뢰'(傀) 푸이가 폼 잡는[4] 날도 있다. 따라서 예언의 능력으로 보자면 이 노래는 아무런 효험이 없었다. 죽을힘을 다해 이 예언에 따라 행동하면 왕왕 벽에 부딪히고 만다. 예컨대, 얼마 전에 아흔아홉 개의 강철도

를 특별히 벼려 전선의 전사에게 보낸 사람이 있었는데,[5] 결과는 구베이
커우古北口 등지에서 피를 흘렸을 뿐 국난의 불가항력을 증명하는 꼴이 되
고 말았다. 하지만 이 예언 노래를 '시'로 간주하면 그래도 "자기의 뜻으로
남의 뜻을 미루어 짐작함으로써 스스로 그것을 깨달았다고 말할"[6] 수 있
게 된다.

시의 이면에는 확실히 깊이 있는 예언이 함축되어 있다. 예언을 찾아
보려면 『추배도』를 읽느니보다는 시인의 시집을 읽는 것이 낫다. 아마도
올해도 무언가 발견되어야 할 때인 듯싶더니, 뜻밖에 이런 구절을 찾아내
었다.

이리를 봉하고 미친개를 좇는 이들,
한평생 짐승 사냥인 양 사람 사냥을 하네,
만인의 분노는 돌이킬 수 없고,
반드시 태백이 그들의 목을 거는 것을 보게 되리.
(왕징웨이의 『쌍조루시사고』에 실린 빅토르 위고의 「공화 2년의 전사」)[7]

실로 '탁자를 치며 놀랄' 만한 시가 아닌가? "이리를 봉하고 미친개를
좇다"라는 말은 자신이 분명 짐승임에도 불구하고 기어코 사람을 짐승처
럼 대하고, 짐승이 사냥하니 사람이 도리어 잡힌다는 것이리라! '만인'의
분노는 확실히 돌이킬 수 없는 것이다. 위고의 이 시는 1793년(프랑스 제
1공화정 2년)의 왕당파에 대해 말하고 있다. 그는 140년 후에도 이런 효험
이 있으리라고는 생각하지 못했을 것이다.

왕 선생이 이 시를 번역할 당시에는 중국이 이삼십 년 후에 백화의 세

계가 될 것이라고 생각하지 못했을 것이다. 최근 이런 문언시를 이해하는 사람이 점점 적어지고 있어서 정말 안타까울 따름이다. 그런데 예언의 절묘함은 바로 알 듯 모를 듯함에 있는 법이니, 영험함이 완전히 입증된 이후에야 비로소 '문득 대오大悟'하게 한다. 이것이 이른바 '천기는 누설할 수 없다'는 것이다.

7월 20일

주)_____

1) 원제는 「詩和預言」, 1933년 7월 23일 『선바오』의 『자유담』에 실렸다.

2) 『추배도』(推背圖)는 참위설(讖緯說)에 근거한 그림책이다. 『송사』의 「예문지」(藝文志)에는 오행가(五行家)의 저서로 나열하고 있는데, 편찬자의 이름은 없다. 남송 악가(岳珂)의 『정사』(桯史)에는 당대 이순풍(李淳風)이 지었다고 했다. 현존하는 판본은 1권 60개의 그림으로 되어 있다. 59번째 그림까지는 후대 역사의 흥망과 변란을 예측한 것이며, 60번째 그림은 당대 원천강(袁天綱)이 이순풍이 예언을 못하도록 그의 등을 떠미는 동작이 그려져 있다. 이런 까닭으로 이순풍과 원천강의 합작으로 보기도 한다. 인용한 시는 「군빵 노래」(燒餅歌)에 나오는 구절이다. 신해혁명 시기 혁명당 사이에 이 구절이 널리 퍼졌는데, 만주족에 대한 원한을 나타낸다. 「군빵 노래」는 명대 유기(劉基; 백온伯溫)가 지었다고 전해지며 『추배도』 뒤에 부록으로 실리기도 했다.

3) 민국 초기에 청 황실이 우대받던 것을 가리킨다. 신해혁명 후 난징임시정부와 청 조정은 담판을 통하여 퇴위한 청 황제에게 특별한 대우를 하고 황제 칭호를 유지하도록 의결했다. 위안스카이(袁世凱)는 복벽을 시도하면서 "청 황실에 대한 우대조건은 영원히 변경되지 않음을 언명한다"라고 하기도 했다.

4) 1932년 3월 일본은 창춘(長春)에서 만주국을 세우고 청나라 폐제 푸이로 하여금 '집정'하게 했다. 1934년 3월 '만주제국'으로 이름을 바꾸고 푸이를 '황제'라고 불렀다.

5) 1933년 4월 12일 『선바오』에 상하이의 왕수(王述)라는 사람이 친지들과 함께 큰 칼 아흔아홉 개를 특별 제작하여 시펑커우(喜峰口) 등지를 지키는 쑹저위안(宋哲元) 부대에 보냈다는 기사가 실렸다.

6) 『맹자』의 「만장상」(萬章上)에 "『시』를 말하는 것은 한 글자를 가지고 한 구절을 해치지 않고, 한 구절을 가지고 뜻을 해치지 않는 것이다. 자기의 뜻으로 시의 뜻을 미루어 짐작하면 이것이 시를 깨닫는 것이다"라는 구절이 나온다. 원문은 "以意逆志, 自謂得之"라고 되어 있으나 『맹자』에는 "以意逆志, 是爲得之"라고 나온다.

7) 왕징웨이(汪精衛, 1883~1944). 이름은 자오밍(兆銘), 원적은 저장 사오싱, 광둥(廣東) 판위(番禺)에서 출생. 젊은 시절 동맹회(同盟會)에 참가했으며 국민당 정부 행정원장 등의 요직과 당부총재를 역임. 9·18사변 후 일본과의 타협을 주장했으며 1938년 12월 공개적으로 투항, 1940년 3월에는 난징에서 국민정부를 조직하여 주석을 맡았다. 1944년 11월 일본에서 사망. 그의 『쌍조루시사고』(雙照樓詩詞稿)는 1930년 12월 민신공사(民信公司)에서 출판되었다.

빅토르 위고(Victor Marie Hugo, 1802~1885). 프랑스 작가. 장편소설 『파리의 노트르담』(Notre Dame de Paris), 『레미제라블』(Les Misérables) 등이 있다. 1853년에 장시 「맹종을 꾸짖다」(정치풍자시집 『징벌시집』 Les Châtiments에 수록)에서 1793년 프랑스대혁명 시기 유럽의 봉건연맹국가의 무장 간섭에 항거한 공화국 사병들의 영웅적 업적을 노래하고 1851년 나폴레옹 3세의 정변을 추수한 자들을 꾸짖었다. 왕징웨이가 번역한 「공화국 2년의 전사」는 이 시의 제1절이다.

'밀치기'의 여담[1]

평즈위

「제3종인의 '밀치기'」[2]라는 글을 보고 느낀 바가 있었다. 확실히 최근 '밀치기' 사업은 이미 박차를 가했고 범위도 확대되었다. 나도 30년 전 창장長江에서 자주 증기선 삼등실을 이용하곤 했지만, 당시에는 이렇게 힘껏 '밀치기'는 없었다.

그때도 물론 배표를 사야 했다. 그런데 이른바 '자리 구매'는 없었다. 살 때도 있었지만 그건 다른 경우이다. 만약 자리를 차지하지 못할까 걱정되면 아침 일찍 짐을 꾸려 배를 타러 가면 된다. 삼등실에는 서너 사람뿐 모든 자리가 비어 있기 때문이다. 그런데 빈자리에 짐을 부려 놓으려면 녹록지 않았다. 여기저기에 멜대와 노끈, 이편저편에 낡은 돗자리와 마고자가 놓여 있고, 사람들 중 누군가가 뛰어나와 자신이 맡아 둔 자리라고 말하기 때문이다. 하지만 그런 경우 회의를 열어 평화를 거론하면 그 자리를 살 수 있었고, 비싸도 8자오角 정도였다. 만약 싸움의 고수라면 정말 쉽게 처리할 수도 있었다. 일언반구도 하지 않고 근처에 앉아 있다가 징이 울리고 배가 출발할 즈음 자리확보주의자들이 멜대와 낡은 돗자리 따위를 챙겨 팔다 남은 빈자리를 포기하고 슬금슬금 강기슭으로 달아나면 유유히 짐을 부리고 한숨 자면 그만이다. 사람 숫자가 자리를 초과하여 수용할 수 없는 경우에는 자리 옆이나 고물에서 자더라도 '제3종인'이 '밀치'지는 않았다. 다만 이등실 문 앞에서 쉬는 사람들은 경리가 표 검사를 할 때 삼등실로 잠시 피해 있어야 한다.

표를 못 산 사람들은 분명 '밀치기'를 당했다. 물품 압수 절차가 끝나면 돛대나 기둥 따위에 매달아 때리는 흉내를 냈다. 그런데 내가 목격한 바에 따르면 진짜 때리는 경우는 극히 드물었고, 이렇게 해서 가장 가까운 부두에 도착하면 그를 '밀쳐' 내리도록 했다. 심부름꾼의 말에 따르면, 짐칸으로 '밀쳐' 넣어 그가 배를 탔던 곳으로 되돌아가게 할 수도 있지만 그렇게까지는 하고 싶지 않다고 했다. 가장 가까운 부두에 '밀쳐' 내려놓으면 그는 어쨌거나 한 부두만큼은 온 것이고, 한 부두 한 부두 '밀쳐'지면 비록 힘은 좀 들겠지만 결국에는 목적지에 도달할 수 있기 때문이라는 것이다.

과거의 '제3종인'은 오늘날보다 좀더 인자하고 선한 것 같다.

생활의 압박은 불평분자를 만들게 된다. 얼떨떨해서 원수가 누구인지도 분간하지 못하고 집안 사람이나 행인이나 할 것 없이 모두 자신의 앞길을 막고 있다고 생각한다. 이리하여 '밀치는 것'이다. 이는 자신을 보호하는 것일 뿐만 아니라 다른 사람을 증오하는 것이기도 하다. 이런 사람들이 권세를 얻으면 길을 나설 때에 반드시 '길 청소'[3]를 하려 한다.

나는 결코 과거에 연연하는 사람이 아니다. 최근 '밀치기' 사업이 이미 박차를 가했고 범위도 확대되었음을 말하고 있는 것에 지나지 않는다. 그저 미래의 부호들이 나를 '반동'이라는 이름의 부두로 '밀치'지는 않았으면 하고 바랄 뿐이다. 그렇게만 된다면 심히 다행일지니.

7월 24일

주)_____

1) 원제는 「"推"的餘談」, 1933년 7월 27일 『선바오』의 『자유담』에 실렸다.

2) 「제3종인의 '밀치기'」(第三種人的"推")는 1933년 7월 24일 『선바오』의 『자유담』에 다우(達伍; 즉 랴오모사(廖沫沙)라는 필명으로 실렸다. 그가 말한 '제3종인'은 루쉰이 「밀치기」(推)에서 말한 '서양 나리'와 '상등'의 중국인을 제외한 나머지 사람을 가리킨다. 다우는 "이런 사람은 '상등'도 아니고 그렇다고 하등에 나열할 수는 없다. 그런데 그는 '상등'인을 '하등'인으로 밀쳐 넣는 식객이 되고자 한다"라고 했으며, 창장의 증기선의 상황을 예로 들어 "삼등실 표를 산 사람들은 이등실 사람들에 의해 밀쳐지고, 배표만을 사고 침대표를 사지 않은 사람들은 몸을 둘 자리가 없을 정도로 밀쳐진다. 배표마저 사지 못한 사람들은 주저 없이 강기슭이나 물속으로 밀쳐진다. 배가 출발한 뒤 발견되었다면 먼저 철저한 몸수색으로 옷자락이나 허리띠에서 1~2마오(毛)나 10통위안(銅元) 남짓 찾아내어 있는 대로 가져가 배표 값으로 충당한 뒤 배 밑 짐칸으로 밀쳐 버린다. …… 이런 일들은 배에서 일하는 '식객'들이 사용하는 방법으로 '제3종인의 밀치기' 법이다"라고 했다.

3) '길 청소'(淸道)는 옛날 황제가 길을 나설 때 황제가 가는 길을 청소하고 감독하는 일을 말한다.

묵은 장부 조사[1]

뤼쉰

요 며칠 사이에 팅타오사에서 『육식가의 말』[2]을 출판했다. 이 책은 현 집권세력이 과거 재야에 있을 당시의 언설들인데, 사람들에게 "그의 말을 들려주고 그의 행동을 보여"[3] 줌으로써 전후로 어떤 차이점이 있는지 알게 해준다. 같은 출판사에서 출판한 주간 『파도소리』[4]에도 동일한 생각을 보여 주는 글이 실려 있다.

이것은 묵은 장부를 조사하는 것이다. 장부를 펴고 주판을 두드려 결산하여 어찌 된 까닭으로 전후가 맞지 않는지를 묻는 것은 확실히 적절하고 분명하며 전용하지 못하도록 만드는 가장 좋은 방법이다. 그런데 이 방법은 오늘날 사용하기에는 아무래도 너무 '케케묵은 길'古道이라고 하지 않을 수 없다.

옛사람들은 묵은 장부 조사를 두려워했다. 촉의 위장[5]은 곤궁에 빠지자 강개하고 격앙된, 좀 통속적인 언어로 「진부음」을 지어 사람들의 입에서 입으로 전해지게 했다. 그런데 그가 입신출세하자 이 시를 문집에 포함시키지 않으려 했을 뿐만 아니라 사람들의 필사본조차도 없애 버릴 궁리를 했다. 당시에 성과가 어땠는지는 알 수 없지만 청조 말년에 둔황의 동굴에서 필사본이 발굴된 것으로 보아 헛수고였음을 알 수 있다. 하지만 그의 고심은 충분히 짐작할 수가 있다.

그러나 이것은 고대 유명인의 일이다. 보통사람은 다르다. 보통사람이 묵은 장부를 없애려면 머리부터 잘리고 나서 다시 태어나는 수밖에 없다. 참수형을 받은 범인은 묶인 채로 사형장으로 끌려가며 큰소리로 말한다. "20년 지나 다시 호한好漢으로 태어나리!"[6] 부뚜막을 새로 만들고[7] 다시 사람 노릇을 하기 위해서는 20년은 반드시 지나야 한다. 정말 성가시기 짝이 없다.

그러나 이것은 고금의 보통사람의 일이다. 오늘날의 유명인은 또 다르다. 묵은 장부를 없애고 새롭게 사람 노릇 하는 이들의 방법은 보통사람에 비해 속도가 실로 편지와 전보만큼이나 차이가 있다. 조금 우회해도 괜찮다면 외국에 한번 나가거나 절 하나를 짓거나 한 차례 병이 나거나 며칠 산에 놀러 가면 된다. 서두르고자 한다면 회의를 한 차례 열거나 경전 한 권을 읽거나 한 차례 연설을 하거나 한 번 선언을 하거나 혹은 하룻밤 잠을 자거나 시 한 수를 지어도 된다. 더 서두르고자 한다면 자신의 두 뺨을 때리거나 눈물 몇 방울 흘리기만 해도 관례에 따라 '예전의 나'와 전혀 상관없는 다른 사람으로 변신할 수 있다. 정단 장군[8]은 몸을 한번 흔들어 붕어로 둔갑하여 요부들의 허벅지 사이를 들락거렸다고 하는데, 작가는 스스로 입신入神의 경지에 오른 글쓰기라고 생각했을지 모르겠지만 지금의 관점에서 보면 신기한 맛조차도 없다.

이런 둔갑법조차도 성가시다고 느끼면 눈을 허옇게 뜨고 반문한다. "이게 나의 장부라고요?" 이것도 성가시다면 눈도 허옇게 뜨지 않고 묻지도 않는다. 요즘 유행하는 것은 대개 후자의 방법이다.

요즘 세상에 어떻게 '케케묵은 길'을 다시 갈 수 있겠는가? 아직도 경전 읽기를 주장하는 사람이 있는데 정녕 무슨 속내인지 알 수가 없다. 그런데 하룻밤만 지나면 사람들에게 군대에 가라고 주장할지도 모르기 때문에 나는 아직 경전을 사지 않았다. 어쩌면 내일 군대도 꼭 가야 하는 것은 아닐지도 모른다.

7월 25일

주)_____

1) 원제는 「查舊帳」, 1933년 7월 29일 『선바오』의 『자유담』에 발표했다.

2) 루쉰은 『육식가의 말』(肉食者言)이라고 했지만, 원래 책 제목은 『식육가의 말』(食肉者言)이다. 마청장(馬成章)이 편집하여 1933년 7월 상하이 팅타오사(聽濤社)에서 출판했다. 우즈후이(吳雉暉)와 현대평론파 탕유런(唐有壬), 가오이한(高一涵), 저우경성(周鯁生) 등이 수년 전에 쓴 베이양(北洋)정부를 공격하는 글 10여 편이 실려 있다. 이들이 이 책을 출판한 목적은 예전의 자신과 완전히 달라졌음을 보여 주기 위해서였다. 당시 우즈후이는 장제스(蔣介石)와 협력하고 있었으며, 탕유런도 국민당 정부의 고관이 되었기 때문이다. '육식가'(肉食者)는 높은 지위의 월급을 많이 받는 사람을 가리키는데, 『좌전』(左傳)의 '장공(莊公) 10년'에 "육식가는 비루하고 멀리 내다보는 계책을 세우지 못한다"라는 말이 나온다.

3) 『논어』의 「공야장」(公冶長)에 "공자께서 가로되 '처음에 나는 사람에 대하여 그 사람의 말을 듣고 그 사람의 행동을 믿었는데, 지금 나는 사람에 대하여 그 사람의 말을 듣고 그 사람의 행동을 본다'"라는 말이 나온다.

4) 『파도소리』(濤聲)는 문예적 성격을 띤 주간지로, 차오쥐런(曹聚仁)이 편집했다. 1931년 8월 상하이에서 창간, 1933년 11월 정간되었다.

5) 위장(韋莊, 약836~910)은 자가 단기(端己), 징자오(京兆) 서링(杜陵; 지금의 산시陝西 시안西安) 사람, 만당(晚唐) 오대(五代)의 시인이자 사인(詞人). 오대 이전 촉(蜀)의 주군인 왕건(王建)의 재상이다. 당 희종(僖宗) 광명(廣明) 원년(880) 황소(黃巢)가 이끈 농민봉기군이 창안(長安)을 공격할 당시 위장은 마침 과거시험을 보기 위해 도성에 머무르고 있

었다. 3년 후(883 ; 중화中和 3년)에 그는 당시에 보고 들은 혼란한 상황을 묘사하여 장편 서사시 「진부음」(秦婦吟)을 지었다. 이 시는 대단히 널리 퍼져 많은 사람들이 만장에 써 붙였으며 그를 일러 '진부음」수재'라고 했다. 시에는 황소가 창안에 들어오자, 허둥대는 공경(公卿)들과 백성들을 괴롭히는 관군의 모습을 묘사했다. 왕건은 당시 관군 양복광(楊復光) 부대의 장수였기 때문에 나중에 위장은 이 시를 없애려고 했으며, 「가계」(家戒)에서 특별히 가족들에게 '진부음」만장을 걸지 말라'고 부탁하기도 했다(송대 손광헌孫光憲의 『북몽쇄언』北夢瑣言에 보임). 따라서 그의 동생 위애(韋藹)는 『완화집』(浣花集)을 편집하면서 이 시를 수록하지 않았다. 청 광서(光緖) 말년 영국인 스타인(Marc Aurel Stein, 1862~1943)과 프랑스인 펠리오(Paul Pelliot, 1878~1945)가 차례로 간쑤(甘肅) 둔황현(敦煌縣) 쳰포둥(千佛洞)의 고문물을 조사할 당시 이 시의 불완전한 필사본이 발견되었다. 1924년 왕궈웨이(王國維)가 파리 도서관에 소장된 천복(天復) 5년(905) 장귀(張龜)의 사본과 런던 박물관에 소장된 정명(貞明) 5년(919) 안우성(安友盛)의 사본을 근거로 교정하여 원래의 시로 완전하게 복구했다.

6) 옛날 죄수들은 환생설에 따라 자신들이 사형을 당하더라도 20여 년이 지나면 다시 호한으로 태어날 수 있다고 믿었다. 루쉰의 「아Q정전」에도 아Q가 사형을 당하기 직전 이와 같은 말을 무심코 내뱉는 장면이 나온다.

7) '다시 부뚜막을 새로 만든다'(另起爐灶)는 말은 어떤 일을 새롭게 다시 시작한다는 뜻이다.

8) '정단사자'(淨壇使者)는 『서유기』(西遊記)의 저팔계를 가리킨다. 저팔계가 붕어(원래는 메기이다)로 변신하여 요부들의 허벅지 사이를 들락거린 이야기는 제72회에 나온다.

신새벽의 만필[1]

루쉰

장헌충[2]에 관한 전설이 중국 어디에나 있다는 사실에서 사람들이 그를 대단히 예사롭지 않은 인물로 간주한다는 것을 알 수 있다. 나도 예전에는 그를 예사롭지 않은 인물 중 하나라고 생각했다.

어릴 때 『무쌍보』[3]라는 책을 본 적이 있다. 청대 초기의 작품으로 역사적으로 둘도 없는 아주 특별한 인물을 모아서 각각의 초상화를 그리고 시를 쓴 것인데, 나쁜 사람은 없었던 것 같다. 이 책 덕분으로 후에 나는 역대로 중국인의 성질을 대표하는 아주 특별한 인물을 골라서 중국 '사람의 역사'를 지을 수 있을 것이라고 생각하기도 했다. 영국의 칼라일이 지은 『영웅과 영웅숭배』[4]나 미국의 에머슨이 지은 『위인론』[5]과 같은 책 말이다. 다만 좋은 사람과 나쁜 사람을 모두 포함시켜야 한다. 눈을 먹으며 고절苦節을 지킨 소무[6]도 있고 몸 바쳐 불법佛法을 추구한 현장[7]도 있고 '온몸을 나라를 위해 죽을 때까지 바치고자 한' 공명[8]도 있어야 하지만, '죽을 때까지' 고법古法을 맹신한 왕망[9]도 있고 농반진반으로 변법을 주장한 왕안석[10]도 있어야 하고, 장헌충도 당연히 포함되어야 한다. 그런데 지금은 붓을 들 생각이 터럭만치도 없어졌다.

『촉벽』[11]과 같은 책에는 장헌충의 살인이 퍽 상세하게 기록되어 있다. 그런데 좀 방만하여 그가 '예술을 위한 예술'과 흡사하게 오로지 '살인을 위한 살인'을 하고 있는 것처럼 보인다. 그는 사실 다른 목적이 있었던 것이다. 애초에는 그렇게 많이 죽이지 않았고 황제가 되려는 생각을 버린 적이 없었다. 후에 이자성李自成이 베이징으로 진격하고 계속해서 청나라 병사가 산하이관에 들어오자 자신에게는 몰락의 길만이 남았다는 사실을 알고 나서부터 죽이고, 죽이기……를 시작했던 것이다. 그는 이미 천하에 자신의 것은 없으며, 이제는 남의 것을 파괴하고 있음을 분명히 느끼고 있었다. 장헌충의 마음은 조대朝代 말기에 문아文雅한 황제들이 죽기 직전 조상들이나 자신이 수집한 서적, 골동품, 보배 따위를 모조리 불태우는 심정과 완전히 일치한다. 그에게 골동품 따위는 없었고 병사가 남아 있었기 때문에 죽이고, 죽이고, 살인하고 죽이고……했던 것이다.

그런데 그는 병사를 유지하려고도 했는데, 이는 사실 살인을 지속하려는 것에 불과했다. 그는 남아 있는 평민들이 없을 정도로 죽여 버렸다. 심복 여럿을 병사들 속으로 보내어 엿듣게 하고 원망하는 자가 있으면 뛰어나가 체포하고 한 집안 전체를 도륙하게 했다(그의 병사는 가솔이 있을 수도 있고 포로로 잡혀 온 부녀일 수도 있다). 살인으로 병사를 다스리고 병사로 살인을 집행했다. 자신도 끝장이 났지만 이렇게 함께 멸망하는 막다른 길에 이르고자 했던 것이다. 타인이나 공공의 물건에 대하여 우리도 마찬가지로 그다지 소중하게 여기지 않지 않은가?

따라서 장헌충의 행위는 얼핏 괴팍해 보이지만 실은 아주 평범하다. 괴팍한 쪽으로 치자면 오히려 죽임을 당한 사람들이다. 어떻게 하나같이 속수무책으로 그가 죽이기를 기다리고 있었던가? 청나라의 숙왕[12]이 와서 그를 쏘아 죽이고서야 비로소 노비의 자격으로 구원을 얻을 수 있었다. 그리고 이것은 운명적으로 정해진 것이라고들 한다. 이른바 "퉁소의 대나무를 제거하고, 화살을 당겨 가슴을 관통시킨다"[13]라는 것이다. 그러나 이 예언시는 후대 사람이 꾸며 냈을 것이다. 당시 사람들이 정말로 어떻게 생각했는지 우리는 알 수가 없다.

7월 28일

주)_____

1) 원제는 「晨凉漫記」, 1933년 8월 1일 『선바오』의 『자유담』에 발표했다.

2) 장헌충(張獻忠, 1606~46)은 옌안(延安) 류수젠(柳樹澗 ; 지금의 산시 딩벤등定邊東) 사람, 명말 농민봉기 영수. 숭정(崇禎) 3년(1630)에 봉기하여 허난, 산시 등지에서 싸웠다. 숭정 17년 쓰촨으로 들어가 청두(成都)에서 황제가 되고 국호를 대서(大西)라고 했다. 순치(順治) 3년(1646)에 쓰촨 북쪽 옌팅제(鹽亭界)에서 청나라 병사에 의해 살해당했다. 옛날 역사서와 잡기(雜記)에 그의 살인에 대한 기록이 많이 나온다.

3) 『무쌍보』(無雙譜)는 청대 김고량(金古良)이 편집하고 그린 것으로 한대부터 송대에 이르기까지 40명의 초상화를 그리고 각각의 인물에 대한 시를 쓴 책이다.

4) 칼라일(Thomas Carlyle, 1795~1881)은 영국의 평론가, 역사가이다. 저서로는 『의상철학』(Sartor Resartus), 『프랑스혁명사』(The French Revolution : A History), 『과거와 현재』(Past and Present) 등이 있고, 『영웅과 영웅숭배』(Heroes and Hero Worship ; 한국어 번역본은 『영웅숭배론』)는 강연원고로서 1841년에 출판되었다.

5) 에머슨(Ralph Waldo Emerson, 1803~1882). 미국의 저술가. 저서로는 『에세이』(Essays), 『영국인의 성격』(English Traits) 등이 있다. 『위인론』(Representative Men)은 1847년 영국의 잉글랜드와 스코틀랜드에서 강연한 원고를 수정한 것으로서 1850년에 출판되었다.

6) 소무(蘇武, ?~B.C. 60)는 자는 자경(子卿), 징자오(京兆) 두링(杜陵 ; 지금의 산시 시안西安) 사람. 한 무제(武帝) 원년(B.C. 100)에 중랑장(中郎將)으로서 흉노에게 사신으로 갔다가 잡혀 지하에 갇혀 살면서 눈을 먹고 양탄자를 삼키며 목숨을 이었다. 후에 사람이 살지

않는 바이칼호로 보내져서 양을 치면서 살았으나 시종일관 굴복하지 않았다. 한 소제(昭帝) 시원(始元) 6년(B.C. 81)에 흉노와 한이 화해를 함에 따라 조정으로 돌아왔다.

7) 현장(玄奘, 602~664)은 성이 진(陳), 뤄저우(洛州) 거우스(緱氏; 지금의 허난 스거우스진師緱氏鎭) 사람, 당대의 고승이자 번역가. 수나라 말기에 출가했다. 그는 초기에 수입된 불전이 불완전하고 불전의 교의에 대한 해석이 일치하지 않는 점을 고려하여 불교 발원지인 천축국(고 인도)에 직접 가서 불법을 구하고자 했다. 정관(貞觀) 3년(629; 정관 원년이라는 설도 있음)에 창안을 출발하여 서쪽으로 간쑤(甘肅), 신장(新疆)을 거쳐 사막을 건너고 파미르 고원을 넘고 아프가니스탄을 지나 인도에 도달했다. 중인도 마가다국(Magadha)의 사원 날란다(Narlanda)에서 계현(戒賢)법사로부터 불전을 배우고 인도 반도의 동부와 서부를 두루 여행한 후 정관 19년 창안에 돌아왔다. 그는 불경 657부를 가지고 와서 제자들과 75부를 1335권으로 번역했다. 이외에 그가 여러 나라의 풍토를 구술한 것을 여러 스님들이 채록하여 『대당서역기』(大唐西域記)로 묶어 냈다.

8) 공명(孔明, 181~234). 성은 제갈(諸葛), 이름은 량(亮), 공명은 자이다. 랑예(琅邪) 양두(陽都; 지금의 산둥 이난沂南) 사람. 삼국 시기 촉한(蜀漢)의 승상을 지냈다. "온몸을 나라를 위해 죽을 때까지 바치고자"(鞠躬盡瘁, 死而後已)라는 말은 건흥(建興) 6년(228) 11월 촉의 후주(後主) 유선(劉禪)에게 올리는 상서에 나온다. 루쉰은 '췌'(瘁)를 '력'(力)으로 썼다. 이 상소는 「후출사표」(後出師表)로 칭해지며 『삼국지』의 「촉서(蜀書)·제갈량전(諸葛亮傳)」에는 안 실려 있고, 남조 송 배송지(裴松之)의 주에서 진대(晋代) 습착치(習鑿齒)의 『한진춘추』(漢晉春秋)의 인용에 보이는데, 삼국 시기 오나라 장엄(張儼)의 『묵기』(默記)에 나온다고 했다.

9) 왕망(王莽, B.C. 45~A.D. 23). 자는 거군(巨君), 둥핑링(東平陵; 지금의 산둥 리청歷城) 사람. 서한(西漢) 말년 외척의 신분으로 대사마(大司馬)에서 차츰 '섭정 황제' 노릇을 하며 조정을 농단했다. A.D. 8년 그는 어린 영(嬰)을 폐위하고 스스로 황제가 되어 국호를 신(新)이라고 하였다. 그는 즉위 후 고법을 모방하여 모든 제도를 고쳤다. 전국의 토지를 국유화하여 '왕전'(王田)이라 부르며 매매를 금지했고, 한 가족의 숫자가 8명이 안 되는 가구가 1정(井; 900무) 이상의 밭을 가지고 있으면 나머지 밭은 동족이나 마을에 나누어 주게 했고, 노비는 '사속'(私屬)이라 하고 매매를 금지했다. 그런데 후에 왕망은 모든 새로운 정치제도를 차례로 폐지했으며, 농민봉기군의 진압에 실패한 뒤 피살되었다.

10) 왕안석(王安石, 1021~86)은 자가 개보(介甫), 푸저우(撫州) 린촨(臨川; 지금의 장시江西) 사람. 북송(北宋) 때의 정치가이자 문학가. 신종(神宗) 희녕(熙寧) 2년(1069)에 재상으로서 개혁을 실행하여 균수(均輸; 물자가 남아도는 지방에서 모자라는 지방으로 이전시키는 제도), 청묘(靑苗; 농민에게 곡식이나 돈을 대출하는 제도), 면역(免役; 병역면제 제도), 방전균세(方田均稅), 보갑(保甲), 보마(保馬; 군마의 사육을 민간에 위탁하는 제도) 등의 신법을 실시했다. 수구파의 반대와 공격으로 실패했다.

11) 『촉벽』(蜀碧). 청 팽준사(彭遵泗)의 저서, 모두 4권. 장헌충이 쓰촨에 있을 때의 사적을 기록한 것으로 대부분이 살인에 관한 내용이다. 강희 21년(1682)에 지은 자서에서 어린 시절에 들은 장헌충의 이야기와 다른 사람들의 기록을 두루 수집하여 지은 것이라고 했다.

12) 숙왕(肅王)은 호격(豪格, 1609~1648)으로 청 태종(太宗; 황태극黃太極)의 장자, 화석숙친왕(和碩肅親王)에 봉해졌다. 순치(順治) 3년(1646)에 청나라 군대를 이끌고 산시, 쓰촨을 공격하여 장헌충 부대를 진압했다.

13) 원문은 '吹簫不用竹, 一箭貫當胸'. 『촉벽』권3에 실린 장헌충의 죽음에 관한 예언시이다. "원래 청두 동문 밖 강을 따라 10리쯤에 쒀장교(鎖江橋)가 있었다. 다리 옆 두둑에 후이젠탑(回瀾塔)이 있었는데, 만력(萬曆) 시기에 포정사(布政使) 여일용(余一龍)이 지은 것이다.…… (헌충은) 그것을 부수라고 명령하고 그 땅에 지휘대를 세우려고 했다. 구멍을 파고 벽돌을 끄집어내어 네 장(丈) 남짓 들어가다 옛날 비석을 발견했다. 비석에는 전문(篆文)으로 '여일용이 탑을 세우고 장헌충이 탑을 무너뜨린다. 갑을병의 해에 이 땅은 피로 물들 것이다. 요괴의 운세는 쓰촨 북쪽에서 끝나고 독기는 쓰촨 동쪽에 퍼진다. 통소에 대나무를 제거하고, 화살을 당겨 가슴을 관통시킨다. 염흥(炎興) 원년 제갈공명이 기록하다'"라고 쓰여 있었다. 숙왕이 군대를 통솔하여 헌충을 공격하고 시충(西充)에서 그를 쏘아 죽였으므로 '통소(簫)의 대나무를 제거하'면 '숙'(肅)이라는 글자가 된다. 『명사』(明史)의 「장헌충전」에는 장헌충의 죽음에 대하여 다음과 같이 말했다. "순치 3년 헌충이 도성, 궁전, 집들을 모조리 불태워 성 전체를 폐허로 만든 다음 군중을 이끌고 쓰촨 북쪽으로 갔다.…… 우리 대청(大淸)의 군대가 한중(漢中)에 도착하여…… 옌팅제에 이르자 안개가 많이 끼었는데 헌충이 아침에 이동하다가 평황포(鳳凰坡)에서 맞부딪혔다. 화살에 맞아 말에서 떨어져 장작더미 아래를 기어가는 헌충을 우리 군대가 잡아 죽였다." 그런데 청대 곡응태(谷應泰)의 『명사기사본말』(明史記事本末) 권77에는 장헌충이 "촉(蜀; 쓰촨의 청두 일대)땅에서 병사했다"라고 되어 있어서 청대 관방에서 편찬한 『명사』와 내용이 다르다.

중국인의 기발한 생각[1]

유광

외국인은 중국을 모르기 때문에 통상 중국인은 오로지 실제를 중시한다고 말한다. 사실은 결코 그렇지 않다. 우리 중국인은 기발한 생각이 제일 많은 사람들이다.

여러 여자를 거느리고 무조건 욕망을 좇는 남자는 나중에는 날마다 삼편주[2]를 마셔도 효험이 없고 그야말로 '천수(?)를 다하고 죽기' 마련임은 고금을 막론하고 모두가 아는 사실이다. 그런데 우리의 조상들은 '여자 위에 올라타'면 신선이 될 수 있다는 아주 기발한 생각을 가지고 있다. 그 예로는 여러 여자를 거느리고 몇백 살까지 살았던 팽조[3]가 있다. 이 비법은 연금술과 함께 유행했으며, 이와 관련된 온갖 제목이 기록된 고대의 도서목록은 아직도 전해진다. 그러나 실제로는 곧이곧대로 실행하지는 못했을 터이고 이제는 더 이상 믿는 사람도 없어진 듯하다. 엽색을 즐기는 영웅에게는 실로 불행이 아닐 수 없다.

그런데 또 다른 조금 기발한 생각이 있다. 그것은 바로 홍, 하는 소리로 콧구멍에서 한 줄기 백광을 쏟아내면 가까이 혹은 멀리 있는 원수나 적을 죽여 버릴 수 있다는 것이다. 게다가 백광은 다시 제자리로 되돌아오기 때문에 누가 죽였는지 찾아내지 못한다. 사람을 죽이고도 성가신 일이 안 생기니 얼마나 편안하고 자유로운 것인가. 재작년에는 이러한 재주를 갖기 위해 우당산⁴⁾에 가려는 사람들도 생겨났다. 작년부터는 큰칼부대가 이런 기발한 생각을 대체하더니 요즘은 큰칼부대의 명성도 희미해졌다. 애국적인 영웅으로서는 십분 불행한 일이다.

그런데 우리는 최근 또 다른 아주 기발한 생각을 가지게 되었다. 그것은 구국의 방법이면서 돈도 벌 수 있는 것이다. 각종 복권⁵⁾은 도박과 흡사하고 돈을 벌 수 있다는 것은 '희망'에 불과하다. 그런데 이 두 가지가 벌써부터 연결되었다는 것은 사실이다. 물론 세상에는 도박꾼들의 개평으로 살아가는 모나코 왕국⁶⁾이 있기는 하다. 하지만 상식적으로 도박이란 것은 작게는 패가망신이요, 크게는 망국을 초래하는 것이다. 구국은 불가피하게 약간의 희생이 요구되므로 최소한 그것은 돈을 버는 길과는 아주 거리가 멀다. 그런데 양자 사이에서 일치점을 발견하고 있는 것이 지금 우리의 중국이다. 비록 아직은 시험단계에 있기는 하지만 말이다.

그런데 또 다른 조금 기발한 생각도 있다. 이번에는 한 줄기 백광이 아니라 몇 번의 광고를 이용한다. 익명의 편지 몇 통과 가명으로 쓴 글 몇 편으로 원수의 머리를 베어 땅에 떨어뜨리고, 피가 흘러도 자신의 양옥과 양복에는 묻히지 않는다.⁷⁾ 게다가 쓰고 쓰는 과정에서 명성과 이익을 얻기까지 한다. 이것도 아직은 시험단계에 있으므로 결과가 어떻게 될지는 모르겠다. 하지만 출판된 문예사를 들추어 보면 이와 비슷한 인물은 보이지 않으므로 아무런 보람도 없는 잔꾀를 부린 건 아닌가 싶다.

도박으로 구국하기, 욕망 좇아 신선 되기, 팔짱 끼고 죽이기, 헛소문으로 밭 사기. 『용문편영』⁸⁾의 속편을 쓰려는 사람이 있다면, 이상 네 구절을 첨가하는 것도 괜찮겠다는 생각이다.

8월 4일

주)──────

1) 원제는 「中國的奇想」, 1933년 8월 6일 『선바오』의 『자유담』에 발표했다.

2) '삼편주'(三鞭酒)는 세 가지 동물의 수컷 생식기를 우려내어 만든 약주이다.

3) 팽조(彭祖)는 전설상의 인물. 진대(晉代) 갈홍(葛洪)의 『신선전』(神仙傳) 권1에 "팽조의 성은 전(錢), 휘는 갱(鏗)으로 전욱(顓頊)의 고손자이다. 은나라 말에 767세였음에도 불구하고 노쇠하지 않았다"고 했다. 『신선전』에는 팽조의 다음과 같은 말이 나온다. "남녀가 함께 완성이 되는 것은 천지가 함께 완성이 되는 것과 같다.…… 천지는 낮에는 갈라지고 밤에는 합해지니 1년에 360번 만나서 정기가 합해지므로 만물을 끝없이 생산할 수 있는 것이다. 사람도 그렇게 하면 오래 살 수 있다."

4) 우당산(武當山)은 후베이(湖北) 쥔현(均縣) 북쪽에 있으며 산상에는 자소궁(紫霄宮), 옥허궁(玉虛宮) 등의 도교 사원이 있다. 『태평어람』(太平御覽) 권43에는 남조 송 곽중엄(郭仲嚴)의 『남옹주기』(南雍州記)를 인용하여 "우당산은 넓이가 삼사백 리이다.…… 도를 배우고자 하는 사람이 언제나 백 명을 헤아리며 끊어지지 않고 지속되었다"고 했다. 구소설에는 검협들이 수련하는 신기한 장소로 묘사되어 있다.

5) 국민당 정부가 1933년부터 발행한 '항공도로건설복권'(航空公路建設獎券)을 가리킨다. 당시 신문에서는 복권 구매는 "애국이기도 하고 당첨이기도 하다"라고 선전했다.

6) 모나코공국(The Principality of Monaco)은 프랑스 동남쪽 지중해변의 입헌군주국. 몬테카를로(Monte Carlo)에는 세계적인 도박장이 있으며 도박 수입이 정부의 주요 재정을 담당한다.

7) 『사회소식』(社會新聞), 『미언』(微言) 등에 발표한 글과 장쯔핑(張資平), 쩡진커 등의 광고를 가리킨다.

8) 『용문편영』(龍文鞭影)은 명대 소양우(蕭良友)의 편저. 고서에 나오는 이야기를 네 글자를 한 구절로, 매 두 구절을 한 연으로 만들어 운보(韻譜)에 따라 나열하여 길게 엮었다. 사숙에서 아동용 교과서로 많이 사용되었다. '도박으로 구국하기, 욕망을 좇아 신선 되기, 팔짱 끼고 죽이기, 헛소문으로 밭 사기'의 원문은 '狂賭救國, 縱欲成仙, 袖手殺敵, 造謠買田'으로, 루쉰은 『용문편영』을 흉내 내어 네 글자로 썼다.

호언의 에누리[1]

웨이쒀

호언의 에누리란 실은 문학에서의 에누리이다. 무릇 작가의 말은 왕왕 반드시 에누리해서 보아야 한다. 형편없고 쓸데없다고 한 고백[2]조차도 결코 '정찰가격'은 아니다. 따라서 호언은 말해 무엇하겠는가.

선재仙才 이태백[3]이 호언에 능란했음은 말할 필요도 없다. 손톱을 길게 기르고 장작처럼 마른 귀재鬼才 이장길[4]조차도 "뤄예시의 검[5]"을 샀으니 내일 아침 원공을 섬기러 가리라"라고 말했다니, 그야말로 분수도 모르고 자객을 배우고자 했던 것이다. 이 말은 영零으로 에누리해서 들어야 하는데, 그가 결국 배우러 가지 않았다는 것이 그 증거이다. 남송시대 국운이 험난하던 시절 육방옹[6]은 당연히 비분강개당悲慨黨의 일원이었다. 그는 이렇게 말했다. "노자도 막다른 거대한 사막에 이른 적이 있거늘, 그대들은 어찌하여 신팅新亭을 마주하며 울고 있는가." 그는 사실 사막에 가지 않았으므로 이것 역시 영으로 에누리해야 한다. 그런데 나도 수중에 책이 없으므로 인용한 시에 착오가 있을 수 있으니, 마찬가지로 우선 여기서 에누리하고자 한다.

사실 유독 문인들만 일부러 호언을 하는 기질이 있는 게 아니다. 보통 사람이나 모리배들도 대단히 발달했다. 저잣거리에서 갑과 을이 싸울 때 지는 쪽은 대개 "내가 너를 인정하지!"라고 말하곤 한다. 그런데 여기에는 오자서[7]와 마찬가지로 장차 꼭 복수하겠다는 의미가 포함되어 있다. 하지만 결국은 복수를 하지 않는 사람이 많다. 지식인이라면 달리 음모를 꾸미겠지만, 무지렁이라면 이것이 바로 싸움의 결말이다. 말하는 사람도 악의 없고 듣는 사람도 개의치 않으니 시간이 지나면 저절로 싸움이 끝나는 일종의 의식儀式이다.

구소설가는 벌써 오래전부터 이런 상황을 간파했다. 창기와 부인이 싸우는 장면에 대한 묘사에서 관례대로 창기는 부인의 서방질을 공격한 뒤 자신에 대해 이렇게 말했다. "이몸으로 말할 것 같으면 손가락 위에 사람을 세울 수도 있고, 어깨 위에 말을 태울 수도 있다……."[8] 저의는 무엇인가? 창기는 부인이 에누리하도록 맡기는 것이다. 창기는 부인이 곧이곧대로 믿을 만큼 그렇게 어리석지 않다는 것을 알고 있지만 사뭇 이렇게 말하는 것이다. 가짜 약장수가 포장지에다 "고의로 세상을 속이는 것이라면 벼락 맞거나 불타 죽는다"라는 말을 꼭 새겨 넣는 것처럼, 그것은 일종의 의식이다.

그런데 시절이 달라진 까닭에 즉각 스스로 에누리하는 경우도 있다. 예컨대 우리는 광고에서 종종 "나는 앉아서도 이름을 바꾸지 않고 서서도 성을 바꾸지 않는 사람이다"라는 고백을 본다. 뜻밖에 『칠협오의』[9] 속의 인물을 만나기라도 한 것처럼 진정 어린 경의를 표하고 싶어진다. 하지만 이어서 "간혹 다른 필명을 사용했더라도 발표한 문장은 모두 내 책임이다"라는 말이 이어진다. 몸을 한번 비틀어 토행손[10]처럼 사라지는 꼴이다.

내가 어찌 '다른 필명 사용하기'를 좋아하겠는가? 나는 부득이해서일 따름이라는 것이다.[11] 상하이는 중국의 일부분이므로 당연히 공자의 가르침을 받은 곳이다. 계산대의 '정찰가격'이라는 금색표지가 종종 가게 밖의 '대대적 염가'라는 깃발과 서로를 비추기도 한다. 하지만 거기에도 늘 까닭은 있다. 국산품 제창 아니면 개점 기념이다.

그러므로 스스로 에누리한 것이라고 해도 여전히 충분히 에누리된 것은 아니다. 무릇 '노老상하이'[12]에서는 꼭 다시 한번 에누리해야 한다.

8월 4일

주)_____

1) 원제는 「豪語的折扣」, 1933년 8월 8일 『선바오』의 『자유담』에 발표했다. 루쉰은 중국 사람들이 과장되게 호언장담하는 습관이 있는 것을 비판하고 있다. 중국인의 말은 곧이곧대로 들어서는 안 되고 반드시 '에누리'해서, 즉 깎아서 들어야 한다고 주장하는 내용이다.

2) 쩡진커를 가리킨다. 「서문의 해방」(序的解放) 참고.

3) 이태백(李太白, 701~762). 이름은 백(白), 자가 태백(太白)이며, 조적(祖籍)은 룽시(隴西) 청지(成紀; 지금의 간쑤 친안秦安), 후에 몐저우(綿州) 창룽(昌隆)으로 옮겼다. 당대 시인. 시가 호방표일(豪放飄逸)하여 '시선'(詩仙)이라 불린다. 북송의 송기(宋祁) 등은 "태백은 선재이고 장길은 귀재이다"(太白仙才, 長吉鬼才)라고 했다(『문헌통고』文獻通考의 「경적」經籍 69에 보임).

4) 이장길(790~816). 이름은 하(賀), 자가 장길. 창구(昌谷; 지금의 허난 이양宜陽) 사람, 당대 시인. 『신당서』(新唐書)의 「문예전」(文藝傳)에 "사람이 삐쩍 말랐고 일자 눈썹에 손톱을 길렀다"라고 했다. 그의 시는 상상력이 풍부하다. 여기에 인용된 두 구절은 그의 『남원』(南園) 23수 중 제7수에 해당하며 검술을 배우고자 한다는 내용이다. 시에 인용된 '원공'(猿公) 이야기는 『오월춘추』(吳越春秋) 권9에 나온다. 월나라에 검술을 잘하는 처녀가 있었는데 구천(勾踐)의 부름을 받아 가는 길에 원공이라고 자칭하는 노인을 만났

다. 노인이 그녀에게 검술 겨루기를 요구했는데, 결과적으로 두 사람이 서로 적수가 되기에 충분하여 노인이 나뭇가지 위로 날아올라 가더니 흰 원숭이(白猿)로 변신하여 달아났다고 한다.

5) 뤄예시(若耶溪)는 사오싱의 유명한 하천으로 지금은 핑수이장(平水江)으로 불린다. 이 곳의 물에 포함된 양질의 동으로 만든 검은 고대의 대표적인 명검으로 '뤄예시의 검'(若耶溪水劍)으로 불렸다.

6) 육방옹(陸放翁, 1125~1210). 이름은 유(游), 자는 무관(務觀), 스스로 방옹이라 불렀다. 산인(山陰; 지금의 저장 사오싱) 사람이다. 송말 금에 대한 저항을 주장했다. 시사(詩詞)는 강개하고 격앙되어 있다. 여기에서 인용한 두 구절은 「야박수촌」(夜泊水村)에 나오는데, 비록 연로하나 아직도 변경에서 적들을 쫓아낼 수 있고, 국사에 대하여 비관하지 말 것을 고무하는 내용이다. '신팅'(新亭)이라는 말은 『세설신어』(世說新語)의 「언어」(言語)에 나온다. 동진(東晉) 초년에 북방에서 젠캉(建康; 지금의 난징)으로 도망간 일군의 사대부들이 하루는 신팅(지금의 난징 남쪽)에서 연회를 베풀고 있었는데, 주의(周顗; 진晉 원제元帝 때의 상서좌복야尚書左僕耶)는 서진(西晉)의 수도 뤄양(洛陽)을 떠올리며 "풍경은 다르지 않은데 바로 산하의 차이가 있구나"라고 탄식하여 사람들이 "서로 쳐다보며 눈물을 흘렸다"고 한다.

7) 오자서(伍子胥, ?~B.C. 484). 이름은 원(員), 춘추시대 초나라 사람. 초 평왕(平王)이 그의 부친 오사(伍奢), 형 오상(伍尚)을 죽이자 오나라로 도망가서 복수를 다짐했다. 후에 오왕 합려(闔廬; 합려闔閭라고 쓰기도 함)를 도와 초의 수도 잉(郢; 지금의 후베이 장링江陵)을 공격하고 평왕의 묘지를 파내어 시체를 삼백 대 때렸다고 한다.

8) 『수호전』(水滸傳)에서 반금련(潘金蓮)이 한 말로서 제24회에 나온다. 원래는 "주먹 위에 사람을 세울 수 있고, 어깨 위에 말을 태울 수 있다"이다.

9) 『칠협오의』(七俠五義). 원명은 『삼협오의』(三俠五義), 청대 협의소설이다. 모두 120회. "석옥곤(石玉昆)이 기술하다"라는 서명이 있고, 광서 5년(1879) 출판되었다. 10년 후에 유월(兪樾)이 제1회를 고치고 전체를 수정하여 『칠협오의』라고 제목을 고쳤다. 등장인물이 "나는 앉아서도 이름을 바꾸지 않고 서서도 성을 바꾸지 않는 사람이다"라는 말을 자주 한다.

10) 토행손(土行孫)은 명대 신마소설 『봉신연의』(封神演義)의 인물. '지행술'(地行術)에 능통하여 "몸을 한번 비틀어 돌리더니 금방 보이지 않았다"라고 한다.

11) 『맹자』의 「등문공하」(滕文公下)에 "내가 어찌 변론을 좋아하겠는가? 나는 부득이해서 일 따름이다"라고 했다.

12) '노'(老)는 '역사가 오래된' 혹은 '친근한'이라는 뜻이다.

발차기[1]

두 달 전에 '밀치기'에 대해 말한 적이 있는데, 이번에는 '발차기'를 가지
고 왔다.

이달 9일 『선바오』에 다음 기사가 실렸다. 6일 저녁 칠장이 류밍산劉
明山, 양아쿤楊阿坤, 구훙성顧洪生 등 세 사람이 프랑스 조계지 황푸탄黃浦灘
타이구太古 부두에서 바람을 쐬고 있었다. 마침 근처에서 도박판을 벌인
사람 몇 명이 있었는데, 순찰경찰이 다가와 쫓아냈다. 그런데 류와 구, 두
사람이 러시아 경찰[2] 때문에 물에 빠졌고 류밍산은 결국 익사하고 말았
다. 러시아 경찰은 물론 '스스로 실족해서 물에 빠진'[3] 것이라고 말했다.
그러나 구훙성의 진술에 따르면 이렇다. "나와 류, 양 세 사람은 함께 타이
구 부두에서 바람을 쐬고 있었다. 류는 철제 의자 아래 바닥에 앉아 있었
고⋯⋯나는 옆에 서 있었다⋯⋯러시아 경찰이 다가와서는 우선 류를 발
로 찼다. 류는 피하려고 일어났지만 다시 발에 차여 물에 빠지고 말았다.
내가 구하려고 했지만 이미 늦었다. 이에 몸을 돌려 러시아 경찰을 붙잡았
지만 손으로 밀치는 바람에 나도 물에 빠졌는데 누군가 구해 주었다." 심

판관[4]이 물었다. "왜 그 사람을 발로 찼을까?" 대답했다.

"모르겠는데요."

'밀치기'는 손을 들어 올려야 하는데, 하등인을 다루는 데 이런 힘을 들일 필요가 없다. 그리하여 '발차기'가 있는 것이다. 상하이에도 '발차기'의 전문가가 있다. 인도 경찰도 있고 베트남 경찰도 있고 요즘에는 차르 시절 유태인을 다루던 수단을 여기까지 와서 보여 주는 백러시아 경찰도 더해졌다. 우리는 실로 '중책을 위해서라면 치욕도 감내하는' 인민들이다. '강에 빠지지'만 않으면 대개는 '외제 소시지를 먹었다'[5]라는 골계적인 화법으로 웃어넘긴다.

대패한 묘족은 모두 산으로 달아났다. 우리의 선제先帝 헌원씨軒轅氏가 그들을 내몰았던 것이다. 남송이 패배하자 남은 사람들은 해변으로 달아났다. 듣자 하니 우리의 선제 칭기즈칸이 그들을 내몰았는데, 막판에는 어린 황제를 등에 업은 육수부[6]가 바다로 뛰어들기까지 했다고 한다. 우리 중국인은 원래부터 자고이래 '스스로 실족해서 물에 빠지'는 사람들이다.

비분강개가들은 세상이 가난뱅이에게 주는 것은 물과 공기밖에 없다고 말한다. 이 말은 사실 정확하지 않다. 실제로 가난뱅이들이 어디에서 보통사람과 똑같은 물과 공기를 얻을 수 있다는 말인가. 부두에서 바람을 쐬다가도 까닭 없이 '발차기'를 당해야 하고 물에 빠져 목숨을 잃어야 한다. 벗을 구하려고 흉악범을 붙잡았더라도 '손으로 밀쳐져서', 마찬가지로 물에 빠지게 되고 만다. 가령 사람들이 서로 도우면 '반제'反帝라는 혐의를 받게 된다. '반제'는 원래 중국에서 금지된 적이 없지만, 그럼에도 불구하고 '반동분자가 기회를 틈타 소란을 피우는 것'은 예방해야 한다. 따라서 그 결과 '발차기'와 '밀치기'를 당하지 않을 수 없고, 또한 끝내 물에 빠지게 되고 마는 것이다.

시대는 진보하고 있고 증기선과 비행기는 도처에 있다. 남송의 마지막 황제가 오늘날 태어난다면 결코 바다에 빠지는 지경에 이르지는 않을 것이다. 그는 외국으로 도망갈 수 있고, 어린 백성들이 그를 대신해 '물에 빠질' 것이기 때문이다.

이유는 간단하면서도 복잡하다. 그러므로 칠장이 구훙성은 이렇게 말했던 것이다.

"모르겠는데요."

8월 10일

주)_____

1) 원제는 「踢」, 1933년 8월 13일 『선바오』의 『자유담』에 발표했다.

2) 당시 조계지 당국은 상하이 공동조계에 백러시아인을 경찰로 고용했다.

3) 1931년 만주사변 후 전국의 학생들은 장제스의 무저항정책에 항의하기 위해 궐기했는데, 12월 초 각지의 학생들은 난징에 모여 청원을 했다. 이에 국민당 정부는 12월 5일 전국에 청원금지명령을 내렸다. 17일에는 군경을 출동시켜 난징에서 청원시위를 하고 있는 학생들을 체포·살해했으며, 이때 자상을 입고 강에 버려진 학생들도 있었다. 국민당 당국은 진상을 은폐하고, 학생들이 '반동분자들에 의해 이용당했다', 피해학생은 '실족하여 물에 빠졌다'라고 했다.

4) '심판관'(推事)은 옛날 법원에서 형사, 민사상의 안건을 심리하던 관원을 가리킨다.

5) 중국어로 소시지는 '휘투이'(火腿)인데, 글자 그대로 해석하면 '넓적다리를 익힌 것'이라는 뜻이 된다. 당시 중국인들은 서양인이 중국인의 엉덩이를 차는 것을 빗대어 '외제 소시지를 먹었다'고 말했다.

6) 육수부(陸秀夫, 1236~1279). 자는 군실(君實), 옌청(鹽城; 지금의 장쑤江蘇에 속한다) 사람, 남송(南宋) 때의 대신. 1278년 8세에 불과한, 송 도종(度宗)의 아들 조병(趙昺)을 황제로 옹립하고 좌승상이 되었다. 상흥(祥興) 2년(1279) 원나라 군대가 야산(厓山; 광둥 신후이 新會 남쪽)을 습격하자 조병을 업고 바다에 투신하여 죽였다.

'중국 문단에 대한 비관'[1)]

뤼쑨

문아文雅한 서생 가운데 유독 눈물을 잘 흘리는 사람들은 근래 중국 문단이 흡사 군벌할거처럼 혼란스러워 자신도 모르게 '오호라' 하게 되며,[2)] 특히 모함 때문에 마음이 아프다고 했다.

사실 글을 써서 '명산에 숨겨 두던'[3)] 시절은 지나가고, 싸우거나 심지어 욕하고 모함까지 하는 '단'壇이 생겨났다. 명나라 말기는 너무 옛일이라 언급할 필요가 없고, 청조 때를 살펴보면 장실재와 원자재,[4)] 이순객과 조휘숙[5)]은 서로 물불처럼 섞이지 못했다. 좀더 최근의 일로는 『민보』와 『신민총보』의 싸움[6)]이 있고 『신청년』파와 모모파의 논쟁[7)] 또한 아주 심각했다. 당시 논쟁의 밖에 있던 사람들이 고개를 저으며 탄식하지 않은 적이 있었던가. 그런데 승패가 분명해지고 시간이 차츰 흐름에 따라 싸움에서 흘린 피는 비와 이슬에 말끔히 씻겨 나가고 후대인들은 과거의 문단은 태평했다고 생각한다. 외국도 마찬가지다. 지금은 우리가 위고와 하웁트만[8)]을 탁월한 문인으로 알고 있지만 그들의 드라마가 공연되던 당시에는 극장에서 붙잡고 드잡이하던 일이 일어나기도 했다. 비교적 자세한 문학사에는 아직도 드잡이하는 그림들이 실려 있다.

　따라서 중서고금을 막론하고 문단에는 언제나 문아한 서생들로 하여금 '비관'적으로 보게끔 하는 약간의 혼란이 있기 마련이다. 그럼에도 불구하고 결국은 소위 문인과 문장이라고 하는 것이 수없이 사라지고 살아남을 만한 것만이 끝내 살아남기 때문에 문단이라는 것도 여하튼 간에 자정능력이 있는 곳임을 증명한다. 혼란을 가중시키는 쪽은 오히려 몇몇 비관론자들이다. 그들은 조사도 않고 비판도 않으면서 다만 "저쪽도 잘잘못이 있고 이쪽도 잘잘못이 있다"[9]라는 논조로 모든 작가들을 '한통속'이라 비방할 따름이다. 이렇게 해서는 문단의 혼란은 영원히 수습될 수가 없다. 하지만 세상 사람이 결코 모두 그런 것은 아니고 시비를 분명하게 분별하는 사람들이 꼭 있기 마련이다. 문학혁명을 공격한 린친난[10]의 소설을 생각해 보면 시간이 결코 많이 흐르지도 않았는데 지금은 어디로 사라진 것인가?

　근래에 벌어진 모함은 자못 색다른 양상인 듯하지만 사실 과거에 비해 훨씬 지독해진 것은 아니다. 청초에 대대적으로 벌어진 문자옥의 뒷이야기가 그 증거이다. 게다가 문자옥 놀이를 벌인 사람들이 실제로 전부 다 문인은 아니었다. 십중팔구는 물건도 없이 간판을 내걸고 하릴없이 암시장에서 인육만두를 파는 좀도둑들이었다. 개중에는 어쩌다 필묵을 희롱해 본 사람이 더러 섞여 있었지만 이때야말로 본색을 드러내어 자신의 몰락을 고백하고 있었던 것이다. 문단은 결코 이로 말미암아 혼란에 빠져들지 않는다. 오히려 더욱 또렷해지고 더욱 분명해지는 것이다.

　역사는 결코 후퇴하지 않는 법이므로 문단에 대하여 비관할 필요가 없다. 비관의 유래는 사건의 바깥에 자신을 두고 잘잘못을 가리지도 않으

면서 한사코 문단에 관심을 가지려 하거나, 하필이면 자신이 몰락하는 진
영에 앉아 있는 데서 비롯된다.

8월 10일

주)_____

1) 원제는 「中國文壇的悲觀」, 1933년 8월 14일 『선바오』의 『자유담』에 「비관무용론」(悲觀
無用論)이라는 제목으로 발표했다.

2) 1933년 8월 9일 『다완바오』의 『횃불』에 샤오중(小仲)의 「중국 문단의 비관」(中國文壇的
悲觀)이라는 글이 실렸다. 다음과 같이 말이 나온다. "'최근 몇 년 동안 중국의 문단은
곳곳에서 혼란상을 드러내고 있다. 도처에 모두 정치 군벌이 할거하는 식의 축소판'이
며, '문아한 서생은 모두 험상궂은 얼굴의 흉악범으로 변했'으며, '아무런 상관없는 모
자를 억지로 씌우고서⋯⋯ 죽을 때까지 원통하게 군다!' 그리고 개탄하면서 말한다.
'오호라! 중국의 문단이여!'"

3) 사마천(司馬遷)이 『사기』(史記)를 지으면서 한 말이다. 자신의 글을 동시대 사람들이 알
아주지 않을 것을 알고 '명산에 숨겨 둠'(藏之名山)으로써 후대인들이 알아주기를 바라
는 소망이 포함되어 있다.

4) 장실재(章實齋, 1738~1801). 이름은 학성(學誠), 자가 실재, 저장 콰이지(會稽; 지금의 사
오싱) 사람. 청대 사학자. 원자재(袁子才, 1716~1798). 이름은 매(枚), 자가 자재, 저장 첸
탕(錢塘; 지금의 항현杭縣) 사람, 청대 시인.
원매 사후에 장학성은 「정사찰기」(丁巳札記)에서 원매의 성령(性靈)에 관한 시론과 여
제자가 있었던 사실을 공격하며 "수치를 모르는 망령된 사람이다. 풍류를 자처하며 처
녀 총각들을 유혹했다"라고 했다. 장학성의 글 중에 「부학」(婦學), 「부학편서후」(婦學篇
書後), 「서방각시화후」(書坊刻詩話後) 등은 모두 원매를 공격하는 것이다.

5) 이순객(李純客, 1830~1894). 이름은 자명(慈銘), 자는 무백(憮伯), 호가 순객이며, 저장 콰
이지 사람, 청말의 문학가. 조휘숙(趙撝叔, 1829~1884). 이름은 지겸(之謙), 자가 휘숙, 저
장 콰이지 사람, 청말의 서화전각가이다.
이자명이 지은 『조만당일기』(趙縵堂日記)에 조지겸을 가리켜 '망령된 사람'(妄人)이라
고 칭했으며, "무뢰하고 교활하며 본성이 책을 좋아하지 않"고 "요괴의 얼굴과 개돼지
의 마음"을 가졌다고 공격했다(광서 5년 11월 29일 일기).

6) 청말 동맹회 기관지 『민보』(民報)와 량치차오(梁啓超)가 주편한 『신민총보』(新民叢報) 사이에 벌어졌던 민주혁명과 군주입헌을 둘러싼 논쟁을 가리킨다. 『민보』는 월간, 1905년 11월 도쿄에서 창간했으며, 1908년 겨울 일본 정부에 의해 금지되었다가 1910년 초 일본에서 비밀리에 두 기를 더 간행한 뒤 정간했다. 『신민총보』는 반월간이며, 1902년 2월 일본 요코하마에서 창간했으며, 1907년 겨울 정간했다.

7) 『신청년』(新靑年)이 신문화운동을 반대하던 복고파와 벌인 논쟁을 가리킨다. 『신청년』은 5·4시기 신문화운동을 창도하고 맑스주의를 전파한 종합적 성격의 월간지이다. 1915년 상하이에서 창간했으며 천두슈(陳獨秀)가 주편했다. 제1권은 『청년잡지』(靑年雜誌)라는 이름으로 나왔고 제2권부터 『신청년』으로 이름을 바꾸었다. 1918년 1월부터 리다자오(李大釗), 후스(胡適) 등이 편집에 참가했으며 1922년 7월에 휴간했다.

8) 1830년 2월 25일 위고의 낭만주의 희곡 『에르나니』(Hernani)가 파리 극장에서 공연될 당시 낭만주의 문학을 옹호하는 문인들과 고전주의 문학을 옹호하는 문인들 사이에 첨예한 충돌이 일어나 갈채하는 소리와 반대하는 소리가 뒤엉켰다. 하웁트만(Gerhart Johann Robert Hauptmann, 1862~1946)은 독일의 극작가이다. 작품으로는 『직공』(織工, Die Weber), 『침종』(沉鐘, Die versunkene Glocke) 등이 있다. 1889년 10월 20일 하웁트만의 자연주의 희곡 『일출 전』(Vor Sonnenaufgang)이 베를린 자유극장에서 상연되었을 때도 옹호자들과 반대자들이 첨예하게 충돌했다.

9) 『장자』(莊子)의 「제물론」(齊物論)에 나오는 말이다.

10) 린친난(林琴南, 1852~1924). 이름은 수(紓), 자가 친난, 푸젠(福建) 민허우(閩侯; 지금의 푸저우에 속한다) 사람. 번역가. 그는 구술자의 도움으로 구미의 문학작품 100여 종을 문언으로 번역했으며 영향력이 대단히 컸다. 후에 『임역소설』(林譯小說)로 묶었다. 만년에 5·4신문화운동을 반대한 수구파의 대표적인 인물이 되었다. 문학혁명을 공격하는 소설로는 「징성」(荊生)과 「요몽」(妖夢)(각각 1919년 2월 17일에서 18일까지, 3월 19일에서 23일까지 상하이 『신선바오』(新申報)에 게재)이 있는데, 전자는 이른바 '위대한 장부'(偉丈夫) 징성이 공자를 모욕하며 백화를 제창하는 사람을 비판하는 내용이고, 후자는 이른바 '나후라아수라왕'이 '백화학당'(베이징대학을 빗댄 것이다)의 교장, 교무를 먹어 치운다는 내용이다.

가을밤의 산보[1]

유광

벌써 가을이 왔지만 무더위는 여름 못지않아서 전등이 태양을 대신할 즈음이면 나는 여전히 거리를 어슬렁거린다.

위험? 위험은 긴장하게 만들고 긴장은 자신의 생명의 힘을 느끼게 한다. 위험 속에서 어슬렁거리는 것도 괜찮은 일이다.

조계지에도 한갓진 곳이 있으니, 주택지구이다. 그런데 중등 중국인의 소굴은 먹거리 봇짐, 후친胡琴, 마작, 유성기, 쓰레기통, 맨살을 드러낸 몸과 다리들로 후텁지근하다. 아늑한 곳은 고등 중국인이나 무등급 서양인이 거주하는 집의 대문 앞이다. 널찍한 길, 푸른 나무, 옅은 색 커튼, 서늘한 바람, 달빛이 있지만 개 짖는 소리도 들린다.

나는 농촌에서 자라서인지 개 짖는 소리를 좋아한다. 깊은 밤 먼 곳에서 개 짖는 소리가 들리면 기분이 상쾌해진다. 옛사람들이 '표범 같은 개 짖는 소리'[2]라고 말한 것이 바로 그런 것이다. 간혹 낯선 마을을 지나가다 미친 듯이 짖어 대는 맹견이 튀어나오는 경우에는 전투에라도 임하는 것처럼 긴장되는 것이 아주 재미있다.

그런데 유감스럽게도 여기서 들리는 것은 발바리 소리이다. 발바리는 요리조리 피하며 물러 빠진 소리로 짖는다. 깽깽!

나는 이 소리가 듣기 싫다.

나는 어슬렁거리며 차가운 미소를 짓는다. 주둥이를 막아 버릴 방법을 잘 알고 있기 때문이다. 개주인의 문지기에게 몇 마디 하거나 뼈다귀 하나를 던져 주면 된다. 이 두 가지 모두 할 수 있지만 나는 하지 않는다.

발바리는 언제나 깽깽거린다.

나는 이 소리가 듣기 싫다.

나는 어슬렁거리며 못된 미소를 짓는다. 손에 짱돌을 들고 있기 때문이다. 못된 미소를 거두고 손을 들어 내던져 개의 코를 명중시킨다.

깨갱 하더니 사라졌다. 나는 짧은 고요 속에서 어슬렁어슬렁거린다.

가을은 벌써 왔지만 나는 여전히 어슬렁거리고 있다. 짖어 대는 발바리는 아직도 있지만 요리조리 더 잘 피해 다닌다. 소리도 예전 같지 않고 거리도 멀찍이 떨어져서 개코빼기조차 보이지 않는다.

나는 더는 차가운 미소를 짓지도 않고 더는 못된 미소도 짓지 않는다. 나는 어슬렁거리며 편안한 마음으로 발바리의 물러 터진 소리를 듣는다.

8월 14일

주)_____

1) 원제는 「秋夜紀游」, 1933년 8월 16일 『선바오』의 『자유담』에 발표했다.
2) 당대 왕유(王維)의 「산중에서 수재 배적에게 보내는 글」(山中興裴秀才迪書)에 "깊은 골목 차가운 개, 표범 같은 개 짖는 소리"(深巷寒犬, 犬聲如豹)라는 말이 나온다.

'웃돈 쓱싹하기'[1]

웨이쒀

'웃돈 쓱싹하기'는 노비의 행실 전부를 설명해 주는 말이다.

이것은 '수수료를 받거'나 '소개료를 받는' 것이 아니다. 비밀리에 이루어지기 때문이다. 그렇지만 도둑질은 아니다. 원칙적으로 쓱싹하는 것이 그야말로 극히 미미하기 때문이다. 따라서 '장물 나눠 먹기'라고는 할 수 없고 기껏해야 '부정행위'라고 말할 수 있을지 모르겠다. 그런데 이것은 정정당당한 '부정행위'이다. 왜냐하면 쓱싹하는 것이 명문가, 부자, 권세가, 서양 상인의 물건이기 때문이다. 뿐만 아니라 기름이 넘치는 곳을 한번 쓱 닦아 내는 것처럼 쓱싹하는 양도 티끌에 지나지 않는다. 남한테 손해되지 않고 쓱싹하는 사람에게는 이익이 되고, 더구나 넘치는 데서 덜어 내어 모자라는 데를 보태 주는 정도正道에 어긋나지도 않는다. 수작을 부려 여성을 희롱하거나 틈을 봐서 슬쩍 만져 보는 것도 '웃돈 쓱싹하기'이다. 금전의 취득이라는 대의명분에는 미치지 못하지만 당하는 사람한테 그다지 손해가 안 된다는 점에서는 마찬가지이다.

쓱싹하기를 가장 분명하게 보여 주는 부류는 전차에 있는 매표원들이다. 표 파는 일이 능수능란해지면 그는 쥐와 매가 뒤섞인 노련한 눈빛으로 쏙싹할 만한 손님을 눈여겨보면서 동시에 불시에 닥치는 검표원을 주의한다. 그는 돈을 지불해도 표를 주지 않는다. 원래는 손님이 요구해야 하지만 요구하기도 어렵고 요구하는 사람도 거의 보지 못했다. 왜냐하면 그가 쏙싹하는 것이 서양 상인의 기름[2]이기 때문이다. 같은 중국인이므로 당연히 도와줄 의무가 있고, 표를 요구하면 바로 서양 상인을 도와주는 꼴이 되고 만다. 표를 요구하는 순간 매표원은 당신에게 증오의 눈빛으로 보답할 것이며 같은 차를 탄 승객들도 종종 당신을 세상사에 어두운 사람으로 간주하는 안색을 드러낼 것이다.

그런데 그때는 그때고 이때는 이때인 경우도 있다. 삼등 손님 중에 어쩌다 1퉁위안[3]이라도 모자라는 손님은 목적지 이전에 차에서 내리는 수밖에 없다. 이 순간 매표원은 융통성이라곤 없이 서양 상인의 충실한 노복으로 변신하기 때문이다.

상하이에서 경찰, 문지기, 서양인의 하수인 등과 잡담해 보면 그들도 대체로 양놈을 증오하고 그들 대다수는 애국주의자이다. 그런데도 그들은 양놈과 마찬가지로 중국인을 업신여기며 곤봉과 주먹과 경멸의 눈빛을 중국인의 몸에 쏘아 댄다.

'웃돈 쏙싹하'는 삶은 복된 삶이다. 이런 수단은 앞으로 더 이루어질 것이고 이런 품격은 앞으로 더 고상하게 변할 것이고 이런 행위는 앞으로 더 정당하게 생각될 것이고 이것은 앞으로 국민의 본분이자 제국주의자에 대한 복수로 간주될 것이다. 지붕창을 열어젖히고 까놓고 말해 보자. 사실 소위 '고등 중국인'이라고 하더라도 언제 이러한 모양새를 벗어난 적이 있었던가.

그런데 '바이샹 밥을 먹는' 친구처럼 매표원도 나름의 도덕이 있다. 만약 그가 돈을 받고 표를 주지 않았다는 사실이 검표원에게 발각되면 그는 즉시 묵묵히 시인한다. 결코 돈을 받은 적이 없다고 하며 손님에게 잘못을 전가하지는 않는다.

8월 14일

주)_____

1) 원제는 「"揩油"」, 1933년 8월 17일 『선바오』의 『자유담』에 발표했다. 이 글의 제목 '揩油'를 글자 그대로 해석하면 '기름을 닦다'는 뜻인데, 기름이 많이 나는 곳에서는 한번 쓱 닦아 낸다고 해서 기름이 모두 걷어지기는커녕 닦아 낸 표도 거의 나지 않는다. 따라서 '기름을 닦다'라는 데서 '중간에서 웃돈을 쓱싹하다'라는 의미로 발전한 것이다. 루쉰은 '기름을 닦다'라는 글자 그대로의 뜻을 가지고 노예와 같은 생활을 하는 중국인을 비판하고 있다.

2) 상하이 조계지에서 운행되던 전차는 영국 상인과 프랑스 상인이 투자한 두 전차회사에서 운영했다.

3) 퉁위안(銅元). 청말부터 1930년대 중반까지 통용된 동으로 만든 보조 화폐이다.

우리는 어떻게 아동을 교육했는가?[1]

뤼쉰

'쿵이지'[2]에 관한 이야기를 보다가 중국이 여태까지 어떻게 아동을 교육했는지에 관해 생각하게 되었다.

요즘은 다종다양한 교과서가 있지만 시골 서당에는 아직도 『삼자경』과 『백가성』[3]을 사용한다. 청조 말년에 일부 사람들은 "천자는 영웅호걸을 중시한다. 문장이 당신들을 가르치니, 기타 모든 것은 저급품이고 오로지 독서만이 최고이다"로 시작하는 『신동시』[4]를 읽었는데, '독서인'의 영광을 과장하고 있었다. 또 다른 사람들이 읽은 것은 "혼돈이 최초로 열리자, 건곤이 비로소 정해졌다, 가볍고 맑은 것은 위로 떠올라 하늘이 되고, 무겁고 탁한 것은 아래로 모여 땅이 되었다"로 시작하는 『유학경림』[5]인데, 고문 쓰기의 상투적 방법을 가르쳤다. 더 윗대 사람들은 무엇을 읽었는지 나는 잘 모른다. 그런데 듣기로는 당말 송초에는 『태공가교』[6]가 있었는데 오래전에 실전되었다가 나중에 둔황 석굴에서 발견되었다고 하고, 한대에는 『급취편』[7] 같은 것을 읽었다고 한다.

소위 '교과서'라는 것도 최근 30년 동안 너무나 많이 바뀌어서 도무지 알 수 없을 정도이다. 이렇게 말했다가 저렇게 말하고 오늘은 이것을 종지로 하고 내일은 저것을 주장한다. 따라서 '교육'을 하지 않으면 그만이지만, 일단 '교육'을 하면 학교는 모순으로 가득 찬 사람들을 길러 내게 된다. 게다가 그들은 과거의 사회적 관계로 말미암아 한편으로는 여전히 '혼돈이 최초로 열리자 건곤이 비로소 정해지'는 골동품이기도 하다.

중국은 작가가 필요하고 '문호'가 필요하지만 진정으로 학문에만 몰두하는 서생도 필요하다. 누군가 중국에서 역대로 아동을 교육해 온 방법과 교재를 분명하게 기록하여 옛사람으로부터 우리들에 이르기까지 어떻게 훈도되어 왔는지를 분명히 알게끔 해주는 역사책을 쓴다면, 그의 공덕은 우禹──그가 혹 벌레에 지나지 않는다고 하더라도──에 못지않을 것이다.[8]

『자유담』의 투고자들은 통상 고금에 두루 능통하므로 나는 이 사업을 능히 감당할 수 있는 이가 있을 것이라 생각한다. 여기에 뜻을 둔 사람이 있을지도 모르지 않는가? 지금 이 문제를 제기하는 것은 알기는 쉬워도 실천하기는 어려운 법이라 결과적으로 하릴없이 빈 입으로 빈말을 할 수밖에 없지만, 그래도 힘 있는 사람이 이 길을 개척해 주기를 소망하기 때문이다.

8월 14일

주)_____

1) 원제는 「我們怎樣敎育兒童的」, 1933년 8월 18일 『선바오』의 『자유담』에 발표했다.
2) 천쯔잔(陳子展)의 「쿵이지 다시 말하기」(再談孔乙己)를 가리킨다. 옛날 서당에서 사용한

습자용 글귀인 '상대인, 추(쿵)이지'(上大人, 丘[孔]乙己)에 관해 고증하고 해석한 내용으로 1933년 8월 14일 『선바오』의 『자유담』에 실렸다.

3) 『삼자경』(三字經)은 남송의 왕응린(王應麟)이 지은 것으로 전해진다(일설에는 송말 원초 사람 구적자區適子라고도 한다). 『백가성』(百家姓)은 송대 초기의 작품으로 전해진다. 모두 서당에서 사용한 식자용 교본이다.

4) 『신동시』(神童詩)는 서당에서 초급 도서로 사용되던 것 중 하나이며 북송 왕수(汪洙)가 지은 것으로 전해진다. 인용한 것은 이 책의 첫 문장이다.

5) 『유학경림』(幼學瓊林)은 옛날 학동들의 초급 도서로서 명말 정윤승(程允升)이 편저했다. 천문, 인류, 기물, 기예 등에 관련된 다양한 성어와 전고로 이루어졌으며 모두 변문(駢文)이다. 인용된 것은 첫 구절인 "기 중에서 가볍고 맑은 것은 위로 떠올라 하늘이 되고, 기 중에서 무겁고 탁한 것은 아래로 모여 땅이 되었다"에서 나왔다.

6) 『태공가교』(太公家敎)는 옛날 학동들의 초급 도서로서 작자는 미상이다. '태공'은 증조부 혹은 고조부를 가리킨다. 당송 시기에 유행하다가 실전되었다. 청 광서 말년 둔황 밍사산(鳴沙山) 석실에서 사본 한 권이 발견되었다. 뤄전위(羅振玉)의 『명사석실고일서』(鳴沙石室古佚書) 영인본이 있다.

7) 『급취편』(急就篇)은 『급취장』(急就章)이라고도 하며 옛날 학동들의 식자 도서이다. 서한 사유(史游)가 지었다. 당대 안사고(顔師古)와 왕응린(王應麟)의 주가 있다. 성명, 의복, 복식, 기물 등의 분류에 따라 압운하여 엮었다. 대다수가 7자 1구로 되어 있다.

8) 당대 한유(韓愈)는 「맹상서에게 보내는 글」(與孟尙書書)에서 맹자를 칭찬하며 "그런데 맹씨가 없었다면, 모두 옷은 왼쪽으로 여미고 오랑캐의 말을 했을 것이다. 그러므로 더욱 맹씨를 추숭하는 것이며 그의 공이 우(禹)의 아래에 있지 않은 것은 이것 때문이다"라고 했다. 하(夏)의 시조이자 황허의 치수로 알려진 우임금이 벌레라는 것은 구제강(顧頡剛)의 주장이다. 그는 1923년 『고사변』(古史辨)에서 우에 대해 고증하면서 『설문해자』(說文解字)에서 '우'를 '충'(蟲)이라고 설명한 것을 근거로 하여 우는 '도마뱀류'의 '벌레'라고 했다.

번역을 위한 변호¹⁾

뤄원^{洛文}

올해는 번역을 포위토벌하는 해이다.

'경역'이라고도 하고 '난역'이라고도 하고 "듣자 하니 요즘 많은 번역가가 있다…… 책을 펼치자마자 첫째 줄부터 곧장 번역에 들어가니 원작에 대한 이해는 더욱 말할 것도 없"고, 따라서 독자로 하여금 "무슨 말을 하는지 알 수 없"게 만든다고도 한다.²⁾

이런 현상은 번역계에서 확실히 적잖게 일어나고 있고, 이런 병폐의 근원은 '앞다투기'에 있다. 중국인은 본시 '앞다투기'를 좋아하는 백성들이다. 전차 타고 내리기, 기차표 사기, 등기우편 보내기 등에서 하나같이 일등이 되기를 바란다. 물론 번역가도 예외가 될 수 없다. 출판사도 독자도 한 가지 텍스트에 대한 두 가지 번역을 용납할 아량도 물자도 없기 때문에 번역이 이미 나와 있으면 다른 번역본을 기꺼이 출판하고자 하는 출판사가 없다. 들리는 바에 의하면 이미 출판되었기 때문에 다시 구매하려는 사람이 없을 것이기 때문이란다.

한 가지 예를 들어 보자. 일본에는 이제는 고전이 된 다윈³⁾의 『종의 기원』의 번역본이 두 종류가 있다.[4] 먼저 출판된 것은 착오가 많고 나중에 출판된 것이 좋다. 중국에는 마쥔우[5] 박사의 번역이 있는데, 일본의 나쁜 번역본을 바탕으로 했으므로 사실 다시 번역할 필요가 있다. 하지만 출판해 줄 출판사가 어디 있겠는가? 번역가가 부자여서 자비로 찍어 내는 경우를 제외하고 말이다. 하지만 부자 번역가라면 주판을 두드려 보고 더는 번역 놀음 같은 것을 하지는 않을 것이다.

또 다른 측면도 있다. 중국에서 유행은 그야말로 너무 빨리 지나가 버린다는 것이다. 어떤 학문이나 문예가 중국에 소개되더라도 길어야 일 년, 짧으면 반년이면 대개는 연기처럼 사라지고 만다. 번역으로 생활하는 번역가가 심혈을 기울여 퇴고를 한다면 퇴고할 즈음에는 사회적으로 관심을 갖는 사람이 없어진 지 이미 오래이다. 중국은 톨스토이, 투르게네프를 크게 떠들다가 나중에는 또 싱클레어를 떠들어 댔지만[6] 그들의 선집은 한 부도 나오지 않았다. 작년에 궈모뤄[7] 선생의 유명세 덕분에 다행히 『전쟁과 평화』가 출판되었으나 독서계와 출판계의 태만함을 만회하기에는 역부족이어서 결과적으로 독자도 싫증내고 번역자도 싫증내고 출판가도 싫증내는 지경에 이르러 끝내 완결되지 못할 것이라 생각된다.

번역이 나쁜 것에 대한 책임은 대부분 물론 번역가 탓이라고 해야 한다. 하지만 독서계와 출판계, 특히 비평가도 약간의 책임을 나누어 져야 한다. 쇠락하는 운명을 구원하고자 한다면 반드시 정확한 비평이 있어야 한다. 나쁜 번역을 지적하고 좋은 번역을 장려해야 한다. 좋은 번역이 없다면 비교적 좋은 것도 괜찮다. 그렇지만 이것이 어떻게 가능하겠는가? 나쁜 번역을 지적하는 일은 힘없고 용기 없는 번역자에 대해서는 문제 될게 없다. 그런데 특별한 이력을 지닌 사람을 건드리기라도 한다면 빨갱이라고 뒤집어씌우면서 그야말로 목숨을 요구할 것이다. 이런 현상은 비평가로 하여금 하릴없이 대충 얼버무리게 만들어 버린다.

이외에, 최근 번역에 대한 가장 보편적인 불만은 몇십 줄을 읽어도 도무지 이해가 안 된다고들 하는 것이다. 하지만 여기에는 구분이 필요하다. 칸트[8]의 『순수이성비판』 같은 책은 독일인이 원문을 본다고 하더라도 전문가가 아니면 단숨에 이해하기 어렵다. 물론 "책을 펼치자마자 첫째 줄부터 곧장 번역에 들어가"는 번역가는 아주 무책임한 사람이다. 하지만 아무런 구분도 하지 않고 어떤 번역본이든 간에 책을 펼치자마자 첫째 줄부터 곧장 이해하려는 독자라면 똑같이 너무 무책임하다고 하지 않을 수 없다.

8월 14일

주)_____

1) 원제는 「爲飜譯辯護」, 1933년 8월 20일 『선바오』의 『자유담』에 발표했다.

2) 1933년 7월 31일 『선바오』의 『자유담』에 린이즈(林翼之)의 「'번역'과 '편술'」("飜譯"與 "編述")이라는 글이 실렸는데, 다음과 같은 내용이 있다. "어디선가 경역(硬譯), 난역(亂譯)을 하고 있는 사람들이 직업을 바꾸어 편찬, 저술 일을 한다면 능히 감당할 수 있지 않을까?……듣자 하니 최근 많은 번역가들은 원작을 처음부터 끝까지 한 번 보는 일도 하지 않고 책을 펼치자마자 첫째 줄부터 곧장 번역에 들어간다고 하니 원작에 대한 이해는 더 말할 것도 없다." 같은 해 8월 13일 『자유담』에 유다성(有大聖)의 「번역에 관한 말」(關於飜譯的話)에는 "목전에 우리의 출판계에서 나온 대부분의 번역 작품은 가르침을 청할 수 없을 만큼 지나치게 조잡하다. 어떤 번역 작품이든지 간에 서너 쪽을 읽어 보아도 무슨 말을 하고 있는지 알 수가 없다"라고 했다. '경역'은 중국어 문장의 유려함보다는 원문에 대한 충실성을 우선시하는 루쉰의 번역을 공격하며 사용한 말이다.

3) 다윈(Charles Robert Darwin, 1809~1882). 영국의 생물학자, 진화론의 기초를 세운 사

람.『종의 기원』(On the Origin of Species)은 생물진화론의 기초를 세운 저술로서 1859
년에 출판되었다.

4) 먼저 출판된 것은 메이지(明治) 38년(1905) 8월 도쿄 가이세이칸(開成館)에서 나온 것
으로 오카 아사지로(丘淺次郎)가 교정했다. 나중에 출판된 것은 다이쇼(大正) 3년(1914)
4월 도쿄 신초샤(新潮社)에서 나왔으며, 오스기 사카에(大杉榮)가 번역했다.

5) 마쥔우(馬君武, 1882~1939). 이름은 허(和), 광시(廣西) 구이린(桂林) 사람이다. 일본 유학
시절 동맹회에 참가했고, 후에 독일 베를린대학에서 공학박사학위를 받았다. 쑨중산
(孫中山) 임시정부의 실업부 차장과 상하이 중국공학(中國公學), 광시대학 교장 등을 지
냈다. 그가 번역한 다윈의『종의 기원』은 1920년 중화서국(中華書局)에서 출판되었다.

6) 톨스토이(Лев Николаевич Толстой, 1828~1910). 러시아 작가, 장편소설『전쟁과 평화』
(Война и мир),『안나 카레리나』(Анна Каренина),『부활』(Воскресение) 등이 있다.
투르게네프(Иван Сергеевич Тургенев, 1818~1883). 러시아 작가. 장편소설『사냥꾼의
수기』(Записки охотника),『아버지와 아들』(Отцы и дети) 등을 썼다.
싱클레어(Upton Beall Sinclair, 1878~1968). 미국 작가, 장편소설『정글』(The Jungle),
『석탄왕』(King Coal) 등이 있다.

7) 궈모뤄(郭沫若, 1892~1978). 쓰촨 야오산(樂山) 사람, 문학가, 역사학자, 사회활동가. 창
조사(創造社)의 주요 인물. 시집『여신』(女神), 역사극『굴원』(屈原), 역사논문집『노예
제 시대』(奴隷制時代) 등이 있다. 그가 번역한 톨스토이의『전쟁과 평화』는 1931년에서
1933년까지 상하이 문예서국에서 출판했으며, 모두 3권으로 미완이다.

8) 칸트(Immanuel Kant, 1724~1804). 독일 철학자.『순수이성비판』(Kritik der reinen
Vernunft)은 1871년에 출판. 독일 작가 하이네는「독일의 종교와 철학의 역사에 대
하여」(Zur Geschichte der Religion und Philosophie in Deutschland)에서 다음과 같
은 말을 했다. "『순수이성비판』은 칸트의 주요 저작이다.…… 이 책이 한참이나 지나
서 사람들의 공인을 받게 된 까닭은 일반적이지 않은 형식과 졸렬한 문체 때문일 것이
다.…… 회색의 무미건조한 포장지 같은 문체로『순수이성비판』을 지었다.…… 경직
되고 추상적인 형식을 부여했는데, 이러한 형식은 비교적 낮은 지능을 가진 계층의 접
근을 냉정하게 거절한다. 그는 당시의 평이함을 추구하는 통속적인 철학자들과 엄격하
게 구분하고자 했으며, 뿐만 아니라 그의 사상에 궁정과 같은 냉담한 공문 용어의 외피
를 입히고자 했다."

기어가기와 부딪히기[1]

쉰지荀繼

전에 량스추 교수가 가난뱅이는 어쨌거나 기어가야 하고, 부자의 지위를 얻을 때까지 기어올라 가야 한다고 말한 적이 있다.[2] 가난뱅이뿐만 아니라 노예도 기어야 하는데, 기어올라 갈 수 있는 기회를 얻게 되면 노예도 자신을 신선으로 생각하고 천하는 자연스럽게 태평해진다는 것이다.

　　기어올라 갈 수 있는 사람이 아주 드물더라도, 개개인은 그 사람이 바로 자신이라고 생각한다. 이렇게 해서 자연스럽게 모두 안분지족하며 밭을 갈고, 씨를 뿌리고, 인분을 치거나 차가운 의자에 앉아도 근검절약하며 고난의 운명을 등에 지고 자연과 분투하며 목숨을 걸고 기어가고, 기어가고, 기어갈 것이다. 그런데 기어가는 사람은 그토록 많은데 길은 단 한 길이므로 아주 북적거릴 수밖에 없다. 착실하게 규정에 따라 곧이곧대로 기어가다가는 태반이 기어오르지 못한다. 총명한 사람은 밀치기를 하기 마련이다. 누군가를 밀치고 밀쳐 넘어지면 발바닥으로 밟고 어깨와 정수리를 걷어차면서 기어올라 갈 것이다. 그런데 대다수는 그저 기어갈 뿐이다. 자신의 원수가 위쪽이 아니라 옆에서 함께 기어가는 사람들 속에 있을 것이라 확신한다. 그들 대부분은 모든 것을 인내하며 두 손 두 발로 땅을 짚고 한 걸음 한 걸음 비집고 올라갔다가 다시 밀려 내려온다. 쉼 없이 밀려 내려오고 다시 비집고 올라간다.

그런데 기어가는 사람은 너무 많고 기어오른 사람은 너무 적다. 따라서 선량한 사람의 마음에 실망감이 차츰 파고들면서 적어도 무릎 꿇기라는 혁명이 발생한다. 이리하여 기어가기 외에 부딪히기가 발명된다.

자신이 너무 고생했음을 분명히 알고 나면 땅에서 일어나고 싶어진다. 그래서 당신의 등 뒤에서 느닷없는 외침이 들린다. 부딪혀 보자. 아직도 떨리는 마비된 두 다리는 부딪히며 나아간다. 이것은 기어가기보다 훨씬 쉽다. 손도 꼭 쓸 필요가 없고 무릎도 꼭 움직일 필요가 없다. 그저 몸을 비스듬히 한 채로 휘청휘청 부딪히며 나아가면 그만이다. 잘 부딪히기만 하면 다양大洋 50만 위안,[3] 아내, 재산, 자식, 월급 모두 생긴다. 잘못 부딪힌다 해도 기껏해야 땅에 넘어지는 것이 전부다. 그게 뭐 대수이겠는가? 원래부터 땅을 기어가던 사람이었으므로 그대로 기어가면 되는 것이다. 게다가 부딪히며 놀아 본 것에 지나지 않으므로 근본적으로 넘어지는 것을 겁낼 까닭이 없다.

기어가기는 예로부터 있었다. 예컨대 동생[4]에서 장원 되기, 망나니에서 컴프러더[5] 되기가 그것이다. 그런데 부딪히기는 근대의 발명인 듯하다. 고증을 해보자면 다만 옛날에 '아가씨가 비단공을 던지는 것'[6]이 부딪히게 하는 방법과 흡사하다. 아가씨의 비단공이 던져질 즈음 백조 고기를 먹고 싶어 하는 남자들은 고개를 쳐들고 입을 벌리고 게걸스러운 침을 몇 자나 질질 흘리고…… 애석하게도 옛사람은 필경 미련했던 탓인지 이런 남자들에게 밑천을 좀 내놓으라고 요구하지 않았다. 그랬더라면 반드시 몇억쯤은 거두어들일 수 있었을 것이다.

기어올라 갈 수 있는 기회는 갈수록 적어지고 부딪히려는 사람은 갈수록 많아진다. 일찌감치 위로 기어오른 사람들은 날마다 부딪힐 기회를 만들어 주고 밑천 약간을 쓰게 만들어 명리를 겸비한 신선 생활을 예약해 준다. 따라서 잘 부딪힐 수 있는 기회는 기어오르기에 비하면 훨씬 적지만 모두들 해보고 싶어 한다. 이렇게 해서 기어와서 부딪히고 부딪히지 못하면 다시 기어가기를…… 온몸을 다 바쳐 죽을 때까지 한다.[7]

8월 16일

주)_____

1) 원제는 「爬和撞」, 1933년 8월 23일 『선바오』의 『자유담』에 발표했다.

2) 량스추(梁實秋)는 1929년 9월 『신월』(新月) 월간 제2권 제6, 7호 합간에 「문학은 계급성이 있는 것인가?」(文學是有階級性的嗎?)를 발표하여 "프롤레타리아 가운데서 전도가 유망한 사람은 고생스럽고 성실한 일생을 보내야만 얼마간 그에 상당한 재산을 가질 수 있게 된다"라고 했다.

3) 국민당 정부가 발행한 '항공도로건설복권'의 일등에게는 50만 위안이 주어졌다.

4) '동생'(童生)은 명청시대 생원 시험에서 낙방한 사람을 가리키는 말이다.

5) 원문은 '康白度'인데, 'Comprador'의 음역으로 매판을 뜻한다.

6) 구소설이나 희곡에 묘사된 관료나 귀족들이 데릴사위를 정하는 방법이다. 이들은 자신의 딸들이 던진 비단공에 맞는 남자를 데릴사위로 삼았다.

7) 원문은 '鞠躬盡瘁, 死而後已'인데, 제갈량의 「후출사표」(後出師表)에 나오는 말이다.

각종 기부금족[1]

뤄원

청대 중엽에 관리가 되고자 하면 기부를 통해서도 될 수 있었으니 '기부금족'이라는 것이 이들이다. 재산가의 도련님들은 기름 바른 머리에다 반질거리는 얼굴로 먹고 놀다가 갑자기 며칠 바쁘게 지내면 머리에는 수정 꼭지가 달리고 가끔은 남색 화령[2]도 덧달고 걸핏하면 관화官話를 사용하는데, 말하는 것은 '오늘 날씨 참 좋다'이다.[3]

민국이 되면서 관리 중에 드디어 기부금족이 없어졌다고 말할 수 있다. 그런데 기부금족의 길은 실은 도리어 확대되어 '학사나 문인'들마저도 이 길을 따라서 딩다이頂戴를 얻을 수 있게 되었다. 전제조건은 물론 돈이 있어야 한다는 것이다. 돈이 있으면 무엇이든 쉽게 처리할 수가 있기 때문이다. 예컨대 기부금 학자가 되려고 한다면, 골동품을 구매하여 몇몇 문객들과 안면을 트고 일꾼 몇 명을 고용하여 골동품의 문양이나 문자를 탁본하고 유리인쇄하여 '무슨 집고록集古錄'이니 '무슨 고고록考古錄'이니 하는 이름을 붙인 책을 만들면 된다. 이부손은 금석 연구자들의 것을 묶어 『금석학록』을 지었다.[4] 그런데 이 책은 '순장용 인형 만들기'[5] 꼴이 되어 버렸다. 문객들로 하여금 하나하나 보탤 수 있게 하고 범위를 더 넓혀 골동품을 소장하거나 골동품을 파는 도련님과 상인도 통틀어 집어넣고는 '금석가'라 지칭했다.

기부로 '문학가'가 되는 데도 어떤 새로운 술책이 필요한 것은 아니다. 서점을 열어서 작가 몇몇을 끌어들이고 식객들을 고용하여 타블로이드판 신문을 발행하면 된다. '오늘 날씨 참 좋다'라는 말도 반드시 할 줄 알아야 한다. 글을 쓰고 인쇄하여 신문쟁이에게 넘겨주면 반년 혹은 일 년이 채 지나지 않아도 틀림없이 성공한다. 그런데 골동품의 문양과 문자의 탁본은 사용하지 말고 영화배우나 모던 걸의 사진으로 대체해야 한다. 이것이야말로 신시대의 예술이기 때문이다. '미인을 사랑하'는 인물은 중국에 널리고 널려 있다. '문학가'나 '예술가'도 이렇게 해서 생겨난다.

기부금 관리는 백성들의 고혈을 짜낼 희망이 있고, 기부금 학자나 문인도 본전을 까먹지는 않는다. 인쇄물로 현금을 살 수 있는 것은 물론이거니와 골동품도 앞으로 양놈들이 비싼 가격으로 기꺼이 사고자 할 것이기 때문이다.

이를 일러 '명리名利의 겸비'라고 한다. 그런데 우선 '투자'를 할 수 있어야 하므로 일반 사람들은 하지 못한다. 그렇지 않다면 문인이나 학자라는 것도 그다지 값어치가 없을 것이다.

그런데 아직은 값어치가 있기 때문에 서둘러 인명사전을 만들고 문예사를 쓰고 작가론을 내고 자서전을 엮는 사람들이 있다. 역사서를 쓴다면, 문인을 낭만파와 고전파로 분류하는 것처럼 별도로 '기부금족'파도 있어야 한다고 나는 생각한다. 역사는 '진실'해야 하니까 증오를 불러일으키더라도 버티는 수밖에 없다. 그렇지 아니한가?

8월 24일

주)_____

1) 원제는 「各種捐班」, 1933년 8월 26일 『선바오』의 『자유담』에 발표했다.

2) '수정 꼭지'(水晶頂). '남색 화령'(藍翎)은 모두 청대 관원의 등급을 구분하기 위해 사용한 모자의 장식이다. 오품관원의 모자에는 밝은 백색의 수정 꼭지를 달았다. 모자 뒤에는 각각 공작 깃털(오품 이상)이나 꿩의 남색 깃털(육품 이하)을 달았다. 부유한 집 자제들은 관에 기부를 해서 이런 '딩다이'(頂戴)를 얻을 수 있었다.

3) '관화'(官話)는 청대 관리 사이에 통용되던 표준말이다. 루쉰은 기부금족들이 관리가 되어 표준말을 사용한답시고 기껏 하는 말이라는 게 '오늘 날씨 참 좋다'에 지나지 않는다고 풍자하고 있다.

4) 이부손(李富孫, 1764~1843). 자는 향지(薌沚), 청대 자싱(嘉興) 사람. 저서에 『금석학록』(金石學錄), 『한위육조묘명찬례』(漢魏六朝墓銘纂例) 등이 있다.
금석(金石)에서 '금'은 청동기물, '석'은 비석을 가리킨다. 고대에는 청동기물과 비석의 표면에 글자를 녹여 넣거나 새겨 넣어 사건을 기록했으며, 이러한 역사적 문물을 '금석'이라 칭했다.

5) 『맹자』의 「양혜왕상」(梁惠王上)에 "공자께서 가로되, 처음으로 순장용 인형을 만든 사람은 후손이 없다"라는 말이 나온다. 공자는 산 사람의 순장은 물론이고 순장용 인형으로 대체하는 것도 반대했다. 훗날 어떤 나쁜 일을 처음으로 하는 것을 비유하여 '순장용 인형을 만든다'(作俑)라고 했다.

사고전서 진본[1)]

펑즈위

요즘 군사논쟁, 정치논쟁 등 말고도, 한가한 사람이 아니면 그리 주목하지 않을 영인본『사고전서』중의 '진본'珍本 논쟁[2)]이 벌어지고 있다. 국영상업계는 원래의 형식에 따라 서둘러 인쇄하려고 하는 반면, 학계는 사고본四庫本에 첨삭과 착오가 있으므로 구할 수 있는 다른 판본이 있으면 다른 '선본'善本으로 대체해야 한다고 한다.

하지만 학계의 주장이 통과될 리가 없고 최종적으로는 당연히『흠정사고전서』欽定四庫全書에 근거하게 될 것이다. 이유는 아주 분명하다. 되도록 빨리 해야 하기 때문이다. 4성省을 본척만척하고 9도島를 팔아먹은 일[3)]은 제쳐두고서라도, 황허의 이탈[4)]에 대한 조치만 해도 하루하루가 아슬아슬하여 장사를 하려면 되도록 서둘러야 한다는 생각이 들게끔 한다. 게다가 '흠정'이라는 두 글자는 지금까지도 위엄을 발휘하고 있고 '어의'御醫 '공단'貢緞 같은 말도 남다른 의미를 내포하고 있다. 오래전에 공화국이 된 프랑스의 경매시장에서도 나폴레옹의 장서는 평민들의 장서보다 값어치가 있고, 유럽의 저명한 '지나학자'들이 중국에 관해 강론할 때면『흠정도서집성』[5]을 인용한다. 이 책은 중국의 고증학자들이 만지고 싶어 하지 않는 물건이지만, 외국에서 장사하려면 '흠정'이 찍혀 있는 '진본'이 '선본'보다 좀 낫다는 것을 알 수 있다.

중국에서 하는 장사라도 아무래도 '진본'이 나을 것이다. 진본은 과시를 할 수 있지만 '선본'은 실용에 적합할 따름이기 때문이다. 가난한 서생은 이런 책을 살 수 있기를 결코 바랄 수조차 없다. 따라서 팔려 간 뒤에는 반드시 응접실에 진열될 것임을 알 수 있다. 이런 구매자는 상주商周의 고정古鼎도 사서 진열할 수 있지만, 부득이한 경우에는 가짜 고정이라도 사서 진열하지 질그릇이나 가마솥을 사서 자단 테이블에 올려놓지는 않을 것이다. 그의 목적이 '선'善이 아니라 '진'珍에 있고 더욱이 실용성의 여부는 개의치 않기 때문이다.

명말 사람들은 명성을 좋아해서 고서 간행이 유행이었다. 그런데 종종 자신이 이해하지 못하는 것은 오자로 간주하고 함부로 고쳤다. 고치지 않았으면 괜찮았을 터인데 고친 것이 도리어 잘못 고친 것이 되고 말아서 후대의 고증학자로 하여금 고개를 저으며 탄식하며 "명나라 사람들이 고서 간행을 좋아해서 고서가 없어졌다"[6]라고 말하게 만들었다. 이번 논쟁에서 『사고전서』 중의 '진본'은 영인한 것으로 잘못 고친 것과 같은 병폐는 없지만 그것의 원본에는 무의식적인 오자와 고의적으로 수정한 부분이 있다. 뿐만 아니라 새로운 판본이 유포되면 선본은 더욱 인멸되기 쉬울 것이다. 미래의 성실한 독자가 우연히 이 판본을 얻게 되면 아마도 반드시 '고개 저으며 탄식하기 제2회'를 하게 될 것이다.

그럼에도 불구하고 최종적으로 『흠정사고전서』에 근거하게 될 것이다. '미래'의 일은 지금의 국영상업과 상관없기 때문이다.

8월 24일

주)──────

1) 원제는 「四庫全書珍本」, 1933년 8월 31일 『선바오』의 『자유담』에 발표했다.

2) 『사고전서』(四庫全書)는 청 건륭(乾隆)이 명하여 편찬한 총서로서 경(經), 사(史), 자(子), 집(集)의 4부로 되어 있고 3,000여 종의 책을 수록했다. 청의 통치를 옹호하기 위하여 의도적으로 훼손하거나 수정한 책들이 있다. 1933년 6월 국민당 정부 교육부는 당시 중앙도서관 준비처와 상우인서관(商務印書館)이 계약을 체결하여 베이징고궁박물관이 소장한 문연각본(文淵閣本) 『사고전서』를 영인하라고 지시했다. 베이징도서관 관장 차이위안페이(蔡元培)는 구각본과 구초본으로 사고전서관 신하들의 수정을 거친 사고본(四庫本)을 대체하자고 주장했다. 장서가 푸쩡샹(傅增湘), 리성뒤(李盛鐸)와 학술계의 천위안(陳垣), 류푸(劉復) 등이 차이위안페이와 같은 주장을 했다. 그런데 교육부장 왕스제(王世杰)가 반대했고, 당시 상우인서관 편역소 소장 장위안지(張元濟)도 사고본에 따라 인쇄할 것을 주장했다. 최종적으로 상우인서관은 관방의 의견에 따라 1934년부터 1935년까지 231종의 책을 골라서 『사고전서진본초집』(四庫全書珍本初集)을 간행했다.

3) 1931년 만주사변 이후 일본은 차례로 동북의 랴오닝(遼寧), 지린(吉林), 헤이룽장(黑龍江), 러허(熱河) 등 네 성을 침략했다. 프랑스는 만주사변을 틈타 시사(西沙) 군도와 난사(南沙) 군도를 병탄하고자 했으며, 1933년 7월 중국의 난사 군도의 아홉 개 섬을 침략했다. 이에 대하여 민중들이 항의하고, 중국 정부도 외교 경로를 통해서 프랑스 당국에 엄정하게 교섭할 것을 제안했다.

4) 1933년 8월 황허(黃河)의 제방이 터져 허베이, 허난, 산둥, 산시, 안후이에서 장쑤 북부까지 범람하는 재해가 발생했다.

5) 『흠정도서집성』(欽定圖書集成), 『고금도서집성』(古今圖書集成)을 가리키며, 중국의 대형 유서(類書) 중 하나이다. 청 강희 45년(1706)에 진몽뢰(陳夢雷)가 편했고, 초명(初名)은 『도서휘편』(圖書滙編)이었다. 옹정 초년, 황제의 명을 받들어 장정석(蔣廷錫)이 편집, 교정하면서 진몽뢰의 이름을 삭제하고 '흠정'이라는 글자를 덧붙였으며 옹정 3년(1725)에 완성했다. 역상(歷象), 방여(方輿), 명륜(明倫), 이학(理學), 경제(經濟) 등 6편으로 나누어지며 총 1만 권이다.

6) 청대 육심원(陸心源)은 『의고당제발』(儀顧堂題跋) 권1의 「육경아언도변발」(六經雅言圖辨跋)에서 명나라 사람들이 고서를 함부로 고쳐 간행한 것에 대하여 "명나라 사람들의 서박본(書帕本; 명대 관리가 간행한 서적)이 대체로 이러하다. 소위 책의 간행으로 책이 망실되었다는 것이다"라고 말했다.

초가을 잡기[1]

대문 밖의 크지 않은 진흙땅에서 두 개미부대가 전쟁을 하고 있다.

동화작가 예로센코[2]의 이름은 최근 들어 독자들의 기억에서 점점 흐려지고 있다. 이 시점에서 나는 도리어 그의 독특한 우수가 생각난다. 그가 베이징에 있을 때 한번은 진지하게 나에게 말했다. "저는 무섭습니다. 미래에 무슨 방법을 강구해 낼 사람이 있을지 모르겠지만, 이렇게 가다가는 사람들이 모두 전쟁의 기계가 될 겁니다."

실은 방법이 강구된 지는 오래되었다. 조금 까다로울 뿐이지 '이렇게 가는' 걸로 끝장나지는 않을 것이다. 우리는 외국의 아동용 서적과 완구 중에 무기 교육을 목적으로 하는 것이 있음을 보고는 이것이야말로 전쟁의 기계를 만들기 위한 사전 준비이고, 이 일은 반드시 천진난만한 아이들부터 시작해야 한다는 것을 알게 되었다.

사람뿐만 아니라 곤충도 알고 있다. 개미 중에 무사개미가 있는데, 혼자서는 집짓기도 못하고 먹이를 구하지도 못한다. 일생의 사업은 오로지 다른 종류의 개미를 공격하고 유충을 약탈하여 노예로 만들어 부역을 하게 만드는 것이다. 그런데 이상한 것은 무사개미가 교화가 힘들다는 이유로 결코 성충을 약탈하지 않는다는 점이다. 반드시 유충과 번데기에 한해서 약탈하여 도둑소굴에서 자라게 하여 과거를 전혀 기억하지 못하는 영원토록 아둔한 노예로 만들어 버린다. 노예개미는 부역에 동원될 뿐만 아니라 무사개미가 약탈하러 나갈 때면 함께 나가 침략당한 동족의 유충과 번데기를 옮기는 일을 돕는다.

그런데 인류는 이처럼 간단하게 일률적으로 만들어지지 않는다. 이 것이야말로 인류가 '만물의 영장'인 까닭이다.

하지만 만드는 사람도 결코 수수방관하지 않는다. 우리는 아이가 성장하면 천진함도 잃고 머리도 둔해진다는 사실을 시시때때로 목격한다. 경제의 피폐로 말미암아 출판계는 대작의 학술문예서적의 간행을 꺼리게 되었다. 교과서나 아동서적이 물꼬 트인 황허처럼 아이들을 향해 흘러갔다. 그런데 그런 책들이 말하고 있는 것은 무엇인가? 장차 우리의 아이들을 어떤 사람으로 만들려는 것인가? 그러나 아직까지도 전투적 비평가의 언급은 보이지 않는다. 어느새 미래에 대해 주목하는 사람이 많이 없어진 때문일 성싶다.

신문에서 반전회의[3]에 관한 뉴스를 많이 볼 수 없는 것에서 전쟁도 중국인의 기호임을 알 수 있다. 반전회의에 대한 냉담한 태도는 바로 그 것이 우리의 기호를 위반했다는 증거이다. 물론, 전쟁은 싸워야 하는 것이다. 무사개미를 좇아서 패배한 유충을 옮기는 것도 노예의 승리라고 하지 않을 수 없다. 하지만 인류는 필경 '만물의 영장'이므로 이것으로 어찌 만족할 수 있겠는가. 전쟁은 물론 싸워야 하는 것이다. 전쟁의 무기를 만드는 개미무덤을 때려잡고 아동에게 해로운 약과 음식을 때려잡고 미래를

침몰시키는 음모를 때려잡아야 한다. 이것이야말로 사람의 전사가 해야
할 임무이다.

8월 28일

주)_____

1) 원제는「新秋雜識」, 1933년 9월 2일『선바오』의『자유담』에 발표했다.

2) 예로셴코(Василий Яковлевич Ерошенко, 1889~1952). 러시아 시인이자 동화작가. 어린
   시절 병으로 두 눈이 실명됐다. 1921년에서 1923년까지 중국에서 지내면서 루쉰과 교
   류했으며, 루쉰은 그의『연분홍 구름』(桃色的雲),『예로셴코 동화집』(愛羅先珂童話集)을
   번역했다.

3) 세계반제국주의전쟁위원회가 1933년 9월 상하이에서 소집한 원동(遠東)회의를 가리
   킨다. 회의에서는 일본의 중국 침략 반대, 국제적 평화 쟁취 등의 문제를 토론했다. 개
   회 전 국민당 정부와 프랑스 조계, 공동조계 당국은 중국인 거주지역과 조계 내에서 회
   의를 개최하는 것을 반대했다. 당시 중국공산당 상하이지하당의 지지 아래 비밀리에
   거행되었다. 영국 말리(Marley) 공작, 프랑스 작가이자『뤼마니테』(L'Humanité)의 주
   필 바이앙 쿠튀리에(Paul Vaillant-Couturier, 1892~1937), 중국의 쑹칭링(宋慶齡) 등이
   회의에 참석했으며, 회의준비 기간 동안 지지를 표명하고 경제적인 도움을 주었던 루
   쉰은 주석단의 명예주석으로 추대되었다. 루쉰은 1934년 12월 6일 샤오쥔(蕭軍)의 편
   지에 대한 답신에서 "회의는 열렸고 힘이 많이 들었습니다. 많은 소식이 신문에 잘 실
   리지 않아서 중국에서는 아는 사람이 매우 적습니다. 결과는 결코 나쁘다고 할 수 없고
   각국의 대표는 귀국한 뒤에 회의 보고를 하여 세계적으로 중국의 실정이 더 잘 알려지
   게 되었습니다. 내가 참가했습니다"라고 했다.

식객법 폭로[1]

타오추이

키르케고르[2]는 덴마크의 우울한 사람이고 그의 작품에는 늘 비분이 서려 있다. 그런데 그중에도 매우 흥미로운 것이 있다. 나는 이런 구절을 보았다.

극장에 불이 났다. 어릿광대가 무대 앞으로 와서 관객들에게 알리자, 사람들은 어릿광대의 우스개로 생각하고 갈채를 보냈다. 어릿광대는 재차 화재라고 알려 주었다. 그런데 사람들은 더욱더 박장대소하며 갈채를 보냈다. 나는 생각한다. 인생이란 우스개로 간주하는 즐거운 사람들의 대대적 환영 속에서 끝나고야 마는 것이리라.

그런데 내가 흥미롭다고 느낀 까닭은 원문 때문이 아니라 이로 말미암아 식객들의 술수에 대한 생각에 미쳤기 때문이다. 식객은 주인이 바쁘면 돕는다. 주인이 흉악한 일을 처치르느라 바쁘면 당연히 졸개로 자처한다. 그런데 그의 도움 법은 유혈 사건이지만 핏자국도 없고 피비린내도 없는 것이다.

예를 들어 보자. 어떤 심각한 사건이 발생했다고 치자. 사람들도 처음에는 이 사건을 심각하게 생각한다. 그런데 그가 어릿광대의 신분으로 출현하여 이 사건을 골계로 바꾸거나 심각함과는 무관한 점을 유독 떠벌려 사람들의 주목을 끈다. 이것이 이른바 '즉흥익살'이다. 살인 사건이라면 현장의 형편과 탐정의 노력에 대해 말한다. 죽은 사람이 여성이라면 더욱 좋다. '요염한 사체'라 명명하거나 그녀의 일기를 소개하기도 한다. 암살이라면 연애다, 소문이다……등등 사자死者의 생전의 이야기를 늘어놓는다. 사람들의 열정이란 애초부터 언제까지나 이완되지 않는 것은 아니다. 찬물을 좀 끼얹거나 '청차淸茶'라고 멋지게 이름 붙이면 자연스럽게 급속도로 차가워진다. 그런데 이 즉흥익살 배역은 문학가로 바뀌었다.

성실하게 경고하는 사람이 있으면 당연히 흉악범으로서는 손해가 된다. 다만 사람들이 아직까지 죽어 자빠진 상황은 아니어야 한다. 그런데 이 순간 그는 어릿광대 신분으로 출현한다. 여전히 즉흥익살을 사용하며 곁에서 귀신 같은 얼굴로 분장한 채로 경고하는 사람이 사람들의 눈에 어릿광대로 보이게 하고 그 사람의 경고가 사람들의 귀에 우스개로 들리도록 만들어 버린다. 곤궁한 척 어깨를 웅크린 채 상대의 호사를 부각시키고, 천한 몸을 한탄하며 상대방의 오만을 암시한다. 이렇게 함으로써 사람들로 하여금 마음속으로 '경고하고 있는 사람이 위선자구나'라는 생각을 하게 한다. 다행히도 아직은 식객들 중 태반은 남자이다. 그렇지 않다면 경고하고 있는 사람이 자신에게 어떻게 집적거렸는지를 말할 것이다. 대중들 앞에서 음란한 말을 나열한 뒤 자살로써 수치스러운 상황을 입증할지도 모른다. 사방에서 수작을 부리고 있으므로 아무리 엄숙한 화법으로도 힘을 잃게 되고 흉악범에게 불리한 사정은 의심과 웃음소리 속에서 사라지게 된다. 그는? 이번에 그는 도덕가이다.

이런 사건이 없으면 이레에 한 번씩 열흘에 한 번씩 폐기물을 모아 독자들의 머릿속으로 집어넣는다. 반년, 일 년 보고 나면 머릿속은 온통 어떤 권세가가 어떻게 패를 잡았느니, 어떤 배우가 어떻게 재채기를 했는지에 관한 전고典故로 가득 차게 된다. 즐거움은 물론 즐거운 것이다. 그런데 인생도 즐거움을 환영하는 이런 즐거운 사람들 속에서 끝나고 마는 것이리라.

8월 28일

주)_____

1) 원제는 「帮闲法發隱」, 1933년 9월 5일 『선바오』의 『자유담』에 발표했다.

2) 키르케고르(Søren Aabye Kierkegaard, 1813~1855). 덴마크 철학자. 인용한 글은 『이것이냐 저것이냐』(Enten-Eller)의 「서막」에 나온다. 원서의 주석에 따르면 1836년 2월 14일 피터 대제 궁에서 발생한 사건이라고 한다. 루쉰의 인용문은 일본의 미야하라 고이치로(宮原晃一郎)가 번역한 『우수의 철학』(憂愁の哲理)을 근거로 했을 것이다.

등용술 첨언[1]

웨이쒀

장커뱌오[2] 선생이 『문단등용술』이란 책을 썼다. 선약 때문이기도 했지만 예외 없이 빈둥거리느라 배독拜讀의 행운을 놓치고 『논어』[3]에 실린 광고와 해제, 후기를 보았을 따름이다. 그런데 어디에서 비롯된 '인스피레이션'[4]인지 정녕 알 수 없으나 해제의 시작 부분 첫 단락은 절묘한 명문이다.

> 등용은 승룡으로 해석할 수 있으므로[5] 용 되기 기술은 용 타기 기술이 된다. 그것은 말 타기, 차 몰기와 비슷한 것이다. 그런데 보통 승룡은 사위를 의미한다. 문단이 여성은 아닌 것 같고, 또한 데릴사위를 맞이할 지경에 이르지는 않았다. 그렇다면 이런 해석은 사람들의 오해를 불러일으킬 위험이 있는 것 같다…….

분명, 광고에 있는 목록을 살펴보면 '사위 되기'라는 항목은 없다. 그런데 이것은 '지자智者의 천 가지 고려'[6] 중 한 가지 실수라고 말하지 않을 수 없으므로 조금 보충해야 좋을 것 같다. 문단이 비록 '데릴사위를 맞이

할 지경에 이르지는 않았다'고 하더라도 사위는 문단에 오르려고 할 것이기 때문이다.

기술이란 가로되, 문단에 오르려고 한다면 부자 부인이 있어야 하고 유산도 필수적이고 소송을 두려워하지 않아야 한다는 것이다. 문단에 기어오르려고 하는 가난뱅이 자식은 어쩌다 요행을 만나더라도 필경은 많은 노력을 기울여야 한다. 수필이나 차화茶話 따위로 한밑천 잡을 수도 있지만 결국은 남이 시키는 대로 움직여야 한다. 제일 좋기로는 부자 처가, 부자 부인을 둬서 지참금으로 문학의 밑천을 삼고 남들이야 욕하든지 말든지 졸작이라면 자비로 인쇄하면 된다. '작품'이 나오면 직함이 저절로 따른다. 데릴사위는 처가에서 무시당할 수 있지만, 일단 문단에 오르면 이름값이 열 배 뛰게 되므로 부인도 기뻐하여 마작하느라 눈길도 주지 않는 지경에 이르지는 않을 것이다. 이것이 바로 '상호 사용'이라는 것이다. 그런데 문인이 된 사람은 반드시 유미파여야 한다. 와일드[7]의 생전 사진을 한번 보라. 꽃받침 단추와 상아 지팡이가 얼마나 아름다운가. 누가 보더라도 멋지므로 부인은 말해 무엇하겠는가.[8] 그런데 애석하게도 그의 부인은 부자가 아니었다. 와일드는 소년들과 함부로 놀고 이국땅에서 비참하게 죽었다. 돈이 있었다면 어찌 그 지경이 되었겠는가. 따라서 용이 되고자 한다면 용을 타야 한다. '책 속에 황금 저택이 있다'[9]라는 말은 오래전에 옛말이 되었다. 이제는 '황금 속에 문학가가 있다'라는 말이 우리 시대에 적합하다.

그런데 문단에서 출발하여 사위가 될 수도 있다. 기술은 이렇다. 시시각각 염두에 두고 돈 좀 있는 집안에 '아아, 나의 비애여'라고 몇 마디 쓸 줄 아는 여사를 찾아내어 그녀를 '여성 시인'[10]이라 존중하는 글을 신문에 게재하는 것이다. 그녀에게 '지기知己라는 느낌'이 생길 즈음 영화에서처럼 한 무릎을 꿇고 '나의 생명아, 아아, 나의 비애여!'라고 말한다. 다시 말하자면 용 되기에서 용 타기로, 또 용 타기에서 다시 용 되기로, 굉장히 완벽하다. 하지만 부유한 여성 시인이 가난한 남성 문인을 사랑하리라는 법은 없으므로 확신을 갖기가 아주 어렵기는 하다. 그러므로 이 방법은 「등용술 첨언」의 부록에 불과한 셈이지만 청컨대 가벼이 여기지 않기를 소망한다.

8월 28일

주)――――

1) 원제는 「登龍術拾遺」, 1933년 9월 1일 『선바오』의 『자유담』에 발표했다.

2) 장커뱌오(章克標). 저장 하이닝(海寧) 사람. 일본 유학을 했다. 상하이에서 사오쉰메이(邵洵美)와 합작하여 『십일담』(十日談) 순간(旬刊)을 주편했다. 그의 『문단등용술』(文壇登龍術)은 기회를 틈타 교활한 수단을 쓰는 문인들을 조롱한 책이다. 1933년 5월 상하이에서 '뤼양탕'(綠楊堂)이라는 이름으로 자비 출판했다.

3) 『논어』(論語)는 린위탕(林語堂) 등이 1932년 9월 상하이에서 창간한 반월간 문예지이다. 생활 속의 '유머와 한적함'을 제창하였고, '성령'(性靈)이 있는 소품문 창작을 목적으로 하였다. 1937년 8월 정간되었다가 1946년 12월에 재창간되었고 1949년에 다시 정간되었다. 『논어』 제19기(1933년 6월 16일)에 『문단등용술』의 「해제」와 「후기」가 실렸고, 제33기(1933년 8월 16일)에 이 책의 광고와 목록이 실렸다.

4) 원문은 '煙土披里純'이다. 루쉰은 영감을 뜻하는 'inspiration'의 음역 한자를 그대로 쓰고 있다.

5) '등용'(登龍)은 '높은 지위에 올라가서 용이 되다'는 뜻이고, '승룡'(乘龍)은 '높은 곳에 있는 용을 탄다'는 뜻이다. '등'과 '승'의 의미가 유사한 데 착안한 것이다. 그런데 '승룡'은 관용적으로 '용과 같은 훌륭한 사위를 얻다'라는 의미로 사용되기도 한다.

6) 『사기』의 「회음후열전」(淮陰侯列傳)에 "지혜로운 사람은 천 가지 생각 가운데 반드시 한 가지 실수가 있기 마련이고, 어리석은 사람은 천 가지 생각 중에 반드시 한 가지 얻

을 만한 것이 있다"는 말이 나온다.

7) 와일드(Oscar Wilde, 1854~1900). 영국의 유미주의 작가. 작품으로는 『도리언 그레이의 초상』(*The Picture of Dorian Gray*), 『윈더미어 부인의 부채』(*Lady Windermere's Fan*), 『살로메』(*Salomé*) 등이 있다. 1895년 동성애로 기소되어 2년 복역한 뒤 파리에서 방랑하다 비참하게 죽었다.

8) 원문은 '人見猶憐, 而況令闈'. 남송 우통(虞通)의 『투기』(妬記)에는 진대(晋代) 환온(桓溫)이 이세(李勢)의 딸을 첩으로 삼았는데, 질투가 심한 환의 아내가 이 사실을 알고서 칼을 들고 시녀 수십 명을 대동하여 이씨를 죽이러 갔으나 만나 본 뒤에는 이씨의 용모와 언사에 감동하여 칼을 버리고 "내가 보기에도 역시 아리땁구나, 하물며 저 늙은이는 말해 무엇하겠는가!"(我見汝亦憐, 何況老奴)라고 말했다는 기록이 있다. 『세설신어』(世說新語)의 「현원」(賢媛)에 대한 유효표(劉孝標)의 주에 인용되어 있다. 원문은 이를 변용한 것이다. '闈'은 문지방을 뜻하는데, 고대 여성들이 거주하던 내실을 지칭했으며, 여기서는 여성의 대명사로 사용되었다.

9) 『권학문』(勸學文; 송 진종眞宗 조항趙恒이 지었다고 전해짐)에 "읽고 읽고 읽어라. 책 속에 황금 저택이 있다. 읽고 읽고 읽어라. 책 속에 봉록이 있다. 읽고 읽고 읽어라. 책 속에 옥 같은 명예가 있다"는 말이 나온다.

10) 상하이의 거대 매판 위차칭(虞洽卿)의 손녀 위슈윈(虞岫雲)을 가리킨다. 그녀는 1930년 1월 위옌(虞琰)이라는 필명으로 시집 『호수바람』(湖風; 상하이현대서국 초판)을 출판했다. 시집은 '아프다'(痛阿), '비수'(悲愁) 등의 단어들로 채워져 있다. 일부 문인들은 이 시집을 치켜세우기도 했다. 탕쩡양(湯增敭), 쩡진커가 쓴 「위옌의 『호수바람』—우리들의 여성시인을 소개하다」(虞琰的『湖風』—介紹一位我們的女詩人), 「여성시인 위슈윈 방문기」(女詩人虞岫雲訪問記) 등이 있다.

귀머거리에서 벙어리로[1]

뤄원洛文

의사들은 벙어리의 대다수가 목구멍과 혀로 말을 못 하는 게 아니라 어려서부터 귀가 멀어 어른의 말이 들리지 않아 배울 수 없었기 때문에 누구나 모두 입을 벌려 우우야야 할 뿐이라고 생각하고 자신도 따라서 우우야야 할 수밖에 없게 된다고 한다. 따라서 브란데스[2]는 덴마크 문학의 쇠퇴를 탄식하며 다음과 같이 말했다.

> 문학 창작이 거의 완전히 사멸할 지경이다. 인간세상 혹은 사회의 그 어떤 문제도 흥미를 불러일으키지 못하고, 뉴스나 잡지 이외에는 결코 어떤 논쟁도 야기하지 못한다. 우리는 강렬하고 독창적인 창작을 볼 수 없다. 뿐만 아니라 외국의 정신생활을 배우는 일에 대해서도 이제는 거의 고려조차도 않는다. 따라서 정신적인 '귀머거리'는 그것의 결과로 '벙어리'를 불러들이고 말았다.(『19세기 문학의 주조』 제1권 자서)

이 몇 마디는 중국의 문예계에 대한 비평으로 옮겨 올 수 있다. 이 현상은 전적으로 억압자의 억압 탓으로 돌려서는 결코 안 되고, 5·4운동 시대의 계몽운동가와 그후의 반대자들이 함께 책임을 나누어 져야 한다. 전자는 사업 성과에 급급하여 끝내 가치 있는 서적을 번역하지 못했고, 후자는 일부러 분풀이로 번역가를 매파媒婆로 매도했으며,[3] 이에 편승한 일부 청년들은 한동안 독자가 참고하도록 인명과 지명 아래 원문 주석을 다는 것조차 '현학'衒學이라고 비난하기도 했다.

지금은 도대체 어떠한가? 세 칸짜리 서점이 쓰마로[4]에 적지 않게 있다. 그런데 서점의 서가에 가득한 것은 얇은 소책자들이고 두꺼운 책은 모래에서 금을 채취하는 것만큼이나 찾기 어렵다. 물론 크고 튼실하게 태어났다고 해서 위인은 아니고 많고 번잡하게 썼다고 해서 명저는 아니다. 하물며 '스크랩'이란 것도 있음에랴. 하지만 '무슨 ABC'[5]처럼 얄팍한 책에 모든 학술과 문예를 망라할 수는 없다. 한 줄기 탁류가 맑고 깨끗하고 투명한 한 잔의 물보다 못한 것은 당연하지만, 탁류를 증류한 물에는 여러 잔의 정수淨水가 들어 있는 법이다.

여러 해 공매매[6]를 해온 결과 문예계는 황량해지고 말았다. 문장의 형식은 좀 깔끔해졌지만 전투적 정신은 과거에 비해 진보가 없고 퇴보만 있다. 문인들은 기부금을 내거나 서로 치켜세워 재빨리 명성을 얻지만 애쓴 허풍으로 말미암아 껍데기는 커지고 속은 도리어 더욱 텅 비고 말았다. 따라서 이러한 공허를 적막으로 착각하고 아주 그럴싸하게 독자들에게 이야기하고, 심한 사람은 내면의 보배인 양 문드러진 자신의 마음을 드러내기도 한다. 문인들의 동산에서 산문은 성공을 거둔 셈이다. 그런데 올해 나온 선집을 살펴보면, 제일 우수한 세 명마저도 "담비가 부족하니 개꼬리가 이어진다"[7]는 느낌이 든다. 쭉정이로 청년을 양육해 봤자 결코 건장하게 성장할 리 만무하고, 미래의 성취는 더욱 보잘것없어질 것이다. 이런 모습에서 니체가 묘사한 '말인'[8]을 볼 수 있다.

그런데 외국사조에 대한 소개와 세계명작의 번역은 무릇 정신의 양식을 운송하는 항로이다. 하지만 지금은 거의 모두 귀머거리와 벙어리를 만들어 내는 사람들로 가로막혀 서양인의 주구와 부호의 데릴사위조차도 흥흥거리며 냉소하는 지경이 되었다. 그들은 청년의 귀를 막아 귀머거리에서 벙어리가 되게 하고 시들고 보잘것없는 '말인'으로 자라게 하여 기어코 청년들이 다만 부잣집 자제와 부랑아들이 파는 춘화를 보도록 만들어 버리려 한다. 기꺼이 진흙이 되려는 작가와 번역가의 분투는 이미 한시도 늦출 수 없게 되었다. 분투란 바로 절실한 정신의 양식을 힘껏 운송하여 청년들의 주위에 놓아두는 것이며, 한편으로는 귀머거리와 벙어리를 만드는 사람들을 검은 굴과 붉은 대문집[9]으로 되돌려 보내는 것이다.

8월 29일

주)_____

1) 원제는 「由聾而啞」, 1933년 9월 8일 『선바오』의 『자유담』에 발표했다.

2) 브란데스(Georg Brandes, 1842~1927). 덴마크 문학비평가. 그의 주요 저술로는 『19세기 문학의 주조』(6권)가 있으며 1872~1890년에 출판되었다. 루쉰은 이 책의 일역본을 구매했다.

3) 1921년 2월 궈모뤄는 『민탁』(民鐸) 잡지 제2권 제5호에 리스천(李石岑)에게 보내는 편지를 발표하며 "나는 국내의 인사들이 매파를 중시하는 반면 처녀를 중시하지 않고, 번역을 중시하는 반면 창작을 중시하지 않는다고 생각한다"라고 했다.

4) 쓰마로(四馬路)는 현재 상하이의 푸저우로(福州路)를 가리킨다. 당시에 서점들이 많이

있던 거리이다.

5) 당시 상하이의 세계서국 등은 각 방면의 입문서 'ABC 총서'를 출판했다.

6) 상업 투기 행위의 하나이다. 매매할 물건의 시가 변동을 짐작하고 그 차액을 이득으로 하기 위한 매매 거래이며 차금의 수수는 있으나 실물의 수수는 하지 않는다. 차금(差金) 매매라고도 한다.

7) 『진서』(晉書)의 「조왕륜전」(趙王倫傳)에 나온다. 사마의(司馬懿)의 아홉째 아들 사마륜(司馬倫)이 작위를 남발하여 하인과 심부름꾼조차도 이를 풍자했다고 한다. "매번 조회 때마다 관리들의 모자 장식이 자리에 가득한 것을 두고 당시 사람들은 '담비가 부족하니 개꼬리가 이어진다'라고 했다"는 내용이 나온다.

8) '말인'(末人, Der Letzte Mensch)은 니체(Friedrich Nietzsche, 1844~1900)의 『차라투스트라는 이렇게 말했다』(Also sprach Zarathustra)의 「서언」에 나온다. 희망 없고 창조적이지 않고 평범하고 두려움 많고 천박하고 보잘것없는 사람을 가리킨다. 루쉰은 이 글의 「서언」을 번역하여 1920년 6월 『신조』(新潮) 제2권 제5호에 발표했다.

9) '붉은 대문집'(朱門)은 지위가 높은 벼슬아치의 부유한 집을 가리킨다.

초가을 잡기(2)[1)]

뤼쑨

8월 13일 밤 여기저기서 별안간 빠빠빠방거리기 시작했다. 순간 따져 보지도 않고 '저항'이 또 시작된 모양이라고 생각했지만, 바로 폭죽 터뜨리는 소리임을 알아차리고 마음을 놓았다. 계속해서 다시 '아마도 또 무슨 날인가 보지……?'라고 생각했다. 이튿날 신문을 보고서야 어제 저녁이 월식이었고, 빠빠빠방 소리는 우리의 동포와 이포異胞(우리는 모두 황제의 자손이라 자칭하지만, 치우[2)]의 자손들이 죄다 죽었다고 할 수는 없으므로 이들을 '이포'라고 부르겠다)들이 달을 천구[3)]의 입에서 구출해 내기 위해 시위한 것임을 알게 되었다.

며칠 전날 밤도 아주 시끌벅적했다. 거리와 골목 여기저기에 분식과 수박을 차린 탁자가 늘어져 있었다. 파리, 나방, 모기 따위가 수박을 물어뜯고, 웅얼웅얼 염불을 외는 스님도 있었다. "후이주뤄푸미야훙![4)] 안야훙! 훙!!" 방염구와 시아귀[5)]를 하고 있는 중이다. 우란분절[6)]이 되었다. 아귀와 아귀 아닌 것들이 모두 저승에서 뛰쳐나와 이 거대한 세상 상하이를 구경하고, 이때 선남선녀들은 이곳 사람으로서의 성의를 표하며 스님에게 '안야홍' 염불을 외며 쌀 몇 알을 뿌려 귀신들을 청해 모두 한바탕 포식을 하게 해달라고 부탁한다.

나는 속인인지라 여태까지 하늘이니 저승이니 하는 것에 그리 주의하지 않았다. 하지만 매번 이때가 되면 아직은 인간세상에서 살고 있는 우리의 동포와 이포들의 고매하고도 온당한 배려를 느끼지 않을 수 없다. 다른 것은 논외로 치더라도 만 2년도 채 안 되는 새에 벌써 크게는 4개의 성四省, 작게는 9개의 섬九島의 깃발 색이 모두 바뀌었다. 머지않아 8개의 섬도 그렇게 될 것이다. 구하려 해도 구할 수 없거니와 설령 구할 생각을 한다손 치더라도 입을 떼는 순간 자신이 위험해질지도 모른다(이 구절은 '형세 역시도 불가능한 점이 있다'로 인쇄되었다). 그러므로 가장 그럴듯한 방법은 달을 구하는 것이다. 아마도 하늘을 뒤흔드는 폭죽소리 때문에 천구가 와서 물 리는 만무하고 달 속의 추장(추장이 있다면)도 나와서 금지하거나 반동으로 지목할 리가 없을 것이다. 사람을 구하는 것도 마찬가지이다. 전쟁, 가뭄, 풀무치[7] 재해, 수재……등으로 인한 이재민은 부지기수이다. 요행히 잠시 재앙을 모면한 서민들이 달리 무슨 구할 방법이 있겠는가? 그러므로 혼령을 구원하는 것이 훨씬 낫다. 그것은 일은 덜고 공덕은 많이 쌓은 것으로 제단을 만들고 탑을 세운 대인 선생[8]의 공덕과 맞먹는다. 이것이야말로 소위 "사람은 멀리 생각하지 않으면 반드시 가까운 근심거리가 생긴다"[9]는 것이다. 그리고 "군자는 크고 먼 것에 힘쓴다"[10]는 말 또한 이를 일컫는다.

하물며 "요리사가 요리를 못한다고 제사장이 제기를 방치하고 요리를 대신하지는 않는다"[11]라는 말도 고대 성현의 명훈明訓임에랴. 국사國事는 나라를 다스리는 자가 있으므로 서민이 소란을 피울 필요는 없다. 그러나 역대로 현명한 제왕은 결코 서민을 얕보지 않았고 도리어 훨씬 초월적인 자유와 권리를 부여하였다. 곧 우주와 영혼을 구원하도록 전적으로 맡기는 것이었다. 이것이 태평의 근간으로서 고금 이래로 폐지됨이 없이 이어졌고 앞으로도 생각해 보면 반드시 먼저 폐지되지는 않을 것이다. 작년의 일로 기억하고 있다. 상하이전쟁이 처음으로 멈추었을 때 일본 군대는 차차 군함으로 돌아가고 병영으로 퇴각했다. 그런데 어느 날 밤 또 이렇게 빠빠빠방거렸다. 때는 여전히 '장기저항'[12] 중이었는데, 우리의 국수國粹를 잘 모르던 일본인은 모某 부대가 실지失地를 회복하러 온 줄로 알고 즉각 보초를 세우고 출병을 하는……등 한바탕 소동을 피우고 나서야 비로소 우리가 달을 구하고 있었고 그들이 엉뚱한 일을 벌인 것임을 깨달았다. "아아! 나루호도[13](Naruhodo=그거였구나)!" 경탄하고 탄복한 나머지 그리하여 평화로운 원래의 상태를 회복했다. 올해는 어떠한가. 보초조차도 세우지 않았는데, 아마도 벌써 중국의 정신문명에 감화된 모양이다.

요즘도 침략자와 억압자들 가운데 아직도 노비들에게 바보 되기와 꿈꾸기조차도 허락하지 않는 고대의 폭군 같은 사람이 있을까……?

8월 31일

주)_____

1) 원제는 「新秋雜識(二)」, 1933년 9월 13일 『선바오』의 『자유담』에 「추야만담」(秋夜漫談)이라는 제목, 위밍(虞明)이라는 필명으로 발표했다. 루쉰은 『풍월이야기』를 편집하면서 '뤼쉰'(旅隼)이란 필명으로 고쳐 썼다.

2) '치우'(蚩尤)는 구려족(九黎族)의 수령으로 줘루(涿鹿)에서 황제(黃帝)와 싸우다 패하여 죽었다고 전해지는 전설상의 인물이다.

3) '천구'(天狗)는 일식, 월식을 일으키는 흉신(凶神)이 산다고 전해지는 천구성(天狗星)을 가리킨다.

4) 원문은 '回猪囉普米呀吽.' 산스크리트어 음역으로 『유가집요염구시식의』(瑜伽集要焰口施食儀)에 나오는 주문이다. '猪囉'는 『유가집요염구시식의』에 '資囉'로 되어 있다.

5) '시아귀'(施餓鬼)는 밤에 열리는 아귀에게 먹을 음식을 베푸는 법회를 가리킨다. 악도(惡道)에서 굶주리고 있는 무연(無緣)의 망령을 위하여 독경하고 공양하는 의식이다.

6) '우란분'(盂蘭盆)은 산스크리트어 'Ullambana'의 음역으로 '극도의 곤궁을 해결해 주다'는 뜻이다. 음력 7월 15일이 불교의 우란분절(도교의 중원절中元節이기도 하다)이다. 이날 밤 스님들은 경을 읽고 시아귀하며 사자(死者)들을 축복하는데, 이를 방염구(放焰口)라 칭한다. 염구는 아귀의 이름이다.

7) 메뚜깃과의 곤충으로 잡초를 먹고 살며 농작물에 큰 피해를 입히기도 한다.

8) 원문은 '打醮'. 승려와 도사들이 제단을 세우고 경을 읽으며 법사를 행하는 것을 가리킨다. 만주사변 이후 국민당 관리 다이지타오(戴季陶) 등은 당시의 판첸 라마를 내세워 천재와 전쟁으로 죽어 간 영혼을 위로한다는 명분으로 난징 부근의 바오화산(寶華山) 룽창사(隆昌寺)에서 '보리법회'(普利法會), '인왕호국법회'(仁王護國法會) 등을 거행했다. '탑을 쌓았다'는 것은 다이지타오가 1933년 5월 난징에서 탑을 세워 쑨중산(孫中山)이 남긴 저서와 필사본을 보관한 일을 가리킨다.

9) 『논어』의 「위령공」(衛靈公)에서 공자가 한 말이다.

10) 『좌전』(左傳) '양공(襄公) 31년'에 "군자는 큰 것 먼 것을 알기 위해 힘쓰고, 소인은 작은 것 가까운 것을 알기 위해 힘쓴다"라는 말이 있다. 춘추시대 정(鄭)나라 자피(子皮)가 자산(子産)에게 한 말이다.

11) 『장자』의 「소요유」(逍遙游)에 나오며 각자 자신의 본분에 맞는 일을 한다는 뜻이다.

12) 만주사변 때 장제스(蔣介石)는 동북군에게 '저항하지 말고 충돌을 피하라'는 명령을 내렸다. 1·28사변이 폭발하자 국민당은 뤄양(洛陽)에서 열린 제4차 이중전회 선언에서 "중앙은 장기저항을 결심했다"고 했으며, 이 밖에도 '심리저항'과 같은 화법을 자주 사용했다.

13) 나루호도(なるほど). 루쉰은 '成程'이라고 표기했다.

남성의 진화[1]

위밍

금수의 교합을 연애라고 하는 것은 아무래도 좀 모독이다. 그러나 금수도 성생활이 있다는 사실은 부인할 수 없다. 춘정발동기가 되면 암컷과 수컷은 서로를 건드리고 한바탕 '속살속살'거린다. 물론 암컷이 튕길 때도 있다. 몇 걸음 달아나다 다시 돌아보고, '동거의 사랑'이 이루어질 때까지 울기도 한다. 금수의 종류가 많고 그들의 '연애' 방식이 복잡하다고 하더라도 의문의 여지가 없는 것이 하나 있다. 그것은 바로 수컷이 무슨 특권을 가지고 있다고 할 수 없다는 것이다.

인간은 만물의 영장이고 무엇보다 남성은 재주가 많다. 태초에는 그저 그랬다. 정말인지 "어머니는 알고 아버지는 몰랐"[2]던 까닭에 일찍이 아녀자들이 한 시대를 '통치'했다. 당시 조모는 대개 후대의 족장보다 더 위풍이 있었다. 훗날 어찌 된 영문인지 여성들의 운수가 사나워졌다. 목, 손, 다리 모든 곳에 쇠사슬이 채워지고 올가미와 고리가 걸렸다. 수천 년이 지나 올가미와 고리의 대부분은 금, 은으로 바뀌고 진주와 다이아몬드로 장식하게 되었다. 그럼에도 불구하고 목걸이, 팔찌, 반지 등은 지금까지도 노예여성의 상징이다. 여성은 노예이므로 남성은 꼭 여성의 동의를 얻고 나서 '사랑'할 필요가 없게 되었다. 고대시대 부락 간의 전쟁으로 포로는 노예가 되고 포로여성은 강간당하기 마련이었다. 당시는 아마도 춘정발동기라는 것이 '없어진' 지 오래되었을 것이다. 언제 어디에서라도 주인남성은 포로여성과 노예여성을 강간할 수 있었다. 현대에 들어와 강도와 악한 무리들이 여성을 사람 취급 하지 않는 것은 실은 대부분 추장식 무사도의 유풍이다.

그런데 강간의 재주에 있어서 인간이 금수보다 한 발짝 '진화'했다고 하더라도 필경 이때까지는 반半개화에 지나지 않는다. 훌쩍이는 여성의 손발을 비트는 것이 무슨 재미가 있었겠는가? 그런데 돈이라는 보배가 출현하면서 남성의 진화는 정말 굉장해졌다. 천하의 모든 것을 사고 팔 수 있으므로 성욕 또한 예외가 아니었다. 남성은 몇 푼의 더러운 돈만 쓰면 여성의 몸에서 얻고자 하는 바를 얻을 수 있다. 뿐만 아니라 남성은 여성에게 이렇게 말할 수도 있다. "나는 결코 너를 강간하는 게 아니야. 이건 네가 원한 거야. 네가 몇 푼이라도 얻기를 바란다면 이렇게 저렇게 고분고분해야 해. 우리는 공평한 거래를 하고 있는 거라고!" 여성을 유린할 뿐만 아니라 "고맙습니다, 도련님"이라고 말하도록 요구한다. 이런 일을 금수가 할 수 있는 것이겠는가? 따라서 매음은 남성의 진화에서 상당히 높은 단계가 되었다.

이와 동시에, 부모의 명령과 매파의 말에 따라 이루어진 구식 결혼은 매음에 비하면 훨씬 고명하다. 이 제도 아래에서 남성은 영원히, 종신토록 살아 있는 재산을 얻게 되었다. 신부가 신랑의 침상에 놓이던 시절 여성은 다만 의무가 있을 뿐이고 가격을 거론할 자유조차도 없었으므로 연애는 말해 무엇하겠는가? 사랑과는 상관없이, 주공[3]과 성현 공자의 명분 아래 죽을 때까지 한 사람을 섬기고 정조를 지켜야 했다. 남성은 언제라도 여성을 사용할 수 있었지만, 여성은 성현의 예교를 준수해야 하고 "마음속으로 나쁜 생각을 하는 것만으로도 간음을 저지른 것으로 취급되었다".[4] 만약 수캐가 암캐에게 이런 교묘하고도 엄격한 수단을 쓴다면 암캐는 분명 '월담하기'에 바쁠 것이다. 그런데 사람은 기껏해야 우물에 뛰어들어 절부節婦, 정녀貞女, 열녀가 될 수 있을 따름이다. 여기에서 혼인예교의 진화의 의미를 짐작할 수 있다.

남성은 '가장 과학적'인 학설을 들먹이며 여성으로 하여금 예교를 배우지 못했더라도 기꺼이 일부종사할 수 있게 하고, 뿐만 아니라 성욕은 '짐승의 욕정'이라 깊이 믿으며 연애의 기본조건으로 간주하지 않도록 만든다. 이것은 물론 문명 진화의 정점이다.

오호라, 인간 ─ 남성 ─ 이 금수와 다른 까닭이로구나!

필자주 : 이 글은 도를 옹호하는 글이다.

9월 3일

주)_____

1) 원제는 「男人的進化」, 1933년 9월 16일 『선바오』의 『자유담』에 '뤼쉰'이라는 이름으로 발표했다. 루쉰은 『풍월이야기』를 편집하면서 '위밍'이라는 필명으로 고쳐 썼다.

2) 원시사회의 잡혼제에서 일어나는 현상을 가리킨다. 『여씨춘추』(呂氏春秋)의 「시군람」(恃君覽)에 "옛날 태고에는 임금이 없었다. 백성들은 한데 모여 생활하고 무리를 지어

살았다. 어머니는 알고 아버지는 몰랐다"라는 말이 나온다.

3) 주공(周公). 성은 희(姬), 이름은 단(旦), 주(周) 무왕(武王)의 동생이다. 무왕을 도와 상(尙)을 멸망시키고 성왕(成王)의 집정을 도왔으며, 주대 전장(典章) 제도의 수립에 커다란 역할을 했다. '육경'(六經) 중의 『예경』(禮經; 『의례』儀禮)은 주공이 지었다고도 하고 공자가 정했다고도 한다. 『예경』 중 특히 혼례에 관한 규정은 봉건사회의 혼인제도에 커다란 영향을 미쳤다.

4) 『신약전서』「마태오의 복음서」5장에 "나는 너희에게 이렇게 말한다. 누구든지 여자를 보고 음란한 생각을 품는 사람은 벌써 마음으로 그 여자를 범했다"라는 말이 나온다.

동의와 설명[1]

위밍

상사가 행동하는 데 부하의 동의를 구할 필요가 없다는 것은 천지간의 불변의 진리이다. 하지만 상사가 부하에게 설명을 하는 경우도 있다.

세계적으로 유명한 한 신진 인사는 다음과 같이 말했다. "원시인 시대에는 권위가 있었다. 예컨대 인간은 동물들에게 인간의 의지에 복종하도록 강요했다. 그리고 자유로운 생활을 포기하도록 하는 데 동물의 동의를 구할 필요가 없었다."[2] 이것은 철저하게 맞는 말이다. 그렇지 않았다면 우리가 어떻게 소고기를 먹고 말 타기를 할 수 있었겠는가? 인간이 인간을 대하는 것도 이러하다.

최근 일본 예수교회[3]의 주교는 일본이 성경에서 말하는 천사라고 선언했다. "하나님은 일본을 이용하여 여태까지 유태인을 도살한 백인을 정복하고……무력으로 유태인을 해방시킴으로써 『구약』의 예언을 실현하려 한다." 이 말 또한 분명 백인의 동의를 구한 것이 아닌데, 이는 유태인을 도살한 백인이 유태인의 동의를 구한 적이 없다는 사실과 마찬가지이다. 일본의 대인大人 나리들은 중국에 '국난'國難을 일으키면서 중국 인민의 동의를 구하지 않았다. 일부 지방의 신동紳董들이 지방 치안의 유지를 부탁하며 일본 대인들의 동의를 구하러 간 일에 대해서는 별도로 논의해야 할 것이다. 요컨대 자유롭게 소고기 먹기, 말 타기 등을 하고자 한다면 반드시 자신이 상사이고 다른 사람은 부하임을 선언해야 한다. 혹은 다른 사람을 동물에 비유하거나 자신을 천사로 간주해야 한다.

그런데 여기서 가장 중요한 것은 아무래도 '무력'이지 결코 이론이 아니다. 사회학이건 기독교 이론이건 간에 모두 어떤 권위를 생산하기에는 충분하지 않다. 원시인의 동물에 대한 권위는 활과 화살 따위의 발명에서 생산된 것이다. 이론이라는 것은 뒤이어 생각해 낸 설명에 불과하다. 설명의 역할은 자신의 권위를 만들어 내는 종교적·철학적·과학적·세계적 조류를 근거로 들어 노예와 소, 말로 하여금 이 세계 공통의 법칙을 불현듯 깨닫게 하여 전복에 관한 모든 꿈을 포기하도록 만드는 것이다.

상사가 부하에게 설명을 할 때 부하인 당신에게 동의를 구하고 있다고 오해해서는 절대로 안 된다. 당신이 결코 동의하지 않는다 해도 그는 여전히 자신의 일을 할 것이기 때문이다. 그는 자신의 꿈이 있다. 금은의 재화, 비행기와 대포의 위력이 그의 수중에 있는 한 그의 꿈은 실현되기 마련이고, 당신의 꿈은 끝내 꿈에 지나지 않는다. 만에 하나 실현된다고 하더라도 그는 여전히 당신이 그의 동물주의에 관한 익숙한 문장을 표절했다고 말할 것이다.

들자 하니 최근의 세계 조류는 바로 방대한 권력을 가진 정부가 출현한다는 것인데, 이는 19세기의 인사들이 꿈에도 생각하지 못한 것이다. 이탈리아와 독일은 말할 것도 없고, 영국의 국민정부도 "그것의 실권은 역시 완전히 보수당 일당에게 속해 있다", "미국의 새 대통령이 획득한 경제부흥을 위한 권력은 전쟁이나 계엄 시기보다 훨씬 더 강력하다."[4] 모든 사람들이 동물 노릇을 하고 있으므로 상사로 하여금 어떠한 동의도 구할 필요가 없게 하는 것, 이것이 바로 세계적 조류이다. 아름답고도 성대하도다. 이렇게 좋은 본보기를 어찌 배우지 않을쏜가?

그런데 나의 이런 설명에도 흠결이 있다. 중국에도 진나라 시황제의 분서갱유가 있었고, 한퇴지[5] 등은 "백성이 쌀, 초, 삼, 비단을 생산하여 윗사람을 섬기지 않으면 곧 처벌받는다"라고 말했다. 이런 생각은 본래 국산품이었던 것이다. 따라서 굳이 민족주의를 배반하면서까지 외국의 학설과 사실을 인용하여 타인의 위풍을 키워 주고 자신의 사기를 죽일 필요가 있겠는가?

9월 3일

주)_____

1) 원제는 「同意和解釋」, 1933년 9월 20일 『선바오』의 『자유담』에 발표했다.

2) 1933년 9월 초 히틀러가 뉘른베르크 국가사회주의독일노동자당 대회 폐막 때 한 연설 중 일부이다.

3) 1933년 9월 3일 『다완바오』는 로이터 통신 도쿄발 소식을 실었다. 일본 예수교회의 책임자 나카타(中田)가 "「이사야」(『구약전서』의 「이사야」 제55장)에 나오는 네가 알지 못하는 나라와 또한 너를 알지 못하는 나라와 「요한의 묵시록」 제7편(『신약전서』의 「요한의 묵시록」 제7장)에 천사가 동방으로부터 내려와 하나님의 옥새를 잡는다고 한 것은 모두 일본을 가리켜 한 말이다"라고 하고, 또 "하나님은 장차 일본으로써 여태까지 유태인을 도살한 백인을 정복하고자 한다.……일본은 무력으로 유태인을 해방하여 『구약』의 예언을 실현한다"라고 했다는 내용이다.

4) 당시 세계경제회의에 참석한 국민당 정부 재정부장 쑹쯔원이 귀국하여 1933년 9월 3일 난징에서 한 말이다. 그는 서방 각국 정부의 '지대한 권력'은 "19세기 인사들이 꿈에서도 생각하지 못한 것이다"라고 하며, 중국은 이와 같은 '좋은 본보기'를 배워야 한다

고 선전했다. '미국의 새 대통령'은 1933년 3월 취임한 제32대 프랭클린 D. 루스벨트 (Franklin Delano Roosevelt, 1858~1919)를 가리킨다.

5) 한퇴지(韓退之, 768~824). 이름은 유(愈), 자가 퇴지, 허양(河陽; 지금의 허난 멍현孟縣) 사람. 당대 문학가. 스스로 군망창려(郡望昌黎)라고 했으며, 저서로 『한창려집』(韓昌黎集)이 있다. 인용구는 그의 산문 「원도」(原道)에 나오는데, 원문은 다음과 같다. "백성이 조, 쌀, 삼, 비단을 생산하고 그릇을 만들고 재화를 유통시킴으로써 윗사람을 섬기지 않으면 곧 처벌을 받는다."

문인 침상의 가을 꿈[1]

유광

봄날의 꿈은 뒤죽박죽이다. '여름밤의 꿈'은? 셰익스피어[2]의 희곡을 보아하니 마찬가지로 뒤죽박죽이다. 중국에서는 가을의 꿈을 예로부터 '숙살'[3]이라고 했다. 민국 이전의 사형수는 모두 '입추 뒤 집행'이었는데, 이는 천시天時에 순응하기 위해서였다. 하늘이 인간에게 이렇게 가르쳤으므로 인간은 따라하지 않을 수 없다. 소위 '문인'도 물론 예외일 리 만무하다. 배불리 먹고 침상에 누우면 음식물이 채 소화되기도 전에 꿈을 꾼다. 그런데 이제 다시 가을이 왔으므로 하늘은 인간의 꿈에 위엄을 갖추게 한다.

2권 31기(8월 12일 출판)의 『파도소리』에 '린딩'林丁이라 서명한 어떤 선생이 편집자에게 보낸 편지가 실렸다. 그중 한 단락은 이렇다.

······의 논쟁에서 누가 옳고 누가 그른지는 외부인이 자세히 말할 수 있는 바가 아니다. 그렇지만 상호 간의 비방은 방관자가 보기에도 문단 전체의 불행으로 받아들이지 않을 수가 없다······ 나는 각각 균등하게 볼기 100대를 때려 일벌백계로 삼고 나머지 일은 일괄적으로 거론하지 말

아야 한다고 생각한다……

이틀 전에도 모某 타블로이드에 서명이 없는 사설이 실렸는데, 일전
에 위와 자오 사이에 벌어진 표절 문제에 관한 논쟁[4]에 대하여 마찬가지
로 대단히 분노하고 있었다.

……만약 나로 하여금 하루아침에 대권을 장악하도록 해준다면, 나는
반드시 이런 것들을 체포하여 그들에게 10년 독서라는 중노동으로 벌
할 것이다. 이렇게 하면 중국 문단에도 어쩌면 그래도 맑게 갤 날이 있을
지도 모른다.

장헌충은 자신이 몰락하는 처지였으므로 '누가 옳고 누가 그른지' 불
문하고 그저 죽이기만 했다. 청조에는 관원들이 원고와 피고 양측[5]에게
청홍, 흑백을 불문하고 각각 볼기 100대 혹은 50대를 때리는 경우가 분명
간혹 있었다. 이것은 만주족이 착취할 노예가 필요했기 때문인데, '린딩'
선생의 오래 묵은 꿈이기도 하다. 모 타블로이드의 무명씨 선생은 비교적
개명한 축에 든다. 최소한 그는 상하이공부국[6]이 하등 중국인을 '벌주는'
방법을 알고 있었던 것이다.

그런데 첫번째 문제는 어떻게 해야 '하루아침에 대권을 장악'할 수 있
는가이다. 생기 없는 문약한 서생이 어떻게 권신權臣이 될 수 있겠는가? 예
전에는 부마로 뽑혀 단번에 벼락출세하기를 기대할 수 있었지만, 이제는
황제가 없으므로 얼굴에 콜드크림으로 떡칠을 해도 공주의 주목을 받을
수 없게 되었다. 기껏해야 부잣집 사위가 되기를 희망할 수 있을 따름이

다. 기부금 관리가 되는 방법도 없어진 지 오래이다. 따라서 '대권'에 대해서는 높은 곳에 달린 포도를 쳐다보기만 하는 여우처럼 흰 코[7]를 쳐들고 바라보는 것 외에 다른 방법이 없다. 온전하고 깨끗한 문단을 기대하는 것은 그야말로 너무 아득하기만 한 듯하다.

5·4시기 출판계는 '문인거지'文丐를 발견했고 이어서 다시 '문인깡패'文氓를 발견했다. 그런데 이런 위풍당당한 인물을 나는 올 가을 상하이에서 새롭게 발견한 것이다. 이름이 아직 없으므로 잠시 '문인관리'文官라고 칭하기로 하자. 문학사를 살펴보면 문단이 온전하고 깨끗한 시기가 있기는 하다. 그런데 일찍이 문단의 맑음이 '문인관리'들과 터럭만큼이라도 관련이 있었던 것을 본 사람이 있는가?

그런데 꿈은 좌우지간에 꿀 수 있는 것이고 다행히도 별문제 되지 않으므로 꿈을 써 보는 것도 재미있겠다. 편히들 쉬시게나, 후보[8] 신분의 젊은 대인大人들이여!

9월 5일

주)_____

1) 원제는 「文床秋夢」, 1933년 9월 11일 『선바오』의 『자유담』에 발표했다.

2) 셰익스피어(William Shakespeare, 1565~1616). 유럽 문예부흥 시기의 영국 극작가. 그의 희곡 『한여름 밤의 꿈』(A Midsummer Night's Dream)은 1600년에 출판되었다.

3) '숙살'(肅殺)은 '소슬한 가을 기운이 나무나 풀을 말려 죽인다'는 뜻이다. 구양수(歐陽修)의 「추성부」(秋聲賦)에 다음과 같은 구절이 있다. "대개 가을은 형관(刑官)에 해당하고, 계절로 보면 음(陰)이고 전쟁의 상(兵象)이며, 오행으로 보면 금(金)이다. 이것을 일러 천지의 의기(義氣)라고 하며, 항상 숙살을 핵심으로 삼는다."

4) 위(余)와 자오(趙)는 위무타오(余慕陶)와 자오징선(趙景深)을 가리킨다. 1933년 위무타오가 러화서국(樂華書局)에서 출판한 『세계문학사』(世界文學史)의 상, 중 두 권의 내용 대부분은 자오징선의 『중국문학소사』(中國文學小史)와 기타 다른 사람들이 저술한 중외문학사, 혁명사를 표절한 것이다. 자오징선 등이 『자유담』에서 이 점을 지적하자 위무타오는 재차 강변하며 그의 책은 '정리'한 것이지 표절이 아니라고 말했다.

5) 『상서』(尙書)의 「여형」(呂刑)에 "(원고, 피고) 양측이 모두 왔으니 법관은 오형(五刑) 조례에 따라 처리하겠다"라는 구절이 있다. 상나라 이래 '오형'은 묵(墨; 낙인찍기), 의(劓; 코 베기), 비(剕; 발 베기), 궁(宮; 거세하기), 대벽(大辟; 사형) 등 다섯 가지 형벌을 가리키다 수당부터 태(笞; 매질), 장(杖; 고문), 도(徒; 징역), 유(流; 유배), 사(死; 사형) 등으로 바뀌었다.

6) '공부국'(工部局)은 영국, 미국, 일본 등이 상하이, 톈진 등의 조계지에 설치한 행정기관이다.

7) '흰 코'(白鼻子)는 원래 '어릿광대'를 뜻한다. 옛날 연극에서 어릿광대가 콧날에 흰색을 색칠한 데서 유래하며, 후에 교활한 사람, 매국노를 지칭하는 말로 사용되기도 했다.

8) '후보'(候補)는 '관직에 결원이 생기기를 기다리는 관리 후보생'을 가리킨다.

영화의 교훈[1]

루뉴

내가 고향 마을에서 중국의 구극舊劇을 보던 시절은 교육으로 '독서인'이 되기 전이고 친구들은 대부분 농민이었다. 즐겨 보던 것에는 공중제비, 호랑이춤, 불덩이가 있었고 도깨비가 나타나기도 했다. 줄거리는 우리와 별 관계가 없었다. 다몐과 라오성의 땅 빼앗기, 샤오성과 정단[2]의 만남과 이별은 모두 그들의 일이지 호밋자루 잡고 사는 집안의 아이들은 자신이 연단에 오르는 장군이 되거나 과거 보러 상경하는 일은 결코 없을 것이라는 사실을 알고 있었다. 그런데 감동적인 연극 한 편은 아직도 기억하고 있는데, 「참목성」[3]이라고 했던 것 같다. 한 고관대작이 억울한 누명을 뒤집어쓰고 살해될 처지에 있었는데, 그의 집에 있던 생김새가 아주 닮은 늙은 종이 그를 대신해 '사형을 받는다'는 내용이다. 비장한 동작과 노래가 관객의 마음을 실로 감동시켜 그들로 하여금 자신의 좋은 모범을 발견하게 했다. 우리 고향의 농민들 중 일부는 농번기가 지나면 대부호집에 가서 일을 도왔기 때문이다. 그럴싸하도록 사형집행 직전 마님은 으레 '머리를 감싸고 대성통곡'해야 하고, 그런데 종의 발길에 차인다. 이 순간에도 명분은 엄수해야 충복이자 의사義士이자 호인好人이라고 할 수 있다.

그런데 상하이에서 영화를 볼 때 나는 이미 '하등 중국인'이 되어 있었다. 이층에 앉아 있는 백인과 부자, 아래층에는 중등과 하등의 '중화의 후예'들이 줄지어 있었다. 은막에는 백색 병사들의 전쟁, 백색 나라의 돈벌기, 백색 아가씨들의 결혼, 백색 영웅의 탐험이 상영되었다. 관객들은 감동하고 부러워하고 공포에 떨며 자신들은 못 하는 일이라고 느꼈다. 그런데 백색 영웅이 아프리카를 탐험할 때는 언제나 길을 열고 부역을 하고 목숨 바쳐 싸우고 대신 죽음으로써 주인이 무사히 귀향하도록 도와주는 흑색 충복이 있었다. 그는 2차 탐험을 준비하면서 충복을 구하지 못하자 죽은 이를 생각하며 얼굴빛이 무거워지고 은막에는 기억 속의 흑색의 얼굴이 나타났다. 황색 얼굴의 관객들도 대부분 희미한 불빛 아래 얼굴빛이 무거워졌다. 그들은 감동했던 것이다.

다행히 국산영화도 발버둥치기 시작했다. 높은 담장으로 뛰어올라 솟구쳐 손을 들고 비검飛劍을 날렸다. 하지만 19로군⁴⁾과 함께 상하이에서 퇴출당하고 지금은 투르게네프의 「봄의 조수」⁵⁾와 마오둔의 「봄누에」⁶⁾의 상영을 준비하고 있다. 물론 이것은 진보이다. 그런데 이때 먼저 상영된 「요산염사」⁷⁾가 엄청나게 선전했다.

이 영화의 주제는 '요족 개화'이고 관건은 '부마 모집'으로 「사랑이 모친을 찾아보다」⁸⁾와 「쌍양공주가 적을 추격하다」⁹⁾와 같은 희곡을 떠올리게 한다. 중국의 정신문명이 전 세계를 주재한다는 거대한 담론은 근래에는 자주 들리지 않았다. 개화를 하자면 당연히 묘족이나 요족들이 사는 곳으로 물러날 수밖에 없고, 이런 대사업을 성공시키자면 우선 '결혼'을 해야 한다. 흑인들과 마찬가지로 황제의 자손들도 유라시아 대국의 공주와 혼인할 수 없으므로 정신문명이 전파될 수가 없다. 이것은 모두들 이 영화로 말미암아 잘 알 수 있는 것이다.

9월 7일

주)_____

1) 원제는 「電影的敎訓」, 1933년 9월 11일 『선바오』의 『자유담』에 발표했다.

2) '다몐'(大面), '라오성'(老生), '샤오성'(小生), '정단'(正旦)은 중국 전통극의 배역을 가리킨다. '다몐'은 '다화롄'(大花臉)이라고도 하며 원로, 대신, 재상 등으로 분장하는 역이고, '라오성'은 재상, 충신, 학자 등 중년 이상의 남자로 분장하는 역이며, '샤오성'은 젊은 남자 배역이고, '정단'은 여주인공 배역이다.

3) 「참목성」(斬木誠)은 이 글에 소개된 줄거리에 따르면 청대 이옥(李玉)이 지은 전기(傳奇) 「일봉설」(一捧雪)에서 나온 것이다. 원문에 '목성'이라고 되어 있으나 '막성'(莫誠)이라고 해야 하며 등장인물 '막회고'(莫懷古)의 노복이다.

4) 원래 국민당의 국민혁명군 제11군이었으나 1930년대에 제19로군으로 재편되었다. 1931년 9·18사변 후 상하이에 주둔했으며, 1932년 1월 28일 일본군이 상하이를 진공할 당시에 저항했다. 국민당 당국과 일본이 '상하이정전협정'을 체결한 뒤에는 푸젠(福建)에 가서 '공산당 포위토벌'을 맡았다. 1933년 11월 이 군의 지도자는 국민당의 리지선(李濟深) 등과 연합하여 푸젠에서 '중화공화국인민혁명정부'를 세워 홍군과 더불어 항일, 반(反)장제스 협정을 맺었으나 얼마 못 가 장제스 군대의 공격을 받아 실패했다. 1934년 1월 부대 번호가 취소되었다.

5) 「봄의 조수」(Вешние воды)는 투르게네프(Иван Тургенев)의 중편소설. 1933년 상하이 헝성영화사(亨生影片公司)는 이 소설에 근거하여 동명의 영화를 촬영했다.

6) 「봄누에」(春蠶)는 마오둔(茅盾)의 단편소설. 1933년 상하이 밍싱영화사(明星影片公司)에서 이 소설을 개편하여 동명의 영화를 촬영했다.

7) 「요산염사」(瑤山艶史)는 상하이 이롄영화사(藝聯影業公司)가 출품한 영화. 요족(瑤族) 지구에서 '개화' 사업에 종사한 남자 주인공이 요왕의 딸에게 구애하고 '산에서 나오'지 않기로 결심하는 내용이 있다. 영화사는 1933년 9월 초 상하이에서 개봉될 당시 각 신문에 대대적인 광고를 했다. 이 영화는 국민당 중앙당부에서 주는 '요족 개화'라는 글자가 쓰여진 상장을 받았다.

8) 「사랑이 모친을 찾아보다」(四郎探母)는 경극으로 내용은 다음과 같다. 북송과 요(遼)의 교전에서 송나라 장군 양사랑(楊四郎; 연휘延輝)이 포로로 잡혀 부마가 된다. 후에 사랑의 모친 사태군(余太君)이 병사를 거느리고 요를 정벌하고, 사랑은 어머니가 그리워 송의 군영에 몰래 들어와 문안한 뒤 요나라도 돌아간다.

9) 「쌍양공주가 적을 추격하다」(雙陽公主追狄)는 경극이며, 내용은 다음과 같다. 북송의 대장 적청(狄青)이 서쪽을 정벌하는 도중에 길을 잃어 단단국(單單國)으로 들어갔다가 속임수에 걸려 단단왕의 딸 쌍양공주와 결혼하게 되었다. 후에 적청은 도망 나와 계속 서쪽으로 가는데 평훠관(風火關)까지 공주가 추격해 와서 그의 배신을 힐난했다. 이에 적청이 사실대로 말하자 공주가 감동하고 그를 놓아주었다.

번역에 관하여(상)[1]

뤄원洛文

나의 짧은 글로 말미암아 무무톈[2] 선생의 「『번역을 위한 변호』로부터 러우 번역의 『이십 세기의 유럽문학』을 말하다」(9일 『자유담』에 게재)라는 글이 발표되었다. 이는 나로서는 아주 영광스러운 일일뿐더러 그가 지적한 모든 것들이 진짜 착오였는지도 모른다는 생각이 들었다. 그런데 필자의 주석을 보고 나는 내키는 대로 이야기해도 결코 무의미하지는 않을 문제가 생각이 났다. 그것은 다음 단락이다.

> 199쪽에 "이 소설들 가운데 최근 학술원(옮긴이: 저자가 소속된 러시아 공산주의학원을 가리킨다)이 선정한 루이 베르트랑[3]의 불후의 작품들이 가장 우수하다"는 말이 있다. 나는 여기서 말한 'Academie'라는 것은 당연히 프랑스한림원을 가리킨다고 생각한다. 소련이 학문과 예술이 발달한 나라로 일컬어진다고 하더라도 제국주의 작가를 위해서 선집을 만들 리는 없지 않겠는가? 나는 왜 러우 선생이 그렇게 부실하게 주석을 달았는지 모르겠다.

도대체 어느 나라의 Academia[4]를 말하는 것인가? 나는 모른다. 물론, 프랑스한림원으로 보는 것이 백 번 옳다고 하더라도 우리가 소련의 대학원이 "제국주의 작가를 위해서 선집을 만들 리는 없다"고 단정할 수는 없다. 10년 전이라면 그럴 리가 없다고 단정할 수도 있다. 물자의 부족 때문이기도 하고 혁명의 신생아를 보호하기 위해서이기도 하다. 자양분이 있는 식품, 무익한 식품, 유해한 식품 같은 것들을 구분하지 않고 함부로 그들 앞에 둘 수는 없기 때문이다. 지금은 괜찮아졌다. 신생아는 이미 장성했을뿐더러 건장하고 총명해졌다. 아편이나 모르핀을 보여 준다 해도 무슨 그리 큰 위험이 되지 않는다. 하지만 말할 필요도 없이 한편으로 흡입하면 중독될 수 있고 중독되고 나면 폐물이나 사회의 해충이 된다고 지적하는 선각자가 반드시 있어야 한다.

실제로 나는 소련의 Academia에서 새로 번역하고 인쇄한 아랍의 『천일야화』, 이탈리아의 『데카메론』, 그리고 스페인의 『돈키호테』, 영국의 『로빈슨 크루소』를 본 적이 있다. 신문에는 톨스토이선집을 찍고 보다 완전해진 괴테전집을 내고 있다는 기사가 실리기도 했다. 베르트랑은 가톨릭 선전가일 뿐만 아니라 왕조주의의 대변인이다. 그런데 19세기 초 독일 부르주아지 문호 괴테와 비교하면 그의 작품이 더 해로운 편도 아니다. 따라서 나는 소련이 그의 선집을 내는 것도 실은 가능한 일이라고 생각한다. 하지만 이런 서적의 앞부분에는 자세한 분석과 정확한 비평을 덧붙인 상세한 서문이 반드시 있을 것이라 생각된다.

무릇 작가가 독자와 인연이 없을수록 그 작품은 독자에게 더욱 무해하다. 고전적이고 반동적이며 이데올로기가 이미 많이 다른 작품들은 대개 새로운 청년들의 마음을 감동시키지 못하지만(물론 정확한 가르침이 있어야 한다), 그것들로부터 묘사의 재능과 작가의 노력을 배울 수는 있다. 흡사 커다란 비상 덩어리를 보고 나서 그것의 살상력과 결정의 모양 같은 약물학과 광물학적 지식을 얻게 되는 것과 같다. 오히려 무서운 것은 소량의 비상을 음식에 섞어 청년으로 하여금 부지불식간에 삼키도록 하는 것이다. 예컨대 사이비의 소위 '혁명문학'과 격렬함을 가장하는 소위 '유물사관적 비평' 같은 것이 이런 종류들이다. 이런 것이야말로 반드시 조심해야 하는 것이다.

나는 청년들도 '제국주의자'의 작품을 보아도 괜찮다고 주장한다. 이것이야말로 바로 고어에서 말하는 소위 '지피지기'이다. 청년들이 호랑이나 이리를 보려고 맨주먹으로 깊은 산속에 뛰어드는 것은 물론 바보 같은 짓이다. 하지만 호랑이나 이리가 무섭다고 철책으로 둘러싸인 동물원에도 감히 못 간다면 가소로운 멍청이라고 하지 않을 수 없다. 유해한 문학의 철책이란 무엇인가? 비평가가 바로 그것이다.

9월 11일

덧붙임: 이 글은 발표되지 못했다.

9월 15일

주)_____

1) 원제는 「關於醜譯(上)」, 잡지에 게재되지 못했던 글이다. 루쉰은 이 글의 첫 문장('나의 짧은 글로 말미암아'부터 '착오였는지도 모른다는 생각이 들었다'까지)을 「번역에 관하여(하)」의 앞부분으로 옮겨 발표했다. 그런데 『풍월이야기』를 편집하면서 다시 원래 발표하고자 했던 그대로 「번역에 관하여(상)」, 「번역에 관하여(하)」로 엮었다.

2) 무무톈(穆木天, 1900~1971)은 지린(吉林) 이퉁(伊通) 사람. 시인이자 번역가, 창조사에 참가했으며 '좌련'에 가입했다. 그의 글에서 말하고 있는 『이십 세기 유럽문학』은 소련의 프리체(Владимир Максимович Фриче, 1870~1929)의 저서이며, 러우젠난(樓建南; 스이適夷)의 중국어 번역본은 1933년 상하이 신생명서국(新生命書局)에서 출판되었다.

3) 루이 베르트랑(Louis-Jacques-Napoléon 'Aloysius' Bertrand, 1807~1841). 『밤의 가스파르』(Gaspard de la nuit) 등의 작품을 남긴 그는 이후 프랑스 상징주의 시인들에게 영향을 주었다.

4) 라틴어로 과학원을 뜻하며 프랑스어로 'Académie'라고 쓴다. 이 글에서 '프랑스한림원'은 아카데미 프랑세즈(Académie Française)를 가리킨다. '소련의 대학원'은 소련과학원(CCCP)을 가리킨다.

번역에 관하여(하)[1]

그런데 내가 「번역을 위한 변호」에서 비평가에게 바란 것은 사실 다음 세 가지였다. 첫째는 단점을 지적하는 것, 둘째는 장점을 장려하는 것, 셋째는 장점이 없다면 상대적으로 좋은 점이라도 장려하는 것이었다. 그리고 무무톈 선생이 실천한 것은 첫번째이다. 앞으로는 어떠할 것인가? 다른 비평가가 그다음 글을 쓸 수도 있겠지만, 생각해 보면 이것도 아주 의심스럽다.

따라서 나는 다시 몇 마디 보충하고자 한다. 상대적으로 좋은 점조차 없다면 나쁜 번역본을 꼬집어 낸 다음 그중 어떤 곳들은 그래도 독자에게 이점이 있을 수 있음을 밝혀 주어야 한다는 것이다.

번역계는 앞으로 퇴보할 것 같다. 국민의 궁핍과 재정의 파탄은 잠시 거론하지 않기로 하고 면적과 인구만 해도 4개의 성(省)은 일본이 앗아 가고 넓은 땅덩어리가 수몰되고 또 다른 넓은 땅덩어리는 가뭄에 시달리고 또 다른 넓은 땅덩어리는 전쟁 중이므로 어림짐작으로도 독자들이 아주 많이 감소했음을 알 수 있다. 판로가 줄어들면서 출판계는 투기와 사기가 훨썬 심해지고, 붓을 든 사람들도 이로 말미암아 더더욱 투기와 사기를 일삼을 수밖에 없다. 사기를 치고 싶지 않은 사람도 생계의 압박 때문에 결국은 상대적으로 조잡하게 마구 만들어 내어 전에 없던 결함이 늘어나게 되었다. 조계지의 주택지 근방의 거리를 걷노라면 세 칸짜리 과일가게의 투명한 유리창 안에는 선홍의 사과, 샛노란 바나나, 이름 모를 열대과일들이 진열되어 있다. 그런데 잠시 걸음을 멈추어 보면 이곳에 들어가는 중국인이 거의 없고 또 살 수도 없음을 알게 된다. 우리 대부분은 동포들이 늘어놓은 과일 난전에서 몇 푼의 돈으로 문드러진 사과 하나를 살 수 있을 따름이다.

사과는 문드러지면 다른 과일보다 더 맛이 없지만 그래도 사는 사람이 있다. 그런데 우리는 이와 상반된 성격을 가지고 있기도 하다. 머리장식은 '24K 순금'이어야 하고, 사람은 '완전한 사람'이어야 한다는 것이다. 하자가 있으면 전부를 포기하는 때도 있다. 아내의 몸에 종기가 몇 군데 났다고 해서 변호사를 불러 이혼을 요구하지는 않는다. 그런데 작가, 작품, 번역에 대해서는 늘 상대적으로 엄격하다. 버나드 쇼[2]는 거선을 타고 다녔으므로 나쁘고, 앙리 바르뷔스[3]는 최고의 작가라고 할 수 없으므로 나쁘고, 번역자가 '대학교수, 하급관리'[4]이므로 더욱 나쁘다. 좋은 번역이 다시 나오지 않으면 어떻게 해야 하는가? 내 생각에는 그래도 비평가들에게 문드러진 사과를 먹는 방법으로 응급처치를 좀 해달라고 부탁해야 할 것 같다.

이제까지 우리의 비평 방법은 "이 사과는 문드러진 상처가 있어, 안 돼"라고 말하며 단번에 내던지는 것이었다. 그런데 가진 돈이 많지 않은 구매자는 너무 억울하지 않겠는가? 하물며 그는 앞으로 더욱 궁핍해질 것임에랴. 따라서 만약 속까지 썩지 않았다면 "이 사과는 문드러진 상처가 있지만, 썩지 않은 곳이 몇 군데 있으니 그럭저럭 먹을 만하다"라고 몇 마디 덧붙이는 게 제일 좋을 듯하다. 이렇게 하면 번역의 장점과 단점이 분명해지고 독자의 손해도 조금은 덜어 줄 수 있게 된다.

그런데 이런 비평이 중국에는 아직 많지 않다. 『자유담』에 실린 비평을 예로 들면, 『이십 세기 유럽문학』에 대하여 오로지 문드러진 상처만 지적하고 있다. 예전에 저우타오펀 선생이 엮은 『고리키』[5]를 비평한 단문도 몇 가지 결점을 지적한 것 외에는 다른 말이 없었던 것도 생각난다. 전자는 내가 보지 못한 까닭에 달리 취할 만한 점이 있는지 말할 수 없다. 하지만 후자는 한번 훑어본 적이 있는데, 비평가가 지적한 결점 외에도 작가의 용감한 분투와 하급관리들의 비열한 음모 등이 많이 묘사되어 있어서 청년작가들한테 매우 유익한 작품이라고 생각된다. 그럼에도 불구하고 문드러진 상처가 있다는 이유로 광주리 바깥으로 내던져졌던 것이다.

그러므로 나는 각고의 노력을 기울이는 비평가들이 사과의 문드러진 곳을 도려내는 일을 하기를 희망한다. 이것은 '이삭줍기'와 마찬가지로 아주 수고롭지만, 그럼에도 불구하고 필요하고 사람들에게 유익한 일이다.

9월 11일

주)＿＿＿＿

1) 원제는 「關於翻譯(下)」, 1933년 9월 14일 『선바오』의 『자유담』에 발표했다.

2) 버나드 쇼(George Bernard Shaw, 1856~1950)는 1933년 세계일주를 하던 중 2월 17일 상하이를 경유했다.

3) 앙리 바르뷔스(Henri Barbusse, 1873~1935). 프랑스 작가. 저서로는 장편소설 『전선』
(*Le Feu*), 『광명』(*Clarté*), 『스탈린전』(*Staline: Un monde nouveau vu à travers un
bomme*) 등이 있다.

4) 사오쉰메이(邵洵美)는 『십일담』(十日談) 잡지 제2기(1933년 8월 20일)에 발표한 「문인무
행」(文人無行)에서 다음과 같이 말했다. "대학교수, 하급관리들은 당국이 월급을 체불
할 경우 공무 틈틈이 평소 소일거리로 읽은 외국소설을 한두 편 번역해서 원고료를 타
는 수밖에 없다……."

5) 저우타오펀(鄒韜奮, 1895~1944). 장시(江西) 위장(余江) 사람. 정론가이자 출판가. 『생
활』(生活) 주간을 편집하고 생활서국을 세웠으며 저서로는 『평종기어』(萍踪寄語) 등
이 있다. 『고리키』(高爾基; 원래 제목은 『혁명문호 고리키』革命文豪高爾基이다)는 미국의 알
렉산더 카운(Alexander Kaun)이 지은 『고리키와 그의 러시아』(*Maxim Gorky and His
Russia*)를 편역한 것으로 1933년 7월 상하이서점에서 출판되었다. 여기서 말하는 비평
단문은 린이즈(林翼之)가 1933년 7월 17일 『선바오』의 『자유담』에 실은 「『고리키』 읽
기」(讀『高爾基』)를 가리킨다.

초가을 잡기(3)¹⁾

뤼쉰

"가을이 왔다!"

　가을이 정말 왔다. 맑은 대낮은 그냥저냥 괜찮지만 밤에는 옥양목 셔
츠로는 으슬으슬하다. 신문에는 가을을 맞이하다, 가을을 슬퍼하다, 가을
을 애달파하다, 가을을 탓하다……등의 '가을'에 관한 길고 짧은 글들로
가득하다. 유행을 좇기 위해서라도 그렇게 써 보려고 했지만 끝내 써지지
가 않았다. 생각건대, '가을을 슬퍼하다' 따위를 하고 싶어도 그만한 복이
있어야 할 터이므로 정녕 너무 부럽기만 하다.

　어린 시절, 나를 사랑하고 보호해 주던 부모가 있던 시절, 가장 재미
있었던 일은 작은 병을 앓는 것이었다. 큰 병은 고통스럽고 위험하므로 걸
려서는 안 된다. 작은 병에 걸려 침대에 나른하게 누워 있으면 조금은 슬
프고 조금은 응석 부리고 약간 씁쓸하면서도 희미하게 달콤했다. 꼭 가을
의 시경詩境과 닮았다. 오호애재라. 강호를 떠돌고부터 영감은 몽땅 달아
나고 작은 병조차도 걸리지 않는다. 어쩌다 처참한 가을꽃과 침묵하는 대
해大海를 운운하는 문학가의 명문을 보노라면 나 자신의 무감각이 더욱 간

절할 따름이다. 나는 지금껏 내가 슬픔에 빠져 있다고 해서 홀연 색깔을 바꾸는 가을꽃을 본 적이 없다. 내가 번잡함을 좋아하든지 고요함을 좋아하든지 간에 바람이 불어야만 대해가 울부짖었다.

빙잉[2] 여사의 가작佳作은 우리에게 알려 준다. "새벽은 과학을 공부하는 시간이다. 그런데 이 찰나는 그의 지향을 철저히 망각하고 그의 두뇌의 바다에는 자연의 아름다운 경치를 한껏 향유하고자 하는 목적만이 존재한다……." 이것도 복이다. 내가 공부한 과학은 생물학 교과서 한 권을 읽어 보았을 뿐 아주 일천한 수준이다. 그런데 꽃은 식물의 생식기관이고, 벌레가 울고 새가 지저귀는 것은 짝짓기 상대를 찾고 있는 것이라는 등의 교훈들은 전혀 잊어버리지 않았다. 어젯밤 황지荒地를 빈둥거리다 들국화 아래에서 울고 있는 귀뚜라미 소리를 들었다. 아름다운 경치처럼 느껴졌고 시흥詩興도 일어나 두 구절의 신시新詩를 지었다.

들국화의 생식기 아래,　　　　　　　野菊的生殖器下面

귀뚜라미가 날갯죽지를 매달고 있다.　　蟋蟀在吊膀子

쓰고 보니 속인들이 노래하는 속요에 비하면 좀 고아한 편이지만 '인스피레이션'에서 나온 신시인의 시에 비교하면 아무래도 '상대적으로 신통치 못하다'. 너무 과학적이고 너무 사실적이어서 우아하지 않게 되어 버린 것이다. 구시 형식으로 바꾸면 이렇게까지는 아닐 것이다. 옌유링[3] 선생의 번역법에 따르면 생식기관은 '성관'性官이라 할 수 있고, 그렇다면 '날갯죽지를 매달다'는 어떻게 번역할 것인가? 나도 이 말의 어원을 모르지만 상하이에서 나이 먹은 사람들의 말에 따르면, 서양의 남녀가 팔짱을 끼고 함께 걸어가는 것에서 나온 말로 이성을 유혹하거나 구애하는 의미로 뜻이 확대되었다고 한다. '매달다'는 '건다'는 것이고, 따라서 '서로 끼운다'는 뜻이다. 그렇다면 나의 시는 이렇게 번역된다.

야국성관하	野菊性官下
명공재현주	鳴蛩在懸肘

이해하는 데 힘이 좀 들어도 훨씬 우아하고 훨씬 좋아진 것 같다. 사람들이 이해하지 못하므로 고아하고, 다시 말하면 그래서 좋은 것이다. 요즘에도 이런 것이 문호가 되는 비결이로구나. '신시인' 사오쉰메이[4] 선생 부류에게 묻노니, 어떻게 생각하시는가?

9월 14일

주)_____

1) 원제는 「新秋雜識(三)」, 1933년 9월 17일 『선바오』의 『자유담』에 발표했다.

2) 빙잉(冰瑩)은 셰빙잉(謝冰瑩, 1906~2000)을 가리킨다. 후난(湖南) 신화(新化) 사람. 작가. 인용문은 그녀가 1933년 9월 8일 『선바오』의 『자유담』에 발표한 「해변의 밤」(海濱之夜)의 일부이다.

3) 옌유링(嚴又陵)은 옌푸(嚴復)를 가리킨다. 그는 인체와 동식물의 각종 기관을 모두 '관'(官)으로 번역했다.

4) 사오쉰메이(邵洵美, 1906~1968). 저장 위타오(余桃) 사람. 영국 유학을 했다. 1928년 상하이에서 금옥서점(金屋書店)을 만들어 『금옥월간』(金屋月刊)을 주편하고 유미주의 문학을 제창했다. 저서로는 시집 『꽃 같은 죄악』(花一般的罪惡) 등이 있다.

예¹⁾

웨이쒀

신문을 보는 것은 유익하다. 물론 답답할 때도 있다. 예를 들어 보자. 중국은 세계적으로 국치기념이 가장 많은 국가이다. 그날이 되면 신문에는 으레 몇 가지 기사, 몇 편의 글이 실린다. 그런데 이런 일이 정말이지 너무 반복되고 너무 오래되면 천편일률적으로 되기 십상이다. 새로운 사건이 일어나지만 않으면 이번에 쓸 수 있는 것이면 다음번에도 쓸 수 있고 작년에 썼던 것은 내년에도 아쉬운 대로 사용할 수 있다. 설령 새로운 사건이 발생하더라도 기존의 문장을 그대로 사용해도 괜찮을 것이다. 어차피 그저 늘 하던 몇 마디 말을 할 수밖에 없기 때문이다. 따라서 건망증에 걸린 사람이 아니라면 새로운 시사점을 찾을 수 없기에 답답함을 느낄 수 있다.

그런데도 나는 그래도 신문을 본다. 오늘 우연히 베이징에서 열린 항일영웅 덩윈²⁾ 추도 기사를 읽었다. 우선 보고가 있었고 이어 강연을 했으며 마지막으로 "예식을 끝내고 연주 속에 대회를 마쳤다"는 것이다.

따라서 나는 새로운 시사점을 얻었다. 무릇 기념이란 '예'일 따름이다.

중국은 원래부터 '예의지국'이다. 예에 관한 책이라면 삼부작³⁾이 있으며 외국에서도 번역되었다. 나는 특히 『의례』의 번역자를 존경한다. 사군事君에 대해서는 지금 말하지 않겠다. 사친事親은 물론 효를 다해야 하는 것이다. 그런데 어버이 사후의 방법은 제례로 귀납되며 각각에는 의식이 있다. 다시 말하면 요즘에 행하는 기제사, 음수⁴⁾ 같은 것들이다. 새로운 기일이 보태지면 오래된 기일은 좀 덤덤해진다. "새 귀신이 나이가 많고 옛 귀신이 어리"⁵⁾기 때문이다. 우리의 기념일도 오래된 몇 개에 대해서는 그리 열심이지 않고 새로운 몇 개에 대해서도 냉담해지고 있어 앞으로 여염집의 제삿날과 같아지기를 기다리는 수밖에 없다. 누군가 중국이란 나라는 가족을 기초로 한다고 말했는데, 정말 안목이 있다.

중국은 원래 '예의와 양보로써 다스리는 나라'⁶⁾이다. 예의가 있으면 반드시 양보하게 되고, 양보하면 할수록 예의가 더욱 복잡해진다. 어쨌거나 이 부분은 여기서 말하지 않기로 하자.

옛날에는 황로로써 천하를 다스리거나 효로써 천하를 다스렸다.⁷⁾ 지금은 어떠한가? 아마도 예로써 천하를 다스리는 시대로 접어든 것 같다. 이런 점을 알게 되면 기념일에 대한 민중의 냉담을 비난하는 것이 잘못임을 알 수 있다. 『예』에서 "예는 아래로 서민에게 미치지 않는다"⁸⁾라고 했기 때문이다. 물질적인 무언가를 아까워하는 것도 잘못된 것이다. 공자께서 말하지 않았던가? "사야, 너는 양을 아끼느냐? 나는 예를 아끼노라!"⁹⁾

"예가 아니면 보지도 말고 예가 아니면 듣지도 말고 예가 아니면 말하지도 말고 예가 아니면 움직이지도 말"¹⁰⁾고, 다른 사람들이 "불의를 많이 저질러 반드시 스스로 망하기"¹¹⁾를 가만히 기다리는 것, 이것이 예이다.

9월 20일

주)_____

1) 원제는 「禮」, 1933년 9월 22일 『선바오』의 『자유담』에 발표했다.

2) 덩원(鄧文, 1893~1933). 랴오닝(遼寧) 리수(梨樹; 지금의 지린) 사람. 항일동맹군 제5로군 총지휘, 좌로군 부총지휘를 담당, 1933년 7월 31일 장자커우(張家口)에서 국민당 간첩에게 암살되었다. 9월 20일 신문에서 "난징의 각계는 어제 덩원을 추도했다"고 전했다.

3) 『주례』(周禮), 『의례』(儀禮), 『예기』(禮記)를 가리킨다. 영국인 스틸(John Steele)의 『의례』(Yili) 영역본이 1917년 런던에서 출판되었다.

4) '음수'(陰壽)는 부모의 사후에 생일을 가산하여 쉰, 예순 등과 같은 정수(定數)의 생일을 축하하는 의식을 가리킨다.

5) 『좌전』(左傳) '문공(文公) 2년'에 나온다. 춘추시대 노(魯)의 민공(閔公)이 죽자 그의 이복 형 희공(僖公)이 보위를 계승했고, 희공이 죽자 그의 아들 문공이 계승했다. 세서(世序)에 따르면 종묘의 순위는 민공이 먼저이고 희공이 나중이다. 그런데 문공 2년 8월 태묘(太廟)에서 제사를 지낼 때 그의 부친 희공을 민공의 앞에 두고 "새 귀신이 나이가 많고 옛 귀신이 어리다"고 말했다. 죽은 지 오래되지 않은 희공이 죽을 때 나이가 많았기 때문에 형이라는 것이고, 죽은 지 오래된 민공은 죽을 때 나이가 적었기 때문에 동생이므로 "앞에 나이가 많은 사람을 두고 뒤에 어린 사람을 둔다"는 뜻이다.

6) 『논어』의 「이인」(里仁)에 "공자께서 가로되, 예의와 양보로써 나라를 다스릴 수 있는가? (그렇다면) 무슨 어려움이 있겠는가? 예의와 양보로써 나라를 다스릴 수 없다면 예가 무슨 소용이 있겠는가?"라는 구절이 있다.

7) '황로(黃老)'가 천하를 다스린다'라는 것은 도가에서 비롯되어 법가에서 집대성한, 형명법술(刑名法術)로써 국가를 다스린다는 뜻이다. '효가 천하를 다스린다'는 것은 유가가 "임금은 임금답게, 신하는 신하답게, 아버지는 아버지답게, 자식은 자식답게"라는 윤리사상으로 국가를 다스린다는 것을 뜻한다.

8) 『예기』의 「곡례」(曲禮)에 "예는 아래로 서민에게 미치지 않고, 형벌은 위로 대부에게 미치지 않는다"는 구절이 있다.

9) 『논어』의 「팔일」(八佾)에 "자공(子貢)이 고삭(告朔)에 쓰는 희양(餼羊)을 없애려고 했다. 공자께서 가로되, '사(賜)야, 너는 양을 아끼느냐, 나는 예를 아끼노라!'"라는 구절이 있다. 주희의 주에 따르면 '희양'은 '살아 있는 양'(活洋)이다. 제후들이 매월 초하룻날 제사를 지내고 정무를 처리하는 것을 '고삭'이라고 한다. 자공은 당시 노나라 국군이 '고삭'의 예를 폐지한 것을 보고 고삭의 예를 행하기 위해 준비하는 양도 일률적으로 없애려고 생각했다. 그러나 공자는 양이 있어야 예의 형식을 보존할 수 있다고 여긴 것이다.

10) 『논어』의 「안연」(顏淵)에 나온다.

11) 『좌전』 '은공(隱公) 원년'에 나오는 것으로 춘추시대 정(鄭)의 장공(莊公)이 그의 아우 공숙단(共叔段)에게 한 말이다.

인상 물어보기[1]

타오추이

5·4운동 이후 중국인에게 새로운 성격이 생겨난 것 같은데, 바로 이것이다. 외국의 명사나 부호가 새로 오면 그들에게 중국에 대한 인상 물어보기를 즐긴다는 것이다.

중국에 강연하러 온 러셀[2]에게 급진적 청년들은 연회를 베풀어 인상을 물어보았다. 러셀은 말했다. "당신들이 나한테 이렇게 잘해주니 나쁜 말을 하고 싶어도 할 수가 없습니다." 급진적 청년들은 벌컥 화를 내며 그가 교활하다고 생각했다.

버나드 쇼가 중국을 유람할 적에 상하이의 기자들이 떼거지로 방문하여 또 인상을 물어보았다. 쇼는 말했다. "내가 무슨 생각을 하건 당신들과는 상관이 없습니다. 만약 내가 10만의 인명을 살상한 무인이라면 당신들이 비로소 나의 의견을 존중하겠지요."[3] 혁명가와 비혁명가 모두 벌컥 화를 내며 그가 매정하다고 생각했다.

이번에는 스웨덴의 칼 친왕[4]이 상하이에 도착하자, 기자 선생들은 역시나 그의 인상을 발표했다. "……발이 닿는 곳마다 현지 관민들의 정성스러운 초대를 받아 감격스럽고 아주 유쾌합니다. 이번 유람 소감은 귀국의 정부와 국민에 대하여 대단히 좋은 인상을 받았으며 영원히 잊을 수 없다는 것입니다." 생각건대, 이것은 어떤 시비도 초래하지 않을 가장 온당한 발언이다.

사실 러셀과 버나드 쇼, 이 두 사람이 교활하다거나 매정하다고 할 수 없다. 어떤 외국인이 자신에게 인상을 물어보려는 사람을 만났을 때 먼저 "당신들의 중국에 대한 선생님의 인상은 어떻습니까"라고 반문한다면, 그것은 정말로 펜을 들기 쉽지 않은 글이 될 것이기 때문이다.

우리는 중국에서 나고 자랐으므로 느끼는 바가 있더라도 '인상'이 될 수 없음은 물론이다. 대신 의견이라고 하면 그럴싸한데, 의견을 묻는다면 또 어떻게 대답할 것인가? 탁한 물 속의 물고기처럼 멍하게 까닭 없이 산다고 말하자니 의견답지가 않다. 중국은 아주 좋다고 말하자니 그것도 어려울 것 같다. 이것이야말로 애국자들이 비통해하는 소위 '국민의 자신감을 상실했다'라는 것이다. 그런데 그야말로 상실한 것 같다. 여러 사람들에게 인상을 물어보는 것은 흡사 산가지를 뽑아 점을 칠 때 자신의 마음부터 우선 의심에 사로잡혀 있는 것과 같기 때문이다.

우리 중에 의견을 발표하는 사람도 물론 있기는 하지만, 흔히 보이는 것은 주먹도 없고 용감하지도 않고 '10만의 인명을 살상해' 본 적이 없을 뿐더러 오히려 '어린 백성'이라고 자칭하는 사람들이다. 따라서 그들의 의견을 '존중'할 사람도 없고, 다시 말하면 사람들과 '상관이 없다'. 지위가 있고 세력이 있는 큰 인물은 재야에서는 매우 급진적이었을지도 모르지만 이제는 아무런 소리도 내지 않는다. 중국이 "나한테 이렇게 잘해주니, 나쁜 말을 하고 싶어도 할 수가 없게 된" 것이다. 당시 러셀 환영연회에서 그의 대답에 벌컥 화를 냈던 신조사[5]에서 입신출세한 제공諸公들의 현재를 보면, 그야말로 러셀이 결코 교활한 사람이 아니라 오히려 10년 후의 마음을 미리 예견한 선지적 풍자가였음을 느끼게 한다.

이것이 나의 인상이자, 외국인의 입으로부터 베껴 온 모방답안이라고 할 수 있다.[6]

9월 20일

주)_____

1) 원제는 「打聽印象」, 1933년 9월 24일 『선바오』의 『자유담』에 발표했다.

2) 러셀(Bertrand Russell, 1872~1970), 영국의 철학자. 1920년 10월 중국에 와서 베이징 대학에서 강연을 하였다.

3) 버나드 쇼의 말은 『논어』 반월간 제12기(1933년 3월 1일) 징한(鏡涵)의 「버나드 쇼의 상하이 인터뷰」(蕭伯納過滬談話記)에 나온다. "나한테 이런 말을 묻는 게 무슨 소용이 있겠습니까. 곳곳에서 사람들이 나한테 중국에 대한 인상, 절탑에 대한 인상을 물어봅니다. 솔직히 말해서 내가 무슨 생각을 하건 당신들과는 상관이 없습니다. 당신들이 나의 지휘를 들을 리가 없기 때문입니다. 만약 내가 10만의 인명을 살상한 무인(武人)이라면 당신들이 비로소 나의 의견을 존중하겠지요."

4) 칼 친왕(Carl Gustav Oskar Fredrik Christian)은 당시 스웨덴 국왕 구스타프 5세의 조카로서 1933년 세계여행을 하던 도중 8월에 중국을 방문했다. 본문의 인용문은 그의 인터뷰 내용으로 1933년 9월 20일 『선바오』에 실린 「스웨덴 친왕 방문기」(瑞典親王訪問記)에 나온다.

5) 신조사(新潮社)는 베이징대학의 학생과 교원들이 조직한 문학사단이다. 1918년 말에 조직, 주요 성원으로는 푸쓰녠(傅斯年), 뤄자룬(羅家倫), 양전성(楊振聲), 저우쭤런(周作人) 등이 있다. '비평정신', '과학주의', '혁신문장' 등을 주장했다. 『신조』 월간(1919년 1월 창간)과 '신조총서'(新潮叢書)를 출판했다. 후에 점차 우경화하여 해체되었으며, 푸쓰녠, 뤄자룬 등은 국민당 정부의 교육문화 분야의 주요 인물이 되었다.

6) 1933년 7월 1일 『문예좌담』(文藝座談) 잡지에 실린 바이위샤(白羽遐)의 「우치야마서점에 잠시 들른 기록」(內山書店小座記)에서 루쉰의 잡문 일부는 일본인 우치야마 간조(內山完造)와의 대화 속에서 "베껴와 『자유담』에 발표한" 것이라고 했다. 루쉰은 이 글을 빌려 바이위샤의 글을 함께 풍자하고 있는 것이다. 『거짓자유서』의 「후기」 참조.

교회밥을 먹다[1]

펑즈위

다이[2] 선생은 「문통의 꿈」에서 유협[3]이 공자를 따르는 꿈을 꾸고서 문장을 논하기 시작했다고 자신의 입으로 말하고서도 훗날 승려가 된 것을 두고 '선현에게 누를 끼쳤다'고 비난했다. 실상 중국은 남북조 이래 문인, 학사, 도사, 승려의 대다수가 '절개가 없는' 것이 특징이다. 진 이래로 명류名流들은 저마다 아무튼 세 가지 놀잇감을 가지고 있었다. 하나는 『논어』와 『효경』이요, 둘은 『노자』요, 셋은 『유마힐경』[4]인데, 그들은 화젯거리로 삼았을 뿐만 아니라 종종 주해註解를 달기도 했다. 당대에는 뒷날 사람들의 익살거리가 된 삼교변론[5]이란 것이 있었고, 소위 명유名儒라는 사람들이 가람의 비문 몇 편을 짓는 것은 그리 큰일도 아니었다. 송대의 유가들은 도학자적 풍모로 위엄을 갖추고 있지만 선사禪師의 어록을 암암리에 인용했다. 청대는 어떠한가? 멀지 않은 과거이므로 우리는 유자儒者들이 『태상감응편』과 『문창제군음즐문』[6]을 믿었을뿐더러 승려를 집으로 청해서 독경을 하기도 했음을 알고 있다.

예수교가 중국에 전해지고 신도들은 종교를 믿는다고 생각하지만 교회 밖의 어린 백성들은 모두 그들을 '교회밥을 먹는' 사람이라고 부른다. 이 말은 신도의 '정신'을 참으로 잘 꼬집어 주고 있는데, 대다수의 유불도 삼교의 신자들을 포함해도 좋고 '혁명밥을 먹는' 많은 고참 영웅들에게 사용해도 좋다.

청대 사람들은 팔고문[7]을 '문 두드리는 벽돌'敲門磚이라고 불렀다. 공명功名을 얻는 것이 문을 열고 나면 벽돌이 소용없어지는 것과 같기 때문이다. 요 근래 잡지에는 소위 '주장'[8]이라는 것이 실렸다. 『현대평론』[9]의 양도는 억압 때문이 아니라 이 파의 필자들이 높이 부상했기 때문이고, 『신월』[10]의 조용함은 고참 사원들이 모두 '기어' 올라가서 달과 거리가 멀어졌기 때문이라는 것이다. 우리는 이런 것들을 '문 두드리는 벽돌'과 구별하기 위하여 '하늘로 올라가는 사다리'라고 부르기로 하자.

중국에서 '교'敎라는 것이 이와 같지 않은 적이 있었던가. 혁명을 이야기하다가 충효를 이야기해도 그때는 그때이고 지금은 지금이다. 대大라마승과 함께 원을 그리며 돌다가 탑을 만들어 주의主義를 넣어 두어도 그때는 그때고 지금은 지금이다.[11] 하나만 먹는 것이 좋은 시대에는 마음이 쏠리는 곳을 유일한 존자尊者로 정해야 하지만, 섞어 먹는 것이 좋은 시대에는 여러 종교에는 본시 차이가 없다고 한다. 다만 한 접시는 통오리이고, 다른 한 접시는 오리잡채일 따름이다. 유협 또한 그러하였다. "생강이 든 음식을 물리지 않"[12]던 것에서 불가의 소식素食으로 바꾼 데 불과하므로 위장 속의 분량으로 보면 아무런 차이가 없고, 하물며 승려가 『논어』, 『효경』 혹은 『노자』의 주석을 다는 것이 '천지의 철칙'에 위배되지 않았음에랴?

9월 27일

1) 원제는 「吃教」, 1933년 9월 29일 『선바오』의 『자유담』에 발표했다.

2) 다이(達一)는 곧 천쯔잔(陳子展, 1898~1990)을 가리킨다. 후난(湖南) 창사(長沙) 사람. 고전문학 연구자. 「문통의 꿈」(文統之夢)은 1933년 9월 27일 『선바오』의 『자유담』에 실렸는데, 다음과 같은 내용이 있다. "문통의 꿈은 남북조시대의 문인들이 언제나 간직하고 있던 것이다. 유협(劉勰)은 『문심조룡』(文心雕龍)을 지으면서 서문에서 대략 '내가 나이 서른이 넘었을 때 붉은색의 옻칠을 한 예기(禮器)를 들고서 중니(仲尼)를 따라 남쪽으로 가는 꿈을 꾸었다. 잠에서 깨어나서 기뻐하며 중요하도다, 성인을 만나기란 어려운 법인데 뜻밖에 소생의 꿈에 나타나다니? 성인의 뜻을 부연하고 상찬하고자 한다면 주석을 다는 것이 좋을 것이다. 그런데 마융(馬融)과 정현(鄭玄) 등의 여러 유학자들이 이미 정밀한 해석을 내린 바 있어 내가 설령 깊은 이해가 있다고 하더라도 일가를 세우기에 충분하지 않을 것이다. 오로지 문장의 쓰임이라는 것은 경전의 지엽이며, 오례(五禮)는 이를 빌려 완성하고 육전(六典)은 이것으로 말미암아 쓰임에 이르게 된다. 그러므로 나는 붓과 먹을 갈아 비로소 문장을 논하기 시작했다'라고 했다. 여기에서 유협이 꿈에 공자를 보고 진중하게 스스로 문통을 책임지고 도통은 경학에 몰두하고 부패한 유가들에게 양보했음을 알 수 있다. 그가 이단에 몰두하고 불가에 귀의한 것을 슬퍼한다. 이는 오늘날 함부로 도통을 스스로 책임지려는 자와 같은 병을 앓는 것으로 선현에게 누를 끼치는 일임을 알지 못한 것이다."

3) 유협(劉勰, 약 465~약 532). 자는 언화(彦和), 남조 양나라의 둥관(東莞; 지금의 장쑤 전장鎭江) 사람. 문예이론가. 양 무제(武帝) 때 동궁통사사인(東宮通事舍人)을 역임, 만년에 출가하여 승려가 되었다.

4) 『유마힐경』(維摩詰經)의 원래 이름은 『유마힐소설경』(維摩詰所說經)으로 불교경전이다. 유마힐은 경에 기록된 대승거사(大乘居士)로서 석가모니와 동시대인으로 전해진다.

5) '삼교변론'(三敎辯論)은 북주(北周)에서 처음 보이고 당대에 성행했다. 당 덕종(德宗)은 매해 생일에 인덕전(麟德殿)에서 유·불·도 삼교의 변론을 개최했다. 변론의 형식은 아주 장중했으나 삼자가 상식적인 사소한 문제로 대립했고, 실질적인 토론을 벌이기보다는 삼교가 '기원이 같음'을 강조하거나 종종 해학을 섞기도 했다. 당 의종(懿宗) 때 황제 앞에서 '삼교변론'을 소재로 웃음을 유발하는 배우가 있었다는 자료가 있다(『태평광기』太平廣記 권252에 『당궐사』唐闕史 「배우인」俳優人을 인용한 데 나온다).

6) 『태상감응편』(太上感應篇)은 『도장』(道藏)의 「태청부」(太淸部) 저록 30권에 '송(宋) 이창령(李昌齡)이 전함'이라고 되어 있다. 청대 경학가 혜동(惠棟)이 주석을 달았다. 『문창제군음즐문』(文昌帝君陰騭文)은 진대(晉代) 장아자(張亞子)가 지은 것으로 전해진다. 『명사』(明史)의 「예지사」(禮志四)에 장아자가 사후에 인간세상의 봉록과 관적을 관장하는 신인 문창제군이 되었다는 기록이 있다. 둘은 모두 도가의 인과응보 사상을 담고 있다.

7) '팔고문'(八股文)은 명청시대 과거시험의 답안용으로 채택된 문체로서 내용이 없고 지나치게 형식적이라는 비판을 받았다.

8) 1922년 5월 후스는 그가 주관하는 『노력주보』(努力週報) 제2기에 '좋은 정부'(好政府)를 주장하며 '좋은 사람'(好人), '사회적으로 우수한 인재'가 '정치활동에 참가'하여 '좋은 정부'를 만들면 중국은 구원될 수 있다고 했다. 1930년 전후에 후스, 뤄룽지(羅隆基), 량스추 등이 『신월』(新月) 월간에서 거듭 이러한 주장을 내세웠다.

9) 『현대평론』(現代評論)은 문예와 시사를 포괄한 종합 잡지. 후스, 왕스제, 천시잉(陳西瀅), 쉬즈모(徐志摩) 등 영미에서 유학한 지식인들이 만든 동인지이다. 1924년 12월 베이징에서 창간, 1927년 7월 상하이로 이동하여 출판했으며 1928년 12월 정간했다. 현대평론파의 주요 성원 대다수는 교육계와 정계의 요직을 맡았다.

10) 『신월』은 신월사(新月社)가 주관한 문예 위주의 종합성 월간지이다. 동인으로는 후스, 쉬즈모, 천위안(陳源), 량스추, 뤄룽지 등이 있다. 신월사는 인도 시인 타고르의 『신월집』에서 이름을 따왔으며, 신월사의 명의로 1926년 여름 베이징 『천바오 부간』(晨報副刊)에서 『시간』(詩刊) 주간을 내었다. 1927년 상하이에 신월서점을 세우고, 1928년 3월에 종합적 성격의 『신월』 월간을 출판했다. 1929년에 그들은 『신월』에 인권, 약법(約法) 등의 문제에 관한 글을 발표하여 국민당 '독재'를 비판하고 영국, 미국의 법규를 인용하면서 중국의 정치문제 해결에 관한 의견을 제출했다. 그런데 글이 발표되자 국민당 기관지는 연이어 그들의 "언론은 사실 반동에 속한다"라고 공격했다. 국민당 중앙은 교육부의 의결을 거쳐 후스에게 '경고'를 하고, 『신월』 월간 제2권 제4기를 압수했다. 이에 신월사의 동인들은 '국민당의 경전'을 연구하고 '당의 뜻'에 맞춘 해명을 했다.

11) 다이지타오(戴季陶) 등 국민당 정계 요인들의 언행에 대한 풍자이다. 다이지타오는 대혁명 시기에 '혁명'을 주장했으나 후에 충효 등 봉건적 도덕을 고취했다. 그가 행한 "대라마승과 원을 그리며 도"는 것과 "탑을 만들어 주의를 넣어 두"는 것 등은 「초가을 잡기(2)」를 참고할 수 있다.

12) 원문은 '不撤姜食'으로 『논어』의 「향당」(鄕黨)에 나오는 공자의 음식 습관을 가리키는 말이다. 주희는 "생강(姜)은 정신을 밝게 해주고 더럽고 악한 것을 제거해 줌으로 물리지 않았던 것이다"라고 주석을 달았다.

차 마시기[1]

펑즈위

한 회사가 또 염가판매를 한다 하여 한 냥兩에 은화 2자오角 하는 좋은 찻잎 두 냥을 사왔다. 우선 한 주전자를 끓여 식지 않도록 솜저고리로 싸 두었다. 그런데 뜻밖에도 삼가 조심하며 차를 마시는데 내가 늘 마시던 싸구려 차와 맛도 비슷하고 색깔도 매우 탁했다.

나는 이것이 내 잘못임을 알았다. 좋은 차를 마실 때는 가이완[2]을 사용해야 하는 법이므로 이번에는 가이완을 사용했다. 과연 끓이고 보니 색이 맑고 맛도 달고 은근한 향에 쓴맛이 적은 것이 확실히 좋은 찻잎이었다. 그런데 좋은 차를 음미하려면 하는 일 없이 가만히 앉아 있을 때라야 한다. 「교회밥을 먹다」를 쓰던 중에 가져와 마시니 좋은 맛은 어느새 사라지고 싸구려 차를 마실 때와 똑같았다.

좋은 차가 있고 좋은 차를 마실 수 있다는 것은 '청복'淸福이다. 그런데 이 '청복'을 누리자면 우선 시간이 있어야 하고, 연습을 통해 터득한 특별한 감각도 있어야 한다. 이런 사소한 경험으로부터 목이 말라 터질 지경에 있는, 근력을 사용하는 노동자에게 룽징야차나 주란쉰펜[3]을 준다고 하더라도 그는 뜨거운 물과 큰 차이를 느끼지 않을 것이라는 생각을 하게 되었다. 소위 '추사'秋思라는 것도 사실 이런 것이다. 소인묵객騷人墨客이라면 "슬프도다, 가을의 기운이여"[4] 따위를 느끼기 마련이고 바람과 비, 맑고 흐린 날씨가 모두 그에게 자극이 되므로 한편으로 이것 역시도 '청복'이다. 그러나 농군들에게는 매년 이맘때가 벼 베기를 해야 하는 시기일 따름이다.

따라서 섬세하고 예민한 감각은 당연히 속인들에게 속하는 게 아니라 상등인의 상표라고 여기는 사람도 있다. 그런데 나는 이 상표야말로 도산의 전주곡이 아닐까 한다. 우리는 고통을 느끼게도 하지만 보호해 주기도 하는 통각痛覺이라는 것이 있다. 만약에 통각이 없다면 등에 날카로운 칼이 꽂혀도 아무런 지각도 없게 되고, 피를 흘리며 바닥에 쓰러져도 자신이 쓰러지는 이유를 알 수 없게 된다. 그런데 이 통각이 너무 섬세하고 예민하다면 어떻게 되겠는가. 옷 위에 박힌 작은 가시도 감지할 뿐만 아니라 심지어는 옷감의 이음매, 솔기, 털까지도 모두 느끼게 되어 만약 '천의무봉' 같은 옷이 아니라면 온종일 까끄라기가 붙어 있는 것 같아 살아갈 수 없을 것이다. 물론 예민함을 가장하는 사람들은 여기에 속하지 않는다.

감각이 섬세하고 예민한 것은 마비된 것에 비하면 물론 진보적이라고 할 수 있다. 하지만 생명의 진화에 도움이 되는 한에서만 그렇다. 만약 생명을 상관하지 않거나 심지어 방해가 되는 지경에 이른다면 그것은 진화 속의 병태病態로서 머지않아 끝장나고 만다. 청복을 누리고 추심秋心을 품고 있는 고상한 사람과 낡은 옷에 거친 밥을 먹는 속인을 비교해 보면 결국 누가 끝까지 살아가게 될지는 분명하다. 차를 마시고 가을 하늘을 바라보며, 그러므로 나는 생각했다. "좋은 차를 모르고 추사가 없는 것이 오히려 낫겠구나."

9월 30일

주)_____

1) 원제는 「喝茶」, 1933년 10월 2일 『선바오』의 『자유담』에 발표했다.

2) 가이완(蓋碗)은 각각 천(天)·지(地)·인(人)을 상징하는 뚜껑, 찻잔, 차 받침이 있는 차를 마시는 도구이다.

3) 룽징야차(龍井芽茶), 주란쉰펜(珠蘭窨片)은 모두 중국의 명차이다.

4) 원문은 '悲哉秋之爲氣也'. 전국시대 초나라 시인 송옥(宋玉)의 「구변」(九辯)에 나온다.

사용금지와 자체제작[1]

루쉰

신문 보도에 따르면 연필과 만년필의 수입이 많아지자 어떤 지방에서는 이미 이것의 사용을 금지하고 붓을 사용하고 있다고 한다.[2]

비행기와 대포, 미국 면화와 미국 보리가 모두 국산품이 아니라는 진부한 말은 그만두고 필기용구에 대해서만 말해 보자.

또한 서예를 쓰고 중국화를 그리는 명인은 차치하고 성실하게 일하는 사람들에 대해서만 말해 보자. 이런 사람들에게 붓은 아주 불편하다. 벼루와 먹은 휴대할 필요 없이 먹물로 대신하면 된다고 치더라도 먹물 역시 국산품인 적이 있었던가. 게다가 나의 경험에 근거하면 먹물도 결코 늘 사용할 수 있는 것은 아니고, 몇천 자 쓰고 나면 붓은 펼 수 없을 정도로 굳어 버린다. 학생들이 벼루를 놓고 먹을 갈고 종이를 펴고 붓을 놀려 강의 내용을 받아쓴다면 만년필을 사용하는 것에 비해 속도가 삼분의 일이나 느리게 된다. 따라서 학생들은 베끼기를 포기하거나 교원들에게 천천히 강의해 달라고 부탁하는 수밖에 없으므로 이것 역시 사람들의 시간을 삼분의 일이나 낭비하게 만드는 것이다.

소위 '편리'라는 것은 결코 게으름 피우기가 아니라 동일한 시간 안에 이로 말미암아 상대적으로 많은 일을 할 수 있는 것이다. 이것이 바로 시간 절약이고 생명이 유한한 인간으로 하여금 더욱 효과적으로 일을 하도록 하는 것이므로 인간의 생명을 연장하는 것과 같은 것이다. 옛사람들이 "사람이 먹을 가는 게 아니라 먹이 사람을 간다"[3]라고 한 것은 종이와 먹 속에서 소모되는 삶을 슬퍼하고 분노했던 것이다. 그러므로 만년필의 제작은 바로 이러한 결함을 보충할 수 있는 것이다.

그런데 만년필은 시간을 소중히 하고 생명을 소중히 하는 곳이라면 반드시 있다. 중국은 그렇지 않으므로 만년필은 당연히 국산이 아니다. 중국에는 물품의 수출입에 관한 장부는 있으나 인민의 숫자에 대한 장부는 아직 없다. 한 사람의 양육과 교육에 부모는 얼마나 많은 물력과 기력을 사용하는가. 그런데 청년남녀들은 하나하나 알지도 못하면서 아무도 주의를 기울이지 않는다. 구구한 시간 같은 것은 당연히 문제 되지 않으므로 붓을 놀리며 살아갈 수 있는 것도 어쩌면 오히려 행복인지도 모르겠다.

우리 중국과 같이 줄곧 붓을 사용한 나라로는 일본이 있다. 그런데 일본에서는 붓이 거의 자취를 감추었고 연필과 만년필로 대용하고 있으며, 이것들을 사용하는 습자교본도 아주 많다. 왜인가? 편리하고 시간을 절약하기 때문이다. 그렇다면 그들이 '밑 빠진 술잔'[4]을 두려워하지 않는다는 말인가? 아니다. 그들은 자체로 제작할 뿐만 아니라 중국으로 수출까지 하려고 한다.

장점이 있으나 국산이 아닌 경우에 중국은 사용을 금지하지만 일본은 모방해서 제작한다. 이것이 바로 중·일 양국의 확연히 다른 점이다.

9월 30일

1) 원제는 「禁用和自造」, 1933년 10월 1일 『선바오』의 『자유담』에 발표했다.

2) 1933년 9월 22일 『다완바오』에 광둥·광시성 당국이 '이권 만회'를 위하여 학생들이 만년필, 연필 등 수입 문구를 사용하는 것을 금지하고 붓을 사용하게 했다는 『로이터 통신』 광저우발 기사가 실려 있다.

3) 송대 소식(蘇軾)의 시 「서교수의 '내가 소장한 먹을 보며'를 차운하여 답하다」(次韻答舒教授觀余所藏墨)에 나오는 말이다. "이 먹은 족히 삼십 년도 지탱할 듯, 그러나 풍상이 침해하여 치아를 뽑아 버린다. 사람이 먹을 가는 것이 아니라 먹이 사람을 갈고, 작은 술병이 비기도 전에 큰 술병이 먼저 부끄러워하네."

4) 원문은 '러우즈'(漏卮), '즈'(卮)는 원형의 술잔이다. 한대 환관(桓寬)이 쓴 『염철론』(鹽鐵論)의 「본의」(本議)에 "샘의 수원도 밑 빠진 술잔을 채울 수는 없다"라는 말이 있다. 후에 '러우즈'는 이익과 권리가 바깥으로 새어 나간다는 비유로 사용되었다.

마술구경[1]

유광

나는 '마술'구경을 좋아한다.

그들은 강호를 주유하므로 각 지방의 마술은 다 똑같다. 돈을 모으기
위해서는 반드시 두 가지가 필요하다. 흑곰 한 마리와 어린아이이다.

흑곰은 운신할 힘조차도 금방 없어질 듯이 굶주림에 바싹 말라 있다.
당연히 흑곰을 건장하게 키워서는 안 된다. 건장해지면 부릴 수가 없기 때
문이다. 지금 초주검 상태임에도 쇠고리에 코가 뚫린 채로 밧줄에 끌려다
니며 연기를 한다. 가끔 물에 적신 작은 찐빵 껍질을 주기도 하지만 높이
들어 올린 국자 때문에 흑곰은 일어나 고개를 빼고 입을 벌리는 많은 공을
들여야만 뱃속에 집어넣을 수 있다. 그런데 마술사는 바로 이 때문에 얼마
간의 돈을 모으게 된다.

중국에서 이 곰의 유래에 대하여 언급한 사람은 없다. 서양인의 조사
에 따르면 새끼 곰을 산에서 붙잡아 온 것이라고 한다. 큰 곰은 사용할 수
가 없다. 일단 다 자란 곰이라면 아무래도 야성을 고치기 어렵기 때문이
다. 그런데 새끼라고 해도 '훈련'이 필요하다. '훈련' 방법은 '때리기'와 '굶

기기'이고, 나중에는 학대로 죽음에 이르게 된다고 한다. 나는 이 말이 확실하다고 생각한다. 우리는 살아 있기는 하지만 숨도 못 쉴 정도로 말라비틀어진 채로 연기하는 곰의 모습을 보는데, 어떤 지방에서는 그것을 '개곰'이라고 부를 정도로 멸시한다.

어린아이도 무대에서 고생해야 한다. 성인이 아이의 배 위에 올라서거나 아이의 두 손을 비틀면, 아이는 너무 고통스럽고 너무 딱하고 너무 힘겨운 시늉을 하여 구경꾼들이 구출해 내도록 만든다. 여섯, 다섯, 다시 넷, 셋…… 이렇게 해서 마술사는 몇 푼의 돈을 모으게 된다.

물론 이미 훈련을 받은 아이이다. 고통은 짐짓 꾸민 것이자 어른들과 내통한 수작으로 돈을 버는 데 거리낄 게 없는 것일 따름이다.

오후에 징소리와 함께 시작된 마술은 밤까지 계속되고, 끝이 나면 구경꾼들은 흩어진다. 돈을 내는 사람도 있고 끝내 돈을 내지 않는 사람도 있다.

매번 공연이 끝날 때마다 나는 걸어오면서 생각했다. 돈 버는 녀석들은 두 부류가 있는데, 하나는 학대로 죽으면 다시 어린 것을 구해 오는 녀석이고, 다른 하나는 성인이 된 후 어린아이와 새끼 곰을 마련하여 예전과 똑같은 마술을 하는 녀석이라는 것이다.

사정이 참으로 단순할진대, 생각해 보면 따분하기만 할 것 같다. 그럼에도 불구하고 나는 여전히 마술을 자주 본다. 이것 말고 나더러 무엇을 보란 말인가, 제군들이여?

10월 1일

주)_____

1) 원제는 「看變戲法」, 1933년 10월 4일 『선바오』의 『자유담』에 발표했다.

쌍십절 회고
— 민국 22년에 19년 가을을 돌이켜 보다[1]

머리말

'쌍십절'[2]이라는 관례적인 글을 쓰려면 우선 자료부터 찾아보아야 한다. 찾는 법은 두 가지가 있는데, 머릿속에서가 아니면 책에서이다. 내가 사용하는 것은 후자이다. 그런데 『묘사자전』描寫字典을 펼쳐 보아도 없었고 『문장작법』文章作法을 찾아보아도 없었다. 다행히 '운 좋은 사람은 하늘이 돕는다'는 말처럼 파지 더미에서 한 묶음을 찾아내었는데, 바로 중화민국 19년 10월 3일에서 10일까지 상하이의 각종 대형, 소형 신문에서 발췌한 것들이었다. 올해로부터 이미 장장 3년이나 지난 것들인지라 어디에 쓰려고 오려 붙여 놓았는지 이제는 기억이 잘 나지 않는다. 오늘 나에게 글감을 제공하기 위해서는 아니었을 터이다. 하지만 '폐품 활용'이라고 했겠다. 이왕 건진 바에야 여기에 목록을 베껴 두기로 한다. 그런데 길이를 줄이기 위하여 광고, 기사, 전보의 구분은 명시하지 않고 거개가 모든 신문에 실린 내용이므로 신문의 이름도 생략하기로 한다.

무엇에 쓰려고 하느냐고? 그러고 보니 할 말이 없다. 만약 나더러 꼭 말하라고 한다면 3년 전의 내 사진을 보는 것에 비유할 수 있겠다.

10월 3일

강변 경마

중국 적십자회 후난湖南, 랴오시遼西 각 성省을 위한 긴급 의연금 모집

중앙군 천류陳留 점령

랴오닝 방면 부사령부 조직 편성 준비

리현禮縣에서 토비가 성의 주민을 몰살하다

여섯 살 여아의 수태

심슨[3] 부상 위중

왕징웨이汪精衛 타이위안太原 도착

루싱방[4] 투항 교섭

장시江西 공산당 토벌 군대 증강

상품통과세[5] 감면 내년 1월까지 연장

모스크바에서 교포 거부, 56명 귀국

무솔리니의 예술 제창

탄옌카이[6] 일화

전사사戰士社, 사원을 대신하여 공개구혼하다

10월 4일

치톈齊天 대극장, 의욕적으로 개편한 걸작 「서유기」 중추절에 맞추어 개막

전진하는, 민족주의적인, 유일한 문예 간행물 『선봉월간前鋒月刊』 창간호,
쌍십절에 맞추어 출간

공군, 융[7] 지방을 다시 폭격할 예정

비적 토벌 소리 속의 흥미로운 역사

10월 5일

장蔣 주석, 국민정부에 정치범 대사면을 요청하는 전보를 치다

청옌추[8] 무대 등장 성황

웨이러위안[9]의 보증금

10월 6일

반데르벨데[10] 강연 기록

제군들 여기까지 읽고 삼가 나무아미타불……을 노래하기 바란다

모두가 틀렸다, 중추절은 이달 6일이다

자오다이원[11] 재산의 차압, 봉인 문제

후베이 당부 쉬창許昌, 카이펑開封의 탈환을 축하하다

민간이 국민당 깃발을 함부로 사용하는 것을 단속

10월 7일

정부의 청렴운동 호응

진푸철도[12] 전 노선 개통

베이징·톈진 당부 곧 회복

프랑스 윤선에서 창고 직원을 때려 죽인 사건 교섭

왕스전[13] 임종기

펑위샹馮玉祥, 옌시산閻錫山 부대 완전 해체

후베이 라이펑현來鳳縣, 모종에서 쌍 이삭이 나오다

사나운 원혼, 약혼자의 쓸쓸한 운명

귀신이 사람의 등을 공격하다

10월 8일

푸젠성의 전쟁 여전히 격렬

팔로군, 류저우柳州의 교통 봉쇄

앤더슨 고고학팀이 몽고蒙古에서 베이핑北平으로 돌아오다

국산품 복장 전시회

남양을 뒤흔든 샤오신암蕭信庵 사건

학교는 국문國文을 중시해야 한다는 의론

정저우鄭州 비행기 납치 후기

탄譚씨댁 만장 대련對聯 가운데 우수한 문장

왕징웨이의 갑작스러운 실종

10월 9일

서북군이 이미 해체되었다

외교부, 영국의 경자년 배상금을 돌려받는 교환각서[14] 발표

베이징 위수부衛戍部가 범인을 총살하다

심슨 차츰 기력 회복

국산품 복장 전시회

상하이, 공전의 댄스연예대회 개최

10월 10일

거국적으로 쌍십절을 경축하다

반역 평정, 전국의 국경일 경축, 장 주석 어제 개선하여 성전盛典에 참석

진푸철도, 임시로 구간별로 운행

수도에서 공범 9명 총살

린다이林黛, 비적에 의해 전부 약탈당하다

라오천웨이老陳圩, 비적에 의한 참혹한 피해

해적이 펑리豊利를 교란시키다

청옌추의 국경일 경축

장리샤蔣麗霞의 잊지 못할 쌍십절

난창南昌시의 맨발 금지

부상병들이 쑨쭈지孫祖基에 대해 분노하며 비난하다

올해 쌍십절은 이전보다 더 기쁘고 경하롭다

결어

나도 "올해 쌍십절은 기쁘고 경하롭기가 예전보다 더하다"라고 말하기로
한다.

10월 1일

부기 : 이 글은 출판되지 못했다. 누군가에 의해 뽑혀 버린 모양이다. 아마
도 쌍십절이라는 성대한 의식에 대하여 '작금을 안타까워하는 것'은 물론
어렵거니와 '옛날을 회고하는 것'도 쉽지 않은가 보다.

10월 13일

1) 원제는 「雙十懷古 ─ 民國二二年看十九年秋」, 발표되지 못한 글이다.

2) 1911년 10월 10일 우창봉기 후에 중화민국이 건립되었으며, 1912년 9월 28일 임시참
   의원에서 10월 10일을 국경일로 정하고, 1927년 4월 18일 국민당이 난징에 세운 국민
   정부 역시 '쌍십'(雙十)을 국경일로 삼았다.

3) 심슨(Bertram Lenox Simpson, 1877~1930). 영국인, 중국 닝보(寧波) 출생. 부친은 닝보
   중국 해관에서 일했다. 스위스에서 유학하여 영어 외에 프랑스어, 독일어, 중국어를 구
   사했다. 중국으로 돌아와 해관에서 일하다 1902년부터 신문 사업에 투신했다. 1922년
   부터 1925년까지 장줘린(張作霖)의 고문을 겸했으며, 이 기간 동안 베이징 최대의 영자
   신문 『동방시보』(東方時報, The Faur Eastern Times)를 창간하기도 했다. 1930년 옌시
   산(閻錫山)의 해관 접수에 협조했다가 같은 해 11월 암살당했다. 일생의 대부분을 중국
   에서 보냈으며 극동 문제에 관한 많은 저서를 내었다.

4) 루싱방(盧興邦, 1880~1945). 토비였다가 군벌이 된 인물. 1931년 가을 난징 국민정부의
   홍군 토벌에 주동적으로 참여했다.

5) '상품통과세'(厘金稅)는 만청 정부의 재정적 곤란함을 해결하기 위해 만들어진 세금으
   로 각 성마다 '이금국'(厘金局)을 두어 통과세를 거두었으며 1931년까지 시행되었다.

6) 탄옌카이(譚延闓, 1880~1930). 저장 항저우 출생. 청말 천싼리(陳三立), 담사동(譚嗣同)
   과 더불어 '후샹의 세 공자'(湖湘三公子)로 칭해졌고, 한림편수(翰林編修)를 역임했다.
   1907년 '후난헌정공회'(湖南憲政公會)를 조직하여 입헌파의 지도자가 되었고, 1912년
   베이징정부에서 후난도독(湖南都督)으로 임명되었다. 1928년 2월에는 난징국민정부
   주석에 임명되었으며, 후에 행정원 원장 등을 지냈다. 1930년 9월 22일 난징에서 병사
   했다.

7) 융(邕)은 광시(廣西) 난닝현(南寧縣)의 다른 이름이다.

8) 청옌추(程艷秋, 1904~1958). 원래 이름은 청린(承麟)으로 만주족. 후에 한족의 성씨인
   청(程)으로 바꾸었으며 청옌추(程硯秋)라고도 한다. 경극에서 여성 주인공 역을 맡았다.
   1925년부터 1938년 사이는 그의 황금기이자 '청파'(程派) 예술의 성숙기이다. 창작, 감
   독, 배우의 1인 3역을 한 실력가이다. 당시 진보적 사상의 영향을 받아 애국주의와 민족
   주의 사상이 담긴 희곡을 창작했다.

9) 웨이러위안(衛樂園)은 상하이 타이안로(泰安路)에 위치하며 사방이 강으로 둘러싸여
   있다. 예인들이 이곳에 무대를 만들어 공연했기 때문에 '웨이러위안'이라는 이름이 생
   겼다. 1924년 대륙은행이 투자하여 영국, 프랑스, 스페인 등의 건축 양식을 모방한 서
   양식 건물을 지었으며, 이후 웨이러위안은 상하이 서쪽의 고급주택 지구 중 하나가 되
   었다. 이곳에는 금융계의 상층인사, 고급관리 등이 거주했다.

10) 반데르벨데(Émile Vandervelde, 1866~1938)는 벨기에의 사회주의자이다.

11) 자오다이원(趙戴文, 1867~1943). 산시(山西) 우타이(五臺) 사람. 민국의 정치인, 육군 상장(上將)을 지냄. 일본 유학시절 동맹회에 가입했다.

12) 진푸철도(津浦鐵路)는 1908년에 건설되기 시작하여 1912년에 전 노선이 완공되었는데, 톈진(天津)에서 장쑤 푸커우(浦口)까지 연결된 철도이다.

13) 왕스전(王土珍, 1861~1930). 베이양군벌 지도자. 원명은 스전(世珍), 즈리(直隸) 정딩(正定; 지금의 허베이) 사람. 베이양 무비학당(武備學堂)을 졸업하고 위안스카이(袁世凱)를 좇아서 베이양군을 만들었다. 1916년 위안스카이 사후에 돤치루이(段祺瑞) 내각에서 참모총장을 지냈으며, 군벌 혼전 시기에 베이양 원로의 신분으로 즈리계(直隸系), 환계(皖系), 펑톈계(奉天系) 군벌 사이의 모순을 조정하기도 했다.

14) 1922년 영국 정부는 경자년 배상금의 나머지 금액을 중·영 양측에 이익이 되는 사업에 쓰기로 결정하고, 1930년 9월 22일 '중영 경자년 배상금 교환각서'(中英庚子換文)를 체결하여, 곧 만기가 되거나 아직 만기가 되지 않은 배상금을 중국 정부가 교육사업 기금으로 사용하도록 하였다.

33년에 느낀 과거에 대한 그리움
—1933년에 광서 말년을 기억하다[1]

평즈위

나는 과거의 몇몇 인물에 대해 찬미 몇 마디 할 생각인데, 이것이 결코 '해골의 미련'[2]은 아닐 것이다.

과거의 인물이란 광서 말년에는 소위 '신당'[3]이라고 했고, 민국 초년에는 '노老신당'이라고 불렸던 사람들이다. 갑오전쟁이 패배하자[4] 그들은 스스로 깨달은 바가 있어 '유신'을 하고자 했으며, 서른, 마흔 중년의 나이로 『학산필담』[5]을 읽고 『화학감원』[6]을 읽기도 했다. 뿐만 아니라 영어, 일본어를 배우려고 굳은 혀로 괴상한 발음으로 읽으면서도 주위 사람들에게 민망해하지 않았다. 목적은 '서양 서적'을 읽기 위함이었고 서양 서적을 읽는 까닭은 중국을 '부강'하게 만들기 위해서였다. 요즘도 헌책 난전에 간혹 나오는 '부강총서'[7]는 최근의 『묘사자전』, 『기본영어』와 마찬가지로 시대에 부응하여 나온 책이었다. 팔고八股 출신의 장지동[8]조차도 뮤취안쑨더러 쓰게 한 『서목답문』에 되도록이면 다양한 번역서를 끼워 넣도록 했다는 사실에서 '유신' 풍조의 열렬함을 알 수 있다.

그런데 지금은 판이한 현상이 생겨났다. 일부 신청년의 처지는 '노신당'과 달리 팔고의 독에 터럭만치도 감염되지 않았으며 학교 출신이고 국학의 전문가도 아니다. 그런데 전서[9]를 배우고 사[10]를 짓고『장자』,『문선』[11]을 보기를 권유하고 편지봉투에는 자신이 새긴 도장이 찍혀 있고 신시는 네모반듯하게 쓴다.[12] 신시 쓰는 취미가 있는 것 말고는 딱 광서 초년의 고상한 사람들과 한 모양이다. 다른 점이라면 변발이 없고 가끔 양복을 입는다는 것일 따름이다.

요즘 들어 자주 하는 말은 "낡은 병에 새 술을 담을 수 없다"[13]는 것이다. 이 말은 사실 정확하지 않다. 낡은 병에도 새 술을 담을 수 있고 새 병에도 묵은 술을 담을 수 있다. 못 믿겠다면 오가피 한 병과 브랜디 한 병을 실험 삼아 바꾸어 담아 보면 된다. 오가피를 브랜디 병에 담아도 오가피이다. 이 간단한 실험은 '오경조', '찬십자'[14]의 풍격에도 새로운 내용을 집어넣을 수 있을뿐더러 신식 청년의 육신에도 '동성 변종'이나 '선학 요괴'[15]의 졸개를 매복시킬 수 있음을 분명히 보여 준다.

'노신당'은 식견이 얕았으나 '부강도모'라는 목적이 있었으므로 그들은 단호하고 확실했다. 서양 언어를 배우며 괴상한 소리를 냈지만 '부강의 기술 추구'라는 목적이 있었으므로 그들은 진지했고 열심이었다. 만주족 배척의 학설이 퍼지기 시작하면서 많은 사람들이 혁명당이 된 것은 중국을 부강하게 만들기 위해서였으며 이 일은 만주족을 배척하는 것에서 시작되어야 한다고 생각했기 때문이었다.

만주족 배척은 오래전에 성공했고, 5·4도 일찌감치 지나갔다. 이리하여 전서, 사,『장자』,『문선』, 구식 편지봉투, 네모반듯한 신시가 이제 우리의 새로운 기획이 되었고, '고아'古雅를 가지고 이 세상에 발붙이려고 한다. 만약 '고아'를 가지고 이 세상에 정녕 발을 붙일 수 있다면 그것은 '생

존경쟁'에 새로운 사례를 보태는 일이 될 것이다.

10월 1일

주)_____

1) 원제는 「重三感舊——一九三三年憶光緒朝末」, 1933년 10월 6일 『선바오』의 『자유담』에 발표했으며, 당시 제목은 「感舊」, 부제는 없었다.

2) 1921년 11월 11일 쓰티(斯提; 예성타오葉聖陶)는 『시사신보』(時事新報)의 『문학순간』(文學旬刊) 제19호에 「해골의 미련」(骸骨之迷戀)을 발표하여 백화문을 제창한 사람들이 때때로 문언문과 구시사(舊詩詞)를 쓰기도 하는 현상을 비판하였다. 이후 이 말은 수구파를 형용하는 부정적인 뜻으로 사용되곤 했다.

3) 청말 무술변법 전후에 유신을 주장하거나 그런 경향이 있는 사람들을 '신당'(新黨)이라고 불렀다. 신해혁명 시기 청 왕조의 철저한 전복을 주장하는 혁명당이 등장했기 때문에 이들을 '노신당'(老新黨)이라 부르게 되었다.

4) 1894년(갑오년)에 일본은 조선을 침략하고 청일전쟁을 일으켰다. 청의 패배로 끝나고 그 이듬해 불평등조약인 '시모노세키'(馬關)조약'을 맺었다.

5) 『학산필담』(學算筆談). 모두 12권이고, 화형방(華衡芳) 지음. 1882년(광서 8년)에 그의 '산학총서'(算學叢書) 『행소헌산고』(行素軒算稿)에 포함시켰으며, 1885년에 단행본으로 간행했다.

6) 『화학감원』(化學鑒原). 모두 6권이고, 영국인 웰스(D. H. Wells)가 지음. 프라이어(J. Fryer)가 구역(口譯)한 것을 서수(徐壽)가 받아썼다. 1871년 장난(江南)제조국 번역관에서 출판.

7) 청말 양무(洋務)운동 기간에 각종 '부강총서'(富强叢書)가 출판되었다. 예를 들어 1896년(광서 22년)에 장인환(張蔭桓)이 편집하고 홍원서국(鴻文書局)에서 석인(石印)한 '서학부강총서'(西學富强叢書)는 산학, 전기학, 화학, 천문학 등 12가지로 분류했고, 수록 책은 약 70여 종이다.

8) 장지동(張之洞, 1837~1909). 자는 효달(孝達), 즈이(直隷) 난피(南皮; 지금의 허베이에 속한다) 사람, 청조의 대신이다. 동치(同治) 연간에 진사가 되어 쓰촨 학정(學政), 후광(湖廣) 총독, 군기대신을 역임했고, 양무운동을 제창했다. 『서목답문』(書目答問)은 그가 1875년(광서 원년) 쓰촨 학정일 당시에 편한 것이다(일설에는 뮤취안쑨繆荃孫이 대필했다고 한다). 이 책에는 『신법산서』(新法算書), 『신역기하원본』(新譯幾何原本) 등 '서법'(西法) 수학서적 다수가 나열되어 있다. 뮤취안쑨(1844~1919)의 자는 디산(筱珊), 장쑤 장

인 사람. 청대의 장서가, 판본학자이다.

9) '전서'(篆書)는 대전(大篆), 소전(小篆)의 통칭이나 일반적으로 진(秦)에서 통용되던 한 자체인 소전을 가리키는 말로 쓰이기도 한다. 소전은 한(漢) 이후 예서와 해서로 발전한다. 획이 복잡하고 곡선이 많은 것이 특징이다.

10) '사'(詞)는 당말 민간에서 유행하기 시작하여 송대에는 대표적인 운문이 되었다.

11) 『문선』(文選)은 남조(南朝) 양(梁)의 소명태자(昭明太子) 소통(蕭統)이 편한 것으로 진한(秦漢)부터 제량(齊梁) 사이의 시문을 뽑아 놓았으며, 모두 30권이다. 중국에서 현존하는 최초의 시문총집이다. 당대 이선(李善)이 주를 달고 모두 60권으로 나누었다.

12) 신시는 자유로운 형식으로 내면을 토로하는 것임에도 불구하고 형식을 중시하는 오·칠언 율시처럼 글자 수를 맞춰 시의 모양이 전체적으로 네모처럼 되는 것을 가리킨다.

13) 원래는 유럽에서 유행한 속담이다. 『신약전서』 「마태오의 복음서」 제9장에 예수는 "낡은 가죽 부대에 새 포도주를 담는 사람도 없다. 그렇게 하면 부대가 터져서 포도주는 쏟아지고 부대도 버리게 된다. 새 포도주는 새 부대에 담아야 둘 다 보존된다"라고 했다. 5·4신문화운동이 일어난 이후 백화문학을 제창하는 사람들은 문언과 구형식으로는 새로운 내용을 표현할 수 없다고 여기고 이 말을 인용하여 비유하곤 했다.

14) '오경조'(五更調)는 '탄오경'(嘆五更)이라고도 하는 민간 곡조의 이름이다. 보통 다섯 첩(疊)으로 이루어지는데, 매 첩은 10구 48자이며, 당 둔황곡자(敦煌曲子) 중에 이런 형식이 보인다. '찬십자'(攢十字)도 민간 곡조의 이름으로 매구 10자이며, 대체로 3·3·4의 형식으로 배열되어 있다.

15) 각각 원문은 '桐城謬種', '選學妖孽'이다. 5·4신문화운동 초기에 첸쉬안퉁(錢玄同)이 퉁청파(桐城派) 고문이나 『문선』(文選)에 실린 변려문을 모방하는 구파 문인들을 공격하면서 쓴 말이다. 『신청년』(新靑年) 제3권 제5호(1917년 7월)에 실린 천두슈(陳獨秀)에게 보낸 편지에 나온다. 퉁청파는 청대 고문 유파의 하나이다. 주요 작가로는 방포(方苞), 유대괴(劉大櫆), 요내(姚鼐) 등이 있는데, 모두 안후이(安徽) 퉁청(桐城) 사람이다. 따라서 이들과 이들의 문학 사상에 찬동하는 사람들을 퉁청파라 불렀다.

'과거에 대한 그리움' 이후 (상)[1]

펑즈위

조심성 없이 과거에 대한 그리움을 말한 탓으로 스저춘[2] 선생은 「『장자』와 『문선』」이라는 글을 썼다. 나의 그리움이 자신으로 인해 나왔다고 하면서 자신으로 인하여 나온 것이 결코 아니기를 희망한다는 내용이었다.

나는 몇 마디 분명히 밝히고자 한다. 「과거에 대한 그리움」은 스 선생 때문에 쓴 글은 아니지만 스 선생이 포함될 수도 있다는 것이다.

특정한 개인을 대상으로 하는 경우에 최근의 모던한 글의 사례에 비추어 보면 상대방의 관적, 출신, 생김새, 심지어 그의 고향의 특산품과 그의 부친이 무슨 점포를 가지고 있는지를 조사한 다음에 그를 암시하는 말을 해야 적절한 형식이 될 수 있다. 그런데 내 글에는 이런 것들이 전혀 없다. 내 글에서는 유소遺少 무리들의 분위기를 말한 것일 뿐 누구, 누구라고 지목하지 않았다. 그런데 '한 무리'라고 했기 때문에 걸리는 사람이 물론 적지는 않을 것이다. 전체는 아니라고 해도 사지나 마디 어디는 그럴 것이고, 영원히 그 대오에 속한 것은 아니라고 해도 가끔씩은 그 대오에 속했을 것이다. 지금 스 선생 스스로 청년들에게 "문학적 교양에 도움이 되기 위해"『장자』와『문선』을 읽으라고 권유한 적이 있다고 말한 것은 물론 내가 지적한 것과 다소 관련이 있다. 하지만 내 글이 스 선생 때문에 썼다고 여긴다면 그야말로 '신경과민'이다. 나는 단연코 그런 생각이 없었다.

그런데 이것은 스 선생이 자신의 의견을 설명하기 전의 말이다. 지금은 이런 '관련'조차도 더 멀어졌다. 내가 지적한 것은 다소 완고한 유소 무리들로서 수준이 조금 높은 인물들이기 때문이다.

지금 스 선생의 설명을 보고 (1) 조사 용지의 칸이 너무 좁았으며 "좀 더 넉넉했더라면" 그가 "책 몇 권을 더 써 넣고 싶었다"라는 당시의 상황을 비로소 알게 되었고, (2) 그의 이전의 이력을 알게 되었다. "국어 교사에서 잡지 편집인으로 옮겨 생활하"면서 "청년들의 문장이 너무 졸직拙直하고 어휘가 너무 부족하다"라고 느꼈기 때문에 고서 두 권을 추천하여 그들로 하여금 문법을 배우고 어휘를 찾아보게끔 했는데, "비록 그중 많은 글자가 이미 사어가 되었다고 하더라도" 찾아보는 수밖에 없다는 것이다. 생각건대, 장자가 오늘날 태어났다면 관이 쪼개진 후에[3] 결혼에 뜻을 둔 모든 여성들에게 『열녀전』[4]을 보라고 권할지 모르겠다.

또 이런 말들도 있었다.

(1) 스 선생은 내가 병과 술을 들어 '문학적 교양'을 비유한 것은 잘못이라고 말했다. 그런데 나는 결코 그렇게 비유한 적이 없다. 나는 일부 신청년이 구舊사상을 가지고 있을 수 있고, 몇몇 구형식에는 새로운 내용을 담을 수도 있다고 말했을 따름이다. 나도 '신문학'과 '구문학' 사이에는 확연한 경계가 있을 수 없다고 생각한다. 그렇다고 하더라도 탈바꿈도 있고 상대적 편향이란 것도 있으며, 뿐만 아니라 '무엇으로도 경계를 삼을' 수 없기 때문에 '제3종인'[5]의 입장이란 것도 존재할 수 없다.

(2) 스 선생은 전서 쓰기 따위는 모두 개인적 일로 남들에게 같은 일을 하도록 강요하지 않으면 된다고 말했는데, 이는 맞는 말인 것처럼 보인다. 그런데 중학생과 투고자는 자신들의 문장이 너무 졸직하고 어휘가 너무 부족하지만, 그들은 어휘가 부족하고 문법이 졸직한 문장을 쓰도록 남들에게 강요하지 않는다. 그럼에도 불구하고 스 선생은 어찌하여 크게 느낀 바가 있어서 '문학에 뜻을 둔 청년'들에게 『장자』와 『문선』을 읽어야 한다고 권유하는가? 스 선생은 과거科擧 시험관이 사詞로 선비를 선발하는 것을 못마땅하게 여기면서도 교사와 편집인이 되자마자 『장자』와 『문선』을 청년들에게 권유하고 있는데, 나는 이 사이에 어떤 경계가 있는지 정녕 알 수가 없다.

(3) 스 선생은 게다가 '루쉰 선생'을 거론하기도 했다. 마치 루쉰 선생이 장자의 새로운 도통을 계승했으며, 그의 모든 문장이 『장자』와 『문선』을 읽은 데서 비롯되기나 한 것처럼 말이다. "나는 이것도 다소 독단적이라고 생각된다." 그의 문장에는 물론 '지호자야之乎者也' 따위의 『장자』와 『문선』에 있는 자구들이 많기는 하지만, 이러한 자구들은 생각해 보면 다른 책에도 없다고 할 수 없기 때문이다. 다시 더 노골적으로 말하면 이런 책들에서 살아 있는 어휘를 찾는 사람은 그야말로 멍청이일 터인데, 설마 스 선생 본인도 그렇게까지는 하지 않을 것이라 생각한다.

10월 12일

[비고]

『장자』와 『문선』⁶⁾

스저춘施蟄存

지난달 『다완바오』의 편집인이 나더러 (1) 목하 읽고 있는 책, (2) 청년에게 소개할 책이라는 두 항목을 채워 달라고 하며, 표가 그려진 우편물을 보내왔다.

두번째 항목에 나는 『장자』, 『문선』이라고 쓰고, "청년들의 문학적 교양에 도움이 되기 위해"라는 주석을 덧붙였다.

오늘 『자유담』에 펑즈위 선생이 쓴 「과거에 대한 그리움」이라는 글을 보고 나도 모르게 신경이 과민해져서 펑 선생의 글이 나 때문에 나온 것이라는 생각이 들었다.

하지만 지금 나는 펑 선생을 겨냥하여 무슨 논박을 하려는 것이 아니라 이 기회를 빌려 나 자신에게 설명을 해보고 싶을 따름이다.

첫째, 나는 청년들이 『장자』와 『문선』을 읽기를 바란 까닭에 대하여 설명해야 한다. 최근 몇 년 사이에 내가 국어 교사에서 잡지 편집인으로 옮겨 생활하면서 청년들의 문장과 접촉할 기회가 실로 아주 많아졌다. 나는 늘 청년들의 문장이 너무 졸직하고 어휘가 너무 부족하다고 느꼈기 때문에 『다완바오』 편집인이 보내온 좁디좁은 칸에 이 두 책을 추천했던 것이다. 나는 이 두 책에서 문장을 짓는 방법을 깨달을 수 있고, 동시에 어휘——비록 그중 많은 글자가 이미 사어가 되었다고 할지라도——를 늘릴 수 있을 것이라고 생각했다. 물론 청년들이 모두 『장자』, 『문선』류의 '고문'을 쓰기를 바란 것은 결코 아니다.

둘째, 나는 문학에 뜻을 둔 청년들이 이 두 권을 읽을 수 있기를 바랐을 따름이었음을 설명해야 한다. 나는 문학가라면 모름지기 이전 시대의 문학으로부터 도움을 받아야 한다고 생각한다. 나는 '신문학'과 '구문학', 이 사이에 도대체 어떤 경계가 있는지 모르겠다. 문학적으로 '낡은 병에 새 술을 담는다'와 '새 병에 낡은 술을 담는다'와 같은 비유는 잘못이라고 생각한다. 개인의 문학적 교양을 술에다 비교한다면, 우리는 이렇게 말할 수는 있을 것이다. 술병이 새 것인지 낡은 것인지는 상관이 없지만, 술은 반드시 양조하여 나온 것이어야 한다는 것이다.

내가 문학청년들에게 『장자』와 『문선』을 읽으라고 권유한 목적은 그들에게 '양조'하기를 바라는 데 있었다. 『다완바오』 편집인이 보내온 표가 좀 더 넉넉했더라면 나는 책 몇 권을 더 써 넣고 싶었다.

이쯤에서 우리가 루쉰 선생을 거론해도 무방할 것이다. 루쉰 선생 같은 신문학자는 차고 넘치는 새 병이라고 할 수 있을 법하다. 그런데 그의 술은 어떤가? 순수한 브랜디인가? 나는 그렇게 생각하지 않는다. 고문학적 교양을 거치지 않았더라면 루쉰 선생의 신문장이 지금처럼 좋을 리가 없다. 따라서 루쉰 선생 같은 병에도 오가피나 사오싱주紹興酒의 성분이 허다하게 들어가 있기 마련이라고 감히 말할 수 있다.

펑즈위 선생은 전서를 쓰고, 사를 짓고, 자신이 새긴 도장이 찍힌 편지봉투를 사용하는 것은 모두 학교 출신이 아니거나 국학 전문가들의 일이라고 했는데, 나는 이것이 다소 독단적이라고 생각된다. 이런 것들은 사실 개인적 일일 따름이다. 전서를 쓰는 사람이 전서로 편지를 쓰지 않는다면, 사를 짓는 사람이 관리가 되고 나서 사로 선비를 선발하지 않는다면, 자신이 새긴 도장이 찍힌 봉투를 사용하는 사람이 남들에게 전용 봉투를 만들라고 요구하지 않는다면, 그렇다면 펑 선생이 입과 붓으로 '변종', '요괴'라고 단죄해서는 안 되는 것이다.

신문학자들 가운데는 목각을 만지작거리는 사람도 있고 판본을 연구하는 사람도 있고 장서기록표를 모으는 사람도 있고 백화로 된 서간집의 서문을 변려체로 쓰는 사람도 있고 심지어는 책상에 작은 장식품들을 진열하는 사람도 있다. 펑 선생의 의견에 따라 말하면, 그들은 "'금아'今雅7)를 가지고 이 세상에 발을 붙이고자 한다"는 말인가? 나는 그들이 이런 기획을 갖고 있다고 생각하지 않는다.

마지막으로 펑 선생의 그 글이 결코 나로 인하여 나온 것이 아니기를 희망한다.

10월 8일 『자유담』

주)_____

1) 원제는 「"感舊"以後(上)」, 1933년 10월 15일 『선바오』의 『자유담』에 발표했다.

2) 스저춘(施蟄存, 1905~2003). 저장 항저우 사람, 작가. 1932년에서 1934년까지 『현대』(現代) 잡지를 주편했다.

3) 장자(莊子) 사후에 관이 쪼개진 이야기는 명대 펑멍룽(馮夢龍)이 집록한 『경세통언』(警世通言) 제2권 「장자휴고분성대도」(莊子休鼓盆成大道)에 보이는데, 대의는 다음과 같다. 장자가 죽은 지 오래 지나지 않아 그의 아내 전씨(田氏)가 초(楚)의 왕손(王孫)과 재혼했다. 결혼할 때 갑자기 왕손이 심장앓이를 하자 그의 하인이 사람의 뇌수를 먹어야 낫는다고 말했다. 이에 전씨는 장자의 뇌수를 얻고자 도끼를 들고 관을 쪼갰다. 놀랍게도 관이 쪼개지자 장자가 관 속에서 숨을 내쉬며 일어나 앉았다는 것이다.

4) 원문에는 『열녀전』(烈女傳)이라고 되어 있다. 한대 유향(劉向)이 '정순'(貞順) '절의'(節義) 등 7류로 분류하여 쓴 『열녀전』(列女傳)이 있는데, 아마도 이 책을 가리키는 듯하다.

5) 1931년에서 1933년 사이 좌익문예계가 '민족주의 문학'을 비판할 때, 후추위안(胡秋原), 쑤원(蘇汶; 즉 두헝杜衡)은 '자유인', '제3종인'을 자처하며 '문예의 자유'론을 주장하고, 좌익문예운동이 문단에서 '패권'을 장악하고 창작의 '자유'를 방해하고 있다고 비난했다.

6) 원제는 「『莊子』與『文選』」.

7) 루쉰이 고문을 공부하고 쓰는 사람들에 대해 '고아'를 가지고 이 세상에 발을 붙이려고 한다고 한 말을 스저춘이 비꼬고 있는 것이다.

'과거에 대한 그리움' 이후(하)[1]

평즈위

좀더 써야겠다. 그런데 우선 스저춘 선생의 말에서 비롯된 것이기는 하지만 결코 그 사람 때문에 쓰는 것은 아님을 분명히 밝혀야겠다. 개인에 대하여 나는 원고에서 늘 이름을 거명했음에도 불구하고 인쇄되기만 하면 종종 '모'某라는 글자나 혹은 모든 부호富豪의 성명, 위험한 글자, 생식기관의 속어를 대표하는 공통부호인 '××'로 바꾸어 버린다. 나는 오해를 피하기 위하여 이 글의 몇몇 글자들이 그렇게 변하지 않기를 희망한다.

내가 지금 하고자 하는 말은 '말하기도 어렵고 말하지 않기도 쉽지 않다'는 것이다. 붓을 놀리는 사람은 어쨌거나 글을 써야 하는 법이지만, 일단 글을 쓰면 황허黃河의 물이 허술한 제방을 공격하는 식의 재난을 피하기 어렵다. 따라서 맨팔을 드러낸 여인과 오자誤字를 쓴 청년은 비아냥의 대상이 된다. 실로 힘도 없고 용기도 없는 그들은 상하이 조계에서 '머저리'라고 불리는 처지를 견디는 것 말고는 달리 방법이 없는 촌사람처럼 그저 인내할 수밖에 없다.

그런데 몇몇은 억울한 일을 당한다. 되는대로 예를 들어 보면, 『논어』

^{論語} 26기에 실린 류반눙[2] 선생이 '주석 달고 비평한' 『동화지두당시집』이라는 타유시[3]가 그것이다. 그는 베이징대학 입학시험의 채점위원을 하면서 국문 답지에서 우스운 오자를 발견하고 그것을 소재로 시를 지었다. 학생들은 쥐구멍이라도 파야 할 지경으로 조롱당했는데, 그들은 모두 막 중학교를 졸업한 학생이었다. 물론 교수인 그가 지적한 것들이 모두 틀린 것은 아니지만, 나는 생각해 볼 만한 여지가 조금은 있다고 본다. 시집에는 이런 '주석'이 있다.

'창명문화'^{倡明文化}라고 쓴 답안이 있었다. 여^余가 가로되, '창'^倡은 곧 '창'^娼이다. 무릇 문화가 발달한 곳이라면 창기^{娼妓}도 반드시 많이 있으므로 문화가 창기로 말미암아 밝아졌다는 말도 이치에 맞다.[4]

창기의 창^娼을 지금은 '창'^倡이라고 쓰지 않지만 과거에는 두 글자가 통용되었으니 아마도 류 선생이 고서에 근거하여 설명한 것일 터이다. 그런데 고서를 끌어들인다면, 나는 『시경』에 나오는 '창여화녀'^{倡予和女[5]}라는 구절이 생각나는데 아직까지 '나도 기생이 되어 당신에게 화답한다'라는 뜻으로 해석하는 사람은 없는 것 같다. 따라서 그 오자는 그저 오자일 따름이지 우습다거나 천박한 것과는 무관하다. 또 다른 구절도 있다.

'과학사상의 싹^芽을 틔우기^萠'를 희망한다.[6]

류 선생은 '틔우기'^萠라는 글자와 '싹'^芽이라는 글자 옆에 가위표를 했는데, 아마도 우스운 곳임을 드러내기 위해서일 터이다. 그런데 나는 '맹아'^{萌芽}, '맹얼'^{萌蘖}에서는 분명 명사로 쓰이지만 '맹동'^{萌動}, '맹발'^{萌發}에서는 동사이므로 '맹'자를 동사로 사용해도 틀리지 않은 것 같다.

5·4운동 시기에 백화를 제창^{提倡}——류 선생은 '창녀를 제기한다'고 해석할지도 모르겠다——한 사람들은 글자 몇 개를 잘못 쓰고 고전 몇 개를 잘못 인용하는 것들을 개의치 않았다. 그런데 일부 반대자들이 백화를 제창하는 사람들은 모두 고서를 모르고 함부로 떠든다고 말했기 때문에 그들의 입을 틀어막기 위하여 종종 고문 몇 구절 쓰기도 했다. 물론 옛 성채에서 나왔다고 하지만 고질적인 습관이 아주 깊이 박혀 있어서 단번에 벗어나지 못하고, 이로 말미암아 고문의 분위기를 띤 작가도 없었다고는 말할 수 없다.

당시의 백화문운동은 승리했고 일부 전사들은 이로 말미암아 기어올라 갔다. 그런데 기어올라 갔기 때문에 더 이상 백화를 위해 싸우지 않을 뿐더러 백화를 발아래 짓밟고 고자^{古字}를 들고 나와 후배 청년들을 비웃기까지 한다. 아직까지도 고서, 고자를 가지고 비웃기 때문에 일부 청년들은 고서 보기를 빠뜨릴 수 없는 공부로 간주하고 문언을 상용하는 작가들을 당연히 모방해야 한다고 생각하여 더 이상 새로운 길에서 발전을 도모하거나 새로운 국면을 열려고 하지 않게 되었다.

지금 여기에 두 사람이 있다. 한 사람은 '유학생'^{留學生}을 '유학생'^{流學生}이라고 한 글자를 잘못 쓴 중학생이고, 다른 한 사람은 득의양양하게 "선생은 하늘 가득 죄를 짓고, 벌 받아 서양에 가서 배움을 표류하니, 응당 구류보다 한층 심한 벌, 밀기울이 냄비 기름에 지글지글"[7]이라는 시를 지은 대학교수이다. 우리 한번 보시게나, 어느 편이 우스운가?

10월 12일

주)_____

1) 원제는 「'感舊'以後 (下)」, 1933년 10월 16일 『선바오』의 『자유담』에 발표했다.

2) 류반눙(劉半農, 1891~1934). 이름은 푸(復), 호가 반눙, 장쑤 장인 사람이다. 베이징대학 교수, 베이핑대학 여자문리학원(女子文理學院) 원장 등을 역임했다. 『신청년』 편집인을 지냈으며, 신문학운동 초기의 주요 작가이다. 이후 프랑스에 유학하여 어음학을 연구 하면서 사상이 보수적으로 바뀌었다. 저서로는 『양편집』(揚鞭集), 『와부집』(瓦釜集), 『반 눙잡문』(半農雜文) 등이 있다. 그의 『동화지두당시집』(桐花芝豆堂詩集)은 『논어』 반월간 에 연재되었는데, 이 글에서 인용한 시와 주석은 모두 이 책의 「열권잡시」(閱卷雜詩) 6 수(1933년 10월 1일 『논어』 제26기에 실렸다)에서 나온 것이다.

3) '타유시'(打油詩)는 내용이 통속적, 해학적이며 격률을 중시하지 않는 구체시(舊體詩)를 가리킨다. 당대(唐代) 장타유(張打油)의 시에서 비롯되었다고 전해진다.

4) 류반눙은 '문화를 노래하다'라는 뜻으로 쓰려면 '唱明'이라고 써야 한다고 보았으므로 학생들이 '倡明'이라고 쓴 것은 잘못이라고 조롱하고 있는 것이다.

5) 『시경』의 「정풍(鄭風)·탁혜(蘀兮)」에 "작은 도련님 큰 도련님, 노래하면 내가 당신에게 화답하리"(叔兮伯兮, 倡予和女)라는 구절이 나온다.

6) 원문은 "幸'萌科學思想之芽'"이다.

7) 시의 원문은 "先生犯了彌天罪, 罰往西洋把學流, 應是九流加一等, 麵筋熬盡一鍋油"이다. 류반눙이 '머물러 공부하는 학생'(留學生)을 '표류하며 공부하는 학생'(流學生)이라고 쓴 학생을 조롱하며 쓴 시이다. 류반눙은 이 시의 '주석'에서 다음과 같이 말했다. "옛날 의 구류(九流)는 아무리 멀리 나가도 국경을 넘지 못했는데, 오늘날에는 외국으로 표류 하니(流) 죄의 다스림이 한층 심해진 것이다. 예전에 우즈라오(吳雉老)는 '외국이 커다 란 기름 냄비라고 한다면 유학생(留學生)은 밀기울 튀김이다. 갈 때는 작지만 돌아올 때 는 크다는 것을 말한 것이다'라고 말했다. 이에 근거하면 유학생(流學生)은 표류할 뿐만 아니라 기름 냄비 지옥에도 들어가는 것이로다. 아아, 참혹하지 않은가!"

황화[1]

유강尤剛

요즘 소위 '황화'라고 하는 것은 우리 스스로가 황허黃河의 제방이 터지는 것을 가리키고 있지만, 30년 전에는 이런 뜻이 아니었다.

그때는 황색인종이 유럽을 말아먹으려 한다는 뜻으로 해석했다. 몇몇 영웅들은 이 말을 백인으로부터 '잠자는 사자'로 존중받는 것처럼 듣고는 여러 해 동안 의기양양하게 유럽의 어르신이 될 준비를 했다.

그런데 '황화'라는 이야기의 유래는 우리의 환상과 달리 독일 황제 빌헬름[2]에게서 비롯되었다. 그는 로마 장식을 한 무사가 동방에서 서방으로 온 사람을 막아 내는 그림을 그리기도 했다. 하지만 그 사람은 공자가 아니라 부처였으니, 중국인은 참으로 근거 없이 좋아했던 것이다. 따라서 우리는 한편으로 '황화'의 꿈을 꾸고 있지만, 독일 치하의 칭다오[3]에서 목격한 현실은 백색 경찰이 전봇대를 더럽힌 불쌍한 어린이를 중국인이 오리를 들고 가는 모양으로 거꾸로 든 채로 잡아가는 것이다.

현재 히틀러가 비非게르만족의 사상을 배척하는 방법은 독일 황제와 한 모양이다.

독일 황제가 말한 '황화'에 대하여 이제 우리는 더 이상 꿈꾸지 않고 '잠자는 사자'라는 말도 더 이상 언급하지 않고 '넓은 땅 풍부한 물산, 많은 인구'[4]라는 표현도 글에서 자주 보이지 않는다. 사자라면 얼마나 비대한지를 자랑한다고 해도 문제 되지 않지만, 돼지나 양이라면 비대하다는 것이 결코 좋은 징조가 아니다. 나는 이제 우리 스스로가 무엇과 닮았다고 생각하는지 모르겠다.

우리는 더 이상 무슨 '상징' 따위를 생각하지도 않고 찾아내지도 못하는 것 같다. 우리는 지금 하겐베크[5]의 맹수 서커스를 보며 날마다 소 한 마리를 먹어야 한다는 사자와 호랑이가 소고기를 먹는 장면을 감상하고 있다. 우리는 국제연맹[6]의 일본에 대한 제재에 대해 탄복하는 동시에 일본을 제재할 수 없는 국제연맹을 우습게 본다. 우리는 '평화를 보호'하는 군축[7]에 찬성하는 동시에 군축을 물리친 히틀러에 탄복한다. 우리는 다른 나라가 중국을 전쟁터로 삼을까 두려워하는 동시에 반전대회를 증오한다. 우리는 여전히 '잠자는 사자'인 것 같다.

'황화'는 단번에 '복'으로 바뀔 수도 있고 깨어난 사자도 재주를 부릴 수 있다. 유럽대전 당시 우리는 남들을 대신해서 목숨을 바친 노동자들이 있었고, 칭다오가 점령되자 거꾸로 들어도 되는 아이가 생겨났다.

그런데도 이십 세기의 무대에서 우리의 역할이 없다고 말하는 것은 합리적이지 않다.

10월 17일

주)_____

1) 원제는 「黃禍」, 1933년 10월 20일 『선바오』의 『자유담』에 발표했다.

2) 빌헬름 2세(Wilhelm II, 1859~1941)를 가리킨다. 그는 재위 기간 중인 1897년에 중국의 자오저우만(膠州灣)을 강점하고, 1900년에는 팔군연합군에 참가했다. '황화'론을 고취하고, 1895년에 「유럽 각국의 인민은 당신들의 가장 신성한 재산을 보위하라!」라는 제목의 그림을 그리기도 했다. 그림에는 『성경』에 나오는 천사의 제1인자이자 전쟁에 능한 미카엘——독일에서는 자국의 보호신으로 간주한다——을 서방의 상징으로 그리고, 짙은 연기에 둘러싸인 거룡과 부처를 동방의 위협을 상징하는 것으로 그렸다. '황화'론은 19세기 말에 시작되어 20세기 초에 유럽에서 성행했다. 중국과 일본 등 동방 황인종들의 민족국가가 유럽을 위협하는 화근이므로 서방은 서둘러 동방을 노예로 만들고 약탈해야 한다는 여론을 만들어 냈다.

3) 칭다오(青島)는 1897년 독일이 점령하고, 제1차 세계대전 시기에는 일본에 의해 점령되었다가 1922년에 중국이 회수했다.

4) 원문은 '地大物博, 人口衆多'. 중국의 특징에 대한 묘사로 자주 쓰이는 말이다.

5) 하겐베크(Karl Hagenbeck, 1844~1913). 독일의 맹수 훈련가. 1887년 하겐베크 서커스를 만들었고, 1933년 10월 상하이에 와서 공연을 했다.

6) 1931년 만주사변 이후 국민당 정부는 일본의 침략에 대하여 무저항정책을 쓰면서 국제연맹의 '공정한 판결'을 기대한다고 발표했다. 1932년 3월 국제연맹이 중국에 조사단을 파견하고 10월에는 중일분쟁을 조정한다는 명분으로 일본의 손을 들어 준 「국제연맹조사단 보고서」를 발표했다. 내용은 동북지방에 일본을 위주로 하고 세계가 공동으로 관리하는 '만주 자치정부'를 세운다고 하는 것이다. 국민당 정부는 보고서가 "명백하고 공평타당하다"고 했다. 그런데 일본은 중국을 독점하기 위하여 국제연맹의 의견을 거절하고, 1933년 3월 27일 국제연맹을 탈퇴했다. 국민당 정부는 국제연맹이 일본을 제재할 힘이 없는 것에 대하여 불만을 표시하기도 했다.

7) 1932년 2월 제네바에서 열린 세계군축회의를 가리킨다. 당시 중국의 간행물들은 군축회의를 찬양하며 평화에 대한 환상을 퍼뜨렸다. 그런데 1933년 10월에 히틀러가 군축회의에서 독일의 탈퇴를 선포하자 일부 간행물들은 히틀러의 군대 확충에 대해 변호하는 글을 싣기도 했다. 예를 들면, 10월 17일 『선바오』(申報)에 「독일의 군축회의 탈퇴 이후의 동향」(德國退出軍縮會議後的動向)이라는 글이 실렸는데, 독일의 이러한 조처는 곧 "자신을 위해 준비하는 것이므로 부당하지 않고, 게다가 게르만 민족의 전통과 습관에 부합된다"라고 했다.

돌진하기[1]

'밀치기'와 '차기'는 사상자 두어 명을 낼 수 있을 뿐이다. 사상자를 많이 내려면 반드시 '돌진하기'라야 한다.

13일자 신문에 구이양 통신[2]이 실렸다. 9·18을 기념하기 위하여 각 학교의 학생들이 모여 데모를 하자 당황한 교육청장 탄싱거는 도로의 입구를 막도록 군대를 파견하고 별도로 자동차 여러 대로 하여금 시위행렬을 향해 돌진하게 하여 학생 두 명이 죽고 사십여 명이 상해를 입는 참극이 발생했다. 그중 정이正誼소학교 학생들이 가장 많았고 나이는 겨우 열 살 내외라는 것이다.……

예전에 나는 '창을 베고 아침을 기다리'[3]던 시절 무장武將들이 대개 변려문으로 전보를 칠 수 있을 정도로 글에 능통하다는 것을 알고 있었다. 이번에 비로소 문관文官 가운데서도 군사적 전략을 깊이 이해하는 사람이 있다는 것을 알게 되었다. 옛날 전단은 불타는 소를 이용했는데,[4] 지금은 자동차로 대신하므로 분명 이십 세기이다.

'돌진하기'는 가장 시원스러운 전법이다. 자동차 대열이 종횡으로 돌진하여 적들로 하여금 바퀴 아래에서 죽거나 다치게 하니 얼마나 간편한가. '돌진하기'는 또한 가장 위풍당당한 행위이다. 기어를 넣는 즉시 번갯불처럼 빨라서 상대방이 도망갈 생각도 못 하게 만들므로 얼마나 영웅적인가. 각국의 군대와 경찰이 소방 호스로 돌진하기를 좋아했고, 러시아 황제는 코사크 기마병을 사용하여 돌진했다. 이것들은 모두 쾌거이다. 각지의 조계지에서 우리는 간혹 외국 군대의 탱크가 순시하는 것을 보게 되는데, 이것은 고분고분하게 행동하지 않으면 곧장 돌진하는 녀석이다.

자동차는 결코 돌격하는 데 좋은 무기는 아니지만 다행히도 적은 소학생이었다. 지친 당나귀가 진짜 전쟁터에 나가는 것은 천부당만부당하지만, 당나귀가 부드러운 풀밭에서 뛰어다니고 그 위에 올라타 호령을 부리는 기사는 유쾌하고도 남음이 있을 것이다. 물론 그 장면을 보는 사람이 있다면 우스꽝스럽다[5]고 느끼겠지만 말이다.

열 살 전후 되는 어린이가 반란을 일으킬 수 있다는 생각은 그 자체가 우스꽝스러운 것이다. 그런데 우리 중국은 종종 신동이 태어나는 곳이기도 하다. 한 살이면 그림을 그릴 수 있고 두 살이면 시를 지을 수 있고 일곱 살 아동이 연극을 하고 열 살 아동이 전쟁터에 나가고 열 살 남짓한 아동이 위원 노릇을 하는 것은 원래부터 늘 있는 일이었다. 예닐곱 살의 여아마저도 능욕을 당하기도 하는데, 다른 사람들이 보기에는 '바야흐로 꽃 피는 나이'[6]와 마찬가지이기 때문이다.

하물며 '돌진'할 때 상대편이 충분히 저항할 수 있는 사람이라면 자동차는 시원스레 운전할 수 없을뿐더러 돌진하는 사람도 영웅이 될 수 없음에랴. 따라서 적으로 언제나 꼭 연약한 사람을 선택한다. 건달은 촌로를 속이고 서양인은 중국인을 때리고 교육청장은 소학생에게 돌진한다. 이들은 모두 적을 이기는 데 능숙한 호걸들이다.

'몸으로 돌진 막기'라는 말은 예전에는 빈말에 불과한 것 같았으나 이제는 영험한 말이 되었다. 영험은 성인뿐만 아니라 어린아이들에게까지 미쳤다. '영아 살해'[7]가 죄악으로 간주되던 것은 벌써 과거지사가 되고 말았다. 젖먹이를 공중으로 던져 창끝으로 받는 것이 놀이의 한 가지로 간주될 날도 어쩌면 머지않은 것 같다.

10월 17일

주)_____

1) 원제는 「衝」, 1933년 10월 22일 『선바오』의 『자유담』에 발표했다.

2) 구이양(貴陽) 통신. 1933년 10월 13일 『선바오』에 궈원사(國聞社) 충칭(重慶) 통신이 실렸다. 당시 국민당 구이저우(貴州) 정부 주석 왕자례(王家烈)와 교육청장 탄싱거(譚星閣) 등이 참사의 주모자이며, 사건 발발 직후 우편물 검열을 강화하여 20여 일이 지나서야 비로소 세상에 알려졌다.

3) 원문은 '枕戈待旦'. 경계를 게을리 하지 않고 늘 싸울 태세를 갖추고 있다는 뜻으로 『진서』(晉書)의 「유곤전」(劉琨傳)에 나온다.

4) 전단(田單)은 전국시대 제나라 사람. 『사기』의 「전단열전」(田單列傳)에 다음과 같은 내용이 나온다. 연나라가 제나라의 성 70여 개를 함락하자 제나라 군사는 물러나 쥐(莒)와 지모(卽墨)를 지켰다. 이때 전단은 지모에서 불타는 소를 이용하여 연나라 군사를 대파하고 실지를 회복했다. '불타는 소'(火牛)는 양쪽 뿔에는 무기를 달고 꼬리에는 기름 먹인 갈대를 매달아 불을 붙여 적진으로 돌격하게 한 소를 가리킨다.

5) 원문은 '滑稽'로 되어 있다. 순통한 번역을 위해 '우스꽝스럽다'고 했지만 이어지는 글 「골계」의 예와 설명」과 함께 두고 보면 좋다. 다음 문단의 '우스꽝스러운 것'도 마찬가지이다.

6) 원문은 '年方花信'. '스물네 차례 꽃 소식'(二十四番花信)이라는 말이 있는데, 이는 스물네 가지 꽃의 개화 시기를 뜻한다. '꽃 소식'(花信)은 글자 그대로 보면 꽃이 피는 소식을 의미하며, 여성이 청춘의 성숙기에 이르렀음을 뜻한다. 남조(南朝) 양종름(梁宗懍)의 『형초세시기』(荊楚歲時記), 송대 정대창(程大昌)의 『연번로』(演繁露), 송대 왕규(王逵)의 『여해집』(蠡海集) 등에 나온다.

7) 『신약전서』의 「마태오의 복음서」 제2장에 영아 살해에 대한 이야기가 나온다. 예수가 베들레헴에서 탄생했다는 소식을 들은 헤롯왕이 불안해하자 "주의 천사가 요셉의 꿈에 나타나서 '헤로데가 아기를 찾아 죽이려 하니 어서 일어나 아기와 아기 어머니를 데리고 이집트로 피신하여 내가 알려 줄 때까지 거기에 있어라' 하고 일러 주었다. 요셉은 일어나 그 밤으로 아기와 아기 어머니를 데리고 이집트로 가서 헤로데가 죽을 때까지 거기에서 살았다. 이리하여 주께서 예언자를 시켜 '내가 내 아들을 이집트에서 불러내었다' 하신 말씀이 이루어졌다. 헤로데는 박사들에게 속은 것을 알고 몹시 노하였다. 그래서 사람을 보내어 박사들에게 알아본 때를 대중하여 베들레헴과 그 일대에 사는 두 살 이하의 사내아이를 모조리 죽여 버렸다"라고 했다.

'골계'의 예와 설명[1]

웨이쒀

세계문학을 연구하는 사람들에 따르면 프랑스인은 에스프리에 능하고 러시아인은 풍자에 능하고 영미인은 유머에 능하다고 한다. 사회적 상황에 따라 달라진다고 하더라도 이 말은 대체로 정확한 것 같다. 위탕[2] 대사가 서슴없이 '유머'를 진흥시킨 이래 이 명사는 아주 유행했다. 그런데 보편화되면서부터 동시에 위기가 잠복하고 있었다. 군인이 불자로 자칭하고 고관이 홀연 염주를 걸고 불법으로 열반하려는 것처럼 말이다. 만약 유활油滑, 경박, 외설 등이 모두 '유머'라는 이름을 뒤집어쓴다면, 흡사 '신극'이 '×세계'로 들어가면 꼭 의심의 여지없이 '문명희'가 되어 버리는 것과 같다.[3]

이런 위험이 발생하는 까닭은 중국에서 여태까지 유머가 그다지 많지 않았기 때문이다. 다만 골계가 있었을 따름인데, 이것은 유머와 커다란 차이가 있다. 일본인이 '유머'를 '인정 있는 골계'로 번역하여 단순한 '골계'와 구분한 것은 바로 이 때문이다. 그렇다면, 중국에는 단지 골계문만 찾을 수 있다는 말인가? 결코 그렇지 않다. 중국인이 골계문으로 여기는 것들은 유활하거나 경박하거나 외설적인 이야기로서 진짜 골계와는 구분된다. '살쾡이로 태자 바꿔치기'[4]라는 이야기의 핵심이 역대로 우리는 엄숙한 언설과 사실이라고 생각했다. 대개 골계 이야기가 많아지면 사람들의 눈에 익숙해져서 차츰 일상적인 것으로 간주하게 되고 오히려 유활 따위가 골계로 오인되는 것이다.

중국에서 골계를 찾으려면 소위 골계문을 보아서는 안 되고 도리어 소위 엄숙한 사건을 보아야 하지만, 모름지기 생각은 좀 해보아야 한다.

이런 명문들은 어디서나 건질 수 있다. 예컨대 신문에 실린 엄숙한 제목, '중일교섭이 점차 멋진 경지로 진입하다'라느니, '중국은 어디로 가는가'라는 것이 모두 이런 것들로서 곱씹어 보면 정말 감람처럼 진한 뒷맛이 있다.

신문에 실린 광고에 보이는 것도 있다. '여론계의 새로운 권위',[5] '일반인들이 말하고 싶어도 하지 못하는 말을 한다'라고 자칭하는 한편, 다른 간행물에 대하여 '오해를 선언하고 유감을 표시하'면서도 "생각건대 쌍방이 모두 사회적으로 명성이 자자한 간행물이므로 스스로가 서로 비방하는 일은 없어야 한다"라고 말하는 간행물이 있다는 것을 우리는 알고 있다. '새로운 권위'가 있음에도 '오해'를 잘하고, '오해'를 했음에도 '명성이 있다'고 하니 '일반인이 말하고 싶어도 하지 못하는 말'이란 오해와 사과인 셈이다. 이것이 우습지 않다면 모름지기 사고할 줄 모르는 것이다.

신문의 단평에 보이는 것도 있다. 예컨대 9월에 『자유담』에 게재한 「등용술 첨언」에서 말한 부잣집 사위의 '용 되기' 기술은 바로 반격을 초래했는데, 시작은 이렇다. "여우가 포도를 먹지 못하자 포도가 시다고 말하고, 자기가 부자 아내를 얻지 못하자 부자 처갓집을 둔 모든 사람을 질

투하고 질투의 결과로 공격을 일삼는다."[6] 이것도 좀 생각해 보아서는 안
된다. 한번 생각해 본 것'의 결과'는 분명 이 필자가 '부자 처갓집'의 맛이
달달함을 알고 있다는 것을 드러내고 있다는 점이다.

이러한 기발한 글을 우리는 번지르르한 공문에서도 자주 접한다. 더
군다나 만화화한 것이 아니라 그 자체가 원래부터 만화이다. 『논어』가 출
판되고 일 년 동안 나는 '고향재'[7]라는 칼럼을 가장 즐겨 보았다. 예를 들
어, 쓰촨 잉산賈山의 현장이 장삼[8] 금지령을 내리면서 이렇게 운운했다
고 한다. "의복은 몸을 가리면 족하다는 것을 알아야 한다. 어째서 앞에도
끌리고 뒤에도 늘어지게 하여 옷감을 낭비하는가? 게다가 국세도 쇠약
하다……시절의 곤궁함을 살펴보면 후환을 어찌 상상이나 할 수 있겠는
가?" 다른 예로는 베이핑사회국에서 여성의 수캐 양육 금지 공문에서 이
렇게 운운했다. "계집이 수캐와 함께 사는 곳을 조사해 보면 건강에 해로
울 뿐만 아니라 수치심이 없다는 더러운 소문이 나기도 쉽다. 생각건대 예
의지국인 우리나라에서는 마땅히 이러한 습속은 허용되지 말아야 하는
바이므로 삼가 훈령으로 엄금하되…… 무릇 여성들이 기르는 수캐는 모
조리 잡아 죽여 단속하기 바란다!" 이런 것들이 어찌 골계작가들이 터무
니없이 써낼 수 있는 것이겠는가?

그런데 '고향재'에 수록된 기발한 글은 자주 기괴함으로 치우치는 경
향이 있다. 하지만 골계는 평담平淡한 것이 낫고, 평담한 까닭으로 훨씬 더
골계답게 된다. 이러한 기준에서 나는 '단 포도'설을 추천한다.

10월 19일

1) 원제는「"滑稽"例解」, 1933년 10월 26일『선바오』의『자유담』에 발표했다.

2) 린위탕(林語堂, 1895~1976). 푸젠(福建) 룽시(龍溪) 사람, 작가. 1930년대 초에『논어』반
   월간을 주편하며 "유머문학을 제창하는 것을 주요 목표로 삼는다"라고 선언했다(『논
   어』제3기,「우리의 태도」我們的態度).

3) '신극'의 원문은 '新戱'. 중국에서 연극은 20세기 초에 시작되었다. 처음에는 '신극'(新
   劇), '문명희'(文明戱)라고 불렸다. 초기 '문명희'는 정식 대본 없이 배우가 즉흥적으로
   공연했다. 20년대 말 '화극'(話劇)이라는 이름으로 정착된 이후에도 상하이대세계, 신
   세계 등에서 공연된 통속적인 연극을 '문명희'라고 했다.

4)『송사』(宋史)의「이신비전」(李宸妃傳)에 나오는 송 인종(仁宗)의 생모 이신비가 인종을
   아들로 인정하지 못했다고 하는 이야기에서 발전된 전설이다. 청대 석옥곤(石玉昆)의
   공안(公案)소설『삼협오의』(三俠五義)에는 다음과 같은 이야기가 나온다. 송나라 진종
   (眞宗)은 자식이 없다가 유비(劉妃)와 이비(李妃)가 동시에 임신을 했다. 유비는 황후 자
   리를 빼앗기 위하여 환관과 모의하여 이비가 아들을 낳자 껍질 벗긴 살쾡이와 아이를
   맞바꿔치기 했다는 내용이다.

5) '여론계의 새로운 권위' 등은 사오쉰메이(邵洵美)가 주편한『십일담』(十日談)의 창간 광
   고에 나온 말로서 1933년 8월 10일『선바오』에 실렸다. '오해를 선언한다'는 등의 말은
   『십일담』잡지가『창바오』(昌報)에 대하여 '유감을 표시한다'라고 한 광고를 가리킨다.
   「후기」참고.

6) 1933년 9월 6일 국민당 기관지『중앙일보』에 실린 성셴(聖閑)의「'사위'의 만연」("女婿"
   的蔓延)에 나온다.「후기」참고.

7) '고향재'(古香齋)는『논어』반월간 제4기(1932년 11월 1일)부터 만든 칼럼으로 당시 각
   지방의 황당무계한 뉴스와 글을 실었다. 여기에서 거론하고 있는 글은 모두 제18기
   (1933년 6월 1일) 칼럼에 실려 있다.

8) '장삼'(長衫)은 '창파오'(長袍)라고도 하며 남성들의 두루마기로 원래 만주족의 복식이
   었으나 청대부터 한족들도 입었다. 주로 부자들과 지식인들이 입었다.

외국에도 있다[1]

무릇 중국에 있는 것은 외국에도 있다.

외국인은 중국에 빈대가 많다고 하지만 서양에도 빈대는 있다. 일본인은 중국인이 문자놀이를 잘한다고 하지만 일본인도 역시 문자놀이를 한다. 무저항주의의 간디[2]가 있고, 외국인과의 싸움을 금지한 히틀러가 있고,[3] 드퀸시는 아편을 피웠고,[4] 도스토예프스키는 혼미해질 정도로 도박을 했다.[5] 스위프트에게는 칼이 씌워졌고,[6] 맑스는 반동이었다. 린드버그 대령의 아들은 납치범에 의해 납치되었다.[7] 따라서 전족과 하이힐의 차이도 꼭 그렇게 크지만은 않다.

다만 외국인들은 중국인이 공익을 따지지 않고 사익만 알고 돈을 좋아한다고 말하는데, 이에 대해서는 아무래도 변호할 방법이 없다. 민국 이래로 많은 총통과 고관들은 하야한 뒤에도 모두가 토실토실한 얼굴이다. 혹자는 시를 짓고 혹자는 연극을 보고 혹자는 염불을 하고 지내면서도 아무리 먹어도 먹을 것이 남아도니 그야말로 비평가들에게 증거를 제공하고 있는 것 같다. 그런데 뜻밖에 오늘 나는 다음과 같은 사실을 발견했다.

외국에도 있다는 것이다!

> 17일 아바나발─캐나다에 피신 중인 쿠바의 전 총통 마차도[8] …… 쿠
> 바에 있는 재산은 총 800만 달러에 해당하며, 그에게 이 재산의 회수를
> 보증하는 사람이라면 누구든지 막론하고 그는 원조하기를 원한다. 또
> 다른 소식에 의하면 쿠바 정부는 이미 마차도와 구 관료 38명에 대하여
> 체포령을 내리고 그들의 재산을 압류했는데, 그 액수가 2,500만 달러에
> 이르렀다고 한다.……

38명이나 됨에도 모두 합친 재산이 기껏 2,500만 달러밖에 안 된다
고 하니 수단이 뛰어나다고 할 수는 없지만 어느 정도 치부한 것만은 어쨌
거나 분명하다. 따라서 이것만으로도 이미 우리의 '고수'를 위한 설욕으로
충분하다. 그런데 나는 그들이 외국에 부동산을 사고 외국은행에 따로 통
장이 있기를 바란다. 이 정도는 되어야 우리가 외국인들과 술잔을 주고받
으며 우위를 겨룰[9] 때 더욱 당당하게 말할 수 있기 때문이다.

세상에서 단 한 집에만 빈대가 살고 있다고 가정해 보자. 다른 사람들
이 그것을 지적하면 정말 언짢아지고 잡으려 해도 너무 힘이 들 것이다.
하물며 베이징에는 빈대를 잡을 수 없을뿐더러 잡을수록 많아진다는 학
설이 있다. 설령 모조리 잡아낸다고 하더라도 또 무슨 의미가 있겠는가?
이런 것은 소극적인 방법에 지나지 않는다. 가장 좋기로는 다른 집에도 빈
대가 있기를 바라는 것이고, 빈대가 발견된다면 더 이상 바랄 것이 없다.
발견, 이것이 바로 적극적인 사업이다. 콜럼버스와 에디슨도 기껏해야 발
견이나 발명을 했을 따름이다.

심신을 고단하게 하기보다는 춤을 추고 커피를 마시는 게 낫다. 그런 것은 외국에도 있고, 파리에는 댄스홀과 커피숍이 무수히 있다.

설령 중국이 없어진다고 해도 구태여 화들짝 놀랄 필요가 있겠는가? 그대는 칼데아와 마케도니아[10]에 대해서 들어 본 적이 없는가? —— 외국에도 있는 것이다!

10월 19일

주)_____

1) 원제는 「外國也有」, 1933년 10월 23일 『선바오』의 『자유담』에 실렸다.

2) 간디(Mohandas Karamchand Gandhi, 1869~1948). 인도의 민족독립운동 지도자. '무저항', '불복종운동'을 주장하며 영국 식민정부에 대해 저항했다.

3) 1933년 8월 21일 『선바오』에 따르면, 독일 나치스의 친위대 대원이 미국인 의사에게 상해를 가하는 일이 발생하자, 이에 히틀러는 미국 대사관에 사람을 파견하여 유감을 표시하는 한편 친위대의 외국인에 대한 상해 행위를 금지하라는 명령을 내렸다.

4) 드퀸시(Thomas De Quincey, 1785~1859). 영국의 산문가. 아편 피운 경험을 토대로 1822년에 『어느 아편중독자의 고백』(*Confessions of an English Opium-Eater*)이라는 책을 출판했다.

5) 도스토예프스키(Фёдор Михайлович Достоевский, 1821~1881). 러시아 작가. 주요 작품으로는 장편소설 『가난한 사람들』(Бедные люди), 『악령』(Бесы), 『죄와 벌』(Преступление и наказание) 등이 있다. 도스토예프스키의 부인의 회상록에는 1871년 4월 28일의 편지에서 도스토예프스키가 한 말을 다음과 같이 인용하고 있다. "10년 동안 나를 괴롭혔던 저급한 생활의 환각을…… 사라지게 했다. 이전에 나는 늘 돈을 벌려는 꿈을 가지고 있었다. 그것도 아주 심각하고, 아주 열렬하게 꿈꿨다. …… 도박은 나의 온몸을 사로잡아 버렸다. …… 그러나 이제는 나는 일을 하고자 한다. 나는 더 이상 예전처럼 밤마다 도박의 결과를 꿈꾸지 않을 것이다."

6) 스위프트(Jonathan Swift, 1667~1745). 영국 작가. 주요 작품으로는 『걸리버 여행기』 등이 있다. 루쉰은 『로빈슨 크루소』를 쓴 영국 작가 디포(Daniel Defoe, 1660~1731)를 말하고 있는 것으로 보인다. 1703년 디포는 「비(非)국교도를 없애는 지름길」이라는 글로

인해 영국 정부에 체포되어 같은 해 7월 29일에서 31일까지 저잣거리에서 3일 동안 조리돌림을 당했다.

7) 린드버그(Charles Augustus Lindbergh, 1902~1974). 미국 비행가. 1927년 5월 최초로 비행기를 몰고 대서양을 횡단(뉴욕에서 파리로)하여 공군예비대 대령의 직함을 받았다. 1932년 3월 그의 아들이 뉴욕에서 납치되는 사건이 발생했다.

8) 마차도(Gerardo Machado, 1871~1939). 쿠바의 5대 대통령. 1925년부터 1933년까지 재임했다.

9) 원문은 '折衝樽俎'. 『안자춘추』(晏子春秋)의 「내편잡상」(內篇雜上)에 나온다. 원래는 제후들이 연회에서 상대방을 제압하는 것을 가리켰으나 나중에는 포괄적으로 외교담판을 의미하는 말로 바뀌었다.

10) 칼데아(Chaldaea)는 고대 서아시아에서 경제적으로 번성했던 노예제 국가로서 신바빌로니아왕국으로 불리기도 한다. B.C. 626년에 건립되었으며 B.C. 538년 페르시아에 의해 멸망했다. 마케도니아(Macedonia)는 고대 발칸반도 중부의 노예제 국가로 B.C. 6세기에 형성되어 B.C. 2세기 로마제국에 흡수되었다.

헛방[1]

펑즈위

『자유담』에 나의 「과거에 대한 그리움」과 스저춘 선생의 「『장자』와 『문선』」이 발표되자 『다완바오』[2]의 『횃불』은 토론을 계속해서 이끌어 내고 있다. 먼저 실린 것은 「추천인의 입장」이라는 제목에 '『장자』와 『문선』 논쟁'이라는 부제가 달린 스 선생의 서신이다.

그런데 스 선생은 결코 '논쟁'을 바라지 않았다. 그는 두 사람의 전투가 구경꾼들에게 좋은 놀잇감을 제공해 주는 아크등불 아래의 권투선수 같다고 생각했다. 이것은 아주 총명한 견해이며 나도 마디마디 모두 찬성한다. 그런데 더욱 총명한 것은 스 선생이 실은 결코 정말로 손을 쓴 적이 없는 게 아니라는 것이다. 그는 퇴장의 변을 말하기 전에 이미 주먹을 몇 차례 휘둘렀던 것이다. 주먹을 휘두르고 나서 아스라이 멀리 떠나 버리므로 정녕 최고의 초월적 권법이다. 이제 나 한 사람만 남아 있을지라도 되받아치지 않을 수 없다. 맞은편에 사람이 없어도 괜찮다. 나는 '소요유'[3] 권법을 쓰고 있는 셈이라고 치겠다.

스 선생은 글의 시작부터 내가 '훈시'를 했고, 더군다나 그를 '유소의 마디마디'로 만들어 버렸다고 했다. 전자는 생사람 잡는 것이다. 나의 글에는 결코 그 사람 개인에게 권고하는 바가 있지 않았기 때문이다. '유소의 마디마디'라고 지적한 것에는 솔직히 그런 생각이 포함된 것이기는 하지만, 그러나 내 생각은 '유소'도 결코 그렇게 아주 나쁜 인물은 아니라는 것이다. 신문학과 구문학 사이에 확연한 경계를 나누기 어렵다는 것은 스 선생도 인정했다. 신해혁명부터 지금까지 겨우 22년이 지났을 뿐이다. 민국 사람들 중에는 유소풍, 유로풍이 있기도 하고 심지어 봉건풍이 남아 있다고 해도 그다지 아주 괴상한 일이라고는 할 수 없다. 하물며 스 선생 본인이 "비록 감히 유소라고 자인하지는 못한다고 하더라도 확실히 이미 소년의 활력은 상실했다"라고 말하지 않았던가? 과거의 유풍은 물론 가지고 있기 마련이다. 그런데 조금 덜 전수할 수 있음을 내가 알고 그대가 안다면 그것으로 충분하다.

전에 쓴 글이 결코 그 한 사람 때문에 쓴 것은 아니고, 더군다나 『『장자』와 『문선』』을 보고 난 뒤로는 이 '마디마디'조차도 이미 멀어졌다고 나는 일찌감치 밝혔다. 왜 그런가? 청년에게 추천하는 도서목록에 또 다른 아주 의미 있는 문제가 제출되어 있기 때문이다. 도서목록 가운데는 『안씨가훈』[4]이 있다. 『가훈』의 저자는 제齊에서 수隋로 바뀌는 난세에 살았다. 오랑캐의 세력이 계속 확장되던 시절에 그는 그 책에서 고전을 말하고 문장을 논하였다. 유가의 선비와 닮았지만 부처를 섬겼고 자식들에게는 선비어鮮卑語를 배우고 비파琵琶를 연주하고 오랑캐 고관을 섬기라고 했다. 이것은 경자년 의화권[5]의 패배 이후 고관, 부자, 거상, 선비들의 사상이기도 했다. 자신은 염불을 외면서 자식들은 '양무'洋務를 배워 장차 다른 사람을 섬길 수 있도록 만들었다. 지금도 이런 생각을 품고 있는 사람이 여전히 적지 않을 것이다. 그런데 안씨의 처세술은 스 선생의 마음을 울렸고 '도덕수양'으로 간주하며 청년들에게 추천을 했다. 그는 자신이 읽고 있는 책으로 영문도서와 불경[6]도 거론했는데, 바로 '선비어'와 「귀심편」[7]의 복사판에 해당한다. 현대는 변화가 대단히 빨라서 조상들처럼 한가하지 않고 신구의 논쟁도 한참 격렬하게 진행 중이어서 단번에 두서를 파악할 수가 없기 때문에 그도 하는 수 없이 과거 두 세대의 '도덕'을 한꺼번에 묶어 놓았던 것이다. 청년, 중년, 노년 할 것 없이 안씨 식의 도덕을 가진 사람이 많다면, 이는 중국 사회의 실로 엄중한 문제로서 일소할 필요가 있다. 물론, 이것은 도서목록으로 말미암아 제기된 것이지만 문제는 한 개인만이 아니라 이것이 시대사조의 일부라는 것이다. 연대책임을 제기하는 것은 표면적으로 특정 개인의 관점을 지나치게 연루시키는 것 같으므로 나는 감히 언급하지 않겠다. 그와 관련이 있다고 할 수 있는 것은 다만 "『장자』와 『문선』을 보기를 권한다"라고 한, 구절이 있을 뿐인데, 이는 개인에 대한 불경이라고 할 수 없을 것 같다. 그런데 「『장자』와 『문선』」을 보고 나서 실로 불경스러운 마음이 생겨났다. 왜냐하면 그의 반박은 내가 예상했던 것보다 훨씬 공허했기 때문이다. 그럼에도 불구하고 성실한 답변을 주었는데, 그것이 바로 「과거에 대한 그리움 이후(상)」이다.

그런데 스 선생이 「과거에 대한 그리움 이후(상)」을 보고 쓴 편지는 그와 내가 말한 '유소' 사이의 거리가 멀다는 것을 더욱 입증했다. 그는 말로는 주먹을 쓰지 않겠다고 했지만 그 글의 첫 단락은 나 개인을 겨냥한 것이다. 지금 여기에 소개를 하고 주석을 가해 보기로 한다.

스 선생은 "내 생각에 따르면 청년들에게 새로운 책을 보라고 권하는 것은 당연히 옛날 책을 보라고 권하는 것보다 군중을 더 많이 모을 수 있습니다"라고 말했다. 청년들에게 새로운 책을 보라고 권유하는 것은 결코 청년들을 위해서가 아니라 군중들을 더 많이 모으기 위해서라는 말이다.

스 선생은 말했다. "나는 귀 신문의 한 귀퉁이를 빌려……도서목록 을 고치고 싶습니다. 나는 『장자』와 『문선』을 루쉰 선생의 『화개집』과 그 속편 및 『거짓자유서』로 고치려고 합니다. 내 생각에는 당대 '문단의 노 장'이신 루쉰 선생의 저서에는 많은 살아 있는 어휘들이 있을 뿐만 아니 라, 펑즈위 선생이 나에게 알려 준 데 근거하면 루쉰 선생의 문장에는 확 실히 '지호자야'之乎者也와 같은 『장자』와 『문선』에서 나온 글자들도 있다 고 합니다. 이러하다면 청년들에 대한 효과도 같아질 것이라고 생각합니 다." 이 긴 문장은 내가 『장자』와 『문선』에 대한 추천을 반대하는 까닭이 『화개집』과 그 속편 및 『거짓자유서』를 추천하지 않아서 그에게 화가 났 기 때문이라는 말이다.

스 선생은 말했다. "당초 나는 펑즈위 선생의 저서 한두 편을 추천하 려고 했는데, 아쉽게도 책방에는 펑쯔카이[8] 선생의 책만 있었고 펑즈위 선생의 책은 없었습니다. 어쩌면 그것은 루쉰 선생이 인쇄한 콜로타이프 목각화와 마찬가지로 개인 소장본으로서 희귀본에 속하는지 모르겠습니 다. 나는 나의 고루함과 과문함으로 추천하지 못한 것에 대해 아주 부끄럽 게 생각합니다." 이 단락은 두서가 없지만 이런 말인 것 같다. 내가 『장자』 와 『문선』에 대한 추천을 반대한 까닭이 그가 내 책을 추천하지 않아서 화 가 났다는 것이고, 게다가 나는 이렇다 할 책도 없으면서 그가 추천하지 않은 것에 대해 화를 내고 있으므로 가소롭기 그지없다는 것이다.

이것은 "국어 교사에서 잡지 편집인으로 옮겨" 청년들에게 『장자』와 『문선』, 『논어』, 『맹자』, 『안씨가훈』을 볼 것을 권유한 스저춘 선생이 나의

「과거에 대한 그리움 이후(상)」을 본 다음 "다시는 아무것도 쓰고 싶지 않았"음에도 불구하고 마침내 써낸 글이며, '권투선수' 노릇을 그만두기로 했다고 하면서 먼저 상대방에게 주먹을 날리는 권법을 사용한 것이다. 하지만 그는 끝내 『장자』와 『문선』을 볼 것을 주장하는 좀 믿을 만한 이유를 전혀 대지 못했으며, 나의 「과거에 대한 그리움」과 「과거에 대한 그리움 이후(상)」, 이 두 편 속의 오류를 전혀 지적하지 못했다. 거기에는 근거 없는 생사람 잡기, 억측하기, 응석 피우기, 모른 척하기가 있을 따름이다. 고서 몇 권의 이름을 찢어 버리고 나면 '유소'의 마디마디도 따라서 아득히 멀어지고 결국은 진상을 드러낸다. 분명하게 '양장의 악소'[9]로 변했다는 것이다.

10월 20일

[비고]

추천인의 입장—『장자』와 『문선』 논쟁[10]

스저춘

완추萬秋 선생

나는 귀 신문에 두 권의 고서를 청년들에게 추천한 일로 불행히도 펑즈위 선생의 훈시를 받았는데, 그는 나를 '유소 중의 마디마디'로 만들어 버렸습니다. 그 어른의 「과거에 대한 그리움 이후(상)」을 읽은 뒤로 나는 다시는 아무것도 쓰고 싶지 않았습니다. 내 생각에 따르면 청년들에게 새로운 책을 보라고 권하는 것은 당연히 옛날 책을 보라고 권하는 것보다 군중을 더 많이 모을 수 있습니다. 펑즈위 선생은 필경 노익장을 과시하고 있고 청년들의 지도자가 되기에 충분합니다. 나는 어떻습니까? 비록 감히 유소라고 자인하지는 못한다고 하더라도 확실히 이미 소년의 활력은 상실했습니다. 삼라만상이 모두 소슬한 가을의 처지에서 설령 펑즈위 선생 같은 새로운 정신이 있다고 하더라도 나의 중년의 감회를 진작시키기에는 부족합니다. 따라서 나는 귀 신문의 한 귀퉁이를 빌려 내가 9월 29일에 귀 신문에 발표한 청년들에게 추천한 도서목록을 고치고 싶습니다. 나는 『장자』와 『문선』을 루쉰 선생의 『화개집』과 그 속편 및 『거짓자유서』로 고치려고 합니다. 내 생각에는 당대 '문단의 노장'이신 루쉰 선생의 저서에는 많은 살아 있는 어휘들이 있을 뿐만 아니라, 펑즈위 선생이 나에게 알려 준 데 근거하면 루쉰 선생의 문장에는 확실히 '지호자야之乎者也'와 같은 『장자』와 『문선』에서 나온 글자들도 있다고 합니다. 이러하다면 청년들에 대한 효과도 같아질 것이라고 생각합니다. 당초 나는 펑즈위 선생의 저서 한두 편을 추천하려고 했는데, 아쉽게도 책방에는 펑쯔카이 선생의 책만 있었고 펑즈위 선생의 책은 없었습니다. 어쩌면 그것은 루쉰 선생이 인쇄한 콜로타이프 목각화와 마찬가지로 개인 소장본으로서 희귀본에 속하는지 모르겠습니다. 나는 나의 고루함과 과문함으로 추천하지 못한 것에 대해 아주 부끄럽게 생각합니다.

이 밖에 나는 또 펑즈위 선생을 귀 신문에 소개하고자 합니다. 앞으로 귀 신문이 어떤 의견을 물어볼 계획이 있는 경우에 궁리해서 펑즈위 선생에게 표를 보내 주면 가치 있는 의견을 줄 것이라 생각합니다. 그러나 그 물음이 '유소의 마디마디'와 관련 있는 말이라면 나한테 보내는 것이 좋겠습니다.

어제 귀 신문을 보고 이 사안을 가지고 귀 신문의 독자들이 참여하는 토론을 마련하고 있다는 것을 알게 되었습니다. 이 계획을 취소하도록 부탁해도 될지 모르겠습니다. 두 사람이 신문에서 문자 전쟁을 벌이는 것은 아크등불 아래에 있는 권투선수와 같고, 신문의 편집인은 왔다 갔다 하는 마른 심판이고, 독자는 이성을 상실한 어둠 속의 구경꾼과 같다고 늘 생각해왔습니다. 마른 심판은 늘 권투선수들이 한 번 또 한 번, 그중 한 명이 쓰러질 때까지 때리기를 바랍니다. One, Two, Three…… 일어나지 못하면 헐떡이는 승자 곁으로 달려가 권투장갑을 낀 팔을 들어올려 "Mr. X Win the Champion"이라고 소리치지요. 한번 생각해 보십시오. 이것은 정말 우스꽝스러운 노릇이 아닙니까? 지금 어떻습니까? 내가 불행히도 이 두 권투선수 중 한 사람 노릇을 하게 되었습니다. 하지만 나는 마른 심판과 구경꾼들을 위해서 이런 우스꽝스러운 연극을 계속할 생각은 없습니다. 그리고 당신들도 심판 노릇을 하지 않기를 희망합니다. 오늘자 『자유담』에 실린 즈수이止水 선생의 글에 인용된 속담을 보지 않았는지요? "혓바닥은 편편하고, 말은 둥글다"고 했는데, 설마 독자의 토론에서 진정한 시비를 생산할 수 있다고 생각하는 것은 아니겠지요?

10월 18일

스저춘

10월 19일 『다완바오』의 『횃불』

「헛방」의 오류 수정[11)]

평즈위

며칠 전 「헛방」을 쓸 때 『안씨가훈』이 수중에 없어서 이를 언급한 부분은 기억에만 의존하고 썼다. 나중에 오류가 있을까 하여 궁리해서 원서를 구해 한번 찾아보고는 안지추에 대한 설명에서 내가 틀렸다는 것을 발견했다. 「교자편」敎子篇에는 "제나라의 한 사대부가 나에게 '나는 아들이 하나 있는데, 나이가 벌써 17살이고 공문서에 자못 밝다. 아들에게 선비어와 비파 타기를 가르쳐 그것을 조금 이해할 수 있게 되기를 바란다. 이것으로써 공경公卿들을 모시면 총애를 받지 않음이 없을 것이므로 이것은 중요한 일이다'라고 말했다. 나는 그때 고개를 끄떡였을 뿐 대답을 하지는 않았다. 이상하도다, 이 사람이 자식을 가르치는 방법은. 이렇게 해서 경상卿相에 오를 수 있다고 하더라도 또한 너희들은 그렇게 하기를 바라지 않는다"라고 되어 있다.

따라서 제나라 선비의 방법이 경자년 이후 관리, 상인, 사신士紳들이 하는 방법이다. 스저춘 선생은 제나라 선비와 안씨의 두 가지 전형적인 모습을 한 몸에 가지고 있다고 하겠으며, 또한 요즘 일부 사람들의 방법은 '북조北朝식의 도덕'이라고 고쳐야 하는데, 이 역시 사회의 엄중한 문제이다.

안씨에 대하여 나는 십분 사과해야 마땅하지만 오래전에 죽었으므로 사죄해도 그만 안 해도 그만이다. 지금은 여기에서 스 선생과 독자들에게 나의 오류를 바로잡아 주는 일이나 할 수 있을 따름이다.

10월 25일

포위망 뚫기[12]

(8) 나는 펑즈위 선생에게 분명 "주먹 몇 차례 휘"두른 적이 있는데, 이는 아마도 나의 필생의 유감이 될 것 같다. 그런데 펑 선생이 쓴 「헛방」은 결코 '헛'이 아니고, 실은 나를 향해 돌진했다. 펑 선생 쪽에 서 있는——혹은 사설邪說을 바로잡는 쪽에 섰다고 말하는——글들이 날마다 나를 '포위'하고 있다. 따라서 나는 정녕 '수난자'라는 느낌을 가지게 되었다.

그런데 「헛방」이라는 글에서 나는 펑 선생의 글쓰기 논리를 발견했다. 그는 "나는 전에 쓴 글이 결코 그 한 사람 때문에 쓴 것은 아니라고 일찌감치 밝혔다"라고 말했다. 하지만 그 단락의 말미에서는 "왜냐하면 그의 반박은 내가 예상했던 것보다 훨씬 공허했기 때문이다"라고 했다. 나 때문에 발표한 글도 아니면서 내가 반박할 거라고 예상했다는 것은 어떻게 이해해야 하는가?

남에게 '지적'도 당했고, 나도 『장자』와 『문선』, 이 두 책에 대해서는 타당하지 않은 점이 있다고 생각했기 때문에 『다완바오』 편집인에게 보낸 편지에서 신문학 서적 두 권으로 고쳐 달라고 요구했던 것이다. 사실이 분명 이러했다. 나는 결코 펑 선생이 이 두 권의 신문학 서적을 추천하지 않은 것에 화가 나서 '『장자』와 『문선』을 반대한다'라고 말하지 않았다. 그런데도 펑 선생은 내가 이런 마음을 가지고 있다고 말하고 있다. 이것이 어찌 '두서 있는' 말이라 할 수 있겠는가?

펑 선생은 화제를 『안씨가훈』으로 옮기고, 또 내가 마침 읽고 있는 두 권의 책으로 옮겨 하나로 뒤섞어서 『안씨가훈』을 추천하는 것은 청년들에게 선비어와 비파 타기를 가르쳐 고관들을 섬기게 하는 것이며, 뿐만 아니라 나도 솔선수범하여 서양 책을 읽고 있다고 말했다. 안지추가 "유가의 선비와 닮았지만 부처를 섬겼"기 때문에 나도 불교서적을 본다고 말했다. 펑 선생의 해석에 따라서 보면 나조차도 실소가 나올 지경이니, 세상사란 정녕 이렇게 공교로운 것인가!

『안씨가훈』에 선비어를 배우고 비파를 배우라고 자식들을 가르친 사람에 관한 이야기가 있다는 것을 나는 분명히 알고 있다. 하지만 나는 이어지는 한 마디, "또한 너희들은 그렇게 하기를 바라지 않는다"라는 말도 기억하고 있는데, 안지추가 자식들에게 외국 책 읽기를 결코 권하지 않았음을 알 수 있다. 오늘 펑 선생의 '오류 수정'이 있었다. 그런데 그는 이 이야기를 고친 다음 "스저춘 선생은 제나라 선비와 안씨의 두 가지 전형적인 모습을 한 몸에 가지고 있다고 하겠"다고 말했다. 나는 이 말을 도대체가 이해할 수가 없다. 설마 내가 별도로 '제나라 선비'의 저서를 청년들에게 소개한 적이 있다고 말하는 것인지? 펑 선생의 논리적 근거가 '자신이 외국 책을 읽는 것은 바로 다른 사람에게 선비어를 배우도록 권하는 것이다'라는 것이라면 나도 할 말이 없다.

펑 선생은 흡사 유가를 위해서 정통 다툼을 하는 인물처럼 보인다. 그렇지 않다면, 어찌하여 안지추가 불교의 영향을 받은 것에 대하여 그토록 야박하게 군단 말인가? 어찌하여 내가 『석가전』釋迦傳을 보는 것에 대하여 그토록 불만을 토로한단 말인가? 여기에서 두 가지 점을 지적할 수 있겠다. (1) 『안씨가훈』의 가치는 「귀심편」歸心編으로 말미암아 완전히 말살되어야 하는가? 게다가 안씨는 불교를 조장했음에도 불구하고 출세出世와 현실도피를 고취하지 않았다. 그는 불가와 유가가 모순 없이 병행할 수 있음을 열거하고 불가의 인과응보설로 유가의 도덕교훈의 미비한 점을 보충하고 있을 따름이다. 이것은 요즘 사람들이 『성경』이나 『코란경』 속의 말을 인용하는 것과 같다고 말할 수 있다. (2) 나는 『불본행경』佛本行經을 보고 있는데, 그것의 의미 또한 『무함마드전』이나 『예수전』을 읽는 것과 같다. 불가에 귀의할 마음도 없고 사람들에게 부처의 행위를 배우라고 권유할 생각도 없다. 그런데도 펑 선생의 글에서는 나의 '처세술'이라고 말하고 있다. 비상하도다, 말재간이여! 나는 책상머리에 있는 『백유경』[13]을 자비출판한 아무개 선생을 그의 동지로 간주하지 않을 수 없다.

나는 전에 펑 선생에 대해 쓴 글에서 다소 짜증이 섞이기는 했어도 분명히 존경을 표시했다. 그런데 「헛방」에서 '양장의 악소'라고 나를 욕하는 것을 보고는 이빨 가는 소리가 들리는 듯했다. 나는 '악하다'고 해도 그에 상응하는 악한 소리로 보복할 정도로 악독하지 않다. 나는, 기존의 시를 빌려보겠다. "십 년 만에 깨달은 문단의 꿈, 얻은 것이라곤 양장의 악소라는 이름." 원래는 대수롭지 않은 일이었지만, 펑 선생에 대하여 나는 그가 후회하게 될 것이라고 생각한다. 오늘 「'헛방'의 오류 수정」을 읽었지만, 펑 선생이 말한 '근거 없는 생사람 잡기, 억측하기, 응석 피우기, 모른 척하기'는 자신의 '복사판'으로 되돌려 주는 것이 딱 좋겠다는 생각이다.

덧붙임 : 『다완바오』의 그 두 제목은 결코 내가 붙인 것이 아니다. 나는 결코 '입장'이라고는 없었고, 뿐만 아니라 나로 말미암아 『장자』와 『문선』이 두 책이 말다툼거리가 되기를 원하지 않는다.

이상은 펑즈위 선생에 대한 답변이다(27일).

10월 31일, 11월 1일 『자유담』

주)_____

1) 원제는 「撲空」, 1933년 10월 23, 24일 『선바오』의 『자유담』에 실렸다.

2) 『다완바오』는 1933년 4월부터 『햇불』을 발행했으며 주편은 추이완추(崔晚秋)이다.

3) 『장자』의 「소요유」를 차용한 것이다.

4) 『안씨가훈』(顔氏家訓)은 북제(北齊)의 안지추(顔之推)가 지었다. 안지추는 남조(南朝) 양(梁)나라 사람이었으나 후에 선비족(鮮卑族) 정권인 북제(北齊)에 투항했다.

5) 의화권(義和拳)은 의화단을 가리킨다. 청말 북방의 농민, 수공업자, 도시 유민들로 구성된 자발적인 군중조직이다. 권단(拳壇)을 만들고 권봉술(拳棒術)을 연마하고 기타 미신적인 방식으로 민중을 조직했다. 처음에는 '반청멸양'(反淸滅洋)을 주장했으나 나중에는 '부청멸양'(扶淸滅洋)으로 바꾸어 외국대사관을 공격하고 교회를 불태웠다. 1900년에 연합군과 청정부의 공조로 진압되었다.

6) 스저춘은 『다완바오』의 답안을 요청하는 표의 '목하 읽고 있는 책'이라는 난에 『문학비평의 원리』(*The Principles of Literary Criticism*; 아이버 리처즈Ivor Armstrong Richards 지음)와 『불본행경』(佛本行經)을 써 넣었다.

7) 「귀심편」(歸心篇)은 『안씨가훈』에 나온다. 주지는 '내(佛), 외(儒) 양교가 본래부터 일체이다'는 것을 설명하는 것이며, 불교에 대한 비판과 회의에 대하여 설명을 가한 것으로 편말에는 인과응보의 사례를 들었다.

8) 펑쯔카이(豊子愷, 1898~1975). 저장 퉁샹(桐鄕) 사람, 미술가이자 산문가.

9) '양장'(洋場)은 상하이의 조계지처럼 외국인이 많이 사는 곳을 가리킨다. 루쉰은 「과거에 대한 그리움 이후(상)」에서 몰락한 청대에 대한 충성을 맹세한 '유로'와 다를 바 없는 청년들을 '유소'라고 비판했다. 이 글에서는 '유소'에서 한 걸음 더 나아가 '악소'(惡少)라고 지칭하고 있는데, 이는 양장에서 생활하며 서양물이 든 악한처럼 구는 젊은이, 구체적으로 스저춘을 비판하는 말이다. 루쉰은 '유로'에서 '유소', 다시 '유소'에서 '악소'로 언어유희를 절묘하게 구사하고 있다.

10) 원제는 「推薦者的立場—『莊子』與『文選』之論爭」.

11) 원제는 「「撲空」正誤」.

12) 원제는 「突圍」.

13) 『백유경』(百喩經)은 상가세나(Saṅghasena, 僧伽斯那)가 지은 것으로 일반대중에게 불교적 가르침을 주기 위하여 교훈적 우화를 모은 책이다. 제목에는 100가지 비유라고 했으나 실제로는 98편이다. 남조시대 그의 제자 구나브리티(Guṇavṛddhi, 求那毘地)가 중국어로 번역했다. 1926년 왕핀칭(王品靑)이 교정하여 『치화만』(痴花鬘)이라는 제목으로 상하이 베이신서국에서 출판했다. 루쉰은 이 책의 '제기'를 써 주었다. 후에 「『치화만』제기」라는 제목으로 자신의 문집인 『집외집』(集外集)에 수록했다.

'함께 보냄'에 대한 답변[1]

펑즈위

며칠 전 「헛방」을 쓴 뒤로 『장자』와 『문선,』 따위에 대하여 다시는 말하고 싶은 생각이 없었다. 그런데 그 이튿날 『자유담』에 스저춘 선생이 쓴 「리례원黎烈文 선생께 보내는 편지」가 나에게도 '함께 보낸' 것이므로 다시 몇 마디 하지 않을 수가 없다. 나의 세 가지 항목에 대한 스 선생의 반박에 수긍할 수 없기 때문이다.

(1) 스 선생은 말했다. "일부 신청년들이 구사상을 가지고 있을 수 있고, 일부 구형식도 새로운 내용을 담을 수 있다"고 한다면 자신과 같은 '유소 무리 중의 마디마디'의 구사상도 묻어 두고 말하지 않아도 되고, 또한 『장자』 같은 고문을 쓰는 것도 무방하다고 말했다. 물론, 그렇게 쓰려고 한다면 그것도 '무방하다'고 할 수 있고, 우주는 결코 이로 말미암아 파괴되지 않는다. 하지만 나는 요즘 청년들이 백화를 내버리고 따로 『장자』를 숙독하여 그러한 문법을 배워 문장을 써야 할 필요는 정말 없다고 생각한다. 묻어 두고 말하지 않는 것에 대해서는 물론 그럴 수도 있지만, 그렇더라도 그것을 언급하는 것이 뭐가 문제가 되겠는가? 스 선생은 청년들의

졸직한 문법과 적은 어휘, 그리고 나의 「과거에 대한 그리움」에 대하여 기꺼이 "묻어 두고 말하지 않는" 것은 아니지 않는가?

(2) 스 선생은 '어휘로 선비를 선발하는 것'과 청년들에게 『장자』와 『문선』을 보라고 권하는 것에는 '강요하기'와 '바치기'라는 구분이 있다고 하며 나의 비교가 결코 옳지 않다고 했다. 그런데 나는 스 선생이 국어교사 시절 학생들의 작문에 대하여 『장자』의 문법과 『문선』의 어휘가 많이 포함된 글을 가작佳作이라고 했는지, 그리고 편집인이 된 뒤로 그러한 작품을 우등으로 뽑았는지 잘 모른다. 만약 그랬다면, 다시 말해 스 선생이 '시험관'이었다면 내가 보기에는 『장자』와 『문선』으로 선비를 뽑으려 했을 것이다.

(3) 스 선생은 루쉰의 말[2]을 또 거론했다. 첫째, 루쉰이 "중국책을 덜 보면 그 결과는 작문을 못하는 것일 따름이다"라고 말한 적이 있으므로 작문을 잘하려면 중국책을 더 보아야 한다는 것을 인정한 것이라고 했다. 둘째, "……나는 만약 옛것을 가지고 놀고 싶다면 임시방편으로 장지동의 「서목답문」에 근거하여 실마리를 찾아보는 것도 괜찮다고 생각한다"라고 한 말인데, 이를 근거로 청년들이 고서를 읽는 것을 반대한 적이 없음을 알 수 있다고 했다. 이것은 스 선생이 때와 환경을 무시한 해석이다. 루쉰이 그 말을 하던 때는 바로 많은 사람들이 백화문을 짓고자 한다면 고서를 읽지 않으면 안 된다고 말하던 시절이었으므로 인용한 구절은 그들을 겨냥해서 한 말이다. 이를테면, 설령 그들이 말한 것과 같다고 하더라도 작문을 못하는 것일 따름일 뿐이고, 그런데 고서를 읽는 것은 작문을 못하는 것의 해악보다 훨씬 크다는 뜻이다. 두번째 인용한 구절은 분명 구문학을 연구하는 청년들을 대상으로 한 것이므로 스 선생이 청년 일반을 언급

하는 것과는 대단히 차이가 있다. 중국의 상고문학사를 연구하자고 한다면 『역경』과 『서경』을 반드시 보아야 하지 않겠는가?

사실 스 선생은 그가 도서목록을 채워 넣을 때 내가 추측한 것과 달리 그렇게 엄숙하게 하지 않았다고 말했는데, 이 말은 진실인 듯하다. 우리 한번 생각해 보자. 만약 삼가 명령을 받든 청년 후학들이 각고의 고생 끝에 『장자』의 문법과 『문선』의 어휘로 『논어』, 『맹자』, 『안씨가훈』의 도덕을 드높이는 문장을 쓴다면 "이것이 어찌 우스꽝스러운 일이 아니겠는가".

그런데 나의 「과거에 대한 그리움」[3]은 엄숙하게 쓴 글이다. 결코 "군중들을 더 모으"려고 한 것도 아니고, 또한 스 선생이 『화개집』과 그 속편 및 『거짓자유서』를 추천하지 않아서 화가 났기 때문도 아니다. 학생 시절에 점수를 덜 받았다거나 혹은 투고한 원고를 몰수당해서 지금 이를 핑계로 사사로운 원한을 갚고자 하는 다른 '동기'가 있어서 쓴 글은 더더욱 아니다.

10월 21일

[비고]

리례원 선생께 보내는 편지 — 펑즈위 선생께도 함께 보냄[4]

스저춘

례원 형

그날 전차에서 너무 급하게 만났습니다. 나는 민주사民九社 서점으로 마음에 들었던 책을 사러 가야 했기 때문에 왕자사王家沙에서 내렸습니다. 그런데 그 책은 가격이 맞지 않아 사지 않았습니다. 공연히 당신과 얼마 동안이라도 더 이야기할 기회를 놓쳐서 마음이 아주 편치 않습니다.

『장자』와 『문선』'의 문제에 관하여 나는 정말이지 더 이상 무슨 이야기를 하고 싶지 않습니다. 애당초 『다완바오』 편집부가 보내온 표에 도서목록을 채워 넣을 때 펑 선생의 의견에서 보여 준 것처럼 그런 엄숙함을 가지고 있지 않았습니다. 나는 청년들에게 반드시 이 두 권의 책을 읽어야 한다고 말한 것도 아니고, 또한 모든 청년들이 다만 이 두 권의 책만을 보아야 한다고 말한 것도 아니고, 또한 다만 이 두 권의 책만을 추천하고 싶다고 말한 것도 아닙니다. 신문 부간의 편집인은 이를 빌려 새로운 스타일을 보태고자 했을 터이고, 표를 채워 넣은 사람도 대부분은 우연히 이런 책은 보아도 괜찮겠다고 떠오른 것들을 편하게 썼을 것입니다. 써 넣은 내용이 이렇게 큰 문자 분규를 일으킬 것이라고 미리 알았더라면, 『다완바오』 편집인 추이완추 선생이 나한테 절을 했더라도 쓰지 않았을 것입니다. 오늘 『파도소리』 제40기에 실린 차오쥐런 선생이 내게 보낸 편지를 보았는데, 마지막 구절이 이렇습니다. "이 두 권의 책보다 더 청년에게 이로운 책은 없습니까? 감히 묻겠습니다." 이 질문은 울지도 웃지도 못하게 진실했습니다. (차오쥐런 선생의 편지는 태도가 아주 진지하므로 나는 그에게 답신을 보낼 생각입니다. 그것은 『파도소리』에 실릴 것 같은데 당신도 한번 보아 주시기 바랍니다.)

펑즈위 선생에 대하여 나도 더 이상 그의 노여움을 사고 싶지는 않습니다. 하지만 그가 「과거에 대한 그리움(상)」에서 쓴 세 가지 별도의 말에 대해서는 의견이 있습니다.

(1) 펑 선생은 말했습니다. "일부 청년들은 구사상을 가질 수 있고, 일부 구형식도 새로운 내용을 담을 수 있다." 그렇습니다. 신청년마저도 구사상

을 가질 수 있을진대, 그렇다면 나 같은 '유소 무리 중의 마디마디'가 구사상을 가지고 있다고 해도 묻어 두고 말하지 않을 수 있을 것 같습니다. 구형식에도 신내용을 담을 수 있다면『장자』같은 고문을 쓰는 것도 무방할 것 같습니다. 그것의 내용이 어떠한지만 보면 되는 것이지요.

(2) 펑 선생은 내가 청년들에게『장자』와『문선』을 볼 것을 권유한 것과 시험관을 하면서 어휘로 선비를 선발하는 것 사이에 어떤 구분이 있는지 이해할 수 없다고 말했습니다. 사실 분명 구분이 있습니다. 전자는 한 개인의 의견을 청년들에게 바친 것일 뿐 수용하고 안 하고는 청년들의 자유로운 선택에 달려 있습니다. 하지만 후자는 계급의 전체(주: 관리 계급을 가리킨다)를 대표하므로 청년 전체에게 어휘를 써 넣으라고 강요하는 것과 흡사합니다(이 청년이 관리가 되고 싶지 않은 경우를 제외하고 말입니다).

(3) 루쉰 선생의 문장이『장자』와『문선』에서 나왔다고 말했다는데, 이는 정말로 우스꽝스러운 말입니다. 내 기억으로는 그런 말을 한 적이 없습니다. 나의 글에서 루쉰 선생을 예로 든 의도는 청년들이 고서에서 문학적 수양을 쌓기를 반대하지 않는 루쉰 선생에게 도움을 청하고 싶었기 때문입니다. 루쉰 선생은 지속적으로 청년들에게 외국 책을 많이 읽도록 권유했습니다만, 이것은 그가 외국 책 속에서 사상이 참신한 청년들을 길러낼 수 있다고 생각했기 때문입니다. 나처럼 청년들의 글짓기라는(혹은 문학적 수양을 말하는) 입장에서 생각한다면 루쉰 선생은 청년들이 고서를 읽는 것을 반대한 적이 없습니다. 두 가지 증거를 들어 보겠습니다. 하나는 "중국책을 덜 보면 그 결과는 작문을 못하는 것일 따름이다"(『화개집』)라고 말했습니다. 여기에서 루쉰 선생도 작문을 잘하기 위해서는 중국책을 더 보아야 한다는 것을 인정했음을 알 수 있습니다. 그런데 여기에서 말하는 중

국책은 내용으로 보았을 때 백화문 책을 가리키는 것은 아닌 것 같습니다. 둘째, "나는 항상 질문을 받게 된다. 문학을 하려면 무슨 책을 보아야 하느냐고? …… 나는 만약 옛것을 가지고 놀고 싶다면 임시방편으로 장지동의 「서목답문」에 근거하여 실마리를 찾아보는 것도 괜찮다고 생각한다"(『이이집』)라고 했습니다.

지금 나는 여기에서 '멈추어야' 한다고 생각합니다. 『다완바오』 부간의 편집인에게 편지를 보낸 적이 있습니다. 펑즈위 선생을 존중하는 호의에서 두 권의 책을 청년들에게 소개하기를 허락해 달라고 부탁했습니다. 차오쥐런 선생에게 보낼 편지를 쓰는 것 말고는 『장자』와 『문선』의 문제에 대하여 내가 하고 싶은 말은 없습니다. 『자유담』 지면에서 벌어진 몇 차례의 문자 논쟁을 본 적이 있는데, 싸우면 싸울수록 노여움만 가중시키고 원래의 주제에서 멀어지고 심지어 나중에는 참가자의 동기가 의심스럽기까지 했습니다. 나 자신이 저도 모르게 소용돌이 속으로 말려 들어가고 싶은 생각은 없으므로 더 이상 아무 말도 하고 싶지 않습니다. 엊저녁 기존의 게송을 모방해 보았습니다.

이쪽도 잘잘못이 있고, 저쪽도 잘잘못이 있어
오로지 시비관是非觀이 없어야, 시비에서 벗어나기를 바랄 수 있을지니

어디 전서篆書를 쓰는 사람이 있는지요? 멋들어지게 써 달라고 부탁하여 흰 벽에 붙여 두고 싶습니다.

스저춘 올림(19일)

10월 20일 『선바오』의 『자유담』

주)_____

1) 원문은 「答“兼示”」, 1933년 10월 26일 『선바오』의 『자유담』에 발표했다.

2) 앞 구절은 루쉰의 『화개집』(華蓋集)의 「청년필독서」(靑年必讀書)에, 뒷구절은 『이이집』
(而已集)의 「독서 잡담」(讀書雜談)에 나온다.

3) 원문은 '懷舊'로 되어 있으나, 「과거에 대한 그리움(感舊)」, 즉 「33년에 느낀 과거에 대
한 그리움」(重三感舊)이라고 해야 한다.

4) 원제는 「致黎烈文先生書——兼示豊之余先生」.

중국 문장과 중국인[1]

위밍余銘

최근 아주 좋은 번역서 한 권이 출판되었는데, 가오번한高本漢[2]이 지은 『중국어와 중국 문장』이 그것이다. 가오번한 선생은 스웨덴 사람으로 성은 본래 칼그렌이다. 그의 '성씨'가 가오가 된 까닭은 무엇인가? 그것은 두말할 것 없이 중국화하였기 때문이다. 그는 확실히 중국어문학에 대해 아주 커다란 공헌을 했다.

그런데 그는 중국인에 대해서 더욱 많이 연구한 것 같다. 이런 까닭으로 그는 문언을 아주 숭배하고 중국 글자를 숭배하고 중국인에 대해서도 빠뜨릴 수 없다고 생각했던 것이다.

그는 말했다.

최근 ── 주 : 가오씨의 이 책은 1923년 런던에서 출판했다 ── 몇몇 잡지에서 백화를 시험 삼아 사용했지만 큰 성공을 거두지 못했다. 이로 말미암아 '자신들이 문언신문을 이해하지 못한다는 것을 풍자적으로 보여주고 있다!'라고 여긴 다수의 정기구독자들의 분노를 산 것 같다.

서양 각국에도 연기 도중 수시로 여러 가지 '즉흥 익살'을 삽입하는 광대들이 많고, 문서 인용을 남발하는 작가들이 많다. 하지만 사람들은 이런 것들을 열등한 방식이라고 생각한다. 그런데 중국은 정반대로 절묘한 문아文雅이고 탁월한 재주를 보여 주는 부분으로 생각한다.

중국 문장의 "모호한 부분에 대하여 중국인들은 이 때문에 어려움을 느끼지 않을 뿐만 아니라 도리어 그것을 기꺼이 장려한다."

그런데 가오 선생 본인은 이로 말미암아 굴욕을 당할 만큼 당했다. "이 책의 저자는 친애하는 중국인들과 대화를 나누면서 저자에게 한 말은 완전히 이해할 수 있었지만 중국인들 간에 대화를 나눌 경우 거의 한 마디도 이해하지 못했다." 이는 물론 '친애하는 중국인'들이 그가 상류사회의 말을 이해하지 못한다는 것을 '풍자적으로 보여 주'고 있는 것이다. 왜냐하면 "중국에 온 외국인은 조금만 주의하면 자신이 보통사람들의 언어를 잘 알고 있다고 하더라도 상류사회의 대화에 대해서는 여전히 오리무중임을 느낄 수 있기" 때문이다.

따라서 그는 다음과 같이 말했다. "중국 문자가 아름답고 사랑스러운 귀부인 같다고 한다면, 서양 문자는 쓸모는 있지만 아름답지 않은 천한 하녀 같다."

아름답고 사랑스럽지만 쓸모가 없는 귀부인의 '탁월한 재주'는 '익살 삽입'의 모호성에 있다. 이것은 서양 최고의 학자로 하여금 기껏해야 중국의 보통사람에 필적하게 만들고 상류사회에 기어오르려는 생각을 그만두게 한다. 이렇게 해서 우리는 '정신적으로 승리했다'. 이 승리를 유지하려면 절묘하고 문아한 어휘가 있어야 할 뿐만 아니라 게다가 풍부하기까지

해야 한다! 5·4 백화문운동이 '커다란 성공을 거두지 못한' 원인은 대체로 상류사회에서 그들이 문언을 이해하지 못함을 풍자적으로 보여 주는 것을 두려워한 데 있다.

그럼에도 불구하고 "이쪽도 잘잘못이 있고, 저쪽도 잘잘못이 있다"라고 했거늘, 우리들은 역시 조금은 모호한 것이 좋다. 그렇지 않으면 도리어 어려움을 감수해야 한다.

10월 25일

주)_____

1) 원제는 「中國文與中國人」, 1933년 10월 28일 『선바오』의 『자유담』에 발표했다.
2) 버나드 칼그렌(Bernhard Karlgren, 1889~1978). 스웨덴의 중국어학자. 1909년에서 1912년 사이에 중국에 머무르며 중국어 음운학을 연구했다. 『중국어와 중국 문장』은 1923년 영국에서 출판되었고, 장스루(張世祿)의 번역으로 1931년 상우인서관에서 출판했다.

야수 훈련법[1]

위밍

최근에 극히 유익한 강연이 있었다. 하겐베크 서커스단[2] 사장 사바데가 중화학예사 3층에서 우리에게 '어떻게 동물을 훈련시키는가'에 대해 강연했다. 아쉽게도 나는 방청할 수 있는 복이 없었고 그저 신문에서 기사를 보았을 뿐이다. 그런데 기사만으로도 인상적인 말이 충분히 많이 있었다.

무력과 주먹으로 야수에 맞서거나 압박할 수 있다고 생각하는 사람이 있지만, 그것은 틀렸다. 이것은 과거 야만인들이 야수에 맞서던 방법일 뿐이기 때문이다. 요즘 훈련방법은 결코 그렇지 않다.

요즘 우리가 사용하는 방법은 사랑의 힘으로 인간에 대한 동물의 믿음을 얻는 것이고, 사랑의 힘과 따뜻한 마음으로 그것들을 감동시키는 것이다.……

이런 말들은 게르만인의 입에서 나온 것이기는 하지만 우리 성현들의 고훈古訓과도 십분 부합한다. 무력과 주먹으로 맞서는 것은 이른바 '패도'霸道이다. 그런데 "힘으로 사람을 복종시키는 것은 마음으로 복종시키는 것이 아니"[3]므로, 문명인들은 '왕도'王道로 '믿음'을 얻어야 한다. "백성이 믿지 않으면 서지 못한다."[4]

그러나 '믿음'을 갖게 된 야수는 재주를 부려야 한다.

조련사는 동물들의 믿음을 얻은 다음에야 훈련시키는 일을 할 수 있다. 첫 걸음은 동물들로 하여금 앉는 곳, 서는 곳의 위치를 분명히 알도록 만든다. 그런 다음에 그것들로 하여금 뛰게 하고, 서게 할 수 있다.……

야수 훈련법은 목민牧民과도 통한다. 따라서 우리 선조들도 백성을 다스리는 위대한 인물을 가리켜 '목'[5]이라고 불렀던 것이다. 그런데 '목'이라는 것은 소나 양을 가리키는데, 야수에 비해 겁약하므로 전적으로 '믿음'에 기댈 필요는 없으며 주먹을 함께 사용해도 무방하다. 이것이 바로 허울 번드르르한 '위신'이다.

'위신'으로 다루는 동물은 '뛰고, 일어서는' 것으로는 충분하지 않다. 끝내는 털, 뿔, 피, 고기를 바치지 않으면 안 되고, 최소한 날마다 소젖, 양젖 같은 젖이라도 짜내야 한다.

그런데 이것은 고대의 방법일 뿐, 현대도 포괄할 수 있다고 생각하지 않는다.

사바데의 강연 후 '동방의 쾌락'과 '제기차기'[6] 등과 같은 여흥이 있었다고 한다. 신문에서 상세하게 보도하지 않아 내막은 알 길이 없다. 알려 주었더라면, 생각건대, 아마도 아주 의미가 있었을 듯하다.

10월 27일

1) 원제는 「野獸訓練法」, 1933년 10월 30일 『선바오』의 『자유담』에 발표했다.

2) 독일의 야수 조련사 하겐베크(Carl Hagenbeck, 1844~1913)가 만든 서커스단. 사바데
(R. Sawade, 1869~1947)는 독일의 야수 조련사. 1933년 10월 27일 『선바오』의 보도에
따르면, 10월 26일 오후 중화학예사(中華學藝社)에서 강연한 사람은 하겐베크 서커스
단의 베게너(A. Wegener)였고 사바데는 연로함을 이유로 강연하지 않았다고 한다. 중
화학예사는 재일 중국학생들이 조직한 학술단체이다. 1916년 일본 도쿄에서 만들었
고, 원래 이름은 병진학사(丙辰學社)였으나 상하이로 옮긴 후에 중화학예사로 이름을
바꾸었다. 『학예』 잡지를 발행했다.

3) 『맹자』의 「공손추상」(孔孫丑上)에 "힘으로 사람을 복종시키는 것은 마음으로 복종시키
는 것이 아니므로 힘으로는 충분하지 않다"라는 말이 나온다.

4) 공자의 말로서 『논어』의 「안연」(顏淵)에 나온다. 송대 형병(邢昺)은 "나라를 다스림에
믿음을 잃어서는 안 되고, 믿음을 잃으면 나라가 서지 못한다"라고 주석을 달았다.

5) 『예기』의 「곡례」에 "구주(九州)의 장이 천자의 나라로 들어가면 목(牧)이라고 불린다"
라고 했다. 고대에 '구주'의 장관을 목이라고 불렀다. 한대부터 일부 조대에서 목이라는
관직을 설치하기도 했다.

6) 1933년 10월 27일 『선바오』의 보도에 따르면, 베게너의 강연이 끝난 뒤에 영화를 상영
하여 흥을 돋우었다고 한다. 상영된 것 가운데는 「동방의 쾌락」(東方大樂), 「추민이의
제기차기」(褚民誼踢毽子) 등의 단편영화가 있었다고 한다. 추민이(褚民誼, 1884~1945)
는 본명은 밍이(明遺), 자는 충싱(重行), 저장 우싱(吳興) 사람. 동맹회 초기 회원이었다.
후에 일본 정부와 결탁했다는 이유로 국민당 정부에 의해 사형을 당했다. 그는 『대중건
강』(大衆健康)이라는 잡지를 창간하여 '국술(國術)의 대중화·과학화'를 주장하는 동시
에 민간에 전해 오는 전통체육이라고 할 수 있는 제기차기와 연날리기 등을 활성화하
고자 했다.

되새김질¹⁾

위안건元艮

'『장자』와『문선』'에 관한 논의에 대하여 일부 간행물은 이 문제를 연구할 필요가 있는지를 직접적으로 제기하지 않고 일찌감치 다른 문제를 걸고 넘어졌다. 그들은『문선』을 반대하는 사람들부터가 고문을 짓고 고서를 읽은 적이 있다고 조소하고 있다.

이것은 정말 대단하다. 소위 "그대의 창으로 그대의 방패를 공격한다"²⁾라는 것일 터이다. 미안하다, '고서'가 또 나와 버렸다!

감옥에 가 본 적이 없는 사람이 어떻게 감옥의 진상을 알 수 있는가. 부호를 따라가거나 혹은 자신이 부호라면 미리 전화를 넣어 둔 다음에 감옥을 구경하면 된다. 이렇게 하면 아주 온화한 간수와 영어로 자유자재로 대화할 수 있는 죄수³⁾를 만나게 될 뿐이다. 만약 자세히 알고자 한다면 반드시 옛날에 간수였거나 석방된 죄수를 만나야 한다. 물론 그들은 여전히 나쁜 버릇이 남아 있기도 하지만, 사람들에게 감옥에 들어가서는 안 된다는 그들의 충고는 모범감옥의 교육과 위생이 얼마나 완비되어 있고 가난뱅이 집보다 아주 많이 좋다고 하는 따위의 명사라고 하는 사람들의 말보다 훨씬 믿을 만하다.

그런데 감옥물에 담근 적이 있는 사람들은 감옥이 나쁘다고 말하지 않는다고들 한다. 간수나 수감자는 모두 나쁜 사람이고 나쁜 사람은 유익한 말을 하지 않기 때문이다. 좋은 사람이 감옥이 좋다고 말해야만이 비로소 유익한 말이라는 것이다. 『문선』을 읽어 보고 쓸모없다고 말하는 것은 『문선』을 읽지도 않고도 쓸모가 있고 볼만하다고 말하는 것보다 못하다고 한다. '『문선』 반대'를 반대하는 여러 군자들의 대다수는 물론 읽었겠지만 아직 읽지 않은 사람도 있다. 여기에서 예 하나를 들어 보기로 한다. "『장자』를 나는 4년 전에 읽었지만 당시에는 완전히 이해하지는 못했다……『문선』은 전혀 본 적이 없다"라고 하면서, 그런데 그는 결미에서 "욕조의 물이 더러워졌다는 이유로 어린 아기조차도 쏟아 버려야 한다는 뜻이라면 우리들은 감히 찬동할 수 없다"[4]라고 말했다. 그는 물 속의 '어린 아기'를 보호하고자 하면서도 '욕조의 물'은 본 적이 없다.

5·4운동 당시 문언보호자들은 무릇 백화문을 쓸 수 있는 사람은 모두 문언문을 쓸 수 있으므로 고문도 읽어야 한다고 말했다. 요즘 고서보호자들은 고서를 반대하는 사람도 고서를 보고 문언문을 쓴다고 말한다. 참으로 우스꽝스러운 주장이다. 영원한 되새김질에도 불구하고 구토를 하지는 않는다. 아마도 정녕 『장자』를 꿰뚫고 있기 때문일 것이다.

11월 4일

1) 원제는 「反劍」, 1933년 11월 7일 『선바오』의 『자유담』에 발표했다.

2) 『한비자』의 「난세」(難勢)에 다음과 같은 이야기가 나온다. "창과 방패를 파는 사람이 있었는데, 방패의 견고함을 자랑하며 어떤 것도 뚫을 수 없다고 하다가, 돌연 창을 자랑하며 '내 창의 날카로움은 어떤 것도 뚫지 못하는 것이 없다'라고 했다. 사람들이 응대해서 말하기를 '그대의 창으로 그대의 방패를 뚫으면 어떠한가?'라고 했다. 이에 그 사람은 대답할 수 없었다."

3) 후스(胡適)가 한 말이다. 루쉰은 『거짓자유서』의 「'광명이 도래하면……'」("光明所到……")에서 『쯔린시바오』(字林西報)에 게재된 2월 15일자 '베이징 통신'을 인용하고 있다. 그 내용은 후스가 감옥을 참관하면서 영어를 할 줄 아는 죄수를 만났다는 것이다.

4) 1933년 10월 24일 『다완바오』의 『횃불』에 실린 허런(何人)의 「나의 의견」(我的意見)에 나온다.

후덕함으로 돌아가다[1]

루쉰 羅憮

양장洋場에서 미워하는 여자에게 강산[2]을 뿌리는 일은 이미 자취를 찾아보기 어렵다. 미워하는 변호사에게 오물을 뿌리는 풍조는 겨우 두 달 정도 지속되었다. 가장 오래가는 것은 유언비어를 만들어 미워하는 문인을 중상하는 일이다. 내 생각에 늘리지 않고 줄여서 말한다고 해도 이런 일은 벌써 여러 해 되었다.

　양장에는 원래부터 할 일 없는 사람이 적지 않았다. '바이샹 밥을 먹'어도 살아갈 수 있으므로 하물며 이따금 마작 몇 번 하는 사람은 말할 필요도 없다. 아낙네가 속닥거리며 심심풀이해서는 안 된 적이 언제 있었던가? 내가 바로 유언비어 전문잡지를 즐겨 보던 사람 중 하나이다. 그런데 내가 본 것은 유언비어가 아니라 유언비어 작가의 수단이었다. 그가 어떤 독특한 환상, 어떤 색다른 묘사, 어떤 음흉한 모함, 어떠한 요리조리 피하는 본색을 가지고 있는지를 살펴본다. 유언비어 날조에도 재능이 필요하다. 그의 날조가 비상하다면 나는 그의 재주를 아낄 것이다. 설령 날조한 것이 나 자신에 대한 유언비어라고 하더라도.

그런데 아쉽게도 대개는 이런 재능이 없다. 유언비어문학 작가들은 아직도 '남우충수'[3]하고 있는 실정이다. 이것은 결코 나 한 사람의 사견은 아니다. 무슨 문단이야기에 관한 소설도 유행하지 않고 무슨 외사外史도 계속되지 않는 것[4]으로 보아 사람들 대다수가 고개를 젓고 있음을 알 수 있다. 이래저래 이야기해도 결국은 늘 같은 타령이므로 기억력이 나쁘더라도 자꾸 듣다 보면 지겨워지기 때문이다. 계속하고 싶다면 재능이 있어야 하고, 재능이 없으면 무대 아래 사람들이 흩어지므로 다른 연극으로 호객해야 한다.

예를 들어 보자. 이전에 「살자보」[5]를 공연했으면, 이번에는 반드시 '주인어른, 예, 예, 예!'거리는 「삼낭교자」[6]여야 한다.

그런데 문단도 사실 연극계만큼이나 과연 차츰 '민심이 후덕함으로 돌아간'[7] 지 오래되었다. 어떤 잡지는 자체 성명을 내거나 책임자를 바꾸기까지 하면서, 과거 "작가의 비사秘史를 게재한 것은 비록 그것이 문단의 미담이라고 하더라도 충후忠厚함에 해가 된다. 앞으로 본 간행물은 이런 원고를 싣지 않는다.……과거에 한 말에 대한 책임은……일괄적으로 책임을 지지 않는다"[8]라고 했다. '충후'를 위해서 '미담'을 희생한 것은 애석하지만 존경할 만하다.

더욱 존경할 만한 것은 책임자를 바꾼 일이다. 결코 그들의 "일괄적으로 책임을 지지 않는다"를 존경하는 것이 아니라 그들의 철저함을 존경하는 것이다. 옛날에는 '도살 칼을 내려놓고 그 자리에서 성불한' 사람이 있었다고 하지만, '관인官印을 내려놓고 그 자리에서 염불하'다가 결국에는 '염주를 내려놓고 그 자리에서 관리가 된' 사람도 있었기 때문이다. 이러한 놀음은 그야말로 이미 천하에 큰 믿음을 주기에는 충분하지 않고, 다른 사람들에게 맡기는 것도 조금 난감하다.

그런데 더욱 난감한 것은 독자들에게 호소하기에는 유언비어문학이 충후문학보다 훨씬 용이하므로 모름지기 재능이 더욱 많은 작가가 있어야 한다. 그런데, 한동안이라도 이러한 작가를 찾는 것이 쉽지 않으면 그 간행물은 빛을 잃게 되기 마련이다. 내 생각에는 예전의 익살꾼 얼처우二丑를 데려와 긴 수염을 달고 라오성老生 역을 하도록 하는 게 좋겠다. 이렇게 하면 잠깐이라 하더라도 특별하고 재미있을 것 같다.

11월 4일

부기 : 이 글은 발표하지 못함.

이듬해 6월 19일에 적다

주)_____

1) 원제는 「歸厚」, 발표되지 못했던 글이다.
2) 강산(强酸). 질산, 황산 등 부식성이 강한 액체의 속칭.
3) 『한비자』의 「내저설」(內儲說)에는 다음과 같은 이야기가 있다. "제나라 선왕(宣王)은 사람들로 하여금 위(竽; 피리의 일종)라는 악기를 연주하게 하였는데, 반드시 300명이 함께 연주하도록 했다. 남곽(南郭) 처사는 왕을 위하여 위를 연주하겠다고 청하자 선왕이 기뻐하여 수백 명에 해당하는 녹봉을 주었다. 선왕이 죽고 민왕(湣王)이 제위에 올랐다. 민왕은 한 사람 한 사람 각각 연주하는 것을 좋아했는데, 이에 처사는 도망을 갔다." '남우충수'(濫芋充數)는 여기에서 비롯된 성어로서 재능 없이 머릿수만 채우고 있는 것을 뜻한다.
4) '문단이야기 소설'과 '외사'(外史)는 문화계 인사들을 빗대어 쓴 작품을 가리킨다. 예컨대 장뤄구(張若谷)의 『파한미』(婆漢迷), 양춘런(楊邨人)의 『신유림외사』(新儒林外史; 제1회만 썼다) 등이 있다.

5) 「살자보」(殺子報)는 음란한 장면과 잔인한 살인을 표현한 구극. 과부 서(徐)씨와 승려의 사통, 자식을 죽이고 시체를 훼손하는 장면 등이 묘사되어 있다.

6) 「삼낭교자」(三娘敎子)는 절개를 가르치는 구극. 설광(薛廣)이 위해를 당했다는 소문에도 불구하고 그의 첩 삼랑이 절개를 지키며 아들을 길러 마침내 봉고(封誥)를 받았다는 이야기. '주인어른'(老東人)은 극 중에서 하인 설보(薛保)가 주인 설광을 칭하는 말이다.

7) 『논어』의 「학이」에 "증자가 가로되 '장례는 삼가며 치르고 제사는 추모의 마음을 다하면 민덕이 후덕함으로 돌아간다(民德歸厚)'라는 말이 나온다.

8) 『미언』(微言) 제1권 제20기(1933년 10월 15일)는 '개편광고'를 실어 원래 설립자 허다이(何大義) 등 8명은 이미 본 간행물과 관계를 끝냈으며, 제20기부터 첸웨이쉐(錢唯學) 등 4명이 계속해서 잡지를 만든다고 발표했다. 이와 더불어 그들 4인의 '광고'(啓事)가 실렸는데, 여기에 인용한 구절은 '광고'에 나오는 말이다.

난득호도[1]

쯔밍子明

전서篆書를 쓰자고 말하는 사람이 있어서인지 정판교[2]의 '난득호도'難得
糊塗라고 새긴 도장이 떠올랐다. 들쭉날쭉하게 새긴 이 네 글자의 전서는
명사名士의 근심스러운 기분을 잘 표현해 주고 있다. 여기에서 목각 따위
의 '놀이'를 하는 것도 꼭 '개인 사정일 뿐'이 아닌 것처럼 도장 새기기와
전서 쓰기에도 일정한 풍격을 반영한다는 것을 족히 알 수 있다. '변종'과
'요괴'가 전서를 쓰면 '요상과 변질'을 머금게 된다.

　　그런데 풍격, 정서, 경향 따위는 사람에 따라 다를 뿐만 아니라 사건
에 따라 다르고 시대에 따라 다르다. 정판교는 '난득호도'라고 했지만 사
실 그는 바보인 척하고도 남는 사람이었다. 요즘은 "벼슬을 구하다 얻지
못해도 슬퍼할 것이 못 되고, 은거를 하려다 몸을 숨길 땅을 찾지 못해도
천하의 지극한 슬픔이 아니지 않는가"[3]라고 하는 시대가 도래했으므로
정녕 바보가 되려고 해도 될 수가 없다.

　　바보주의, 무無시비관[4] 등등은 본래 중국의 고상한 도덕이었다. 그것
을 해탈이나 달관으로 말할 수도 있을 터이나 꼭 그런 것은 아니다. 그것

은 사실 도덕에서의 정통, 문학에서의 정종正宗 따위와 같이 무언가를 고집하고 견지하는 것이다. 바보주의, 무시비관은 마침내 다음과 같은 말을 했다. 도덕은 공맹孔孟에 '불가의 응보설'(노장은 다른 장부에 기록)을 더해야 하는데, 아무개가 불교의 영향에 대하여 '야박'하게 평가하는 것은 바로 '유가를 위해서 정통 다툼을 하려'는 것이고 원래 동선사의 삼교동원론⁵⁾은 벌써부터 정통이 되었다고 말한다. 문학은 어떠한가? 난삽한 글자와 사조를 사용하고 섬농한 작품⁶⁾이어야 한다. 게다가 신문학 작품에 대하여 그들은 '신문학과 구문학의 경계를 부인하'고, 대중문학은 '확실히 찬성'함에도 불구하고 그것은 문학 중의 '곁가지'라고 한다.⁷⁾ 정통과 정종이 분명하기 때문이다.

인생의 권태에 대해서는 결코 바보가 아니다! 살아가는 삶이 이미 그토록 '궁핍'하므로 청년들에게 '불가의 응보설', 『문선』, 『장자』, 『논어』, 『맹자』 속에서 수양을 추구하도록 바란다. 차츰 수양은 보이지 않고 글자만 남게 되었다. "자연의 경물, 개인의 감정, 궁실의 건축……따위는 『문선』류 책에서 찾아 사용하는 것도 괜찮다."⁸⁾ 예전에 옌지다오嚴機道는 모某 고서에서 — 아마도 『장자』일 것이다 — '야오니'么匿⁹⁾라는 두 글자를 찾아서 Uint를 번역했다. 고아할 뿐만 아니라 음과 뜻이 모두 통한다. 하지만 훗날 통용된 것은 '단웨이'單位였다. 노老 옌 선생은 이런 종류의 '어휘'를 아주 많이 만들었으나 대체로 부활해서 돌아올 도리는 없는 것 같다. 그런데도 요즘 "한漢 이후의 단어, 진晉 이전의 글자에다 서방 문화가 데리고 온 글자와 단어를 연달아 이어 붙여 우리의 빛나는 신문학을 성공시킬 수 있다"¹⁰⁾고 여기는 사람도 있다. 이 빛이 글자와 어휘에만 발한다고 한다면 그것은 온몸을 구슬과 보배로 휘감은 옛 무덤 속의 귀부인과 같을 것이다. 인생이란 연달아 이어 붙여 연주하고 있는 것이 아니라 창조하고 있는 것이다. 수천 수백만의 살아 있는 사람이 창조하고 있는 것이다. 가증스러운 것은 인생이란 그토록 근심스럽고 소란스러운 것인데, '몸을 숨길 땅을 찾지 못한' 몇몇 사람들이 글자와 단어 속으로 도망쳐서 '시비에서 벗어나기'를 바라면서도 그렇게 하지 않는다는 것이다. 정말 전서를 쓰고 싶다면 도장이나 새기시구려!

11월 6일

주)⎽⎽⎽⎽⎽

1) 원제는 「難得糊塗」, 1933년 11월 24일 『선바오』의 『자유담』에 발표했다. '난득호도'는 '바보인 척하기 어렵다'는 뜻으로 청대 서화가이자 문학가였던 정판교가 편액에 쓴 유명한 글귀이다.

2) 정판교(鄭板橋, 1693~1765). 이름은 섭(燮), 자는 극유(克柔), 호가 판교. 장쑤 싱화(興化) 사람, 청대 문학가이자 서화가이다.

3) 장타이옌(章太炎)이 우쭝츠(吳宗慈)가 편집한 『여산지』(廬山志)에 쓴 「제사」(題辭)에 나온다. 이 「제사」는 1933년 9월에 쓰고 같은 해 10월 12일 『선바오』의 『자유담』에 발표했다.

4) '무시비관'(無是非觀)은 옳고 그름을 따지지 않는 태도를 가리키는 것으로 『장자』와 『문선』 논쟁에서 스저춘(施蟄存)이 한 말이다.

5) 동선사(同善社)는 도가 조직의 하나. '삼교동원론'(三教同源論)은 유불도 삼교가 뿌리가 같다고 주장하는 것이다.

6) '사조'(詞藻)는 시문에서 쓰는 이해하기 어려운 어휘를 가리키는 말이고, '섬농'(纖穠)은 사공도(司空圖)의 『이십사시품』(二十四詩品)에 나오는 비평어로서 날씬하고 통통한 것이 잘 어울린다는 것이며 비례의 아름다움을 뜻하는 말이다.

7) 스저춘의 「포위망 뚫기」(突圍)의 네번째 글인 '차오쥐런에게 답하며'(答曹聚仁)에 나오는 말이다. 1933년 10월 30일 『선바오』의 『자유담』에 나오며, 원문은 다음과 같다. "나는 되도록 쉬운 문자로 대중에게 읽을거리를 제공해 주는 대중문학에 찬성한다. 하지만 그것은 문학의 곁가지이다."

8) 스저춘의 「포위망 뚫기」의 다섯번째 글인 '즈리에게 답하며'(答致立)에 나오는 말이다. 1933년 10월 30일 『선바오』의 『자유담』에 나오는데, 원문은 다음과 같다. "적어도 많은 자연의 경물, 개인의 감정, 궁실의 건축, 그리고 어떤 특정한 상황에서 사용하는 명사와 형용사 따위는 『문선』류의 책에서 찾아 사용하는 것도 괜찮다."

9) 영어 unit의 음역. 옌푸(嚴復)는 영국 스펜서의 『사회학 연구』(群學肄言) 제3장 「비유의 기술」(喩術)에서 "사회라는 것은 퉈두(拓都)라고 하고, 하나라는 것은 야오니(么匿)라고 한다"라고 했다. 옌푸는 스스로 「번역 뒤의 말들」(譯餘贅語)에서 예를 들어 가면서 다음과 같이 설명했다. "대개 만물은 전체와 부분이 있지 않음이 없다. 전체라는 것은 퉈두인데 취안티(全體)라고 번역하고, 부분은 야오니라고 하는데 번역어는 단거(單個)이다. 붓은 퉈두이고 털은 야오니이다. 밥은 퉈두이고 쌀알은 야오니이다. 국가는 퉈두이고 백성은 야오니이다." '퉈두'는 영어 'total'의 음역이다.

10) 스저춘 「포위망 뚫기」의 네번째 글 '차오쥐런에게 답하며'에 나온다.

고서에서 살아 있는 어휘 찾기[1]

뤄우

고서에서 살아 있는 어휘를 찾기란 말로는 할 수는 있어도 해낼 수는 없다. 고서에서는 한 글자도 찾아낼 수 없다.

여기에 『문선』을 읽을 수 있는 청년' 즉, 중학생 가운데 몇 명이 있다고 치자. 그가 『문선』을 펼쳐 일념으로 살아 있는 글자를 찾는다 해도 거기에 있는 글자들이 벌써 죽은 것임을 분명히 깨닫게 된다는 것은 말할 것도 없다. 그런데 그는 글자들의 생사를 어떻게 분별하는가? 대개는 자신이 이해하는지를 기준으로 삼을 수밖에 없다. 그런데 육신주[2]를 보고 나서 이해하는 글자는 포함시켜서는 안 된다. 왜냐하면 그것은 애당초 죽은 시체였으나 육신을 경유하여 그의 머릿속으로 들어가 비로소 산 사람이 되는 셈이고, 설령 그의 머릿속에서 부활했다고 하더라도 『문선』을 읽을 수 있'기 전의 '청년'의 눈에는 아무래도 죽은 놈이기 때문이다. 따라서 그는 모름지기 백화문을 보아야 한다.

그러하다면 주석을 보지 않고도 이해할 수 있는 것, 이것이 바로 살아 있는 어휘이다. 그런데 어떻게 주석을 보기도 전에 이해할 수 있다는 것인가? 언젠가 다른 책에서 보았거나 아직까지도 응용되는 어휘이므로 이해할 수 있는 것이다. 그렇다면 『문선』에서 무엇을 찾을 수 있다는 것인가?

그런데 스 선생은 궁전 따위를 묘사하고자 할 때 쓰임새가 있다고 말한다. 이 말은 정말 옳다. 『문선』에 수록된 많은 부賦들은 궁전을 이야기한 것이며, 뿐만 아니라 무슨 전각을 대상으로 하는 부도 있다. 한진漢晉 시대의 역사소설을 쓰려고 한다든지 당시의 궁전을 묘사하고자 하는 청년이라면 『문선』을 찾아보는 것은 아주 당연하다. 뿐만 아니라 '사사'四史 『진서』3)류도 반드시 보아야 한다. 그런데 뽑아낸 벽자僻字들이 시체를 건져올린 것에 불과한데도 '부활'이라는 이름을 붙여 신비화시켜 말한다. 만일 묘사 대상이 청대의 고궁이라면 『문선』과의 인척관계는 지극히 미미하다.

청대의 고궁도 묘사할 생각이 없으면서 노력을 그토록 광범위하게 들일 작정이라면, 그것은 정녕 헛수고라고 하기에도 부족함이 있다. 왜냐하면 『역경』과 『의례』4)도 있기 때문이다. 여기에 있는 어휘들은 주나라의 점사와 혼인상제의 대사를 묘사할 때 쓰임이 있으므로, 또한 '문학 수양의 근거'로 간주할 필요가 있다. 이렇게 해야 비로소 훨씬 '문학청년'의 모양다울 것이다.

11월 6일

1) 원제는 「古書中尋活字彙」, 1933년 11월 9일 『선바오』의 『자유담』에 발표했다.

2) 『문선』의 주석에는 당대 이선(李善)의 주석과 여연제(呂延濟), 유량(劉良), 장선(張銑), 여향(呂向), 이주한(李周翰) 등 5인의 주석이 있다. 이를 모두 합하여 '육신주'(六臣注)라고 한다.

3) '사사'(四史)는 『사기』, 『한서』, 『후한서』, 『삼국지』를 칭하는 말이며, 『진서』(晉書)는 당대 방현령(房玄齡) 등이 지은 진나라 역사를 기술한 기전체(紀傳體)의 역사서이다.

4) 『의례』(儀禮)는 『예경』(禮經)이라고도 하며, 유가의 경전이다. 춘추전국시대의 예의제도에 관한 자료를 모은 책이다.

문호를 '협정하다'[1]

펜촉이라면 날카로워야 하고 뚫을 수도 있어야 한다. 협소한 언로는 이제 활로가 없는 것 같고, 따라서(이 구절은 게재될 당시 '다른 곳을 뚫고 들어가지 못했다') 하릴없이 문예잡지의 광고의 과장에 대하여 앞으로 나가 한 번 찔러 보고자 한다.

　　잡지의 광고를 일독해 보면 필자 개개인이 모두가 문호이고 중국 문단도 정녕 천길만길 비추는 불꽃 같지만, 다른 한편으로 홍, 홍, 콧소리를 불러들인다. 그런데 평생의 저술을 명산에 숨겨 두고 고고학 팀의 발굴을 기다리는 작가는 이미 오래전에 사라졌다. 스스로 짓고 새겨 얇은 책으로 묶어서 벗들에게 보내는 시인도 만나기 어려워진 지 오래되었다. 요즘은 지난주에 쓴 원고를 다음 주 신문에 싣고, 지난달에 오려 붙여 다음 달에 책으로 출판한다. 대개는 고작 원고료 때문이다. 필자들이 주린 배를 부여안고 사회를 위한 봉사에 몰두한다고 말한다면, 아마도 말하면서 얼굴이 붉어질 것이다. 원고료가 필요한 사람을 비웃는 고사高士라고 하더라도 그것을 조소하는 그의 글도 역시나 원고료를 요구하기 마련이다. 그런데 물론 달리 봉급이 나오거나 부인의 지참금에 기대서 살아가는 문호는 이런 부류에 속하지 않는다.

대체적으로 말하면, 그것의 뿌리는 글로 돈을 산다는 데 있다. 따라서 상하이의 각양각색의 문호가 '협정'에서 비롯된 것은 "이미 오래된 일이고, 하루아침에 생긴 일이 아니다"[2]는 것이다.

상인들은 원고를 인쇄하고 나면 광고를 내는데, 봉건이 득세하면 필자를 봉건문호라고 하고 혁명이 진행되는 시기면 혁명문호라고 하는 식으로 일군의 문호들을 봉한다. 다른 상인의 책이 인쇄되면 그 필자는 결코 진짜 봉건문호도 진짜 혁명문호도 아니고, 이편이야말로 진짜 물건이라고 또 다른 광고를 내면서 일군의 문호들을 봉한다. 또 다른 상인은 각종 광고 논쟁을 모아 인쇄하고 필자 한 명의 비평을 덧붙여 새 문호를 배출한다.

모든 배역들을 결합시키는 방법도 있다. 시인 몇 명, 소설가 몇 명, 비평가 한 명이 협상하여 무슨 무슨 사社를 세워 저편의 문호를 타도하고 이편의 문호를 치켜세우는 광고를 낸다. 결과는 언제나 일군의 문호들을 봉할 수 있다는 것이고, 이것도 일종의 '협정'이다.

대체적으로 말하면, 그것의 뿌리는 글로 돈을 산다는 데 있다. 그러므로 훗날의 책값이야말로 문호들의 진짜 가치를 보여 준다. 80% 할인, 한 꾸러미에 5자오角도 단언하기 어렵다. 그러나 예외도 있다. 가게를 팔아넘기고 작품을 헐값으로 판다고 해도 문호들이 결코 막다른 길에 이른 것은 아니다. 그들은 벌써 '기어올라 가' 대학에 들어가고 관리가 되었으므로 이러한 디딤돌이 필요 없어진 것이다.

11월 7일

주)＿＿＿＿

1) 원제는 「"商定"文豪」, 1933년 11월 11일 『선바오』의 『자유담』에 발표했다.
2) 원문은 '久已夫, 已非一日矣'인데, 이는 불필요한 말을 반복하는 옥상옥(屋上屋) 형식의 상투적인 팔고문을 모방한 것이다. 청대 양장거(梁章鉅)의 『제의총화』(制義叢話) 권24에 "이미 오래된 일이로고, 수천 년 수백 년 된 것으로 하루아침에 이루어진 것이 아니다"라는 구절이 나온다.

청년과 아버지[1]

듣자 하니 '유럽풍의 동점東漸을 개탄하기 시작한 이래'[2] 중국의 도덕이 나빠졌다고들 한다. 특히 요즘 청년들은 왕왕 아버지를 무시한다는 것이다. 이것은 커다란 문제인 것 같다. 왜냐하면 몇 가지 사례를 보고 아버지는 청년에 비하여 간혹 확실히 아주 쓰임새가 있고 아주 이로운 점이 있다고 느껴졌기 때문이다. 겨우 '문학 수양'에 도움이 되기에 족한 것만은 아니다.

옛 문장 한 편 ——무슨 책에 나오는지는 잊어버렸다——은 우리에게 다음과 같은 이야기를 들려준다. 일찍이 장생불로의 방법을 가진 한 도사는 스스로 벌써 백 살이 넘었다고 말했으나, 보기에는 스무 살 안팎처럼 '관옥같이 아름다웠다'. 어느 날 이 살아 있는 신선이 연회장에 귀한 손님으로 참석했다. 홀연 수염과 머리카락이 모두 하얗게 센 늙은이가 와서 신선에게 돈을 달라고 하자 신선은 욕을 하며 그를 내쫓아 버렸다. 사람들이 의아해하자 이 살아 있는 신선은 개탄하면서 말했다. "그 사람은 내 아들이라오. 걔가 내 말을 듣지도 않고 도를 닦으려고도 하지 않았소이다. 지금 보시오. 예순도 안 된 것이 그렇게 꼴사납게 늙어 버렸다오." 사람들은 물론 아주 감동했다. 그런데 훗날 마침내 그 사람이 실은 도사의 아버지였음을 알게 되었다는 것이다.[3]

또 한 편의 새로운 글——양(楊) 아무개의 고백[4]——은 우리에게 다음과 같은 이야기를 들려준다. 그는 뜻 있는 선비로 학설이 아주 정확하며 빈말을 하지 않을뿐더러 실천하는 사람이다. 그런데 어처구니없이 고생하는 어떤 지방의 노인네 모습을 보고 자신의 아버지가 떠올랐다. 자신의 이상이 실현된다고 하더라도 그의 부친은 대감마님이 될 수 없고 예나 다름없이 고생해야 한다. 이리하여 더욱 정확한 학설을 깨달은 그가 기존의 이상을 버리고 효자가 되었다는 것이다. 만약 부모가 일찍 죽었더라면 그의 학설이 이처럼 완벽하고 훌륭해질 수 있었겠는가? 이것이야말로 청년에 대한 아버지의 이로운 점이 아니겠는가?

그렇다면 아버지를 일찍 여읜 청년들은 방법이 없다는 것은 아닌가? 나는 그렇지 않다고 생각한다. 그들도 생각해 볼 방법이 있다. 바로 옛 책을 찾아보는 것이다. 또 다른 한 편의 글——무슨 책에 나오는 글인지는 잊어버렸다——은 다음과 같은 이야기를 들려준다. 거지생활을 하는 한 노파에게 홀연 대부호가 다가와서 그녀가 오랫동안 헤어졌던 자신의 모친이라고 말했다. 노파는 잘못인 줄 알면서도 내친김에 노마님 노릇을 했다. 후에 그녀의 아들이 딸을 시집보내려고 노마님과 함께 금붙이를 사러 장신구점에 갔다. 아들은 노마님이 예전부터 마음에 들어 하던 것을 부인에게 가지고 가서 보여 주고, 다른 한편 노마님더러는 계속해서 골라 보라고 부탁했다. 허나 아들은 이때부터 사라지고 없었다는 것이다.[5]

그런데 이 이야기는 살아 있는 신선 이야기를 본뜬 듯도 하고 반드시 구체적인 물건이 있어야 쓸 수 있는 방법이다. 단순히 고백 따위를 해보는 것이라면 실제로 아버지가 있든지 없든지 그리 커다란 관계가 없다. 예전에 '허군공화'[6]를 주장한 사람이 있었으므로, 지금 '무친효자'無親孝子가 있는 것이 어찌 문제가 되겠는가? 장쭝창[7]은 공자를 아주 존경하는 사람이다. 어쩌면 그의 저택에도 꼭 '사서'와 '오경'이 있는 것은 아닐 터이다.

11월 7일

주)_____

1) 원제는 「青年與老子」, 1933년 11월 17일 『선바오』의 『자유담』에 발표했다.

2) 청말 문인들의 문장에 자주 등장하는 상투어로 '유럽풍의 동점'은 서방 문화가 중국으로 들어오는 것을 뜻한다.

3) 도사의 장생불로에 관한 이야기는 『태평광기』(太平廣記) 28·29권에서 오대(五代) 한(漢) 왕인유(王仁裕)의 『옥당한화』(玉堂閑話)를 인용한 데 나온다. 내용은 다음과 같다. "창안의 번성이 끝날 즈음 한 도사가 있었다. 단사(丹砂)의 비법을 깨달아 얼굴이 약관처럼 보이는데 스스로 300여 살이라고 하여 서울 사람들이 모두 그를 부러워했다. 물건을 팔아 단사를 구하고자 이런저런 도움을 청하는 사람들이 문전성시를 이루었다. 조정의 선비 몇몇이 순번대로 한참 먹고 마시고 있을 때 문지기가 '젊은 분이 시골에서 와서 뵙자고 합니다'라고 했다. 도사는 화를 내며 그를 질책했다. 손님들이 그것을 듣고 말하기를 '아드님이 먼 곳에서 왔으니 한번 보시는 것도 괜찮을 듯합니다'라고 했다. 도사가 빈축을 사게 되자 이에 말하길 '들어오게 하라'라고 했다. 돌연 수염과 머리카락이 은백색이고 늙고 허리 굽은 늙은이가 앞으로 와서 절했다. 절을 마치자 중문으로 들어온 것을 질책하며 앉아 있는 손님들에게 '아들 자식이 미욱하여 단사를 복용하려 하지 않아서 이 지경이 되었습니다. 100살도 안 됐지만 이처럼 말라비틀어져서 마을에서 벌써부터 손가락질 당하고 있습니다'라고 천천히 말했다. 앉아 있던 손님들은 더욱 그를 신비하게 여기게 되었다. 나중에 친지에게 사사로이 물어보는 자가 있었는데, 이에 허리 굽은 사람이 그의 아버지라고 대답했다. 도술을 좋아하는 사람은 그것에 미혹되면 어린아이처럼 쉽게 속게 된다."

4) 양춘런(楊邨人)이 『독서잡지』(讀書雜誌) 제3권 제1기(1933년 2월)에 발표한 「정당생활의 참호를 떠나며」(離開政堂生活的戰壕)를 가리킨다. 내용은 이렇다. "나 자신을 되돌아보면 아버지는 나이가 많았고 집은 가난했으며 동생은 어렸다. 반평생을 떠돌이 생활하느라 한 가지 일도 이룬 것이 없다. 혁명은 언제나 성공할 수 있을까. 나의 가족들은 현재 굶주린 시체가 되어 하루를 넘기기 어려우니 장래에 혁명이 성공한다고 하더라도 상어(湘鄂) 서부 소비에트 지구의 상황으로 미루어 보면 나의 가족들은 굶주린 시체나 거지가 되는 꼴을 면하기 어려울 것이다. 아무래도 청산(靑山)이 아직 남아 있을 때 나의 가족이나 돌보아야겠다! 아픈 와중에 천만 번을 생각한 뒤에 마침내 이성적으로 중국공산당을 떠나야겠다고 판단했다."

5) 송대 진세숭(陳世崇)의 『수은만록』(隨隱漫錄) 권5 '첸탕유수'(錢塘游手) 항목에 비슷한 이야기가 있다. 루쉰은 1927년 일기에 덧붙인 「서유서초」(書牖書鈔)에 이 책을 인용하고 있다.

6) 신해혁명 뒤 캉유웨이는 상하이에서 『불인』(不忍) 잡지 제9, 10기 합간(1918년 1월)에 「공화평의」(共和平議), 「쉬 태부(쉬스창)에게 보내는 편지」(與徐太傅[徐世昌]書)를 발표했는데, 중국은 '민주공화'가 아니라 '허군공화'(虛君共和) 즉 군주입헌을 시행해야 한다고 주장했다.

7) 장쭝창(張宗昌, 1881~1932). 산둥(山東) 예현(掖縣) 사람. 베이양 펑계(奉系)군벌이다. 1925년 산둥 독군(督軍) 시절 공자를 존경하고 경전을 읽을 것을 주장했다.

후기

이 60여 편의 잡문은 압력을 받기 시작하면서, 작년 6월부터 다양한 필명으로 편집인 선생과 검열관 나리의 눈을 막아 가며 계속해서 『자유담』에 발표한 글이다. 그런데 금방 일부 '영감'이 탁월한 '문학가'의 떠벌리기 덕택에 속일 수 없는 상황이 되어 버렸다. 후각에 근거한 그들의 판단이 사실에 결코 부합하지 않는 적이 있기도 했다. 하지만 회개에 능하지 못한 나는 끝내 어디에도 몸을 숨기지 못하고 반년도 못 미쳐 더욱 심한 압력을 받게 되었다. 11월 초까지 끌고 오다가 하릴없이 펜을 멈추었으니 나의 필묵이란 것이 실은 지휘도 아래에서 용감히 나서는 가면 쓴 영웅들을 대적할 수 없음을 증명하고 말았다.

새로 쓰지 않고 예전 원고를 정리하여 연말에 한 권의 책으로 묶어 두었다. 당시에 삭제되거나 발표할 수 없었던 글도 덧붙였더니 분량으로 보자면 이전의 『거짓자유서』보다 좀더 많아졌다. 올 3월 중에 비로소 인쇄에 넘길 염이 들어 서문을 쓰고 느릿느릿 순서를 정하고 교정 작업을 시작했는데 어느새 다시 반년이 흘렀다. 펜을 멈추던 시기를 돌이켜 보니 벌써

1년이 넘었다. 시간은 정녕 나는 듯이 빠르다. 그런데 내가 두려워하는 것은 나의 잡문이 현재 혹은 심지어는 내년을 말하고 있는 듯하다는 점이다.

『거짓자유서』가 출판되던 때를 기억한다. 『사회신문』[1]에 내가 그 책을 출판한 본의가 전적으로 꼬리 즉, 「후기」 때문이라는 비평이 실렸다. 이것은 사실 오해이다. 나의 잡문은 늘 코 하나, 입 하나, 터럭 하나를 쓰고 있지만 그것들을 합하면 거의 한 가지 형상의 온전한 모습이 되므로 따로 무엇을 보태지 않아도 그럭저럭 쓸 만하다. 하지만 꼬리를 그려 넣으면 더욱 완전하게 보인다. 따라서 후기를 쓰려고 하는 까닭은 내가 펜을 놀리는 사람인지라 아무래도 펜을 놀리고 싶어 하는 게 있고, 이외에 이 책 속에 그려진 형상으로 하여금 더욱 완전한 구상具象이 되게 하려는 것일 따름이지 '전적으로 꼬리 때문'은 아니다.

내용도 예전처럼 사회적 현상 특히, 문단의 형편을 비판했다. 애써서 필명을 바꾸었기 때문에 처음에는 평안무사했다. 그런데 "강산은 바꾸기 쉬워도 품성은 바꾸기 어렵다"고 했듯이 나는 내가 결국은 안분지족할 수 없을 것임을 알고 있었다. 「서문의 해방」은 쩡진커와 부딪혔고 「호언의 에누리」는 장쯔핑을 거슬리게 했고 이외에도 부지불식중에 일부 위인들을 불쾌하게 만들었다. 그런데 「각종 기부금족」과 「등용술 첨언」을 쓴 뒤로 이 안건은 정말로 아주 시끄러워지고 말았다.

작년 8월 중에 시인 사오쉰메이 선생이 경영하는 서점에서 『십일담』[2]이 출판되었다. 이 시인은 제2기(20일 출판)에서 우쭐거리며 '문인무행'론을 들고 나와 문인을 다섯 종류로 분류한 다음 이렇게 결론지었다.

상술한 다섯 종류 외에도 물론 많은 다른 전형들이 있다. 그런데 그들이 문인이 된 까닭은 하나같이 먹을 게 없거나 먹을 게 있다고 해도 배부르게 먹지 못해서이다. 문인이 되는 것은 관리가 되거나 장사를 하는 것에 비할 수 없이 아무튼 얼마간의 밑천도 들지 않기 때문이다. 펜 하나, 먹 조금, 원고지 몇 장이 준비해야 할 모든 것이다. 밑천 안 드는 장사는 누구나 하고 싶어 하므로 문인이 많아진 것이다. 이로써 무직자가 문인 노릇을 한다는 것은 사실이다.

우리의 문단은 이런 문인조직으로 구성되어 있다.

그들은 직업이 없어서 문인 노릇을 하고 있으므로 그들의 목적은 여전히 직업에 있지 문인에 있는 것이 아니다. 그들은 문예잔치의 명의를 빌려 힘껏 중요한 인물을 끌어들이고, 문예잡지나 부간을 기반으로 힘껏 자신들을 위한 광고를 낸다. 이름이 알려지기를 추구할 뿐 수치는 살피지 않는다.

문인이 되면 곧 문인으로 간주될 것이고, 문인으로 간주되면 곧 더 이상 구할 만한 직업이 없어지게 된다. 이런 것들이 영원히 문단에서 소란을 피울 줄 누가 알았겠는가?

문인들 중에는 확실히 가난뱅이가 많다. 언론과 창작에 압력이 가해지면서부터 일부 작가들은 확실히 더욱 먹을 것이 없어졌다. 그런데 사오쉰메이 선생은 소위 '시인'이자 유명한 거부 '성궁바오'[3]의 손녀사위이므로 '이런 것들' 머리에 오물을 뿌린다 해도 너무 예사로운 일이라고 하겠다. 하지만 나는 문인 노릇이 어쨌거나 '대출상'大出喪과는 좀 다르다고 생각한다. 설령 한 떼거지 식객을 고용하여 징을 치며 길을 비키라고 소리친다고 해도 지나간 뒤에는 여전히 텅 빈 길이 남고, 또한 '대출상'에 못 미쳐도 수십 년이 흐른 뒤에 이따금 시정잡배들의 입에 오르내리기도 한다. 곤궁이 극해지면 글이 공교工巧로워질 수 없지만, 그러나 금붙이가 결코 문장의 싹은 아니다. 그것은 기껏해야 창장長江 연안의 논밭을 살 수 있을 따름이다. 그럼에도 부자들은 언제나 돈은 귀신도 부릴 수 있고 글쓰기에도 통한다고 오해한다. 귀신 부리기는 아마도 확실할 것이고, 어쩌면 신에게도 통할지도 모른다. 하지만 글쓰기에 통하는 것은 불가능한 법인데, 시인 사오쉰메이 선생의 시가 바로 증거이다. 나의 두 편의 글에는 명관明官은 양도할 수 있어도 문인은 양도할 수 없으며, 치맛바람으로 관직을 가져올 수는 있어도 치맛바람으로 문인이 되게 할 수는 없음을 말하는 단락이 있다.

그런데 도우미가 즉각 나타났다. 게다가 위풍당당한 『중앙일보』[4](9월 4일과 6일)에 실렸다.

사위 문제

루시如是

최근 『자유담』에 실린 두 편의 글은 사위에 대해서 말한 것이다. 한 편은 쑨융孫用의 「만족과 쓸 수 없음」滿意和寫不出이고 다른 한 편은 웨이쒀葦索의 「등용술 첨언」이다. 후자는 9월 1일에 실렸고 전자는 가지고 있지 않은데 대략 8월 하순에 실린 것 같다.

웨이쒀 선생은 "문단이 비록 '데릴사위를 맞이할 지경에 이르지는 않았다'고는 하더라도 사위는 문단에 오르려고 할 것이다"라고 말했다. '사위는 문단에 오르려고 한다'라고 한 뒷구절의 입론은 십분 공고하여 공격할 만한 흠결이 없다. 우리의 조부는 누군가의 사위이고 우리의 부친도 누군가의 사위이며 우리 자신도 불가피하게 누군가의 사위이다. 예컨대 오늘날 문단에서 '북면'北面하고 있는 루쉰, 마오둔茅盾 등도 누군가의 사위이다. 따라서 "사위는 문단에 오르려고 한다"라는 것은 문제되지 않는다. 그런데 "문단이 비록 데릴사위를 맞이할 지경에 이르지 않았다고 하더라도"라는 말은 실로 허무맹랑하다. 나는 문단에서 수시로 사위를 모집하지 않았다면 많은 중국 작가들이 지금은 모두 러시아의 사위가 되었을 것이라고 생각한다.

또 "부자 처가, 부자 부인을 둬서 지참금으로 문학의 밑천을 삼는 것이다……"라고 말했다. 아내의 지참금으로 문학의 밑천을 삼을 수 있는 사람이라면, 나는 존경해야 마땅하다고 생각한다. 아내의 돈으로 문학의 밑천을 삼는 것은 필경 아내의 돈으로 기타 모든 부정당한 일을 하는 것보다 낫기 때문이다. 하물며 만사에는 반드시 밑천이 있어야 하고 문학도 예외가 아님에 있어서랴. 돈이 없으면 인쇄비를 지불할 수도 없고 잡지와 문집도 출판할 수 없다. 따라서 서점 경영, 잡지 출판에는 모두 사사로이 모은 돈을 내야 하고, 아내의 돈 역시 사사로이 모은 돈의 일부이다. 하물며 신문사 사장의 친척인 것이 결코 죄악이 아닌 것처럼 부자의 사위가 된 것 역시 결코 죄악이 아님에랴. 해외에서 귀국한 신문사 사장의 친척이 할 일 없이 빈둥거리고 있으면 친척의 배경에 기대어 부간을 얻어 편집 일을 할 수 있는 것처럼 문학에 흥미가 있는 부자의 사위가 아내의 지참금으로 문학의 밑천을 삼는 것도 당연히 해서는 안 되는 일이 아니다.

'사위'의 만연

여우가 포도를 먹지 못하자 포도가 시다고 말하고, 자기가 부자 아내를 얻지 못하자 부자 처갓집을 둔 모든 사람을 질투하고 질투의 결과로 공격을 일삼는다.

누군가의 사위라는 이유로 문인이 될 수가 없단 말인가? 답은 물론 긍정이다. 그제 루시 선생이 본 신문에 발표한 「사위 문제」에서 말한 것처럼 오늘날 문단에서 가장 명성이 높은 루쉰, 마오둔 등도 한편으로는 문인이면서 다른 한편으로는 역시 누군가의 사위이다. 그런데 문인이면서도 누군가의 사위인 경우 이 사위는 꼭 가난한 처갓집을 둔 사람이어야 하는가, 아니면 부자 처갓집을 둔 사람이어야 하는가? 이 점에 대하여 노장 작가들은 아직 이렇다 할 주장을 내고 있지 않은 것 같으므로 필경 '부자로 치우치는지' 혹은 '가난뱅이로 치우치는지' 알 수가 없다. 그런데 『자유담』류의 기고자가 부자 처갓집을 가진 사위에 대하여 공격적인 태도를 취했으므로 우리는 최소한 부자 처갓집을 둔 사위는 더 이상 문단에 발을 디뎌서는 안 되는 것같이 느껴진다. '부자 처갓집을 둔 사위'와 '문인'은 마치 서로 충돌하고 양자택일해야 하는 것으로 생각된다는 것이다.

목하 중국에는 다음과 같은 현상이 있는 것 같다. 문인 개개인이 문단에서 노력한 성취는 살펴볼 필요가 없고 다만 부자 아내인지 가난뱅이 아내인지와 같은 문인 가정의 사사로운 일들을 구구절절이 따져 보는 것이다. 만약 당신이 오늘 서점을 하나 연다면 서점의 밑천이 아내의 지참금에서 나왔는지의 여부에 대하여 일부 눈매가 날카로운 문인들이 조사하고 알아보아서 이를 근거로 공격하고 조롱할지도 모른다.

나는 앞으로 중국의 문단은 반드시 다음과 같은 상황으로까지 진보할 것이라 생각한다. 천자경[5]표 고무신을 신은 자는 바야흐로 문단에 오르고, 가죽신을 신는 사람은 귀족계급에 속하므로 공격당하는 처지에 놓이게 될 것이다.

요즘 외국에서 돌아온 유학생들 가운데 실업자가 아주 많다. 귀국 이후 부간 편집 일을 하는 것은 결코 수치스러운 일이 아니고, 부간 편집 일이 친척관계에서 비롯된 것인지는 더욱 문제 될 것이 없다. 친척의 역할이란 원래부터 이런 데 있는 것이다. 문단 청소가 자신의 임무라고 자처하는 사람은 누군가 간혹 자기가 듣고 싶지 않은 말 한두 마디를 꺼내도 떼를 지어 반격하지만, 절대로 그렇게까지 할 필요는 없다. 늘 다른 사람이 미친 듯 짖어 댄다고 욕하는 사람이라면 자신은 절대로 미친 듯이 짖어 대는 대열에 들어가서는 안 되기 때문이다.

이 두 분의 필자는 모두 부잣집 사위 숭배자들이다. 그런데 루시 선생의 글은 평범하다. 그는 그의 조부, 부친, 루쉰, 마오둔을 외고 나서 마지막으로 '루쉰이 루블을 가졌다'라는 따위의 상투적인 말을 하고 있을 뿐이다. 익살의 고수로는 성셴 선생을 추천해야 한다. 그는 내가 도무지 생각도 못한 시인의 부인이라는 흥미로 이끌고 갔다. 연극에서 얼처우의 역할은 바람둥이로 하여금 추악함을 각별하게 드러나게 하는 것인데, 그가 사용한 것이 이런 화법이다. 나도 나중에 「'골계'의 예와 설명」에서 이를 인용했다.

그런데 사오의 저택에도 악랄한 모사꾼이 있었다. 금년 2월 나는 일본의 『가이조』[6] 잡지에 중국, 일본, 만주를 풍자하는 세 편의 짧은 입론을 발표했다. 그런데 사오씨는 '이번에 한 건 건졌다'고 여겼던 것이다. 달콤한 포도 시렁에서 생산한 『런옌』[7](3월 3일 출간)에서 그는 번역자와 편집인의 역할을 맡았다. 번역자는 내 글 가운데 「감옥을 말하다」를 번역하여 『런옌』에 투고하고 앞에는 '부가 설명', 뒤에는 '알림'을 덧붙였다.

감옥을 말하다

루쉰

방금 전 일본어 잡지 『가이조』 3월호를 읽으며 우리 문단의 노장 루쉰 옹의 잡문 세 편이 실려 있는 것을 보았다. 옹이 중국어로 발표한 단문에 비해 훨씬 뛰어나므로 그것을 번역하여 『런옌』에 기고한다. 아쉽게도 역자가 옹의 처소를 몰라 우치야마서점 주인 간조丸造 씨에게 물어보았으나 역시 잘 알지 못했다. 미리 번역원고를 씨에게 교정받지 못한 것을 유감스럽게 생각한다. 그럼에도 불구하고 삼가 옹의 이름으로 발표함으로써 원작을 존중하고자 하는 뜻을 나타내고자 한다.―역자 이노우에井上의 부가 설명

사람은 분명 사실의 계발로부터 새로운 각성을 하게 되며, 상황도 이로 말미암아 변화하게 된다. 송대에서 청조 말년에 이르기까지 장구한 세월 동안 오로지 성현을 대신해서 입론을 세우는 '팔고문'으로 인재를 선발하고 등용했다. 프랑스에 패배한 후에서야 비로소 이 방법의 오류를 알게 되고, 이리하여 서양으로 유학생을 파견하고 무기제조국을 설립하는 것을 수정의 수단으로 간주했다. 일본에 패배한 뒤로는 이것으로도 충분하지 않음을 깨닫고 이번에는 대대적으로 신식학교를 설립하였다.

이리하여 학생들은 매년 커다란 파란을 불러일으켰다. 청조가 멸망하고 국민당이 정권을 잡자 다시 오류를 깨닫고는 이를 수정할 수단으로 대대적으로 감옥을 만들었다.

국수國粹식 감옥은 자고로 각처에 존재했고, 청조 말년에는 서양식 감옥, 소위 문명감옥을 몇 개 지었다. 그것은 특히 중국에 여행 온 외국인들에게 보여 주기 위한 것으로 외국인과 교제하기 위하여 문명인의 예절을 배우도록 파견된 유학생과 같은 종류에 속하는 것이었다. 덕분에 죄수들은 비교적 좋은 대우를 받고 목욕도 할 수 있고 약간의 먹을거리도 얻을 수 있어서 아주 행복한 곳이 되었다. 뿐만 아니라 두세 주 전에는 정부가 인정仁政을 시행해야 하기 때문에 죄수들의 식량을 줄여서는 안 된다는 명령을 발표하였다. 앞으로 당연히 더욱 행복해질 것이다.

구식 감옥은 흡사 불교의 지옥을 본뜬 것 같은데, 따라서 죄수를 가둘 뿐만 아니라 그를 고생스럽게 만들어야 할 책임이 있었다. 가끔은 죄수 친척들의 금전을 짜내어 그들을 빈털터리로 만들 책임도 있었다. 더구나 누구라도 이를 당연하게 받아들였다. 당연하지 않다고 여기는 사람이 있으면 그는 바로 죄수를 도운 사람이 되고 범죄의 혐의를 받았다. 그런데 문명의 정도가 대단히 진보했다. 작년에는 죄수들을 매년 한 차례 귀가 조치하여 성욕을 해결할 기회를 주어야 한다는 매우 인도주의적 논리를 제창하는 관리가 있었다. 있는 그대로 말하자면 그가 죄수의 성욕에 대하여 특별히 동정해서가 아니라 결코 실행되지 않을 것이라는 계산이 있었기 때문에 특별히 소리 높여 말함으로써 자기가 관리임을 드러내 보였던 것이다. 그런데 여론이 심히 들끓기 시작했다. 모某 비평가는 그렇게 하다가는 사람들이 감옥에 대한 두려움이 없어지고 기꺼이 가려고 할 것임으로 세상의 인심을 위하여 크게 분노한다고 말했다. 그토록 교활한 관리와 달리, 성현의 가르침을 이토록 오랫동안 받았으므로 사람들을 안심시키고 죄수에 대해서는 학대하지 않을 수 없다는 신념을 이로써 보여 주고 있다고 하겠다.

다른 한편으로 생각해 보면 감옥은 안전제일을 표어로 삼는 사람들의 이상향과 흡사한 측면이 있다. 화재도 덜 일어나고 도적도 들어가지 않고 토비도 결코 약탈하지 않는다. 전쟁이 일어나도 감옥을 목표로 폭격하는 바보는 없고, 혁명이 일어나도 죄수를 석방하는 사례가 있을 뿐 학살하는 일은 없다. 이번에 푸젠福建이 독립할 때 죄수들이 출소한 뒤 의견이 다른 사람들의 행적이 묘연해졌다는 풍설이 있다고들 하지만, 이러한 사례는 예전에 못 보던 것이다. 요컨대 감옥이 아주 나쁜 곳 같지는 않다. 식솔들과 함께하는 것을 허락한다면, 설령 지금이 수재, 기황, 전쟁, 공포의 시대가 아니라고 하더라도 거주지 변경을 요구하는 사람이 결코 없지는 않을 것이다. 따라서 학대는 필요한 것이리라.

적화를 선전했다는 이유로 난징의 감옥에 수용된 놀렌스[8] 부부는 서너 차례 단식을 했지만 아무런 효과도 없었다. 이것은 그들이 중국의 감옥 정신을 이해하지 못했기 때문에 빚어진 일이다. 자기가 단식하는 것이 다른 사람들과 무슨 관계가 있는지 매우 의아하다고 말한 관리도 있었다. 인정仁政과 관계가 없을 뿐만 아니라 단체급식을 절약할 수 있으므로 감옥 측으로서는 유리한 일이었던 것이다. 간디 놀음은 장소를 제대로 고르지 않으면 실패로 귀결되기 마련이다.

그런데 이렇게 거의 완미完美한 감옥에도 한 가지 결점은 있다. 예전에는 사상에 관련된 사건에는 그리 유의하지 않았던 것이다. 이러한 결점을 보완하기 위하여 근자에 들어서 '반성원'反省院이라는 특수감옥을 새로 발명하여 교육을 시행하고 있다. 나는 그곳에 들어가서 반성을 해본 적이 없기 때문에 저간의 사정에 대해 상세히 알지 못하지만, 요약하면 죄수들에게 수시로 삼민주의를 강의하고 그들의 잘못을 반성하도록 만든다는 것이다. 뿐만 아니라 공산주의 배격에 대한 논문을 쓰기도 해야 한다. 쓰려 하지 않거나 써내지 못하면 물론 평생토록 반성하지 않으면 안 되고, 잘 쓰지 못해도 죽을 때까지 반성해야 한다. 목하 들어간 사람도 있고 나온 사람도 있지만 반성원은 다시 새로 지은 것도 있으므로 어쨌거나 들어간 사람이 더 많다. 시험을 마치고 나온 양민良民들도 간혹 만날 수 있는데, 대개는 하나같이 위축되고 야윈 행색으로 아마도 반성과 졸업논문에 심신을 모두 소진한 탓일 것이다. 그들은 전도에 희망이 없는 부류에 속한다.

　(이외에도 「왕도」와 「불」 두 편이 있는데, 편집인 선생이 쓸 만하다고 생각하면 다시 번역해서 투고할 생각이다. 역자 알림)

일본인의 성을 도용했지만 번역문은 그야말로 훌륭하지도 않고 학력은 사오씨 식객 전문 장커뱌오 선생 수준을 넘어서지 못한다. 그런데 애초부터 문장을 성실하게 번역할 필요가 없었다. 왜냐하면 중요한 것은 뒤에 나오는 편집인의 대답에 해당하는 것이기 때문이다.

편집인 주 : 루쉰 선생의 문장은 최근 검열의 대상에 올라 있다. 이 글은 일본어를 번역한 것이므로 군사재판을 피할 수 있었다. 그런데 우리가 이 원고를 싣는 목적은 글 자체의 아름다움이나 논의의 투철함 때문이

라기보다는 본국에서 쫓겨나 외국인의 권위의 비호 아래 쓴 논조의 사례를 들어 보기 위해서이다. 루쉰 선생의 문장은 원래 대단히 뛰어나서 궤변을 늘어놓아도 하나하나 사리에 맞게 말할 줄 안다. 그런데 이 글은 전체적으로 감정이 논의를 앞서고 날조가 실증보다 앞선다. 만약 번역문의 잘못이 아니라면 이런 태도는 사실 우리가 취할 바가 아니다. 이 글을 게재하는 것은 문화통제하의 호소의 한 종류를 보여 주기 위해서다. 「왕도」와 「불」 두 편은 앞으로 게재할 생각이 없다. 역자에게 전하건대, 절대로 투고하지 마시라.

"외국인의 권위의 비호 아래"라는 편집인의 말은 역자의 '우치야마 서점 주인 간조 씨[9]에게 물어'보았다는 말과 상응한다. 그리고 '군사재판'을 거론한 것도 편집인의 고도의 글쓰기로서 그 속에는 깊은 살기를 포함하고 있다. 나는 이들 부잣집 사냥개를 보고서 명말 권문세가에게 몸을 팔아 의탁한 무리들이 얼마나 음흉했는지를 더욱 깊이 알게 되었다. 그들의 주군인 사오 시인은 미국의 백인 시인을 찬양하는 글에서 흑인 시인을 폄하하며[10] "이런 시는 미국에서 벗어나지 못하고 잘해야 영어권을 벗어나지 못한다"(『현대』 5권 6기)라고 했다. 중국의 부귀한 사람과 그들의 사냥개의 눈에는 나도 흑인 노예에 못지않겠지만, 그러나 나의 소리는 중국을 벗어났다. 이것이 참으로 통탄스러운 것이다. 그러나 사실 흑인의 시도 역시 '영어권' 밖으로 걸어 나갔다. 미국의 부호와 그들의 사위 및 사냥개가 어찌할 수 없었던 것이다.

그런데 사냥개의 이러한 면모는 "루쉰 선생의 문장은 최근 검열의 대상에 올랐다"라고 나를 향하고 있을 따름이므로 당장 뺨 한쪽을 내어 주기만 하면 그들은 발바리보다 더 온순해진다. 이제 「'골계'의 예와 설명」에서 거론한, 작년 9월 20일 『선바오』의 광고를 인용해 보기로 한다.

『십일담』이 『징바오』를 향해 오해를 밝히고 유감을 표시한다

삼가 아룁니다 『십일담』 제2기 단평에 의연금 공고를 다룬 주치칭朱霽青의 글이 있었는데 이 글의 뒷단락에 『징바오』를 언급한 것은 오해이다 본 간행물의 단어의 잘못 사용으로 말미암아 『징바오』는 사오쉰메이 군을 대상으로 형사소송을 언급하게 되었다 생각건대 쌍방 모두 사회적으로 고명한 간행물이므로 상호 비방하는 이치는 없어야 한다 이는 장스자오章士釗 장룽江容 핑헝平衡 제군의 설명을 거쳐서 『징바오』의 완전한 양해를 얻었다 징바오가 스스로 소송을 철회했지만 특별히 성명을 게재하여 유감을 표시한다[11]

"쌍방 모두 사회적으로 고명한 간행물이므로 상호 비방하는 이치는 없어야 한다"라고 했는데, 여기서 '이치'라는 말은 아주 이상하다. 아마 '최근 검열의 대상에 오른' 간행물을 비방해야 한다는 뜻일 터이다. 황금으로 골수를 만든다고 해도 똑바로 설 수는 없다고 했는데, 여기에서 확실한 증거를 보았다.

'사위 문제'에 종이를 너무 많이 낭비했으므로 다른 안건으로 넘어가기로 하자. 그것은 바로 『장자』와 『문선』이다.

이 안건으로 오고 간 글은 본문에 수록해 두었으므로 더 이상 여러 말하지 않겠고, 다른 사람의 의견도 종이 절약을 위하여 오려 붙이지 않겠다. 당시 『십일담』은 온갖 수단을 발휘했는데, 만화가마저도 전투에 나섰

다. 천징성陳精生 선생의 「루쉰 옹의 피리」[12) 때문에 『파도소리』에서는 차오쥐런 선생과 약간의 논쟁을 야기한 작은 풍파가 일어났다. 그런데 논쟁이 미처 끝나기도 전에 『파도소리』는 금지되고 말았다. 복 있는 자에게는 언제나 영원히 행운의 별이 운명을 비추는 법이니…….

그럼에도 불구하고 시간은 인정사정없다. 소위 '제3종인', 특히 스저춘과 두헝 즉 쑤원[13)은 올해에 그들의 본래의 상판을 드러내고 말았다.

여기에서 이 책의 마지막 글을 거론하고자 한다. 폐단은 새로운 정전正典 사용하는 데서 나타났다.

듣자 하니, 요즘은 고전古典마저도 간혹 검열관에 의해 금지된다고 한다. 예컨대 작년까지는 진시황을 거론하는 것은 문제가 되지 않았고, 다만 새로운 정전을 사용하는 것은 작은 소동을 야기했다. 나의 마지막 글인 「청년과 아버지」가 양춘런楊邨人 선생(글을 발표할 당시에는 이름이 편집 선생에 의해 삭제되었지만)을 건드렸기 때문에 훗날 『선바오』 상하이 증간본 『탄옌』談言(11월 24일)에 빼어난 문장이 실리게 되었다. 그러나 자못 난해하다. 마치 내가 효자로 자처하면서 그의 효자 노릇을 공격하며 '우물에 빠뜨리'고 '돌을 던진다'라고 말하고 있는 것 같다.[14) 이 글은 우리의 '회개한 혁명가'의 표준 작품으로 버리기에는 아까우므로 삼가 전문을 기록하여 양 선생이 현대 '어록체' 작가의 선구임을 보여 주고자 한다. 또한 나의 「후기」의 여흥으로 간주할 수도 있을 터이다.

총명의 도

춘런邨人

며칠 전날 밤 세상사에 밝은 노인의 오두막을 방문했다. 오두막은 삼층

누각으로 거리를 향해 서 있었다. 전차가 철컹철컹, 기차가 칙칙폭폭, 시정의 혼잡함이 사람을 소란스럽게 해도 알지 못하니 엄연히 은사와도 흡사했다. 거처를 편히 여기고 깨달은 도가 심원했다. 노인이 가로되, "그대는 어쩐 일로 왔는고?" 대답하여 가로되, "감히 총명의 도를 여쭙고자 합니다." 대화에 주제가 생기자 문답이 이루어졌다.

"난해하도다, 총명의 도라! 공자 문하의 안회顔回 같은 현인은 한 모퉁이를 거론하면 세 모퉁이로 반응했으니, 공자는 그를 칭하여 총명이 과인過人하다고 칭했다. 금세에서는 한 모퉁이를 거론하면 세 모퉁이로 반응하는 사람은 도리어 총명하지 않은 사람일지어다. 그대가 총명의 도를 묻는 연유는 나 같은 늙은 장님을 곤란하게 하고자 함이냐?"

"아니에요, 아닙니다. 노인은 저의 의도를 오해하지 마십시오. 저는 결코 사변의 기술에 관하여 가르침을 청하고자 하는 것이 아닙니다. 저는 천성이 졸직하고 우둔하고 처세에 방편이 없어 종종 벽에 부딪히곤 합니다. 감히 처세에서 총명의 도에 관해 묻고자 함입니다."

"아하, 그대는 진실로 졸직하고 우둔한 자로고, 또 처세의 도를 묻다니! 대저 오늘날의 세상에서는 지자智者는 지혜를 보고 인자仁者는 인을 보나니. 계급이 부동不同하고 사상이 상이하니, 부자, 형제, 부부, 자매조차도 사상의 차이에 따라 가족 안에서도 각각 다른 견해를 주장한다. 비록 골육, 지친至親이라고 해도 괴리, 충돌하여 배치하는 법이거늘. 고대의 소위 영웅호걸은 각각 다른 군君을 섬겨 원수가 되고, 오늘날의 소위 지사혁명가는 각각 계급 때문에 무정하게 반목하고 심지어는 입장의 차이로도 골육, 지친이 가차 없이 때려 죽이기도 할지니. 세상에 영합해 이익을 얻는 일은 일시 성공할 수 있을지나 종국에는 세상에 서기 어려우니. 총명의 도는 실제로 이미 궁지에 몰렸소이다. 게다가 오로지 우둔하고 노둔한 무리들이 바야흐로 가없는 복을 누릴 수 있게 되었으니……"

"노老선생의 말씀은 구구절절 도리가 있고 이유도 충분합니다. 하지만, 정녕 총명의 도리는 없어졌단 말입니까?"

"그렇다고 하더라도 세상에 영합하여 이익을 얻는 도가 있기는 하오이다. 그대를 위하여 말해 보지요. 대저 세상에 영합하여 이익을 얻는 도라면 교활함에 있소이다. 그런데 교활함이 전문적인 학문이 된 지는 오래되었소. 서구 학문의 분과 가운데 소위 과학철학이라는 것이 있는데, 교활에 관한 학문은 실제로 교활학이라고 할 수 있소. 교활학은 대학교수의 강의 편성에 따라 크게 약간 장章으로 나누고 매 장은 약간 절節로 나누고 매 절은 약간 항項으로 나눌 수 있소. 고대를 인용하고 현재에 근거하여 중서中西를 합벽合璧하니, 이론의 심오함은 철학보다 깊고 인증의 방대함은 무릇 중외의 역사, 물리와 화학, 예술과 문학, 경상과 무역의 도리를 거론하고 있소. 유혹과 사기의 기술은 대개 필히 나열하고, 만상을 포괄하오. 대학예과에서 대학 4학년에 이르기까지의 강의는 겨우 그것의 천분의 일을 말할 수 있을 따름이외다. 대학 졸업에서 각 과목은 모두 합격해도 이 교활학만은 아무리 총명이 절정에 다다른 학생이라고 하더라도 합격할 수 없고, 대학교수 본인도 아마 그러한 것은 알아도 그렇게 되는 연유는 알지 못하니 배움의 어려움을 상상할 수 있을 것이오. 여余가 처세한 지 수십 년이 되어 정수리가 벗겨지고 수염이 하얗게 되었으니 세상 경험이 넓지 않다고 할 수 없고 배움이 많지 않다고 할 수 없소이다. 그럼에도 여가 교활학 강의를 편집하기 시작하고 겨우 제1장 중 제1절, 제1절 중 제1항을 편집할 수 있었을 따름이오. 이 제1장의 제1

절, 제1절의 제1항의 강목은 '순수행주'順水行舟[15]이외다. 즉 남들이 말하는 대로 말하고, 또한 남들이 좋아하는 것을 좋아하고 남들이 미워하는 것을 미워하는 것이 그것이오. 한 가지 예를 들어 보겠소. 예컨대 남들이 미워하는 사람이 효자, 소위 봉건종법사회 예교의 죄과 중 하나라고 칩시다. 그대는 비록 일찍이 아버지를 위하여 탕을 끓이고 약을 먹이고 의원에게 묻고 점을 치며 천성으로부터 어버이를 섬겼소이다. 그런데 세상은 천성으로부터 어버이를 섬긴 것을 두고 '효자'라는 이름을 끌어들여 비난하니, 오로지 청년들의 박수와 쾌재를 추구할 뿐 본심의 견해와 자신의 행동이 어떠한지는 관계치 말아야 하오. 비난을 받은 자는 시세의 유행 아래에서 백 가지 말로도 변론하지 못하고 변론하면 도리어 더욱 증거가 되어 이때부터 청년들은 북을 치며 공격을 가하고 사지는 피부도 온전하지 못할 지경이 되고 말 것이오. 그대의 승리는 보증수표를 가진 것일 뿐만 아니라 청년들은 지성至聖, 대현大賢으로 받들 것이고 소품집에 이 글 한 편이 있으면 해내에 성행하여 뤄양洛陽의 지가가 오를 것이니, 이리하여 명리를 겸수하게 되어 가없는 부귀를 누리게 될 것이외다. 제1장의 제1절, 제1절의 제2항은 '투정하석'投井下石이오. 여는 본래 한두 가지 알고 있으나 우물에 빠진 사람에게 돌을 던지는 사람에 대한 생각에 미치니 심한 두통이 생겨서 실제로 그것을 편집하고 싶은 마음은 없소이다. 그런데 교활학은 비록 총명의 도에 속하지만 실제로는 좌도방문左道旁門의 사도邪道이므로 그대가 실로 배우기에 족하지 않은 것이외다."

"노선생께서 말씀하시고 생각하시는 바는 아주 도리가 있습니다. 요즘 사회에는 이런 학문을 문 두드리는 벽돌로 삼아 뒤섞여 밥을 먹는 사

람이 정녕 적지 않습니다. 그들도 그야말로 곳곳에서 순조로이 명리를
겸수하고 있습니다. 하지만 나는 졸직하고 우둔한 사람인지라 배우고자
해도 배우지 못할 것 같습니다."

"오호라! 그대는 총명의 도를 구하고자 하면서 그것을 배우려 하지
않는구려. 비록 취할 만한 것이라고 하더라도, 하지만 벽에 부딪히게 되
는 것도 당연하도다!"

이날 저녁 세상사에 밝은 노인에게 도를 물었으나, 돌아오니 여전히
예전의 나였다. 오호라!

그런데 우리 역시 일률적으로 '오호라'를 감상할 필요는 없다. 왜냐하
면 이 글이 나오기 전에 일부 지방에서 '전무행'[16]을 공연했기 때문이다.

아무래도 신문 오려 붙이기를 하는 게 좋겠다. 나는 여기에 가장 간단
하게 기록된 것을 오려 둔다.

이화藝華영화사가 '영화계 공산당토벌동지회'에 의해 파괴되다

어제 아침 아홉 시경, 상하이 서쪽 캉나오퉈로康腦脫路 진쓰투묘金司徒廟
부근 신축한 이화영화사의 촬영장에 갑자기 돌발적으로 행동하는 청년
세 사람이 들어와 해당 영화사의 수위실에서 방문객이라 사칭하며 한
사람은 펜을 잡고 서명하고 다른 한 사람은 큰소리를 질렀다. 곧 밖에 미
리 숨어 있던 폭도 칠팔 명이 모두 남색 무명천의 홑바지를 입고 벌떼처
럼 문을 뚫고 들어왔다. 여러 사무실로 각각 뛰어들어 책상과 유리창 그
리고 의자, 각종 기구를 함부로 때려 부쉈다. 그런 다음 사무실 밖에서
자가용 두 대, 인쇄기 한 대, 촬영기 한 대를 때려 부수고 백지에 "민중이

여 일어나 함께 공산당을 토벌하자", "민중을 팔아먹는 공산당을 타도하자", "살인방화를 일삼는 공산당을 박멸하자" 등등의 글자가 쓰여진 작은 전단지를 뿌렸다. 이와 동시에 끝에 '중국 영화계 공산당토벌동지회'라고 서명된 유인물을 뿌렸다. 칠 분 정도 지났을 때 누군가 호루라기를 미친 듯이 불어 대자 폭도 무리들이 집합하고 대열을 지어 떠났다. 6구區 담당이 파견한 경찰과 형사 등이 도착했을 때는 이미 그곳에서 벗어나 종적을 감춘 뒤였다. 그 동지회는 어제 아침에 벌인 행동의 목적이 해당 영화사에 경고를 주는 데 있었을 뿐이라고 발표했다. 만약 이화영화사와 기타 영화사가 방침을 바꾸지 않는다면 오늘부터는 훨씬 격렬한 수단으로 대처할 생각이며 롄화聯華, 밍싱明星, 톈이天一 영화사 등에 대해 동지회가 이미 엄밀하게 조사했다고 운운했다.

여러 신문에 실린 동지회의 발표 내용에 따르면, 해당 영화사는 공산당 선전기관으로서 영화계의 적화사업을 위하여 프로문화동맹이 그 영화사를 본거지로 삼아 「민족 생존」 등의 영화를 출품했다는 것이다. 영화의 내용은 계급투쟁을 묘사하는 것임에도 불구하고 난징검열위南京檢委會에 뇌물을 먹이고 상영허가를 얻어 냈다는 것이다. 또한 동지회는 현재 교육부, 내정부內政部, 중앙당부과 본 시정부에 공문을 올려 당국이 해당 영화사에 즉각 촬영한 필름을 소각 처리하고 자체적으로 영화사를 개조하여 모든 적색분자를 제거할 것을 명령하고 뇌물을 먹은 영화검열위의 책임자를 처벌할 것 등을 요구했다.

사건 발생 후 해당 영화사는 사건의 본질은 습격을 당한 것이라고 강력히 주장하고, 더불어 차오자두曹家渡 6구 공안국에 고발을 하겠다고 발표했다. 기자가 소식을 듣고 조사를 하러 갔을 때는 해당 영화사의 내부

시설이 유감스러울 정도로 훼손되어 있었고 책상과 의자가 여기저기 부서진 채 엉망으로 어수선했다. 내막이 도대체 무엇인지는 일간에 반드시 훤히 밝혀질 것으로 생각된다.

11월 13일 『다메이완바오』大美晚報

영화계 공산당토벌회가
　영화관에 경고하다
　텐한 등의 영화 상영 거부

이화영화사가 피습을 당한 이래 상하이 영화계는 갑자기 새로운 파문이 일어나 제작사에서 시작되었던 것이 영화관으로까지 확대되었다. 어제 본 시의 크고 작은 영화관은 동시에 상하이 영화계 공산당토벌동지회라고 서명된, 텐한田漢 등이 제작하고 감독하고 주연한 시나리오의 상영을 거절할 것을 요구하는 경고서한을 받았다. 경고문은 이러하다.

저희 동지회는 민족과 국가를 사랑하는 절실한 마음에서 격발되어 영화계가 공산당에 의해 이용되는 것을 참을 수 없기 때문에 적색영화의 본거지에 경고조치——이화영화사에서의 행위——했습니다. 귀 영화관을 조사해 보니 평소에 영화업에 대하여 열심인바 특별히 엄중히 경고하오니, 텐한(천위陳瑜), 선돤셴沈端先(즉 차이수성蔡叔聲, 딩첸즈丁謙之), 부완창卜萬蒼, 후핑胡萍, 진옌金焰 등이 감독하고 제작하고 주연한 계급투쟁과 빈부대립을 고취하는 반동영화는 일률적으로 상영하지 않기를 바랍니다. 그렇지 않으면 반드시 폭력적 수단으로 대처할 것이며 이화영화사와 마찬가지로 결코 용서치 않을 것입니다. 이상. 상하이 영화계 공산당토벌동지회. 11월 13일

11월 16일 『다메이완바오』

그런데 '공산당 토벌'은 결코 '영화계'에 그치지 않았으며 출판계도 동시에 복면한 영웅들의 습격을 받았다. 또 신문을 오려 둔다.

오늘 아침, 량유도서공사에

　　돌연 괴한 한 명이 들이닥쳐

　　　손에 망치를 들고 유리창을 깨부수고 의기양양하게 사라졌으며

　　　조계지 경찰서에서 조사 중

　　　▶……광화서국 보호 요청

상하이 서쪽 캉나오퉈로 이화영화사는 어제 아침 9시경 갑자기 노동자처럼 보이는 수십 명에 의해 촬영장을 습격당했다. 그들은 '중국 영화계 공산당토벌동지회'라고 서명된 각종 전단을 뿌리고 일이 끝난 다음 의기양양하게 떠났다. 뜻밖에 한 파문이 가라앉기도 전에 또 다른 파문이 일어났다. 오늘 오전 11시경 베이쓰촨로北四川路 851호 량유良友도서인쇄공사는 갑자기 망치를 손에 든 남성이 해당 공사의 문 앞에 나타나 망치로 해당 공사의 상점 유리창에 구멍을 내고 습격했다. 그 남성은 목적을 달성하자 바로 도망쳤다. 홍커우虹口 담당 조계지 경찰서는 보고를 받자마자 인원을 파견하여 조사를 벌였다. 량유공사가 각종 좌경 서적을 판매하고 있는 것과 이화영화사를 파괴한 안건과 관련이 없지 않음을 발견했다. 오늘 오전 쓰마로四馬路 광화서국은 소식을 들은 후 이상 징후에 놀라 즉각 담당 중앙 조계지 경찰서에 알리고 방법을 강구하여 의외의 사건이 일어나지 않도록 보호해 줄 것을 요청했다. 기자가 원고를 완성할 때까지 의외의 사건이 발생했다는 소식은 아직 듣지 못했다.

11월 13일 『다완바오』

『중국논단』을 파괴하다
인쇄소는 이미 파괴되었고
편집실은 손상이 없었다

미국인 아이작스[17]가 편집하는 『중국논단보』의 인쇄를 맡은 홍커우 톈퉁로天潼路에 위치한 러포얼勒佛爾 인쇄소는 어제 저녁 폭도의 침입으로 인쇄실이 훼손되었으나 편집실은 손상이 없었다. 11월 13일

11월 15일 『다메이완바오』

선저우 궈광사 습격
어제 저녁 7시 네 명이 총발행소에 침입하여
망치를 휘두르며 쇼윈도를 부수었으나 손실이 크지는 않았다

허난로河南路 우마로五馬路 입구 선저우神州 궈광사國光社 총발행소는 어제 저녁 7시 문을 닫으려던 차에 돌연 책을 구매하려는 모양으로 창파오[18]를 입은 고객을 맞았다. 그 고객이 문을 들어서자마자 갑자기 등 뒤에서 세 사람이 따라 들어왔다. 창파오 고객이 머리를 돌려 세 사람이 들어온 것을 확인하고 곧장 해당 서국의 좌측 복도 옆 벽에 걸린 전화기로 다가가 전화선을 절단했다. 동시에 짧은 옷을 입은 세 사람이 파괴하기 시작하고 망치를 함부로 휘둘렀다. 그리고 긴 옷을 입은 자도 가담하여 해당 서점의 왼쪽 쇼윈도를 다 부숴 놓고 네 사람은 의기양양하게 사라졌다. 당시 서점에는 서너 명의 직원과 학생들이 있었으나 놀라 아무 소리도 내지 못했다. 그런데 긴 옷을 입은 자는 서점의 문에서 수십 보 못 미쳐 있는 쓰징로泗涇路 입구에서 보초를 서고 있던 조계지 경찰에게 붙잡혔다. 이 긴 옷 손님이 쇼윈도를 깰 당시 유리가 무너져 내리면서 자신

의 얼굴에 상처가 나서 피가 쉼 없이 흘러내려 고통으로 말미암아 빨리 달아나지 못했기 때문일 것이다.

긴 옷을 입은 자는 쓰마로 중앙 조계지 경찰서에 구속된 뒤 파괴에 함께했음을 극력 부인했으므로 경찰은 이미 그를 석방했다.

12월 1일 『다메이완바오』

미국인이 경영하는 신문사에 대한 파괴가 가장 예의 바르고 무관武官들이 연 서점[19]에 대한 파괴는 제일 늦게 일어났다. "의기양양하게 사라졌다"라는 표현이 제일 흥미롭다.

영화사의 파괴는 한편으로는 자신들의 선언서를 뿌리는 행위이기도 하여 몇몇 신문에 전문이 게재되기도 했다. 서점과 신문사에 대해서는 어디에도 실리지 않았으므로 아무런 논의도 없었던 것 같다. 그럼에도 불구하고 선언이 있었으니, 펜글씨본의 남색으로 인쇄된 경고가 그것이다. 서점 이름이나 신문사 이름은 공란인데, 여기에 하나하나 붓글씨로 채워 넣었으며 필적은 결코 독서인 같지 않았다. 아래에 인용된 것은 보라색의 긴 목판인쇄이다. 다행히도 원본을 소장하고 있으므로 지금 표점부호를 가하여 그대로 여기에 베껴 둔다.

저희 동지회는 민족과 국가를 사랑하는 절실한 마음에서 격발되어 문화계와 사상계가 공산당에 의해 이용되는 것을 견딜 수 없으므로 적색영화의 본거지에 경고조치 ── 이화영화사에서의 행위 ── 했습니다. 지금 이러한 임무를 관철하기 위하여 문화계에 대한 청산을 계획하고 있습니다. 량유도서공사에 초보적인 경고조치를 한 것을 제외하고 모든 도서국의 간행물에 대하여 이미 정밀한 조사를 마친 상태입니다. 잘 헤아려 주시기 바랍니다.

귀사는…… 문화사업에 대하여 남달리 열심이므로 특별히 엄중히 경고합니다. 적색작가가 쓴 글, 예컨대 루쉰, 마오둔, 펑쯔蓬子, 선돤셴, 첸싱춘錢杏邨과 기타 적색작가의 작품, 반동 문장, 그리고 반동 평론, 소련의 상황에 대해 소개한 책에 대해서는 일률적으로 모두 간행하거나 싣거나 발행해서는 안 됩니다. 만약 준수하지 않음이 있다면 우리는 반드시 이화와 량유공사에 대응했던 것보다 훨씬 격렬하고 훨씬 철저한 수단으로 당신들에게 대응할 것이며 결코 용서치 않을 것입니다! 이상……

11월 13일, 상하이 영화계 공산당토벌동지회

어떤 '지사'가 "문화사업에 남달리 열심"이라고 하더라도 그들 동지회는 항시라도 망치를 날리며 수백 냥짜리 커다란 유리를 부숴 버릴 수도 있고, "만약 준수하지 않음이 있다면" 항시라도 붉은 모자를 날리며 커다란 유리보다 훨씬 값진 머리통을 날려 버릴 수도 있다. 따라서 문화계가 풀이 죽는 것은 어쩌면 당연할 것이다. 따라서 서점과 신문사의 어려운 처지는 충분히 헤아릴 수 있다. 나는 이미 "의기양양하게 사라진" 영웅들에 의해 '적색작가'로 지목되었으므로 다른 사람에게 해를 입히지 않기 위해서라도 펜을 내려놓고 가만히 한바탕 놀이나 지켜보아야 했다. 따라서 이 책에 실린 잡문은 11월 7일에 끝난다. 7일부터 삼가 경고를 받은 날인 11월 13일까지 아무것도 쓰지 않았기 때문이다.

그러나 나는 경험으로부터 배운 것이 있다. 내가 무력으로 진압될 때는 동시에 꼭 문력文力으로도 진압된다는 사실이다. 문인들은 원래가 '인스피레이션'이 많고, 게다가 지금은 후각도 유난히 발달했으므로 어떻게 '창작'해야 합격인지를 잘 알고 있다. 지금은 내가 사회를 비평하거나 타인을 거론하는 것이 아니라 타인들이 나를 거론할 시기가 되었다. 따라서 나의 작업은 재료를 모으는 것이 되었다. 재료는 모두 갖추어졌지만 아주 쓸 만한 것은 많지 않다. 종이와 묵은 더욱 아껴야 하므로 여기에 겨우 여섯 편만 골라 놓았다. 관방에서 발행한『중앙일보』가 가장 먼저 토벌을 시작했으니 실로 '중앙'이라는 말에 부끄럽지 않은 풍조를 이끈 선봉이다. 『시사신보』時事新報는 '전무행'의 전성기를 맞이하여 가장 시의적절하지만 아주 흐릿함을 면치 못했다. 『다완바오』와 『다메이완바오』는 제일 늦게 시작했다. 이는 '상업계가 경영'하기 때문인데, 총명하므로 소심하고 소심하므로 느림을 면치 못한 것이다. 그들은 이제서야 작심하고 집단적인 토벌을 계획했으나 뜻밖에 며칠 후면 새해를 맞이하므로 내년에는 상업인들을 돕기 위하여 출판물을 사전 검열하여 새로운 모양의 그물을 짤 것이다. 이것은 또 다른 국면이다.

아직은 새해가 되지 않았으므로 우선『중앙일보』의 두 편을 들어 보기로 한다.

잡감

저우洲

근래 여러 잡지에서 작은 문장을 제창하고 있다. 『선바오월간』申報月刊, 『동방잡지』 및 『현대』에 모두 잡감수필란이 마련되었다. 1933년은 정녕 작은 문장의 해로 바뀌는 것 같다. 목하 중국에는 잡감가가 과거보다 훨씬 많아졌으며 이는 루쉰 선생 한 사람의 공인 듯싶다. 중국에서 잡감가의 노장^{老將}을 들라고 한다면 당연히 루쉰을 추천해야 할 것이다. 스승 루쉰의 필치는 다른 사람이 미치지 못하는 서늘한 매서움이 있다. 『열풍』, 『화개집』, 『화개집속편』이 있고, 작년에는 삼심^{三心}인지 『이심』^{二心}인지도 출판했다. 최근 1년 동안 그가 '해낸' 성과를 보면 아마도 오심^{五心}, 육심^{六心}도 당연할 것이다. 루쉰 선생이 창작을 출판하지 않은 지는 오래되었다. 몇몇 러시아의 검은 빵들을 제외하면 나머지는 잡감 글이다. 잡감 글은 겨우 1,000단어 남짓이므로 단번에 써 내려갈 수 있음은 물론이다. 담배 한 갑을 태울 시간에 머리를 조금 굴린 결과가 1,000자에 10위안인 것이다. 대개 잡감 글을 쓰는 최상의 방법은 뜨거운 욕설이 아니면 차가운 조롱이다. 뜨거운 욕설 뒤에 한 구절 차가운 조롱이 오거나 차가운 조롱에 뜨거운 욕설을 끼울 수 있으면 훨씬 낫다.

그런데 일반적으로 잡감은 물론 차가운 조롱이 많다. 어떤 사물에 대하여 불만이 있다면 당연히 불만(쉰^迅 주 : 이 글자는 오자인 듯),²⁰⁾ 차가운 조롱이 있는 글이 나온다. 루쉰 선생은 이것도 눈에 차지 않고 저것도 눈에 차지 않으므로 이것에 대해 소감이 생기고 저것에 대해서도 소감이 생기는 것이다.

우리 마을에 못생기고 아주 괴상한 노파가 있다. 아침부터 밤까지 다른 사람의 단점을 즐겨 말하고 동쪽 마을 어귀에 가서 머리를 흔들고 서쪽 마을 어귀에 뛰어가서 한숨을 내쉰다. 모든 것이 언제나 그녀의 입맛에 맞지 않는 것처럼 보인다. 그런데 그녀에게 도대체 어떻게 해야 하는 거냐고 진짜로 물어보면 그녀는 대답을 하지 못한다. 나는 그녀가 루쉰 선생을 조금 닮은 것처럼 생각된다. 아침부터 저녁까지 그저 풍자하고, 그저 차가운 조롱을 하고, 그저 책임을 지지 않는 잡감을 내놓을 따름이다. 진지하게 그에게 궁극적인 주장을 물어본다고 해도, 그는 이제까지 우리에게 선명한 대답을 해준 적이 없었다.

10월 31일 『중앙일보』의 「중앙공원」

문단과 무도장

밍춘鳴春

상하이의 문단은 무도장武道場으로 변해 버렸다. 루쉰 선생은 이 무도장의 패왕覇王이다. 루쉰 선생은 자신의 방에 모든 것을 투시하는 망원경을 가지고 있는 것처럼 다소 하자가 있는 언론과 행위를 문단에서 발견하면 그는 즉시 창을 끼고 말에 올라타 낙화유수落花流水가 되도록 휘두른다. 따라서 루쉰 선생은 아까운 시간을 써 가며 펜 끝을 어떻게 날카롭게 할지, 어떻게 남들의 정점頂點을 후벼 파낼지, 어떻게 남들이 영원히 상황을 뒤집지 못하도록 휘두를지에 대해 생각하지 않을 수 없는 것이다.

이 점에 대하여 루쉰 선생을 대신하여 생각해 보면 그다지 수지가 맞지 않을 것 같다. 루쉰 선생 당신은 자신의 위치를 분명히 알아야 한다. 설령 당신을 반대하는 사람이라고 하더라도 암암리에 어쨌거나 당신이 중국에서 가장 뛰어난 작가임을 감히 부인하지는 않는다. 당신의 언론이 청년들에게 영향을 미칠 수 있다면, 그렇다면 당신의 언론은 신중해야 마땅하다. 당신 스스로 한번 생각해 보시라. 「아Q정전」을 쓴 이래로 얼마나 많은 시간을 필전筆戰에 낭비했는가? 이러한 필전은 청년들에게 어떤 영향을 불러일으켰던가?

일류 작가들이 항상 혼전을 벌이는 덕분으로 일반 문예청년들이 이 전술로부터 많은 괴팍한 짓을 배우는 것도 빼놓을 수 없다. 폐단이 미치는 바는 종종 화이수이滩水를 넘어 북으로 가면 귤이 탱자로 변하는 것과 같다. 남을 비판하는 사람들은 종종 비판받는 당사자의 언론이나 사상을 벗어나 펜 끝을 돌려 안경을 쓴 것이 꼴불견이라느니 심지어는 가죽신 앞에 작은 구멍이 났다느니 하며 사람들의 사사로운 일에 대해 말한다. 심지어는 핏대를 올리며 그들의 부모를 모욕하기도 하고, 또 심지어는 펜대를 놓고 주먹을 쓰기도 한다. 내 말은 요즘 문단에서 벌어지고 있는 시끄럽고 하류下流적이고 무례하고 등등의 나쁜 풍조를 양성한 것에 대해 루쉰 선생 같은 사람이 얼마간 어쨌거나 책임을 져야 한다는 것이다. 사실 수많은 필전들은 불필요한 것이었다. 예컨대 사詞의 해방을 주장하는 사람이 있어도 당신이 욕하지 않았더라면 당신을 따라서 '니에미'管他娘라는 사를 쓰는 사람이 없었을지도 모른다.[21]『장자』와『문선』을 제창하는 사람이 청년들더러 아편 피우라고 한 것도 아닌데, 당신은 어째서 이빨을 깨물고 두 눈을 흘기며 사람들을 못 견디게 만드는가?

나는 중국어에 정통한 러시아 문인 B. A. Vassiliev가 루쉰 선생의「아Q정전」에 대하여 이런 비평을 한 것을 기억하고 있다. "루쉰은 중국 대중의 영혼을 반영한 작가이다. 그의 유머적 풍격은 사람들로 하여금 눈물을 흘리게 만든다. 그러므로 루쉰은 단지 중국의 작가일 뿐만 아니라 동시에 세계의 일원이기도 하다." 루쉰 선생, 당신도 이제 늙어 가고 있다. 당신, 왕년의 영광을 떠올려 보시라. 당신은 지금 많은 일을 겪었고 관찰이 가장 깊고 생활 경험이 가장 풍부한 시기이므로 어떻게 해서라도 발분하여「아Q정전」보다 훨씬 위대한 작품들을 써야 하지 않겠는가? 위대한 작품은 천 년이 지나도 썩지 않지만 필전의 글은 일주일만 지나도 사람들은 잊어버릴 것이다. 위대한 문학가에 대한 청년들의 존경은 무도장의 맹주에 대한 존경을 훨씬 넘어선다. 우리는 셰익스피어, 톨스토이, 괴테를 읽었다. 이런 사람들의 글 중에 그들의 '욕설문선'을 본 적이 없다.

11월 16일 『중앙일보』의 「중앙공원」

두 분 중 한 분은 나를 늙고 못생긴 여성에 비유하고 있고, 다른 한 분은 내가 '위대한 작품'을 쓰기를 바라고 있다. 화법은 달라도 목적은 일치한다. 그것은 바로 내가 "이런 것에 대해서도 소감이 있고, 저런 것에 대해서도 소감이 있"어서 수시로 '잡문'을 쓰는 것에 대해 혐오하는 것이다. 나의 잡문은 분명 사람들로 하여금 구역질 나게 하지만, 이로 말미암아 그것의 중요성을 더욱 잘 알 수 있다. 왜냐하면 '중국 대중의 영혼'이 지금 나의 잡문 속에 반영되어 있기 때문이다.

저우 선생은 내가 그들에게 선명한 주장을 내놓지 않는다고 꼬집고 있는데, 그의 저의에 대해서 나는 잘 알고 있다. 그런데 밍춘 선생이 셰익스피어 등을 한 꾸러미 인용하는 것은 퍽이나 놀랍다. 어찌 된 영문인지, 최근 1년 동안 갑자기 나더러 톨스토이를 배우라고 유혹하는 사람들이 종종 생기기 시작했다. 아마도 "그들의 '욕설문선'을 본 적이 없"기 때문에 나에게 좋은 본보기를 보여 주려는 듯하다. 그러나 나는 유럽전쟁 시기에 황제를 욕한 그의 서신[22]을 본 적이 있다. 중국이라면 "요즘 문단에서 벌어지고 있는 시끄럽고 하류적이고 무례하고 등등의 나쁜 풍조를 양성한다"는 죄명을 얻었을 것이다. 내가 톨스토이를 배우지는 못할 것이고, 배울 수 있다고 하더라도 사람 노릇 하기는 어려울 것이다. 그가 살던 시절 그리스정교 신도들은 해마다 그가 지옥에 떨어지도록 저주했기 때문이다.

이쯤에서 『시사일보』에 실린 두 편의 문장을 삽입하기로 한다.

밀고에 관한 약론

천다이陳代

밀고당하는 것을 가장 무서워하고 가장 싫어하는 사람은 루쉰 선생이라고 말할 수 있다. 『거짓자유서』, '일명 『도나캐나 문집』'[23]의 「서문」과 「후기」에도 그가 이 점을 염두에 두고 있음을 발견할 수 있다. 그런데 루쉰 선생이 말하는 밀고는 결코 그의 거처나 언제 그가 어느 곳에 있는지를 조계지 경찰서(혹은 그를 원하는 '비밀'스러운 어떤 다른 기관?)에 밀고하여 체포되게 한다는 의미가 아니다. 그것은 누군가 "왜냐하면" 그가 "예전의 필명을 사용할 수 없는 때가 있었기 때문에 서명을 바꾸어 썼다"라는 따위의 선언을 하여 사람들로 하여금 '누구란 바로 루쉰이다'는 것을 알게 하는 것을 뜻한다.

루쉰 선생은 '이번'에는 "왕핑링王平陵 선생이 앞에서 고발하고 저우무자이周木齋 선생이 뒤에서 폭로했다"라고 말했다. 그런데 그는 루쉰 선생이 무대에 등장하기 전에 편집인이 미리 암시했다는 것을 말하지 않았다. 왜냐하면 허자간何家干 선생과 나머지 한 선생이 무대에 등장하려는 차에 편집인이 이번에 등장하는 두 분이 문단의 노장이라고 먼저 소개해 버렸기 때문이다. 따라서 사람들은 정신을 차리고 두 분의 문단 노장의 등장을 기다렸던 것이다. 다른 곳에 있었거나 혹은 국면을 바꾸어 말했더라면 루쉰 선생은 아마도 편집인이 차가운 암전을 쏘고 있다고 말했을 것이다.

낯선 이름이 어떤 부간에 등장하면 그 이름이 본명인지 아니면 익숙한 이름의 또 다른 필명인지 알고 싶어 하는 것은 아무리 생각해 보아도 인지상정이다. 루쉰 선생도 그가 왕핑링 선생의 「'가장 잘 통하는' 문예」를 다 읽고서 "이 왕핑링 선생이라는 분이 본명인지 필명인지 나는 잘 모르겠다"라고 끝내 질문을 토로한 적이 있다. 누구의 필명인지 알았다면, 루쉰 선생도 아마 그가 바로 아무개라고 말했을 것이다. 이것이 어떠한 모멸일 수는 없다고 나는 믿는다. 왜냐하면 루쉰 선생은 그가 아는 것에 대하여 "류쓰柳絲는 양춘런 선생……의 필명이다"라고 대놓고 말하면서 자신을 속일 수는 없음을 보여 주지 않았던가?

또 있다. 밀고하려 하는데, 왜 반드시 '공개적' 형식을 띠어야 하는가? 비밀스러운 것이 밀고자에게 훨씬 안전한 게 아닌가? 만약 정말로 공개적으로 하는 밀고자가 있다면 나는 밀고자의 명민함을 다소 의심스러워할 것이다.

이런 저런 필명으로 자잘하게 발표한 문장들을 오려 붙여 문집으로 만들면서 작가는 수많은 이름들을 하나로 압축했다. 보아하니 작가 본인이 자신에 대한 최후의 밀고자일 듯싶다.

11월 21일 『시사일보』의 『청광』青光

암전 쏘기에 대한 약론

천다이

일전에 루쉰 선생의 『거짓자유서』의 「서문」과 「후기」를 읽고 밀고에 대해 약론했는데, 지금 탕타오唐弢 선생의 「신롄푸」新臉譜를 읽고 나니 다시 암전 쏘기에 대해 약론하지 않을 수 없다.

「신롄푸」에서 탕 선생이 공격한 분야는 대단히 광범위한데, 그중 하나가 '암전 쏘기'이다. 그런데 탕 선생의 글이야말로 거의 전부가 '암전'으로 짜여져 있다. 비록 애매모호한 화살 표시가 많이 있기는 하지만 말이다.

"시대적 조류의 영향을 받았다고 말하면서 문文이란 무대의 연극이 하나하나 바뀌었다. 배우는 예전 그대로지만 렌푸[24]는 참신하다."──이것이 암전의 제1조이다. 암전이라고는 하지만 활쏘기는 명중했다. 왜냐하면 요즘 확실히 관객의 갈채를 더 많이 받는다는 명분으로 지겨운 구극은 공연하지 않고 신극을 공연하면서 입으로는 "시대적 조류의 영향을 받았다고 말하면서" 자신은 낙후하지 않았음을 드러내는 문文의 배역들이 허다하게 있기 때문이다. 뿐만 아니라 심지어는 배역이 예전 그대로인 것은 말할 것도 없고 렌푸도 결코 참신하지 않은데도 불구하고 제목만 새로 바꾸고 공연하는 것은 옛날 그 놀음인 것도 있다. 예컨대 「설평귀가 서량의 데릴사위가 되다」薛平貴西凉招親를 「목설인연」穆薛因緣이라는 제목으로 바꾼 것인데, 내용은 완전히 예전 그대로이다.

두번째 화살은……. 아니다, 이렇게 써 내려가지 못하겠다. 이렇게 써 내려가려면 아주 박학한 식견이 필요하다. 그 글에는 구절마다 화살이 하나 혹은 심지어 한 구절에 화살 여러 개가 숨어 있기 때문에 눈과 머리가 어질어질한 것이 딱딱한 번역[25]을 읽는 것보다 훨씬 이해하기 어려워 끝내 그것을 파악할 수 없다.

그런데 탕 선생 본인은 이러한 태도에 결코 만족하지 않는 것 같다. 그렇지 않다면 왜 사람들이 "괴상한 소리와 괴상한 말투로 소리치고 계집아이처럼 대든다"라고 욕을 하겠는가? 그런데 사실은 그가 "괴상한 소리와 괴상한 말투로 소리치고 계집아이처럼 대들"고 있는 것이다.

혹자는 그가 결코 대들고 있는 것이 아니라 암전을 쏘고 있을 뿐이라고도 말한다. 왜냐하면 '악전고투'라면 설령 '질질 끈다'고 하더라도 필경 고생해야 하고, 더군다나 '패배'하고 '다시 시작'할 때에는 렌푸를 '다시 그려'야 하기 때문이다. 그런데 암전을 쏘면 많은 일을 줄일 수 있다. 어두운 곳에 숨어서 맞출 만한 무언가를 발견하는 즉시 활시위를 가만히 당기기만 하면 화살은 앞쪽을 향하여 편안히 쭉 날아간다. 그런데도 그는 암전 쏘기를 욕하고 있다.

먼저 암전을 쏠 수 있는 사람이어야 비로소 다른 사람이 쏘는 것을 욕할 수 있다는 것이다.

11월 22일 『시사일보』의 『칭광』

천 선생은 토벌군들 중에서 가장 저능한 사람 중 한 분이다. 그는 자신이 나중에 한 설명과 다른 사람이 미리 적발한 것 사이의 구분도 할 줄 모른다. 만약 내가 모함을 받고서도 끝내 죽지 않고 훗날 결국은 '천수를 다하고 × 잠들었다'[26]고 하더라도 그는 내가 바로 '최후의 흉악범'이라고 말했을 것이다.

그는 밀고하려고 하는데 왜 반드시 '공개적' 형식을 띠어야 하느냐고 묻기도 했다. 대답은 이렇다. 이것은 분명 다소 난해하기는 하다. 그러나 '문학가'답게 고발해야 한다는 이유이고, 그렇게 하지 않으려면 그는 마땅히 하야하여 똑똑히 탐정계에 줄을 서야 한다는 것이다. 의식적인 것과 무의식적인 것의 구분은 나도 알고 있다. 내가 말하는 밀고라는 것은 발바리들을 가리킨 것이다. 내가 보기에 '천다이' 선생도 그중 한 마리인 듯하다. 생각해 보시라. 정보가 신통치 않으면 도리어 거치적거리지 않던가?

천 선생의 두번째 글은 자신만이 이해할 수 있을 것 같다. 나는 겨우 다음과 같은 점을 알 뿐이다. 그는 이번에 냄새를 잘못 맡았다. 탕타오 선생이 나인 줄 오해했던 것이다. 여기에 뽑아 둔 것은 스스로 나의 논적이라고 여기는 사람들의 표본 하나를 채운 데 불과할 따름이다.

다음은 『다완바오』의 것을 오려 두고자 한다.

첸지보의 루쉰론

치스^{戚施}

최근 루쉰 비평에 관한 글을 모아 『루쉰론』^{魯迅論}이라는 책으로 묶은 사람이 있다. 거기에 수록된 것은 모두 루쉰을 상찬하는 말들이다. 사실 루쉰의 문^文에 대한 의론이라면 비난도 있고 칭찬도 있어서 비난과 칭찬을 모두 볼 수 있어야 비로소 그것에 값한다. 방금 첸지보^{錢基博} 씨의 저서 『현대중국문학사』^{現代中國文學史}를 보았다. 길이가 30만 자에 이르지만 백화문학에 대한 논의는 1만여 자를 넘지 않는데, 후스^{胡適}가 들어가 있고 루쉰과 쉬즈모^{徐志摩}가 부가되어 있다. 이 책은 이들에 대하여 대담하게 비난하고 있다. 근래 구^舊 문장가들 가운데서 문장 품평과 인물 평가에서 첸지보만큼 대담한 사람이 없는데도 신인^{新人}들은 아직까지 그에게 주목하지 않고 있다. 이에 특별히 그의 '루쉰론'을 소개하고자 한다. 이는 또한 문단의 흥미로운 뉴스이기도 하다.

첸씨는 다음과 같이 말했다. "유럽어를 모방하고 그것에 유럽화한 국어문학이라는 시호를 내리는 자들이 있는데 저장 저우수런이 서양 소설을 번역하면서 주창하기 시작한 것이다. 외국 문장을 따라 직역하는 방법을 숭상하고 의역의 불충실함을 배척했다. 유럽어를 국어로 모방하므로 비유컨대, 앵무새가 흉내를 내는 것이요 상서[27]에게 맡기는 격으로 이것은 순장용 인형 만들기[28]가 되었다. 효빈^{效顰}하는 자는 더 나아가 서사와 서정에 이르기까지 모두 다투어 유럽화하니, 『소설월보』가 그 불꽃을 활발히 태웠다. 그런데 주고[29]보다 훨씬 읽기가 거북하여 학사들이 이해하기에도 힘이 소진되는데 어떻게 민중을 논하겠는가? 상하이의 차오무관^{曹慕管}이 그것을 비웃으며 가로되, 우리들은 살아서 유럽어를 읽을 수 있기를 소원했지 이런 요상한 문장을 보기를 바라지 않았도다! 비유컨대 멋쟁이 부인이 서양 여인네의 굽 높은 신발을 신고 반걸음도 못 가 넘어지는 추태를 더하는 것이로다! 고인 숭배를 노예성이라고 배척하면서 외국 모방은 유독 노예성이 아니라니! 비쭉거리는 비난, 가혹한 농담! 그런데 애초에 백화문을 제창한 것은 언문일치를 기대한 것이나, 누구라도 훤히 알고 있는 사실은 유럽화한 국어문학이 흥함으로써 본래의 뜻이 황폐해지지 않았냐는 것이다. 이것은 스스로 원만해질 수 없는 모순적인 학설이다." 이런 까닭으로 루쉰의 외국 문학 직역과 그것이 문단에 끼친 영향에 대하여 비난이 가해지는 것이다. 평심으로 논해 보건대, 루쉰의 번역작품은 진실로 읽기 어려운 곳이 있다. 직역이 온당한지의 여부가 한 가지 문제이고, 유럽화한 국어문학은 또 다른 문제이다. 가령 두 가지 모두 온당하지 않다면 누가 그 죄를 다 받을지도 말하기 어렵다. 첸 선생이 그럴 법하지 않은 변변찮은 말을 하고 있는 것인가?

첸 선생은 또 말했다. "후스가 백화문학을 주창하면서부터 지속적으로 천하에 호소한 것은 평민문학이다! 귀족문학이 아니라는 것이다. 한때 명성에 의지하여 저우수런은 소설을 지었다. 수런은 퇴폐적이어서 분투에 어울리지 않는다. 수런이 쓴 것은 과거 회상일 뿐 미래 건설은 몰랐고, 소소한 자신의 분개가 보일 뿐 민중 복리는 도모하지 않았다. 이런 사람이라면 그의 마음에 어찌 민중이 있을 수 있겠는가!" 첸 선생은 이로 말미암아 단언하여 "저우수런, 쉬즈모는 신문예의 우경인사이다"라고 했다. 이는 곧 루쉰의 창작에 대한 비난에다 덧붙여 그의 사상을 언급한 것이다. 루쉰을 우경이라 지목한 것에서 그가 독특한 안목을 갖춘 남다른 감식력이 있는 사람이라고 할 수 있도다! 궈모뤄郭沫若, 장광츠蔣光赤의 좌경에 불만스러워하면서도 동시에 루쉰, 쉬즈모의 우경에도 불만스러워한다. 오로지 소위 '양칭'讓清 유로의 풍속과 여운을 경모하며 배회와 개탄을 금치 못하는 첸 선생의 뜻을 확연히 목도할 수 있도다. 오늘의 세상에서는 좌든 우든 사람 노릇 하기가 어렵고, 시비에는 정해진 기준이 없다. 이것은 또한 첸 선생의 루쉰론에서도 알 수 있다!

첸씨의 이 책은 금년 9월에 출판되었고, 작년 12월에 발문을 썼다.

12월 29일 『다완바오』의 『햇불』

이 긴 문장에 대하여 치스 선생의 말을 빌려 '독특한 안목을 갖추고 있다'고 찬양하는 것 말고는 다른 말이 있을 수 없다. 나 자신도 더 이상 아무 말도 하고 싶지 않을 정도로 진짜 '비평'을 하고 있다. '퇴폐적'이라고 했겠다. 그런데 나는 이 말이 매우 흥미롭다고 생각되어 특별히 보존하여 '루쉰론'의 한 스타일로 마련해 두고자 한다.

마지막으로 『다메이완바오』인데, 무대에 오른 사람은 글로 만난 적이 있는 왕핑링 선생이다.

욕하기와 자백

왕핑링

학문에 관련된 일들은 말하기가 아주 쉽지 않다. 일반적으로 통재通才와 석유碩儒는 후배 풋내기들과 장단長短을 논하기를 달가워하지 않고 그들의 저술에 대하여 '천박하고 무료하다'고 비난하지 않음이 없다. 마찬가지로 비교적 수양을 갖춘 청년들은 그러한 통재와 석유들이 언필칭 소비에트 러시아, 문文은 반드시 프로문학을 조종으로 삼아야 한다고 하는 것을 보면서 청매실을 씹은 것처럼 치아 사이에서 견딜 수 없는 신맛을 느낀다.

세계상의 분쟁은 어떤 것이든지 모두 정지될 가능성이 있다. 그런데 오로지 인류의 사상 충돌은 대부분 의기意氣에 가깝기 때문에 절대로 종결의 시기가 없다. 남을 비방하기 위하여 남의 실수를 일부러 찾아내는 것을 직업으로 여기는 듯한 사람들도 있다. 그리고 이들은 모든 것을 직접적으로 부인함으로써 자신의 묘책을 간접적으로 치켜세우기도 한다. 자신이 도대체 어떤 인물인지는 그들 자신만이 알 수 있을 뿐 다른 사람들이 묻는 것은 허락하지 않는다. 사실 이런 사람들이 다른 사람을 염두에 두고 하는 음흉한 암시가 결코 적절하지 않은 경우도 있다. 이것이 바로 그들 자신에 대한 한 편의 무의식적인 자술서이다.

『성경』에 다음과 같은 전설이 있는 것 같다. 거리에 있는 일군의 사람들이 간음한 음부淫婦를 붙잡아 돌멩이로 그녀를 쳐서 죽이려고 했다. 예수가 말했다. "너희들을 돌아보거라! 죄를 지은 적이 없는 사람만이 이 음부를 쳐서 죽일 수 있다." 이에 군중들은 모두 부끄러워하면서 물러났다고 한다. 작금의 문단이야말로 정말로 이렇지 아니한가? 자신이 간음을 저질러 놓고 오히려 다른 사람을 음부라고 지목한다. 루쉰 선생이 흔히 사용하는 악랄한 비평처럼 심한 욕설이 관방官方의 화법을 대표하는 것이라면, 나는 그 노선생이 무슨 '방'方의 화법을 대표하는지 모르겠다!

말하고 싶지 않는 사람은 할 말이 없을 수도 있고 하고 싶은 말이 있을 수도 있다. 하고 싶은 말이 있는 사람이라도 어느 방을 대표하는지는 생각하지 않는다. 루쉰 선생은 종종 "자신의 마음으로 다른 사람의 마음을 헤아리"[30]므로 불가피하게 "자신을 돌아보기는 너그럽게 하고 다른 사람에 대해서는 엄하게 책망하"[31]고 있는 것이다.

상황이 이와 같을진대, 문단에 있는 사람이 어찌 루쉰 선생뿐이겠는가.

12월 30일 『다메이완바오』의 『훠수』火樹

『거짓자유서』에서 내가 왕 선생의 고론高論이 '관방'에 속한다고 지목한 것을 기억하고 있다.[32] 이 글은 이 때문에 나온 것인데 의도는 그다지 잘 이해되지 않는다. "자신이 간음을 저질러 놓고 오히려 다른 사람을 음부라고 지목한다"고 한 말로 보아 내가 도리어 '관방'이고, "하고 싶은 말이 있는 사람이라도 어느 방을 대표하는지는 생각하지 않는다"는 점을 모른다고 말하고 있는 듯하다. 따라서 만약 그렇게 생각한다면, 그렇다면, 다른 사람을 반동이라고 말하는 사람은 그 스스로가 바로 반동이며, 다른 사람을 비적이라고 말하는 사람은 그 스스로가 바로 비적이라는 것이고…… 그만 멈추자. 또 '악랄한 비평'이 나와 버렸다. 예수는 '너희들을 돌아보라'라고 말하지 않았던가? 액막이를 위해 다시 작은 꼬리 하나를 덧붙이고자 한다. 이런 악습은 다만 문단에 제한되며 관방과는 무관하다.

왕핑링 선생은 영화검열회[33] 위원이므로 나는 마땅히 서민의 규율을 삼가 준수해야 한다.

진짜로 그만 멈추기로 한다. 쓴 것과 오려 붙인 것 중에는 내 것도 있고 다른 사람 것도 있다. 밤을 새다시피 하여 만들었으며 아마도 8,9천 자는 될 성싶다. 이 꼬리 또한 결코 짧지 않다.

시간은 하루하루 지나가고 크고 작은 일들도 따라서 지나가니 머지 않아 우리의 기억에서 사라질 것이다. 더군다나 모든 것이 흩어져 있어서 나부터도 느끼지 못하고 알지 못한 일들이 정녕 얼마나 되는지 모르겠다. 그런데 그동안 썼던 몇십 편을 순서에 따라 배열하고 이로 말미암아 생겨나는 모순들에 대해 「후기」로 보충설명하고 더불어 시사 문제를 함께 비추어 보니 짜임새가 비록 적다고 해도 하나의 형상 같은 것을 묘사해 내고 있지 않은가? 게다가 요즘은 자신을 낮추고 셰익스피어, 톨스토이의 존안을 우러러보며 비밀리에 잡감에 대해 몇 마디 쓰는 필자도 매우 드물다. 이런 까닭으로 나는 더욱 나의 잡감을 보존하고자 하는 욕심을 갖게 되었고, 잡감도 덩달아 더욱 잘 생존할 수 있게 되었다. 비록 이로 말미암아 또다시 사람들의 증오를 초래하게 되더라도 잡감은 포위토벌 속에서 더욱 잘 성장할 것이다. 오호라, "세상에 영웅이 없으니 마침내 풋내기로 하여금 명성을 얻게 하는구나."[34] 이런 상황은 나 자신을 위해서나 중국 문단을 위해서나 마땅히 슬퍼하고 분노해야 할 일이다

문단에서 벌어지는 사건은 아직도 수두룩하다. 검열의 비상한 계획을 바치고 분열의 기발한 묘책을 펴고, 정치의 중추[35]에 헛소문을 퍼뜨리고 마음 깊은 곳에 진실을 숨기고, 왕년에는 투항의 깃발을 세우고 오늘은

옛 친구에게 배우고…… 그런데 이런 것들은 모두『풍월이야기』을 쓰던 시기에 일어난 일이 아니므로 여기에서 거론하지 않았다. 어쩌면 영원히 거론하지 않을지도 모른다. 아무래도 정말로 멈추어야 하나 보다. 등짝이 벌써부터 아파오는데도 계속 쓰고 있었으니!

1934년 10월 16일 밤, 루쉰이 상하이에서 쓰다

주)_____

1) 『사회신문』(社會新聞)은 1932년 10월 상하이에서 창간, 3일간, 순간, 반월간 등으로 발행, 신광서국(新光書局)에서 출판했다. 1935년 10월에『중외문제』(中外問題)로 이름을 바꾸었으며 1937년 10월에 정간했다. 제5권 제13기(1933년 11월 9일)에 '신'(辛)이라는 이름으로「『거짓자유서』란 책을 읽고 난 후」(讀『僞自由書』書後)라는 루쉰을 공격하는 글이 발표되었는데, 내용은 다음과 같다. "『거짓자유서』는 루쉰 지음, 베이신 출판, 판매가는 7자오이다. 이 책은 비싸지 않고 루쉰의 작품이다. 비록『선바오』의『자유담』에 발표한 것이지만, 여기에 또 8,000자의 후기가 있다는 사실을 알아야 한다. 후기만을 사는 셈 치면 그만한 가치가 있다. 뿐만 아니라 루쉰 선생이 이 책을 출판한 본의는 『자유담』에 쓴 잡감 때문인가? 결코 그렇지 않다. 그는 완전히 이 꼬리를 위해 이 책을 출판한 것이며, 문단에서 자신의 자리를 굳건하게 하기 위한 회심의 수단으로 사용하고 있다."

2) 『십일담』(十日談)은 사오쉰메이, 장커바오가 낸 문예 순간. 1933년 8월 10일에 창간, 1934년 12월에 정간. 상하이 제일(第一)출판사에서 발행했다.

3) 성궁바오(盛宮保)는 성쉬안화이(盛宣懷, 1844~1916)를 가리킨다. 자는 싱쑨(杏蓀), 장쑤 우진(武進) 사람, 청말 대관료자본가. 윤선초상국(輪船招商局), 전보국, 상하이 기기직포국(機器織布局), 한예핑(漢冶萍)공사 등을 경영. 청 조정은 1901년 그에게 '태자소보'(太子少保)의 직함을 내렸다. 1916년 4월 성의 사후에 그의 가족들은 한 시대를 뒤흔들 만큼의 '대출상'(出喪)을 치렀다.

4) 『중앙일보』(中央日報)는 국민당중앙의 기관지. 1928년 1월 상하이에서 창간, 1929년 2월 난징(南京)으로 옮겼다.

5) 천자경(陳嘉庚, 1874~1961). 푸젠 퉁안현(同安縣) 출생. 화교 지도자이자 기업가. 샤먼(廈門)대학 등 많은 학교를 세웠다. 싱가포르에 최초로 고무나무를 심고 대규모의 고무 가공공장을 세워 1920년대 중반에 동남아의 '고무대왕'으로 불렸다.

6) 『가이조』(改造)는 일본의 종합 월간. 1919년 4월 창간, 가이조샤(改造社)에서 발행, 1955년 2월 정간. 루쉰은 가이조샤와의 약속에 따라 「불」(火), 「왕도」(王道), 「감옥」(監獄)이라는 제목으로 짧은 글을 써서 1934년 3월 『가이조』 월간에 발표했다. 후에 이 세 편을 묶어 「중국에 관한 두세 가지 일」(關於中國的兩三件事)이라는 제목으로 『차개정잡문』(且介停雜文)에 수록했다.

7) 『런옌』(人言)은 주간. 귀밍(郭明: 사오쉰메이), 장커뱌오 주편. 1934년 2월 창간, 상하이 제일출판사 발행, 1936년 6월 정간. 「감옥을 말하다」(談監獄)는 『런옌』 제1권 제3기(1934년 3월 3일)에 실렸다. 루쉰은 1934년 6월 2일 정전둬(鄭振鐸)에게 보낸 편지에서 '장(커뱌오)이 『런옌』을 편집'하던 일을 거론하며 "장은 심히 악랄하다. 내가 외국에서 발표한 글을 가지고 당국자에게 군사재판에 대해 언질을 준 사람이 있었는데, 바로 이 사람이다"라고 했다.

8) 놀렌스(Hilaire Noulens, 1894~1963)를 가리킨다. 본명은 야콥 루드닉(Jakob Rudnik). 1928년 봄 놀렌스 부부는 제3인터내셔널에 의해 상하이에 파견되어 상인의 신분으로 위장하고 제3인터내셔널 중국지부의 건립을 주도했다. 놀렌스 부부는 1932년 간첩 혐의로 사형판결을 받았으나 후에 무기로 감형되었다가 1937년 8월 출옥하여 소련으로 돌아갔다.

9) 우치야마 간조(內山完造, 1885~1959)를 가리킨다. 1913년 상하이에 왔으며, 1927년 루쉰과 알게 된 이후로 그의 우치야마서점(內山書店)을 연락처로 삼는 등 왕래가 잦았다.

10) 사오쉰메이의 「현대미국시단개관」(現代美國詩壇槪觀)은 『현대』(現代) 제5권 제6기(1934년 10월 1일) '현대미국문학특집호'에 실렸다. 여기서 말한 흑인 시인은 미국의 흑인 작가 휴스(Langston Hughes, 1902~1967)를 가리킨다. 그는 1933년 7월 소련을 방문하고 귀국길에 상하이를 경유했으며, 이때 상하이의 문학사(文學社), 현대잡지사(現代雜誌社) 등이 연합하여 초청 연회를 열었다.

11) 이 단락의 원문은 띄어쓰기와 문장부호가 없는 고문이다. 번역은 가독성을 위해 띄어쓰기했음을 밝혀 둔다.

12) 『십일담』 제8기(1933년 10월 20일)에 징(精 ; 천징성陳精生)이라는 이름으로 실렸다. 루쉰이 피리를 불고 가자 쥐떼들이 깃발을 들고 따라가는 그림이다. 차오쥐런은 『파도소리』 제2권 제43기(1933년 11월 4일)에 「루쉰 옹의 피리」(魯迅翁之笛)라는 글을 발표하여 이 만화를 비판했다. 이어 만화가는 『십일담』 제11기에 「관화 안 쓰기를 원칙으로 하며 거듭 파도소리에 부치다」(以不打官話爲原則而致復濤聲)를 발표하여 답변했다. 『파도소리』는 1933년 11월 국민당 정부가 허가증을 취소하여 정간되었다.

13) 두형(杜衡, 1906~1964). 원명은 다이커충(戴克崇), 필명은 쑤원(蘇汶) 혹은 두형. 저장 항현(杭縣; 지금의 위항余杭) 사람. 1930년대 '제3종인'으로 자처하며 좌익문예운동을 비판했다. 『신문예』, 『현대』 등의 간행물을 편집했다.

14) 사자성어인 '우물에 빠진 사람에게 돌을 던진다'(投井下石)라는 말을 루쉰이 둘로 나눠서 쓴 것이다.

15) '순수행주'(順水行舟)는 물 흐르는 방향을 따라 배가 간다는 뜻이다.

16) '전무행'(全武行)은 중국 전통극에서 대규모의 전투를 일컫는 말이다.

17) 해럴드 아이작스(Harold Robert Isaacs, 1910~1986). 미국 컬럼비아대학을 졸업하고 상하이에 있던 『다완바오』, 『대륙보』(大陸報)에서 일했고, 『중국논단보』(中國論壇報)를 주편했다. 1933년 중국민권보장동맹에 참가하기도 했다. 저서로는 『중국혁명의 비극』(The Tragedy of the Chinese Revolution, 1938) 등이 있다.

18) '창파오'(長袍)는 중국의 남성들이 입던 두루마기처럼 긴 옷을 가리킨다.

19) 상하이 선저우(神州) 궈광사(國光社)를 가리킨다. 궈광사는 1930년 이후에 국민당 19 로군 장교 천밍수(陳銘樞) 등의 투자를 받았다.

20) 루쉰이 '불만'(不滿)에 주석을 달아 '오자인 듯하다'라고 한 까닭은 종속절에 있는 '불만'이 불필요하게 주절에서 다시 반복되고 있기 때문인 것 같다.

21) 1933년 쩡진커는 그가 주편한 『신시대』(新時代) 월간에서 소위 '사'(詞)를 해방하자'고 주장했다. 『신시대』 제4권 제1기(1933년 2월)는 '사 해방운동 특집호'를 출판했으며, 그 가운데 그가 지은 「화당춘」(畵堂春)이 실렸는데, 내용은 다음과 같다. "일 년이 시작 되니 연초가 길어, 객이 와서 나의 쓸쓸함을 위로해 준다. 어쩌다 심심풀이는 문제 될 것 없고, 마작이나 한번 놀자꾸나. 다 같이 잔 속의 술을 비우고 국가 일은 니에미, 술 통 앞에는 다행히 홍안의 미녀가 있으니, 정신없이 취해서는 안 되리."

22) 톨스토이는 1904년 러일전쟁 시기에 러시아 황제와 일본 황제에게 보내는 편지를 써서 그들이 일으킨 전쟁을 비난했다. 이 편지는 1904년 6월 27일 영국의 『더 타임스』(The Times)에 실렸으며 두 달 후 일본의 『헤이민신문』(平民新聞)에 번역·게재되었다. 이외에 톨스토이는 자신의 작품 속에 그리스정교에 대해 불만과 공격을 드러냈다는 이유로 1901년 2월에 교회에서 정식으로 제명되었다.

23) 루쉰은 1933년 10월 『거짓자유서』를 출판하면서 표지의 제목인 '僞自由書' 옆에 '一名『不三不四』集'이라는 글자를 친필로 썼다.

24) '롄푸'(臉譜)는 중국 전통극에서 배우들의 얼굴에 그림을 그리는 분장예술이다. '성'(生; 남자 주인공)과 '단'(旦; 여자 주인공)의 분장은 비교적 단순하고, '징'(淨; 성격이 강한 남자 배역), '처우'(丑; 어릿광대)의 분장은 복잡하다. 특히 징의 분장은 도안이 복잡하고 화장품을 많이 쓰기 때문에 '화롄'(花臉)이라고 한다. 따라서 롄푸는 징의 얼굴화장을 가리키기도 한다.

25) 원문은 '硬性的飜譯'이다. 루쉰의 번역을 특징짓는 말로 '경역'(硬譯)이 있다. 원래 루쉰의 번역을 공격하는 사람들이 사용한 말인데, 천다이가 이를 염두에 두고 한 말로 보인다.

26) 원문은 '壽終×寢'이다. 원래는 '수종정침'(壽終正寢)이라고 써야 한다. '천수를 다하고 집에서 사망하다'라는 경의(敬意)가 포함된 말이었으나 사람이나 사물이 이미 '끝장나다'라는 조롱의 의미로 쓰이기도 한다.

27) '상서'(象胥)는 관직명. 고대 사방에서 온 사신을 접대하던 관원으로 통역관을 가리키는 말로도 사용되었다.

28) 원문은 '作俑'. 고대에는 순장용 인형을 만드는 것을 의미하는 말이었으나 훗날 부정적 의미에서의 창조, 선례라는 뜻으로 사용되었다.

29) '주고'(周誥)는 일반적으로 '주고은반'(周誥殷盤)이라고도 한다. 『주서』(周書)의 '고'(誥)와 『상서』(尙書)의 '반경'(盤庚)을 가리키는 것으로 '주고은반'은 이해하기 어려운 글을 가리키는 말로 쓰이기도 한다.

30) 『중용』(中庸)에 나오는 "자신에게 베풀어 원하지 않는 것이면 다른 사람에게 베풀지 않는다"라는 구절에 대한 주희의 주에 "자신의 마음으로 다른 사람을 헤아려 보고 같지 않은 것이 없다면 도가 사람에게서 멀어지지 않는다는 것을 알 수 있다"라는 말이 나온다.

31) 『논어』의 「위령공」(衛靈公)에 "공자께서 가로되 자신을 돌아보기를 엄하게 하고 다른 사람을 책망하기를 너그럽게 하면 원망이 멀어진다"라는 말이 나온다. 왕핑링은 루쉰이 공자의 가르침을 거꾸로 실천하고 있음을 비아냥거리고 있는 것이다.

32) 루쉰의 문집 『거짓자유서』의 「두 가지 불통」(不通兩種) 부록 「관화일 따름」(官話而已)에 나오는 다음과 같은 말을 참고할 수 있다. "왕핑링 선생이 본명인지 필명인지 나는 잘 모르겠다. 그런데 그가 투고한 곳, 입론의 어조를 보아하니 '관방'에 속하는 것만은 분명해 보인다. 붓을 들자마자 상사, 부하 모두를 고발하는 모양이 그야말로 족히 관가의 기세로 넘쳐난다."

33) 1933년 3월 국민당 정부는 중앙선전위원회가 이끄는 '중앙영화검열위원회'(中央電影檢查委員會)를 만들어, 좌익문예운동을 압박했다.

34) 『진서』의 「완적전」(阮籍傳)에 다음과 같은 말이 나온다. 완적이 "광우산(廣武山)에 올라 초나라와 한나라의 전쟁이 있었던 장소를 보고 탄식하여 가로되, '세상에 영웅이 없으니 풋내기로 하여금 명성을 얻게 하는구나'라고 했다."

35) 원문은 '중권'(中權). 고대 시기 군대에서 주장(主將)이 있던 중군(中軍)을 가리킨다. 『좌전』 '선공(宣公) 12년'에 '중권후경'(中權後勁)이라는 말이 있는데, 진(晉)의 두예(杜預)가 "중군이 계책을 짜고, 이후에 정예 병사가 최후에 선다"고 주석을 달았다. 여기에서 의미가 확대되어 정치의 중추라는 뜻으로 쓰이게 되었다.

꽃테문학 花邊文學

『꽃테문학』(花邊文學)은 루쉰이 1934년 1월부터 11월 사이에 쓴 잡문 61편을 수록하고 있다. 1936년 6월 상하이 렌화서국(聯華書局)에서 출판했다. 같은 해 8월 재판을 찍었다. 작가 생전에 모두 두 차례 출판되었다.

서언[1]

내가 늘 단평短評을 쓰게 된 것은 분명 『선바오』의 『자유담』[2]에 투고하면서부터다. 1933년에 쓴 것을 묶었더니 『거짓자유서』와 『풍월이야기』 두 권이 되었다. 편집자인 리례원[3] 선생은 후에 정말 많은 박해를 받았다. 이듬해에 결국 쥐어짜듯 하여 책이 나왔다. 그것으로 붓을 놓을 수도 있었다. 그런데 오기가 생겨 작법을 고치고 필명도 바꾸고 다른 사람에게 베끼게 해 다시 투고했다. 그랬더니 새로 온 사람[4]이 내 글인지를 잘 알아보질 못해 글이 실릴 수 있게 되었다. 한편, 범위를 확대해 『중화일보』 부간인 『동향』[5]과 소품문小品文을 게재하는 반월간지인 『태백』[6] 같은 곳에도 간간이 비슷한 글을 발표했다. 1934년에 쓴 그 글들을 모은 것이 이 『꽃테문학』花邊文學이다.

이 명칭은 나와 같은 진영에 있는 한 청년 전우[7]가 자신의 이름을 바꾼 후 나에게 암전[8]을 쏜 것인데, 그것을 그대로 제목으로 정했다. 그 전우의 발상은 제법 훌륭했다. 그 하나는, 이런 종류의 단평이 신문에 실릴 때는 항상 한 다발의 꽃테를 두르고 나타나 글의 중요성을 돋보이게 하려

하기 때문에 내 전우가 글을 읽는 데 무척 골치가 아프다는 것이다. 둘째는, '꽃테'[9]가 은전의 별칭이기도 하기 때문에 나의 이런 글들은 원고료를 위한 것이고 그래서 사실 별로 읽을 만한 것이 못 된다고 하는 것이다. 우리들 의견은 서로 다르다. 이를테면 나는 외국인이 우릴 닭·오리보다 더 좋게 대해 주길 바랄 필요가 없다고 생각하는 데 반해, 그는 우릴 닭·오리보다 더 좋게 대해 줘야 한다고 생각하는 것이다. 그러다 보니 나는 서양인을 변호하고 있는 사람이 돼 버렸고 '매판'이 되었다. 그의 글이 「거꾸로 매달기」아래 '부록'으로 첨부되어 있으니 여기서 길게 논할 필요는 없겠다. 그 외엔 별로 기록할 만한 일이 없다. 다만 「농담은 단지 농담일 뿐」때문에 원궁즈[10] 선생이 보낸 편지를 인용한 것이 있는데, 그 붓의 공격이 앞의 전우보다 훨씬 더 심했다. 그는 나를 '매국노'라고 했다. 이 책에 그의 글을 내 답신과 함께 모두 실어 두었다. 그 나머지 글들은 모두 뒤에 숨어서 못된 짓거리 한 것들로, 숨었다 나타났다, 나타났다 숨었다 하며 공격한 글들이다. 위에 거론한 두 분과 한참 거리가 있어 여기엔 싣지 않았다.

『꽃테문학』은 정말 가능하지 않은 일이었다. 1934년은 1935년과 달랐다. 올해는 『황제 한담』사건[11] 때문에 관청의 간행물 검열부[12]가 갑자기 어찌할 바를 몰라 하더니 일곱 명의 검열관을 잘라 버렸다. 삭제된 곳은 신문에 공백('구멍창'開天窓이란 용어로 불렀다)으로 남겨 둘 수도 있었지만, 그땐 정말 심했었다. 이렇게 말해도 안 된다, 저렇게 말해도 안 된다, 또 삭제된 곳은 공란으로 남겨 두어선 안 된다고 했다. 글은 계속 이어 가야 했으므로, 필자는 횡설수설 뭘 말하는지도 모를 글을 쓰게 되었고 그 책임은 전적으로 작가 자신이 지게 되었다. 밤낮으로 살인이 벌어지는 이런 형국에서, 구차하게 연명하며 다 죽어 가는 목숨으로나마 독자들과 만날 수 있었다. 그러하니, 이 글들은 노예의 글이 아니고 무엇이겠는가?

몇몇 친구들과 한담을 나눈 적이 있다. 한 친구가 말하길, 요즘 문장은 글의 뼈대[13]가 있을 수 없게 돼 버렸어, 예를 들어 신문사 부간에 투고를 하면 먼저 부간 편집자가 몇 가닥 뼈를 빼내고, 또 총편집인이 다시 몇 개의 뼈를 더 빼내고, 검열관이 또 몇 갤 더 빼내니, 남는 것이 뭐 있겠어? 했다. 내가 말했다. 나는 스스로 알아서 뼈 몇 개를 먼저 제거해 버려. 그렇게 하지 않으면 '다른 것'조차 남지 않게 되기 때문이지. 그러니 이렇게 해서 발표돼 나온 글은 네 차례의 제거를 당한 셈이지. 지금 문천상이나 방효유[14] 같은 사람을 죽어라 찬양할 사람이 또 어디 있을까. 다행스럽게 그들은 송·명대 사람이었지. 그들이 지금 살아 있었다면 그들 언행은 아마 누구도 알 수 없게 돼 버렸을 게야.

그러다 보니 관방이 허락하는 뼈대 있는 문장이 아닌 게 되었다. 독자들은 그저 뼈대 없는 글을 조금 볼 수 있을 뿐이다. 나는 청조 때 태어났고 본시 노예 출신이어서 태어나면서부터 줄곧 중화민국의 주인이었던 스물다섯 살 이하의 청년들과 다르다. 그러나 그들은 세상사를 겪지 않아 어쩌다 '그 내막을 망각했다'간 큰 타격을 입을 수도 있다. 내 투고의 목적은 발표에 있다. 당연히 글에 뼈대를 드러낼 수 없다. 그래서 '꽃테'로 장식한 글이 청년작가들의 작품보다 훨씬 많을 것이다. 그런데 이상한 것은, 발표된 내 글에서 삭제된 곳이 아주 적은 편이다. 일 년 동안 겨우 세 편뿐이다. 지금 이 책에 그것을 완전히 복원해 두었다. 삭제되었던 부분은 검은 점으로 표시해 두었다. 내 생각에 「천리자이 부인의 일을 논함」의 끝부분은 『선바오』 총편집자가 삭제한 것이고 다른 두 편은 검열관이 삭제한 것이다. 나와 다른 그들의 생각을 모두 보여 주었다.

올 한 해 동안, 내가 투고했던 『자유담』과 『동향』은 모두 정간되었다. 『태백』도 나오지 않게 되었다. 그래서 생각해 본 적이 있다. 내가 기고하는 곳은, 처음 한두 호는 그래도 괜찮다가, 내가 계속 투고하게 되면 결국엔 오래 버티지 못하고 만다는 것을. 그래서 올해부터는 이런 단문을 그렇게 많이 쓰지 않고 있다. 동지들에 대해서는 그들 뒤에서 날아오는 둔탁한 일격을 피하고자 함이요, 나에 대해서는 앞장서서 멍석 까는 멍청한 짓거리를 하고 싶지 않아서이며, 간행물에 대해서는 그것이 살 수 있는 한 오래 살기를 바라기 때문이다. 그래서 어떤 사람이 나에게 원고 청탁을 하면 나는 일부러 성의 없이 질질 끌거나 했다. 그게 무슨 '폼을 재느라' 그랬던 것은 아니다. 일말의 호의에서 —— 그러나 가끔은 악의이기도 한 —— 나온 '처세술'이었다. 이 점, 원고 청탁을 하셨던 분들의 넓은 양해를 바란다.

금년 하반기가 되어서야 '정당한 여론 보호'를 위한 신문기자들의 청원과 언론 자유의 보장을 요구하는 지식계급의 청원[15]이 나왔다. 새해가 다가오는데 그 귀추가 어떻게 될지 모르겠다. 그런데 그 글들이 모두 민중들의 목구멍과 혀를 대신한 일이라 할지라도 그 대가는 역시 만만치 않았다 하겠다. 북쪽 다섯 개 성의 자치권[16]을 내준 것이 그것이다. 그것은 일전에 '정당한 여론 보호'를 감히 청하지 못하고 언론 자유를 요구하지 못한 대가로, 즉 동삼성의 함락과 같은 대가를 치른 것과도 기막히게 같은 것이다. 그러나 이번에 대가를 치르고 바꿔 온 것은 광명이겠지. 그런데 만약 불행하게도, 나중에, 내가 『꽃테문학』을 썼던 것과 같은 시대로 다시 돌아가게 된다면, 그 대가가 무엇이 되어야 할지는 여러분들이 좀 맞추어 보시기를……

1935년 12월 29일 밤, 루쉰 씀

주)_____

1) 원제는 「序言」, 이 글은 1936년 6월 출판된 『꽃테문학』의 서문으로 1935년 12월 29일 작성되었다.

2) 『선바오』(申報)는 중국에서 최초로 출판된 일보(日報)이다. 1872년 4월 30일(청 동치同 治 11년 3월 23일) 영국 상인이 상하이에서 만들었다. 1909년 매판 시위푸(席裕福)가 사 들였다가 1912년 스량차이(史量才)에게 넘겨 이듬해부터 운영했다. 9·18사변(만주사 변) 이후 민중의 항일 요구를 반영한 기사를 실었다. 1934년 11월 스량차이가 국민당 에 의해 암살되자 논조가 보수적으로 변화했다. 1949년 5월 26일 상하이가 해방되면 서 정간되었다.

『자유담』(自由談)은 『선바오』 부간 중 하나이다. 1911년 8월 24일에 만들었으며 원래는 원앙호접파(鴛鴦蝴蝶派) 작품을 위주로 실었다. 1932년 12월부터 진보적인 작가가 쓴 잡문과 단평을 게재하기 시작했다.

3) 리례원(黎烈文, 1904~1972)은 후난(湖南) 샹탄(湘潭) 사람으로 번역가이다. 1932년 12 월부터 『자유담』 편집을 맡았고, 1934년 5월 사직했다.

4) 리례원의 후임으로 새로 온 사람은 장즈성(張梓生, 1892~1967)이다. 저장성(浙江省) 사 오싱(紹興) 사람으로 루쉰과 아는 사이였다.

5) 『중화일보』(中華日報)는 국민당의 왕징웨이(汪精衛)를 중심으로 한 개혁파가 운영한 신 문으로 1932년 4월 11일 상하이에서 창간되었다.

『동향』(動向)은 『중화일보』의 부간으로 1934년 4월 11일부터 간행되었다. 녜간누(聶紺 弩)가 주편을 맡았고 항상 진보적인 작가들의 작품을 실었다. 같은 해 12월 18일 정간 되었다.

6) 『태백』(太白)은 소품문을 게재한 반월간지다. 천왕다오(陳望道)가 편집했고 상하이 생 활서점에서 발행했다. 1934년 9월 20일 창간했고 1935년 9월 5일 정간했다.

7) 청년 전우는 랴오모사(廖沫沙)를 가리킨다. 후난성(湖南省) 창사(長沙) 사람으로 좌익작 가연맹 회원이었다. 린모(林黙) 등의 필명으로 글을 발표했다. 이 책의 「거꾸로 매달기」 (倒提) 부록 참조.

8) 암전(暗箭)은 뒤에서 몰래 쏜 화살을 말한다.

9) 옛날 은화의 테두리에 꽃무늬가 새겨져 있어서 은화를 속칭 '꽃테'(花邊)라고도 했다.

10) 원궁즈(文公直)는 장시성(江西省) 핑샹(萍郷) 사람으로 당시 국민당 정부 입법원 편역 처의 계장이었다.

11) 1935년 5월 상하이 『신생』(新生) 주간 2권 15기에 이수이(易水)가 『황제 한담』(閑談皇 帝)을 발표하여 고금과 국내외의 군주제도를 논하고 일본 천황제를 언급했다. 그 당시 상하이 주재 일본총영사가 "천황을 모욕하고 국가외교를 방해했다"라는 명분으로 이 에 항의를 했다. 국민당 정부는 이 항의에 굴복하였고 그 기회를 이용해 진보적인 여

론을 탄압했다. 『신생』 주간을 조사하여 폐쇄시켰고 법원은 이 잡지의 주편인 두중위안(杜重遠)에게 1년 2개월의 징역을 선고했다. 이 사건을 『신생』 사건이라고 부른다.

12) '국민당 중앙선전위원회 도서잡지 심사위원회'를 말함. 1934년 5월 25일 상하이에서 설립되었다. 『신생』 사건' 발생 이후 국민당은 '실책'을 이유로 들어 1935년 7월 8일 이 위원회의 검열관 딩더옌(頂德言) 등 7명을 파면했다.

13) 원문은 '골기'(骨氣). 글에서 드러나는 필력(筆力)의 옹건한 힘 혹은 그 필세(筆勢)를 말한다.

14) 문천상(文天祥, 1236~1283)은 지저우(吉州)의 루링(廬陵 ; 지금의 장시성江西省 지안吉安) 사람으로 남송의 대신이었다. 남쪽에서 원나라에 항거하는 전쟁을 하다 패하여 포로로 잡혔고, 뜻을 굽히지 않아 피살당했다. 충신으로 추앙을 받고 있다.
방효유(方孝孺, 1357~1402)는 저장성 닝하이(寧海) 사람으로 명 혜제(惠帝) 건문(建文) 때 시강학사(侍講學士)에 임명되었다. 건문 4년(1402), 혜제의 숙부인 연왕(燕王) 주체(朱棣)가 병을 일으켜 난징을 공격하여 스스로 황제가 되었고 방효유에게 즉위 조서를 초안하도록 명했다. 방효유는 이에 끝까지 저항하다 살해되었다.

15) 1935년 말, 베이핑(北平), 톈진(天津), 난징(南京), 상하이 등지의 신문계가 국민당 중앙에 전보를 보내 '여론 개방', '무력이나 폭력을 배경으로 하지 않는 언론 보장' 등의 요구를 했다. 같은 해 12월, 국민당 제5기 1중전회는 이른바 '정부령으로 정당한 여론 보장을 전국적으로 철저 시행할 것을 청함'이란 결의를 통과시켰다. 지식계급의 언론자유 요구는 1935년 말, 베이핑·상하이 등지의 교육문화계 인사들이 항일구국운동을 전개하여 집회를 열고 선언을 발표했을 때, '집회, 결사, 언론, 출판의 절대 자유 보장'을 요구한 것을 말한다.

16) 1935년 11월, 일본제국주의가 중국 화베이(華北) 지역의 병탄 목적을 달성하기 위해, 첩자들을 움직여 이른바 '화베이 다섯 성 자치운동'(華北五省自治運動)을 실시했고, '지둥 방공자치정부'(冀東防共自治政府)를 결성했다. 북쪽 다섯 성은 당시 허베이성(河北省), 산둥성(山東省), 산시성(山西省), 차하얼성(察哈爾省), 쑤이위안성(綏遠省)을 말한다.

미래의 영광[1]

장청루張承祿

요즈음 거의 매년 외국 문학가들이 중국을 방문하고 있다. 그들은 중국에 오기만 하면 항상 작은 소란을 일으키곤 한다. 전에는 버나드 쇼[2]가 있었고 이후에는 데코브라[3]가 있었다. 오로지 바이앙 쿠튀리에[4]에 대해서만 아무도 언급하려 하지 않았다. 아마도 거론할 수가 없어서일 것이다.

데코브라는 정치에 대해 말하지 않았다. 처음에는 시비의 장 밖에서 놀 수 있을 것이라고 생각했기 때문이다. 그런데 뜻하지 않게 그는 음식과 여색을 몹시 중요시했고 또 '외국 문단의 건달'[5]이라는 나쁜 시호를 서둘러 얻는 바람에 우리 논객들이 이 논쟁에서 부지런히 의견을 내놓게 만들었다. 그는 아마 소설을 쓰려고 온 것 같다.

중국인 코가 펑퍼짐하고 작게 생겨 유럽 사람처럼 그렇게 높지 않게 생겨먹은 것이야 어쩔 도리가 없다. 그러나 만약 내 몸에 몇 푼의 돈이라도 있다면 그들과 마찬가지로 영화를 즐길 수는 있다. 탐정영화는 연기가 지겹고, 애정영화는 너무 능청스럽고, 전쟁영화는 보는 데 질렸고, 코믹영화는 심심하다. 그래서 아마 「태산의 유인원」도 있게 되고 「정글 속의 기인」도 있게 되고 「아프리카 탐험」 등도 있게 되어 야수와 야만이 등장하게 된 것이리라. 그런데 또 야만의 땅에서는 반드시 야만스러운 여자의 야만스러운 곡선을 끼워 넣어야만 하는 것이다. 우리 역시 즐겨 보기 때문에 그것으로 어떻게 조롱을 당한다 할지라도 여전히 얼마간은 미련을 버리지 못할 것이다. 시정잡배들에게 '성'性이란 아주 중요한 것이다.

서유럽에서 문학이 봉착한 난관은 영화와 다르지 않다. 소위 문학가라고 하는 사람들은 좀 그로테스크(grotesque)한 것과 색정적(erotic)인 것들을 찾아 그들 주고객들에게 만족을 주어야 한다. 그래서 그들은 모험 같은 여행을 하게 된다. 그 여행의 목적은 결코 그 땅의 주인들이 그들에게 절을 하고 술을 청하는 것을 즐기는 데 있지 않다. 그래서 어쩌다가 멍청한 질문들을 만나면 농담으로 대응한다. 사실 그들은 그 질문의 내용에 대해 잘 모른다. 알 필요가 없기도 하다. 데코브라 역시 그런 사람들 가운데 한 부류인 것이다.

그런데 중국인들은, 이런 문학가들의 작품 속에 이른바 '토인'土人들과 함께 등장하게 될 것이다. 신문에 보도된 데코브라 선생의 여정, 즉 중국, 남양,6) 남미를 보기만 해도 알 수 있다. 그들에게 영국이나 독일 같은 나라는 너무 평범해 재미가 없는 것이다. 우리들은 묘사되고 있다는 것을 깨달아야 하고, 묘사되고 있는 영광이 더욱 많아지게 될 거라는 것을 깨달아야 하며, 장차 이런 일을 재미있어하는 사람이 있을 거란 것을 깨달아야 한다.

1월 8일

주)_____

1) 원제는「未來的榮光」, 1934년 1월 11일 상하이『선바오』의『자유담』에 처음 발표했다.

2) 버나드 쇼(George Bernard Shaw, 1856~1950)는 영국의 극작가, 소설가, 비평가이다. 최대 걸작인『인간과 초인』(Man and Superman)을 써서 세계적인 극작가가 되었고, 노벨문학상을 수상하기도 했다. 그가 1933년 2월 중국 여행을 했을 때 많은 신문 보도와 논평이 쏟아졌다. 그가 "공산(共産)을 선전하고 있다"고 공격한 사람도 있었다.

3) 데코브라(Maurice Dekobra, 1885~1973)는 프랑스의 소설가이며 기자이다. 작품은『침대차의 마돈나』(La Madone des sleepings),『새벽의 총살』(Fusillé à l'aube) 등이 있다. 시나리오 작가, 감독으로도 활동했다. 제1, 2차 세계대전 동안의 프랑스와 미국 영화는 그의 원작이 많다. 1933년 11월 중국에 여행을 왔는데, 루쉰은 1933년 12월 28일 한 편지에서 데코브라는 "프랑스의 토요일파(禮拜六派) 작가로 경박하고 교활하다. 그가 중국에 온 것은 아마 소설 재료를 수집하러 온 것임이 분명하다"고 말했다. '토요일파'는 20세기 초 상하이를 주무대로 활동한 대표적인 대중문학유파로서 '원앙호접파'(鴛鴦胡蝶派)라고도 불렀다.

4) 바이앙-쿠튀리에(Paul Vaillant-Couturier, 1892~1937)는 프랑스의 작가이자 사회 활동가다. 프랑스공산당 중앙위원, 프랑스공산당 중앙기관지인『인도바오』(人道報; 원제는『뤼마니테』L'Humanité)의 주필을 역임했다. 1933년 9월, 세계반제국주의 전쟁위원회가 개최한 원동(遠東)회의에 참석하기 위해 상하이에 왔다.

5) 데코브라가 1933년 11월 29일 상하이에서 중국과 프랑스 문예계와 언론계의 간담회에 참석했을 때, 중국 신문기자들이 그에게 "일본이 중국을 침략한 것에 대해 어떻게 생각하는가?"라고 묻자, 그는 "그 문제는 심각한 것이기 때문에 소설가가 거론할 수 있는 것이 아니다"라고 답했다. 또 그에게 중국에 대한 느낌을 묻자 "중국에서 가장 나의 관심을 끈 것은 (1) 중국 요리가 매우 훌륭하다는 것이고, (2) 중국 여자들이 무척 아름답다는 것입니다"고 답했다. 나중에 그가 난징에서 베이핑으로 올 때, 여행 내내 국민당 관원들과 문인들의 환송과 영접을 받았다. 그동안 그는 계속 이런 종류의 말로 응대했다. 당시 어떤 사람이 신문에 이런 글을 발표했다. "데 씨가 베이징 와서 문학 이야긴 하지 않고 그저 중국 여자들만 희롱하고 있다. 중국 여자들은 데 씨가 건달일 거라고 생각할 따름이다."(1933년 12월 11일자『선바오』「베이핑특보」北平特訊)

6) 남양(南洋)은 태평양의 적도를 경계로 하여 그 남북에 걸쳐 있는 지역을 통틀어 이르는 말이다.

여자가 거짓말을 더 하는 것은 결코 아니다[1]

자오링이 趙令儀

스헝[2] 선생이 「거짓말에 대해」에서 거짓말을 하는 것은 약하기 때문이라고 말했다. 그 실증의 예를 들어 말하길 "여자들이 남자보다 거짓말을 많이 하는 것도 그 때문이다"라고 했다.

그의 말은 틀린 말도 아니지만 또 분명한 사실도 아니다. 우리는 분명 남자들의 입에서 여자들이 남자보다 거짓말을 많이 한다는 소릴 자주 듣게 된다. 그것은 정확한 실증도 없고 통계가 있는 것도 아니다. 쇼펜하우어[3] 선생은 여자들을 심하게 욕했지만 그가 죽은 후 그의 책 더미 속에선 매독 치료약이 발견되었다. 또 한 사람, 오스트리아의 청년 학자[4]가 있다. 그 사람 이름은 지금 생각나지 않는다. 그는 대단한 책을 써서 여자와 거짓말은 불가분의 관계에 있다고 말했다. 그런데 그는 나중에 자살했다. 내 생각에 그는 정신병이 있었던 것 같다.

내 생각에, "여자가 남자보다 더 많이 거짓말을 한다"고 말하기보다는 차라리 "여자는 다른 사람들에 의해 '남자보다 거짓말을 더 많이 한다'고 이야기될 때가 많다"고 하는 것이 낫다. 그런데 이 역시 숫자상의 통계는 없다.

예를 들어 보자. 양귀비[5]에 대해, 안록산의 난 이후 지식인들은 하나같이 대대적인 거짓말을 퍼뜨렸다. 현종이 국사를 팽개치고 논 것은 오로지 그녀 때문이고 그녀로 인해 나라에 흉사가 많이 생겼다는 것이다. 오직 몇 사람이 "하나라와 은나라가 망한 것의 본래 진실은 불문에 부치면서 포사와 달기만을 죽이고 있구나"[6]라고 용감하게 말했다. 그런데 달기와 포사는 양귀비와 똑같은 경우가 아니었던가? 여인들이 남자들을 대신해서 죄를 뒤집어써 온 역사는 실로 어제오늘의 일이 아니다.

금년은 '여성 국산품 애호의 해'[7]다. 국산품을 진흥하는 일 역시 여성에게 달렸다. 얼마 안 있으면 국산품 애용도 여자들 때문에 호전의 기미가 생기지 않는다고 욕을 해대겠지만 말이다. 그런데 한번 제창하고 한번 책망을 하고 나면 남자들은 그저 책임을 다하게 된다.

시 한 편이 생각난다. 어떤 남자분께서 어떤 여사의 불평을 대신 노래한 시다.

임금께서 성루 위에 항복 깃발 꽂으셨네.
구중궁궐 신첩이 이 사실 어이 알리?
일제히 갑옷 벗은 이십만 병사
세상에 남아는 하나도 없구나![8]

통쾌하고 통쾌하다!

1월 8일

1) 원제는「女人未必多說謊」, 1934년 1월 12일『선바오』의『자유담』에 처음 발표했다.

2) 한스헝(韓侍桁)을 말한다. 그는「거짓말에 대해」(談說謊)를 1934년 1월 8일『선바오』의 『자유담』에 발표했다. 여기서 그는 이렇게 말하고 있다. "자기 지위의 견고함을 위해 거 짓말을 하기도 하고 옆 사람을 돕기 위해 거짓말을 하기도 하지만, 이는 모두 약자의 욕 망이 현실에서 성취될 가망이 없다는 걸 그 안에 내포하고 있다. 비록 약자라고는 하나 그가 만일 그렇게 거짓말을 할 수 있으면 얼마나 좋겠는가 하고 생각할 수도 있다. 그러 나 거리낌 없이 입에서 나오는 대로 말하면 그것은 바로 큰 거짓말이 되어 버린다. 그러 나 거짓말을 하지 않으면 그 어떤 난관을 넘어설 수 없는 경우도 종종 있다. 이 경우라 는 것 역시 약자가 당할 때가 많은 것이어서 대개의 경우 여자들이 남자보다 거짓말을 많이 하는 것도 그 때문이다."

3) 쇼펜하우어(Arthur Schopenhauer, 1788~1860)는 독일의 철학자로 유의지론자(唯意志 論者)이며 염세사상의 대표자로 불린다. 그의 철학은 칸트의 인식론에서 출발하여 피 히테, 셸링, 헤겔 등의 관념론적 철학자를 공격했다. 그러나 그 근본적 사상이나 체계의 구성은 그들과 같은 '독일 관념론'에 속한다. 일생 동안 여성해방을 반대했다. 대표적인 저서로『의지와 표상(表象)으로서의 세계』(Die Welt als Wille und Vorstellung)가 있다. 그는「여성론」(Über die Weiber)에서 여성이 허약하고 우매하며 옳고 그름을 판단하 는 마음이 없다고 멸시하는 발언을 한 바 있다.

4) 오토 바이닝거(Otto Weininger, 1880~1903)를 가리킨다. 오스트리아의 빈 출신 사상가 다. 1902년 빈대학을 졸업하고 다음해에『성(性)과 성격』(Geschlecht und Charakter) 을 발표한 후 이탈리아를 여행하고 돌아와 자살했다. 그 책은 플라톤, 칸트, 기독교를 사상적 배경으로 하여 주로 여성문제를 심리학적으로 다뤘다. 그는 이 책에서 여성은 "허황된 말을 할 줄 알며", "왕왕 거짓말을 한다"고 했다. 여성의 지위가 남자보다 낮아 야 하는 것을 증명하고자 노력했다.

5) 양귀비는 당 현종의 비 양옥환(楊玉環, 719~756)을 말한다. 푸저우(蒲州) 융러(永樂; 지 금의 산시山西 시융지西永濟) 사람이다. 그녀의 사촌 오빠 양국충(楊國忠)이 임금의 총애를 얻은 그녀를 등에 업고 권력과 사치를 전횡하고 나라를 좌지우지했다. 천보(天寶) 14년 (755년) 안록산이 양국충을 주살해야 한다는 명분으로 범양에서 의병을 일으켜 당나라 를 공격하여 장안으로 진격했다. 당 현종이 황급히 쓰촨(四川)으로 난을 피하다가 마웨 이(馬嵬)역에 이르러 양씨를 죽여 죄를 물어야 한다는 선비들의 주청으로 마침내 양국 충을 죽였고 병사들의 불만을 무마시키기 위해 양귀비를 목매 죽이게 내주었다.

6) 원문은 '不聞夏殷衰, 中自誅褒妲'이다. 당대 두보의 시「북방정벌」(北征)에 나온다. 중국 고대사의 전설에 의하면, 하나라의 걸(桀)왕은 왕비 말희(妹喜)를 총애했고, 은나라 주 (紂)왕은 왕비 달기(妲己)를 총애했으며, 주나라 유(幽)왕은 왕비 포사(褒姒)를 총애하

여 삼대의 멸망을 초래했다고 했다. 두보는 이 시에서 이런 전설들을 인용했다.

7) 원문은 '婦女國貨年'이다. 1933년 12월 상하이 상공회 등 단체가 각계 인사를 초청하여 1934년을 '여성 국산품 애용의 해'로 결정하고 여성들에게 '애국과 구국의 정신'을 더욱 강화하여 국산품을 애용하도록 선전했다.

8) 전해지기로 이 시는 오대(五代) 후촉(後蜀)의 임금 맹창(孟昶)의 아내 화예(花蕊)가 지은 것이라고 한다. 북송의 진사도(陳師道)는 그의 『후산시화』(後山詩話)에서 이렇게 말하고 있다. "비(費)씨는 촉의 청청(靑城) 사람으로 재색을 겸비하여 촉궁에 들어갔다. 후주가 그녀를 아내로 맞았고 별호를 화예부인이라 했다. 그녀는 왕건(王建)을 모방하여 『궁의 노래』(宮詞) 백 수를 지었다. 나라가 망하자 새 나라의 후궁이 될 준비를 했다. 태조가 그 소식을 듣고 그녀를 불러 시를 짓게 했다. 인용한 시는 그녀가 「망국시」에서 읊은 내용이다. 태조가 이를 보고 즐거워했다. 촉의 병사는 십사만이었고 그의 군대는 수만 명뿐이었기 때문이었다. 후촉 하광운(何光運)의 『감계록』(鑒戒錄) 5권에 의하면, 전촉의 후주인 왕연(王衍)이 후당에서 사망했을 때 후당의 흥성(興聖)태자의 수군(隨軍) 왕승지(王承旨)가 그것과 비슷한 시를 지어, 주색과 놀음에 탐닉해 나라를 망하게 한 왕연을 조롱하고 풍자했다. "촉나라 조정의 어리석은 군주가 항복하러 나올 때, 보석을 입에 물고 양을 끌면서 깃발 거꾸로 묶었네. 이십만 군사가 일제히 두 손 모아 읍하니 진정한 사내는 한 명도 없구나."

비평가의 비평가[1]

니쉬얼倪朔爾

정세라는 것도 아주 빨리 변한다. 작년 이전에는 비평가와 비평가 아닌 사람들이 모두 문학을 비판했다. 물론 불만을 가진 사람이 훨씬 많았지만 호평하는 사람도 있었다. 작년 이후엔 작가와 작가 아닌 사람들이 몸을 한번 뒤집어 변신을 하더니 모두 몰려와 비평가를 비평했다.

이번에는 호평하는 사람이 그리 많지 않았다. 가장 극단적인 사람은 최근에 진정한 비평가가 있다는 걸 인정하려 들지 않았다. 인정한다 하더라도 비평가들은 엉터리라고 크게 비웃었다. 왜 그럴까? 비평가들은 항상 일정한 잣대를 작품 위에 뒤집어씌워,[2] 그것에 맞으면 작품이 좋다 하고 맞지 않으면 나쁘다고 말하기 때문일 것이다.

그런데 문예비평사에서 일정한 잣대를 갖고 있지 않은 비평가를 본 적이 있는가? 모두 가지고 있다. 어떤 사람은 미美의 잣대, 어떤 사람은 진실의 잣대, 어떤 사람은 진보의 잣대를 갖고 있다. 일정한 잣대를 가지고 있지 않은 비평가라면 그는 이상한 놈일 것이다. 잡지를 운영하면서는 일정한 잣대가 없다고 선언할 수 있다. 그러나 사실 그것이 바로 잣대인 것이다. 눈을 속이는 데 편리한 마법의 손수건일 뿐이다. 예를 들어 한 편집자가 있는데 유미주의자라고 하자. 그는 얼마든지 자기는 정견定見이 없다고 말할 수 있다. 그저 서평에서만 요술을 부리면서 놀면 그만인 것이다. 만약 이른바 '예술을 위한 예술' 작품을 만나게 되어 자신의 사사로운 생각에 들어맞으면 그는 그러한 주의에 찬성하는 비평이나 독후감을 뽑아 신고는 그것을 하늘 높이 받들어 찬양할 것이다. 그렇지 않으면, 아주 혁명적인 것 같은 사이비 급진파의 비평가 문장을 이용해 그것을 땅에 내동댕이쳐 버린다. 그리하여 독자들의 눈을 혼란스럽게 만든다. 그러나 개인적으로 약간의 기억력이라도 갖고 있는 사람이라면 그렇게 양극단의 다른 비평을 할 수 있는 것이 아니다. 그러므로 비평가는 모름지기 일정한 잣대를 갖게 마련이다. 우리는 그가 잣대를 갖고 있는 것을 비난할 수는 없다. 우리는 그저 그의 잣대가 올바른 것인지 아닌지만을 비판할 수 있다.

그런데 비평가의 비평가들께서 장헌충[3]이 수재秀才 시험에서 사용했던 고전적인 방법을 인용하곤 하신다. 먼저 양 기둥 사이에 가로로 밧줄을 묶어 놓고는 수험생을 그 아래로 지나가게 한다. 너무 키가 큰 사람도 죽이고 너무 작은 사람도 죽인다. 그래서 촉蜀 땅의 영재들을 모조리 죽여 버렸다.[4] 이런 식으로 비유하면 나름의 견해를 가진 비평가들이 모두 장헌충과 같은 꼴이 될 것이니 이는 정말 독자들에게 가슴 가득 증오와 한을 품게 만들 것이다. 그런데, 문장을 평하는 잣대란 것이 사람을 재는 밧줄일 수 있을까? 문장의 좋고 나쁨을 논하는 것이 사람 키의 높낮이를 재는 것일 수 있을까? 그런 예를 인용하는 것은 모함이지 아무 비평도 아닌 것이다.

1월 17일

주)_____

1) 원제는 「批評家的批評家」, 1934년 1월 21일 『선바오』의 『자유담』에 처음 발표했다.

2) 일정한 잣대를 작품 위에 덮어씌운다는 논조는 당시 『현대』 월간에 실린 글에 나온다. 제4권 제3기(1934년 1월)에 실린 류잉즈(劉瑩委)의 「신문단의 비평가들에게 내가 바라는 것」(我所希望於新文壇上之批評家者)에서 그는 다음과 같이 말했다. 비평가들이 "외국이나 본국의 유행하는 잣대를 가져다 작품의 높낮이와 장단을 재고 있다." "이것은 우리나라 신문단에 아직은 진지하고 위대한 비평가가 없다는 것을 분명하게 보여 준다." 또 제4권 제1기(1933년 11월)에 실린 쑤원(蘇汶)의 「새로운 공식주의」(新的公式主義)에서는 이렇게 말하고 있다. "친구 장톈이(張天翼) 군이 그의 단편집 『꿀벌』(蜜蜂)의 「자서」(自題)에서 최근의 일부 비평가들에 대해 몇 마디 재미있는 말을 한 적이 있다. 그것은 이렇다. '그(한 비평가를 가리킴—쑤원 주)는 어디에서 온 것인지도 모르는 어떤 잣대를 가져다가 모든 글 위에 덮어씌운다. 작아서 맞지 않거나 커서 씌울 수가 없으면 불합격이라고 말한다. 딱 맞아 씌워지면 합격이라고 말한다.'"

3) 장헌충(張獻忠, 1606~1646)은 명말 사람으로 숭정(崇禎) 연간에 우창(武昌)을 근거지로 세를 키워 쓰촨성 청두(成都)를 함락시키고 자칭 대서국왕(大西國王)이라고 칭했다.

4) 장헌충의 수재 시험에 대한 이야기는 청대 펑준쓰(彭遵泗)의 『촉벽』(蜀碧)에 나온다. "비적들이 시험관을 사칭하고 시험장 뜰의 앞 좌우에 긴 밧줄을 땅에서 4척 높이로 설치하고는 수험생들에게 이름 순서대로 서서 지나게 했다. 몸이 밧줄에 닿은 사람은 모두 서문 밖 청양궁(靑羊宮)으로 끌고 가서 죽였다. 그 수가 합하여 만여 명에 이르렀고 버려진 붓과 벼루가 산처럼 쌓였다."

함부로 욕하다[1]

니쉬얼

비평가의 비평에 불만을 가진 사람이 또 있다. 그들은 비평가들이 '함부로 욕'하길 좋아하기 때문에[2] 그의 글이 결코 비평다운 비평이 될 수 없다는 것이다.

이 '함부로 욕하다'漫罵를 '깔보고 욕하다'嫚罵라고 쓰는 사람도 있고 '매도하다'謾罵라고 쓰는 사람도 있다. 이것들이 같은 의미인지 아닌지는 잘 모르겠다. 다만 그것에 개의치 않는 것도 좋으리라. 지금 묻고자 하는 것은 무엇이 '함부로 욕'하는 것이냐 하는 것이다.

어떤 사람을 가리키면서 "저 사람은 창녀다"라고 말했다 하자. 만약 그 여자가 양가의 딸이라면 그것은 함부로 욕한 것이 되지만, 그녀가 정말 웃음을 팔아 생계를 꾸리고 있다면 그것은 결코 욕이 아닌 것이다. 오히려 진실을 말한 것이 된다. 시인은 돈으로 살 수가 없으며 부자는 오로지 계산만 할 줄 안다. 이것은 사실이 그러하므로 그렇게 말해도 진실인 것이다. 설사 그것을 가지고 욕이라 할지라도 시인은 여전히 돈으로 살 수가 없는 것이다. 그런 환상은 현실에서 소소한 장애에 부딪히게 될 것이다.

돈이 있어도 문재文才가 있으란 보장은 없다. 이는 '아들딸이 많다'고 하여 아이들의 성격을 반드시 잘 알 수 있는 것이 아닌 것보다 훨씬 더 명백하다. '아들딸이 많다'는 것은 그저 그들 두 사람이 낳는 데 능숙하고 아이를 잘 기를 수 있는 것을 증명할 따름이지 결코 아동의 권리를 함부로 거론할 수 있음을 의미하진 않는다. 그런데도 만약 이를 거론한다면 그것은 부끄러워할 줄 모르는 것일 따름이다. 이 말이 욕하는 것처럼 들릴지 모르나 결코 그렇지 않다. 만일 이를 욕이라고 한다면 세계 아동심리학자는 모두 아이를 가장 잘 낳는 부모들일 것임을 인정해야 할 것이다.

아이들이 적은 음식 때문에 싸운다고 말하는 것은 아이들을 억울하게 만드는 것이며 사실은 아이를 함부로 욕하는 것이다. 아이들의 행동은 천성에서 우러나오는 것이고 후천적인 환경으로 인해 고쳐지기도 하는 것이다. 그래서 공융[3]은 배를 양보할 수 있었다. 아이들이 싸우기 시작하는 것은 가정의 영향이다. 성인이 되어서도 가산家産을 다투고 유산을 빼앗기도 하지 않는가? 아이들이 어른을 배운 것이다.

물론 함부로 욕하는 것은 선량한 대다수 사람을 억울하게 만든다. 그러나 '욕하는 것'을 어설프게 없애고자 하는 것은 반대로 모든 나쁜 종자들을 비호하는 일이 된다.

1월 17일

주)_____

1) 원제는 「漫罵」, 1934년 1월 22일 『선바오』의 『자유담』에 처음 발표했다.
2) 1933년 12월 26일 『선바오』의 『자유담』에 스헝(侍桁)이 「비평에 대해」(關於批評)를 발

표해 이렇게 말했다. "서로 비판하는 논쟁을 본 적이 있다. 그 언어들이 무의미한 욕지거리에 속하면 속할수록 더욱 즐겁게 참여하는 사람이 있다고 말하지 않을 수 없다." 이런 "욕지거리 비평"을 "우리는 비평이라고 인정하지 않는다".

3) 공융(孔融, 153~208)은 동한(東漢) 시기 노나라(魯國 ; 지금의 산둥성 취푸曲阜) 사람으로 문학가이다. 그가 배를 양보한 이야기는 『세설신어』(世說新語)에 남조(南朝) 양(梁)나라의 유준(劉峻)이 『융별전』(融別傳)을 인용하면서 주석한 곳에 나온다. "공융이 네 살 때 형들과 배를 먹었다. 그는 항상 작은 것을 가졌다. 사람들이 그 까닭을 묻자 대답하길 '어린아이니까 작은 것을 가져야 해요'라고 했다."

'경파'와 '해파'[1]

롼팅스栾廷石

베이핑의 어떤 선생께서 모 신문지상에 '경파'를 칭송하고 '해파'를 비난하는 글을 실었다. 그런 후 한 차례 논쟁이 일었다. 가장 먼저는 상하이의 모 선생이 모 잡지에 불평을 하면서, 다른 어떤 선생이 한 말을 끌어다가, 작가의 본적은 작품과는 무관하다고 하며 베이핑의 모 선생에게 일격을 가하고자 한 것이다.[2]

사실, 그것만으로 베이핑 모 선생의 마음을 설복시키기에는 부족했다. 이른바 '경파'와 '해파'는 원래 작가의 본적을 말하는 것이 아니다. 사람들이 모여 있는 지역을 지칭하는 것이라 해서 '경파'가 모두 베이핑 사람을 말하는 것이 아니며 '해파'라고 모두 상하이인을 말하는 것 역시 아니다. 메이란팡 박사[3]는 극 중에서는 진짜 경파이기도 하지만 그의 본관은 오 땅[4]의 아래 지역이다. 그러니 정말 어떤 사람의 본적이 도시인가 시골인가를 가지고 그 사람의 공과를 결정할 수는 없는 노릇이며, 거처의 아름다움과 누추함이 곧바로 작가의 정신 세계에 영향을 주고 있는 것도 아니다. 맹자가 "처해 있는 지위가 그 사람의 기개와 도량을 바꿀 수 있고,

받들어 모심과 양육의 성격에 따라 그 사람의 모습과 자태를 바꿀 수 있다"⁵⁾고 한 것은 이를 말하는 것이다. 베이징은 명·청대의 서울이고 상하이는 각 나라의 조계가 모인 곳이다. 제왕의 도시에는 관리가 많고 조계에는 상인이 많다. 그래서 문인이면서 서울에 있는 자는 관직을 가까이하게 되고, 바다에 빠진 사람은⁶⁾ 장사를 가까이하게 된다. 관직을 가까이하는 사람은 관직으로 이름을 날리고, 장사를 가까이하는 사람은 장사로 이익을 취하며 그것으로 입에 풀칠도 한다. 요약하여 말하자면, '경파' 문인은 관료들의 식객이고 '해파' 문인은 상인들의 하수인일 따름이다. 그런데 관직에 기생해 밥을 먹는 사람은 그 상황이 겉으로 잘 드러나 있지 않아 밖으로 오만을 떨 수가 있다. 그러나 장사에 기생해 밥을 먹는 사람은 그 상황이 그대로 드러나게 마련이어서 어딜 가나 감추기가 어렵다. 그래서 그리 된 연유를 잘 알지 못하게 되면 그걸 가지고 '경파'와 '해파'를 청淸과 탁濁으로 구분하여 보게 된다. 게다가 관리가 상인을 업신여기는 일은 정말 아주 오래된 중국의 구습이다. 그러다 보니 '해파'는 더욱 '경파'의 안중에 곤두박질하고 있는 것이다.

그런데 이전 베이징 학계는 진정으로 그 자체의 영광됨이 있었다. 그것은 5·4운동의 태동지로서 갖는 영광이다. 지금 비록 그 역사상의 광채가 좀 남아 있기는 하나 당시의 전사들은 "공명을 얻고 퇴직한" 사람도 있고, "신세가 편안해진" 사람도 있으며, 더욱이 "출세한" 사람도 있어서, 공들여 싸운 한바탕의 힘겨운 싸움이 사람들에겐 반대로 "관직을 얻고자 하면 살인방화를 저질러 조정의 인정과 사면을 받아 내야 한다"⁷⁾고 하는 느낌조차 들게 만들었다. "옛사람 황학 타고 이미 사라졌는데, 여기 공터에는 황학루만 남았도다"⁸⁾고 하더니, 재작년 대란이 임박했던 당시, 베이핑

학자들이 구원받을 요량으로 자신을 엄호하는 데 이용한 것은 고문화古
文化였고, 그들이 생각해 낸 유일한 대사大事란 것 역시 사실인즉 고문물을
남쪽으로 옮겨 버린 일이었다.9) 그것은 그들 스스로가 베이핑이 갖고 있
는 것이 무엇인지를 아주 극명하게 보여 주고 있는 것이 아닌가?

그럼에도 베이핑에는 어찌 되었건 여전히 고문물이 남아 있으며 고
서도 있고 고도古都의 인민들도 있다. 베이핑에 있는 학자와 문인들은 대
개 강사나 교수를 본업으로 가지고 계신다. 그분들께서 이론을 논구하고
연구하고 창작하는 환경은 사실 '해파'와 비교하면 월등하게 훌륭한 것이
다. 나는 학술상에서나 문예상에서 그분들의 대大저작을 볼 수 있기를, 희
망하고 있는 중이다.

1월 30일

주)_____

1) 원제는 「'京派'與'海派'」, 1934년 2월 3일 『선바오』의 『자유담』에 처음 발표했다.
2) "베이핑의 모 선생"은 선충원(沈從文, 1902~1988)을 가리킨다. 후난성(湖南省) 펑황(鳳
凰) 사람으로 작가이다. 그는 1933년 10월 18일 톈진의 『다궁바오』(大公報) 문예부간
제9기에 발표한 「문학가의 태도」(文學者的態度)에서 "진지하고 엄숙한" 문학창작의 태
도가 없는 몇몇 문인들에 대해 비판했다. 그런 유의 사람들은 "상하이에서는 서점, 신
문사, 관공서가 운영하는 잡지사에 기생하여 살고 있고, 베이징에서는 대학교, 고등학
교, 그리고 각종 교육기관에 기생하여 살고 있다", "베이징에서 교편을 잡거나 상하이
에서 일없이 놀거나, 교편을 잡은 이들은 대개 매월 삼백 원에서 오백 원 정도의 고정
수입이 있고, 일없이 노는 이들은 매주 세 차례에서 다섯 차례는 반드시 사교모임 같은
자리를 갖는다"고 말했다. "상하이의 모 선생"은 쑤원(蘇汶; 두헝杜衡)을 가리킨다. 그는
1933년 12월 상하이 『현대』(現代) 월간 제4권 제2기에 「상하이에 사는 문인」(文人在上
海)을 발표하여 상하이의 문인들을 변호했다. 그는 "저간의 사정은 묻지 않은 채, '해파
문인'이라는 명사 하나만 가지고 상하이에 거주하는 모든 문인들을 싸잡아 말살하려

는" 것에 대해 불만을 나타냈다. 그 글에서 이렇게 말했다. "기억하기로 루쉰 선생이 말했던 것 같다. 아주 우연적이고 더 많게는 비주체적으로 결정되는 개인의 이름과 본적으로 인해 죄가 만들어지거나 다른 사람의 조소와 비난을 받게 되는 것 같다." 그후 선충원은 다시 「'해파'를 논함」(論'海派') 같은 글을 발표했다. 차오쥐런(曹聚仁) 등도 이 논쟁에 참가했다.

3) 메이란팡(梅蘭芳, 1894~1961)은 이름이 란(瀾)이고 자는 완화(畹華)다. 장쑤성(江蘇省) 타이저우(泰州) 사람으로 민초의 유명한 경극배우다. 1930년 메이란팡이 미국에서 공연할 때, 미국 파나마대학과 남가주대학이 그에게 문학 명예박사학위를 수여했다.

4) 오(吳) 땅은 역사적으로 장쑤 북부 지역을 가리킨다.

5) 『맹자』「진심상」(盡心上)에 나온다. "맹자가 범현(范縣; 지금의 산둥성 판현范縣)에서 제나라로 가는데 제나라 왕의 아들을 보고 탄식하여 말했다. '처해 있는 지위는 그 사람의 기개와 도량을 바꿀 수 있고, 받들어 모심과 양육의 성격에 따라 그 사람의 모습과 자태를 바꿀 수 있다. 그 지위와 환경의 힘은 정말로 크구나!'"

6) '바다에 빠진 자'는 원문이 '沒海者'다. 상하이에 사는 사람을 뜻한다. 루쉰이 상하이(上海; '바다로 가다'는 의미)에서 '海'자만을 취해 '沒海'라고 바꿔 씀으로써 '上海'와 '沒海'를 대비시키고 있다.

7) 송대 장계유(莊季裕)의 『계륵편』(鷄肋編)에 나오는 말이다. "건염(建炎, 1127~1130; 남송 고종高宗의 연호) 이후의 속어에 당시의 일들이 보이는 것이 있다. 예를 들면 …… 관직을 얻고자 하면 살인방화를 저질러 조정의 인정과 사면을 받아 내고, 부자가 되고자 하면 서둘러 행재소를 차려 술과 식초를 팔아야 한다."

8) 당나라 시인 최호(崔顥)의 시 「황학루」(黃鶴樓)에 나오는 시구다. "옛사람 황학 타고 이미 사라졌는데, 여기 공터에는 황학루만 남았도다. 황학은 한번 가서 다시 오지 않고 흰 구름만 천 년 동안 헛되이 한가롭다. 한양수 우거진 곳 맑은 냇물 또렷하고, 앵무주 모래톱엔 녹음방초 우거졌다. 해는 저무는데 고향은 어디메뇨, 안개 낀 강가에서 슬픔에 젖는다."(昔人已乘黃鶴去, 此地空餘黃鶴樓. 黃鶴一去不復返, 白雲千載空悠悠. 晴川歷歷漢陽樹, 芳草萋萋鸚鵡洲. 日暮鄕關何處是, 煙波江上使人愁.)

9) 1932년 10월 초 베이핑 문화계의 장한(江瀚)·류푸(劉復) 등 30여 명은 일본군 침략으로 화베이가 위급해지자 국민당 정부에 청원서를 제출했다. 베이핑에는 "국가의 명맥과 국민의 정신이 담겨 있는 문화적 유품"이 보관되어 있고 "각종 학문에 종사하는 전문가들이 대부분 베이핑에 모여 있다"는 것을 이유로 "베이핑을 문화성(文化城)으로 지정하"고 "베이핑의 군사시설을 소개하"여 베이핑이 일본군의 포화를 피할 수 있도록 조치할 것을 건의했다. 이에 앞서 1933년 1월 일본이 산하이관(山海關)을 점령하고 베이핑 침공을 겨냥하자 국민당 정부는 "일본의 목표 달성을 최소화시킨다"는 명분하에 역사언어연구소와 고궁박물관의 고대유물들 일부를 난징과 상하이로 옮겼다.

북쪽 사람과 남쪽 사람[1)]

란팅스

이 글은 '경파'와 '해파'의 논쟁을 보고 난 후에 연상된 것을 적은 것이다.

북쪽 사람이 남쪽 사람 멸시하는 것은 이미 전통이 되었다. 이는 풍속과 관습이 달라서이기 때문이 아니다. 내 생각에 그 가장 큰 원인은 역사적으로 침입자가 대부분 북쪽에서 내려와, 먼저 중국의 북쪽을 정복하고 그다음 다시 북쪽 사람을 끌고 남쪽을 정벌하러 오기 때문에 남쪽 사람이 북쪽 사람 눈에 피정복자여서 그런 것이기도 하다.

육기, 육운 두 형제[2)]가 진晉나라에 들어갔을 때, 환영하는 자리에서 북방 인사들이 분명하게 보여 준 경박함 같은 것이 있었다. 그 예를 일일이 거론하기에 너무 번거로우니 그만두기로 하자. 쉬운 예로 보자면 양현지의 『뤄양가람기』[3)]에는 항상 남쪽 사람을 깔보며, 같은 부류로 대우하지 않는 사례가 나온다. 원대에 이르면 사람을 확연하게 네 등급으로 나눈다.[4)] 일등급이 몽고인, 이등급이 색목인, 삼등급이 한족漢族 즉 북쪽 사람이고, 사등급이 남쪽 사람이다. 왜냐하면 남쪽 사람들이 가장 늦게 투항한 무리이기 때문이다. 최후의 투항이란 것은, 화살이 떨어지고 구원이 끊겨

야만 비로소 전쟁을 멈추는 남방인의 강인함[5]을 이야기하는 것이기도 하지만, 다른 한편으로 말하자면 순종할 줄 모르고 거역만 하여 오랫동안 왕의 군대에 성가신 적이 되는 것이다. 겨우 살아남은 자[6]들은 당연히 투항하게 마련이지만 노예의 자격이기 때문에 가장 천하게 분류되고, 천하기 때문에 신분이 가장 낮아서 누구나 그들을 멸시해도 무방하게 되어 버린다. 청조에 들어와 이 신분 장부가 다시 한 차례 정리되었고 그것의 여파가 지금까지 내려오고 있다. 만약 앞으로의 역사가 더 이상 그렇게 재연되지 않는다면 그것은 진정 남쪽 사람만의 천복은 아닐 것이다.

물론, 남쪽 사람은 결점이 있다. 부귀권세가 남쪽으로 이동함에 따라[7] 부패와 퇴폐의 풍조를 몰고 왔고 북쪽은 그 반대로 깨끗해졌다. 성정도 달라 결점이 있지만 장점도 있다. 이것은 북쪽 사람이 장단점 두 가지를 다 갖고 있는 것과 똑같다. 내 소견으로는 북쪽 사람의 장점은 중후한 것이고 남쪽 사람의 장점은 기민한 것이다. 중후함의 폐단은 어리석을 수도 있음이요, 기민함의 폐단은 교활할 수도 있다는 점이다. 그래서 어떤 선생[8]께서는 일찍이 그 단점을 지적하여 이렇게 말했다. 북방인은 "종일 배불리 먹고도 무언가 노력하려는 바가 없고," 남방 사람은 "종일 함께 지내도 의로움에 대해 언급하지 않는다". 유한계급들을 두고 한 말일 터인데 나는 이 말이 대체적으로 맞는 말이라고 생각한다.

결점은 고칠 수 있으며 장점은 서로서로 스승으로 삼을 수 있다. 관상학 책에 이런 말이 나온다. 북쪽 사람이 남방인 관상을 갖고 있거나, 남쪽 사람이 북방인 관상을 가지면 귀하게 된다는. 내가 보기에 이 말 역시 틀린 말이 아니다. 북쪽 사람으로 남방인 관상을 가진 사람은 중후하면서도 기민할 것이고, 남쪽 사람으로 북방인 관상을 가진 사람은 기민하면서도 중후할 것이니 말할 필요가 없겠다. 옛사람들이 이른바 '귀하다'고 한 것은 그 당시의 성공에 불과하다. 지금, 귀하다고 하는 것은 유익한 일을 해내는 것이다. 이것이 중국인들이 만들어 가야 할 아주 작지만 스스로 유신하는 길이다.

그런데 글을 쓰고 있는 사람은 남쪽 출신이 많아 북쪽이 오히려 그들의 영향을 받고 있다. 베이징의 신문지상에 실속 없이 겉만 번지르르하고, 횡설수설 더듬거리거나 자기 연민이나 하는 글들이 육칠 년 전보다 훨씬 많아지지 않았는가? 이것이 만일 북방 특유의 '억지 부리는 말'과 결혼이라도 하게 된다면 거기서 탄생하는 것은 분명 상서롭지 못한 새로운 열등종자가 될 것이다!

1월 30일

주)_____

1) 원제는「北人與南人」, 1934년 2월 4일『선바오』의『자유담』에 처음 발표했다.

2) 육기(陸機)와 육운(陸雲) 두 형제를 가리킨다. 육기(261~303)는 자가 사형(士衡)이고 육운(262~303)은 자가 사룡(士龍)으로 오군(吳郡) 화팅(華亭; 지금의 상하이 쑹장松江) 사람이다. 두 사람 모두 서진(西晉)시대 작가로 '이육'(二陸)으로 병칭되었다. 조부인 육손(陸遜)과 아버지 육항(陸抗)은 모두 삼국시대 오나라의 명장이었다. 진이 오나라를 멸망시킨 후, 육기 육운 형제는 진나라의 수도 뤄양(洛陽)으로 가 서진의 대신인 장화(張華)를 만났다.『세설신어』(世說新語)에서 남조(南朝) 양(梁)나라의 유준(劉峻)이『진양추』(晉陽秋)를 인용하여 주석한 곳에서 다음과 같이 말하고 있다. "사공(司空) 장화(張華)가 그들을 만나고 나서 말하길 '오나라를 평정한 전리품(戰利品)은 이 두 준걸을 얻은 데 있다'고 했다." 또『세설신어』「방정」(方正)편에 이런 기록이 있다. '이육'이 진나라로 들어간 후 "노지(盧志; 북방의 사족士族인 듯함)가 여러 사람 속에 앉아 육사형에게 묻기를 '육손과 육항은 그대에게 무엇인가?' 하고 물었다". 상하이의 옛 지역인 오나라 사람들인 이 두 사람이 북방인에게 냉대를 당한 기록은 여러 군데 보인다.『세설신

574 꽃테문학

어』「간오」(簡傲)편에서도 '이욱'이 유도진(劉道眞)을 방문했을 때의 상황 묘사가 나온다. "예가 끝나고 처음에는 아무 말이 없다가 유일하게 묻는 말이 '동오(東吳; 오나라 동쪽) 지방에는 자루가 긴 조롱박이 있다고 하던데, 그래 경들은 그 씨를 가져왔는가?' 했다. 육씨 형제는 몹시 실망하여 그곳에 간 것을 후회하였다."

3) 양현지(羊衒之)는 양현지(楊衒之)라고도 한다. 북위(北魏) 베이핑(지금의 허베이성 만청滿城) 사람이다. 치청(期城) 태수와 휘군부사마(揮軍府司馬)를 역임했다. 『뤄양가람기』(洛陽伽藍記) 다섯 권이 동위(東魏) 무정(武定) 5년(547)에 완성되었는데, 그 가운데 북쪽 사람이 남쪽 사람을 경시하는 말이 나온다. 예를 들면 2권에 중원의 씨족이었던 양원신(楊元愼)이 남조 양나라의 장수로 당시 뤄양에 와 있었던 진경지(陳慶之) 장군에게 남쪽의 음식 습관에 대해 빈정거리는 장면이 나온다. "원신은 물을 머금었다가 경지에게 내뿜으면서 말했다. '괴상하게도 오나라 사람들은 수도 젠캉(建康; 지금의 난징)에 살면서 작은 관모를 쓰고 옷을 짧게 만들어 입는다면서요. 스스로를 아눙(阿儂; 나, 저의 뜻)이라고 부르고 아방(阿傍)이라고 말한다면서요. 줄피를 밥으로 삼아 먹고 차를 장처럼 만들어 마신다고 하더군요. 풀을 삶아 만든 국을 홀짝거리며 마시고 게의 누런 알을 빨고 핥아 먹으며 손에는 육두구를 거머쥐고 입으로는 빈랑(檳榔) 열매를 질겅거린다던데……' 경지가 베개에 엎드려 말하길 '양군께서 날 욕보이심이 너무 심하구려!' 했다."

4) 원대에는 백성을 네 등급으로 나누었다. 앞의 세 등급에 대해서는 원말명초의 도종의(陶宗儀)가 지은 『남촌철경록』(南村輟耕錄) 「씨족」(氏族)편에 기록이 나온다. 일등급은 지배자로 몽고 국적을 가진 자이고, 이등급은 색목인으로 몽고가 침략해 들어오기 전에 이미 중국에 살고 있던 서역침략국의 사람들인 킵차크 칸국(汗國)과 회족, 당올족(唐兀族; 간쑤성甘肅省 서쪽 지역에 살던 서하인西夏人) 등이 이에 속한다. 이들은 몽고가 중원으로 들어오기 전에 중국 서역을 정복했던 사람들이다. 삼등급은 거란과 고려 등의 민족과 금나라 치하의 북중국에 있던 한족이다. 사등급은 남인(南人)이다. 전대흔(錢大欣)의 『십가재양신록』(十駕齋養新錄) 9권에 말하고 있다. "한인(漢人)과 남인의 구분은 송나라와 금나라 지역을 경계로 해 구분했다. 장저(江浙), 후광(湖廣), 장시(江西) 세 성(行省)의 사람은 남인이고, 허난(河南)성은 강북의 화이난(淮南) 주루(諸路)만이 남인이다."

5) 자로가 공자에게 강함에 대해 물었다. 공자가 말했다. "남방의 강함이냐, 북방의 강함이냐? 아니면 너의 강함이냐? 관대함과 부드러움으로 남을 가르치고, 나에 대한 다른 사람의 무례에 보복하지 않는 것이 남방의 강함이니라. 군자는 이러한 강함을 편하게 여긴다."(『중용』, 제10장)

6) 원문은 '孑遺'. 여기서는 전조의 유민을 가리킨다. 『시경』「대아(大雅)·운하수(雲漢)」에 이런 기록이 있다. "주나라의 그 많던 백성들, 지금은 살아남은 사람이 거의 없다."

7) 한족의 통치자가 북방 소수민족 통치자의 침입을 막지 못하고 정권을 남쪽으로 이전한 것을 말한다. 예를 들면 동진이 북방 흉노가 침입해 오자 수도를 젠캉으로 옮긴 것, 남

송이 북방 금나라의 압박을 받아 수도를 린안(臨安 ; 지금의 항저우杭州)으로 옮긴 것이 그러하다. 그들은 남천한 후에도 여전히 부패하고 문란한 생활을 계속했다.

8) 고염무(顧炎武, 1613~1682)를 가리킨다. 자는 영인(寧人)이고 호는 정림(亭林)이며 장쑤성 쿤산(昆山) 사람이다. 명말청초의 대학자다. 그는 『일지록』(日知錄) 13권의 「남북 학자의 병」(南北學者之病)에서 이렇게 말했다. "종일 배불리 먹고도 무언가 노력하려는 바가 없으니 참으로 어렵구나'(이 인용문은 『논어』 「양화」陽貨편에 나옴)라고 하더니 오늘날의 북방 학자들이 그러하다. '종일 함께 지내도 의로움에 대해 언급하지 않으며, 작은 지혜를 부리기 좋아하니 참으로 어렵구나'(이 인용문은 『논어』 「위령공」衛靈公에 나옴)라고 하더니 오늘날의 남방 학자들이 그러하다."

「이러한 광저우」 독후감¹⁾

웨커越客

며칠 전, 『자유담』에 「이러한 광저우」가 실렸다.²⁾ 그곳의 상점들이 눈에 전등불을 박은 현단과 이규³⁾의 대형 초상을 만들어 맞은편 가게의 호랑이 간판을 제압하고 있다고, 현지 신문을 인용하여 그런 풍경을 전하고 있다. 아주 실감 나게 썼다. 물론 그 글이 목적하는 바는 광저우 사람들의 미신을 비웃고자 하는 데 있다.

　광둥 사람들의 미신은 분명 좀 심한 것 같다. 각지 사람들이 혼거하는 상하이의 룽탕⁴⁾을 걸어가다 보면 타닥타닥 폭죽을 터뜨리거나 대문 밖 땅바닥에 향촉을 피우는 사람들을 흔히 보게 된다. 이들 중 열에 아홉은 광둥 사람이다. 신당新黨 사람들이라면 탄식하게 될 것이다. 그러나 광둥 사람들은 미신을 아주 진지하게 믿고 있으며 기백도 있다. 현단과 이규의 대형 초상화 같은 것은 아마 백 원 정도가 아니면 마련할 수 없을 것이다. 한나라 사람들은 야광주를 죽어라 찾아다녔고 오吳나라 사람들은 코끼리를 찾아다녔으며 역대 중원 사람들은 항상 광둥으로 가 보물들을 착취하곤 했다. 광둥인들은 지금까지도 아직 다 빼앗기지 않은 무엇이 남아 있기

「이러한 광저우」 독후감 577

라도 한 것 같다. 그러니 저렇듯 가짜 호랑이에게도 지지 않기 위해 그리 많은 신경을 쓰는 것일 것이다. 만일 그렇지 않다고 해도 그들로선 목숨을 걸고 하는 일이니 그 역시 그들이 믿는 미신의 진지함을 말해 주고 있다.

사실, 중국 사람 가운데 미신을 믿지 않는 사람이 있겠는가. 다만 미신을 믿는 것이 별 신통치 않게 되니까 다른 사람들이 관심을 갖지 않는 것일 뿐이다. 예를 들어 보자. 맞은편 가게에 호랑이 간판이 생기면 대개의 상점들은 맘이 편치 않기 마련이다. 그럼에도 장쑤성과 저장성 사람들이라면 아마 그렇게 사력을 다해 싸우려 하진 않을 것이다. 그들은 그저 동전 한 닢으로 붉은 종이 한 장을 사서 그 위에 "강태공[5]이 여기 계시니 아무 두려울 게 없도다"라거나 "태산석을 대적할 자 없노라"[6]를 써서 슬그머니 붙여 놓을 뿐이리라. 그래도 맘이 편해진다. 이것도 미신은 미신이다. 그러나 이런 미신은 얼마나 좀스러운가. 전혀 생기라곤 없고 겨우 숨을 할딱거리는 것과 같아서 『자유담』의 소잿거리로도 제공될 수 없는 그런 것이다.

미신을 믿으려면 모호하게 믿느니 차라리 진지하게 믿는 편이 낫다. 만약 귀신에게 정말 돈이 필요하다고 믿는다면 아예 북송北宋 사람들처럼 동전을 땅에 묻을 것에 찬성한다.[7] 지금 저렇게 몇 장의 지전이나 불사르는 것은 이미 타인을 속이는 것일 뿐만 아니라 자신을 속이고 나아가 정말 귀신을 속이는 것이 된다. 중국은 수많은 일에 있어서 헛된 명분과 거짓 모습들만 남아 있다. 그것은 진지함이 없기 때문에 생긴 것들이다.

광저우 사람들의 미신이 무슨 본보기 삼을 만한 것은 아니겠으나 그 진지함은 본받을 만하고 존경할 만하다.

2월 4일

주)_____

1) 원제는 「『如此廣州』讀後感」, 1934년 2월 7일 『선바오』의 『자유담』에 처음 발표했다.

2) 1934년 1월 29일 『선바오』의 『자유담』에 웨이리(味茘)라는 이름으로 발표했다.

3) 현단(玄壇)은 도교에서 '정일현단원사'(正一玄壇元師)라고 추앙되는 재물의 신으로, 조공명(趙公明)을 말한다. 그것을 그려 놓은 초상이 흑호(黑虎)보다 몸집이 커서 '흑호현단'이라고도 불린다. 이규(李逵)는 장편소설 『수호지』(水滸志) 속에 나오는 인물이다. 이 책 43회에는 그가 네 마리의 호랑이를 죽이는 이야기가 나온다.

4) 상하이 특유의 주택가 골목을 가리키는 말이다.

5) 강태공은 주나라의 태공망(太公望) 여상(呂尙)이다. 성이 강(姜)씨이고 여(呂) 땅에 봉해졌기 때문에 여상이라고 불렸다. 『사기』 「봉선서」(封禪書)에 "예부터 여덟 명의 신장(神將)이 있었다. 혹자는 태공 이후에 만들어졌다고 한다"라고 기록되어 있다. 후에 신화소설인 『봉신연의』(封神演義)에는 강태공이 요괴와 귀신들에게 봉호를 내렸고 그래서 민간에서는 그의 이름으로 '요사한 것들'을 진압할 수 있다는 믿음이 생기게 되었다고 했다.

6) 원문은 '泰山石敢當'이다. 서한(西漢) 사유(史游)의 『급취편』(急就篇)에 이미 '석감당'(石敢當)이란 말이 나온다. 여기에 당대 안사고(顏師古)가 주석하길 "감당(敢當)은 처함에 있어 적이 없다는 말이다"라고 했다. 옛날 다리나 길이 있는 곳을 정면으로 향하고 있는 인가의 대문 어귀나 마을 입구 등지에 석상이나 돌조각을 세우고 그 위에 '태산석을 대적할 자 없노라'라는 글을 써 놓았다. 이것이 '사악한 것을 쫓아내는' 효용이 있다고 믿었기 때문이다. 앞에 '태산'을 첨가한 것은 아마도 옛날부터 '태산부군'(泰山府君)이 '귀신과 사악함을 물리칠 수 있다'는 말이 민간에 유전되어 내려왔기 때문일 것이다.

7) 당대(唐代) 봉연(封演)의 『봉씨문견기』(封氏聞見記) 6권에 나오는 기록이다. "옛날, 귀신에게 제사를 지낼 때는, 규벽(圭璧; 규와 벽은 모두 제사 지낼 때 몸에 지녔던 옥)과 폐백(幣帛; 귀신에게 바치는 예물)을 놓았다. 제사가 끝나면 그것을 땅에 묻었다. …… 지전을 사용한 것은 위진(魏晉) 이후에 시작된 일이다." 지전을 사용한 이후에도 여전히 동전과 은화를 묘에 묻기도 했다.

설[1]

장청루

올 상하이의 설은 지난해보다 활기가 넘쳤다.

문자로 하는 호칭과 입으로 하는 호칭은 좀 다르게 마련인데, 어떤 이는 설을 '폐력'廢曆[2]이라고 불러 경멸하고, 어떤 이는 그것을 '고력'古曆이라고 불러 애틋해한다. 그런데 이 '역'曆에 대한 대우는 마찬가지인 것이다. 연말 결산장부를 정리하고, 신에게 제사를 지내며 조상에게 제를 올리고, 폭죽을 터뜨리며 마작을 하고, 세배를 하며 "부자 되세요!" 한다.

설이지만 발간을 쉬지 않은 신문지상엔 이미 개탄의 말도 있다.[3] 그러나 개탄은 개탄일 뿐, 아무리 해도 현실을 막을 수는 없다. 몇몇 영웅 작가께선 사람들에게 일 년 내내 분발할 것과 비분강개할 것과 기념할 것을 호소했다. 그러나 그렇게 하라 할 뿐이니 아무리 해도 현실을 이기진 못한다. 중국은 슬퍼해야 할 기념일이 너무 많다. 그런 날은 관례에 따라 최소한 침묵은 지켜야 한다. 기뻐해야 할 기념일도 적지 않은 셈이다. 그러나 이 역시 "반동분자들이 기회를 틈타 난동을 부릴"[4]지도 모르니 두려워서 모두 마음 놓고 즐거워할 수가 없다. 몇 차례나 금지당하고 도태되다 보니 어떤 명절도 거의 목이 조여 죽을 지경이 되었다. 그래서 겨우 숨이 붙어 있는 이 '폐력'이나 '고력'이 겨우 우리에게 남아 있는 것들이란 생각에 더 애착이 간다. 이는 각별하게 경축할 일이지 무슨 '봉건의 잔재'라는 한마디 말로 가볍게 무시할 수 있는 것은 아니다.

사람들에게 일 년 내내 비분강개하고 열심히 일하라고 호소하는 영웅들은 이 비분강개하고 열심히 노동하는 사람들을 모르는 게 틀림없다. 사실 비분강개하는 사람과 열심히 노동하는 사람은 수시로 휴식과 즐거움이 필요한 것이다. 고대 이집트의 노예들도 때로는 냉소를 던질 줄 알았다. 그것은 모든 것을 멸시하는 웃음이다. 이 웃음의 의미를 이해하지 못한 자들은 그저 노예의 주인이거나 노예 생활에 안주하여 일도 조금만 하는, 게다가 비분강개하는 것도 잊어버린 노예들뿐일 것이다.

나는 음력설을 지내지 않은 지 23년이 되었다. 그런데도 이번에는 연삼 일 밤을 폭죽[5]을 터뜨려 이웃집 외국인이 "쉿" 하는 소릴 내게 만들었다. 이 소리는 폭죽과 더불어 내 일 년 중에 유일한 즐거움이 되었다.

2월 15일

주)_____

1) 원문은 「過年」, 1934년 2월 17일 『선바오』의 『자유담』에 처음 발표했다.

2) 폐력(廢曆)은 음력(다른 말로 하력夏曆이라고 칭함)을 가리킨다. 1912년 1월 2일 중화민국 임시정부는 음력을 폐하고 양력을 사용하라는 명을 내렸다. 나중에 국민당 정부 역시 계속하여 이러한 명을 내렸다.

3) 1934년 2월 13일(음력 그믐날) 『선바오』 호외(號外) 본부증간(本埠增刊 ; 상하이 항구 지

역판)이 임시로 간행한 부간 『부자유담』(不自由談)에 페이런(非人)이란 이름으로 쓴 「개막사」(開場白)가 실렸고 여기에 이런 말이 나온다. "편집 선생님들이 일 년 내내 고생했다. 요 며칠 겨울휴가 동안 좀 자유롭게 쉬면서 편하게 글이나 쓰고 좀처럼 얻기 어려운 행복을 누릴까 했다. 그런데 생각지도 않게 갑자기 명령이 내려왔다. 호외를 발행해야 할 뿐 아니라 몇 줄 허튼소리라도 해야 한다는 것이다. 방법이 없어 몇 마디 허튼소릴 하고 있다."

4) "반동분자들이 기회를 틈타 난동을 부린다"는 『거짓자유서』(僞自由書) 「다난한 달」("多難之月")에도 나온 내용이다. 1933년 5월 5일 국민당 상하이 당부(黨部)가 '혁명정부 수립 12주년 기념'대회를 거행했다. 사전에 각계에 이렇게 지시했다. "이날 오전 9시 본 당부 3층 대강당에서 각계 대표를 소집해 기념대회를 거행한다." 그리고 그 기념의 아홉 가지 방법을 정했다. 그 마지막 항목이다. "사령부 지시(曁市) 공안국에 서신으로 경비를 요청해 반동분자가 기회를 틈타 소란 피울 것에 단호히 대처한다. 또한 군경 약간 명을 파견하여 회의장의 질서를 유지한다."

5) 원문은 '花爆', 즉 폭죽을 말한다. 1934년 음력 설이 다가오자, 국민당 상하이 정부는 "밤에 아이들이 기회를 틈타 일을 벌일지도 모른다"라는 이유로 "시민들은 폭죽을 터뜨리지 말아야 한다"는 명령을 발포했다.

운명[1]

니쉬얼

영화 「자매꽃」[2]에서 가난한 노파가 그녀의 가난한 딸에게 이렇게 말했다. "가난한 사람은 평생 가난한 사람일 뿐이니 너는 잘 인내해야 한다!" 중한[3] 선생이 이를 개탄하며 비판하고 이름 붙이길 '빈자철학'이라고 했다.(『다완바오』^{大晚報} 참조)

물론, 이 말은 사람들에게 가난 속에서도 평화로울 수 있음을 가르치는 것으로 그것이 근거하고 있는 것은 '운명'이다. 안빈^{安貧}을 주장한 고금의 성현들은 이미 수없이 많았다. 하지만 안빈하지 못하는 가난한 사람도 '끝까지' 줄어들지 않고 있다. '현자가 아무리 주도면밀 사려를 해도, 한 번 실수는 반드시 있기 마련'[4]이라 했다. 여기서 '실수'란 그 사람이 관 뚜껑을 덮은 후가 아니고선 그 사람 운명을 '끝까지' 알 수가 없다는 것이다.

운명을 예언한 사람이 과거 없지는 않았다. 도처에는 관상을 보는 사람과 팔자를 논하는 사람들이 있다. 그런데 그들 가운데 자신의 손님에게, 그가 평생 동안 가난할 것이라고 단정해 말할 사람은 거의 없을 것이다. 만일 있다 해도 여러 사람들의 의견이란 것은 같은 관상을 보아도 일치하지 않는 법이니 갑이 가난할 것이라 말하면 을은 부자가 될 것이라 말할 것이다. 그래서 가난한 사람들로 하여금 자기 장래의 운명을 확실하게 믿을 수 없게 만든다.

운명을 믿지 않으면 '안분'安分할 수 없다. 가난한 사람이 복권을 사는 것은 '안분하지 않으려는 생각'에서다. 그런데 이는 오늘날 국가에 있어서 이익이 전혀 없다고 말할 수 없는 것이다. 그러나 '이로움이 있으면 반드시 폐단도 있어', 기왕 운명을 알 수 없는 바에야, 가난한 사람도 황제가 되고 싶은 꿈을 꾸니 이는 이상한 일이 아니다. 이래서 중국에 『추배도』5) 가 출현하게 되는 것이다. 송나라 사람의 말에 따르면, 오대五代 때 많은 사람들이 이 그림책을 보고 나서 자기 아들에게 이름을 지어 주어 장래에 좋은 징조가 들기를 바랐다고 한다. 송 태종 때에는 이 책에서 마구 채록해 만든 백여 종의 다른 책들이 별권들과 함께 한꺼번에 유통되게 되었다. 독자들이 그 책들 목차를 보면 서로서로 상충되는 것도 많고 내용도 일치하지 않았다. 그러자 사람들은 더 이상 소중히 간직하지 않게 되었다. 그러나 9·18사변 때 상하이에서는 여전히 『추배도』의 새 판본이 대량 팔려 나갔다.

'안빈'은 정말 천하를 태평하게 만드는 데 있어 중요한 방법이다. 그런데 최후의 운명을 꼭 집어 예견할 길이 없다면 결국 사람들에게 죽어라 체념만 하고 편히 지내라 할 수가 없다. 오늘날의 우생학6)은 원래 과학적인 것이라고 말할 수 있다. 중국에도 바야흐로 이것을 주장하는 사람이 생겨 운명설의 빈약함을 구제해 보려 하고 있다. 그러나 역사는 또 기어이 이런 주장에 힘을 보태 주지 않는다. 한 고조7)의 아버지는 결코 황제가 아니었으며, 이백의 아들 역시 시인이 아니었다. 또 입지전적인 인물들의 전기도 있다. 이런 책들은 사람들에게 조잘조잘 서양의 누가 모험으로 성공을 하였다느니 또 누가 빈손으로 부를 축적하였다고 말하고 있다.

운명설을 가지고는 치국평천하를 할 수 없다. 이는 명명백백하게 역사가 증명하고 있다. 그래도 만일 그것을 가지고 국민을 통제하는 수단으로 삼으려 한다면 중국의 운명은 정말 더할 나위 없는 극'빈'이 될 것이다.

2월 23일

주)_____

1) 원제는「運命」, 1934년 2월 26일『선바오』의『자유담』에 처음 발표했다.

2) 정정추(鄭正秋)가 자신이 편집한 무대극「귀인과 범인」에 근거해 개편하고 그 자신이 감독한 영화다. 1933년 상하이 밍싱영화공사(明星影片公司)가 촬영했다. 영화는 1924년 군벌 내전을 배경으로 어릴 때 헤어진 쌍둥이 자매를 그리고 있다. 동생은 군벌의 첩이 되었고 언니는 죄수가 되었다. 나중에 서로 만나 부모와 함께 온 집안이 단란하게 사는 것으로 끝난다.

3) 자오쭝한(昭宗漢, 1907~1989)을 말한다. 장쑤성 우진(武進) 사람으로 신문 관계 일을 했다. 그의『빈자철학』(窮人哲學)은 1934년 2월 20일『다완바오』(大晩報)「일일담」(日日談)에 발표했다.

4) 원문은 '智者千慮, 必有一失'이다.

5)『추배도』(推背圖)는 참위(讖緯)설에 근거한 그림책이다.『송사』의「예문지」(藝文志)에 편찬자의 이름 없이 오행가(五行家)의 저서로 열거하고 있다. 남송 악가(岳珂)의『정사』(桯史)에는 당대 이순풍(李淳風)이 지었다고 했다. 현존하는 판본은 1권 60도(圖)로 되어 있다.『정사』권1의「예조금참서」(藝祖禁讖書)에는 다음과 같은 기록이 있다. "당 이순풍이『추배도』를 지었다. 오대(五代)의 난리로 왕과 제후들이 굴기하자 사람들은 요행을 바라는 마음을 가지게 되었다. 따라서 참위에 관한 학설이 세차게 일어나 걸핏하면 참위서를 뒤져 오월(吳越)에서는 그 자식의 이름을 짓기에 이르렀다. …… 그런데 추배도가 전해진 지 수백 년이 되었고 민간에서도 많이 소유하고 있었기 때문에 회수하기가 어려워 관리들이 걱정했다. 하루는 조(趙) 한왕(韓王)이 카이펑(開封)의 감옥 사

정에 대해 상주하면서 '지키지 않는 자가 너무 많아 이루 다 죽일 수가 없습니다'고 했
다. 이에 위에서 말하길 '지나치게 금지할 필요 없다. 그것을 혼란스럽게 만들면 된다'
고 했다. 이에 구본(舊本)을 가져오게 명령한 뒤 입증된 것을 제외하고 모두 순서를 바
꿔 놓고 뒤섞어 써서 백 가지 판본으로 만들어 원래 책과 함께 유통하게 했다. 이에 그
책의 선과 후, 진위를 알 수 없게 되어 버렸다. 간간이 구본을 가지고 있는 사람도 있었
으나 더 이상 영험하지 않아 보관하지 않게 되었다." 『거짓자유서』 「추배도」의 주석 6
번 참조.

6) 우생학(優生學, eugenics)은 종의 개량을 목적으로 인간의 선발육종에 대해 연구하는
학문이다. 인류를 유전학적으로 개량할 것을 목적으로 하여 여러 가지 조건과 인자 등
을 연구하는 학문으로 1883년 영국의 프랜시스 골턴(Francis Galton)이 창시했다. 우
수 또는 건전한 소질을 가진 인구의 증가를 꾀하고 열악한 유전소질을 가진 인구의 증
가를 방지하는 것이 목적이다.

7) 한 고조(高祖)는 유방(劉邦, B.C. 247~195)을 말한다. 자는 계(季)이고 페이현(沛縣; 지금
의 장쑤성) 사람으로 한 왕조를 세운 사람이다.

크고 작은 사기[1]

덩당스鄧當世

지난 이 년 동안에도 짜깁기, 표절, 매명賣名, 도용 등등 '문단'의 추한 일들이 정말 적잖이 폭로되었다. 그런데 끝까지 해명될 수 없었던 일도 있었다. 그것은 단지 우리들이 너무 익숙하게 보아 왔던 터여서 크게 염두에 두질 않았기 때문이다.

명사의 추천 글이 반드시 잘 쓴 것으로 보이진 않더라도 단지 그 책의 작가나 출판인이 그 명사를 잘 알고 있다는 것을 표현한 것이므로 내용과는 무관할지라도 사람을 속인 것이라 할 수는 없다. 의심이 가는 것은 '감수'다. 감수를 담당하는 사람은 대개 명사, 학자, 교수가 된다. 그런데 이들 선생들께서 그 분야 학문과 관련된 저서가 전혀 없는 분들이다 보니 정말 감수를 제대로 한 것인지 아닌지가 문제된다. 정말 감수를 한 것이라도 그 감수가 정말 믿을 만한 것인지 역시 다시 문제가 된다. 그러나 재감수를 하여 비평을 한 글을 우린 거의 보지 못했다.

또 한 가지가 있다. '편집'이다. 이 편집자도 대개는 명사들이어서 그 이름만 보고도 독자들을 그 책은 믿을 수 있는 것이라고 생각하게 된다.

그런데 여기도 의심스러운 것이 있다. 만일 그 책에 서문이나 발문이 있으면 그 글과 글이 보여 주는 사상으로 인해 그 책이 정말 그 명사가 편집한 것인지 아닌지를 판가름할 수가 있다. 그러나 시중에 진열된 책들은 펼치기만 하면 언제나 서문도 없이 바로 목차가 나와 버려 생각을 조금 더 들어 나갈 수 없게 한다. 그러니 어떻게 믿을 수 있겠는가? 각 분야 대형 간행물의 이른바 '주필'이란 사람들은 그 명사의 이름이 위로는 하늘로 치솟고 아래로는 땅에 다다라 도무지 통달하지 않은 분야가 없다. "아무 것도 하지 않으면서도 하지 않는 일이 없게 된다"[2]이니, 우리들이 더 이상 재단하고 추측할 필요가 없게 된다.

또 한 가지가 있다. '특약기고'다. 간행물이 처음 나오면 광고에 종종 대대적으로 수많은 특약기고의 명사들 이름을 열거하곤 한다. 때로는 볼록 나온 부각인쇄로 작가의 친필 서명을 찍어 내 그것이 진짜임을 보여 주기도 한다. 이런 것은 결코 의심할 수 없다. 그런데 일 년, 반년이 지나면 점차 파탄이 난다. 소위 그 수많은 특약기고가의 문장을 한 글자도 볼 수 없으니 말이다. 애당초 기고 약속을 하지 않은 것인지 아니면 약속을 하고도 글을 보내지 않은 것인지 우린 통 알 수가 없다. 그러니 이른바 그 친필 서명이란 것들도 다른 데서 오려 온 것이거나 위조한 것인지도 모른다. 만약 친필 서명을 친필 원고에서 취한 것이라면 왜 서명만 보이고 그 사람의 원고는 보이지 않는가?

그 명사들은 그들의 '이름'을 팔아, 잘 모르겠지만 '공돈'을 받은 것일까? 만약 받았다면 자신을 파는 것에 동의한 것이지만 그렇지 않다면 '도적질당해 팔린 것'이라고 할 수 있다. '세상을 속이고 이름을 도용하는' 자들이 있고, 이름을 도적질해 팔아서 세상을 속이는 자들도 있다. 인간사는 정말 천태만상이다. 그러하니 손해를 보는 사람은 단지 독자뿐이다.

3월 7일

주)＿＿＿＿＿

1) 원제는 「大小騙」, 1934년 3월 28일 『선바오』의 『자유담』에 처음 발표했다.

2) 『노자』(老子) 제48장에 나오는 말이다. "학문을 하면 날로 지식이 늘어나지만, 도 닦는 일을 하면 날로 지식이 줄어들 것이다. 지식이 줄고 또 줄어들어서 아무것도 하지 않게 됨에 이르게 된다. 아무것도 하지 않으면서도 하지 않는 일이 없게 되는 것이다." 『노자』 원문에 나오는 '늘어나다'(益)와 '줄어들다'(損)는 지식과 욕망의 증감을 가리킨다.

'어린아이 불가'[1]

미쯔장(宓子章)

최근 5, 6년 동안 외국 영화가 우리에게 먼저 보여 준 것은 서양 협객들은 온통 용감하다는 것이고 그리하여 야만인들은 누추하고 못났다는 것이며 또 그리하여 서양 아가씨들의 각선미는 훌륭하다는 것이다. 그런데, 안목이란 것은 점점 더 높아지게 마련이어서 마침내 다리 몇 개로는 부족하게 되어 아주 많아지게 되었고, 그것으로도 부족하게 되자 아예 벌거벗어 버렸다. 이것이 바로 '나체운동대사진'[2]이란 것이다. 비록 그것이 정정당당하게 '인체미와 건강미의 표현'이라 할지라도 역시 '어린아이 불가'[3]인 것이다. 어린아이는 이러한 '미'美를 볼 자격이 없다는 것이다.

왜 그런가? 광고 문구에 이런 말이 있다.

"아주 총명한 아이가 말했지요. 그 여자들은 몸을 왜 안 가려?"

"아주 엄숙한 아빠가 말했지요. 어쩐지 극장이 아이들 불가라고 하더라니!"

이것은 물론 작가들이 지어낸 훌륭한 문장일 뿐이다. 왜냐하면 이 영화는 상영하면서부터 '어린아이 불가'를 내걸었기 때문에 아이들은 볼 수 없었다. 그런데 만일 아이들에게 정말 보여 주었다면 그런 질문을 하였을까? 아마 그랬을 거라고 생각한다. 그러나 이 질문의 뜻은 장생이 노래한 "아아, 어찌하여 얼굴을 돌리지 않나요"[4]와는 완전히 다른 것일 게다. 영화 속 인물들의 부자연스러운 태도가 아이들에게 이상한 생각이 들게 만들어 그렇게 질문했을 수도 있겠다. 어쩌면 중국의 아이들이 다소 조숙하고 성감도 좀 예민한 편일지도 모르겠다. 그래도 어른인 그들의 '아빠'들에 비해 마음이 그렇게 엉큼한 것은 아닐 것이다. 만일 그렇다고 한다면 20년 후 중국 사회는 정말 한심스럽게 될 것이니. 그런데 사실은 결코 그렇지 않을 것이므로 그 아버지의 대답은 역시 이렇게 고치는 것이 좋겠다.

"날 참지 못하게 만드니, 정말 얄밉구나!"

그러나 감히 이렇게 말하는 '아빠'가 꼭 있으란 법도 없다. 그는 언제나 "자신의 마음으로 남의 마음을 헤아리"고자 하기 때문에,[5] 다 헤아린 후에는 자기의 마음을 다른 사람의 가슴에 억지로 밀어 넣고는 짐짓 자신은 안 그런 척 위장하면서 다른 사람의 마음이 자기만큼 깨끗하지 않다고 말해 버리곤 하기 때문이다. 나체를 한 여인들이 모두 "몸을 돌리지 못하는 것"은 사실 전적으로 이런 부류의 인물들 때문이다. 설마 그 여자들이 백치가 아니고서야 이 '아빠'들 눈빛이 아이들의 눈빛보다 훨씬 더 순수하지 못하다는 것도 알아채지 못하겠는가?

그런데 중국 사회는 아직 이 '아빠' 부류들이 휘어잡고 있는 사회여서 영화를 만들려면 '엄마' 부류는 몸을 바쳐야 하고 '아들' 부류는 비방을 당해야만 한다. 그러다 만일 결정적이고 중요한 일이 닥치면 여전히 무슨 '목란이 군대를 갑네', '왕기가 나라를 수호합네' 하면서,[6] '여자와 소인'[7]을 떠밀어 난관을 대강 모면하곤 한다. "우리 국민들은 장차 어떻게 후일에 대처하려는가?"

4월 5일

주)___

1) 원제는 「小童擋駕」, 1934년 4월 7일 『선바오』의 『자유담』에 처음 발표했다.

2) 1934년 3월 상하이대극장에서 독일, 프랑스, 미국 등 국가의 나체운동 다큐멘터리 영화인 「자연으로 돌아가다」(回到自然)를 상영했다. 이즈음 극장은 이를 대대적으로 선전했다. 이 말과 다음에 나오는 인용문은 모두 선전광고에 나온 문구들이다.

3) '어린아이는 입장 불가' 혹은 '어린아이는 관람 불가'의 의미다.

4) 장생(張生)은 장공(張珙; 즉 군서君瑞)을 가리킨다. 원대 왕실보(王實甫)의 『서상기』(西廂記)에 나오는 인물로 여기서 인용한 노래 가사는 이 극본의 제4본(本)인 「초교점몽앵앵」(草橋店夢鴛鴦)의 제1절(折)에 나온다. "아아, 어찌하여 얼굴을 돌리려 하지 않는가?"

5) "자신의 마음으로 남의 마음을 헤아리다." 『중용』 13장의 주희(朱熹) 주석에 나오는 말이다.

6) 목란(木蘭)이 군대를 간다는 것은, 위진남북조시대 북조의 민간 장편 서사시인 「목란시」(木蘭詩)에 나오는 이야기를 가리킨다. 이 시는 목란이 남장을 하고 징병당할 처지에 놓인 늙은 아버지를 대신하여 군에 들어가 12년간 전쟁에 참가하여 공을 세우고 고향으로 돌아온다는 것을 서사하고 있다.

   왕기(汪踦)는 춘추시기 노나라의 한 아이였다. 제나라의 침략을 받은 노나라를 구하기 위해 전쟁터 랑(郞) 땅으로 떠났다가 거기서 전사했다. 후에 공자에 의해 나라를 위해 희생한 모범으로 추앙되었다. 『예기』(禮記) 「단궁하」(檀弓下)편에 이런 기록이 있다. "랑 땅에서 노(魯)나라와 제(齊)나라 병사들이 전쟁을 했다. 공숙우인(公叔禺人)은 …… 그 이웃의 동자 왕기와 함께 전쟁터로 달려가 모두 그곳에서 전사했다."

7) "여자와 소인은 다루기 어려우니 가까이하면 불손해지고 멀리하면 원망한다"에 나오는 말이다. 『논어』 「양화」편에 나온다.

옛사람은 결코 순박하지 않았다[1]

웡준翁隽

노인들은 항상 말하곤 한다. 옛사람들이 요즘 사람들보다 순박하고 마음 씨도 곱고 그래서 장수하였다고. 나도 예전에는 이런 믿음을 갖고 있었다. 그러나 지금은 그 믿음이 흔들리게 되었다. 달라이 라마는 보통사람보다 마음이 선량했지만 결국에는 "불행히도 단명하여 일찍 죽었다."[2] 그런데 광저우에서 열린 경로잔치[3]에는 예상 밖에 수많은 할아버지 할머니들이 모였다. 백여섯 살 된 한 노부인은 아직도 실을 바늘에 꿸 수가 있다고 했다. 사진이 그것을 증명하고 있다.

   옛사람과 지금 사람의 마음이 좋고 나쁨을 비교하기란 다소 어렵다. 하는 수 없이 시문詩文에서 그 비교의 방법을 찾아볼 따름이다. 옛날 시인 은 '온유돈후'한 것으로 이름이 나 있다. 그런데 어떤 시인은 이렇게 말하 고 있다. "태양은 어찌하여 사그라지지 않고 있는가, 내 너와 함께 멸망하 리라!"[4] 당신 생각에 이것은 얼마나 지독한 말인가? 그런데 더 이상한 것 은 공자님께서 '교열'의 과정을 거치면서도 이것을 삭제하지 않았다는 점 이다. 그러고서도 무슨 "시경 삼백 편을 한마디로 말한다면 시의 사상에 사악함이 없다"[5]고 하셨다니, 분명 성인께서도 이를 사악하지 않은 것으로 여기셨나 보다.

또 현존하여 유통되고 있는 『문선』이란 책이 있다.[6] 청년작가들이 어휘를 풍부하게 하고 싶거나 건축을 잘 묘사하고자 한다면 반드시 이 책을 보아야 한다고들 말한다. 그런데 내가 그 속의 작가들을 죽 한번 조사해 봤다. 그런데 적어도 그 절반이 제명에 죽질 못했다. 물론, 이것은 마음이 착하지 않았기 때문이리라. 소명昭明태자가 죽 한번 선별을 해서 만든 이 책은 정말 그 어휘력에 있어 스승이 된 듯하다. 그러나 거기에는 개인적인 주장도 있고 편벽되면서 아주 격한 글도 있다. 만일 그런 글들이 없었다면 그 사람들은 전해 내려오지 않았을 것이다. 당나라 이전 역사에 나오는 작가전을 시험 삼아 좀 죽 들추어 보았더니 대개는 상전의 속마음과 취지를 잘 받들어 격문檄文을 초안하거나 축사를 지었던 사람들이다. 그런데 이런 작가들의 글은 지금까지 전해지는 것이 극히 드물다.

이로 미루어 볼 때 고서본 전체를 영인해 내는 것은 아주 위험한 일일 수 있다. 근자에 우연히 석판본 『평제문집』[7]을 보았다. 작자가 송대 사람이니 옛날이라고 할 수는 없겠다. 그런데 그 시가 교훈이 될 만하지 않았다. 예를 들면 「여우와 쥐」狐鼠를 노래하여 이렇게 읊는 것이다. "여우와 쥐는 한 굴에서 뽐내고, 호랑이와 뱀은 사통팔달 천하를 다니네. 하늘에 눈이 있은들 무엇하리, 그들이 온 땅을 지배하고 있거늘……." 또 「형공」荊公을 노래하여 이렇게 읊조리고 있다. "기른 자는 화근을 품고 떠나갔으나, 종산鍾山은 여전히 사람을 향해 푸르구나."[8] 집권자를 질책하는 이런 말투는 지금 사람들이 읽기에 익숙하지 않다. 당송 '팔대가'[9] 가운데 한 사람인 구양수[10]는 과격한 문장가라고는 할 수 없겠으나 그의 글 「이고의 글을 읽다」 가운데는 이렇게 말한 것이 나온다. "오호라, 관직에 있으면서 스스로 노심초사하려 하지 않더니, 다른 사람도 모두 근심걱정을 못 하게 금하누나. 참으로 개탄스럽도다!" 이 역시 몹시 성을 내고 있는 글이다.

이런 글들이 있었음에도 후세 사람들의 엄선을 거치면서 옛사람들이 순박해지기 시작한 것이다. 후세 사람들이 옛사람을 순박하게 만들 수 있었으니 그들이 옛사람들보다 훨씬 순박하단 걸 알 수 있다. 청조는 일찍이 황제의 명령으로『당송문순』과『당송시순』[11]을 편찬했다. 이것은 황제가 옛사람들을 순박하게 만들어 놓은 아주 좋은 표본이다. 아마도 머지않아 어떤 사람이 이 책을 다시 찍어 냄으로써 "이미 역류하고 있는 노도의 물결을 돌이켜 보려 하겠지".[12]

4월 15일

주)_____

1) 원제는「古人幷不純厚」, 1934년 4월 26일 상하이『중화일보』(中華日報)의『동향』(動向)에 처음 발표했다.

2) 달라이 라마는 1933년 12월 17일 세상을 떠난 티베트의 13대 달라이 라마 걀와 툽텐 갸초(Thubten Gyatso, 1876~1933)를 말한다. 그는 티베트의 저물어 가는 운명과 일생을 함께 한 비극의 지도자였다. 1876년 태어나 1878년에 즉위한 그는 1904년 영국의 침략과 1909년 중국의 침략을 받았다. 티베트 정치는 외부의 침략으로 인해 안에서 다툴 여력이 없었다. 그래서 13대 달라이 라마는 국내 정치를 상대적으로 안정시킬 수 있었다. 기나긴 중국의 침략을 간신히 견뎌냈으나 끝까지 막지 못하고 조국 티베트의 비극을 예언하며 1933년 입적했다.

"불행히도 단명하여 일찍 죽었다"는 공자가 제자 안연(顏淵)이 일찍 죽은 것을 애도하며 한 말이다.『논어』「옹야」(雍也)편에 나온다.

3) 경로잔치의 원문은 '耆英會'이다. 1934년 2월 15일 국민당 정부의 광저우 시장 류지원

(劉紀文)이 신축한 시청사의 낙성을 기념하여 경로잔치를 열었다. 80세 이상 노인 200여 명이 모였다. 그중에 106세 된 장쑤스(張蘇氏)란 사람은 실을 바늘에 꿸 수 있었다. 그녀가 바늘에 실 꿰는 모습을 찍은 사진이『선바오』의『화보특간』(畵報特刊) 2호에 게재되었다.

4) 『상서』(尙書)「탕서」(湯誓)에 나오는 말이다. 원문은 "時日曷喪, 予及汝偕亡!"이다. 여기서 해(時日)는 하나라 걸(桀)임금을 가리킨다. 걸임금의 폭정을 원망한 시로 해석된다.

5) 원문은 '詩三百, 一言以蔽之曰, 思無邪'이다. 공자가『시경』을 평가하여 한 말이다.『논어』「위정」(爲政)편에 나온다.

6) 『문선』(文選)은 양(梁)나라 소명(昭明)태자 소통(蕭統)이 편한 책으로, 진한(秦漢) 시기에서 제량(齊梁)까지의 시문을 모은 중국 최초의 시문집이다. 총 30권. 당대 이선(李善)이 60권으로 나누어 주석을 달았다. 1933년 9월 스저춘(施蟄存)이 청년들에게『문선』을 추천하면서 이 책을 읽으면 "어휘력을 확장시킬 수 있으며", 그 속에서 "궁중 건축" 등을 묘사하는 좋은 단어들을 차용할 수 있다고 말했다.

7) 『평제문집』(平齋文集). 총 32권으로 송대 홍자기(洪咨夔, 1176~1236)가 지었다. 홍자기는 자가 순유(舜兪)이고 저장성 위첸(於潛; 지금은 린안臨安에 편입됨) 사람이다. 가태(嘉泰) 2년(1202)에 진사(進士)가 되었고, 관직은 형부상서와 한림학사를 역임했다. 석판본은 1934년 상우인서관(商務印書館)에서 찍은『사부총간속편』(四部叢刊續編)본을 말한다.

8) 형공(荊公)은 왕안석(王安石, 1021~1086)을 가리킨다. 왕안석은 자가 개보(介甫)이고 푸저우성(撫州省) 린촨(臨川; 지금은 장시江西에 속함) 사람이다. 북송의 개혁 정치가이자 문학가이다. 신종(神宗) 때 재상이 되어 개혁을 시도하였으나 보수파의 반대와 공격으로 실패했다. 재상 때 형국공(荊國公)에 봉해졌기 때문에 왕형공으로도 불렸다. 여기서 '화근'은 왕안석이 이전에 중용한 적이 있었으나 나중에 왕안석을 배척했던 여혜경(呂惠卿)의 무리를 가리킨다. 왕안석은 개혁 실패 후 만년에 난징(南京)에 있는 중산(鍾山)의 반산당(半山堂)으로 물러나 은거했다.

9) 당대의 한유, 유종원, 송대의 구양수, 소순, 소식, 소철, 왕안석, 증공 등 8명의 유명한 산문가를 지칭한다. 송대의 모곤(茅坤)이 그들의 작품을 선집으로 묶어『당송팔가문초』(唐宋八家文鈔)라고 명명한 데서 '팔대가'란 이름이 나왔다.

10) 구양수(歐陽修, 1007~1072)는 자가 영숙(永叔)이고 루링(廬陵; 지금의 장시江西 지안吉安) 사람이다. 북송을 대표하는 작가이며, 추밀부사(樞密副使), 참지정사(參知政事)를 역임했다.「이고의 글을 읽다」(讀李翶文)는『구양문충집』(歐陽文忠集) 73권에 들어 있다.
이고(李翶, 772~841)는 자가 습지(習之)이고 룽시(隴西) 청지(成紀; 지금의 간쑤 타이안泰安) 사람이다. 당대의 작가로 관직이 중서사인(中書舍人), 산남동도(山南東道) 절도사(節度使)에 올랐다.

11) 청대 건륭 3년(1738), 황제의 명으로 『당송문순』(唐宋文醇) 58권을 편찬하여 당송팔대 가와 이고, 손초(孫樵) 등 10명의 문장을 수록하였다. 『당송시순』(唐宋詩醇)은 건륭 15 년(1750) 황제의 명으로 47권을 편찬하여 당대의 이백, 두보, 백거이, 한유와 송대의 소식, 육유 등 6명의 시를 수록하였다.

12) 이 말은 당의 한유(韓愈)의 「진학해」(進學解)에 나오는 다음 말에서 왔다. "수많은 강 을 막아 동으로 흐르게 하고, 이미 역류하고 있는 노도의 물결을 돌이키고자 했다."(障 百川而東之, 回狂瀾於旣倒) 이 말은 불교와 도교가 성행하고 유교가 쇠락해 가는 당대의 시대사조를 바로잡고자 했던 한유의 결의를 나타낸 말이다. 루쉰의 이 글의 의도는 혁 명의 새로운 물결을 저지하기 위해 저항정신이 결여된 고문서를 발행하고 있는 국민 당을 비판하기 위한 것이다. 그들은 고서를 발행하면서 최상의 작가 작품과 고서를 발 행하고 있다고 했다.

법회와 가극[1]

멍후孟弧

「시륜금강법회 모금행사를 위한 발기문」[2]에 이런 글귀가 있다. "옛날 사람은 재난을 당하면, 윗사람은 자신을 벌주는 것이었고, 아랫사람은 수신修身을 하는 것이었다.…… 지금은 인심이 쇠락하여 불력佛力의 도움에 의지하지 않고서는 이런 재난을 없앨 방도가 없다." 지금도 이 글귀를 기억하고 있는 사람이 있을 것이다. 이것은 정말 사람들에게, 자신과 다른 사람이 모두, 홍수를 막거나 메뚜기떼를 몰아내는 데 아무 쓸모가 없는, 반푼어치의 가치도 없는 하찮은 존재란 느낌이 들게 만드는 말이다. 만일 "자신이 지은 업을 지우거나 타인의 재난으로부터 안전하고자 한다면"[3] 다른 방법 없이 판첸 라마 대사를 모셔다가 부처님께 도움을 청해야하는 것이다.

믿음이 깊은 사람들이 분명 있는 모양이다. 그렇지 않다면, 어떻게 그 막대한 돈을 모금할 수가 있겠는가.

그러니 결국 "인심은 쇠락에 접어든" 듯하다. 중앙사의 17일자 항저우발 통신은 이렇게 전했다. "시륜금강법회가 이달 28일 항저우에서 개최

될 예정이다. 메이란팡, 쉬라이, 후디에를 초청하여 회의 기간 중 닷새 동안 가극歌劇 공연을 할 예정이라고 했다."[4] 범패 소리의 청아한 음이 결국 경쾌한 노래와 느릿한 춤사위에 '휩싸이게' 되었다. 어찌 상상 밖이라 아니하겠는가!

무릇 옛날에는 부처가 설법을 하면 천상의 여인이 꽃을 뿌렸다는데,[5] 지금 항저우에서 열리는 법회에는 부처가 친히 왕림하지는 않을 것인즉, 메이 선생에게 잠시 천상의 여인으로 분장해 줄 것을 정중히 청했다고 하는 것은 당연 있을 수 있는 일이다. 그러나 법회가 그런 모던 아가씨들과 무슨 관계가 있단 말인가? 영화배우와 표준미인[6]이 노래를 부르지 않으면 "그런 재난을 없앨" 수 없다는 말인가?

아마도 부처에게 예불 드릴 사람들은 아직은 인심이 막 '쇠락하기' 직전이라, 겸해서 오락 공연 보는 것을 좋아하게 되었을지도 모른다. 자금도 한계가 있고 법회도 크지 않으니 스님들도 심벌즈를 때리고, 노래를 부르며, 선남선녀들에게 만족을 주자는 것이리라. 그런데 도학자들께서는 아주 머리를 설레설레 흔들었다. 판첸 라마 대사는 단지 법회만 '인가'[7]하고 「가랑비」[8]는 못 부르게 했다는 것이다. 이것이 원래 부처님의 취지에 합당한 조치이리라. 그런데 예상치 못하게 가극을 동시에 공연하게 생겼다.

원시인과 현대인의 마음은 크게 차이가 있을 듯하다. 만일 시간차가 몇백 년에 불과하다면 그 차이는 있다 하더라도 아주 미미하고 미미할 터이다. 옛날 마을 축제에서 연극을 만들고, 향시[9]에서 예쁜 여자들을 훔쳐보던 것은 '예로부터 이미 있어 왔던' 놀이다. 한없는 행복을 만들고 또 보고 듣는 즐거움을 만끽하고자 하는 것은, 현재에도 미래에도 모두 좋은 일이다. 그것은 예로부터 지금까지 불사佛事를 흥행하게 만드는 힘 있는 호소력이었다. 그렇지 않고서야 누렇고 뚱뚱한 중들이 염불만 외우는데 참가자들이 환호작약하지 않았을 것이다. 그러면 분명 재난을 없애려는 희망도 사라지게 되었을 것이다.

그러나 이러한 안배가 비록 자비심에서 나왔다 할지라도, 그래도 여전히 "인심이 쇠락에 접어든" 증좌이다. 이는 사람들로 하여금 의심이 들게 한다. 혹 우리 자신이 "이 재난을 없애는" 일에 아무 쓸모가 없게 되어버린 것은 아닌지, 그래서 앞으로는 판첸 라마나, 미스 쉬라이, 미스 후디에에게 의존해야 하는 것은 아닌지 하는 의심 말이다.

4월 20일

주)_____

1) 원제는 「法會和歌劇」, 1934년 5월 20일 『중화일보』의 『동향』에 처음 발표했다.
2) 「시륜금강법회 모금행사를 위한 발기문」(時輪金剛法會募捐緣起). 시륜금강법회는 불교 밀종(密宗)의 한 의식이다. 1934년 3월 11일 국민당 정부의 고시원 원장 다이지타오(戴季陶), 행정원 비서장 주민이(褚民誼) 등이 발기하여, 하야한 군벌 돤치루이(段祺瑞)를 이사장으로 추대하고, 제9세(世) 판첸 라마(Panchen Lama, 班禪額爾德尼)를 항저우 링인사(靈隱寺)에 초청해 시륜금강법회를 거행했다. 이 일은 각지의 군벌 요인인 황푸(黃郛), 장췬(張群), 마훙쿠이(馬鴻逵), 상전(商震), 한푸쥐(韓復榘) 등의 동의를 얻었다. 장제스(蔣介石)는 저장성과 항저우 시당국에 협조를 요청했다. 이 법회를 위한 「모금 발기문」이 『논어』 제38기(1934년 4월 1일) 「고향재」(古香齋) 칼럼란에 게재됐다.
3) 1934년 3, 4월 사이에 상하이 여러 신문들은 「시륜금강법회 모금행사를 위한 발기문」에 나오는 말을 전재하여 사람들에게 '시주'를 권했다. 거기서 이렇게 말하고 있다. "이미 고인이 되신 종친의 고통을 덜어 드리거나, 살아 계신 부모님의 복을 기원하기 위해, 혹은 자신이 지은 업을 지우거나 타인의 재난으로부터 안전하고자 하기 위해서이다."
4) 중앙사의 이 통신은 당시 사실과 좀 다르다. 쉬라이(徐來)와 후디에(胡蝶)는 당시 항저우 저장 대무대에서 공익경찰을 위한 모금 의무 공연을 하고 있었다. 그녀들과 메이란

팡(梅蘭芳)은 모두 법회의 공연을 하지 않았다. 쉬라이(1909~1973)는 저장성 사오싱 사람이고, 후디에(1908~1989)는 본명이 후루이화(胡瑞華)이고 광둥성 허산(鶴山; 지금의 가오허高鶴) 사람이다. 두 사람 모두 30년대의 영화배우였다.

5) 『유마힐소설경』(維摩詰所說經; 줄여서 『유마힐경』) 「관중생품」(觀衆生品)에 나오는 이야기다. "그때 유마힐의 방에 한 천상의 여인이 나타났다. 여러 천인(天人)들이 그의 설법을 듣는 걸 보고는 현신하여 여러 보살과 제자들 위로 천상의 꽃을 뿌렸다." 메이란팡은 이 이야기를 빌려 경극 「천녀산화」(天女散花)를 연출한 바 있다.

6) 표준미인(標准美人). 당시 상하이 신문지상에서 종종 사용하던 배우 쉬라이의 필명.

7) '인가'(印可)는 불교 용어로 승인, 허가의 의미다. 『유마힐경』 「제자품」(弟子品)에 "만약 이렇게 앉을 수 있는 자는 부처가 인가하는 바다"라는 말이 나온다.

8) 리진후이(黎錦暉)가 지은 노래로 1930년 전후에 유행했다.

9) 향시(香市). 사원에서 공양을 올리고 재를 드리는 날이다.

양복의 몰락[1]

웨이스야오韋土繇

몇십 년 동안, 우리는 늘 마땅하게 입을 만한 옷이 없다는 것을 한탄해 왔다. 청조 말년에 혁명적 색채를 지닌 영웅들이 변발을 혐오하였을 뿐만 아니라 만주복이라 하여 마과와 파오즈[2]도 혐오했다. 한 노선생이 일본을 관광차 갔다가 그곳의 복장을 보고는 너무도 기쁜 나머지 어느 잡지에 「오늘 한나라의 관복을 다시 보리라곤 생각 못했네」[3]라는 글을 발표했다. 그는 옛날로 돌아가는 복장을 찬성했던 것이다.

그런데 혁명이 지난 후 채택된 것은 양장이었다. 이는 모두 유신을 원했고 민첩한 것을 원했으며 허리뼈를 똑바로 세울 수 있길 원했기 때문이다. 젊은 영웅의 무리들은 반드시 양복을 착용했을 뿐만 아니라 다른 사람이 파오즈를 입는 것도 경멸했다. 듣기로 그 당시 어떤 사람이 판산樊山 노인[4]에게 왜 만주 복장을 입으려 하는가 하고 물었다고 한다. 판산 노인이 되묻기를 "당신이 입은 것은 어느 나라 복식입니까?" 하자, 젊은이가 "제가 입은 것은 외국 옷입니다"라고 대답했다. 판산이 말하길 "내가 입은 것도 외국 옷이지요"라고 했다.

이 이야기는 일시에 퍼져 나가 파오즈와 마과를 입는 무리들이 기를 펴게 만들어 주었다. 그런데 그 대화 속에는, 근자에 주장된 위생 때문이나 경제 때문과는 아주 다른, 일말의 혁명 반대의 의미가 들어 있었다. 나중에는 결국 양복이 점차 중국인들과 대립을 하게 되었다. 위안스카이 왕조에서 파오즈와 마과를 상례복으로 제정했을 뿐만 아니라,[5] 5·4운동 이후 베이징대학 학생들이 교풍을 쇄신하기 위해 제복을 결정했을 때 학생들이 공청회에 부쳐 결정한 것 역시 파오즈와 마과였던 것이다!

이때 양복으로 결정하지 않은 이유가 바로 린위탕 선생께서 말씀하신 위생에 적합하지 않아서라는 것이었다.[6] 자연 조화가 우리들의 허리와 목에게 부여한 것은 본시 구부릴 수 있는 것이다. 허리를 구부리고 등을 구부리는 것은 중국에서는 흔히 있는 자세이다. 남이 나에게 모질게 굴어도 순응하며, 잘해 주면 물론 더 순응해야 한다. 그래서 우리들은 인체를 가장 잘 연구할 수 있게 되었고 몸을 순기자연하면서 쓸 줄 아는 인민들이 되었다. 목이 가장 가늘기에 참수형을 발명했고, 무릎 관절을 굽힐 수 있기에 꿇어앉는 것을 발명했다. 둔부에는 살이 많고 치명인 곳이 없기에 엉덩이 태형을 발명했다. 자연에 위배되는 양복은 이리하여 점점 더 자연스레 몰락해 갔다.

어쩌다가 변발과 전족을 완고한 남녀의 몸에서 볼 수 있는 것과 마찬가지로, 양복이 남긴 흔적은 이제 모던한 남녀의 몸에 그 잔재만 남아 있을 뿐이다. 그런데 생각지도 못하게 명을 재촉하는 부신符信이 다시 날아들었으니 그것은 양복 입은 사람 등 뒤에서 몰래 질산을 뿌린 것이었다.[7]

그러면 어찌해야 하는가?

옛 복장으로 돌아간다고 하자. 황제부터 송명대에 이르기까지의 의

상을, 하나의 시대로 다루기는 정말 어렵다. 무대 위의 장식들을 모방한다고 하자. 망포에 옥대를 차고, 흰 밑창의 검은 장화를 신고, 오토바이를 타고 서양 음식을 먹으러 가는 것은 정말 코미디와 다름없다. 그래서 이리 고쳤다 저리 고쳤다 하다 결국에는 아마 파오즈와 마과만은 그래도 살아남게 될 것이리라. 비록 외국 복장이긴 해도 벗어 버리진 못하게 될 것이다.…… 정말 희한한 일이다.

4월 21일

주)_____

1) 원제는「洋服的沒落」, 1934년 4월 25일『선바오』의『자유담』에 처음 발표했다.

2) 마과(馬褂)는 만주족 남자의 복장으로 허리까지 내려오는 짧은 상의다. 주로 말 탈 때 입었고 검은색이 대부분이었다. 파오즈(袍子)는 소매가 길고 무릎까지 내려오는 만주족의 긴 겉옷 이름이다.

3)「오늘 한나라의 관복을 다시 보리라곤 생각 못했네」(不圖今日重見漢官儀)는 잉보(英伯)란 이름의 작가가 1903년 9월 도쿄에서 유학생들이 발행하던『저장의 조수』(浙江潮) 제7기에 발표되었다. 이 제목의 출처는『후한서』(後漢書)「광무제기」(光武帝紀)에 나온다. 왕분(王奔)이 피살된 후, 유수(劉秀 ; 나중에 한 광무제가 됨)가 막료들을 이끌고 창안(長安)으로 가자 그곳의 관리들이 그들을 맞이했다. "모두 기뻐 어쩔 줄 몰라했다. 늙은 관리는 눈물을 흘리며 말했다. '오늘 다시 한나라 관리의 위풍스러운 모습을 보게 될 줄은 생각지도 못했습니다.'" 원문에서의 '한나라'는 '한조'(漢朝)를 가리키는데 잉보의 글에서 '한나라'는 '한족'(漢族)을 가리킨다.

4) 판정샹(樊增祥, 1846~1931)을 말한다. 자는 자푸(嘉父)이고 호는 판산(樊山)이며 후베이성(湖北省) 언스(恩施) 사람이다. 청 광서 연간에 진사가 되었고 장쑤성 포정사(布政使)가 되었다. 저서에『판산시집』,『판산문집』이 있다. '외국 복장'에 대한 이 이야기는 이쭝쿠이(易宗夔)의『신세설』(新世說)「언어」(言語)에 의하면, 청대의 문장가 왕카이윈(王闓運)과 관련된 이야기라고 한다. "왕런푸(王壬甫)는 박식한 노인으로 성품이 장난을 좋아했다. 신해년 겨울, 민국이 성립되자 사대부들이 앞다투어 변발을 자르고 서양식 의관으로 바꾸었다. 때마침 공이 80세가 되어 하객들이 문전성시를 이루었다. 공은 여전

히 청조의 의관을 입고 있었다. 손님이 웃으며 그 연유를 물었다. 공이 말하길, '나의 관복은 물론 외국식이오. 그런데 제군들의 의복을 어찌 중국식이라 하겠소? 배우같이 의관을 잘 차려입을 수 있다고 하여 한족을 광복시킬 수 있단 말인가.' 손님들은 그를 비난할 수 없었다."

5) 1912년 10월 위안스카이 정부는 명을 내려 창파오(長袍)와 마과를 남자의 상례복으로 지정했다.

6) 린위탕(林語堂)은 국민당이 제창한 유교복고주의에 부응하여 1934년 4월 16일 『논어』 제39기에 발표한 「서양 복장을 논함」(論西裝)이란 글에서 이렇게 말했다. "서양 복장이 일시에 유행하고 모던한 여성들이 즐겨 그것을 추종하는 유일한 이유는 일반 인사들이 서양 문물의 명성에 경도되어 있어 그것을 모방하기 좋아하기 때문이다. 윤리적으로나 미감상으로나 그리고 위생상으로 이는 결코 받아들일 근거가 없는 것이다. 중국 민족에게 적합한 옷은 파오즈와 마과이다."

7) 1934년 4월 14일 『신생』 주간 제1권 제10기에 이런 글이 실렸다. "항저우시에는 모던 파괴철혈단이 나타나, 질산을 가지고 모던한 의복을 입은 사람을 해치고 있다. 서양 물건을 사용하는 모던 젊은이들에게 경고장을 발송했다고 한다." 당시 베이징과 상하이 등지에서도 이런 일이 발생했다.

친구[1]

황카이인黃凱音

나는 소학교 시절, '귀로 글자를 듣는다'는 둥 '종이인형이 피를 흘린다'는 둥 친구들이 마술 부리는 것을 보며 아주 재미있어했다. 마을 제사 때가 되면 이런 마술을 전수하는 사람이 있어 동전 몇 푼에 하나씩 배울 수 있었다. 그러나 일단 배워 가지고 오면 오히려 그때부터 흥미가 싹 사라진다. 중학교에 들어가서는 시내에 살았다. 그래서 본격적인 마술을 흥미진진하게 구경하게 되었다. 그러나 나중에 어떤 이가 나에게 마술의 비밀을 알려 주었다. 나는 더 이상 마술 구경을 하는 구경꾼들의 둥근 원 가까이 가는 걸 즐거워하지 않게 되었다. 지난해 상하이로 옮겨 왔을 때, 심심풀이 소일거리를 다시 발견했다. 그것은 영화를 보는 일이다.

그러나 오래지 않아 책에서 영화 필름 제조법을 보게 되었다. 책을 보기 전에는 영화 만드는 일이 마치 천 길 깊이나 되는 듯 심오해 보였지만 사실은 굉장히 얕은 것에 불과하단 것을 알게 되었다. 이상한 새와 짐승들도 단지 종이로 만든 것임을 알게 되었다. 그때부터 영화의 신기함이 사라지고 반대로 영화의 허점만을 신경 쓰며 보게 되어 다시 심심해지기 시작했다. 세번째 소일거리를 잃어버린 것이다. 어떤 때는 그런 유의 책 본 것을 후회하고 심지어 작가가 그런 제조법의 비밀 같은 것은 쓰지 말았어야 하지 않았나 하고 원망하기도 했다.

폭로자는 갖가지 비밀을 폭로하여 스스로 남에게 이로움이 되는 일을 한다고 생각하겠지만 심심한 사람들은 심심함을 달래기 위해 즐겨 속임을 당하며 또 속임을 당하는 것을 아주 편안하게 생각한다. 그렇게 하지 않으면 더더욱 무료해질 것이다. 그렇기 때문에 마술은 천지간에 영원히 존재할 것이며, 숨어 있는 비밀을 폭로하는 사람은 속이는 사람들이 싫어할 뿐만 아니라 속임을 당하는 사람들도 아주 싫어하게 될 것이다.

폭로자는 단지 행동하는 사람에게만 도움이 된다. 그러나 심심한 사람들에게는 사라져야 할 존재다. 폭로자의 자구지책은 그가 비록 모든 비밀을 안다 할지라도 일체 내색을 하지 않고 속이는 사람을 도와 기꺼이 속기를 바라는 심심한 사람들을 속일 수 있도록 도와주는 것이다. 그리하여 그 심심한 마술이 한번 또 한번, 영원히 반복하며 발전해 가도록 놔두어야 한다. 주변에는 언제나 마술 구경을 할 사람들이 있게 마련이다.

마술은 가끔 손을 공손히 모으고 말한다. "……집 떠나면 친구를 믿어야 해!" 이는 마술의 내막을 자세히 아는 사람을 향해 하는 말이다. 그 목적하는 바는 그가 비밀을 들추어 진상을 밝히지 못하게 하는 데 있다.

"친구란 의기가 투합하는 자다."[2] 그러나 지금까지 우리는 그렇게 해석한 적이 없다.

4월 22일

주)_____

1) 원제는 「朋友」, 1934년 5월 1일 『선바오』의 『자유담』에 처음 발표했다.
2) 원문은 '朋友, 以義合者也'이다. 『논어』 「향당」(鄕黨)편에 나오는 말이다.

청명절[1]

멍후

청명절은 성묘를 하는 때다. 어떤 사람은 관내에 들어와 조상의 제를 지내고,[2] 어떤 사람은 산시로 가서 성묘를 한다.[3] 혹자는 천지가 들끓게 격론을 벌이는가 하면, 혹자는 지축을 울릴 듯 환호성을 지르니, 그야말로 성묘로 나라가 망할 수도 있고 나라를 구할 수도 있는 듯하다.

무덤이 이처럼 큰 관계가 있으니, 무덤을 파헤치는 것은 당연히 해서는 아니 될 일이다.[4]

원나라의 국사國師 바허쓰바였을 것이다.[5] 그는 무덤을 파헤치는 행위의 이해관계에 깊은 믿음을 갖고 있었다. 그는 송나라 능을 파헤쳐 그 인골을 돼지 뼈, 개 뼈와 함께 묻음으로써 송 왕조를 망하게 하려 시도했다. 다행히 나중에 한 의로운 사람이 인골을 훔쳐 달아나는 바람에 목적을 달성하지 못했다. 그래도 송조는 망했다. 조조[6]는 '모금교위'摸金校尉와 같은 관직을 설치해 전문적으로 도굴을 하게 했다. 그래도 그 아들은 황제가 되었고, 자신은 마침내 '무제'武帝라는 시호를 받아 그 위세가 대단했었다. 이렇게 볼 때 죽은 사람의 안위는 살아 있는 사람의 화복과 아무 관계가 없는 듯하기도 하다.

전해지는 말에 의하면 조조는 자신의 사후 사람들이 자기 능을 도굴할까 두려워하여 일흔두 개의 가짜 무덤을 만들어 사람들이 손을 쓰지 못하게 위장했다고 한다.[7] 후대의 시인[8]이 노래하길, "일흔두 개 의총을 모두 다 발굴하면 그중 하나에는 반드시 그대 시신 있으리"라고 했다. 그러자 후대의 한 논자[9]는 또 이렇게 말했다. "나는 아만[10]이 매우 영리하다고 생각한다. 그의 일흔두 개 의총 속에는 조조의 시체가 없을 것이다." 정말 알 방도가 없는 것이다.

아만이 비록 간사하고 교활했지만, 내 생각에, 의총 같은 것은 만들지 않았을 것이다. 그런데 옛날부터 무덤은 늘 파헤쳐지곤 하였지만, 무덤 속의 주인 이름이 분명하게 밝혀진 것은 아주 드물었다. 뤄양의 북망산[11]은 청말에 도굴이 아주 심했던 곳이다. 비록 고관대작의 무덤일지라도 도굴로 얻은 것은 그저 지석[12] 하나와 어지러이 흩어져 있는 도자기들뿐이었다 한다. 원래부터 귀중한 순장품이 없었던 것은 아니었을 것이다. 일찌감치 다른 사람들이 도굴해 가져간 것이다. 언제 도굴당했을까. 알 도리가 없다. 아마 장례를 치른 그 이후부터 청말 도굴당한 그날까지의 그 사이 언제일 것이다.

무덤의 주인이 도대체 누구인가는 발굴해 보지 않고서는 알 수 없는 노릇이다. 전해지는 주인 이름이 있을지라도 대개는 믿을 수 없다. 중국인들은 예부터 큰 인물들과 상관 있는 명승지 만드는 걸 좋아해, 스먼에는 '자로가 머물러 잔 곳'이 있고,[13] 타이산에는 '공자가 천하가 작다고 한 곳'이 있다.[14] 작은 산에 동굴이 하나 있으면 우임금이 묻혀 있을 것이며,[15] 몇 개의 큰 둔덕이라면 문왕, 무왕과 주공이 매장되어 있는 것이다.[16]

성묘하는 것으로 분명 구국을 할 수 있다고 한다면, 그렇다면, 성묘는 정말 정확하게 성묘해야 할 것이다. 문왕과 무왕과 주공의 능에 성묘해야지 다른 사람 흙더미에 대고 해서는 안 된다. 또 성묘하는 자신이 주왕조의 후손인지 아닌지를 조사·연구해야 한다. 그래서 고고사업이 필요한 것이다. 무덤을 발굴해서 문왕과 무왕과 주공 단의 증거물이 있는지 없는지를 살펴보고 만일 유골이 있다면 『세원록』[17]의 방법에 따라 피를 좀 떨구어 시험해 볼 수도 있다. 그런데, 이런 방법은 성묘구국설과는 상반된 것이기도 하고, 효성스러운 자손의 마음에 상처를 내는 것이기도 하다. 하는 수 없다. 그저 눈 꾹 감고, 염치 불고하고, 아무렇게나 한바탕 절을 올리는 수밖에.

"그 귀신이 아닌데 제를 지내는 것은 아첨하는 것이다!"[18] 오로지 성묘로 나라를 구하고자 했으나 영험이 없다면 그래도 그건 그저 작은 웃음거리에 불과할 뿐이다.

4월 26일

주)_____

1) 원제는 「淸明時節」, 1934년 5월 24일 『중화일보』의 『동향』에 처음 발표했다.

2) 1934년 4월 4일 『다완바오』에 난 기사 내용이다. 위만주국의 황제인 푸이는 청명절에 관내(만리장성의 안, 즉 산하이관 안쪽)로 들어가 청대 황제의 묘에 성묘할 것을 요구했고 이는 당시 사람들의 분노를 샀다.

3) 1934년 4월 7일 『선바오』에 실린 기사다. 청명절에 국민당 정부의 고시원 원장인 다이지타오(戴季陶) 등은 시안(西安) 군정의 요인들 및 각계 대표들과 함께 산시성(陝西省) 셴양(咸陽), 싱핑(興平)으로 가 주 문왕과 한 무제 등의 능묘에 제를 올렸다. "참관하는 민중들이 인산인해를 이루어 길이 막혔다. …… 실로 민족의 성묘라 할 수 있었다."

4) 1934년 4월 11일 다이지타오는 시안에서 중앙연구원 원장인 차이위안페이(蔡元培)와 행정원 원장인 왕징웨이(汪精衛) 등에게 전보를 보내 '백성의 덕을 배양'한다는 이유를 들어 "국학을 연구하는 여러 과학자들이, 고분을 발굴해 학술자료로 삼는 것을" 반대한다고 말했고, 정부를 향해서는 "전국에 훈령을 내려 공공연히 묘를 파헤치고 물건을 가져가는 모든 사람은 이유를 불문하고 일률적으로 형법 특별조항에 의거해 엄중히 처리할 것"을 요구했다. 당시 학술계는 강력하게 반발했다. 4월 14일 차이위안페이는 회신 전보를 보냈다. 학술단체들의 발굴활동은 "금지하는 것이 타당하지 않다", "천년 고대사를 규명하는 작업은 그 쓰임이 크기" 때문이라고 했다.

5) 바허쓰바(八合思巴, 1239~1279)는 바쓰바(八思巴; 파스파 혹은 파크파라고도 한다)이고 본명은 뤄줘젠찬(羅卓堅參)이다. 토번족 싸쓰자(薩斯迦;지금의 시짱자치구西藏自治區의 르카쩌지구日喀則地區 싸자현薩迦縣) 사람이다. 쿠빌라이 칸의 보호를 받았던 불교의 고승이다. 원나라 중통(中統) 원년(1260)에 '국사'로 봉해졌다. 송대의 능묘를 파헤친 사람은 원대 강남의 불교 수령이었던 양련진가(楊璉眞迦)라고 한다. 도종의(陶宗儀)의『남촌철경록』(南村輟耕錄)「송대 능침 발굴」(發宋陵寢)에 나오는 기록이다. 원나라 지원(至元) 15년(1278)에 양련진가는 잡역부를 동원하여 저장성 사오싱 등지에 있는 송대의 여러 왕릉을 파헤쳤다. "시체를 절단하고 주옥, 비단, 옥함 등은 취하고 부패한 것들은 불태워 버리고 뼈들은 풀숲에 버렸다." 또 명을 내리길, "능의 뼈들을 모아 오래된 소뼈 말뼈와 마구 섞고 그 위에 탑을 하나 지어 그것들을 누르게 하라. 탑 이름은 진남(鎭南; 남방을 진압하다의 뜻)으로 하라"고 했다. 전해지기로는 당시의 유생인 당각(唐珏)과 임덕양(林德陽)이 각기 송대 황제의 유골을 몰래 수습하여 매장해 두었다. 그리하여 명대에 이르러 송대의 능묘를 복원할 수 있었다고 한다. 건당(建唐), 임사(林祠), 문징명(文徵明)이 지은『쌍의사기』(雙義祠記)에서는 두 사람을 "천고의 의로운 선비"라고 칭송했다.

6) 조조(曹操, 155~220)는 자가 맹덕(孟德)이고 어릴 때 이름은 아만(阿瞞)이다. 패국(沛國)의 치아오(譙; 지금의 안후이성安徽省 하오현豪縣) 사람으로 삼국시대의 정치가, 전략가, 작가였다. 한 말기에 권력을 잡았으나 전쟁 중에 사망했다. 그의 아들 조비(曹丕)는 아버지의 위업을 이어 한을 멸하고 황제에 올라 위(魏)를 창건했다. 자신을 문제(文帝)라 칭하고 그 아버지를 무제(武帝)로 추존했다. 조조가 '모금교위'를 설치한 것에 대해서는 한말 진림(陳琳)의「원소를 위해 예주에 격문을 보냄」(爲袁紹檄豫州)에 다음과 같은 기록이 있다. "또 양(梁) 효왕(孝王)은 선제와 모친과 형제들의 묘와 능을 잘 만들었다. 뽕나무 가래나무 소나무 잣나무가 엄숙하게 호위하고 있었다. 조조는 지방관을 대동하고 친히 발굴했다. 관을 부수고 시신을 발가벗겼으며 금은보화를 약탈했다. 지금에 이르러서도 성조는 눈물을 흘렸고 사민은 슬퍼했다. 조조는 또 발굴 담당 중랑장(發丘中郞將)과 모금교위를 특별하게 설치했다. 그래서 가는 곳마다 파헤쳐지고 드러나지 않은 유골이 없었다."

7) 조조가 일흔두 개의 묘를 만든 일과 관련해서는 송대 나대경(羅大經)의 『학림옥로』(鶴林玉露) 15권에 이런 기록이 있다. "장허(漳河)에 일흔두 개의 무덤이 있다. 전해지기를 조조의 의총(疑塚)이라고 한다."

8) 후대의 시인은 송대 유응부(兪應符)를 가리킨다. 그는 조조를 읊는 시 속에서 이렇게 노래하고 있다. "살아서는 하늘을 속여 한나라의 계승을 끊어 버리더니 사후에는 의총을 만들어 사람을 속이누나. 사는 동안 지력을 쓰다가도 죽으면 그치거늘 어찌하여 계책을 남겨 무덤까지 이르게 하나. 사람들은 의총이라고 말들 하지만 나는 의심하지 않는다. 나는 그대가 모르는 방법을 알고 있네. 일흔두 개 의총을 모두 다 발굴하면 그중 하나에는 반드시 그대 시신 있으리."

9) 후대의 논자란 명대의 왕사성(王士性)을 가리킨다. 그는 『예지』(豫誌)에서 이렇게 말했다. "나는 조조가 매우 영리하다고 생각한다. 그의 일흔두 개 의총 속에는 조조의 시체가 없을 것이다."

10) 아만(阿瞞)은 조조의 아명(兒名)이다.

11) 북망산은 망산(邙山)을 말하고 허난성(河南省) 뤄양의 북쪽에 있다. 동한(東漢)과 당·송대의 왕, 후, 공경대부들의 무덤이 모두 여기 있다. 이들 무덤은 역대 수많은 사람들에 의해 도굴당했다. 진(晉)대의 장재(張載)는 「칠애시」(七哀詩)에 이렇게 비탄하고 있다. "북망산엔 어찌 저리 첩첩인가, 높다란 능묘에는 네다섯의 …… 말세에 슬픈 난 일어나니 도적들 승냥이 호랑이 같다. 한줌 흙 파헤치곤 곧바로 묘실에 닿아 시신 방을 연다네. 옥체로부터 떨어져 나온 주옥 상자들, 약탈당하는 진귀한 보배들."

12) 지석(誌石)은 죽은 자의 약력 등을 새겨 무덤 안에 넣었던 돌이다. 밑돌은 아래에 깔고 머릿돌은 위에 덮었다. 밑돌에는 죽은 이의 약력에 관한 기록을 석각으로 새기고 머릿돌에는 누구누구의 무덤이라는 글자를 새겨 후대 사람이 알아보도록 했다.

13) '자로가 머물러 잔 곳'과 관련된 기록은 『논어』 「헌문」(憲文)편에 나온다. "자로가 스먼(石門)에서 하루 머물렀다." 후세인들이 이를 기념하기 위해 산시성(山西省) 핑딩(平定) 스먼 부근에 '자로가 머물러 잔 곳'이란 석패를 세웠다. 그러나 『논어』에 대한 한(漢)나라 정현(鄭玄)의 주석에 의하면 "스먼은 루성(魯城)의 외문(外門)이다"로 되어 있다.

14) 『맹자』 「진심상」(盡心上)에 나오는 기록이다. "공자가 동쪽 산에 오르니 노나라가 작아 보였고 타이산(泰山)에 오르니 천하가 작아보였다." 후대 사람들이 타이산 정상에 '공자가 천하가 작다고 한 곳'이라는 석패를 세웠다.

15) 저장성 사오싱 남쪽 콰이지산(會稽山)에 있는 동굴을 말한다.

16) 문왕 주공의 묘는 과거에 산시성(陝西省) 셴양성(咸陽城) 서북쪽에 있다고 전해졌다. 당대 소덕언(蕭德言) 등이 지은 『괄지지』(括地誌)에는 이렇게 말하고 있다. 주나라 문왕과 무왕의 묘는 모두 "융저우(雍州) 완녠현(萬年縣 ; 지금의 산시성 린퉁臨潼 웨이수이

渭水 북쪽) 서남쪽 28리 언덕 위에 있다". 또한 셴양 서북쪽 14리에 있는 것은 진(秦) 혜문왕(惠文王)의 능이고 셴양 서쪽 10리에 있는 것은 진(秦) 도무왕(悼武王)의 능이다. 이것을 "속칭 주 무왕의 능이라고 하지만 잘못이다".

17) 『세원록』(洗冤錄)은 달리 『세원집록』(洗冤集錄)이라고도 한다. 송대 송자(宋慈)가 지었고 5권으로 되어 있다. 시체를 검사하는 것에 대해 기술한 책이다. 피를 떨어뜨려 친지를 가려내는 것은 이 책의 권1 『피를 떨구다』(滴血)에 나온다. "부모의 유골이 다른 곳에 있어 자녀가 이를 확인하고자 하면 자신의 몸을 베어 피를 그 뼈 위에 떨어뜨린다. 친생자라면 피가 그 뼛속으로 스며드나 그렇지 않으면 스며들지 않는다."

18) 『논어』 「위정」편에 나오는 공자의 말이다. "그 귀신이 아닌데 제를 지내는 것은 아첨하는 것이다!" 이에 대해 송대 주희는 이렇게 주석을 달았다. "그 귀신이 아니라는 것은 그가 제사 지내야 할 귀신이 아니란 말이다."

소품문의 생기[1]

숭쉰崇巽

지난해는 유머가 큰 행운을 만난 때여서, 『논어』[2] 말고도 입을 열기만 하면 유머, 유머 하며 이 사람도 유머리스트 저 사람도 유머리스트라고들 했다. 그런데 뜻하지 않게 올해는 그 운이 기울어 이것도 옳지 않고 저것도 옳지 않다고 하면서 모든 허물을 유머로 돌리고 있다. 심지어 유머를 문단의 어릿광대로 비유하고 있다. 유머를 욕하면 마치 목욕이라도 하는 것인 양, 한 번 목욕을 하면 자신이 깨끗해질 수 있을 거라고 여기는 것 같았다.

만약 진정으로 '천지가 대극장'이라고 한다면, 그렇다면 당연 문단에도 광대가 있어야 할 것이다. 그리고 반드시 헤이터우黑頭[3]도 있어야 할 것이다. 광대가 광대놀이를 하는 것은 아주 흔한 일이나, 헤이터우가 광대놀이를 바꿔 하는 것은 좀 이상하다. 그러나 대극장에선 이런 일들이 종종 있을 수 있다. 그리하여 곧은 마음을 가진 사람이 비뚤어진 마음을 가진 사람을 흉내 내 비웃고 욕하게 된다. 열정적인 사람은 이를 보고 분노하고, 마음 여린 사람은 가슴 아파하게 된다. 광대가 노래도 제대로 부르지 못하고 사람을 웃기지 못해서일까? 결코 그렇지 않다. 그는 진짜 광대보다 훨씬 더 우습다.

그러한 분노와 가슴 아픈 것은 헤이터우가 광대놀이를 바꿔 한 후에
도 끝나지 않기 때문이다. 극을 하자면 여러 배역 즉, 성生, 단旦, 모末, 처우
丑, 징淨[4] 그리고 헤이터우가 있어야 한다. 그렇지 않으면 그 극은 오래갈
수가 없다. 어떤 이유로 인해 헤이터우가 광대 역을 대신하지 않으면 안
될 경우 관례에 따라 거꾸로 광대가 반드시 헤이터우를 대신해야 하는 것
이다. 노래 부르는 것뿐만 아니라 헤이터우는 밉살맞게 광대로 분장하고
광대는 가슴을 내밀고 헤이터우를 흉내 낸다. 무대 위에는 하얀 코와 검은
얼굴의 광대가 많아져 그들만 보인다. 이것이 바로 천하의 가장 큰 코미디
다. 그러나 이는 코미디일 뿐이지 결코 유머라고 할 수는 없다. 어떤 사람
이 "중국에는 유머가 없다"[5]고 했는데 이것이 바로 그에 대한 설명이다.

더욱 개탄할 일은 '유머대사'라고 칭송받는 린林 선생께서도 마침내
『자유담』에 고인의 말씀을 인용하여 다음과 같이 말한 사실이다. "미친 듯
술 마시고 주정을 부리거나 조용히 침잠하여 이름을 드러내지 않으려는
사람들은 순결한 자신을 잘 간수하려는 사람에 불과하다. 지금 세상의 온
갖 비열한 자들은 이 순결을 지키려는 사람에게 망국의 죄를 뒤집어씌우
곤 한다. 그러한즉 '오늘은 까마귀처럼 모여들었다가 내일은 새처럼 흩어
지고, 오늘은 창을 겨누었다가 내일은 수레를 같이 타고, 오늘은 군자가
되었다가 내일은 소인이 되며, 오늘은 소인이었다가 내일은 다시 군자가
되는' 그런 무리이리니 죄가 없다 하겠다."[6] 이 글은 비록 소품문에서 그
리 멀지 않은 데서 인용한 것인 듯하지만, '유머'나 '한담'의 이치와는 거
리가 멀다. 이것이 중국에는 유머가 없다는 또 하나의 설명이 되겠다.

그런데 린 선생께서, 최근 신문지상에서 『인간세』[7]가 공격을 당하자

이것은 누군가가 조직적으로 이름을 바꿔 가며 장난을 친 것이라고 말했다. 이는 잘못된 것이다. 서로 다른 논지와 다른 작풍이 그 증좌다. 그 가운데는 물론 남에게 빌붙으려다 끝내 용에 올라타지 못한 '명인'도 있고, 헤이터우로 분장했으나 실제로는 진짜 광대의 한 솜씨를 발휘한 사람도 있다. 한편으론 열성적인 마음을 가진 이의 올바른 직언도 있었다. 세상만사 이렇듯 싸움이 있는 법이니, 비록 소품문일지라도 분석과 공격의 대상이 될 수도 있는 것이다. 이것이 오히려 『인간세』의 한 줄기 생기가 될 것이다.

4월 26일

주)_____

1) 원제는 「小品文的生氣」, 1934년 4월 30일 『선바오』의 『자유담』에 처음 발표했다.

2) 『논어』(論語)는 린위탕(林語堂) 등이 1932년 9월 상하이에서 창간한 반월간 문예지이다. 생활 속의 '유머와 한적함'을 제창하였고, '성령'(性靈)이 있는 소품문 창작을 목적으로 하였다. 1937년 8월 정간되었다가 1946년 12월에 재창간되었고 1949년에 다시 정간되었다.

3) 헤이터우(黑頭)는 경극에서 머리를 검게 칠하고 등장하는 배역으로 성격이 호탕하다. 주로 위엄이 있는 궁정 인물 역을 했다.

4) 성(生)과 단(旦)은 남녀 주인공을, 모(末)는 늙은이를, 처우(丑)는 광대를, 징(淨)은 악인 역을 가리킨다.

5) 루쉰 스스로 이런 견해를 가지고 있었다. 루쉰은 『남강북조집』 「논어 1년」에서 "중국에는 유머가 있을 수 없다"고 했다.

6) 린위탕이 1934년 4월 26일 『선바오』의 『자유담』에 발표한 「저우쭤런 시 독법」(周作人詩讀法)에 나오는 말이다. 그중 옛사람의 말을 인용한 것은 명대 장훤(張萱)의 「유충천에게 답하는 글」(復劉冲倩書)에 나온다. 인용문 가운데 '새처럼 흩어지고'(鳥散)는 원래

'짐승들처럼 흩어지고'(獸散)이다. 장훤은 자가 맹기(孟奇)이고 별호가 서원(西園)이다. 광둥성 보뤄(博羅) 사람이다. 만력 시기에 관직이 평월지부(平越知府)에 이르렀고 저서에 『서원존고』(西園存稿) 등이 있다.

7) 『인간세』(人間世)는 린위탕이 발행한 소품문 반월간지이다. 1934년 상하이에서 창간했고 1935년 12월 42기를 내고 정간되었다. 량유(良友)도서인쇄공사에서 발행했다. 이 잡지가 출간된 지 얼마 되지 않아 『선바오』의 『자유담』 등에 이 잡지가 표방한 '한적'한 작풍을 비판하는 글들이 실렸다. 이에 린위탕이 즉시 「저우쩌런 시 독법」을 발표하여 답했다. 그 가운데 이런 말이 나온다. "요즈음 어떤 사람들은 용에 올라타려고 하다 실패했다. 『사람의 말 주간』(人言週刊), 『십일담』(十日談), 『모순월간』(矛盾月刊), 『중화일보』 그리고 『자유담』에 그 이름을 바꾸어 투고를 하고 있고 조직적으로 『인간세』를 공격하고 있다. 마치 야생 살쾡이가 부처를 논하고 비열한 자들이 신선을 논하는 것 같아 차마 말로 다하고 싶지 않다."

칼의 '스타일'[1]

이달 6일 『동향』에 아즈[2] 선생이 쓴, 양창시[3] 선생의 대작 『압록강가에서』가 파데예프[4]의 소설 『괴멸』과 흡사하다는 글이 실렸다. 그 글에서 필자는 실례도 거론하고 있다. 이러니 아마 "영웅들이 보는 바는 대개 같다"라고 말할 수는 없게 되겠지. 왜냐하면 그대로 베긴 모양이 정말 너무 분명하기 때문이다.

그러나 베끼는 것에도 재주가 있어야 한다. 양 선생은 약간 부족한 듯하다. 예를 들면 『괴멸』의 번역본 시작은 이렇다.

로빈슨은 돌계단에서 손상된 일본 지휘도를 쟁강거리며 후원으로 걸어갔다.……

그러나 『압록강가에서』의 시작은 이렇다.

진원성金蘊聲이 정원으로 걸어 들어갈 때, 그의 손상된 일본 스타일 지휘도가 돌계단에서 타르륵거렸다.……

인물의 이름이 다른데 그것은 당연하다. 칼 울리는 소리가 다른 것 역시 중요하지 않다. 가장 특이한 점은 그가 '일본' 밑에 '스타일'이란 글자를 첨가한 것이다. 이것도 어쩌면 이상할 일이 아닐 것이다. 일본인이 아닌데 어떻게 '일본 지휘도'를 찰 수 있었겠는가? 분명 일본 스타일을 따라 본인이 직접 만들었을 것이다.

그러나, 다시 좀더 생각을 해보자. 로빈슨이 인솔한 것은 습격대였으니 적들을 습격하여 무기를 탈취하기도 했을 것임이 분명하다. 자신의 병기가 온전치 못했을 것이므로 무기를 얻기만 하면 곧바로 자기가 사용했을 것이다. 그래서 그가 차고 있는 것도 바로 '일본 스타일 지휘도'가 아니라 '일본 지휘도'였을 것이다.

작가가 소설을 보면서 동시에 베껴 써먹을 생각을 하는 것은 밀접한 관계에 있다고 할 수 있다. 그럼에도 베낀 것이 이처럼 조잡스러우면 어찌 개탄하지 않을 수 있겠는가!

5월 7일

주)_____

1) 원제는 「刀'式'辯」, 1934년 5월 10일 『중화일보』의 『동향』에 처음 발표했다.
2) 아즈(阿芷) 선생은 예즈(葉紫, 1910~1939)를 말한다. 후난성(湖南省) 이양(益陽) 사람으로 작가이며 좌익작가연맹의 회원이었다. 그가 1934년 5월 6일 『중화일보』의 『동향』에 발표한 글은 「서양 형식의 절취와 서양 내용의 차용」(洋形式的竊取與洋內容的借用)이다.

3) 양창시(楊昌溪)는 친일본 노선의 '민족주의 문학' 추종자였고 그의 중편소설인 『압록강 가에서』(鴨綠江畔)는 1933년 8월 『땀과 피 월간』(汗血月刊) 제1권 제4기에 실렸다.

4) 파데예프(Александр Александрович Фадеев, 1901~1956)는 소련 작가다. 코사크 백군(白軍)에 저항하는 지하투쟁에 참여했고 1918년 공산당원이 되었다. 1923년부터 문필활동을 시작하여 17년 동안 극동에서 살며 혁명을 주제로 소설을 창작했다. 1919년의 일본군과 빨치산 부대의 전투를 취재하여 소설화한 장편 『괴멸』(Разгром, 1926)로 일약 이름을 날렸으며, 이 밖에 『범람』(Разлив), 『청년 근위병』(Молодая гвардия) 등을 창작했다. 『괴멸』은 루쉰이 수이뤄먼(隋洛文)이라는 필명으로 중국어로 번역해 1931년 다장서포(大江書鋪)에서 출판했다가 나중에 '삼한서옥'(三閑書屋)이란 명의로 계속 자비 출판했고 역자 이름도 루쉰으로 바꾸었다.

신종 가명법[1]

바이다오 白道

금년에 두헝 선생은 쑤원 선생과 함께 문단의 나쁜 풍조 두 가지의 비밀을 폭로했다. 하나는 비평가의 비평 잣대이고 하나는 문인들의 이름 바꾸기 이다.[2]

그런데 그는 말하지 않은 비밀을 보류해 놓고 있었던 것이다.

잣대 가운데는 출판사의 편집자가 사용하는, 크게도 할 수 있고 작게도 할 수 있으며 네모나게도 둥글게도 할 수 있는 고무 잣대가 있다. 그 출판사에서 출판되는 책이기만 하면 이런 것이어도 '괜찮고' 저런 것이어도 역시 '괜찮다'가 된다.

이름을 바꾸면 다른 사람으로 변할 수 있을 뿐만 아니라 다른 '사'社[3]로도 변할 수 있다. 이 '사'는 또 문장을 선별하고 평론을 할 수 있으므로 오직 어떤 사람의 작품만이 '괜찮다'이고 어떤 사람의 창작만이 '괜찮다'가 된다.

예를 들면 '중국문예연감사'에서 편찬한 『중국문예연감』[4] 앞에 나오는 '조감'鳥瞰이 그렇다. 그것의 '내려다보는'瞰 법에 따르면 이렇다. 쑤원 선생의 비평도 "괜찮고" 두헝 선생의 창작도 "괜찮다"라는 것이다.

그런데 우린 사실 이 '사'를 어떻게 해도 찾을 수가 없었다.

이 '연감'의 총발행소를 좀 조사해 봤더니 현대서국이었고, 『현대』[5] 잡지 맨 마지막 쪽의 편집자를 좀 들춰 보았더니 스저춘과 두헝이었다.

Oho!

손오공은 신통력이 대단하다. 새, 짐승, 곤충, 물고기로 변신할 수 있을 뿐만 아니라 사당으로도 변할 수 있다. 눈은 창문으로 변하고 입은 사당 문으로 변했다. 그런데 꼬리를 제대로 처리하지 못해 깃대로 변하게 해 사당 뒤에 똑바로 세워 놓았다.[6] 그런데 깃발을 세워 놓는 사당이 어디에 있겠는가? 이랑신二郎神에게 들통이 나 파탄이 난 것은 바로 그것 때문이었다.

"아주 부득이한 경우가 아니라면", 한 사람의 문인이 '사'로 둔갑하지 말기를 "나는 희망한다". 그저 자기 자신을 좀 내세우기 위한 것이었다면 그건 정말 "좀 비열한 짓에 가까운 일"이다.[7]

5월 10일

주)_____

1) 원제는 「化名新法」, 1934년 5월 13일 『중화일보』의 『동향』에 처음 발표했다.

2) 두헝(杜衡)은 쑤원(蘇汶)을 말한다. 비평가의 잣대에 대해서는 이 문집의 「비평가의 비평가」 주석 2번을 참조하기 바란다. 그가 말하는 '문인들의 이름 바꾸기'(文人的化名)는 1934년 5월 『현대』 월간 제5권 제1기에 발표한 「문인들의 가명에 대해」(談文人的假名)에 나온다.

3) '사'(社)는 문학단체, 출판사, 동호인 조직 등의 집단, 단체를 말한다.

4) 1932년 상하이 현대서국에서 출판한 『중국문예연감』(中國文藝年監)을 말한다. 두헝과 스저춘(施蟄存)이 편했다. 연감의 권두에 「1932년 중국문단 조감」이란 글이 실렸다. 이 글은 쑤원이 고취한 '문예자유론'을 변호하면서, 동시에 창작 방면에서 현실주의 문학에 "지대한 공헌을 하였다"고 두헝을 치켜세웠다. 루쉰은 1934년 4월 11일에 일본 마쓰다 쇼(增田涉)에게 보낸 편지에서 이렇게 말하고 있다. "소위 '문예연감사'란 것은 사실 존재하지 않습니다. 현대서국이 이름을 바꾼 것일 뿐입니다. 그 「조감」을 쓴 사람은 두헝이고 일명 쑤원입니다……. 그 「조감」에서 현대서국 간행물과 관련이 있는 사람은 모두 잘 썼다고 말하고 있습니다. 기타의 사람들은 대부분 삭제를 당했지요. 또 다른 사람의 문장을 빌려다가 거짓으로 자신을 치켜세웠습니다."

5) 문예월간지이며 스저춘과 두헝이 편집하여 상하이 현대서국에서 출판했다. 1932년 5월 창간하여 1935년 3월 종합지 성격의 월간지로 전환했고 왕푸취안(王馥泉)이 편집을 맡았다. 같은 해 5월 제6권 제4기를 끝으로 정간되었다.

6) 이 이야기는 명대 오승은(吳承恩)의 『서유기』(西遊記) 제6회에 나온다.

7) 쑤원은 「문인들의 가명에 대해」에서 이렇게 말했다. "필명 쓰는 것을 반대할 수는 없다. 그러나 나는 희망한다. 아주 부득이한 경우가 아니라면, 모든 사람이 고정된 필명을 사용하는 것이 타당하다고……." 그는 또 말하길, "일종의, 글의 책임을 회피하기 위해 그리하는 사람이 있으니, 이는 좀 비열한 짓에 가까운 일이다"고 했다. 루쉰이 마지막 문장에서 말한 "나는 희망한다"와 "좀 비열한 짓에 가까운 일"은 쑤원의 위 문장 표현을 그대로 가져온 것이다.

책 몇 권 읽기[1]

덩당스

죽은 책을 읽으면 책벌레가 되며 심지어는 책상자가 된다고 하여 일찍이 이를 반대한 사람이 있다.[2] 세월의 흐름에 따라 독서를 반대하는 사조도 갈수록 심해지더니 어떤 종류의 책도 읽는 것 자체를 반대하는 사람이 생겨났다. 그의 근거는 쇼펜하우어의 진부한 말이다. 다른 사람의 저작을 읽는다는 것은 자기 머릿속에 그 저자로 하여금 말을 달리게 하는 것에 불과하다는 것이다.[3]

이것은 죽은 책을 읽는 사람들에게 분명 일침을 가하는 것이 되겠지만 깊이 연구하기보다는 차라리 놀고 먹으면서 아무렇게나 까칠하게 구는 천재들에게 있어서는 써먹을 만한 명언이기도 하다. 그러나 분명하게 알아야 할 것이 있다. 이 명언을 죽어라 끌어안고 있는 천재들, 그들의 두뇌 속을 바로 쇼펜하우어가 말을 질주하여 마구 어지럽게 짓밟고 있다는 사실을.

오늘날 비평가들은 좋은 작품이 없다고 불평하고 있고, 작가들 역시 온당한 비평이 없다고 불평하고 있다. 장 아무개가 이 아무개의 작품을 상징주의라고 말하면 이 아무개는 스스로도 상징주의려니 생각하며 독자들은 더욱더 당연하게 상징주의려니 하고 생각한다. 그런데 어떤 것이 상징주의일까? 지금까지 분명하게 해둔 것이 없었으니 하는 수 없이 이 아무개의 작품을 그 증거물로 삼는 수밖에 없다. 중국에서 소위 상징주의라고 하는 것은 다른 나라의 이른바 Symbolism[4]과 다른 것이다. 전자가 비록 후자의 번역어이긴 하지만 말이다. 그런데 마테를링크[5]가 상징주의 작가이다 보니 이 아무개도 중국의 마테를링크가 되었다고 한다. 이 밖에도 중국의 프랑스[6]요, 중국의 바비트[7]요, 중국의 키르포틴[8]이요, 중국의 고리키[9]요…… 수두룩하다. 그런데 정말 아나톨 프랑스 등 그들의 작품 번역은 중국에 거의 없다. 설마 '국산품'이 이미 있는 까닭 때문은 아니겠지?

중국 문단에서 몇몇 국산 문인들의 수명은 참 길기도 하다. 그러나 서양 문인들의 수명은 참 짧기도 하여서 그 이름에 겨우겨우 익숙해지려 하면 이미 사라져 버렸다고 한다. 입센[10]은 대대적으로 전집을 낼 생각이 있었지만 지금까지 제3집이 나오지 않았으며, 체호프[11]와 모파상[12]의 선집 역시 흐지부지되는 운명을 면치 못하게 된 것 같다. 그러나 우리가 깊이 증오하고 미워하는 일본에서는 『돈키호테 선생』과 『천일야화』가 완전히 번역되었고, 셰익스피어, 괴테,……의 전집들도 다 있다. 톨스토이의 것은 세 종류가 있으며 도스토예프스키의 것도 두 종류가 있다.

죽은 책을 읽는 것은 자신을 해치며 입을 열어 말을 하면 다른 사람을 해친다. 그러나 책을 읽지 않는 것 역시 결코 좋다고 할 수 없다. 예를 들어 도스토예프스키를 평하고자 한다면 적어도 그의 작품 몇 권은 반드시 보아야만 하니 말이다. 물론, 지금은 국난의 시기이니 어찌 이런 책들을 번역하고 이런 책들을 읽을 겨를이 있겠는가. 그러나 내가 지금 주장하는 바는 거칠고 조급하게 굴며 그저 불평만 일삼는 큰 인물들을 향해 하는 것이다. 결코 위험에 처한 나라를 구하러 가거나, '와신상담'하고 있는 영웅들을 향해 하는 것은 아니다. 왜냐하면 전자와 같은 인물들은 독서를 하지 않을 뿐만 아니라 놀고만 있어서 위험에 처한 나라를 구하러 가지 않기 때문이다.

5월 14일

주)_____

1) 원제는 「讀幾本書」, 1934년 5월 18일 『선바오』의 『자유담』에 처음 발표했다.

2) 책상자의 원문은 '書廚'이다. 글 뒤주란 의미이다. 『남사』(南史) 「육징전」(陸澄傳)에 이런 기록이 있다. "삼 년 동안 『역』(易)을 읽었으나 문장의 뜻을 이해하지 못했고, 『송서』(宋書)를 편찬하고자 했으나 끝내 이루지 못했다. 왕검희(王儉戱)가 말하길 '육공은 책상자(書廚)다'라고 했다." 청대 섭섭(葉燮)이 『원시』(原詩) 「내편하」(內篇下)에서 이렇게 말했다. "무릇 가슴에 깨닫는 힘이 없는 사람은 종일토록 열심히 배운다 해도 아무 소득이 없다. 이를 속칭 '두 발 달린 책상자'라고 한다. 암기와 낭송을 하면 할수록 더욱더 피곤해진다."

3) 상하이 『인언』(人言) 주간 제1권 제10기(1934년 4월 21일)에 후옌(胡雁)의 「독서에 대해」(談讀書)가 실렸다. 그 글은 먼저 쇼펜하우어의 "머릿속에 다른 사람이 말을 달리게 하다"라는 말을 인용한 후, 이렇게 말했다. "한 권의 책을 읽으면 다른 사람이 한바탕 말을 달리게 하는 것이다. 본 책이 많으면 많을수록 머릿속은 말 경기장으로 변해 버려 곳곳이 다른 사람의 말이 달리는 길이 되어 버린다. …… 내 생각에 책은 굳이 꼭 읽을 필요 없다." 쇼펜하우어는 「독서와 서적에 대하여」란 글에서 독서를 반대했다. "책을 읽을 때 우리들 머릿속은 이미 자신이 활동하는 공간이 아니다. 그것은 다른 사람의 사상 싸움터가 되어 버린다." 그는 또 "자신의 사상으로 진리를 얻어야 한다"고 주장했다.

4) 상징주의는 19세기 말 프랑스에서 일어난 문예사조이자 유파다. 사물은 모두 그에 상응하는 의미와 함의를 갖고 있다고 생각하여, 모름지기 작가는 사물의 배후에 숨어 있는 이러한 의미들을 발굴해 내 황홀한 언어와 사물의 이미지로 암시적인 '이미지'(즉 상징)를 만들어야 한다. 그렇게 하여 독자로 하여금 그 속에 들어 있는 깊은 뜻을 깨닫게 해야 한다고 강조했다.

5) 모리스 마테를링크(Maurice Maeterlinck, 1862~1949)는 벨기에의 상징주의 시인이자 극작가며 수필가다. 『펠레아스와 멜리상드』(Pelléas et Mélisande)로 유명해졌으며, 희곡 『말렌 왕녀』(La Princesse Maleine)를 비롯한 몇 편의 상징극과 『파랑새』(L'Oiseau bleu) 등 신비주의적 경향의 작품들을 남겼다. 1911년 노벨문학상을 받았다.

6) 프랑스(Anatole France, 1844~1924)는 프랑스 작가다. 주요 작품으로 『보나르의 죄』(Le Crime de Sylvestre Bonnard), 『타이스』(Thaïs), 『펭귄섬』(L'Île des Pingouins) 등이 있다. 1921년 노벨문학상을 수상했다.

7) 바비트(Irving Babbitt, 1865~1933)는 미국 근대 신인문주의운동 지도자 가운데 한 사람이며 문학평론가다. 낭만주의를 반대하고 윤리도덕이 인류행위의 기본이란 신념을 가졌다. 저서에 『신 라오콘』(The New Laokoön), 『루소와 낭만주의』(Rousseau and Romanticism), 『민주와 영도』(Democracy and Leadership) 등이 있다.

8) 키르포틴(Валерий Яковлевич Кирпотин, 1898~1997)은 러시아 문예비평가이며 저서에 『러시아 맑스-레닌주의 사상적 선구』(Идейные предшественники марксизма-ленинизма в России) 등이 있다.

9) 고리키(Максим Горький, 1868~1936)는 소련의 프롤레타리아계급 작가이다. 작품으로는 장편소설 『포마 고르지예프』(Фома Гордеев), 『어머니』(Мать), 자전소설 3부작 『어린 시절』(Детство), 『세상 속으로』(В людях), 『나의 대학』(Мои университеты) 등이 있다.

10) 헨리크 입센(Henrik Ibsen, 1828~1906)은 노르웨이의 극작가이다. 그의 작품은 부르주아 사회의 허위와 저속함에 대해 맹렬히 비판하고 개성해방을 부르짖고 있다. 그의 작품은 5·4시기에 중국에 소개되어 당시 반봉건운동과 여성해방운동 등에서 적극적인 작용을 했다. 주요 작품으로는 『인형의 집』(Et Dukkehjem), 『민중의 적』(En Folkefiende) 등이 있다. 당시 상하이 상우인서관(商務印書館)에서 판자쉰(潘家洵)의 번역으로 『입센집』이 출판되었지만 단지 두 권만 나오고 말았다.

11) 체호프(Антон Павлович Чехов, 1860~1904)는 러시아의 소설가 겸 극작가다. 리얼리즘 문학론을 주장했고 그 계열의 작품을 발표하여 당시 러시아 사회를 심도 있게 반영하고 있다. 대표작에 『갈매기』(Чайка), 『세 자매』(Три сестры), 『벚꽃 동산』(Вишнёвый сад), 『반야 삼촌』(Дядя Ваня) 등 수많은 희곡과 단편소설을 남겼다. 카이밍서점(開明書店)에서 자오징선(趙景深)이 번역한 『체호프 단편걸작집』 8권을 출판했다.

12) 모파상(Guy de Maupassant, 1850~1893)은 프랑스의 대표적인 근대 작가다. 주요 작품에 장편소설 『여자의 일생』(Une vie), 『아름다운 친구』(Bel-Ami)와 단편소설 「비계 덩어리」(Boule de Suif) 등이 있다. 당시 상우인서관에서 리칭아이(李靑崖)가 번역한 『모파상 단편소설집』 3권을 출판했다.

한번 생각하고 행동하자[1]

만쉐曼雪

국가정치 문제를 해결하고, 전쟁을 계획하는 것이 아니라면, 친구 사이에 몇 마디 유머를 하거나, 서로 빙그레 웃는 것은 내 보기에 큰일은 아니다. 혁명 전문가일지라도 가끔은 뒷짐을 지고 산책을 하기 마련이며 도학선생[2]일지라도 아들과 딸을 두지 않을 수는 없으니, 이는 그가 밤이나 낮이나 언제나 도학자의 모습으로 엄숙하지만은 않다는 것을 증명하고 있는 것이다. 소품문은 아마 미래에도 문단에 여전히 존재할 수 있으리라. 단지 '유유자적함'만을 위주로 해서는[3] 좀 부족하지 않을까 걱정이다.

　인간세상의 일이란 중이 미워지면 그가 걸친 가사가 미워지는 법이다. 유머와 소품이 처음 시작되었을 때는 누가 싫다는 말을 한 적이 있었던가. 그런데 갑자기 온 천하에 유머와 소품문 아닌 것이 없게 되어 버렸다. 유머가 어디에 그토록 많았는지. 그래서 유머는 익살이 되고 익살은 농담이 되고 농담은 풍자가 되고 풍자는 욕설이 되었다. 입에서 나오는 대로 마구 지껄이는 것이 유머가 되었다. "천기가 맑다"[4]고 하면 그냥 소품문이 되었다. 정판교의 『도사의 노래』를 한번 보고는 열흘간 유머를 말하고, 원중랑의 서간문 반 권을 사서 보고는 소품문 한 권을 짓는다.[5] 이것에 의지해 가세를 일으키고자 하는 사람이 있는 이상 반드시 이것에 반대함으로써 세상에 이름을 얻으려는 사람도 있게 마련이다. 그래서 별안간 천지에는 또다시 유머와 소품문을 욕하지 않는 자가 없게 되었다. 사실, 무리 지어 떠들어 대는 인사들은 금년에도 작년과 마찬가지로 그 수가 적지 않았다.

검게 칠한 가죽 등불을 손에 들고 있으면 서로 그 정체를 알아볼 수 없다. 요컨대, 어떤 명사名詞 하나가 중국에 귀화하면 오래지 않아 뒤죽박죽 이상한 것으로 변해 버린다. 위인이란 명사는 예전에는 좋은 칭호였다. 그런데 지금은 그런 칭호를 받는 사람이 욕을 먹는 사람과 같이 되었다. 학자와 교수라는 명사도 2, 3년 전만 해도 그래도 깨끗한 칭호였다. 명예를 중시하는 사람이었는데 문학가라는 칭호를 듣게 되자 도망가는 일이 금년에 벌써 시작되었다. 그런데 세상에는 정말로 진정한 위인, 진실한 학자와 교수, 진실한 문학가가 없단 말인가? 결코 그렇지는 않을 것이다. 단지 중국만 예외일 것이다.

만약 어떤 한 사람이 길에서 침을 뱉고 쭈그리고 앉아 뭔가를 보고 있다면 머지않아 분명 한 떼거리의 사람들이 몰려들어 그를 에워쌀 것이다. 또 만약 어떤 한 사람이 괜히 큰소리를 지르며 줄행랑을 친다면 분명 동시에 모두들 흩어져 도망을 칠 것이다. 정말로 "무엇을 듣고 왔으며, 무엇을 보고 가는가"[6]인지도 모르면서 맘속에 불만만 가득 품고 그 정체 모를 대상을 향해 "니에미!" 하고 욕을 해댈 것이다. 그런데 그 침을 뱉은 사람과 큰소리를 지른 사람은 결국에는 역시 큰 인물인지도 모른다. 당연히 차분하고 분명한 사람들도 있는 것이다. 그러나 위인 등등의 명칭이 존경을 받기도 하고 멸시를 받기도 하지만 대체적으로 그것은 그저 침 뱉기의 대용품일 뿐이다.

사회가 이런 것으로 인해 다소 열기에 들떠 있게 되니 감사할 만하다. 그런데 오합지졸로 모여들기 전에 좀 생각을 해보고, 구름처럼 흩어지기 전에 좀 생각을 해본다면, 그렇다고 사회가 꼭 차분해지는 것은 아니겠지만, 그래도 조금은 좀 그럴듯하게 되어 갈 것이다.

5월 14일

주)_____

1) 원제는 「一思而行」, 1934년 5월 17일 『선바오』의 『자유담』에 처음 발표했다.

2) 이학(理學)은 도학(道學)을 가리키며 송대 주돈이(周敦頤), 정호(程顥), 정이(程頤), 주희(朱熹) 등이 유가학설을 재해석하여 체계를 세운 유심론적 사상체계이다. 이(理)를 우주의 본체로 보고, '삼강오상'(三綱五常) 등의 봉건 윤리도덕을 '천리'(天理)라고 보았다. "천리를 받들고 인욕(人欲)을 멸할 것"을 주장했다. 이 학설을 신봉하거나 선전하는 사람을 이학선생, 혹은 도학선생이라고 불렀다.

3) 린위탕이 소품문의 정신에 대해 주장한 말 가운데 하나다. 그가 주관한 반월간 『인간세』 제1기(1934년 4월) 「발간사」에 나온다. "무릇 소품문은……유유자적함을 그 격조로 삼는다."

4) 동진(東晋) 시기 왕희지(王羲之)의 「난정집서」(蘭亭集序)에 나오는 말이다. "오늘은, 천기(天氣)가 맑고, 부드러운 바람이 불어와 화창하다."

5) 정판교(鄭板橋)는 필묵을 희롱한 것에 가까운, 도정(道情) 「늙은 어옹」(老漁翁) 10수를 지었다. 도정은 원래 도사가 부른 노래였는데 나중에 민간 곡조의 하나로 변했다. 원중랑(袁中郎)은 원굉도(袁宏道, 1568~1610)를 말한다. 자가 중랑이고 지금의 후베이에 속하는 후광(湖光) 궁안(公安) 사람으로 명대의 문학가다. 그의 형인 종도(宗道)와 아우 중도(中道)와 함께 문학사상의 복고 기류를 반대하여 "오로지 성령(性靈)을 노래하되 격식에 구애되지 않는다"를 주장했다. 원굉도는 소품 산문으로도 유명하다. 1930년대 린위탕 등은 그들이 창간한 『논어』, 『인간세』에서 원중랑과 정판교 등의 문장을 극

도로 추앙하였다. 당시 상하이 시대도서공사(時代圖書公司)에서 린위탕이 교열한『원중랑전집』이 출간되었고, 상하이 난창서국(南强書局)에서는『원중랑 서찰 전고』(袁中郞尺牘全稿)가 출판되었다.

6) 『세설신어』(世說新語)「간오」(簡傲)편에 나오는 말이다. 삼국시대 위(魏)나라 문학가이자 죽림칠현 가운데 한 사람인 혜강(嵇康)이 자신을 찾아온 종회(鍾會)를 홀대하면서 한 말이다.『진서』(晉書)「혜강전」에도 나온다. 종회가 혜강을 방문했을 때, 혜강은 마침 쇠를 두드리고 있었는데 눈길 한번 주지 않았다. "한참을 지나 종회가 물러가려 하자, 혜강이 물었다. '무엇을 듣고 왔으며 무엇을 보고 가는가?' 그러자 종회가 대답했다. '들을 것을 듣고 왔다가 볼 것을 보고 갑니다.'"

나에 견주어 남을 헤아리다[1]

몽원夢文

몇 년 전인지 잊어버렸다. 한 시인이 나에게 가르치기를 우매한 대중의 여론이란 것은 영국의 키츠[2]의 경우처럼 천재를 죽일 수 있다는 거였다. 나는 그의 말을 믿었다. 작년에 몇몇 유명한 작가의 글들이, 평론가의 험담은 좋은 작품을 주눅 들게 해 문단을 황량하게 만들 수 있다는 말을 했다.[3] 물론 나도 그렇게 믿었다.

나 역시 작가가 되고 싶은 사람이고 스스로도 자신이 분명 작가라고 생각하고 있다. 그런데 창작을 해본 일이 없었기 때문인지 아직 욕먹을 자격을 얻지 못하고 있다. 결코 주눅 들 일도 없었지만 무언가를 잘 쪼아서 만들어 내지도 못했다. 만들어 내지 못한 이유는 분명 내 아내와 두 아이의 소란 때문이라고 생각한다.[4] 험담하는 평론가들과 마찬가지로 그녀들의 직무 역시 진정한 천재를 파멸시키고 훌륭한 작품을 놀라게 하여 도망치게 하는 일이다.

다행히 금년 정월 나의 장모가 딸을 보고 싶어 하여 아내와 딸, 셋은 시골로 내려갔다. 나는 정말 이목이 청정해졌다. 아아 즐겁도다, 위대한 작품을 만들어 낼 시대가 도래하였도다. 그러나 불행하게도 지금 이미 음력 사월 초인데 아직도 허송세월을 하고 있다. 꼬박 삼 개월을 조용히 보내 버리고 아무것도 써내지 못했다. 만약 친구들이 나의 성과를 묻는다면 나는 무어라 대답할 것인가? 여전히 그녀들의 소란 탓으로 돌릴 수가 있을까?

이리하여 나의 믿음에는 약간의 동요가 생겼다.

그녀들의 소란 여부와 관계없이 내가 본래 좋은 작품을 만들어 낼 능력이 없는 것은 아닌가 하는 의심이 들었다. 또한 평론가들의 험담 여부와 관계없이 소위 유명한 작가들 역시 반드시 좋은 작품을 쓸 수 있으리란 법은 없는 것 아닌가 하는 의구심이 들었다.

만일 소란 피우는 사람도 있고 험담하는 사람도 있다면 그것이 작품을 만들지 못하는 작가들에게 그들의 치부를 교묘히 가리게 해주었을 수도 있다. 그렇다면 본래는 쓰려 했는데 지금 그런 상황들이 그들에게 일을 망치게 했다는 말이 된다. 그래서 그는 마치 곤경에 빠진 애송이 사내 배우처럼 작품은 아예 없으면서도 관객에게 동정의 눈물을 한 움큼씩 계속 얻어 낼 수 있게 되는 것이다.

정말 세상에 천재가 있다면, 그렇다면, 험담하는 평론이란 것은 그에게 있어서, 그의 작품을 욕하여 내치고, 그를 작가가 되지 못하게 할 수 있기 때문에 해가 될 것이다. 그러나 이른바 험담하는 비평이란 것은 평범한 인재에게 있어서는 이로울 수도 있다. 작가가 다른 이의 말을 핑계 삼아 자신의 작품이 놀라 도망쳐 버렸다고 변명하게 해주어 그의 작가로서의 지위를 유지할 수 있게 해준다.

최근 석 달 남짓 동안, 나는 겨우 '인스피라시옹'[5]을 약간 얻었을 뿐이다. 그것은 롤랑 부인[6] 투의 타령이다. "비평가여 비평가여, 세상에 얼마나 많은 작가들이 너희들의 험담 덕분에 살아가는가!"

5월 14일

주)_____

1) 원제는 「推己及人」, 1934년 5월 18일 『중화일보』의 『동향』에 처음 발표했다.

2) 키츠(John Keats, 1795~1821)는 영국시인이다. 저작으로 『성 아그네스의 저녁』(*The Eve of St. Agnes*), 장편시 『이사벨라』(*Isabella*) 등이 있으며, 『엔디미언』(*Endymion*)은 1818년 출판된 후 시 속에 담긴 민주주의 사상과 반고전주의 경향성으로 인해 보수파 평론가들의 공격을 받았다. 1820년 폐병이 악화되어 이듬해 죽었다. 그의 친구였던 영국 시인 바이런은 자신의 장편시 『돈 후안』(*Don Juan*)에서 이렇게 말했다. "한 편의 비평이 키츠를 죽게 만들었고 그가 위대한 작품을 써낼 수 있는 가망을 없애 버렸다."

3) 쑤원(蘇汶)은 1932년 10월 『현대』 제1권 제6기에 발표한 「'제3종인'의 출로」('第三種人'的出路)에서 이렇게 말했다. "좌익의 이론가 지도자들이 다짜고짜로 부르주아계급이라는 악명을 그들의 머리에 뒤집어씌워" 일부 작가들을 "영원히 침묵하게 만들었고, 오랫동안 붓을 놓게 만들었다." 가오밍(高明)이 1933년 12월 『현대』 제4권 제2기에 발표한 글 「비평에 대해」(關於批評)에서도 "황량한 지대에서 익숙하게 만나게 되는 폭도들! 그들은 문예가 만들어 낸 것을 잘 배양하려 하는 것이 아니라 압살하려 하고 있다"고 공격했다.

4) 루쉰은 이 글을 필명으로 발표했기 때문에 자신의 가족 상황을 허구로 지어냈다. 실제 루쉰에게는 아들 하나뿐이지만 이 글에서는 마치 딸이 둘 있는 아버지처럼 행세하고 있다.

5) '영감'을 뜻하는 프랑스어 inspiration. 량치차오(梁啓超)가 이 제목으로 글을 쓴 적이 있다.

6) 롤랑 부인(Madame Roland, 1754~1793)은 18세기 프랑스 대혁명 당시 정권을 획득한 지롱드파 정부의 내정부장이었던 롤랑의 부인이다. 그녀는 일찍이 지롱드파의 정책결정에 참여했었다. 1973년 5월 자코뱅파가 권력을 잡은 후 롤랑 부인은 그 해 11월 사형되었다. 량치차오가 쓴 『롤랑 부인 전』에는 그녀가 임종 시에 단두대 옆에 있던 자유의 신상에게 이렇게 한 말이 기록되어 있다. "자유여, 자유여, 천하 고금의 얼마나 많은 죄악들이 너의 이름을 빌려 행해졌는가!"

문득 드는 생각[1]

궁한公汗

아직도 기억난다. 둥베이東北 삼성이 함락되고 상하이에선 전쟁을 하고 있을 때, 단지 포성이 들리기만 하고 포탄이 두렵지는 않은 길가에서는, 곳곳에서 『추배도』[2]를 팔고 있었다. 이를 보면 사람들이 일찌감치 패배의 원인이 오래전에 이미 정해져 있다고 생각하고 있다는 걸 알 수 있었다. 삼 년 후, 화베이華北와 화난華南[3]이 모두 위급한 상황에 직면했으나 상하이에서는 '신비한 접시'점[4]이 나타났다. 전자가 관심을 갖고 있던 것은 그래도 국운이었으나, 후자는 시험 문제, 복권, 죽은 혼령에만 관심 있었다. 그들이 관심을 갖고 있는 것의 규모는 물론 아주 다른 것이었으나 후자의 명목이 훨씬 번드르르하게 거창했다. 이는 그 '영험한 점'이란 것이 중국의 독일 유학생인 바이퉁白同 군이 발명한 것이어서 '과학'에 부합된다고 믿었기 때문이다.

'과학으로 구국하자'는 이미 십여 년 가까이 외치고 있어 그것이 결코 '무용舞踊으로 구국하자'나 '숭불崇佛로 구국하자'에 비교할 수 없을 만큼 옳다는 것은 누구나 다 알고 있다. 해외로 나가 과학을 공부하는 청년이 있는가 하면 과학을 배워 박사가 되어 귀국한 사람도 있다. 그런데 중국은 일본과는 다른 자신의 고유한 문명을 가지고 있다고 하니 이는 예상 밖의 일이다. 과학은 결코 중국 문화의 부족한 부분을 충분하게 보충해 줄 수 없을 뿐만 아니라 오히려 중국 문화의 심오함을 더욱 증명해 주고 있다는 것이다. 지리학은 풍수와 관련 있고 우생학은 문벌과 관련 있으며 화학은 연단(煉丹)과 관련 있고 위생학은 연날리기와 관계가 있다.[5] '영험한 점'을 '과학'이라고 하는 것 역시 그런 가운데 하나에 불과할 따름이다.

5·4시기에 천다치 선생[6]은 일찍이 논문을 써, '부계'점[7]의 기만성을 폭로한 적이 있다. 16년이 지났다. 바이퉁 선생이 접시를 가지고 점의 합리성을 증명하고 있으니 이는 정말 어디에서부터 어떻게 말해야 할지 모르겠다.

더욱이 과학은 중국 문화의 심오함을 증명하였을 뿐만 아니라 중국 문화의 위대함을 도와주고 있다. 마작 테이블의 옆은 전등불이 촛불을 대신하게 되었고 법회의 단상에서는 플래시 라이트가 라마[8]를 비추고 있다. 무선 전파가 매일매일 방송하고 있는 것은 「살쾡이로 태자를 바꾸다」, 「옥당춘」, 「고마워라 보슬비」[9]가 아니던가?

노자가 말하길 "말과 섬을 만든 것은 그것으로 곡식을 재기 위함이었다. 그런데 말과 섬으로 곡식을 훔치고 있다"[10]고 했다.

롤랑 부인은 말하길 "자유여, 자유여, 얼마나 많은 죄악이 너의 이름으로 행해졌는가!"라고 했다.

새로운 제도, 새로운 학술, 새로운 명사가 중국에 들어오기만 하면, 그것은 바로 검은색 물감 항아리에 빠진 것처럼 새카맣게 되어 개인의 잇속을 챙기는 도구로 전락해 버린다. 과학도 그 가운데 하나에 불과할 따름이다.

이런 폐단이 사라지지 않는다면 중국은 구제할 약이 없다.

5월 20일

주)_____

1) 원제는 「偶感」, 1934년 5월 25일 『선바오』의 『자유담』에 처음 발표했다.

2) 『추배도』에 대해서는 이 문집의 「운명」 주석 5번을 참조.

3) 둥베이 삼성(東北三省)은 중국의 최동북쪽에 위치한 지린성(吉林省), 랴오닝성(遼寧省), 헤이룽장성(黑龍江省)의 총칭이다. 화베이(華北)는 중국의 북부 즉 베이징시(北京市)와 허베이성(河北省), 산시성(山西省), 톈진시(天津市), 네이멍구자치구(內蒙古自治區)에 걸친 지역의 총칭이며, 화난(華南)은 중국의 남동부 즉 하이난성(海南省), 광둥성(廣東省), 광시좡족자치구(廣西壯族自治區)가 포함되는 지역의 총칭이다.

4) 원문은 설선(碟仙). 당시에 유행한 점치는 미신 행위를 말한다. 문자 그대로 '신비한 접시'로 풀이된다. 부적으로 점치던 도가적인 전통적 미신을 능가하며, 전혀 미신적이지 않은, 과학적으로 완벽한 점술이며, 독일 유학생 바이퉁이 발견한 것이라고 대대적으로 선전되었다. '홍콩과학연예사'(香港科學游藝社)가 만들어 판매한 '영험한 과학점도'(科學靈乩圖)가 상하이에 들어와 유포되었다. 거기에 "독일 유학생 바이퉁이 다년간 연구하여 발명한 것으로 순수하게 과학적인 방법으로 만들었다. 그래서 조금도 미신적인 작용이 있는 것이 아니다" 등의 글귀가 적혀 있었다.

5) 음력 보름에 연을 날리면 일년의 액운을 날려 보낸다는 민간신앙이 있었다.

6) 천다치(陳大齊, 1887~1983)는 자는 바이녠(百年)이고 저장성 하이옌(海鹽) 사람이다. 베이징대학 철학과 교수를 지냈다. 그는 1918년 5월 『신청년』 제4권 제5호에 「'영험한 학문'을 규탄함」(辟'靈學')이라는 글을 발표하여 당시 상하이에 출현한, '영험한 학문'이란 간판을 내걸고 단을 설치하고 점을 치는 미신 행위에 대해 그 실상을 폭로하고 공격했다.

7) 부계(扶乩)점은 길흉을 점치는 행위의 하나이다. 나무로 된 틀에 목필(木筆)을 매달고 그 아래 모래판을 놓은 다음, 두 사람이 나무틀을 양편에서 잡고 있으면 신이 내려 목필이 움직이고 그로 인해 모래판에 위에 글자나 기호가 적힌다. 이를 읽어 길흉을 점쳤다.

8) 당시 거행되었던 시륜금강법회(時輪金剛法會)에서 판첸 라마가 독경을 하거나 불법을 강할 때, 촬영기사가 불전 안에서 플래시 라이트를 사용하여 조명을 비췄다.

9) 「살쾡이로 태자를 바꾸다」(狸貓換太子)는 소설 『삼협오의』(三峽五義)에 나오는 이야기다. 송 왕조 진종의 이신비(李宸妃)가 낳은 아들을 어떤 사람이 살쾡이로 바꿔 간 것과 관련된 고사에 근거해 개작한 경극이다. 「옥당춘」(玉堂春)은 『경세통언』(警世通言) 「옥당춘낙난봉부」(玉堂春落難逢夫)에 근거하여 개작한 경극이다. 명기인 소삼(蘇三 ; 옥당춘)이 모함을 받아 옥에 들어갔다 나중에 순안(巡按)이 된 남편 왕금룡(王金龍)과 다시 만난 이야기를 그 줄거리로 하고 있다. 「고마워라 보슬비」(謝謝毛毛雨)는 1930년대 리진후이(黎錦暉)가 만든 유행가곡이다. 이들 모두는 봉건제도 속에서 여자와 신하가 갖추어야 할 윤리도덕을 선양하고 있는 작품이다.

10) 장자(莊子)가 한 말이다. 『장자』 「거협」(胠篋)에 나온다. 말(斗)과 섬(斛)은 모두 곡식의 양을 세는 용기이며 옛날에 열 말은 한 섬이었다.

친리자이 부인 일을 논하다[1]

궁한

요 몇 해 동안, 신문지상에서 경제적 압박과 봉건윤리의 억압으로 인해 자살을 한다는 기사를 종종 보게 된다. 그러나 이것을 위해 입을 열거나 글을 쓰려는 사람은 아주 적다. 다만 최근의 친리자이 부인[2]과 그 자녀들 일가 네 식구의 자살에 관해서만은 적지 않은 사람들의 반응이 있었다. 나중에는 그 신문기사를 품에 안고 자살한 사람[3]도 나왔다. 이것으로 보아 그 영향력이 대단했음을 알 수 있었다. 내 생각에, 그것은 자살한 사람 수가 많았기 때문이라 생각한다. 단독 자살이었다면 아마 여러 사람의 주목을 끌지 못했을 것이다.

　모든 여론 가운데, 이 자살 사건의 주모자인 친리자이 부인에 대해서는 관대하게 생각하는 말들이 있긴 했으나 그 결론은 거의 모두 규탄 아닌 게 없었다. 왜냐하면 ── 한 평론가께서 말씀하시길 ── 사회가 아무리 어두울지라도 인생의 첫번째 책임은 생존하는 것이므로 자살을 하는 것은 그 의무를 다하지 않은 것이기 때문이며, 둘째로 책임을 다한다는 것은 고통을 감수하는 것이므로 자살을 하는 것은 안락을 도모하는 것이기 때문이라는 것이다. 진보적인 평론가께서는, 인생은 전투이므로 자살을 한 사람은 탈영병인 셈이라고 했다. 비록 죽는다 하더라도 그 죄를 면키 어렵다고 주장했다. 이는 물론 그럴듯한 말이긴 하지만 너무 막연하게 싸잡아 한 말이라 하지 않을 수 없다.

세상에는 두 종류의 범죄학자가 있다. 한 파는 범죄를 환경 탓이라 주장하고 다른 한 파는 개인 탓이라 주장한다. 현재 유행하고 있는 것은 후자의 설이다. 전자 학파의 설을 믿는다면 범죄를 없애기 위해서는 환경을 개선해야 하기 때문에 일이 복잡해지고 힘들게 된다. 그래서 친리자이 부인의 자살을 비판하는 사람들은 거의 대부분 후자 학파에 속한다.

참으로, 자살을 했으니 그것으로 이미 그녀가 약자임은 증명되었다. 그러나, 어떻게 하여 약자가 되었는가? 중요한 것은 우리가, 그녀의 시아버지 서찰[4]이 그녀를 시댁으로 돌아오게 하기 위해 양가의 명성을 들먹였음은 물론이거니와, 죽은 사람의 점괘로 그녀를 움직이게 하고자 했다는 사실을 염두에 두어야 한다. 우리는 그녀의 남동생이 썼다고 하는 만장도 좀 잘 살펴보아야 한다. "아내는 남편을 따라 무덤으로 가고, 아들은 어머니를 따라 무덤으로 가고……"라는 말은 천고의 미담으로 여겨 왔던 덕목들이 아닌가? 그러한 가정 속에서 자라고 길러진 사람으로서 어찌 약자가 되지 않을 수 있겠는가? 물론 우리는 그녀가 씩씩하게 싸우지 않았다고 책망할 수는 있다. 그러나 무언가를 삼켜 버리는 암흑의 힘은 때때로 외로운 병사를 압도해 버리곤 한다. 게다가 자살 비판자는, 다른 사람들이 싸우고 있을 때, 그들이 몸부림치고 있을 때, 또 그들이 싸움에서 지고 있을 때, 아마 쥐 죽은 듯 가만히 있을 법한 사람들, 싸움을 응원하지 않을 사람들이다. 산간 벽지나 도회지에서 고아와 과부, 가난한 여성과 노동자들이 운명에 따라 죽어 갔고 비록 운명에 항거하였으나 끝내 죽지 않을 수 없었을 것이다. 이런 사람들이 어찌 이뿐이랴. 그런데도 그런 사건들을 누군가 거론한 적이 있었으며, 그 일이 누군가의 마음을 움직였던 적이 있었던가? 정말로 "개천에서 목매어 죽은들 그 누가 알손가"[5]이다!

　　사람은 물론 생존해야 한다. 그러나 그것은 나아지기 위해서다. 수난을 당해도 무방하나 그것은 장래 모든 고통이 없어진다는 전제하에서다. 마땅히 싸워야 한다. 그것은 개혁을 위해서이다. 다른 사람의 자살을 책망하는 사람은, 사람을 책망하는 한편, 반드시 그 사람을 차살의 길로 내몬 주변환경에 대해서도 도전해야 하며 공격해야 한다. 만일 어둠을 만드는 주범의 힘에 대해서는 한마디도 못하면서, 그쪽을 향해서는 화살 한 개도 쏘지 않으면서, 단지 '약자'에 대해서만 시끄럽게 떠벌릴 뿐이라면, 그가 제아무리 의로움을 보인다 할지라도, 나는 말하지 않을 수 없다. 나는 정말 참을 수 없게 된다. 사실 그는 살인자의 공범에 지나지 않을 뿐이라고.

5월 24일

주)_____

1) 원제는 「論秦理齋夫人事」, 1934년 6월 1일 『선바오』의 『자유담』에 처음 발표했다.

2) 친리자이(秦理齋) 부인은 이름이 공인샤(龔尹霞)이며 『선바오』의 영어 번역자인 친리자이의 아내다. 1934년 2월 25일 친리자이가 상하이에서 병사한 후, 우시(無錫)에 사는 친리자이의 아버지가 그녀에게 귀향하라고 요구했다. 그녀가 상하이에서의 자녀 학업 등을 이유로 돌아갈 수 없게 되자, 친의 아버지는 여러 차례 그녀에게 독촉하고 압박을 가했다고 한다. 5월 5일 그녀는 세 딸과 함께 음독 자살했다.

3) 1934년 5월 22일 『선바오』의 보도에 의하면, 상하이 푸화(福華)약국의 점원인 천퉁푸 (陳同福)가 경제적 곤란 때문에 자살을 했다. 그의 몸에서 신문에서 오려 낸 친리자이 부인의 자살 보도 기사가 발견되었다.

4) 친리자이의 아버지인 친핑푸(秦平甫)는 4월 11일 며느리인 공인샤에게 보낸 편지에서 다음과 같이 말하고 있다. "너의 시숙이 점을 쳤더니, 리자이가 강림하여 돈과 솜옷을 달라고 했다. 또 가족들이 상하이에 살지 말고 당장 우시로 돌아오라고 말했다 한다." 이어서 말했다. "사돈댁 가법의 아름다움이 같은 동네에서 칭송이 자자하다.……당 태부인께서도 덕이 높고 아량이 높아 널리 베푸는 것을 근본으로 삼고 계신다. 자신이 할 일을 남에게 시키길 원치 않으셨다. 너는 이러한 뜻을 잘 새겨 착한 며느리와 훌륭한 딸이 되길 바란다. 상하이의 일을 조속히 마무리하고 망부 리자이의 부탁을 존중하여 빨리 우시로 돌아오거라."

5) 『논어』「헌문」(憲問)편에 나오는 말이다. "필부 필녀가 자신의 신념을 지키기 위해 개천에 목매어 죽은들 어찌 누가 알겠는가?"

'……' '□□□□'론 보충[1]

쉬위[2] 선생이 『인간세』[3]에 이런 제목의 논설을 발표했다. 이 문제에 대해 내가 무슨 조예가 있는 것은 아니나 "어리석은 자라도 천 번 생각하면 반드시 하나의 득은 있게 마련이라"[4] 했으니 좀 보충하고 싶은 생각이 들었다. 물론 다소 천박하긴 하겠지만 말이다.

'……'는 박래품으로 5·4운동 이후에 수입된 것이다. 이보다 먼저 린친난林琴男 선생이 소설을 번역할 때, "이 말은 끝나지 않았다"此語未完라고 주석한 부분이 바로 이것을 번역한 것이다. 서양 서적에서는 보통 점을 여섯 개 사용하거나 아니면 인색하게 점 세 개만 사용했다. 그런데 중국은 "땅도 넓고 물산도 풍부하여" 그것이 중국에 동화될 즈음에는 점차 불어났다. 점이 아홉 개에서 열두 개, 심지어 수십 개로 늘어났다. 어떤 대작가께서는 단지 점으로만 서너 줄을 채워 정말 이루 다 말로 형용할 수 없는 오묘함과 무궁무진함을 나타내셨다. 독자들 역시 대개는 그렇게 생각하고 있다. 만일 어떤 용감한 자가 그 속의 오묘함을 느낄 수 없다고 말한다면 그는 즉시 저능아가 되고 마는 것이다.

그러나 결국, 안데르센[5] 동화 속의 '벌거벗은 임금님'처럼 사실 그 속엔 아무것도 없는 것이다. 모름지기 어린아이였다면 사실대로 큰소리로 말했을 것이다. 그러나 아이들은 작가들의 '창작'을 볼 수가 없다. 그래서 중국에는 그 기만을 간파할 사람이 없다. 그러나 날씨가 추워지려 하기 때문에 옷을 벗은 채 종일 거리를 걸을 수도 없는 일, 결국엔 궁궐로 숨어들어 가야 한다. 몇 행의 점으로만 이루어진 훌륭한 문장조차 근래엔 그리 많이 보이지 않게 되었다.

'□□'은 국산품이다. 『목천자전』[6]에도 이런 재밌는 표현이 있다. 예전의 선생님께서 나에게 이것을 궐문闕文이라고 가르쳐 주셨다. 이런 궐문으로 소동이 일어나기도 했다.[7] 어떤 사람이 "口生垢, 口戕口"(입이 더러우면 입이 입을 해친다)[8]라는 문장에서 세 개의 입 구口 자를 궐문이라고 주장하는 바람에 누군가에게 큰 욕을 먹은 적이 있다. 그러나 예전에 궐문은 단지 옛사람들의 책 속에서만 보였고 그것을 보충할 방도가 없었다. 그런데 지금, 요즘 사람들의 책에도 그것이 나타나게 되었고 보충하고 싶어도 보충을 할 수 없게 되었다. 최근에 이르러선 그것이 점차 '××'로 변해가는 추세다.[9] 이는 일본에서 수입된 것이다. 이것이 많으면 그 저작의 내용에 무언가 격정적인 것이 있을 거란 느낌이 든다. 그러나 사실은 꼭 그런 것이 아닐 때도 있다. '×'만으로 몇 행을 마구 채워 책을 찍어 내면 독자들은 정말 작가의 뭔지 모를 격정에 감복하게 되고 검열관의 혹독한 검열은 증오하게 된다. 그러나 반대로, 작가가 검열관에게 그렇게 글을 보내면 검열관으로 하여금, 하고픈 많은 말을 감히 못 하고 그저 '×'만 그렇게 죽 늘어놓는, 작가의 순순한 복종을 즐기게 만들 수 있는 것이다. 점만 몇 줄 죽 늘어놓는 것보단 훨씬 교묘한 수법이니 일거양득이다. 지금 중국은 배일排日이 한창 진행 중이니 이러한 금낭묘계[10]도 어쩌면 모방에 그치지 않을지 모를 일이다.

　오늘날, 어떤 물건도 모두 돈을 주고 사야 한다. 물론 모든 것은 팔 수도 있다. 그러나 '없는 물건'조차 팔 수 있다는 것은 좀 뜻밖의 일이다. 그러나 그런 것을 알게 된 후 비로소 알게 되었다. 날조를 업으로 삼는 것도 이제는 "품질 보증 가격 정직, 애 어른 속이지 않는", 그런 삶으로 셈쳐 주려 한다는 것을.

5월 24일

주)＿＿＿

1) 원제는 「"⋯⋯" "□□□□"論補」, 1934년 5월 26일 『선바오』의 『자유담』에 발표했다.

2) 쉬위(徐訏, 1908~1980)는 저장성 츠시(慈溪) 사람이며 작가다. 당시 상하이에서 『인간세』, 『논어』 등의 간행물을 편집했다. 그의 글 「'⋯⋯' '□□□□'론」은 1934년 5월 20일 『인간세』 제4기에 발표되었다.

3) 『인간세』는 린위탕이 주관한 반월간지다. 1934년 4월 창간했고 이듬해 12월 폐간되었다. 저우쭤런(周作人) 등 베이징파 문인들이 주류가 되어 유미주의적인 산문과 소품문(小品文)을 유행시켰다.

4) 『사기』(史記) 「회음후열전」(淮陰侯列傳)에 나오는 말이다. "지혜로운 자라도 천 번 생각에 한 번의 실수는 있기 마련이며, 어리석은 자라도 천 번 생각에 반드시 하나의 득은 있게 마련이다."(智者千慮必有一失, 愚者千慮必有一得)

5) 안데르센(Hans Christian Andersen, 1805~1875)은 덴마크의 동화작가다. 「벌거벗은 임금님」은 그의 유명한 작품 가운데 하나다. 스페인 민간 고사에서 소재를 취한 이 이야기는 이렇다. 두 명의 거짓말쟁이가 임금 앞에서 거짓말을 한다. 한 거짓말쟁이는 자신이 만든 옷은 이 세상에서 가장 아름다운 옷감으로 만든 옷으로 "자신의 지위에 맞지 않은 사람이나 어리석은 사람의 눈에는 보이지 않는다"고 말하고, 임금에게 새로 지었다고 하는 새 옷을 입힌다. 새 옷을 입었다고 생각하지만 사실은 벌거벗고 있는 임금님도, 그것을 바라보는 신하도, 누구나 자신이 어리석은 자가 될까 두려워 거짓으로 새 옷

의 아름다움을 침이 마르게 칭찬한다. 나중에 한 어린아이가 천진스럽게 폭로한다. "임 금님은 벌거벗었네."

6) 『목천자전』(穆天子傳)은 진(晉)대에 전국시대 위(魏)나라 양왕(襄王)의 묘에서 발견된 선진시대 고서 중 하나로 총 6권으로 되어 있다. 원본은 죽간인데 나중에 죽간 문자가 벗겨 나가자 죽간의 고문자를 해서체로 다시 썼다. 이때 판독이 어려운 글자를 □로 표 시하여 훼손된 부분을 대신했다. 그러자 책에 많은 □가 있게 되었다. 예를 들면 제2권 에 이런 부분이 나온다. "乃獻白玉□只角之一□三, 可以□沐, 乃進食□酒姑劑九□."

7) 진(秦)대에는 죽간에 문장을 썼기 때문에 문장 속의 많은 글자들이 지워지거나 누락되 어 후대에 전해졌다. 이에 후세인들이 이 부분을 큰 □로 표기하고 입을 나타내는 '구' 자는 작은 ㅁ로 표기했다. 그러나 이로 인해 문장의 해석과 판독에 많은 혼란과 논쟁이 야기됐다.

8) "ㅁ生垢, ㅁ戕ㅁ"는 『대대예기』(大戴禮記) 「무왕천조」(武王踐阼)에 나오는 말이다. 『대 대예기』에 북주(北周)의 노변(盧辯)이 이 부분에 주석을 하길 "후(垢)는 어리석음(恥)이 다"라고 했다. 청대의 주원량(周元亮)과 전이도(錢爾弢) 모두 이 'ㅁ'에 대해 말했다. "옛 날의 네모 공란은 모두 결문(缺文)이다. 오늘날 그것을 입 구(ㅁ)로 해석하는 것은 잘못 이다." 그러나 청대의 경학가인 왕응규(王應奎)는 『유남수필』(柳南隨筆) 권1에서 다른 견해를 말했다. "근래에 나는 송대의 판본 『대대예』(大戴禮)를 보았다. 진경역(秦景暘) 이 보았던 책이다. ㅁ자는 결코 공란이 아니다. ……로 미루어 볼 때 주원량과 전이도의 말은 잘못된 것이다."

9) 루쉰은 1933년 11월 5일 한 서신에서 '×'는 더 이상 쓸 거리가 없어 폐업 위기에 놓인 '제3종인' 작가와 스저춘(施蟄存) 등이 자신들의 출판사와 글을 살리기 위해 궁여지책 으로 일본에서 수입해 들여온 것이라고 비난했다.

10) 금낭묘계(錦囊妙計)는 비단 주머니 속에 든 아주 훌륭한 계책이란 뜻이다.

누가 몰락 중인가?[1]

창경常庚

5월 28일자 『다완바오』는 문단의 중요한 소식 하나를 알려 주었다.

우리나라의 저명한 미술가인 류하이쑤와 쉬페이홍[2] 등이 최근 소련 모스크바에서 중국서화전시회를 열어 그곳의 인사들로부터 극찬을 받았다. 그들은 우리나라 서화書畵 명작들을 칭송하면서, 지금 소련에서 유행하고 있는 상징주의 작품들과 아주 흡사하다고 했다. 소련 예술계는 사실주의와 상징주의 양파로 나누어져 있다. 사실주의는 이미 몰락하고 있는 반면 상징주의는 관민 공동의 제창으로 왕성하게 발전하고 있다. 그 나라의 예술가들은 중국의 서화 작품이 상징파와 아주 흡사한 것을 알게 된 후 중국의 연극도 분명 상징주의를 채택하고 있을 거라는 데 생각이 미쳤다. 그래서 중국 연극의 대가인 메이란팡 등을 초청하여 공연하······ 것을 협의 중이다. 이 일은 이미 소련 측과 주소련 중국대사관이 협의에 들어갔고 동시에 주중 소련대사인 보고모로프 역시 명을 받아 우리 측과 협의 중이다.······

이것은 좋은 소식이고 우릴 기쁘게 할 만한 것이다. 그러나 '국위 선양'[3]의 기쁨을 누린 후이니 좀 차분하게 다음 사실을 생각할 필요가 있다.

첫째, 만약 중국의 그림과 인상주의[4]가 서로 일맥상통하다고 말한다면 그것은 그래도 일리가 있다. 그런데 지금 "소련에서 유행하고 있는 상징주의 작품들과 아주 흡사하다"고 하는 것은 잠꼬대에 가깝다. 반쯤 올라간 등나무 넝쿨, 소나무 한 그루, 호랑이 한 마리, 몇 쌍의 참새들은 분명 사실적이진 않다. 그러나 그림이 사실적이지 않다는 이유로 어떻게 다른 무언가를 '상징'하고 있는 것이라 할 수 있는가?

둘째, 소련에서의 상징주의 몰락은 10월혁명 때였고 이후에 구성주의[5]가 굴기했다. 그러나 점차 사실주의에 의해 밀려나고 말았다. 그러므로 만일 구성주의가 점차 몰락하면서 사실주의가 "왕성하게 발전하고 있다"고 한다면 그렇게 말할 수는 있다. 그렇지 않은 것은 잠꼬대이다. 소련 문예계에 상징주의 작품으로 무엇이 있는가?

셋째, 중국 연극의 얼굴 분장과 손동작은 기호이지 상징이 아니다. 흰 코가 어릿광대를, 요란한 얼굴 분장이 악인을, 손에 든 채찍이 말 탄 것을, 손을 앞으로 미는 동작이 문 여는 것을 표현하는 것 말고는 어디 무슨 말로 표현할 수 없는, 몸으로 표현할 수 없는 깊은 뜻이 담겨 있단 말인가?

유럽은 우리에게서 정말 멀다. 우리도 그곳의 문예 정황에 대해서 정말 너무 어둡다. 그러나 20세기가 3분의 1이 지나간 지금, 거칠게나마 조금은 알게 되었다. 그들의 예술이 소멸하고 있음을 상징하는 이러한 뉴스야말로 정말 '상징주의 작품'처럼 느껴진다.

5월 30일

1) 원제는 「誰在沒落」, 1934년 6월 2일 『중화일보』의 『동향』에 처음 발표했다.

2) 류하이쑤(劉海粟, 1896~1994)는 장쑤성 우진 사람이며 화가다. 쉬페이훙(徐悲鴻, 1895~1953)은 장쑤성 이싱(宜興) 사람이며 화가다. 1934년 두 사람은 유럽으로 건너가 중국화전람회에 참가했다.

3) 원문은 '發揚國光'이다. 이는 「메이란팡이 소련에 가다」(梅蘭芳赴蘇俄)라는 제목하에 『다완바오』에 실린 신문 기사에서 인용한 것이다.

4) 인상주의(印象主義, impressionism)는 19세기 후반 유럽(처음에는 프랑스)에서 일어난 예술사조이다. 주로 회화에서 시작했다. 예술가의 순간적이고 주관적인 인상 표현을 강조하였다. 색과 광선을 중시하였으며 객관사물의 충실한 재현에 구속되지 않았다. 이 예술사조는 나중에 문학, 음악, 조각 등 다양한 방면에 그 영향을 미쳤다.

5) 구성주의(構成主義, constructivism)는 현대 서양 예술유파의 하나다. 입체주의에서 시작하여 예술의 사상성과 이미지, 민족전통을 배척하며 직사각형, 원형, 직선 등으로 추상적인 조형을 만들었다. 10월혁명 후 오래지 않아 몇몇 소련 예술가들이 '구성주의'에 합류하여 깃발을 높이 들었다.

거꾸로 매달기[1]

서양의 자선사업가들은 동물 학대를 금기시한다. 닭이나 오리를 거꾸로 매단 채 조계를 지나가면 곧바로 처벌을 받는다.[2] 처벌이란 것이 벌금을 무는 것에 불과해 돈 낼 능력이 있으면 거꾸로 좀 매달 수도 있을 것이다. 그러나 어떻든 처벌은 처벌이다. 그래서 몇 분 중국인들께서, 서양인들이 동물은 우대하면서 중국인들은 닭·오리만도 못하게 학대하고 있다며 크게 불평을 토로하셨다.

　　사실 이는 서양인을 오해한 것이다. 그들이 우릴 멸시하는 것은 분명하지만, 우릴 동물보다 못하다고 보는 것은 결코 아니다. 물론, 닭과 오리란 물건들은, 어찌 되었든 부엌으로 보내져 요리로 만들어질 뿐이다. 그러한즉 똑바로 잘 들고 간다 한들 결국엔 그 운명을 어찌지 못한다. 그런데 그것들은 말을 할 수도 없고 저항할 수도 없는 것들이니 아무 이익도 없이 학대를 해 무엇하겠는가? 서양인들은 무슨 일에서든 이익을 생각한다. 우리의 옛날 사람들은 백성들을 '거꾸로 매다는'[3] 형벌의 고통을 헤아릴 줄 알았고 아주 핍진하게 묘사할 줄도 알았다. 그런데 닭과 오리가 거꾸로 매달리는 재난에 대해서는 잘 살피지 못했나 보다. 그러면서 무슨 '산 채로 포를 뜬 당나귀 육회'니 '산 채로 구운 거위 발바닥'[4]이니 같은 무익한 잔학행위에 대해서는 일찌감치 글 속에서 공격을 해댔다. 이러한 심정은 동서가 똑같이 갖고 있는 것이다.

그런데 사람에 대한 심정은 다소 다른 듯하다. 사람은 조직을 만들 수 있고 반항할 수 있으며 노예가 될 수도 있고 주인이 될 수도 있다. 노력하지 않으면 영원히 여대[5]에 떨어질 수도 있게 된다. 자유와 해방은 서로의 평등을 얻을 수 있게 하므로 그 운명이 결코 부엌으로 보내져 요리가 되는 것으로 끝나는 것이 아니다. 비굴한 자일수록 주인의 사랑을 받는 법이다. 서양 졸개[6]가 개를 때리면 졸개가 꾸짖음을 당하지만 평범한 중국인이 서양 졸개를 괴롭히면 중국인이 벌을 받는다. 조계지에 중국인 학대 금지 규정이 없다는 것, 이것이 바로 우리가 역량을 가져야 하고, 자기 고유의 능력을 가져야 하며, 그래서 닭·오리와는 결코 같지 않아야만 하는 까닭인 것이다.

그러나 우리는 고전 속에서, 정의롭고 자애로운 인사가 거꾸로 매달린 것을 풀어 주러 온다고 하는 헛소리를 지금까지 귀에 익도록 들어왔기 때문에, 아직도 천상이나 무슨 높은 곳에서 은전이 내려온다거나, 더 심한 사람은 "태평 시기의 개가 돼도 무방하지만 전시에 유리걸식하는 사람이 되지 않는 것이 낫다"[7]고 생각하여, 차라리 개로 살지언정 여럿이 힘을 합쳐 개혁을 하는 일은 하지 않으려 한다. 조계지의 닭·오리만 못하다고 자탄하는 자들에게도 바로 이런 정신상태가 있다.

이런 부류의 인물이 계속 많아지면 모두가 거꾸로 매달리게 될 것이다. 그리고 비록 부엌으로 보내질 때가 되어도 아무도 잠시일망정 구해 주는 사람이 없을 것이다. 그것은 우리가 사람인데도 가망이 없는 사람들인 까닭이다.

6월 3일

'꽃테문학'론[8]

린모林默

사방에 꽃테를 두른 듯한 글이 최근 모 간행물 부간에 게재되고 있다. 이 글들은 매일 한 꼭지씩 발표되고 있다. 조용하고 한가로우며, 치밀하고 조리가 정연해 겉으로 보기엔 '잡감' 같기도 하다가 '격언' 같기도 하다. 그 내용이 통렬하지도 답답하지도 않으며 그렇다고 전혀 뒤떨어진다는 느낌도 없다. 마치 소품문 같기도 하다가 어록의 일종 같기도 하다. 오늘은 '문득 드는 생각'을 쓰다가 내일은 '전하는 바에 따르면' 하고 말문을 연다. 글 쓰는 사람 입장에서 보면 단연 좋은 문장이다. 왜냐하면 이리저리 뜯어봐도 모두 논리가 있고 팔고[9]의 작법에도 그 능숙함을 다하고 있기 때문이다. 그러나 독자의 입장에서 보면 이런 글은 통렬하거나 답답하지는 않을지언정 왕왕 글 속에 독이 스며들어 있거나 요사스러운 말이 들어 있어 은연중에 이를 퍼뜨린다. 예를 들면 간디가 피살당한 것에 대해 그는 「문득 드는 생각」이란 글을 한 편 써 '마하트마'를 한바탕 찬양하더니, 성웅 때문에 화가 나고 재앙이 사라지길 빌며 난을 일으킨 폭도를 몇 번 저주했다. 이어서 독자들을 향해 '모든 것을 확고하게 볼 것'과 '용감하고 평화로운' 무저항주의 설교 같은 것을 늘어놓았다. 이런 문장체는 '꽃테두리체' 혹은 '꽃테문학'이라고 부르는 것 말고는 다른 이름이 없다.

이 꽃테두리체의 연원은 아마 험한 산길로 들어선 소품문의 변종일 것이다. 소품문 옹호자의 말에 의하면 이런 문학 형식이 파급될 것이라고 한다(『인간세』, 「소품문에 대해」關於小品文 참고). 여기서 잠시 그들의 파급 방식을 좀 보기로 하자. 6월 28일 『선바오』의 『자유담』에 이런 글이 실렸다. 제목은 「거꾸로 매달기」이다. 대체적인 뜻은 서양인이 닭·오리를 거꾸로 매다는 걸 금지하자 중국인들이, 서양인이 중국인을 학대하여 심지어 닭·오리만도 못하게 취급하고 있다는 이유를 들어 불평을 했다는 것이다.

이 꽃테문학가께서는 주장하시길, "사실 이는 서양인을 오해한 것이다. 그들이 우릴 멸시하는 것은 분명하지만, 우릴 동물보다 못하다고 보는 것은 결코 아니다"라고 했다.

왜 "결코 아니다"인가? 그 근거는 "사람은 조직을 만들 수 있고 반항할 수 있으며…… 우리가 역량을 가져야 하고, 자기 고유의 능력을 가져야 하며, 그래서 닭·오리와는 결코 같지 않아야만 하는 까닭"이라는 것, 그래서 조계지에는 중국인 학대를 금지하는 규정이 없다는 거였다. 중국인 학대를 금지하지 않는 것은 당연히 중국인을 닭·오리보다 나은 것으로 보기 때문이라는 것이다.

만일 불평하지 않는다면 왜 반항하지 않는가?

그런데 이들 불평하는 선비들은, 고전 속에서 그 근거를 가져온 꽃테문학가에 의하면, "개가 돼도 무방"한 무리들이라는 것이다. 가망이 없다는 거였다.

그 뜻은 아주 분명해진다. 첫째, 서양인은 결코 중국인을 닭·오리보다 못하게 취급하지 않았다는 것, 닭·오리보다 못하다고 자탄하는 사람들은 서양인을 오해하고 있다는 것. 둘째, 서양인의 그런 우대를 받고 있으므로 더 이상 불평하지 말아야 한다는 것. 셋째, 그가 비록 인간은 반항할 수 있는 존재라고 정면으로 인정하고 있고, 중국인으로 하여금 반항하게 하려 하지만 그는 사실, 서양인이 중국인을 존중하여 생각해 낸 이 학대는 결코 사라질 수 없을 것이며 더욱더 심해질 것임을 설명하고 있는 것이다. 넷째, 만일 어떤 사람이 불평을 하려 한다면 그는 그 중국인이 가망 없는 사람이라는 것을 '고전'에서 찾아 그 증거를 댈 수 있다는 것이다.

상하이의 외국인 상점에는 외국인을 도와 경영과 장사를 하는 중국인이 있다. 통칭하여 '매판'買辦이라 한다. 그들이 동포들과 장사를 하면서, 서양 상품이 국산보다 얼마나 좋은지, 외국인이 얼마나 예의와 신용을 중시하는지, 중국인은 돼지에 불과해 도태되어 마땅함을 과장하여 말하는 것 말고도, 서양인을 부를 때 '우리 주인님' 하고 부르는 특징을 가지고 있다. 내 생각에 이 「거꾸로 매달기」라는 걸작품은 그 어투로 보아 이런 부류의 사람이 그들의 주인을 위해 쓴 작품이 아닌가 한다. 왜냐하면 첫째, 이런 사람은 늘 서양인을 잘 이해하고 있는 것을 자랑으로 삼고 있고, 서양인은 그를 예의 있게 대하고 있기 때문이다. 둘째, 그들은 항상, 서양인(그들의 주인이기도 한)이 중국을 통치하고 중국인을 학대하는 걸 찬성하고 있다. 그것은 중국인이 돼지이기 때문이라는 것이다. 셋째, 그들은 중국인이 서양인을 증오하는 것에 대해 아주 반대한다. 그들이 보기에 불평을 품고 있는 것은 위험한 사상이기 때문이다.

이런 종류의 사람 혹은 이런 종류의 사람으로 승격하길 희망하는 사람의 붓에서 나온 것이 바로 이 '꽃테문학' 같은 걸작이다. 그런데 애석한 것은 그런 문인이나 문장 할 것 없이 모두, 서양인들 대신 그들을 변호하여 설교하고 있기 때문에, 중국인들이 불평을 하게 되는 것은 면할 수 없다. 왜냐하면 서양인이 비록 중국인을 닭·오리보다 못한 것으로 취급하지 않는다 할지라도, 그렇다고 사실상 결코 닭·오리보다 나은 것으로 취급하는 것도 아닌 듯하기 때문이다. 홍콩의 간수가 중국 범인을 거꾸로 들어서 이 층에서 던져 버린 일은 이미 오래된 일이다. 근래에 상하이를 예로 들면, 작년에는 여자아이 가오^高가, 올해는 차이양치^{蔡洋其} 같은 사람들이 있다.[10] 그들이 당한 것은 결코 닭이나 오리보다 나은 것이 아니다. 그 죽음의 비참함은 도가 지나쳐 형용할 길이 없다. 우리 연배의 중국인들은 이런 일을 아주 또렷이 목격했기 때문에 쉽게 잊고 넘어갈 수 없다. 그런데 어찌하여 꽃테문학가의 입과 붓은 이리도 두루뭉술 잘 넘어갈 수 있는 것인가?

불평을 끌어안고 사는 중국인은 과연 꽃테문학가가 주장한 '고전'의 증명처럼 죄다 가망이 없는 사람들이란 말인가? 결코 그렇지 않다. 9년 전의 5·30운동과 2년 전의 1·28전쟁, 지금도 여전히 고난 속에 행군하고 있는 동북 의용군들은 우리들의 고전이 아니란 말인가? 이러한 것들이 중국인들의 분노의 기운이 결집하여 만들어 낸 용감한 전투가 아니며 반항이 아니라고, 누가 감히 말할 수 있는가?

'꽃테두리체' 문장이 대중적 인기를 얻는 점은 여기 있다. 지금 비록 잘 유포되고 있고 일부 사람들이 그것을 옹호하고 있긴 하지만 머잖아 그에게 침을 뱉을 사람이 생길 것이다. 지금은 '대중어' 문학을 건설하는 때다. 내 생각에 '꽃테문학'은 그 형식과 내용을 막론하고 대중들의 눈에서 사라지게 될 날이 올 것이다.

이 글은 꽤 여러 곳에 투고하였다 모두 거절당했다. 나의 이 글이 개인적인 원한에 대해 보복 혐의라도 있단 말인가? '누군가의 생각을 받아' 한 일은 결코 아니다. 일이 생기면 그것에 대해 논하는 법, 나는 정말 토로할 필요가 있다고 생각해 쓴 것이다. 글 속에서 혹 과도하게 화를 낸 부분이 있을 수 있겠으나, 내가 전적으로 잘못했다고 말한다면 그것은 받아들일 수 없다. 만일 이 글로 내가 누를 끼친 사람이 나의 선배나 친구였다면 그 점은 널리 양해해 주길 바란다.

필자 부기

7월 3일 『다완바오』의 『횃불』

주)_____

1) 원제는 「倒提」, 1934년 6월 28일 『선바오』의 『자유담』에 처음 발표했다.

2) 당시 상하이 공공(公共)조계 공부국(工部局)은 닭이나 오리를 거꾸로 매달고 거리를 걸어가는 걸 허락하지 않았다. 위반자는 구속 수감하고 벌금을 부과하는 규정이 있었다. 여기서 말하는 서양의 자선사업가란 당시 상하이 외국 거류민이 결성한 '동물애호 서양인협회'(西人教牲會)를 가리킨다.

3) 원문은 '倒懸'이다. 『맹자』 「공손추상」에 나오는 말이다. "오늘날 만승(萬乘)의 나라에서 인정(仁政)을 베푸니 백성들이 그것을 기뻐했다. 거꾸로 매달린 것에서 풀려난 것과 같았다."

4) '산 채로 뜬 당나귀 육회'의 원문은 '生刲驢肉'이다. 청대 전영(錢泳)의 『이원총화』(履園叢話) 제17권에 이런 기록이 있다. "산시성(山西省) 성 밖에 진츠(晉祠) 지방이 있고…… 술집이 있었다. …… 여향관(驢香館)이라 불렀다. 그 요리법은 풀을 먹이던 당나귀 한 마리를 아주 살지게 길러서 먼저 술을 먹여 취하게 한 다음, 온몸을 두들겨 팬다. 그 살을 벨 즈음에는 먼저 사지를 못으로 박아 발을 결박시킨다. 나무 하나를 등에 가로놓고 머리와 꼬리를 묶어 움직이지 못하게 한다. 처음에는 펄펄 끓는 물을 몸에 뿌리고 털을 다 깎아 낸 다음 다시 잘 드는 칼로 남은 잔털들을 깎는다. 먹으려 할 즈음엔 다리나 혹은 배 부분, 혹은 등, 혹은 머리와 꼬리 살을 손님 편한 대로 베어 내면 된다. 손님이 젓

가락을 들 때도 그 당나귀는 여전히 죽지 않고 살아 있다." '산채로 구운 거위 발바닥'의 원문은 '活烤鵝掌'이다. 청대 고공섭(顧公燮)의 『소하한기적초』(消夏閒記摘抄)의 상권에 나오는 기록이다. "전해지기를, 엽영류(葉映榴)는 거위 발바닥 먹는 걸 좋아했다고 한다. 거위를 철판 위에 놓고 센 불로 굽는다. 거위가 팔딱거리고 꽥꽥 소리지르는 것을 멈추지 않으면 간장과 식초를 먹인다. 잠시 지나면 거위는 타 죽고 가죽과 뼈만 남는데 발바닥만 마치 부채처럼 커져서 그 맛이 그만이라고 한다." 또 당대의 장작(張鷟)이 쓴 『조야첨재』(朝野僉載) 2권에도 산 채로 구운 거위 발바닥과 산 채로 포를 뜬 당나귀 육회에 대한 잔혹한 요리법이 기록돼 있다.

5) '여대'(輿台). 옛날 노예 명칭 중 하나였다. 후에는 노역을 하거나 비천한 지위에 있는 사람들을 가리키는 말로 쓰였다.

6) 서양 졸개(西崽). 서양인이 고용한 중국 남자 하인을 멸시하는 호칭이다.

7) 원문은 '莫作亂離人, 寧爲太平犬.'이다. 원(元)대 시혜(施惠)의 『유규기』(幽閨記)에 나오는 원문은 이렇다. "寧爲太平犬, 莫作亂離人."

8) 원제는 「論'花邊文學'」이다.

9) 팔고문(八股文)은 명대 과거고시에서 규정한 특수한 답안의 문체를 말한다. 문장의 매 단락을 고정된 규격에 맞추어, 한정된 글자 수 내에서 써야 한다. 그 형식의 틀이 파제(破題), 승제(承題), 기강(起講), 입수(入手), 기고(起股), 중고(中股), 후고(後股), 속고(束股) 등 여덟 개로 구성되어 있어 팔고문이라 부른다. 나중에는 오직 형식만 중시하고 내용이 없는 문체로 흘렀다. 자유롭지 못하고 형식주의에 갇힌 문학 혹은 그러한 문체의 대명사처럼 쓰였다.

10) 가오는 15살 된 어린 이발사로 1933년 5월 7일 한 손님의 머리를 손질하던 도중 프랑스 조계의 경찰에 의해 의문의 죽음을 당했다. 차이양치는 가게 종업원으로 잘못된 신고를 받은 경찰에 의해 1934년 6월 24일 체포되어 고문으로 옥사했다.

완구[1]

미쯔장

올해는 아동의 해[2]다. 평소 관심을 갖고 있기 때문에 나는 항상 아동들을 위해 만들어 놓은 완구를 유심히 살펴보곤 한다.

길가 양품점에 보잘것없는 물건들이 걸려 있다. 프랑스에서 운송해 온 것이라고 종이에 적혀 있다. 그런데 나는 일본 완구점에서도 그와 똑같은 물건을 보았다. 가격만 더 쌌다. 보부상의 봇짐과 난전에서도 불면 점점 커지는 고무풍선을 팔고 있다. 그 위에 '완전 국산'이란 도장이 찍혀 있어 중국 제품임을 알 수 있다. 그런데 일본 아이들이 가지고 노는 풍선 위에도 똑같은 도장이 찍혀 있으니 그것은 그들의 제품일 것이다.

큰 백화점에는 지휘 칼, 기관총, 탱크차……같은 장난감 무기가 있다. 그런데 돈 있는 집 아이가 가지고 노는 것은 거의 보지 못했다. 공원에서 외국 아이들이 모래를 모아 원추圓錐를 만들고 가로로 두 개의 짧은 나무 막대를 꽂는다. 이는 분명 철 장갑차를 만들고 있는 게 분명하다. 그런데 중국 아이들은 창백하고 여윈 얼굴로 어른들 등 뒤에 숨어 수줍고 겁먹은 모습으로 놀라 바라보고만 있다. 몸에는 아주 점잖은 장삼을 입고 있다.

우리 중국에는 어른들의 완구는 많다. 첩, 아편 담뱃대, 마작패,「보슬비」,[3] 과학적인 영험한 점,[4] 금강법회[5]가 있고, 또 다른 것도 있어 너무 바쁘다. 아이들에게까지 생각이 미칠 겨를이 없다. 비록 아동의 해이지만, 지지난 해에 전란도 겪었지만, 아이들에게는 기념될 만한 작은 장난감도 만들어 주지 않았다. 모든 것이 예전 그대로다. 그러니 아동의 해가 아닌 내년은 가히 그 정경을 상상할 수 있을 것이다.

그러나 강북 사람[6]은 완구를 만드는 천재들이다. 그들은 두 개의 길이가 다른 대나무 통을 붉고 푸르게 물을 들인 후, 나란히 연결하고 통 안에 용수철 장치를 한다. 그리고 옆에 손잡이를 달아 이것을 돌리면 뜨르륵 뜨르륵 소리가 난다. 이게 바로 기관총이다! 내가 본 유일한 창작물이기도 하다. 나는 조계 부근에서 이것을 하나 사 아이와 함께 돌리며 길을 걸어간 적이 있다. 문명화된 서양인들과 전쟁에서 승리한 일본인이 우릴 보고는 거의 대부분 경멸과 연민의 쓴웃음을 보냈다.

그러나 우리는 조금도 부끄러워하지 않고 계속 돌리며 길을 걸었다. 왜냐하면 이는 우리의 창작물이기 때문이다. 재작년부터 많은 사람들이 강북 사람들을 욕하고 있다.[7] 마치 그렇게 하지 않으면 자신들의 고결함을 드러낼 수 없다는 듯이. 지금은 침묵하고 있으니 그 고결함도 묘연해지고 아득히 사라졌다. 그러나 강북인들은 조악하나마 기관총 장난감을 창조했고 강인한 자신감과 질박한 재능으로 문명화된 외래 완구들과 싸움을 하고 있다. 그들이, 나는 외국에서 최신식 무기를 사 가지고 돌아온 인물보다 훨씬 더 찬양할 만하다고 생각한다. 비록 나에게 경멸과 연민의 냉소를 보내는 사람이 있을지라도.

6월 11일

주)_____

1) 원제는 「玩具」, 1934년 6월 14일 『선바오』의 『자유담』에 처음 발표했다.

2) 아동의 해는 1933년 10월 중화자유협회(中華慈幼協會; 중화 어린이사랑협회)가 상하이 아동행복위원회의 건의에 기초하여 국민당 정부에 1934년을 아동의 해로 결정해 줄 것을 청원했다. 나중에 국민당 정부는 1934년 3월 '훈령'을 발해 1935년을 아동의 해로 개정했다. 그러나 상하이 아동행복위원회는 상하이 시정부의 비준을 받아 독자적으로 1934년을 아동의 해로 단독 결정했다.

3) 리진후이(黎錦暉)가 작곡한 「고마워라 보슬비」(謝謝毛毛雨)를 가리킨다.

4) 앞에 나온 「문득 드는 생각」의 본문과 주석에 당시 유행한 과학적인 '영험한 점'에 대한 설명이 나온다.

5) 불교의 밀교 의식 가운데 하나다.

6) 여기서 강북이란 장쑤성 경내의 창장(長江; 양쯔강) 이북과 화이허(淮河)의 남쪽 일대를 말한다. 이 지방은 자연재해와 전란으로 인해 피해가 잦았다. 자연히 이곳 주민들은 상하이로 수시 이주해 왔다. 상하이 토박이들에게 많은 천대와 멸시를 받았지만 그들 특유의 창의력과 부지런함으로 온갖 종류의 직업에 종사하면서 생계를 꾸렸다.

7) 1932년 1·28전쟁 이후, 일본군이 자베이(閘北)를 점령하고 첩자들을 이용하여 '상하이 북시 지방인민유지회'(上海北市地方人民維持會)를 조직하고 못된 짓이란 못된 짓은 다 했다. 이 유지회의 두목인 후리푸(胡立夫) 등 많은 사람이 강북 사람이어서 당시 일반 군중들은 강북 사람에 대해 아주 나쁜 감정을 품고 있었다.

군것질[1]

모전莫眹

출판계 현황이 정기간행물은 많은데 전문서적은 적어 생각 있는 사람들의 마음을 걱정스럽게 만든다. 소품문은 많은데 대작은 적어서 이 또한 생각 있는 사람들의 마음을 어둡게 만든다. 사람이면서 생각이 있으면 정말 '종일 근심이 떠나지 않는다'.[2]

그러나 이런 현상은 그 유래가 오래되었다. 지금은 그저 약간 변형되어 더욱더 분명하게 드러나고 있을 뿐이다.

상하이 사람은 원래부터 군것질을 좋아한다. 조금만 주의를 기울여 살펴보면 언제나 집 밖에서 군것질할 먹을거리를 팔며 외치는 소리가 '실로 적지 않음'[3]을 알 수 있다. 계수나무꽃 백설탕 룬자오 케이크,[4] 돼지고기 백설탕 연밥죽, 새우 물만두, 참깨 바나나, 남양 망과, 시루[시암: 타이의 옛이름] 밀감, 과즈 대왕,[5] 그리고 또 설탕에 졸인 과일, 감람橄欖 열매 등등. 식욕이 좋기만 하면 새벽부터 한밤중까지 계속 먹을 수 있다. 그런데 식욕이 좋지 않아도 무방하다. 왜냐하면 이것들은 살진 생선이나 큰 고기에 비해 비교가 안 될 정도로 양이 원체 적기 때문이다. 전해지는바, 그런 군것질의 효능은 한가로운 가운데 양생의 이로움을 얻는 데 있으며 맛도 또한 아주 좋다는 것이다.

이전 몇 해 동안 나온 간행물들은 모두 '양생의 이로움'이 있는 군것질거리로, 무슨 '입문', 무슨 'ABC', 무슨 '개론' 등으로 불리는 책들이다. 한결같이 얄팍한 책들이다. 단지 몇 푼이면 살 수 있고 반 시간 정도만 쓰면 한 분야의 과학 또는 문학 전반, 또는 외국어 문장을 이해할 수가 있다. 내용으로 말하자면 그저 오향과즈[6] 한 봉지를 먹기만 하면 그 사람에게 영양을 풍부하게 해주어 오 년간의 밥을 먹은 것과 다름없이 할 수 있다는 것이다. 그러나 몇 년간의 시도에도 불구하고 별 효험이 없자 아주 실망하게 되었다. 시험 결과 유명무실하게 되면 흔히 낙담을 하기 마련이다. 예를 들면 오늘날 이미 그 수가 줄어든 신선神仙이 되는 일과 연금술鍊金術은 온천욕과 복권에게 그 자리를 내주게 되었다. 이것이 바로 시험 결과 효험이 없는 것의 예다. 그래서 사람들은 '양생'이란 측면은 도외시하고 그저 '맛이 좋은' 측면만 중시하게 되었다. 물론, 군것질은 역시 여전히 군것질인 것이다. 상하이 사람들은 죽어도 군것질과 헤어질 수 없는 듯하다.

그러므로 소품문이 출현한 것도 뭐 그리 새삼스러운 일이랄 수 없다. 포목점 '라오주장'[7]의 장사가 한창 번창했을 때는 그 가게에서 커다란 상자에 든, 군것질 삼아 읽을거리가 된 『필기소설대관』[8]류의 책을 얻을 수 있었다. 라오주장이 문을 닫게 되자 군것질거리도 그에 따라서 저절로 한 움큼이 돼 버려 양이 줄어들었다. 양이 줄었는데 왜 그리 시끌벅적 온 성안이 소란했는가? 내 생각에 그것은 장사꾼들이 자신의 멜대를 고문자와 로마자 자모를 합친 네온사인 간판으로 장식했기 때문이다.

그런데, 예전처럼 여전히 군것질을 하긴 해도 군것질에 대한 상하이인의 반응은 이전보다 훨씬 민감해졌다. 그렇지 않다면 왜 그토록 시끄러운 고함 소리가 들리겠는가? 그런데 이런 생각 역시 어쩌면 신경쇠약 때문일지도 모른다. 만일 그렇다면, 그러면, 군것질의 앞날은 더욱 우려스러운 것이다.

6월 11일

주)_____

1) 원제는 「零食」, 1934년 6월 16일 『선바오』의 『자유담』에 처음 발표했다.

2) 원문은 '日坐愁城'이다. 종일 근심에 갇혀 지낸다는 의미다. '愁城'의 출처는 송(宋) 범성대(范成大)의 시 「차운하여 유문잠에게 답함」(次韵代答斡文潜)에 나온다. "달 아래 회랑가엔 단가행이 흐른다. 오로지 지음만이 그 마음을 이해한다. 한 가락 홍창가에 그 소리 한스럽다. 이제 지금 헤어지면 두 사람은 근심에 갇히리." (回廊月下短歌行, 惟有知音解有情. 一曲红窗声里怨, 如今分作两愁城)

3) 원문은 '實繁有徒'로 『상서』(尚書) 「중훼지고」(仲虺之誥)에 나오는 말이다. 그런 종류의 사람이 분명 많다는 의미이다.

4) 원문은 '桂花白糖倫教糕'이다. 룬자오 케이크(倫教糕)의 기원은 광둥성(廣東省)의 순더 룬자오(順德倫教)읍에서 만든 한 케이크에서 유래했다.

5) 과즈(瓜子)는 수박씨, 해바라기씨, 호박씨 등을 통틀어 말한다. 중국인들은 이들 씨앗에 독특한 향료를 넣어 조리해서 군것질거리로 먹는다.

6) 다섯 향료를 넣어 볶은 수박씨, 해바라기씨, 호박씨 들이다. 이로 껍질을 깐 후 그 속을 먹는다.

7) 원문은 '老九章'이다. 상하이에 있었던 유명한 비단가게 이름으로 대략 1860년경 개점하였다고 한다. 1934년 2월 비단업이 쇠퇴하자 주주들이 빠져나갔고 가게도 청산을 선고했다. 후에 '라오주장공지(老九章公記) 비단집'으로 다시 개업했다.

8) 『필기소설대관』(筆記小說大觀)은 당대에서 청대까지의 잡사(雜史)와 필기를 모아 만든 책이다. 상하이 진부서국(進步書局)에서 총서로 편집, 출판했다. 외집(外輯)을 포함해 모두 9집(輯)으로 되어 있다. 대략 60책(冊)을 1집(輯)으로 했다. 처음 4집은 1918년 전후에 출판되었고 나머지는 수년 후에 간행되었다. 필기소설이란 일반적으로 문언으로 된 지괴(志怪), 전기(傳奇), 잡록(雜錄), 수필(隨筆)류이며 그 내용이 천문, 지리, 초목, 민속 등에 걸쳐 광범위하다.

이 생(生) 혹은 저 생(生)[1]

"이 생 혹은 저 생."此生或彼生

이렇게 다섯 글자를 써 놓고[2] 독자에게 좀 물어보자. 무슨 뜻입니까? 라고.

만일 『선바오』에 실린 왕마오쭈[3] 선생의 다음 문장, "……예를 들어 '이 학생 혹은 저 학생'이라고 말할 것을 문언문으로 그저 '이 생 혹은 저 생'이라고만 해도 뜻이 분명해지니 이 얼마나 경제적인가?……"를 본 적이 있는 사람이라면, 위 질문이 "이 학생 혹은 저 학생"의 뜻이라고 너끈하게 생각해 낼 수도 있었을 것이다.

그 글을 보지 않았다면 아마 대답을 우물쭈물 시원하게 할 수 없었을지도 모른다. 왜냐하면 이 다섯 글자는 적어도 두 가지의 해석, 즉 하나는 이 수재[4] 혹은 저 수재生員의 의미이고, 다른 하나는 지금의 생(삶) 혹은 미래의 다른 생을 의미하기 때문이다.

백화문에 비해 문언문은 확실히 글자 수가 적긴 하다. 그러나 그것이 의미하는 바는 모호한 편이다. 우리가 문언을 읽는다는 것은 우리의 지식을 증진시킬 수 없게 할 뿐만 아니라 우리가 알고 있는 지식을 동원하여 그것에 주석과 보충을 가해야만 통한다. 정밀한 백화문으로 번역을 한 연후에야 비로소 그 뜻을 이해할 수 있게 된다. 처음부터 줄곧 백화문을 사용했다면 많은 글자 수를 써야겠지만 독자들에게는 "얼마나 경제적인가?"

문언을 주장하는 왕마오쭈 선생이 든 문언의 예를 가지고 나는 문언이 무용함을 증명해 보았다.

6월 23일

주)_____

1) 원문은 「此生或彼生」, 1934년 6월 30일 『중화일보』의 『동향』에 처음 발표했다.

2) '이 생 혹은 저 생'의 원문이 '此生或彼生'이어서 다섯 글자라고 했다.

3) 왕마오쭈(王懋祖)는 자가 멘춘(典存)이고 장쑤성 우현(吳縣) 사람이다. 미국에 유학하였고 베이징사범대학의 교수와 베이징여자사범대학의 철학과 주임을 역임했다. 장쑤성립쑤저우(江蘇省立蘇州)중학의 교장도 역임했다. 이 글을 쓸 당시엔 국민당 중앙정치학교 교수를 지내고 있었다. 그는 중학교와 소학교 고학년에서 문언을 가르치고 연습시킬 것을 주장했다. 여기서 인용한 말은 그가 1934년 6월 21일 『선바오』에 발표한 「중·소학교 문언운동」(中小學文言運動) 속에 나온다. "문언을 공부하는 것은 당연히 일반적인 언어를 배우는 것보다 좀 어렵다. …… 그러나 응용 면에서는 힘을 덜 수 있다. 독자와 작가 그리고 인쇄공들 모두에게 일을 덜어 경제적이다. 만약 귀를 사용하고 눈을 사용하지 않는다면 물론 문언이 필요 없다. 만약 눈을 사용해야 한다면 역시 문언이 중요하다. 문언은 축약된 언어체로서 언어상의 음과 뜻을 중시한다. 문언은 음과 뜻 외에도 그 형상미가 훌륭하다. 예를 들어 '이 학생 혹은 저 학생'이라고 말할 것을 문언으로 그저 '이 생 혹은 저 생'이라고만 해도 뜻이 분명해지니 이 얼마나 경제적인가?"

4) 수재(秀才)는 재능이 우수한 사람이거나, 옛날의 학생들 즉 서생(書生)과 생원(生員)을 가리켰다. 과거제도가 시행된 송대에는 과거에 응시한 사람을 수재라 했다. 명청대에는 부(府), 주(州), 현(縣)의 학교에 입학한 자를 일컬었다.

때를 만났다[1]

"산마루의 까투리, 때를 만났구나, 때를 만났구나!"[2] 모든 것은 그 때가 있기 마련이다.

성경과 불전佛典이 몇몇 사람에게 조롱을 당한 지는 이미 십여 년이 흘렀다. "지금이 옳고 옛날이 틀렸다는 것을 알았다"[3]고 하니 지금이 바로 그 부흥의 시기다. 관악[4]은 청조에서 여러 차례 신명한 것으로 떠받들어졌다가 민국 원년에는 혁명에 의해 내쳐졌다. 다시 그들을 기억하게 된 것은 위안스카이의 만년이었다. 그러나 위안스카이의 몰락과 함께 관 속으로 들어갔고 두번째로 다시 기억하게 된 것은 지금에 이르러서다.

이제, 문언을 중시해야 함은 당연지사니 글깨나 읊조리는 먹물들께선 우아함을 표방하고 고서를 읽을 때이다.

만일 지체 낮은 집안의 자제라면 아무리 큰 폭풍우가 몰아친다 해도 용감하게 앞을 향해 나아가야 하고 죽어라 몸부림을 쳐야 한다. 그에게는 돌아가 편안하게 쉴 안식처가 없기 때문이다. 그저 전진해야만 하기 때문이다. 가업을 일으키고 성공하여 대업을 이룬 후에 그가 가보를 손질한다거나 사당을 지어 우뚝하니 명문가의 자제처럼 행세를 한다 할지라도 그것은 나중의 일이다. 만약 명문가의 자제라고 한다면, 과시욕과 호기심과 유행 따라하기와 자립을 위해 정말 집을 나가지 않을 수 없을 것이다. 그러나 그저 소소한 성공이나 소소한 좌절들은 그를 곧바로 위축하게 만들 수 있을 것이다. 이러한 위축감은 그를 적잖이 졸아들게 만들어 집으로 돌아오게 만들 것이고 더 나쁜 점은 그의 집이 여전히 아주 오래된 낡아 빠진 대저택이라는 점이다.

이런 대저택에는 창고에 오래된 물건들이 가득하고 집안 구석구석은 먼지로 가득하여 한꺼번에 다 정리할 수 없다. 만일 놀고먹을 여유가 있어 이리저리 노닐 수만 있다면 그는 낡은 책을 정리하거나 오래된 화병을 좀 닦아 보거나 족보를 읽으면서 조상의 덕을 그리워하고 그에게 허락된 약간의 세월을 소모하게 될 것이다. 그러나 만일 그가 곤궁하여 어쩌지 못한다면 그는 더욱더 낡은 책을 정리하려 할 것이고 오래된 화병을 닦으며 족보를 읽을 것이며 더욱 조상의 덕을 그리워할 것이다. 심지어 그는 자신도 모르는 어떤 보물이라도 찾아내서, 해결할 방도가 없는 곤궁을 타개해 볼 양으로 더러운 담장 밑을 파헤치거나 텅 빈 서랍들을 뒤지거나 할지도 모른다. 이러한 두 부류의 사람은 여유가 있고 궁핍한 것이 다르다면 다르다. 한가한가 촉급한가가 서로 다르다. 말로가 느리게 오거나 급히 오거나 하여 서로 다르다. 그러나 어떤 경우에도 그들은 골동품 속에서 살아갈 것이기 때문에 그들의 주장과 행동은 다르지 않다. 그리고 그들의 위풍과 허장성세 역시 대단한 것처럼 보인다.

그래서 그들은 몇몇 청년들에게 영향을 줘 골동품 속에서 진정 자신을 구원할 별을 찾을 수 있다고 생각하게 만든다. 그들은 여유롭게 자적하는 부유한 자들을 보든, 아니면 한곳에 전념하며 절박하게 살아가는 자들을 보든, 그것은 응당 그 나름의 이치가 있는 것이라고 생각한다. 모방할 수 있는 사람은 당연히 그렇게 모방한다. 그러나 시간은 결코 머무르지 않는다. 그는 결국 공허만을 얻게 될 것이다. 절박한 사람은 망상을 맴돈 셈이고 여유 있는 사람에게는 장난거리였을 뿐이었다. 그런데도 이렇다 할 지조도 없이, 탁월한 견해도 없이, 골동품을 제단에 바쳐야만 한다느니, 아니면 변소에 던져 버려야 한다느니 하고 주장하는 자들이 있다. 이들은 사실 각자 모두 자신을 속이고 남을 속이고 있는 한 시대의 임무를 다하고 있는 중에 불과하다. 이런 전례를 찾으려 하면 도처 어디에든 있다.

6월 23일

주)_____

1) 원제는 「正是時候」, 1934년 6월 26일 『선바오』의 『자유담』에 처음 발표했다.

2) 『논어』 「향당」(鄕黨)편에 나오는 공자의 말이다.

3) 도연명(陶淵明)의 「귀거래사」(歸去來辭)에 나온다. 관직생활을 그만두고 전원으로 은거하러 들어가면서 한 말이다.

4) 관우(關羽)와 악비(岳飛)를 말한다. 만력(萬曆) 42년(1614) 명나라 조정은 관우를 '삼계복마대제'(三界伏魔大帝)에 봉하고 궁전 안에 묘당을 지어 제사를 지냈다. 청나라 조정은 관우에게 여러 작호를 내려 '충의(忠義), 신무(神武), 영우(靈佑), 인용(仁勇), 위현(威顯), 호국(護國), 보민(保民), 정성(精誠), 평정(수정綏靖), 보좌(우찬翊贊), 선덕(宣德)의 관우 성인 대제(大帝)'라고 불렀다. 청말민초에 제사가 폐지되었다. 1914년 위안스카이가 칭제(稱帝)를 하기 전에 다시 명을 내려 관우와 악비를 함께 제사 지내도록 했다. 1934년 광둥의 군벌 천지탕(陳濟棠)이 국민당 정부를 향해 공자와 관우, 악비의 제례를 회복하자고 다시 건의했다. 그래서 그 해 3월 28일 '음력 2월 상순(上旬) 무일(戊日)의 관악 제전(祭典)'을 거행했다.

중역을 논함[1]

스비史賁

무무톈 선생이 21일자 『횃불』에, 작가들이 재미없는 여행기류의 글 쓰는 것을 반대하면서 차라리 위로는 그리스·로마 시기로부터 아래로는 현대 문학작품에 이르기까지를 중국에 번역·소개하는 것이 더 낫다고 했다.[2] 나는 이 말이 아주 절실한 충고라고 생각한다. 그런데 그는 19일자 『자유담』에서 비록 중역이 허용될 수 있다는 단서를 부기하고 있긴 하지만, 중역은 '일종의 사기 수법'이라고 하면서 반대했다.[3] 이것은 그가 나중에 한 말과 충돌이 되어 사람들에게 쉽게 오해를 불러일으킬 수 있다. 그래서 몇 마디 하고자 한다.

중역은 분명 원역보다 쉽다. 우선, 번역자들이 자신의 능력 부족을 한탄하게 만들어 감히 번역을 시작할 수 없게 하는 그런 원문의 난해한 특성이, 원역자에 의해 다소간은 소멸되기 때문이다. 번역문은 대개의 경우 원문에 못 미친다. 중국의 광둥어를 베이징어로 번역하거나 베이징어를 상하이어로 번역해도 이 역시 아주 딱 맞게 옮기기란 어렵다. 중역은 원문의 특징에 대한 역자의 망설임을 줄어들게 해준다. 다음은, 해석하기 어려운 부분이다. 성실한 번역자라면 수시로 주석을 세세히 달아 일목요연하게 할 수도 있지만 원문에는 그것이 꼭 있는 게 아니다. 그래서 원역은 착오가 있을 수 있고 중역은 반대로 그렇지 않을 수가 종종 있다.

가장 좋기로는 한 나라의 언어를 잘 이해하는 사람이 그 나라의 문학을 번역하는 것이다. 이러한 주장은 조금도 틀린 말이 아니다. 그러나 만일 그러하다면, 중국에는 위로는 그리스·로마에서부터 아래로는 현대문학의 명작에 이르기까지 그에 대한 번역본이 존재하기 어렵게 된다. 중국인들이 이해하고 있는 외국어는 아마 영어가 가장 많을 것이고 일본어가 그다음일 것이다. 만일 중역을 하지 않으면 우리들은 그저 수많은 영미 문학작품과 일본 문학작품만을 볼 수 있을 것이다. 입센과 이바녜스[4]는 물론이고 유행하고 있는 안데르센의 동화나 세르반테스의『돈키호테』[5]조차 볼 수 없게 될 것이다. 이는 우리의 시야를 얼마나 빈약하게 만드는 것인가. 물론, 덴마크와 노르웨이, 스페인의 언어에 능통한 사람이 중국에 없다는 말이 아니다. 그러나 그들은 지금까지 아무런 번역도 하지 않고 있다. 우리가 지금 가지고 있는 것은 모두 영역본을 중역한 것이다. 소련의 작품들조차 대부분은 영문에서 중역한 것이다.

그래서 내 생각에, 지금은 번역에 대해 너무 엄격한 잣대를 잠시 좀 유보했으면 한다. 가장 중요한 것은 번역 질의 우수성 여부를 봐야 하는 일이다. 원역이냐 중역이냐가 중요한 것은 아니다. 시류에 영합했는지의 여부는 추궁할 필요가 없다. 원역문에 깊은 이해가 있으면서 시류를 쫓는 사람의 중역본이 때로는, 성실하긴 하지만 원문을 잘 이해하지 못하는 원역자의 번역본보다 좋을 수도 있다. 일본 가이조샤[6]에서 번역한『고리키 전집』은 일군의 혁명하는 사람들에게 시류에 영합했다고 질책을 받은 바 있다. 그러나 혁명하는 사람들의 번역본이 나오자 그 번역본보다 오히려 앞의 번역본이 우수했다는 것이 드러나게 되었다. 그러나 조건을 하나 부언하고 싶으니, 원역본을 제대로 이해하지 못하면서 시류를 쫓는 사람의 속성 중역본은 정말 용서할 수가 없다.

장래에 각종 명작들이 원역본으로 번역되어 나오면 중역본은 곧바로 도태될 때가 올 것이다. 그러나 반드시 그 번역본들은 이전의 구번역본들보다 좋아야만 할 것이다. 그저 '원역'이라는 것만 가지고 호신의 명패를 삼을 수는 없을 것이다.

6월 24일

주)_____

1) 원제는 「論重譯」, 1934년 6월 27일 『선바오』의 『자유담』에 처음 발표했다.
2) 무무톈(穆木天)이 1934년 6월 21일 『다완바오』의 「횃불」에 발표한 「여행기류를 논함」(談游記之類)에서 한 말이다.
3) 무무톈은 1934년 6월 19일 『선바오』의 『자유담』에 발표한 글 「각자의 능력 발휘」(各盡所能)에서 이렇게 말하고 있다. "영어를 아주 잘하는 사람이 영미 문학은 번역하지 않고 시류에 영합해 교묘하게 프랑스 문학을 중역하고 있다. 이는 좋지 않은 일이다. 왜냐하면 중역은 일종의 사기 수법이기 때문이다. 만일 부득이한 경우라면 몰라도 어려운 것을 피해 쉽게 번역하려 한 것이라면 옳지 않다."
4) 이바녜스(Vicente Blasco Ibáñez, 1867~1928)는 스페인 작가다. 주요 작품으로 장편소설 『계시록의 네 기사』(Los Cuatro Jinetes del Apocalipsis) 등이 있다.
5) 세르반테스(Miguel de Cervantes, 1547~1616)는 스페인 작가다. 주요 작품으로 장편소설 『돈키호테』(Don Quixote) 등이 있다.
6) 가이조샤(改造社)는 1919년 설립된 일본의 출판사 이름이다. 이 출판사는 1929년에서 1932년까지 나카무라 하쿠요(中村白葉) 등이 번역한 『고리키전집』 25권을 출판했다.

중역을 다시 논함[1]

스비

무무톈 선생의 글 「중역을 논함과 기타」 하편[2]의 마지막 부분을 읽고 그가 나의 오해를 풀어 주려 하고 있음을 알게 되었다. 나는 무슨 오해를 한 것은 아니라 생각한다. 우리가 서로 다른 점은 단지 중요시하는 것이 바뀐 것뿐이다. 나의 주장은 번역 질의 좋고 나쁨을 먼저 봐야지 그 번역문이 원역이냐 중역이냐, 번역자의 동기가 무엇이냐 하는 것은 상관하지 말아야 한다는 것이었다.

무무톈 선생은 번역자가 '자신을 잘 알아야' 하고 자신의 장점을 잘 살려 '한 번 고생으로 영원히 더할 나위 없는' 책을 번역해야 한다고 했다. 그렇지 않으면 아예 시작을 않는 것이 좋다는 것이 그의 주장이다. 이러한 주장은 가시나무를 심기보다는 차라리 공터로 남겨 두어 다른 훌륭한 정원사를 기다렸다가 그가 오래오래 감상할 수 있는 아름다운 꽃들을 심을 수 있게 해야 한다는 것이다. 그런데, '한 번 고생으로 영원히 더할 나위 없는' 것, 그런 것이 있기는 있다. 그러나 '한 번 고생으로 영원히 더할 나위 없는' 것이란 정말 아주 극소수다. 문자를 가지고 논하자면 중국의 이 네모난 문자 한자는, 결코 '한 번 고생으로 영원히 더할 나위 없는' 그런 기호가 아니다. 게다가 공터 역시 영구히 잘 남겨 둘 수가 없을 것이다. 가시나무도 자랄 것이고 잡초도 자라날 것이다. 가장 중요한 것은 누군가가 있어 빈터를 좀 돌보기도 하고 심기도 하고 뽑아 버리기도 하여 번역계가 잡초 넝쿨투성이가 되는 것을 면하게 할 수 있는가이다. 그 일이 바로 비평이다.

그런데 우리들은 지금까지 번역을, 특히 중역을 경시해 왔다. 창작에 대해선 비평가께서 늘 수시로 입을 여시지만 번역으로 오면 몇 년 전 우연히 오역을 전문적으로 지적한 글이 있었던 것 말고는 근래에는 거의 보이질 않는다. 중역에 대해서는 더더욱 없다. 그런데 일로 치자면 번역 비평이 창작 비평보다 훨씬 더 어렵다. 원문을 이해함에 있어서 비평가는 번역자 이상의 능력이 있어야만 하고 작품에 대해서 역시 번역자 이상의 이해력이 있어야 한다. 무무톈 선생이 말한 것처럼 중역은 참고로 삼을 수 있는 여러 가지 번역본이 있기 때문에 역자에게는 아주 편리하다. 갑 번역본이 의심스러울 때는 을 번역본을 참고할 수 있으니 말이다. 원역은 그렇게 할 수가 없다. 이해하지 못하는 부분이 생기면 해결할 방도가 없다. 세상에는 의미와 구절이 같은 것을, 다른 문장으로 두 개를 쓰는 작가가 없기 때문이다. 중역한 책이 많은 것은 아마도 이러한 이유 때문일 것이며 아니면 게으르기 때문이라고 말해도 될 것이다. 그러나 그것의 진짜 이유는 아마 어학 능력이 부족한 때문일 것이다. 각 번역본을 참고해 번역한 그런 번역본을 비평하는 것은 적어도 그 여러 원역본을 다 볼 수 있어야만 가능하기 때문에 훨씬 더 어렵다. 예를 들자면 천위안이 번역한 『아버지와 아들』,[3] 루쉰이 번역한 『괴멸』[4]이 모두 이 부류에 속한다.

나는 번역의 장이 넓어져야 하며 비평 역시 신중해야 한다고 생각한다. 그저 엄격함만을 주장하여 역자들이 스스로 신중하게 일하도록 할 생각이라면 오히려 그 반대의 결과가 생기지 않을까 한다. 번역을 잘하는 사람들은 자연 신중할 것이지만 졸속 번역가는 그래도 여전히 졸속 번역만 계속할 것이다. 그 경우 졸역본이 훌륭한 번역본보다 훨씬 많아지게 될 것이다.

마지막으로 대수롭지 않은 몇 가지를 언급하고자 한다. 무톈 선생이 중역에 대해 회의를 갖고 있다 보니, 독일어 번역본을 본 후에 자신이 번역한 『타슈켄트』가 프랑스어본 원역의 축약본이라고 생각하게 된 것이다.[5] 그러나 사실은 그렇지 않다. 독일어본이 비록 두껍기는 하나 그것은 소설 두 편을 합본해 놓은 것이어서 뒤의 반은 세라피모비치의 『철의 흐름』이다.[6] 그러므로 우리가 갖고 있는 중국어본 『타슈켄트』는 결코 축약본이 아니다.

7월 3일

주)_____

1) 원제는 「再論重譯」, 1934년 7월 7일 『선바오』의 『자유담』에 처음 발표했다.

2) 무무톈의 「중역을 논함과 기타(하)」(論重譯及其他.下)는 1934년 7월 2일 『선바오』의 『자유담』에 발표되었다. 그는 이 글에서 이런 말을 하고 있다. "우리들이 번역할 때 임시변통의 방법을 쓰기는 하나, '한 번 고생으로 영원히 더할 나위 없는' 번역 역시 홀시할 수 없는 일이다. 부득이한 조건에서는 임시변통이 허용되고 심지어 중역도 필요할 수는 있다. 그러나 우리는 진지한 직역본을 해치는 열악한 중역본을 막아야만 한다. 작품에 대한 이해는 번역의 선결 조건이다. 작품의 표현 형식에도 주의를 기울여야 한다. 가장 좋기로는 '한 번 고생으로 영원히 더할 나위 없는' 번역을 할 수 있으면, '한 번 고생으

로 영원히 더할 나위 없는' 번역의 방법을 생각하는 것이다. 깊이 있는 이해 없는 졸속 번역은 하지 말아야 한다." "문학작품 번역에 대해서는 토론할 문제가 아주 많다. 진지한 문학가들이 많은 의견 발표를 해주길 희망한다. 스비 선생의 「중역을 논함」이란 글을 보고 그 오해를 풀기 위해 부득불 나는 이상과 같은 의견을 발표한다."

3) 천위안(陳源)이 번역한 러시아 투르게네프(Иван Тургенев)의 소설 『아버지와 아들』(父與子, Отцы и дети)은 영역본과 프랑스어 번역본을 토대로 하여 번역한 것이다. 1930년 상우인서관(商務印書館)에서 나왔다.

4) 루쉰이 번역한 파데예프의 『괴멸』(壞滅, Разгром)은 일본어 번역본을 토대로 했다. 독일어 번역본과 영어 번역본을 참고했다.

5) 무무톈은 1934년 6월 30일 『선바오』의 『자유담』에 발표한 「중역을 논함과 기타(상)」에서 이렇게 말하고 있다. "나는 프랑스어 번역본을 보고 네베로프(Aleksandr Sergeevich Neverov)의 『타슈켄트』(塔什干)를 번역했다. 그런데 작년에 이 책의 독일어 번역본을 입수하여 프랑스어 번역본과 비교해 봤더니 그 분량이 프랑스어 번역본의 거의 두 배가 넘었다." 『타슈켄트』의 원래 이름은 『풍요로운 도시, 타슈켄트』(豊饒の城,塔什干, *Tashkent, the City of Bread*)다. 무무톈의 번역본은 1930년 상하이 베이신서국(北新書局)에서 출판했다.

6) 세라피모비치(Александр Серафимович, 1863~1949)는 소련작가다. 페테르부르크대학 재학 중, 레닌의 형인 그의 친구의 사형(死刑)에 관해 혁명적인 격문(檄文)을 썼다가 1887~1890년 아르한겔스크로 유배되었다. 1889년부터 문필활동을 시작한 그는 혁명 전에는 노동자의 빈곤한 생활을 묘사한 「지하에서」, 「전철수」(轉轍手), 그리고 프롤레타리아트의 혁명투쟁을 주제로 한 「플레스니녀야 가(街)에서」, 「거리의 사자(死者)들」 등을 썼고, 혁명 후에는 『철의 흐름』(Железный поток) 등을 썼다. 『철의 흐름』은 혁명 당시 캅카스 지방에서의 빨치산 투쟁을 주제로 한 서사시적 산문으로 소련 문학의 초기 사회주의 리얼리즘의 대표작으로 평가된다.

'철저'의 진면목[1]

궁한

지금 어떤 사람의 주장에 대해 '훌륭하다'고 말을 하면 오히려 그 사람의 반감을 사게 될지도 모른다. 그러나 만일 '철저하다', '아주 진보적이다'라고 하면 아무렇지 않을지 모른다.

지금은 바야흐로 '철저하다'거나 '아주 진보적이다'라는 평가가 '훌륭하다'를 대신하고 있는 시대다.

문학과 예술은 본래 그것이 대상으로 하는 것에 한계가 있다. 예를 들어 문학은 문자를 이해하는 독자를 대상으로 한다. 문자를 얼마나 이해하고 있는가에 따라 문장도 당연히 난이도가 있게 마련이다. 사용하는 언어는 평범한 일상어여야 하고 문장은 그 뜻이 분명해야 한다고 주장하는 것 역시 작가의 본분이리라. 그런데 이때 '철저' 논자가 일어나서 중국에 문맹이 많은데 당신은 어찌하겠습니까 하고 묻는다. 이것은 사실 문학가의 머리를 한 대 때린 것이다. 문학가는 그를 답답하게 바라보는 수밖에.

그러나 다른 구원병을 청해 해명을 할 수도 있을 것이다. 이렇게. 문맹은 문학의 영향 범주 밖이다. 그런 경우는 화가, 극작가, 영화작가들의 도움을 얻어 문맹자들에게 문자 이외의 이미지 같은 것을 보여 주는 수밖에 없다고. 그런데 이렇게 해도 '철저' 논자들의 입을 완전히 틀어막기엔 역부족이다. 문맹 속에는 색맹도 있고 또 장님도 있다. 당신들은 어쩔 거요 하고 물을 것이다. 그래서 또 예술가의 머리에 일격을 가하니 예술가들은 그저 답답하게 바라보는 수밖에.

그러면 최후의 저항으로 이렇게 말할 수도 있으리라. 색맹과 맹인들에게는 강연을 하거나 노래를 불러 주거나 이야기를 들려줄 수 있다고. 말인즉 그렇게 할 수도 있다. 그러나 그들은 당신에게 또 물을 것이다. 당신은 중국에 귀머거리도 있다는 걸 잊어버렸나요?

머리에 또 한 대가 가해진 셈이다. 답답하게, 그저 답답하게 있을 수밖에.

그리하여 '철저' 논자들은 하나의 결론을 내린다. 오늘날 일체의 문학과 예술은 전혀 쓸모가 없다고. 철저하게 개혁하지 않으면 안 돼! 라고.

그런데 그는 이러한 결론을 내린 후 어디론가 사라져 그 행방이 묘연하다. 아무도 모른다. 그럼 누가 '철저한' 개혁을 할 것인가? 물론 그것은 작가와 예술가 들이다. 그런데 문예가들은 그다지 '철저'하지 못하다. 그래서 중국에는 영원히, 문맹과 색맹과 장님과 귀머거리에게 적합한 문예를, '철저'하게 훌륭한 문예를 갖지 못하게 될 것이다.

그럼에도 불구하고 문예가들을 한바탕 훈시할 요량으로 '철저' 논자들은 수시로 머리를 내밀 것이다.

문학과 예술에 종사하는 사람들이 이런 훌륭한 분을 대면하고도 그들의 도깨비 가면을 찢어 버릴 수 없다면, 만일 그렇게 된다면, 문예는 결코 발전하지 못할 것이다. 오히려 고사枯死하게 될 것이다. 마침내 그들에 의해 소멸하게 될 것이다. 진정한 작가와 예술가는 '철저' 논자들의 이러한 진면목을 또렷하게 인식할 필요가 있다!

7월 8일

주)_____

1) 원제는 「'徹底'的底子」, 1934년 7월 11일 『선바오』의 『자유담』에 처음 발표했다.

매미의 세계[1)]

덩당스

중국의 학자들은 여러 가지 지식이 대부분 성현에게서 나오거나 적어도 학자의 입에서 나온다고 생각한다. 불의 발견과 약초의 발견과 사용조차 민중들과는 무관하고 수인씨나 신농씨[2)] 같은 고대 성인의 손에 만들어졌다고 생각한다. 그래서 어떤 사람[3)]이 "만일 모든 지식이 동물의 입에서 나오는 것이라 한다면 이는 정말 이상한 일이야"라고 해도 이는 전혀 이상한 일이 아니다.

하물며 "동물의 입에서 나온" 지식은 우리 중국에서는 종종 진정한 지식이 아님에랴. 날씨가 지독히 덥자 창문을 열고 무선라디오를 가진 사람들이 모두 "백성과 함께 즐기고자"[4)] 거리에 소리를 쏟아 내놓고 있다. 이이 이이 아이 아이, 어얼씨구 지화자다. 외국은 잘 모르겠지만 중국 방송은 아침부터 저녁까지 온통 창극 일색이다. 그 소리가 때로는 날카롭다가 때로는 거칠고 둔탁하다. 당신이 맘만 먹으면 언제든지, 정말 당신 귀를 한 시각도 청정하지 않게 할 수도 있다. 게다가 선풍기를 켜고 아이스크림을 먹고 있으면 "강물의 범람"이나 "가뭄이 들이닥친" 지역과는 아무

상관없을 수 있게 된다. 살려고 비지땀을 흘리며 필사적으로 바둥대는 창 밖 사람들이 있는 곳과는 완전 다른 세상이 되어 버린다.

나는 이이 이이 아이 아이 하는 이 보드랍고 높은 노랫가락 속에서 갑자기 프랑스 시인 라퐁텐[5]의 유명한 우화, 「매미와 개미」가 떠올랐다. 불가마 같은 이런 여름 날씨에도 개미는 땅바닥에서 고생고생 일을 하고 매미는 나뭇가지 위에서 노래를 부르며 개미를 비웃는다. 그런데 가을바람이 불어와 숲이 하루하루 차갑게 변해 가면, 먹을 것도 입을 것도 없는 매미는 거렁뱅이가 되어 미리미리 준비를 해온 개미에게 한 차례 교훈을 들어야 한다. 이는 내가 소학교에서 '교육받았을' 때 선생님이 내게 들려주신 이야기다. 지금까지 이렇게 기억할 정도로 그 당시 나는 무척 감동을 받은 모양이다.

그러나, 기억하는 우화는 그러할지라도 "졸업이 곧 실직이다"는 교훈을 받아서인지 내 생각은 일찌감치 개미와 다르다. 가을바람이 머지않아 불어올 것이고 자연계도 하루하루 추워질 것이다. 그런데 그때가 되어 입을 옷도 없고 먹을 식량도 없는 사람은 지금 비지땀 흘리며 일하고 있는 사람일지도 모른다는 생각이 든다. 양방[6]의 주변은 정말 고요해질 것이다. 창문을 굳게 닫을 때가 되면 음악 소리는 화로의 따사한 온기 주변을 맴돌 것이다. 아련히 그곳을 상상해 보면 아마 여전히 이이 이이 아이 아이 하면서 '고마워라 보슬비야' 하는 노래가 흐르고 있을 것이다.

"동물의 입에서 나온" 지식을 우리 중국에서는 어찌하면 자주 활용할 수 있게 할까?

중국은 중국 나름의 성현과 학자들이 있다. "마음을 수고롭게 하는 자는 다른 사람을 다스리고 몸을 수고롭게 하는 자는 다른 사람에게 다스림을 받는다. 다른 사람에게 다스림을 받는 자는 다른 사람을 먹여 살리고, 다른 사람을 다스리는 사람은 다른 사람으로 인해 살이 찐다."[7] 말인즉 얼마나 간단명료한가. 만약 선생님께서 일찌감치 이것을 나에게 가르쳐 주셨다면 나도 위와 같은 감상문은 쓰지 않게 되었을 것이고 종이와 먹을 낭비하지도 않았을 것이다. 이것이 바로 중국인들이 고서를 읽지 않으면 안 되는 하나의 좋은 증거가 되겠지.

7월 8일

주)_____

1) 원제는 「知了世界」, 1934년 7월 12일 『선바오』의 『자유담』에 처음 발표했다.

2) 수인씨(燧人氏), 신농씨(神農氏)는 중국 전설 속의 제왕들이다. 수인씨는 돌을 갈아 불을 발견해 사람들이 음식을 익혀 먹게 가르쳤고, 신농씨는 농기구를 발명해 농사짓는 법을 가르쳤다고 한다. 또 신농씨는 수많은 초목을 맛보고 시험하여 치료약을 발명했다고 전해진다.

3) 왕마오쭈(王懋祖)를 말한다. 본문에서 인용한 말은 그가 「중·소학교의 문언운동」(中小學文言運動)이란 글에서 당시 소학교의 『국어신독본』(國語新讀本)에 나오는 「세 마리의 다람쥐」(三只小松鼠) 본문을 예로 들면서 한 말이다.

4) 원문은 '與民同樂'이다. 『맹자』 「양혜왕상」에 나오는 말이다. "이제 왕께서 이곳에서 악기를 연주하고 계시니 백성들이 종과 북, 그리고 피리 소리를 듣고 모두 몹시 기뻐하는 빛을 띠었습니다. …… 이것은 다름 아니라 백성들과 더불어 즐거움을 같이하시기 때문입니다."

5) 라퐁텐(La Fontaine, 1621~1695)은 프랑스의 우언(寓言) 시인이다. 「매미와 개미」는 그의 『우언시』(Fables) 1권에 들어 있다.

6) 양방(洋房)은 1920~30년대 상하이 조계지에 유행처럼 세워졌던 유럽식 건축양식이다. 대개 2~3층으로 지어졌고 프랑스식 정원이 딸려 있다.

7) 이 말은 맹자가 한 말이다. 『맹자』 「등문공상」에 나온다.

결산[1]

모전

일부 몇몇 학자들은,[2] 청대 학술에 대해 거론하기만 하면 언제나 득의만
연해 가지고 과거에 없던 발전을 이뤘다고 말하곤 한다. 경전 해석의 대
작업들이 여러 층위에서 끊임없이 이뤄졌으며, 문자학[3] 역시 어마어마한
진보를 하였고, 사학 논자들은 자취를 감췄으나 고증사학은 적잖이 발전
했으며, 특히 고증학의 발전은 송·명대 사람들도 알아볼 수 없었던 고서
들을 우리들이 읽을 수 있게 설명해 주었다는 등…… 그 증거가 아주 충
분하다는 것이 그들 주장이다.

그런데 지금 말을 시작하려니 다소 망설여지게 된다. 영웅들께서 내
말 때문에 혹 나를 유태인[4]이라고 지목하지나 않을까 걱정이 돼서다. 하지
만 난 사실 유태인은 아니지 않은가. 학자들을 만나 청대 학술에 대해 논할
때마다 나는 이런 생각이 들곤 한다. '양저우십일'이나 '자딩삼도'[5] 같은
작은 일들은 논하지 않는다 해도, 전국의 국토를 빼앗기고 장장 250년간
노예 노릇 한 것을 그 몇 쪽의 영광스러운 학술사와 바꿔치기하는 거라면
도대체 이런 장사는 이익을 보는 것인가 아니면 본전도 못 건지는 것인가?

애석하게도 난 장사치가 아니어서 도무지 분명하게 계산을 할 수 없다. 그러나 직관적인 느낌으로도 이건 아무래도 밑진 장사 같다. 경자년의 배상금[6]으로 몇몇 시원찮은 학자를 양성한 것에 비교해 봐도 그 손해가 훨씬 크다.

그런데 나의 이런 생각이 어쩌면 속된 견해에 불과할지도 모른다. 학자의 견해란 이해득실에서 초연해야 하는 것이거늘. 그러나 이해득실에서 초연해도 이해의 크고 작음을 분별하려 노력하는 사람이 전혀 없진 않을 것이다. 공자를 받드는 것보다 더 큰 대사는 없으며 유교를 숭상하는 것보다 더 중요한 일은 없다. 그래서 그들은 공자를 받들고 유교를 숭상하기만 하면 어떤 새 왕조를 향해서라도 거리낌 없이 머리를 조아리곤 한다. 새 왕조에 대한 그들의 주장은 "중국 민족의 마음을 정복하"라는 것이다.[7]

그리하여 우리 중국 민족 속에는 정말 철저하게 정복당한 마음을 가진 자들이 있다. 지금까지 그러고도 여전히, 전쟁의 폐해, 전염병, 수해, 가뭄, 태풍, 메뚜기떼 같은 것을 가지고 공자묘 재건이나 뇌봉탑 재건, 남녀 동행 금지나 사고진본 발행[8] 같은 거창한 사업과 맞바꾸기를 하고 있다.

내가 이런 재해들이 일시적인 것에 불과하다는 것을 모르는 바 아니다. 그러나 만일 이를 기록해 두지 않는다면, 또 내년이 되어서도 아무도 거론하지 않는다면, 저들의 잘못은 사라지고 영광스러운 사업만이 영원히 남게 될 것이다. 그나저나 어찌 된 영문인지, 유태인도 아닌 나는 언제나 이렇게 손익 따지는 걸 좋아하는 면이 있다. 지금까지 아무도 거론한 적 없었던 이 장부를 모두 좀 나서서 결산해 보았으면 한다. 지금이 바로 그렇게 해야 할 때이기도 하다.

7월 17일

1) 원제는 「算賬」, 1934년 7월 23일 『선바오』의 『자유담』에 처음 발표했다.

2) 량치차오, 후스 등을 가리킨다. 량치차오는 『청대학자의 고학 정리 총성적』(淸代學者整理舊學之總成績), 『청대학술개론』(淸代學術槪論) 등의 저서가 있다. 후스는 청대 학술의 발전을 칭찬하면서 이 시기에 "고학(古學)이 흥성했고," (「'국학계간' 발간선언」 國學季刊 發刊宣言) "모든 고대 문화를 고증함으로 인해" "중국의 '문예부흥'(Renaissance)시대를 열었다고 할 수 있다" (「이학에 반대하는 몇몇 사상가」 幾個反理學的思想家)고 말했다.

3) 원문은 '소학'(小學)이다. 한대에는 아동들이 공부를 시작할 때 맨 먼저 문자학을 배웠기 때문에 문자학을 소학이라고 불렀다. 수당 이후에는 소학의 범주가 넓어져 문자학, 훈고학, 음운학의 총칭이 되었다.

4) 유태인에 대한 이전 유럽 사람들의 편견은 유태인은 장사에 능하고 사람에게 매우 인색하다는 것이었다. 그래서 계산에 밝은 사람을 흔히 '유태인'이라고 부르곤 했다.

5) '양저우십일'(揚州十日)은 순치(順治) 2년(1645), 청나라 군대가 양저우를 공격한 후에 감행한 십 일간의 대학살을 말한다. '자딩삼도'(嘉定三屠)는 같은 해 청나라 군대가 자딩(지금의 상하이에 속함)을 점령한 후에 자행한 여러 차례의 살육을 말한다. 청대의 왕수초(王秀楚)가 지은 『양저우십일기』(揚州十日記)와 주자소(朱子素)가 지은 『자딩도성기략』(嘉定屠城記略)에는 각기 청나라 병사들이 저지른 두 지역의 살육 상황을 소상하게 기록하고 있다.

6) 원문은 '경자배관'(庚子賠款)이다. 1900년(경자년 庚子年)에 8국 연합군이 중국에 침입하여 의화단 사건에 대한 책임을 물었고, 청 정부는 연합국의 강압에 굴복해 '신축조약'(辛丑條約)을 체결했다. 이 조약에서 중국은 연합군 각국에게 은화 4억 5천만 냥을 39년간 나누어 배상할 것을 정했다. 나중에 미국과 영국, 프랑스와 일본 등은 차례로 이 배상금의 일부를 중국의 교육사업에 쓰도록 원조 명목으로 돌려주었다.

7) 1933년 3월 18일 후스는 베이핑(北平)에서 연 기자간담회에서 이렇게 말했다. 일본이 "중국을 정복할 수 있는 방법은 오직 하나가 있다. 그것은 침략을 철저하게 중지함으로써 오히려 중국 민족의 마음을 정복하는 것이다." (1933년 3월 22일 『선바오』 「베이핑 통신」 北平通訊)

8) 공자묘 재건. 1934년 1월 국민당 산둥성 정부주석 한푸쥐(韓復榘)가 공자묘 재건을 주장하자, 공자묘재건준비위원회가 지난(濟南)에 설립되었다. 5월에 국민당 정부가 15만 위안의 지원금을, 장제스가 5만 위안의 후원금을 내놓았다.
뇌봉탑(雷峰塔) 재건. 1934년 5월 시룬금강법회이사회(時輪金剛法會理事會)가 1920년대에 무너진 항저우의 뇌봉탑을 재건하자고 발기해 모금운동을 벌였다.
남녀동행 금지. 1934년 7월 광저우(廣州)의 성하독배국장(省河督配局長)인 정르둥(鄭日東)이 『예기』(禮記) 「왕제」(王制)에 나오는 "도로에서 남자는 오른쪽으로 여자는 왼쪽으로 걷는다"는 말을 근거로, 남녀가 길을 달리하여 통행할 것과 남녀가 동행하는 것을 금지할 것을 국민당 서남정무위원회에 주청했다.

사고진본 발행. 1933년 6월 국민당정부 교육부가 문연각(文淵閣)이 소장하고 있는 『사고전서』(四庫全書)의 미간행본 선장본을 영인할 것을 결정했다. 『사고전서』 중에서 231종을 선별한 『사고전서진본초집』(四庫全書珍本初集)을 1934년에서 1935년 사이에 간행했다.

수성[1]

궁한

무더운 날씨가 연일 20일 가까이 지속되고 있다. 상하이 신문을 보면 거의 매일 강에서 목욕하다 익사한 사람들의 기사가 보도되고 있다. 그러나 시골 강촌에서는 이런 사건이 아주 드물다.

강촌에는 물이 많기 때문에 물에 대한 지식도 많고 수영할 줄 아는 사람도 많다. 수영을 할 줄 모르면 함부로 물에 들어가지 않는다. 수영할 줄 아는 재주를 가리켜 속칭 '수성水性을 안다'고 한다.

이 '수성을 안다'를 '매판'의 백화문[2]을 가지고 좀더 상세하게 설명을 더해 본다면, 첫째는 불이 사람을 태워 죽일 수 있는 것처럼 물도 사람을 죽일 수 있다는 것을 아는 것이다. 그런데 물의 모습이 부드럽고 온화해서 쉽게 다가갈 수 있는 것쯤으로 생각하고 있다. 그래서 물에 쉽게 당하곤 한다. 둘째는 물이 사람을 죽일 수도 있지만 반대로 사람을 뜨게도 할 수 있음을 아는 것이다. 그래서 물을 운용하고 그것을 이용해 사람을 뜨게 하는 성격을 활용할 방도를 찾아야 한다. 셋째는 물 활용법을 배우고 숙지하여 '수성을 안다'는 것을 철저하게 해둘 필요가 있다.

그런데 도회지 사람들은 수영을 할 줄 모를 뿐만 아니라 물이 사람을 죽일 수 있다는 사실도 종종 망각하고 있는 듯하다. 평상시 아무런 준비도 하지 않다가 어떤 상황에 이르면 수심의 깊고 얕음은 헤아려 보지도 않은 채, 더위에 참을 수 없게 되었을 때, 그냥 옷을 벗고 뛰어든다. 불행하게 깊은 곳으로 뛰어들었다면 그는 당연 죽음을 맞이하게 된다. 게다가 이 도시에는 이런 위급상황에 사람을 구제할 방도를 세워 놓거나 또 기꺼이 구하려고 노력하는 사람들도 시골보다 훨씬 적다는 것이 내 생각이다.

그런데 도시 사람들을 구하는 일은 어쩌면 어려운 일일지도 모른다. 구조하는 사람은 당연히 '수성을 알아야' 하지만, 피구조자 역시 어느 정도는 '수성을 알아야' 하기 때문이다. 피구조자는 일이 발생했을 때 몸에 아무 힘도 주지 말아야 한다. 구조자가 자신의 턱을 쳐들고 얕은 곳으로 헤엄쳐 가도록 그에게 온전히 몸을 맡겨야만 한다. 만일 성질이 너무 다급한 나머지 죽어라 구조자의 몸을 잡아당긴다면 그 구조자가 아주 훌륭한 고수가 아닌 이상 그도 물에 가라앉는 수밖에 없게 된다.

그래서 내 생각에, 물에 들어가려면 먼저 물에 뜨는 요령을 배워 두는 것이 가장 좋다고 생각한다. 꼭 무슨 공원의 수영장 같은 데 가지 않아도 된다. 그저 물가면 된다. 그러나 전문가의 지도를 받아야 한다. 그다음, 이러저러한 이유로 헤엄을 배울 수 없다면 대나무 장대를 가지고 수심의 깊이를 먼저 좀 가늠해 본 후에 얕은 곳에서 대강 노는 수밖에 없다. 아니면 가장 안전하기로는, 강가에서 물을 떠 몸에 끼얹는 것이다. 아무튼 가장 중요한 것은 물이 수영할 줄 모르는 사람을 죽이는 성질이 있다는 것을 아는 것이다. 나아가 그 사실을 분명하게 기억해 두어야 한다는 것이다!

지금 이런 상식을 말하고 있는 것에 대해 미친 짓 정도로 보는 사람이, 아니면 '꽃테' 두르는 일에나 신경 쓰고[3] 있다고 보는 사람이 있을 것이다. 그러나 우리 현실은 꼭 그렇지 않음을 증명해 주고 있다. 대개의 경우 아주 많은 일들은, 진보하고 계신 비평가들의 환심을 사기 위해 하나같이 눈 감은 채 호탕한 말만 늘어놓는, 그런 일일 수 없는 것이다.

7월 17일

주)_____

1) 원제는 「水性」, 1934년 7월 20일 『선바오』의 『자유담』에 처음 발표했다.
2) '매판'의 백화문이란 표현은 린모가 「'꽃테문학'론」에서 루쉰이 쓴 「거꾸로 매달기」가 '매판'적인 붓에서 나온 것이라고 말한 데서 왔다. 이 문집의 「거꾸로 매달기」 부록 「'꽃테문학'론」 참조.
3) 이 문집의 「서언」 참조.

농담은 그저 농담일 뿐(상)[1]

캉바이두[2]

뜻하지 않게 류반눙 선생[3]께 갑자기 병고가 생겨 학술계는 또 한 사람을 잃었다. 이는 애석해 마땅한 일이다. 그러나 나는 음운학音韻學에 대해 아는 것이 아무것도 없어 비판이나 칭찬, 두 가지 모두에서 말을 한다는 게 적당치 않다. 그런데 내 기억에 떠오르는 어떤 일이 하나 있다. 오늘날 백화가 '지양'되거나 '폐기'[4]당하기 이전, 그는 일찌감치 당시의 백화에 대해, 특히 서구식 백화에 대해 위대하고도 '통렬한 정면 공격'을 감행한 분이다.

그는 일찍이 그리 공을 들이지 않고도 아주 인상적인 기발한 글을 쓴 적이 있다.

지금 내가 간단한 예를 들겠다.

"공자가 말하길, '배우고서 그것을 늘 익히면 이 또한 기쁘지 아니한가?'[5]라고 했다."

이것은 너무 구식이어서 좋지 않다!

"'배우고서 그것을 늘 익히면' 하고 공자가 말하길 '이 또한 기쁘지 아니한가?' 하였다."

이렇게 하는 것이 좋다!

"'배우고서 그것을 늘 익히면 이 또한 기쁘지 아니한가?'라고 공자가 말했다."

이것이 더 좋다! 왜 좋은가? 서구화되어서다. 그러나 아무리 한다 해도 '자왈' 子曰을 서구화시켜 '왈자' 曰子로 바꿀 수는 없는 일이다.

위 말은 『중국문법통론』에 나온다. 이 책은 아주 진지한 책으로, 그 저자인 류 선생은 『신청년』의 동인이기도 했으며 5·4시기 '문학혁명'의 전사이기도 했다. 지금은 또 고인이 되었다. 중국의 오랜 관습에 의하면 사람이 죽으면 그에 대한 평가는 자연 높아지기 마련이다. 그래서 나는, 그가 마지막에는 『논어』사의 동인이 되기도 했으며, 가끔은 어쩔 수 없이 '유머'를 발휘하기도 했다는 것을, 처음에는 그것이 '유머'답기도 했으나 나중에는 그 '유머'들이 '농담'의 어두운 구렁텅이로 전락하곤 했다는 것을 다시 환기하고 싶고 또다시 거론하고 싶다.

그 실례가 위에 인용한 문장이기도 하다. 사실 그의 논법은, 양복 입고 외국어를 배우는 학생들을 보면서 "코는 여전히 납작, 얼굴은 희지 않아, 애석하도다" 하고 냉소하는 완고한 선생들이나 시정잡배들과 별반 다르지 않은 것이다.

물론, 류 선생이 반대한 것은 '지나친 서구화'다. 그러나 '지나친'의 범위란 것이 어떻게 결정되나? 그가 거론한 위의 세 가지 화법은 고문 속엔 없는 것이지만 대화 속엔 있을 수 있다. 사람과의 대화에서는 모두 이해할 수 있는 것이기도 하다. 다만 '자왈'을 '왈자'로 고쳐 써서는 절대 이해할 수 없게 될 것이다. 그런데 그가 반대하는 서구화 문장에서는 그 실례를 찾아내지 못하고 "아무리 해도 '자왈'을 서구화시켜 '왈자'로 바꿀 수는 없다"고만 말하고 있는 것이다. 그렇다면 이는 '과녁 없는 화살'이 아니겠는가?

중국의 백화에 서구화된 문법이 들어오는 주된 이유는 호기심 때문이 아니라 필요에 의해서다. 국수주의 학자들은 서양귀신을 무척 증오하면서도 정작 자신은 조계지에 살고 있으며 '조프로로^晚', '메드허스트로'⁷⁾ 같은 이상한 지명도 사용할 줄 안다. 평론가들이 어찌 호기심을 가지려 해서이겠는가? 다만 그들이 정치精緻하게 말하고자 하다 보니 정말 백화로는 불충분하여 하는 수 없이 외국어 어법을 차용하는 것뿐이다. 찻물에 밥 말아 먹듯 한입에 쉬이 넘어가지 않는, 좀 이해하기 어려운 점이 있긴 하지만 백화의 결점을 보완하는 것은 표현의 정치함이다. 후스 선생이 『신청년』에 발표한 「입센주의」⁸⁾는 최근의 여러 문예론과 비교해 볼 때 분명 이해하기 쉬웠다. 그러나 우린 그 글이 다소 성글고 모호하다고 생각하지 않는가?

서구화된 백화를 비웃는 사람은 조롱만 하지 말고, 외국의 정밀한 논저들을 마음대로 고치거나 삭제하지 않은 그대로 그것을 중국에 소개해 준다면 그는 분명 우리들에게 보다 나은 가르침을 줄 수 있을 것이다.

농담을 가지고 적에 대응하는 것, 물론 이것도 좋은 전법이긴 하다. 그러나 공격을 가하는 지점은 모름지기 적수의 치명적인 곳이어야 한다. 그렇지 않으면 농담은 끝내 단조로운 농담에 불과할 뿐이다.

7월 18일

원궁즈가 캉바이두에게 보낸 편지⁹⁾

바이두 선생께. 오늘 나는 『자유담』에 발표한 선생의 대작을 읽고 서양 침략을 부추기는 최전선에 서 있는 사람漢奸들이 여전히 많이 있구나 하는 걸 알았습니다. 선생께서는 서구화의 유행이 '필요' 때문이라고 하였습니다. 그것이 어디에서 비롯된 이야기인지는 저는 정말 모르겠습니다. 중국인이 비록 쓸모가 없다고는 하나 말은 할 줄 압니다. 중국말을 없애고자 시골 사람들조차 '미스터'라고 말하게 한다면, 그렇게 한다고 그것이 중국 문화상에 있어 '필요'에 의한 것이었다고 말할 수는 없겠지요. 예를 들어 중국인의 어법에 따라, "장張 아무개가 '오늘 비가 온대'라고 하자, 리李 아무개가 '그러네, 서늘해졌어'라고 말했다"는 것을, 선생의 훌륭한 주장에 따르면, "'오늘 비가 온데'라고 장 아무개가 말하자 '서늘해졌어. 그래' 하고 리 아무개가 말했다"로 고쳐 써야 합니다. 이것을 중화 전 민족의 '필요'에 의한 것이라고 할 수 있겠습니까? 일반 번역의 대가들이 가져온 서구화된 문장이 이미 중서문화의 통로를 가로막고 있고 원문을 읽을 수 있는 사람들조차 번역문을 이해하지 못하게 만들고 있습니다. 그 위에 선생께서 말씀하신 '필요'가 더해진다면 중국에는 더욱더 읽을 만한 서양 책이 없어지게 될 것입니다. 천쯔잔¹⁰⁾ 선생이 제창한 '대중어'는 당연하고도 마땅한 일입니다. 중국인들 사이에 중국말을 해야 하는 것은 절대적으로 당연한 것이지요. 그런데도 선생께선 한사코 서구화된 문법이 필요하다고 말하고 있군요! 당신의 이름이 '매판'이니 그럴 만도 합니다. 거기에 제2의 표현을 더한다면 '매판의 심리'가 되겠군요. 류반눙 선생이 "번역은 외국어를 모르는 사람들이 읽을 수 있게 해야 한다"고 말한 것은 분명 변치 않을 이치를 말한 것입니다. 그런데도 선생께선 반눙 선생을 비난하고 있고 전 중국인이 서구화된 문법의 필요성을 인식하지 않으면 안 된다고 강변하고 있습니다! 선생, 지금은 무더운 여름이니, 좀 쉬어 보시지요! 화인華人을 말살하려는 제국주의의 독가스가 이미 무수하게 준비되어 있습니다. 선생께서 매판이 되고자 한다면 선생 맘대로 그리하십시오. 다만 우리의 온 민족을 팔아넘기진 말기 바랍니다. 나는 전도된 형식의 서구화된 문법을 모르는 바보입니다! 선생의 열성적인 주장은 선생이 이미 나라를 망치게 만드는 사람이 아닌지 하는 의혹이 들게 합니다. 지금 선생께, 어찌하다 그런 문화의 독가스를 쏘이게 되었는지 정중하게 묻고 싶습니다. 아니면 제국주의자들의 사주를 받은 것인지요? 아무튼, 4억 4천 9백만(천 선생을 제외하고)의 중국인들은 선생의 주장을 받아들이지 않을 것입니다! 선생께서는 자중하시길 바랍니다.

7월 25일, 원궁즈

8월 7일, 『선바오』의 『자유담』

[부록]

캉바이두가 원궁즈에게 보낸 답신[11]

궁즈 선생, 나의 주장은 중국어법이 서구화되어야 한다는 것이지 "중국어를 없앤다"는 것이 아니었습니다. 또 "제국주의의 사주를 받은 것"도 아닙니다. 그런데 선생께선 즉각 내게 '한간'이라는 중죄를 뒤집어씌우시고 자신은 "4억 4천 9백만(천 선생은 제외)의 중국인"을 대표하여 내 머리를 내려치려 하고 계십니다. 나의 주장이 틀릴 수도 있겠지요. 그러나 죽을 죄를 지은 것처럼 단죄하는 것은 그 수법이 유행하는 것이긴 하나 좀 심한 듯합니다. 게다가 제가 보기에 "4억 4천 9백만(천 선생은 제외) 중국인"의 의견이 반드시 선생과 같지 않을 수도 있습니다. 선생께서는 동의를 구하지도 않고 스스로 대표임을 사칭하고 있는 것이지요.

중국어법의 서구화는 결코 외국어로 바꾸어 공부하자는 얘기가 아닙니다. 이런 조악한 이치에 대해서는 선생과 길게 토론하고 싶지 않습니다. 논쟁의 가열이 두려워서가 아니라 의미가 없어서입니다. 그러나 저는 다시 말하고 싶습니다. 저는 중국어의 어법상 얼마간의 서구화가 필요함을 주장합니다. 이 주장은 사실에 근거하고 있습니다. 중국인이 "모두 말을 할 줄 안다"는 것은 조금도 틀림이 없습니다. 그러나 진보하고자 한다면 이전의 방식에만 의존하는 것으로는 부족합니다. 코앞의 예가 있군요. 몇백 자로 된 선생의 편지에서 두 차례나 '……에 대하여'對於를 쓰셨지요. 이 말은 우리 고문과는 무관한 말입니다. 직역을 한 서구화된 어법에서 나중에 온 것이지요. 또한 '서구화'歐化, 이 두 글자도 역시 서구화된 언어입니다. 또 선생께서 '없앤다'取消를 사용하셨더군요. 이것은 순수한 일본 단어입니다. 그리고 '가스'瓦斯라는 말은 독일어를 독어 그대로 옮긴 일본인의 음역어입니다. 그 사용법이 적절하고 또 '필요'한 것들입니다. '독가스'毒瓦斯를 예로 들어 봅시다. 만일 중국어에 있는 '독기'毒氣라는 말로 대신 사용한다고 하면 그 말이 독가스탄 속에 들어 있는 것을 꼭 지칭하는 것은 아니기 때문에 혼동이 일어나게 될 것입니다. 그래서 '독기'가 아니라 '독가스'라고 쓰는 것이 분명하게 '필요'함에서 온 것이지요.

선생 스스로 자신을 거울에 비춰 보진 않았으나 무의식중에 자신도 모르게 서구화된 어법을 사용하고 있고 서양귀신들의 명사를 사용하는 사람이 되었음이 증명됐습니다. 그러나 제가 보기에 선생님은 결코 "서양 침략을 부추기는 최전선에 서 있는 사람漢奸"이 아닙니다. 같은 이치로 저 역시 그런 모리배가 아님을 증명한 것이라 하고 싶습니다. 그것도 아니라면, 선생께선 남에게 퍼부은 심한 욕설로 당신의 귀한 입속을 먼저 더럽힌 것이 됩니다.

제 생각에 무슨 일을 논함에 있어 위협과 모함은 아무 소용이 없습니다. 펜을 사용하는 사람이 그저 자신의 성질을 부려 남의 생명을 압박하려 하는 것은 더욱 가소로운 일입니다. 선생님도 난폭하게 굴지 마시고 좀 조용하게 자신의 편지를 살펴보시며 자기 자신을 생각해 보는 것이 어떠하신지요?

이에 각별하게 회신을 드리오며, 청하옵건대 더위에 편안하시기를.

8월 5일, 아우 캉바이두가 모자 벗고 큰 절 드림[12]

8월 7일, 『선바오』의 『자유담』

주)＿＿＿＿＿

1) 원제는 「玩笑只當它玩笑(上)」, 1934년 7월 25일 『선바오』의 『자유담』에 처음 발표했다.
2) 루쉰이 사용한 이 필명은 형식상은 고유명사 이름 같지만, 보통명사로는 '매판'(買辦)의 뜻이 있다. 린모(林默)가 루쉰을 비판하며 한 말을 루쉰이 그대로 자신의 필명으로 사용했다.

3) 류반눙(劉半農, 1891~1934)은 이름이 푸(復)이고 호가 반눙이다. 장쑤성 장인(江陰) 사람이다. 베이징대학 교수와 베이핑대학 여자문리대 학장 등을 역임했다. 『신청년』편집에 참가했고 신문화운동기의 주요 작가 중 한명이다. 후에 프랑스에 유학하여 언어학을 전공했다. 말년에 보수적으로 전향하여 린위탕, 저우쭤런 등과 함께 잡지 『논어』에 동참했고 루쉰과는 반대의 길을 걸었다. 저서에 『양편집』(揚鞭集), 『와부집』(瓦釜集), 『반눙잡문』(半農雜文) 등이 있다. 1934년 6월 핑수이셴(平綏線 ; 지금의 징바오셴京包線) 일대에 방언 조사를 나갔다가 병에 걸려 7월 14일 사망했다.

4) 백화가 '지양'(揚棄)되거나 '폐기'(唾棄)당했다는 말은 당시 있었던 '대중어' 논쟁에서 백화문을 비판한 가오황(高荒)이 한 말이다. 그는 「문언문 반대에서 대중어 건설까지」(由反對文言文到建設大衆語)란 글에서 "백화문 가운데 대중의 수요에 적합한 부분은 발전시키고 대중의 수요에 적합치 않은 부분은 소멸시키는, 그런 실천 속에서 백화문을 '지양'한다"(1934년 7월 15일 『중화일보』 「요일칼럼」星期專論)고 했다. '폐기'란 말은 이 문집의 「거꾸로 매달기」에 나온다.

5) 『논어』 「학이」(學而)편에 나오는 공자의 말.

6) 『중국문법통론』(中國文法通論)은 류반눙의 저서로 1920년 상하이 추이서사(求益書社)에서 출판했다. 이 글에서 인용한 부분은 1924년 다시 찍은 이 책의 「4판 부기」(四版附言)에 나오는 말이다.

7) 조프르로(샤페이로霞飛路)는 현재 상하이의 화이하이로(淮海路)를 말한다. 1901년에 도로로 조성된 이곳은 당시 프랑스 조계지가 확장되면서 공동국(公董局)의 총동(總董)이었던 바오창(寶昌)의 이름을 따 '바오창로'(寶昌路)로 불렸다. 그후 1914년 제1차 세계대전 발발과 동시에 파리에서 독일군을 막아낸 공을 세운 프랑스 동로군의 총사령관 조프르(Joseph Jacques Césaire Joffre, 1852~1931 ; 중국명 샤페이霞飛)의 이름을 따 '샤페이로'(霞飛路)로 개칭했다. 1943년에는 샤페이로가 타이산로(泰山路)로, 1945년에는 국민당 원로인 린선(林森)의 이름을 따 린선중로(林森中路)로 바뀌었다. 해방 후 1950년 5월 화이하이전역(淮海戰役)을 기념해 '화이하이로'로 개명했다. 화이하이로는 프랑스 조계지여서 유럽풍의 건축분위기로 유명하다.

메드허스트로(麥特赫司脫路)는 메드허스트(Walter Henry Medhurst, 1796~1857)의 이름을 딴, 상하이 공공조계에 있는 길 이름이다. 메드허스트는 청나라 도광(道光) 15년(1835)에 상하이에 온 영국 선교사이다. 『삼자경』(三字經)을 번역하고 『천리요론』(天理要論)의 원본을 저술하는 등 활발한 선교활동을 했다. 그가 쓴 『중국의 현재와 미래』(China: its state and prospects)는 당시 선교사들에게 인기 있는 독서물이었다.

8) 후스의 「입센주의」는 1918년 6월 15일 『신청년』 제4권 제6호에 발표되었다.

9) 원제는 「文公直給康伯度的信」이다.

10) 중국 현대의 백화 문제에 대한 발언은, 처음 취추바이(瞿秋白)가 「대중문예의 문제」

(『문학월보』 1932년 7월)에서 혁명문학에 사용하는 언어로서 5·4운동 이래의 백화가 가진 결함을 문제제기했다. 이에 마오둔(茅盾) 등이 논쟁에 참가했고, '문학 대중화에서의 근본적인 장애는 백화의 불완전성에 있다'는 것을 인정했다. 백화를 어떻게 개량할 것인가의 문제를 둘러싸고 서구 문법의 도입과 문언교육 부흥운동 등이 거론되었다. 문언부흥과 백화옹호로 나누어진 논전(論戰)에서 천쯔잔(陳子展)은 「문언(文言)-백화(白話)-대중어(大衆語)」(『선바오』, 1934. 6. 18.)를 발표해 백화를 반대하고 대중어를 제창했다.

11) 원제는 「康伯度答文公直」이다. 두 사람의 이름은 문자상으로 캉바이두(康伯度)는 '매판'이란 뜻이고 상대방 원궁즈(文公直)는 문장이 공평하고 정직하다는 뜻이다. 루쉰은 이 회신에서 원궁즈가 그의 이름처럼 그렇게 정직하고 공평한 사람이 아님을 상대방의 논법을 그대로 되돌려주는 방법을 통해 비판했다.

12) 원문은 '弟康伯度脫帽鞠躬'이다. 원궁즈(린모와 원궁즈는 랴오모사(廖沫沙)의 필명이다)가 그의 「'꽃테문학'론」 마지막 문장에서 자신이 매판이라고 비판한 사람이 어쩌면 자신의 선배이거나 친구일수도 있는데 그렇다면 양해를 바란다는 말을 한 적이 있다. 이에 대해 루쉰이 아주 냉소적으로, 짐짓 아주 공손한 태도를 취하면서 아우가 형에게 하는 편지의 형식으로 쓴 것이다.

농담은 농담일 뿐(하)[1]

백화 토벌의 또 다른 신예부대는 바로 린위탕 선생이다. 그가 토벌하려는 것은 백화의 '의외의 난해함'[2]이 아니라 백화의 '쓸데없는 군소리'[3]이다. 그에겐 류반농 선생처럼 백화를 '소박함과 진실함으로 되돌리고'자 하는 생각조차 전혀 없다. 뜻을 전달하고자 함에는 단지 '어록식'語錄式(백화식 문언)만 있으면 된다는 것이다.

린 선생이 백화로 무장하고 나타났을 때는 문언과 백화의 싸움이 다 지나간 뒤였다. 류 선생과 경우가 달랐다. 류 선생은 혼전 속에 동참했던 사람이다. 그래서 옛날에 대한 향수와 사라지는 것들에 대한 회한의 정서를 갖지 않을 수 없었다. 그가 잠시 슬쩍 송명대의 어록들을 '유머'의 깃발 아래 펼쳐 놓은 것은 알고 보면 극히 자연스러운 일이기도 했다.

그 '유머'가 바로 『논어』 45기 속에 실린 「쪽지 작성법」一張字條的寫法이다. 그는 목수에게 퍼티[4]를 부탁하고자 어록체로 쪽지를 하나 썼다. 그러나 다른 사람들이 그가 '백화를 반대한다'고 말할 것을 두려워하여 백화로 쓰고, 문선체[5]와 퉁청파체[6]로 쓰는 등 세 가지로 바꾸어 썼다. 그러나

이 모든 것은 참으로 우스운 것이었다. 결과적으론 '서동'⁷⁾을 직접 보내 말로 목수에게 퍼티를 구했다고 한다.

『논어』는 유행하는 간행물이니 여기서 그 기사를 베끼는 수고로움은 생략하겠다. 아무튼 가소로운 것은 어록체 쪽지 하나만이 아니다. 다른 세 가지 모두 쓸모없었다. 그런데 이 네 가지의 다른 배역은 알고 보니 린 선생 혼자 연출해 낸 것이다. '어록체'가 남자 주인공이라고 한다면 다른 셋은 광대역이다. 저 혼자 귀신으로도 분장하고 괴상한 모습으로도 변해 주인공의 위용을 한층 돋보이도록 만들었던 것이다.

그러나 그것은 이미 '유머'가 아니라 '농담'일 뿐이다. 저잣거리의 담벼락에 검은 거북을 그려 넣고 거북 등 위에 그가 증오하는 사람 이름을 써 넣는 수법과 전혀 다르지 않다. 그러나 그것을 구경하는 사람들 대부분은 그것의 시비곡직은 불문한 채 그 위에 쓰인 사람을 조소하기 마련이다.

'유머'이거나 '농담'이거나 모두 그것이 주는 효과에 달렸다. 속으로 그 내면의 뜻을 잘 알아차리지 못하게 되면 그것은 그저 '농담'으로 간주될 뿐이다.

현실은 결코 문장 같은 허구가 아니다. 예를 들어 어록체 같은 쪽지는 사실 중국에 그 씨가 말라 본 적이 없었다. 만일 여가가 있다면 상하이 골목으로 직접 가 잠시 둘러봐도 된다. 아마 가끔은 좌판도 볼 수 있을 것이다. 거기에 한 글쟁이가 앉아 남녀 노동자들을 대신해 편지를 써 주고 있는 것을 볼 수 있다. 그가 사용하는 문장은 결코 린 선생이 모방한 쪽지처럼 그렇게 쉽게 이해할 수 있는 글이 아닐 것이다. 그러나 분명 그것도 '어록체'다. 그것이 지금 새롭게 주장되고 있는 어록체의 끝물 같은 것이다. 그러나 아무도 그의 코에 흰색을 칠하려는 사람은 없다.⁸⁾

이것은 현실 속의 생생한 '유머'다.

그러나 '유머'를 식별하는 것은 아주 어렵다. 나는 예전에 생리학의 입장에서 중국 전통의 태형^{笞刑}의 합리성을 증명하고자 했다. 만일 배설과 착석을 위해 엉덩이가 생긴 거라면 그렇게 클 필요가 없다. 발은 한참 작아도 전신을 지탱하기에 충분하지 않은가? 우리가 이제 인육을 먹지 않은 지 오래되었으니 엉덩이살 역시 그렇게 많을 필요가 없겠다. 그렇다면 엉덩이는 전적으로 때리기용임을 알 수 있다. 가끔 이 이야기를 사람들에게 해주면 대부분은 '유머'라고 생각한다. 그런데 만일 정말 다른 사람이 태형을 당하고 있거나 자신이 태형을 당하고 있다면, 내 생각인데, 그 사람의 느낌과 반응은 꼭 그렇지 않으리라.

방법이 없다. 모두 유머가 편안하다고 느끼지 못하는 시기에는 끝내 "중국에 유머가 없게 될"지도 모른다.⁹⁾

7월 18일

주)_____

1) 원제는 「玩笑只當它玩笑(下)」, 1934년 7월 26일 『선바오』의 『자유담』에 처음 발표했다.

2) 1934년 6월 22일 『선바오』 「독서문답」에 실린 「어떻게 대중문학을 건설할 것인가」(怎樣建設大衆文學)라는 글에서 한 비평가는 백화가 대중의 생활, 언어에서 이탈하여 "고문보다 더 이해하기 어렵다"고 말했다.

3) 원문은 '魯里魯蘇'다. 린위탕은 1933년 10월 1일 『논어』 제26기에 발표한 「어록체의 사용을 논함」(論語錄體之用)에서 백화를 반대하며 이렇게 말하고 있다. "나는 백화로 된 글은 싫어하지만 문언으로 된 글은 좋아한다. 그래서 어록체를 주장한다. …… 백화문의 병폐는 쓸데없는 군소리이다."

4) 퍼티(Putty)는 산화주석이나 탄산칼슘을 12~18%의 건성유로 반죽한 물질이다. 표면에 생긴 흠집 같은 것을 메울 때 쓰는 아교풀 같은 것이다. 유리창 틀을 붙이거나 철관

을 잇는 데 쓴다. 흔히 일본어에서 온 '빠데'라고 불리는 것으로 한국어로는 '떡밥'이라고도 쓴다.

5) 문선체(文選體)란 위진남북조시대 남조 양(梁)나라의 소명태자(昭明太子)인 소통(蕭統)이 편찬한 『문선』에 실린 시문의 풍격과 체제를 말한다. 『문선』은 진한(秦漢) 이후 양에 이르기까지의 시와 부(賦), 문장 등을 선별하여 30권으로 묶은 시문총집(詩文叢集)이다. 『문선』의 고전적이고 우아한 문학 평가의 기준은 이후 중국 문학의 미의식에 지대한 영향을 주었다.

6) 퉁청파체(桐城派體)란 퉁청파의 문체를 말한다. 퉁청파는 청대의 대표적인 고문학파인데 여기에 참여한 방포(方苞), 유대괴(劉大櫆), 요내(姚鼐) 등이 모두 안후이성(安徽省) 퉁청(桐城) 출신이어서 이런 명칭이 붙여졌다. 문자의 논리와 기교, 고증 등을 중시했으며 선진(先秦)과 양한(兩漢), 당송팔대가의 문장을 모범으로 삼았다.

7) 서동(書童)은 서당에서 글 배우는 아이들을 부르는 옛 명칭이다.

8) 얼굴에 흰 분가루를 칠하는 것은 중국 전통극에서 광대역을 한 사람의 화장법이다. 거리의 글쟁이에게 흰색을 칠한다는 의미는 그를 광대로 취급한다는 의미다. 즉 어록체를 쓰고 있는 거리의 그 글쟁이를 광대 취급 하진 않는다는 뜻이다.

9) 루쉰은 린위탕이 주장하는 종류의 '유머'를 감상하기에 중국의 당시 현실이 너무 어둡고 열악하다는 것을 곳곳에서 언급하였다. 예를 들어 위 본문에 나오는 것처럼, 자신이 엉덩이를 유머의 소재로 사용하려 해도 실제 중국에는 엉덩이를 맞고 사는 사람들이 너무 많은 까닭에 현실에서는 이것이 순수한 유머로 받아들여질 수 없다는 것이다. 삶의 질이 나아지지 아니하고는 중국에 유머다운 유머가 있기 어렵다는 생각이었다.

글쓰기[1]

쉬얼朔爾

심괄의 『몽계필담』[2]에 이런 말이 나온다. "옛날 선비들은 대구對句로 글 쓰는 걸 아주 좋아했다. 목수와 장경[3] 등이 처음 '평문'[4]을 쓰기 시작하자 당시 그 글들을 '고문'이라고 불렀다. 어느 날 목수와 장경이 같이 조정에 들어갈 일이 있었다. 동화문 밖에서 동이 터 오기를 기다리며 서로 문장을 논하던 차에, 때마침 달리던 말이 개 한 마리를 밟아 죽이는 것을 목격하게 되었다. 두 사람은 그 사건을 기록하며 문장의 우열을 따졌다. 목수가 말했다. '누런 개가 있다가 달리는 말에 밟혀 죽었다.' 장경이 말했다. '달리던 말 아래 개가 죽었다.' 당시는 문체가 막 변화하고 있는 중이었다. 두 사람의 표현이 모두 졸렬하고 거칠었음에도 불구하고, 당시로선 훌륭하다 여겼고 그래서 지금까지 전해지고 있다."

변문[5]은 나중에 생긴 것이다. 상고시대엔 글자 수를 나란히 짝을 맞추지 않았다. '평문'을 '고문'이라고 부른 것은 이런 의미에서다. 이 점에서 미루어 보면, 옛날에 정말 말과 글을 구분하지 않았다면[6] '백화문'을 '고문'이라 불러도 불가하지 않았으리라. 그러나 린위탕 선생이 말하는

'백화식 문언'[7]과는 그 의미가 다르다. 두 사람의 글은 졸렬하고 거칠 뿐만 아니라 우선 그것이 의미하는 바가 다르다. 장경이 말한 것은 '말이 개를 밟아 죽였다'이고, 목수가 말한 것은 '개가 말에 밟혀 죽었다'이다. 결국 말에 중심을 두고 한 표현이냐, 아니면 개에 중심을 두고 한 표현인가가 다르다. 보다 명료하고 타당한 표현은 역시 심괄이 한, 조금도 주관이 개입하지 않은 표현, "달리던 말이 개 한 마리를 밟아 죽였다"이다.

옛것을 전복시키려면 힘을 주어야 한다. 그렇기 때문에, 너무 힘을 들이다 보면 '억지'가 되고 지나치게 '억지'로 하다 보면 '생경'해질 뿐만 아니라 때로는 정말 '전혀 맞지 않는 것'이 된다. '억지'이지만 아주 원숙하게 만들어 놓은 옛사람들 것과 비교해 봐도 더 나쁜 것이 되기 십상이다. 한정된 글자 수로 뜻을 펴야 하는, 다소 제한을 받고 있는 이 '꽃테문학'과 같은 유의 글은 더욱더 이런 생경병에 걸리지 않을 수 없다.

너무 억지로 해서도 안 되겠지만 그렇다고 아무 공도 들이지 않고 하는 것도 안 된다. 큰 나무토막과 작은 나뭇가지 네 개를 가지고 긴 의자를 만들었다. 요즘 보니 그것이 너무 거칠고 조잡스러워 아무래도 대패질을 해 좀 빛을 내야 좋을 듯하다. 그러나 만일 의자 전체에 꽃을 조각해 넣고 중간 중간에 구멍을 파 놓는다면 이 역시 앉을 수 없게 되어 그것의 의자 다움을 잃어버리게 될 것이다. 고리키가 말했다. 대중어는 질그릇 같은 원재료여서 가공을 해야 문학이 된다고.[8] 내 생각에, 이 말은 아주 정곡을 찌른 말이다.

7월 20일

1) 원제는 「做文章」, 1934년 7월 24일 『선바오』의 『자유담』에 처음 발표했다.

2) 심괄(沈括, 1031~1095)은 자가 존중(存中)이고 첸탕(錢塘 ; 지금의 저장성 항저우) 사람이다. 북송의 문학가이자 과학자다. 수학과 천문학에 정통했고 음악, 의학, 토목공학에도 조예가 깊었다. 저서에 『장흥집』(長興集) 등이 있다. 『몽계필담』(夢溪筆談) 26권, 『보필담』(補筆談) 3권, 『속필담』(續筆談) 1권은 그가 평소 손님이나 친구들과 나눈 이야기를 기록하거나 전해 내려오는 이야기, 옛 서적, 문학, 기예 등에 관한 것들을 기록한 것이다. 그가 만년에 룬저우(潤州 ; 지금의 장쑤성 전장鎭江)에 있는 몽계원(夢溪園)에 퇴거하여 지냈기 때문에 '몽계필담'이라고 명명했다. 여기서 인용한 글은 이 책의 14권에 있는 말이다.

3) 목수(穆修, 979~1032)는 자가 백장(伯長)이고 윈저우(鄆州 ; 지금의 산둥성 둥핑東平) 사람이다. 장경(張景, 970~1018)은 자가 회지(晦之)이고 궁안(公安)인이다. 두 사람 모두 북송의 고문가이다.

4) 원문은 '平文'이다. 형식이 자유로운 산문이란 뜻.

5) 변문(駢文)은 한나라의 부(賦)가 고도의 수사성과 가지런한 문장, 대구(對句)를 중시하는 형식주의 풍조로 흐르면서 생겨난 새 문학 장르다. 이러한 형식주의적 문학 장르는 육조시대에 이르러 최고조에 달했다가 당대에는 글자운용을 4자 6자로만 운용하는 사륙문(四六文)으로 발전했다. 글자 수를 4자 혹은 6자로 맞추는 것이 여러 필의 말이 나란히 달리는(駢) 것과 같다고 하여 변문, 혹은 병문이라고 불렀다.

6) 옛날에 말과 글을 구분하지 않았다는 주장은 후스 등의 견해다. 그는 1928년 출판한 『백화문학사』 1편 1장에서 이렇게 말했다. "우리가 고대 문자 연구를 해보면 전국시대에는 중국의 문장체가 이미 구어체와 일치할 수 없다는 것을 미루어 짐작할 수 있게 된다." 그의 견해에 따르면 전국시대 이전의 문체와 구어체는 일치되어 있다는 것이다. 루쉰은 이러한 주장에 대해 다른 견해를 표했다. 그는 『차개정잡문』, 「문 밖의 글 이야기」(門外文談)에서 이렇게 말했다. "나의 추측으로는 중국의 문언과 언문이 결코 일치된 적이 없다. 그 큰 원인은 글자가 쓰기 어려워 하는 수 없이 생략해야 했기 때문이다. 옛날 그 당시 구어의 축약형이 그 사람들의 문언이고 고대 구어의 축약이 후세인들에게는 고문이다."

7) 백화식 문언은 린위탕이 1934년 7월 『논어』 제45기에 발표한 「쪽지 작성법」(一張字條的寫法)에 나온다. 그는 이 글에서 '어록체'를 '백화식의 문언'이라고 하였고, "자연스러운 작문"으로 "의미 전달"을 잘할 수 있게 해준다고 했다.

8) 고리키의 「나의 문학 수업」에 나오는 말이다. "언어는 민중이 창조한 것임을 잊지 말아야 한다. 언어를 문학언어와 민중언어 두 가지로 나누는 것은 단지 원자재의 언어와 예술가가 가공한 언어로 구분하는 것에 불과할 뿐이다."

독서 잡기[1]

엔위焉於

고리키는 발자크[2]의 소설이 보여 준 대화의 묘미에 아주 경탄한 바 있다. 그는 인물의 외모 묘사를 통해서가 아니라 인물의 대화 묘사를 통해, 말하고 있는 그 사람을 독자들이 마치 직접 보고 있는 듯 느끼게 할 수 있다고 생각했다.(『문학』 8월호의 「나의 문학 수업」)

중국에는 아직 이처럼 재주 좋은 소설가는 없다. 그러나 『수호』와 『홍루몽』[3]의 어떤 부분은 독자로 하여금 대화를 통해서 사람을 볼 수 있게 만들고 있다. 사실 이는 뭐 그리 대단하게 특이한 것은 아니다. 상하이 골목 작은 집에 세 들어 사는 사람은 시시때때로 체험할 수 있는 일이다. 그와 이웃 주민은 얼굴을 꼭 본 것이 아닐 수도 있다. 그러나 그들은 얇은 판자벽 한 겹만으로 떨어져 있기 때문에 옆집 사람들의 가족과 그 집 손님들의 대화, 특히 큰소리로 하는 대화는 거의 다 들을 수 있다. 오랜 시간이 지나면 저쪽에 어떤 사람이 살고 있는지를 자연히 알게 되고 또 그 사람이 어떤 부류의 사람인지도 알 수 있게 된다. 이와 같은 이치다.

불필요한 것은 없애 버리고 각 사람의 특징적인 대화만 잘 추출해 내도 다른 사람이 그 대화를 통해서 말하는 사람의 인물 됨됨이를 추측할 수가 있다고 생각한다. 그러나 이것만으로 곧바로 중국의 발자크가 된다고 말하는 것은 아니다.

작가가 대화로 인물을 표현할 때는 그 사람 마음속에는 이미 그 인물의 모습이 들어 있을 것이다. 그래서 독자에게 전하면 독자의 마음속에도 이 인물의 모습이 만들어진다. 그런데 독자가 상상하는 인물은 결코 작가가 상상한 인물과 꼭 같은 것만은 아니다. 발자크에게선 깡마르고 턱수염을 기른 노인이지만 고리키 머릿속으로 들어오면 건장하고 야성적인 구레나룻의 노인으로 변하기도 한다. 그러나 그 성격과 언행에는 분명 큰 차이가 없을 것이다. 거의 유사할 것이다. 그래서 마치 프랑스어를 러시아어로 옮겨 놓은 것과 같을 것이다. 만일 그렇지 않다면 문학이란 놈의 보편성은 사라져 버리게 된다.

문학에 보편성이 있다 할지라도 독자마다 체험이 다르기 때문에 변화는 있게 마련이다. 독자가 만일 유사한 체험을 갖고 있지 않다면 문학의 보편성은 그 효력을 잃어버린다. 예를 들어 우리가 『홍루몽』을 읽으면 문자만으로도 임대옥이란 인물을 상상할 수 있다. 「대옥이 땅에 꽃을 묻다」[4]에 나온 메이란팡 박사의 사진을 본 선입견이 없다면 분명 다른 인물을 상상하게 될 것이다. 그러면 단발머리의 인도 비단 옷을 입은, 청초하고 마른, 조용한 모던 여성을 상상할 수도 있을지 모른다. 혹은 다른 모습을 상상할지 단정할 수 없다. 그러나 삼사십 년 전에 나온 『홍루몽도영』[5]과 같은 유의 책 속에 나오는 그림들과 좀 비교해 본다면 분명 확연하게 다를 것이다. 이 책에 그려진 모습들은 그 시절 그 독자들의 마음속에 그려진 임대옥인 것이다.

문학에 보편성이 있다고 할지라도 그 한계는 있다. 상대적으로 보다 영원한 작품도 있을 것이나 독자들의 사회적 체험에 따라 변하게 마련이다. 북극의 에스키모인과 아프리카 내지의 흑인들은 '임대옥'과 같은 인물을 이해하거나 상상하기 무척 어려울 것이라 생각한다. 건전하고 합리적인 좋은 사회에서의 사람 역시 이해할 수 없을 것이다. 그들은 아마 우리들보다, 진시황의 분서焚書나 황소黃巢의 난에 있었던 사람 죽인 이야기를 듣고 얘기한다는 것이 훨씬 더 생경할 것이다. 모든 것은 변화한다. 영구적인 것은 없다. 유독 문학에만 신선한 선골仙骨이 있는 듯이 말하는 것은 꿈꾸는 사람들의 잠꼬대이다.

8월 6일

주)_____

1) 원제는 「看書瑣記」, 1934년 8월 8일 『선바오』의 『자유담』에 처음 발표했다.

2) 발자크(Honoré de Balzac, 1799~1850)는 프랑스 작가다. 그의 작품 전체에 붙인 제목은 『인간희극』(La Comédie humaine)이다. 장편소설 『외제니 그랑데』(Eugénie Grandet), 『고리오 영감』(Le Père Goriot), 『환멸』(Illusions perdues) 등 90여 편이 들어 있다. 고리키는 「나의 문학 수업」에서 발자크의 소설을 논하면서 이렇게 말하고 있다. "발자크의 『나귀가죽』(La Peou de chagrin)에서 은행가의 대저택에서 열리는 만찬파티 부분을 읽었을 때 나는 완전히 경탄하고 감복했다. 20여 명의 사람들이 동시에 시끄럽게 잡담을 하고 있었다. 그 수많은 모습들이 마치 내가 직접 눈으로 보고 있는 것처럼 묘사되어 있다. 중요한 것은 내가 듣고 있을 뿐만 아니라 각자가 어떻게 수다를 떨고 있는지를 목도하고 있다는 것이다. 내빈들에 대해 작가 발자크는 그 모습을 묘사하고 있지 않다. 그러나 나는 사람들의 눈동자와 미소와 자세를 본다. 나는, 발자크에서부터 시작하여 모든 프랑스인들이 대화로 인물의 정교함을 묘사하는 데 이르기까지, 묘사한 인물의 대화를 마치 귀에 들리는 것처럼 생생하게 전달하는 그 기법과 그리고 그들 대

화의 완벽함에 늘 감탄하고 감복했다." 이 글은 1934년 8월 『문학』 월간 제3기 제2호에 루쉰(필명 쉬샤許遐로 발표)의 번역으로 실렸다.

3) 『수호』는 장편소설 『수호전』(水滸傳)을 말한다. 명대의 사대기서(四大奇書) 가운데 하나다. 시내암(施耐庵)이 지은 영웅소설이다.

『홍루몽』(紅樓夢)은 청대를 대표하는 소설로 조설근(曹雪芹)의 작품이다. 귀족 집안의 공자 가보옥(賈寶玉)과 12명의 미녀를 통해 군주전제시대의 몰락해 가는 귀족들의 화려하고 사치스러운 생활, 그 이면에 숨겨진 모순을 폭로한 소설이다.

4) 메이란팡(梅蘭芳, 1894~1961)이 소설 『홍루몽』의 23회 스토리에 기초하여 만든 경극인 「대옥이 땅에 꽃을 묻다」(黛玉葬花)를 말한다. 메이란팡이 공연한 이 연극의 사진은 인기가 있어 옛날 사진관에 늘 걸려 있었다고 한다. 메이란팡은 당시 가장 유명했던 경극 배우로 여성배역을 전문으로 했다. 그가 분장한 임대옥 역은 당시에 무척 인기가 있었고 그의 공연 사진이 곳곳에 붙어 있었다.

5) 『홍루몽도영』(紅樓夢圖咏)은 청대 개기(改琦)가 그린 『홍루몽』의 인물화첩으로 모두 50폭이다. 그림 뒤에 왕희렴(王希廉), 주기(周綺) 등이 쓴 제시(題詩)가 있다. 1879년(광서 5년) 목각본으로 간행되었다. 또 청대의 왕지(王墀)가 그린 『증간홍루몽도영』(增刊紅樓夢圖咏)은 120폭으로 그림 뒤에 강기(姜祺; 서명은 담생蟫生)가 그린 제시가 있다. 이 책은 광서 8년 상하이 점석재(點石齋)에서 석인본으로 나왔고 후에 여러 차례 판을 바꾸어 출판됐다.

독서 잡기(2)[1]

같은 시대 같은 국가 안에서도 대화가 서로 통하지 않을 수 있다.

바르뷔스[2]는 「본국어와 모국어」라고 하는 그의 재미있는 단편소설에서, 프랑스의 한 부유한 집에서, 유럽전쟁 가운데 사경을 헤매던 프랑스 병사 세 명을 초대한 이야기를 하고 있다. 그 집의 소녀가 나와 병사에게 인사를 했다. 무어라 할 말이 없어 그저 억지로 몇 마디를 했다. 병사들도 대답할 적당한 말을 찾지 못했다. 부잣집에 들어가 앉았다. 그들은 뼈가 쑤실 정도로 조심해야 함을 느꼈다. 그들은 자신들의 '돼지우리'로 돌아오자 그제야 비로소 온몸이 편안해지고 마음대로 웃고 떠들게 되었다. 또 그들은 그들의 독일 포로들과 손으로 대화를 했으나 포로들 역시 '우리의 말'을 하는 같은 부류의 인간이란 걸 알게 되었다.

이러한 경험으로 인해 한 병사는 막연하게 이런 생각을 하게 된다. "이 세상엔 두 가지 세계가 있다. 하나는 전쟁의 세계요, 다른 하나는 금고金庫의 철문 같은 대문이 있고 예배당과 같이 정갈한 부엌이 있으며 아름다운 저택이 있는 세계다. 완전히 다른 세계다. 완전히 다른 나라다. 그 속에는 이상한 생각을 하는 외국인이 살고 있다."

저택의 소녀가 나중에 한 신사에게 이렇게 말했다. "그 사람들과는 아무 말도 나눌 수 없었어요. 그들과 우리 사이엔 뛰어넘을 수 없는 심연이 가로놓여 있는 것 같았어요."

사실, 이것은 소녀와 병사 사이에서만 그런 건 아니다. 우리들──'봉건잔재'[3]이거나 '매판'이거나 혹은 다른 무엇임을 막론하고 모두 다일 수 있다──과 거의 같은 부류의 사람들 역시 그저 어떤 부분에서만 좀 다를 뿐인데도 서로 할 말이 없는 경우가 종종 있다. 그러나 우리 중국인들은 아주 총명하다. 일찌감치 이럴 때 임기응변할 수 있는 만병통치약을 발명해 놓았다. 즉 "오늘 날씨가…… 하하하!"다. 만일 연회 자리일 경우는 토론을 피하고 그저 가위바위보 게임[4]만 하면 된다.

이렇게 볼 때, 문학이 보편적이고 영구적이 되기란 사실 좀 어려운 게 아닌가 한다. "오늘 날씨가…… 하하하!"는 다소 보편적이긴 하나 영구적일 수 있을지 없을지는 좀 의심스럽다. 게다가 이 말은 문학적인 것 같지도 않다. 그래서 고상한 문학가[5]께선 스스로 규칙을 정해 놓고 그의 '문학'을 이해하지 못하는 사람들을 '인류' 밖으로 축출해 버려 문학의 보편성을 지키고자 한다. 문학에는 여러 가지 다른 특성도 있다. 그가 그것을 솔직하게 인정하려 하지 않기 때문에 하는 수 없이 그런 수단을 쓰는 것이다. 그러나 이렇게 계속하다 보면 '문학'은 남아 있을 것이나 '사람'은 별로 남아 있지 않게 될 것이다.

그래서 문학은 점차 고상해질수록 이해하는 사람은 점점 줄어들게 되고 고상함의 극치에선 문학의 보편성과 영구성이 오로지 작가 한 사람에게만 남게 될 것이다. 하지만 문학가가 비애에 젖고 피를 토한다 할지라도 그때 가선 정말 달리 생각할 방도가 없을 것이다.

8월 6일

주)_____

1) 원제는 「看書瑣記(二)」, 1934년 8월 9일 『선바오』의 『자유담』에 처음 발표했다.
2) 앙리 바르뷔스(Henri Barbusse, 1873~1935)는 프랑스의 소설가이자 시인이다. 평화와 인간 해방을 지향하는 '클라르테(clarté) 운동'을 지도했고, 인도주의의 입장에서 비참한 민중의 생활이나 전쟁의 비극을 묘사했다. 작품에 『포화』(砲火, *Le feu*), 『클라르테』(*Clarté*), 『지옥』(*L'enfer*) 등이 있다.
3) '봉건잔재' 혹은 '봉건찌꺼기'란 말은 귀모뤄(郭沫若)가 루쉰을 비판하여 했던 말이다. 1928년 혁명문학 논쟁이 진행되고 있을 때, 귀모뤄가 두췬(杜荃)이란 이름으로 루쉰을 비판하며 그를 "자본주의 이전의 봉건잔재"라고 했다(1928년 8월 『창조월간』 2권 2기에 실린 「문예전선상의 봉건잔재」文藝戰線上的封建餘孽).
4) 원문은 '猜拳'이다. 우리나라의 가위바위보 놀이와 좀 다르다. 술자리 등에서 흥을 돋우기 위해 손가락을 내밀면서 입으로 동시에 숫자를 말한다. 이때 상대방이 내가 말한 숫자의 손가락을 내밀면 내가 이기고 상대방이 벌주를 마시는 놀이다.
5) 여기서 고상한 문학가란 량스추(梁實秋) 등을 지칭한다. 량스추는 「문학은 계급성이 있는 것인가?」(文學是有階級性的嗎?; 1929년 9월 『신월』 제2권 제6, 7기)라는 글에서 초계급성의 문학을 주장하며 "문학은 전 인류에게 속한 것"이라고 했다. 그러면서 문학은 소수인만 향유할 수 있는 것이며 "좋은 작품은 영원히 소수인의 전리품이다. 대다수는 영원히 어리석고 영원히 문학과 무관하다"고 주장했다.

시대를 앞서 가는 것과 복고[1)]

캉바이두

주샹과 루인[2)] 두 작가 때와 마찬가지로 반눙 선생이 가시자 여러 간행물들이 한바탕 떠들썩했다. 이런 상황이 얼마나 오래 이어질지는 현재로선 추측하기 어렵다. 그런데 이번 반눙 선생 죽음의 영향이 두 작가 때보다 훨씬 더 대단한 듯하다. 그는 이제 복고(復古)의 선구자로 받들어지려 하고 있다. 사람들은 그의 신주단지를 들고 '시대를 앞서 가는'[3)] 사람을 때리고 있다.

이러한 공격은 효력이 있다. 왜냐하면 그는 작고한 유명인이면서 동시에 진보적인 신당이었기 때문이다. 새것으로 새것을 때리는 일은 독으로 독을 공격하는 것처럼 녹슨 골동품을 끄집어내는 방법보다는 훨씬 낫다. 그런데 바로 여기에 아이러니가 숨어 있는 것이다. 왜인가? 반눙 선생이 바로 '시대를 앞서 가다'로 인해 이름이 난 사람이기 때문이다.

옛날 청년들이 마음속에 류반눙이란 세 글자를 품고 있었던 까닭은 그가 음운학에 뛰어나다거나 통속적인 해학시[4)]를 잘 지어서가 아니다. 그가 원앙호접파를 뛰쳐나와 왕징쉬안을 비판했고 '문학혁명' 진영의 전사였기 때문이다.[5] 그런데 그 당시 몇몇 사람은 '시대를 앞서 간다'고 그를 모함하기도 했었다. 아무튼 시대는 조금 전진하는 것 같고 시간도 얼마간 흘러갔다. 그의 '시호'諡號도 점점 세탁이 되었으며 그 자신도 좀더 위로 올라가 사람들과 잘 어울려 마침내 어엿한 유명인이 되었다. 그런데, "사람은 명성을 걱정하고 돼지는 비만을 걱정하렷다"[6]고, 유명해진 바로 그때 그는 '시대를 앞서 가는' 병을 치료하는 새로운 약재로 포장이 되고 만 것이다.

이는 결코 반눙 선생 개인만의 곤경이 아니다. 이전에도 그런 예는 실제 있었다. 광둥 지역에는 거인이 아주 많았다. 그런데 왜 유독 캉유웨이[7]만 홀로 그렇게 유명해졌는가? 그것은 그가 공거상서의 우두머리이고 무술정변의 주역이었으며 시대를 앞서 갔기 때문이다. 영국 유학생도 적지 않았다. 그런데 옌푸[8]의 이름만 아직 사라지지 않고 있는 것은 그가 서양 귀신들의 책을 여러 권 앞장서서 진지하게 번역했고 시대를 앞서 간 점에 있다. 청말 박학[9]을 연구한 사람이 타이옌[10] 선생 한 명뿐이 아니다. 그러나 그의 이름이 손이양[11]을 훨씬 능가하게 된 것은 사실 그가 종족혁명을 주장하고 시대를 앞서 나갔으며 게다가 '반란'까지 했기 때문이다. 나중에는 그러한 '시대'도 '추격'을 당했으나 그들은 살아 있는 진정한 선구자가 되었다. 그런데 액도 뒤따르는 법, 캉유웨이는 영원히 복벽 사건의 조상이 되어 버렸고, 위안스카이 황제는 옌푸에게 관직을 권했으며, 쏸촨팡 대사역시 타이옌 선생을 투호놀이에 초대했다.[12] 그들은 원래 앞으로 전진하며 수레를 끌었던 굵직한 다리와 튼실한 어깨의 훌륭한 고수들이었다. 나중에 또다시 수레를 끌어 달라고 청하니 그들이 끌기야 끌겠지만 수레 끄는 엉덩이가 뒤로 한껏 처져 있으리라. 이에 하는 수 없이 고문으로 애도

하노라. "오호라! 애닲도다! 신명이시여, 굽어살피소서!"[13]

나는 결단코 반눙 선생이 '시대를 앞서 갔다'고 비웃고 있는 게 아니다. 내가 여기서 사용하는 '시대를 앞서 간다'는 흔히 '시대를 앞서 간다'고 말하는 경우의 어떤 부분, 즉 '선구'의 의미다. 반눙 선생이 비록 '몰락'을 자인한 바 있으나[14] 사실은 투쟁을 한 분이다. 그를 경애하는 사람이라면 이 점을 잘 선양해야 한다. 그저 자신이 좋아하는 기름 구덩이나 진흙 속으로 그를 끌어내려서 버젓한 간판이나 하나 만들면 그만이라 생각해선 안 된다. 함부로 너나없이 달라붙어선 안 된다.

8월 13일

주)_____

1) 원제는 「趨時和復古」, 1934년 8월 15일 『선바오』의 『자유담』에 처음 발표했다.

2) 주샹(朱湘, 1904~1933)은 안후이성 타이후(太湖) 사람으로 시인이다. 안후이대학 영문학과 학과장을 지냈고 1933년 12월 5일 생활의 곤궁을 비관하여 자살했다. 저서에 『초원집』(草莽集), 『석문집』(石門集) 등이 있다.
   루인(廬隱, 1898~1934)은 본명이 황잉(黃英)이고 푸젠성(福建省) 민허우(閩侯) 사람으로 여류작가다. 1934년 5월 13일 난산으로 사망했다. 저서에 단편소설집 『해변의 옛 친구』(海邊故人), 『링하이의 조수와 석수』(靈海潮汐) 등이 있다.

3) 원문은 '趨時'이고 유행을 따르다, 시세를 쫓아가다는 의미이다. 이 말은 린위탕이 진보적인 인사들을 냉소, 풍자하면서 한 말이다. 그는 1934년 7월 20일 『인간세』 8기에 실린 「시대와 사람」(時代與人)이란 글에서 이렇게 말했다. "그러므로 시대를 앞서 가는 것이 중요하긴 하지만 인간 본위를 지키는 것 역시 마찬가지로 중요하다."

4) 1933년 9월 『논어』 제25기에 류반눙이 해학시를 모아 쓴 「퉁화즈더우당 시집」(桐花芝豆堂詩集)의 연재를 시작했다. 그는 이 글의 「자서」에서 자신은 "해학시 짓는 것을 좋아한다"고 했다.

5) 원앙호접파(鴛鴦胡蝶派)는 청말 민초에 도시 소시민의 취향에 맞추어 주로 선남선녀의

연애담 등을 문언으로 써 크게 인기를 끈 문학유파다. 1914년에서 1923년까지 『토요일』(禮拜六)이라는 주간지를 발행해서 토요일파(禮拜六派)라고도 불렸다. 류반눙은 '반눙'(半儂)이란 필명으로 이 잡지에 글을 발표했었다. 1918년 『신청년』이 문학혁명운동을 추동하기 위해 복고파와 싸움을 하고 있을 때, 편집자의 한 사람이었던 첸쉬안퉁(錢玄同)이 이름을 왕징쉬안(王敬軒)으로 바꾸고, 당시 신문화운동을 반대하는 사회의 모든 언론들을 모아서, 봉건 복고파의 어투를 흉내 내어 『신청년』 편집부로 편지를 보냈다. 이에 류반눙은 왕징쉬안을 통렬하게 반박하는 글을 발표했다. 이 두 편지는 그 해 3월 『신청년』 제4권 제3기에 동시 발표되었다.

6) 속담이다. 소설 『홍루몽』 제83회에 왕희봉(王熙鳳)이 이렇게 말하고 있다. "속담에 사람은 명성을 걱정하고 돼지는 비만을 걱정하렸다고 했다. 하물며 헛된 명성임에랴.……"

7) 캉유웨이(康有爲, 1858~1927)는 자가 광샤(廣廈), 호는 창쑤(長素)이며, 광둥(廣東) 난하이(南海) 사람이다. 청말 변법유신운동의 지도자였다. 1895년 베이징에 과거시험을 보러 올라온 전국 각지의 유생 1,300여 명을 조직하여 광서(光緖) 황제에게 '만언서'(萬言書)를 제출, '변법유신'(變法維新)을 요구했다. 주장의 핵심은 군주제를 일부 존치하되 정치는 '입헌군주제'를 시행해 부분적으로 근대적 민주주의를 도입하자는 것이었다. 이 사건을 역사적으로 '공거상서'(公車上書)라 부른다. 한대에 관가(官家)의 수레(車)로 서울로 시험을 보러 가는 지방시험(향시鄕試) 합격자(거인擧人)들을 실어 날랐다. 나중에 이 '공거'가 거인들이 서울로 가서 시험에 응시하는 일을 지칭하게 되었다. 1898년(무술년戊戌年) 6월 캉유웨이는 담사동(譚嗣同), 량치차오(梁啓超) 등과 함께 광서 황제에게 임용되어 정사에 참여했고 변법을 시행했다. 그러나 같은 해 9월 자희태후(慈禧太后; 서태후)를 필두로 한 완고파에 의해 진압되어 유신운동은 100일 만에 실패로 돌아간다. 이후 캉유웨이는 해외에서 보황회(保皇會)를 조직하여 '입헌군주제'를 근간으로 한 변법유신운동을 계속했고 쑨중산(孫中山)이 이끄는 민주혁명운동을 반대했다. 1917년 군벌인 장쉰(張勳)과 연합하여 청나라의 폐위 황제인 푸이의 복벽운동을 주도했다. 대표 저서에 『대동서』(大同書)가 있다.

8) 옌푸(嚴復, 1853~1921)는 일찍이 양무운동(洋務運動)의 일환으로 영국해군학교에 유학생으로 파견되어 선박, 대포 등 서양 근대과학을 공부했다. 청일전쟁에서 중국이 패배한 이후 그는 변법유신을 주장하여 서양 자연과학과 부르주아 사회과학사상을 중국에 소개하는 일에 주력했다. 영국의 헉슬리(Thomas H. Huxley)의 『천연론』(天演論, *Evolution and Ethics*), 애덤 스미스(Adam Smith)의 『국부론』(國富論, *The Wealth of Nations*), 프랑스의 몽테스키외(Charles-Louis Montesquieu)의 『법의』(法意, *De l'esprit des lois*) 등을 번역하여 당시 사회에 지대한 영향을 주었다. 신해혁명 이후에는 사상적으로 점차 보수화되어 갔다. 1915년 '주안회'(籌安會)에 참여하여 위안스카이를 황제로 추대하는 일에 동참했고 1919년 5·4신문화운동 때도 보수파의 입장에 섰다.

9) 박학(樸學)은 『한서』(漢書) 「유림전」(儒林傳)에 나오는 말이다. "관(寬)은 뛰어난 인재다. 처음 무제(武帝)를 알현하고 경학에 대해 아뢰었다. 임금이 말하길 '나는 처음에 『상서』(尙書)를 박학이라고 생각해 별로 좋아하지 않았다. 그런데 자네 말을 들어 보니 볼만한 거로구나' 했다. 그리고 관에게 그 한편에 대해 물었다." 이후 한대 유학자들이 고증에 근거한 훈고학을 박학이라고 불렀고 또 한학(漢學)이라고도 했다. 청대학자들은 한대 유학자의 박학을 계승하여 발전시켰다. 일반적으로 청대의 고증학을 박학이라 한다.

10) 타이옌(太炎)은 장빙린(章炳麟, 1869~1936)의 호다. 저장성 위항(余杭) 사람으로 청말의 혁명가이자 학자다. 초기에 청왕조 타도운동에 적극 참여했고 '광복회'의 주요 멤버였다. 신해혁명 이후에는 현실운동에서 멀어졌고 국학(國學)연구에 몰두했다. 저서에 『장씨총서』(章氏叢書), 『장씨총서속편』이 있다.

11) 손이양(孫詒讓, 1848~1908)은 자가 중용(仲容)이고 저장성 루이안(瑞安) 사람이다. 청말의 박학가이다. 저서에 『주례정의』(周禮正義), 『묵자한고』(墨子閑詁) 등이 있다.

12) 쑨촨팡(孫傳芳, 1885~1935)은 산둥성 리청(歷城) 사람이며 베이양(北洋) 즈리계(直系) 군벌이다. 그가 동남부 5개 성을 장악하고 있었을 때, 복고를 제창하기 위한 목적으로 1926년 8월 6일 난징에서 투호놀이 의식을 거행했다. 학계의 원로인 장타이옌을 그것의 진행 주빈으로 초청했다. 여러 가지 설이 있지만 장타이옌은 가지 않았다고 한다. 투호(投壺)란 고대 잔치 때에 벌인 오락으로 손님과 주인이 순서대로 항아리 안에 활을 던져 넣는 놀이였다. 진 사람은 술을 먹었다.

13) 옛날 제사 지낼 때, 제문의 끝에 상투적으로 사용하던 말이다.

14) 류반눙의 몰락 자인은 「반눙잡문자서」(半農雜文自序; 1934년 6월 5일 『인간세』 제5기)에 나온다. "만일 어떤 사람이 내 문장의 어떠어떠한 몇 가지를 거론하며 내가 '낙오했다'고 비난한다면 나는 기꺼이 '몰락했음'을 인정할 것이다."

안빈낙도법[1]

스비

설사 자신이 선생이고 의사라 해도 자신의 아이들은 다른 사람이 가르쳐야 하는 것이며 병은 다른 사람이 치료해야 하는 것이다. 그러나 사람 노릇하고 처세하는 방법은 스스로 잘 찾아가며 터득해야 할 것이다. 다른 수많은 사람이 끊어 준 처방전은 아무 쓸모 없는 휴짓조각에 불과할 때가 종종 있다.

남에게 안빈낙도를 권하는 것은 옛날 치국평천하를 하는 큰 맥락의 일환이었고 그렇게 하여 끊어 준 처방전도 아주 많았다. 그러나 모두 십전대보탕과 같은 효과가 있었던 것은 아니다. 그래서 새로운 처방이 계속 내려지고 있다. 최근 두 가지가 나왔다. 그러나 내 생각에 뭐 그리 적절한 것 같아 보이진 않는다.

하나는 사람들에게 일에 대해 흥미를 가지라고 가르치는 것이다. 흥미가 있으면 무슨 일이든 그것을 즐거워하여 싫증을 내지 않게 된다는 말씀이다. 당연하다. 일리가 있다. 그런데 그렇게 하려면 좀 가벼운 직업이어야 하리라. 석탄을 캐거나 인분을 퍼내는 그런 일은 고사하고 최소 매일

열 시간 일해야 하는 상하이 공장 노동자들은 저녁이 되면 과로로 기진맥진하게 된다. 사고를 당하는 것도 대개 이 시간이다. "건전한 육체에 건전한 정신이 깃든다"[2]고 했으니 자기 몸도 못 돌보는데 어떻게 일에 흥미를 가질 수 있겠는가? 그가 흥미를 목숨보다 더 중시하지 않는다면 말이다. 만일 그들에게 이에 대해 물어본다면 내 생각에 분명 그들은 이렇게 말할 것이다. 노동시간 단축하라, 흥미를 유발하는 일이란 꿈에도 상상할 수 없다라고.

또 하나 아주 철저하고 도저한 처방전이 있다. 말하자면 '더운 날씨에 부자들은 사람 접대하느라 바빠 등줄기에 땀이 흥건하게 흘러내리지만 가난한 사람은 떨어진 돗자리 하나 들고 나와 길 위에 깔아 놓고 옷 벗고 시원한 바람에 목욕을 하니 그 즐거움 무궁하도다'이다. 이를 일러 "천하를 석권하다"[3]라고 떠드는 것이다. 이 역시 아주 시적 정취가 있어 보이는 보기 드문 처방전이다. 그러나 이것 뒤에는 살풍경이 도사리고 있다. 가을 바람이 불어오기 시작하면 이른 아침 길거리를 걸어가며 손으로 배를 움켜잡고 노란 물을 토해 내는 것을 보게 될 것이다. 이들이 바로 "천하를 석권한" 살아 있는 전임前任 신선들이시다. 코앞에 복을 두고 한사코 그것을 즐기지 않으려는 아주 멍청한 바보는 세상에 드물 것이다. 만일 정말로 그렇게 즐거운 일이라면 분명 먼저 지금 부자들께서 길 위에 나와 드러누울 것이다. 그러면 어쩌면 지금 가난한 사람들은 돗자리 깔 자리도 없어지게 될 것이다.

상하이 중학교 연합고사의 우수한 성적이 발표되었다. 「옷은 추위를 막기 위해서요 음식은 배를 채우기 위해서에 대해」[4]라는 글이다. 그 속에 이런 단락이 있다.

······덕을 쌓는다면 비록 끼니를 거르고 옷을 남루하게 입었다 해도 그 명성과 덕이 후대에 전해질 것이다. 풍성하게 정신적 생활을 해나간다면 어찌 물질생활의 부족함을 걱정하겠는가? 인생의 참 의미는 물질에 있는 것이 아니라 정신에 있다.······(『신어림』新語林 제3기에서 절록)

이것은 이 글의 주제에서 한발 더 나갔다. "배를 채우는" 것조차 중요하지 않다고 말하고 있다. 그러나 중학생이 내린 이 처방은 대학생들에게는 별 쓰임새가 없는 듯하다. 여전히 취업을 요구하는 수많은 무리들이 나타나고 있으니.

현실이란 한 치의 동정심도 없는 냉정한 것이니 이런 헛된 공론은 산산히 부숴 버릴 수 있다. 명백하고 현저하게 드러나 있는 현실이 말하고 있다. 내 어리석은 생각이지만, 사실상 더 이상은 제발 '공자 왈 맹자 왈' 공리공담 놀이를 하지 말아야 한다. 정말 영원히 쓸데없는 것이므로.

8월 13일

주)_____

1) 원제는 「安貧樂道法」, 1934년 8월 16일 『선바오』의 『자유담』에 처음 발표했다.
2) 이 말은 로마의 풍자시인 유베날리스(Decimus Junius Juvenalis, ?~130?)의 『풍자시집』 (諷刺詩集, Saturae)에 처음 등장하는 시구로 서양에서 격언처럼 전해진다.
3) 이 말은 '천하를 돗자리처럼 말다'로 천하의 주인공이 되었다라는 의미다. 한대 가의(賈誼)가 쓴 「진나라를 지나며」(過秦論)에 처음 나온다. 진나라 효공(孝公)이 "천하를 석권하고 온 세상을 다 들어 올려 사해를 독점하겠다는 뜻을 품었고 온 우주를 집어삼키려는 마음을 가졌다"고 했다. 1930년대 마오쩌둥도 그의 시 「접련화, 팅저우에서 창사로

향하며」(蝶戀花, 從汀洲向長沙)에서 이렇게 노래했다. "백만의 노동자 농민, 일제히 봉기하니, 장시를 석권하고 기세 몰아 후난과 후베이까지 돌진하네."(百萬工農齊踊躍, 席卷江西直搗湘和鄂)

4) 「옷은 추위를 막기 위해서요 음식은 배를 채우기 위해서에 대해」(衣取蔽寒食充腹論)는 1934년 상하이 중학교 연합고사의 시험문제였다. 『신어림』 제3기(1934년 8월 5일)에 야룽(埜容; 즉 랴오모사廖沫沙)이 「연합고사를 지지하며」(擁護會考)를 게재했다. 이 글에서 그는 『상하이중학교 연합고사 특간』에 근거해 한 학생의 답안지 글을 인용했다. 『신어림』은 반월간 문예지로 원래는 쉬마오융(徐懋庸)이 주편을 했으나 제5기부터는 '신어림사'의 편집으로 이름을 바꾸어 간행했다. 1934년 7월 상하이에서 창간되어 같은 해 10월 제6기까지 나오고 정간되었다.

기이하다[1]

바이다오

세상에는 아주 많은 일들이 있어 기록을 보지 않고는 천재라 해도 다 상상해 낼 수 없는 것들이 있다. 아프리카에 한 흑인족이 있다고 한다. 남녀 기피가 아주 심해 사위가 장모를 만날 때도 땅에 엎드려야 한다. 그것만으로 모자라 아예 얼굴을 거의 흙속으로 집어넣어야 할 판이라 한다. 이는 정말 '남녀칠세 부동석'[2]을 지켜 온 우리 예의지국의 고인들이었을지라도 절대 넘볼 수 없는 수준이다.

이렇게 보면 남녀 부동석에 대한 우리 고인들의 구상은 저능아의 것임을 면키 어렵다. 이제 우리가 고인들이 만들어 놓은 그 범주를 뛰어넘지도 못하고 있어 더욱 저능함의 극치를 보여 주고 있는 것 같다. 함께 수영 불가, 함께 동행 불가, 함께 식사 불가, 함께 영화관람 불가,[3] 그저 모두 '부동석'의 연장일 뿐이다. 그 저능함의 바닥은 공중을 자유롭게 흐르고 있는 공기를 남녀가 함께 호흡하고 있다는 사실을 아직 생각해 내지 못함에 있다. 이 남자의 콧구멍에서 숨을 내쉬면 저 여자의 콧구멍 속으로 들어가니, 건곤乾坤[하늘과 땅]을 문란시키고 있다. 이는 그저 피부에만 닿는 바

댓물 못지않게 정말 심각한 문제다. 이 심각한 문제에 대해 아직도 처방을 내놓지 못하고 있으니 남녀의 경계는 영원히 분명하게 갈라놓지 못할 수 있으리라.

내 생각에, 이것엔 '서양 방법'을 쓰는 수밖에 없다. 서양 방법은 비록 국수國粹[불순물 없는 순수한 중국 것]는 아닐지언정 그래도 가끔은 국수를 도와 줄 수 있다. 예를 들면 무선 라디오는 모던한 것이지만 아침에 나오는 스님의 독경은 의외로 나쁘지 않다. 자동차도 물론 서양 물건이나 그것을 타고 마작을 하러 가면 초록비단 가마를 타고 가는 것보단 반나절도 안 돼 도착하기 때문에 여러 차례 패를 더 돌릴 수 있다. 이런 것에서 유추해 보건대, 남녀가 같은 공기를 호흡하는 걸 방지하기 위해서는 방독면을 쓰면 된다. 각기 등에 통을 하나씩 업고 산소를 각자의 관을 통해 자신의 콧구멍으로 들이마시면 된다. 안면 노출을 면하게 됨은 물론 방공연습도 겸하게 되니 이는 그야말로 "중학을 근본으로 삼고 서학을 응용"으로 하는 일이기도 하다.[4] 그러면 케말 파샤 장군이 통치하기 전에 터키 여인들이 착용했던 차도르는 이제 방독면에 비교할 수 없게 된다.[5]

만일 지금 풍자소설『걸리버 여행기』를 쓴 영국의 스위프트 같은 사람이 있다면[6] 20세기에 어느 한 문명국에 도착해 보니 용왕에게 향 피우고 절하며 기우제를 올리고, 스님을 모셔다 법회를 열어 기우제를 올리는 사람들이 있으며,[7] 뚱보 여인을 감상하거나 거북이의 살생을 금지하는 그런 나라도 있더라고 말할 것이다.[8] 또 그 나라의 많은 사람들은 진지하게 고대의 무법舞法 연구를 하면서 남녀가 유별하니 여인의 다리 노출은 절대 해선 안 된다고 주장하고 있더라고도 말할 것이다.[9] 그러니 먼 나라 사람이거나 아니면 후세의 사람들은 어쩌면 나의 이 글이, 경박하고 얄팍한 입과 혀를 놀리는 어떤 작가가 그가 싫어하는 사람을 힘들게 하기 위해 마음대로 날조하여 쓴 것이라 여길지도 모르겠다.

그러나 이것은 분명 현실 속에 엄연히 있는 사실이다. 만일 이러한 사실이 없다면 어떤 기막힌 천재 작가일지라도 거의 상상해 낼 수 없을 것이다. 환상만으로는 어떤 기이한 일을 만들어 낼 수가 없는 것이기 때문이다. 그러므로 사람들이 이런 일들을 보면 곧바로 "기이하다"고 한마디 하게 된다.

8월 14일

주)_____

1) 원제는 「奇怪」, 1934년 8월 17일 『중화일보』의 『동향』에 처음 발표했다.

2) '남녀칠세 부동석'은 『예기』 「내칙」(內則)에 나온다. "일곱 살이면 남녀는 함께 앉지도 함께 식사하지도 않았다."

3) 1934년 7월 국민당의 광둥 함대 사령관인 장즈잉(張之英) 등은 광둥성 성정부에 남녀가 동일한 장소에서 수영하는 것을 금지하라고 건의했고, 광저우시 공안국은 이의 시행령을 내린 바 있다. 또 자칭 '의민'(蟻民 ; 개미 같은 백성이란 뜻)이라고 하는 황웨이신(黃維新)은 남녀구분법 5개 항목을 입안하여 국민당 광둥성 정치연구회에 이를 채택해 줄 것을 요청했다. 그 내용은 (1) 남녀 합승 금지, (2) 술집과 찻집에서 남녀가 함께 먹는 것 금지, (3) 남녀 여관 동숙 금지, (4) 군민(軍民)이 남녀 동행하는 것 금지, (5) 남녀 동시 영화출연 금지 및 남녀 오락장소 구별 등이다.

4) 원문은 '中學爲體, 西學爲用'이다. 청말 양무파(洋務派)의 한 사람인 장지동(張之洞)이 그의 『권학편』(勸學篇)에서 한 주장이다.

5) 케말 아타튀르크(Kemal Atatürk, 1881~1938)는 본명이 무스타파 케말(Mustafa Kemal)이며 케말 파샤라고도 한다. 아타튀르크란 '터키의 아버지'를 뜻한다. 터키의 개혁가이자 초대 대통령이고 세브르조약에 대항해 민족독립전쟁을 일으켜 그리스군을 격퇴했다. 정치개혁으로 술탄제도를 폐지하고 연합국과 로잔조약을 체결했다. 공화제를 선포하고 대통령이 되었으며 정당정치를 확립하였다. 그는 집권기간 동안 회교책력을 폐지

하고 문자개혁을 단행했으며 여성의 얼굴가리개인 차도르 착용 폐지와 일부다처제 폐지를 실시했다.

6) 『걸리버 여행기』(The Gulliver's Travels)는 영국 작가 조너선 스위프트(Jonathan Swift, 1667~1745)가 1726년에 발표한 풍자소설이다. 거인국과 소인국을 묘사하여 당시 정치세력인 토리당과 휘그당이 민중들에게는 무관심한 채 권력투쟁을 벌인 일과 허황하고 내실 없었던 당시 과학계를 풍자했다. 이 밖에도 정치·종교계를 풍자한 『통 이야기』 (A Tale of a Tub), 『책 전쟁』(The Battle of the Books), 일기체 서간집인 『스텔라에게 보내는 일기』(The Journal to Stella) 등이 있다.

7) 당시 공공연하게 기우제를 지내던 미신 풍속을 말한다. 1934년 중국 남방에 심한 가뭄이 들자 쑤저우 등 각지에서 기우제를 지냈다는 신문보도가 있었다. 또 국민당 정부는 그 해 7월에 티베트의 제9세 판첸 라마 등 활불(活佛)들을 모셔다가 난징(南京)과 탕산(湯山) 등지에서 법회를 열고 기우제를 올렸다.

8) 뚱보 여인 감상은 다음 사실을 두고 한 말이다. 1934년 8월 1일 상하이 셴스공사(先施公司)가 여러 공장 상인들과 연합하여 체중이 700여 파운드(약 320kg) 나가는 미국 여성을 초청해 이 회사 2층에서 공연을 한 바 있다.

거북이 살생 금지는 당시 상하이 쉬자후이(徐家匯)의 강가 일대에서 사람들이 거북이를 잡아 생계를 도모하자 상하이 '중국동물보호회'가 일어나 "거북이를 잘라 죽이는 것은…… 그 참혹함이 참으로 심하다"고 하며 1934년 2월 국민당 상하이시 공안국에 이를 금하는 금지령을 내려 달라고 청한 사건을 말한다.

9) 고대의 무법 연구는, 1934년 8월 상하이에서 공자제전(孔子祭典)을 올리기 전에 옛날의 팔일무(八佾舞)를 고증하고 연습한 것을 말한다. 남녀가 유별하니 여인의 다리 노출은 금한다고 한 것은, 1934년 6월 7일 장제스(蔣介石)가 국민당 장시성(江西省) 정부에 하달한 「여성의 기이한 복식 금지 조례」에서의 한 항목을 말한다. "바지 길이는 최소 무릎에서 4치(1치는 약 3.3cm)는 내려와야 하고 다리와 맨발은 노출하지 말아야 한다."

기이하다(2)[1]

바이다오

유모친 선생이 교사 자격으로 대중어 토론에 참가했다. 거기서 그가 낸 의견이 아주 주목할 만했다.[2] 그는 "중학생에게 대중어를 연습시켜야" 한다고 주장하면서도, "중학생들이 가장 잘 사용하고 있고 또 가장 잘못 운용하고 있는 것이 대부분 유행어"라고 했다. 그래서 "가장 좋은 방법은 그들에게 유행어 사용을 못하게 해", 그들이 장래 그것들을 잘 식별할 수 있을 때까지 기다려야 한다는 것이다. 그것은 "새로운 것을 먹었다가 소화시키지 못하니 차라리 우선 금지하는 것이 낫다"는 주장이다. 여기에 그가 걱정하는 '유행어'를 적어 보겠다.

> 공명共鳴, 대상對象, 기압, 온도, 결정結晶, 철저, 추세, 이지理智, 현실, 잠재의식, 상대성, 절대성, 종단면, 횡단면, 사망률……(『신어림』3기)

그러나 나는 좀 아주 기이하다는 생각이 들었다.

이러한 어휘들은 이젠 거의 '유행어'라고 할 수 없게 되었다. 예를 들어 '대상', '현실' 같은 말은 신문 읽는 사람이라면 늘 마주치는 단어들이다. 마치 아이들 동화처럼 문법교과서 같은 것에 의지하지 않고서도 읽으면 그대로 짐작이 되어 그 의미를 알 수 있는 것들이다. 하물며 학교 교사들의 가르침도 있을 것임에랴. '온도', '결정', '종단면', '횡단면' 등은 과학적인 용어이기도 하다. 중학교의 물리학, 광물학, 식물학 교과서 속에도 나오고 일상적인 국어 사용에서도 그 의미가 같은 말들이다. 지금 "가장 잘못 운용"하고 있는 것은 학생 자신들이 생각을 깊이 하지 않아서이기도 하겠지만 교사들이 그들에게 제대로 가르쳐 주지 않아서이기도 하다. 다른 학문 분야에서도 이와 마찬가지로 모호하게들 지내고 있지 않던가?

그러하니 중도에 대중어 학습을 가르치는 것은 속성으로 대중이 된 중학 출신을 만드는 것에 불과하니 정말 대중들에겐 무슨 소용이 있겠는가? 대중이 중학생을 필요로 하는 것은 그들이 받은 교육의 정도가 그래도 조금 높아 대중들에게 지식을 열어 줄 수 있고 어휘력을 증가시켜 줄 수 있으며 설명할 수 있는 것을 설명해 주고 새로 첨가할 것을 새로 첨가해 줄 수 있기 때문이다. 그가 '대상' 등의 유행어를 설명할 때는 먼저 분명하게 이해를 시킬 필요가 있으며 필요한 경우에는 대체할 수 있는 방언을 가져와 번역도 해보고 바꾸어도 보고, 만일 없으면 새 명사를 가르치기도 해야 한다. 나아가 그 뜻을 반드시 설명해야만 한다. 만약 대중어가 중간에 다른 길로 새 버리고 새로운 명사도 불분명하게 방치된다면 그때는 정말 이 사회가 '철저'하게 '낙오'될 것이다.

내 생각에, 대중을 위해 대중어를 연습시키기 위해선 오히려 '유행어'를 금지해선 안 된다. 가장 중요한 것은 중학생이 장차 대중들에게 가르치게 될 것과 마찬가지로 지금 교사가 중학생에게 그 의미들을 가르쳐야 한다. 예를 들면 '종단면'과 '횡단면'은 '위에서 아래로 자른 면'과 '옆으로 자른 면'이라고 풀어 주면 쉽게 이해가 된다. 만일 '옆으로 톱질을 한 면'과 '위에서 아래로 톱질한 면'이라고 말해 준다면 글자를 모르는 목공 기술자일지라도 이해할 수 있을 것이다. 금지하는 것은 좋지 않다. 금지를 주장하는 이들 중에는 영원히 흐리멍덩하게 남을 친구들이 있다. "중학생이 대학에 들어간다고 모두 대문호나 대학자가 될 수 있는 꿈을 실현할 수 있는 것은 아니기 때문이다."

8월 14일

주)_____

1) 원제는 「奇怪(二)」, 1934년 8월 18일 『중화일보』의 『동향』에 처음 발표했다.

2) 유모쥔(尤墨君, 1888~1971)은 장쑤성 우현(吳縣) 사람으로 당시 항저우사범학교 교사였다. 여기서 인용한 말은 그가 1934년 8월 5일 『신어림』 제3기에 발표한 「중학생에게 어떻게 대중어 훈련을 시킬 것인가」(怎樣使中學生練習大衆語)에 나온다.

영신(迎神)과 사람 물어뜯기[1]

웨차오越僑

이런 신문기사가 났다. 위야오의 한 마을에 농민들이 가뭄 때문에 영신迎神 기우제를 올리고 있었다. 한 구경꾼이 모자를 쓰고 있다가 칼과 곤봉으로 몰매를 맞았다는 것이다.[2]

이것은 미신이지만 그 출처가 있다. 한대의 유학자 동중서[3] 선생에게는 비를 내리게 하는 방법이 있었다고 한다. 그것은 과부를 동원하고 성문을 폐쇄하는 등 해괴하기 그지없었다. 그 기괴함이 도사들과 다르지 않았다. 오늘날의 유학자는 아직까지 이를 바로잡지 않고 있다. 지금도 대도시에서는 천사들이 법회를 열고 있고[4] 장관들은 살육을 금하고 있다.[5] 그런 야단법석이 하늘까지 가득하게 끓어오른다. 어찌 구설을 초래하지 아니하겠는가? 모자 쓴 사람을 때린 것은 신께서 아직도 유유자적하는 사람이 있는 걸 보시고 괘씸하여 자비심을 내리지 않으실까 걱정해서이기도 하겠으나 한편으론 그런 자가 자기들과 함께 재난 걱정을 하지 않는 것이 미워서이기도 하다.

영신제의 농민들 속셈은 죽음에서 구원받는 것이다. 그러나 애석하게도 이는 미신이다. 그러나 이것 말고는 그들은 다른 방도를 알지 못한다.

신문보도는 육십이 넘은 노 당원이 영신을 제지하러 나왔다가 또 사람들에게 몰매를 맞고 끝내는 목을 물어뜯겨 죽었다고 한다.[6]

이는 허망하고 거짓된 미신이다. 그러나 여기에도 그 출처가 있다. 『충신 악비의 설화 전기』에는 장준이 충신을 모함하다가 사람들에게 물려 죽었다는 이야기가 나온다.[7] 인심은 그것으로 인해 크게 기뻐했다고 한다. 그러므로 시골에는 예전부터 하나의 전설이 내려오고 있다. 사람을 물어뜯어 죽이는 것은 황제도 사면했다는 것이다. 왜냐하면 원한이 지극하여 물어뜯는 지경에 이른 것은 뜯김을 당한 자의 악함이 가히 상상이 될 정도라는 것이기 때문이다. 나는 법률을 잘 모른다. 그러나 민국 이전의 법문 중에 그런 규정이 꼭 있었던 것이 아닐지도 모른다.

사람을 물어뜯는 농민들의 속셈은 죽음에서 도피하는 것이다. 애석하게도 이것은 허망하고 거짓된 미신이다. 그러나 이것 말고는 그들은 다른 방도를 알지 못한다.

슬프도다! 죽음에서 구원 받으려다, 죽음에서 도피하려다, 스스로 죽음을 재촉하러 감이여.

제국에서 민국이 된 이래 상류층의 변화는 적지 않았으나 교육을 받지 못한 농민들은 새롭고 유익한 어떤 것도 얻지 못했다. 여전히 옛날 미신, 옛날의 왜곡된 전설로 인해, 필사적인 죽음으로부터의 도피행각 속에서 반대로 그 죽음을 재촉하고 있는 것이다.

이번에 농부들은 '천벌'을 받을 것이다. 그들은 두려워할 것이다. 그러나 그들은 '천벌'을 받은 이유를 모르기 때문에 불평도 하리라. 이 두려움과 불평이 잊혀질 때 즈음엔 왜곡된 전설과 미신만이 남아, 다음번 수해나 가뭄이 돌아오면 여전히 영신을 하고 사람을 물어뜯을 것이다.

　이 비극은 언제 끝이 날 것인가?

8월 19일

[부기]

위에 강조점을 한 문장은 인쇄될 때 전부 삭제된 부분이다. 총편집장이 그랬는지 아니면 검열관이 삭제했는지 모른다. 그러나 자신의 원고를 기억하고 있는 작가에겐 매우 흥미로운 일이다. 그들의 생각으로는 아마 시골 사람들에게, 허황된 미신을 믿게 할지언정 삭제한 부분을 모르게 하는 것이 낫다고 생각하는 듯하다. 그렇지 않다면 그런 폐단이 퍼져 나가 많은 이들의 목이 위험하게 될지도 모른다고 걱정한 것이리라.

8월 22일

주)＿＿＿＿

1) 원제는 「迎神和咬人」, 1934년 8월 22일 『선바오』의 『자유담』에 처음 발표했다.
2) 1934년 8월 19일 『다완바오』 「사회-주간(週刊)」에 난 기사다. "저장성의 위야오(余姚)에 있는 각 마을들은 최근 가뭄이 닥치자 더우먼전(陡亹鎭) 농민 오백여 명과 우커샹(吳客鄕) 농민 천여 명이 합동으로 영신 기우제를 열었다."
3) 동중서(董仲舒, B.C. 179~104)는 광촨(廣川 ; 지금의 허베이성 짜오창棗強) 사람이다. 서한의 경학가(經學家)이자 정치가이다. 한대의 통치이념으로 유학을 재해석하여 제도화하고 법제화하는 데 기여했다. 그의 『춘추번로』(春秋繁露) 제74편에 이런 기록이 있다. "관리, 백성, 남녀로 하여금 모두 짝을 짓도록 한다. 무릇 비를 구하는 것의 요체는 남편을 은닉하여 숨기고 여자를 짝짓기로 즐겁게 함에 있다." 또 『한서』 「동중서전」에는 "동중서가 나라를 다스림에 『춘추』에 나오는 재난과 이변의 변화를 가지고 음양이 잘못 행해지는 일들을 추론했다. 그러므로 비를 구함에 있어서 모든 양(陽)을 폐쇄하고

모든 음(陰)을 놓아 주었다. 비를 그치게 하려 할 때는 그 반대로 했다." 당대 안사고(顔師古)는 이를 주석하길 "남문을 닫고 불 피우기를 금하며, 북문을 열고 사람에게 물 뿌리는 종류와 같은 일을 말함이다"라고 했다. 전통 음양설에 의하면 음인 여자는 물을 상징했고, 양인 남자는 태양과 가뭄을 상징했다. 여자 중에서도 과부는 가장 양이 적은 존재로 인식되었다.

4) '천사의 방법'이란 다음 사실을 말한다. 1934년 7월 20일에서 22일까지 상하이 몇몇 자선가와 승려들이 '전국 각 성시(省市) 가뭄지구 재해대책 기우대회'를 열어 "제63대 천사(天師)인 장루이링(張瑞齡)"으로 하여금 법회를 열어 기우제를 지내게 했다. 여기서 천사란 도교 신도들이 도교의 창시자인 동한(東漢)의 장도릉(張道陵)을 추앙하여 부른 존칭이다. 그 법을 전수받은 후예들도 나중에 천사라고 불렀다.

5) 옛날 중국에서 재난이 있으면 가축의 희생을 금지하여 강우(降雨)를 비는 미신이 있었다. 1934년 상하이에서도 일부 단체들이 연합하여 시정부와 장시성·저장성 두 성 정부에 건의하여 '일주일간 도살 금지'령을 내려 줄 것을 청원했다.

6) 1934년 8월 16일 『선바오』에 난 기사다. "위야오의 더우먼전 소학교 교장 겸 당 상임위원인 쉬이칭(徐一淸)은 농민들이 비를 기원하는 영신제를 방해하려다 군중들의 분노를 촉발시켰다. 12일 저녁 5시 천여 명의 농민들이 그를 구타한 후 강 속에 던졌다. 죽은 후에 다시 강가로 인양하여 그의 숨통을 물어뜯어 절단했다." 같은 해 8월 19일 『다완바오』 「사회-주간」에도 이런 기사가 실렸다. "전하는 바에 의하면 쉬씨는 올해 예순세 살이고 민국원년에 국민당에 가입했다고 한다." "쉬씨는 재물을 아주 좋아하여 늘 구실을 만들어 시골 사람을 속여 갈취했다. 배가 더우먼을 통과하기만 해도 쉬씨는 반드시 현찰을 갈취했다. …… 쉬씨의 행실은 농민들의 불만을 극도에 달하게 했고 이것이 이 참사의 간접 원인이 되었다."

7) 『충신 악비의 설화 전기』의 원제는 '精忠說岳全傳'이다. 청대의 전채(錢彩)가 지은 장편 소설로 금풍(金豊)이 편집하고 장정했다. 장준은 악비(岳飛)를 모함한 진회(秦檜)에게 가담하였다가 군중들에게 뜯겨 죽임을 당했다. 이 소설 75회에 나온다.

독서 잡기(3)¹⁾

엔위

창작을 하는 사람들 대부분은 비평가들이 함부로 떠드는 것을 싫어한다.

한 시인이 이런 말을 한 것으로 기억한다. 시인이 시를 쓰는 것은 마치 식물이 꽃을 피우는 것과 마찬가지다. 꽃을 피우지 않고는 안 되기 때문이다. 만일 당신이 꽃을 따 먹다 중독이 되었다 해도 그것은 당신 잘못이다.

이 비유는 아름답고도 일리가 있는 듯하다. 그러나 다시 생각해 보면 잘못된 비유다. 그 잘못이란 시인은 풀이 아니며 사회 속에 살아가는 한 개인이란 점이다. 게다가 시집은 돈을 주고 파는 것이지 공짜로 꽃을 따듯 딸 수 있는 것이 아님에랴. 돈으로 사는 것인 이상 그것은 상품이다. 구매하는 주체는 좋으니 나쁘니를 말할 권리가 있다.

정말 꽃이라고 해도 그것이 사람의 발자취가 닿지 않는 심산유곡에 피어 있는 것이 아니라면 그리고 만일 독이 있는 것이라면 정원사 같은 사람이 뭔가 조치를 생각해 둬야 하는 문제다. 꽃은 사실이다. 결코 시인의 공상 같은 것이 아니다.

그런데 이제는 화법도 바뀌었다. 작가가 아닌 사람조차 비평가를 싫

꽃테문학

어하게 되었다. 그들 중에는 이렇게 말하는 사람도 있다. 당신이 그렇게 비판할 수 있으면, 그럼 당신이 한 편 좀 써 보시오!

이런 말은 정말 비평가를 낭패하게 만들어 쥐구멍이라도 찾아 도망치게 한다. 비평가이면서 창작을 겸한 사람은 예전부터 아주 드물기 때문이다.

내 생각에, 작가와 비평가의 관계는 요리사와 손님의 관계와 아주 흡사한 데가 있다. 요리사가 음식을 만들어 내놓으면 손님은 맛이 있는지 없는지 말하게 된다. 만일 요리사가 손님의 평가가 부당하다 생각되면 손님이 정신병자인지 아닌지, 손님 혀에 설태가 두텁게 끼어 맛을 제대로 볼 수 없는 것은 아닌지, 해묵은 원한 같은 것을 갖고 있는 것은 아닌지, 트집을 잡아 돈을 떼먹으려 하는 것은 아닌지를 살펴야 한다. 아니면 그가 뱀고기를 먹고 싶어 하는 광둥 사람인지 아닌지, 매운 걸 먹고 싶어 하는 쓰촨 사람인지 아닌지를 봐야 한다. 그래서 해명이나 항의를 할 수 있다. 물론 아무 소리를 안 해도 된다. 그런데 만일 당신이 손님에게 큰소리로 "그럼 당신이 한 그릇 만들어 맛 좀 보여 봐 주시오" 하고 말한다면 그거야말로 웃음거리를 면치 못하게 될 것이다.

정말 사오 년 전에는 펜을 든 사람이 비평을 하면 곧바로 문단 높은 자리에 똬리를 틀고 앉아 어떻게 지내볼 수 있다고 여겼던 적이 있었다. 그래서 속성으로 비평을 하거나 함부로 평론을 하는 사람도 적지 않았다. 이런 풍조를 바로잡으려면 반드시 비평을 통해 비평을 해야 하는 것이다. 단지 비평가라는 이름을 가졌다 하여 이전투구식으로 싸움을 하는 것은 결코 좋은 방법이 아니다. 그런데 우리 독서계에는 평화를 사랑하는 사람들이 많아서, 필전을 하기만 하면 무슨 '문단의 비극'[2]이니 '문인상경'[3]이니 하고, 심지어는 시비곡직을 불문하고 싸잡아 '서로 욕을 하고 있다'고 말하거나 '음흉한 나쁜 짓거리'라고 지적하곤 한다. 그 결과 지금은 누가 비평가다, 라고 하는 말을 들을 수가 없게 되었다. 그런데 문단은 여전히 옛날 그대로다. 다만 그것이 겉으로 드러나지 않고 있을 뿐이다.

문예에는 반드시 비평이 있어야 한다. 만일 비평이 틀렸다면 비평으로 싸워야 한다. 그렇게 해야만 비로소 문예와 비평이 함께 발전할 수 있다. 하나같이 모두 입을 다물고 있다면 문단은 정화가 된 듯 조용하겠지만 그것이 가져오는 결과는 그 반대가 될 것이다.

8월 22일

주)_____

1) 원제는 「看書瑣記(三)」, 1934년 8월 23일 『선바오』의 『자유담』에 처음 발표했다. 원래 제목은 「批評家與創作家」였다.
2) 1933년 8월 9일 『다완바오』의 『햇불』에 실린 샤오중(小仲)의 글 「중국 문단의 비극」(中國文壇的悲劇)에서 그는 문단의 사상투쟁이 "내전"이 되어 가고 있고 "타인을 욕하고" 있다고 했다. 그래서 중국 문단이 "중세기의 암흑시대로 빠져들고 있다"고 했다.
3) 문인상경(文人相輕)은 문인들이 서로를 경시한다는 뜻이다. 삼국시대 위나라 조비(曹丕)가 쓴 『전론』(典論) 「논문」(論文)에 나온다. "문인이 서로 업신여기는 것은 예부터 그래 왔다."

'대설이 분분하게 날리다'[1]

사람들은 자신의 주장을 견지해야 할 때가 되면 때로 적수의 얼굴을 분홍
붓으로 색칠해 그를 광대 모양으로 만들어 놓고 자신이 주인공임을 부각
시키고 싶어 한다. 그러나 그 결과는 늘 그 반대가 되기 십상이다.

장스자오[2] 선생은 지금 민권 옹호를 하고 있다. 일찍이 그는 돤치루
이 정부 시절에 문언을 옹호한 바 있었다. 그는 "두 복숭아, 세 선비를 죽
이다"라고 말할 것을 백화로 "두 개의 복숭아가 세 명의 지식인을 죽였
다"고 한다면 얼마나 불편한가를 실례로 거론한 적이 있다. 이번에는 리
엔성 선생도 대중어문을 반대하며 "징전군이 예로 든 '대설이 분분하게
날리다'는 '큰 눈이 한 송이 한 송이 어지럽게 내리고 있다'에 비해 한결
간결하고 운치가 있다. 어느 쪽을 채택할까 생각해 보면 백화는 문언문과
더불어 함께 논할 수가 없다"고 한 말에 찬성했다.[3]

나 역시 부득이한 경우에는 대중어에 문언과 백화문 심지어 외국어
도 사용할 수 있다고 인정했다. 게다가 지금 현실에선 이미 사용하고 있는
중이기도 하다. 그런데, 두 선생이 번역한 예문은 크게 틀렸다. 그 당시 '선

'대설이 분분하게 날리다' **735**

비'士는 결코 지금의 '지식인'讀書人을 말하는 것이 아님을 어떤 분이 일찍이 지적한 바 있다. 또한 이 "대설이 분분하게 날리다" 속에는 "한 송이 한 송이"의 의미가 없으며, 그것은 모두 일부러 심하게 과장을 해 대중어의 체면을 손상시키고자 꽃을 장식한 창을 던지는 것에 불과할 뿐이라고.

백화는 문언의 직역이 아니며 대중어 역시 문언이나 백화의 직역이 아니다. 장쑤성과 저장성에서는 "대설이 분분하게 날리다"의 의미를 말하고자 할 때는 "큰 눈이 한 송이 한 송이 어지러이 내리고 있다"를 사용하지 않고 대개는 '사납게'凶, '매섭게'猛 혹은 '지독하게'厲害를 써서 눈 내리는 모습을 형용한다. 만일 "고문에서 그 증거를 찾아 대조"해야 한다면 『수호전』 속에 나오는 "눈이 정말 빼곡하게 내리고 있다"가 있다. 이는 "대설이 분분하게 날리다"보다 현대 대중어의 어법에 아주 근사하다. 그러나 그 '운치'는 좀 떨어진다.

사람이 학교에서 나와 사회의 상층으로 뛰어들면 생각과 말이 대중들과는 한 걸음 한 걸음 멀어진다. 이것은 물론 '어쩔 수 없는 형세'다. 그러나 그가 만일 어려서부터 귀족집 자제가 아니라 '하층민'과 얼마간의 관계를 가졌었다면, 그리하여 기억을 좀 되돌려 생각해 본다면, 분명 문언문이나 백화문과 수없이 겨루어 왔던 아주 아름다운 일상어들이 떠오를 것이다. 만일 자기 스스로 추악한 것을 만들어 내 자기 적수의 불가함을 증명해 보이고자 한다면 그것은 단지 그가 자기 속에 숨겨 두었던 것에서 파낸 그 자신의 추악함을 증명할 뿐이다. 그것으로는 대중을 부끄럽게 만들 수 없다. 단지 대중을 웃게 만들 수 있을 뿐이다. 대중이 비록 지식인처럼 그렇게 많은 지식을 가지고 있진 않으나 함부로 말하는 사람들에 대해서는 나름대로 에둘러 표현하는 법[4]을 갖고 있다. "꽃을 수놓은 베개."繡花

枕頭 이 뜻은 아마 시골 사람들만 알 수 있을 것이다. 가난한 사람들이 베개 속에 집어넣는 것은 오리털이 아니라 볏짚이기 때문에.

8월 22일

주)_____

1) 원제는 「"大雪紛飛"」, 1934년 8월 24일 『중화일보』의 『동향』에 처음 발표했다.

2) 장스자오(章士釗, 1881~1973)는 자가 싱옌(行嚴)이고 필명이 구퉁(孤桐)이다. 후난성 산화(善化; 지금의 창사長沙에 속함) 사람이다. 젊어서 반청(反淸)운동에 참가했다. 1924년에서 1926년까지 베이양군벌 돤치루이(段祺瑞) 임시정부의 사법총장 겸 교육총장을 역임했다. 존공독경(尊孔讀經; 공자 추앙과 경전 읽기)을 주장하고 신문화운동을 반대했다. 1931년부터 상하이에서 변호사 일을 하며 천두슈와 펑수즈(彭述之) 등의 사건 변호를 맡았다. 1934년 5월 4일 『선바오』에 실린 글 「국민당과 국가」(國民黨與國家)에서 그는 '민권' 옹호문제를 거론했다. "두 복숭아, 세 선비를 죽이다"(二桃殺三士)는 그의 「신문화운동 평가」(評新文化運動; 원래는 1923년 8월 21, 22일 상하이 『신원바오』新聞報에 게재)에 나오는 글이다. 그는 위 글을 1925년 9월 12일 베이징 『자인』(甲寅) 주간 제1권 제9기에 다시 실으면서 이렇게 말하고 있다. "두 복숭아, 세 선비를 죽이다. 시에 곡조를 입혔다. 리듬이 너무나 아름답다. 이를 오늘의 백화로 바꿔 말한다면 타당하지 않다. 두 개의 복숭아가 세 명의 지식인을 죽였다(兩個桃子殺了三個讀書人)고 하게 될 터인데 이 역시 가하지 않다." '두 복숭아, 세 선비를 죽이다'의 전고는 『안자춘추』(晏子春秋)에 나온다. 여기서 '선비'(士)는 무사(武士)라고 해야 맞다. 그런데 장스자오가 지식인이라고 오역했다. 루쉰은 「두 개의 복숭아가 세 명 지식인을 죽였다」(兩個桃子殺了三個讀書人; 1923년 9월 14일 베이징 『천바오』晨報 부간)와 「다시 한번 더」(再來一次; 1926년 6월 10일 베이징 『망위안』莽原 반월간 제11기)의 두 글을 발표해 장스자오의 착오를 지적했다.

3) 리옌성(李焰生, ?~1973)은 필명이 마얼덩(馬兒等)이고 『새로운 진지』(新壘) 월간의 주편이었다. 그는 '국민어'를 가지고 대중어를 반대했다. 여기 인용된 말은 그가 1934년 8월 『사회월간』 제1권 제3기에 발표한 「대중어 문학에서 국민어 문학까지」(由大衆語文文學到國民語文文學)에 나온다. 그가 말한 징전(精珍)의 문장은 『새로운 진지』 제4권 제1기(1934년 7월)에 실린 「문언과 백화 그것의 번잡함과 간략함」(文言白話及其繁簡)에 나온

다. "문언문은 항상 몇 개의 글자만으로 많은 의미를 담는다. …… 예를 들어 문언문인 '대설이 분분하게 날리다'(大雪紛飛)는 간소하게 되어 관용구가 되었다. 이 네 글자를 보면 곧바로 엄동설한 중의 서늘한 느낌이 일어나게 된다. 그런데 이를 백화로 '큰 눈이 어지럽게 내리고 있다'(大雪紛紛的下着)로 바꾸면 엄동설한의 서늘한 그 느낌은 형체도 없이 사라져 아주 밋밋하게 된다."

4) 원문은 '諷法'이다. 익법 혹은 시법으로 읽는다. 넌지시 말하는 방법, 에둘러 표현하는 방법이란 뜻이다.

한자와 라틴화[1]

중두仲度

대중어를 반대하는 사람들은 대중어를 주장하는 사람에게 자신만만하게 명령한다. "물건을 가져와 보여 보시오!"라고.[2] 한편에서는 정말로, 요구하는 자가 진심인지 아니면 재미로 그러는지를 생각해 보지도 않고 곧바로 죽을힘을 다해 표본을 만들어 내는 순진한 사람들도 있다.

지식인이 대중어를 주장하는 것은 백화를 주장하는 것보다 당연 더 힘들다. 왜냐하면 백화를 주장할 때는 좋든 나쁘든 사용하는 언어가 백화이기 마련이지만 현재 대중어를 주장하는 사람의 글은 대부분 대중어가 아니기 때문이다. 그러나 대중어 반대론자가 명령을 내릴 권리는 없다. 장애인일지라도 건강운동을 주장할 수 있고 그것이 잘못은 아니기 때문이다. 만일 전족을 주장하는 사람이 천족[3]을 가진 건장한 여성일지라도 그녀는 역시 의식적으로든 무의식적으로든 다른 사람에게 해악을 주고 있는 것이다. 미국의 한 과일대왕은 오로지 수박 개량을 위해 십 년의 노력을 들였다고 한다. 하물며 문제가 많고 많은 대중어임에랴. 만일 모든 것을 뚫을 수 있는 자신의 창으로 모든 창을 막을 수 있는 자신의 방패를 공격하고 있는 것이라면, 그렇다면 반대론자도 문언과 백화를 찬성해야 할 것이다. 문언은 수천 년의 역사를 가지고 있고 백화는 근 이십 년의 역사를 갖고 있다. 그러니 문언도 자신의 '물건'을 가져와 여러 사람들에게 좀 보여 줘야 하리라.

그런데 우리들도 스스로 시험해 보아도 무방하리라. 『동향』에는 이미 순 방언으로만 쓴 글이 세 편 실린 적이 있다. 후성[4] 선생이 그것을 읽은 후, 역시 방언으로 쓰지 않은 문장이어야만 뜻이 분명해진다고 했다. 사실 노력을 좀 하기만 하면 무슨 방언으로 쓰였는지 불문하고 모두 이해할 수 없는 게 아니다. 내 개인의 경험에 의하면 우리가 있는 그곳(루쉰의 고향인 사오싱紹興)의 방언은 쑤저우蘇州와 아주 다르다. 그런데 『해상화열전』[5]은 나로 하여금 "발을 집 밖으로 내딛지 않고서도" 쑤저우의 백화를 이해하게 하였다. 우선 이해가 되지 않으면 억지로 읽어 내려가면서 관련 기사를 참조해 보고 대화와 비교했다. 그러다 보니 나중에는 모두 이해가 되었다. 물론 힘들었다. 그 힘든 것의 뿌리는 내 생각에 한자에 있었다. 매 한 글자의 네모난 한자는 모두 자신의 의미를 가지고 있다. 지금 한자를 가지고 늘 해오던 방식대로 방언을 기록하면 어떤 것들은 본래의 의미를 따라 사용될 수 있지만 어떤 것들은 음을 빌려 온 것에 불과하기 때문에, 우리가 읽어 내려갈 때 어떤 것이 뜻을 빌린 것이고 어떤 것이 음을 빌린 것인지를 분간해야 한다. 그것이 습관이 되면 힘들지 않지만 처음에는 아주 고생을 한다.

이를테면 후성 선생이 예를 들어 말한, "우리로 돌아가자"는 무슨 개나 돼지 '우리'로 돌아가자는 것처럼 읽히기도 하니 오히려 "집으로 돌아가자"라고 분명하게 말하느니만 못하다.[6] 이 문장의 병폐는 한자의 '우리'

窩 자에서 시작한다. 사실 이렇게 쓰지 말았어야 하는 게 아닌가 생각한다. 우리 고향의 시골 사람들은 '집에서'家裏를 Uwao-li라 부른다. 지식인들이 이를 베끼면 '우리에서'窩裏(발음 Woli)가 되기 십상이다. 그러나 내 생각에 이 Uwao는 '방안에서'屋下(발음 Wuxia)라는 두 음절을 합친 것에 약간의 와전이 일어난 것이다. 결코 마음대로 '우리'窩 자로 바꾸어선 안 된다. 만일 다른 의미를 갖고 있지 않은 음만을 선별해 기록한다면 어떤 오해도 일어나지 않게 될 것이다.

대중어의 음音 수는 문언과 백화보다 많다. 그래도 만일 네모난 한자어를 사용한다면 두뇌의 낭비는 물론 많은 시간을 소모하게 될 것이다. 종이와 먹도 경제적이지 못하다. 이 네모난 한자가 가져온 폐단의 유산은, 우리의 대다수 사람들이 수천 년간 해왔던 문맹의 수난이다. 그리고 중국도 이 모양이 되었다. 다른 나라들은 이미 인공강우를 만들고 있는 이때, 우리들은 여전히 뱀에게 절을 하며 영신迎神 굿을 하고 있다. 만일 우리 모두 계속하여 살아갈 생각이라면 내 생각에, 한자더러 우리의 희생물이 되어 달라고 하는 수밖에 없다.

이제 오로지 '쓰기의 라틴화' 길만 있다. 이것과 대중어는 불가분의 관계에 있다. 먼저 자음과 모음을 정리하고, 병음법을 만들고,[7] 그런 후에 글쓰기를 하는 일, 이에 대한 지식인들의 시도가 먼저 시작되어야 할 것이다. 처음에는 일본처럼 명사류의 한자만 남겨 두고 조사와 감탄사, 나중에는 형용사와 동사까지 모두 라틴어로 병음으로 쓴다. 그러면 보기에 편할 뿐만 아니라 이해하기도 한결 쉬워지게 될 것이다. 그러면 가로로 글쓰기는 당연한 것이 될 것이다.

이것을 지금 바로 실험하는 것이 내 생각엔 어렵지도 않다.

맞다. 한자는 옛날부터 전해 내려오는 보물이다. 그러나 우리들의 조상들은 한자보다 더 옛날로 올라가야 한다. 그러므로 우린 더 오랜 옛날부터 전해 내려오는 보물들이다. 한자를 위해 우리가 희생할 것인가, 아니면 우리를 위해 한자가 희생할 것인가? 절망한 사람이나 미친 사람이 아니라면 이것은 금방 대답할 수 있는 것이다.

8월 23일

주)_____

1) 원제는 「漢字和拉丁化」, 1934년 8월 25일 『중화일보』의 『동향』에 처음 발표했다.

2) 1934년 6월 26일 『선바오』의 상하이판 증간호(본부증간本埠增刊) 「담언」(談言)에 발표된 거우푸(垢佛)의 글 「문언과 백화논전 선언」(文言和白話論戰宣言)에 이런 말이 있다. "대중어를 주장하신 몇몇 작가께 청해도 될까요? 대중어로 된 표준적인 작품 몇 편을 좀 발표하시어 기자나 독자, 그리고 여러 사람들이 감상도 하고 연구도 할 수 있게 해주세요."

3) 천족(天足)은 전족을 하지 않은 자연 상태의 발, 건강한 발을 말한다.

4) 후성(胡繩, 1918~2000)은 장쑤성 쑤저우 사람으로 철학자이자 이론가다. 생활서점의 편집과 『독서』 월간의 주편을 맡았다. 1934년 8월 23일 그는 『중화일보』의 『동향』에 발표한 「실천의 길로 걸어가며 ─방언으로 쓴 세 편의 글을 읽고」(走上實踐的路去 ─讀了三篇用土話寫的文章後)에서 이렇게 말하고 있다. "물론 허롄(何連)과 가오얼(高二) 두 선생은 한자를 가지고 방언음을 써냈다. 그런데 단음으로 된 네모난 한자를 가지고 복잡한 방언의 음을 표기하려 하는 것은 사실상 불가능한 일이다. 나는 일찍 쑤저우 방언으로 된 성경을 읽은 적이 있다. 백화로 된 것을 읽는 것보다 정말 훨씬 어려웠다. 왜냐하면 글자의 독음만 읽어야 하므로 반드시 의미를 추측해야 했다. 시간을 들여야만 비로소 이해할 수 있었기 때문이다."

5) 『해상화열전』(海上花列傳)은 '운간화야연농'(雲間花也憐儂; 구름 속 꽃도 나를 연민한다는 뜻)의 저서라고 되어 있다. 상하이 기녀들의 삶을 그린 장편소설로 64회로 구성돼 있다. 소설의 서사는 구어체로 되어 있고 대화는 쑤저우 방언으로 되어 있다. '화야연농'

은 한방칭(韓邦慶, 1856~1894)의 필명이라고도 한다. 한방칭의 자는 즈윈(子云)으로 장쑤성 쑹장(지금의 상하이) 사람이다.

6) "우리로 돌아가자", "집으로 돌아가자"는 말은 위 주석의 후성의 글, 「실천의 길로 걸어가며」에 나온다. "또한 어떤 사람이 한자를 좀 이해할 수 있게 된다면, 솔직히 말해 한자로 쓴 그런 방언 문장도 반드시 읽어야만 한다. 예를 들자면 '우리로 돌아가자. 몸은 파도를 향하고 한 점 기운도 없고……'라는 문장은 글자를 아는 어떤 노동자가 읽었을 때, 아주 골치 아픈 부분이 적지 않을 것이다. 그는 어쩌면 정말 그 사람이 무슨 돼지우리나 개의 우리로 돌아간다고 생각할 수도 있을 것이다. 사실상 '집으로 돌아가자, 몸에는, 한 점 기운도 없고'라고 쓰는 것이 훨씬 분명하게 전달된다."

7) 병음법(拼音法)은 발음기호를 다는 방법이라는 뜻이다.

'셰익스피어'[1]

먀오팅苗挺

옌푸가 '샤스피어'를 거론한 적이 있었으나[2] 거론하자마자 곧 잊혀져 버렸다. 량치차오가 '셰익스피어'를 말한 적이 있으나 역시 사람들 주의를 끌진 못했다.[3] 톈한이 그의 몇 작품을 번역했으나 지금 크게 유통되지 않고 있는 듯하다.[4] 올해 또 몇몇 사람이 "셰익스피어", "셰익스피어" 하기 시작했다. 그러나 두형 선생은 그의 작품으로 군중들의 무지몽매함을 증명했고[5] 존슨 박사를 존경하는 교수님조차 말크스와 '소크스' 단편들을 번역했다.[6] 왜? 무엇을 위해서?

또 듣자 하니 소련조차 '셰익스피어' 원작극을 공연하려 한다고 한다.

공연을 하지 않으면 괜찮겠지만, 만일 공연을 한다면 스저춘 선생에게 아래와 같은 '추태'를 보이는 것이 되는 것이다.

……소련 러시아는 처음에는 '셰익스피어 타도'를 외치더니 나중에는 '셰익스피어 개편'을, 지금은 연극 시즌에 '원작 셰익스피어극 공연'을 하려 하지 않는가? (게다가 또 메이란팡 박사에게 「술 취한 양귀비」를 공연

해 달라고 했다!) 이런 것들은 정략의 운용 수단으로서의 문학이 보이는 추태다. 어찌 사람들의 조소를 사지 않을 수 있겠는가!"(『현대』 5권 5기, 스저춘의 「나와 문언문」我與文言文)

소련 러시아가 너무 멀리 있어 그곳 연극 시즌의 상황을 내 잘 모르기에 비웃음인지 호감 웃음인지에 대해서는 잠시 접어 두기로 하자. 그런데 메이란팡과 어떤 기자의 대담이 『다완바오』의 『햇불』에 실렸다. 그런데 거기엔 「술 취한 양귀비」를 공연하러 간다는 말이 없었다.

스 선생 자신이 말했다. "내가 태어난 지 삼십 년이다. 무지했던 어린 시기를 제하면 내 자신의 생각과 언행이 일관되었다고 믿는다.……"(같은 글) 이 역시 아주 훌륭하다. 그러나 그가 다른 사람의 행동에 대해 말한 바는 반드시 일치하는 것이 아니며 때로는 우연이겠지만 다르기도 하다. 「술 취한 양귀비」와 같은 바로 눈앞의 것이 그 좋은 예다.

사실 메이란팡은 아직 출발하지 않았다. 스저춘 선생은 벌써 그가 '프롤레타리아' 면전에서 나체 목욕을 하려 한다고 비난하고 있다. 이리하여 소련 사람들은 "부르주아가 '남긴 독'에 점차 물들어 갈 뿐만 아니라" 중국의 순수한 국수國粹도 나쁘게 물들이려 한다는 것이다. 그들의 문학청년들은 장차 궁전을 묘사하려 할 때 『장자』나 『문선』에서 '어휘'를 고르게 될지도 모를 일이다.[7]

그런데, 「술 취한 양귀비」가 공연된다면 정말 스 선생을 비웃게 만들 것이며, 공연이 안 된다면 그가 흡족해하겠으나 그의 예언은 재수 없이 틀린 것이 된다. 두 가지 경우 모두 그를 불편하게 할 것이다. 그러면 스 선생께서는 또 이렇게 말할 것이다. "문예상에서 나는 줄곧 고독한 사람이었

다. 내 어찌 감히 대중들의 분노를 사려 하겠는가?"(같은 글)

마지막 말은 예의치레 말이다. 스 선생에게 찬성하는 사람들이 사실
적지 않다. 그렇지 않다면 어떻게 자신만만 잡지에 발표할 수 있겠는가?
그런 '고독'은 아주 값어치가 있는 것이다.

9월 20일

주)_____

1) 원제는 「"莎士比亞"」, 1834년 9월 23일 『중화일보』의 『동향』에 처음 발표했다.

2) '샤스피어'는 원문이 '狹斯丕尔'로 옌푸가 『천연론』(天演論) 「머리말 16」(導言十六)에서
셰익스피어를 표기한 방식이다. "문학가 샤스피어가 묘사한 것들은, 지금 사람이 보기
에도 그 목소리와 웃는 모습이 같을 뿐만 아니라, 서로 싸우고 느끼고 갈등을 빚는 감정
들도 하나 다르지 않았다."

3) 량치차오(梁啓超, 1873~1929)는 자가 줘루(卓如)이고 호가 런궁(任公)이다. 광둥성 신후
이(新會) 사람으로 학자이며 캉유웨이와 함께 청말 유신운동을 지도한 사람 가운데 하
나다. 저서에 『음빙실문집』(飮氷室文集)이 있다. 그는 『소설영간』(小說零簡) 「신 로마 전
기(新羅馬傳奇)·설자(楔子)」에서 이런 말을 했다. "그러므로 이 늙은이가 시대를 초월
하는 나의 두 친구를 소개하고자 한다. 한 명은 영국의 셰익스피어이고 한 명은 프랑스
의 볼테르이다. 함께 눈과 귀를 기울여 보자."

4) 톈한(田漢, 1898~1968)은 자가 서우창(壽昌)이고 후난성 창사 사람이다. 극작가이며 좌
익작가연맹을 이끈 사람 가운데 하나다. 그가 번역한 셰익스피어의 『햄릿』과 『로미오
와 줄리엣』은 1922년과 1924년 상하이 중화서국(中華書局)에서 출판되었다.

5) 두헝(杜衡)이 1934년 6월 『문예풍경』 창간호에 발표한 「셰익스피어 희극 줄리어스 시
저전에 표현된 군중」(莎劇凱撒傳中所表現的群衆)에 나오는 얘기다.

6) 존슨 박사를 존경하는 교수님은 당시 칭다오(靑島) 해양대학교 교수였던 량스추(梁實
秋)를 말한다. 그는 1934년 5월 월간 『학문』(學文) 제1권 제2기에 발표한 번역문 「셰
익스피어가 돈을 논하다」에서 영국의 잡지 『아델파이』(Adelphi)에 1933년 10월 발표
된 맑스의 『1844년 경제학-철학 수고』의 「화폐」 일부분을 번역했다. 존슨(S. Johnson,
1709~1784)은 영국의 작가이며 문예비평가다. 량스추는 1934년 1월에 출판된 그의 저
서 『존슨』이란 책에서 여러 차례 그에 대한 존경심을 나타냈다. 예를 들어 『문예비평

론』에서 그에 대해 말하기를, 그는 "안목이 있는 철학자이며" "위대한 비평가"라고 했다. '말크스'와 '소크스'는 우즈후이(吳稚暉)가 1927년 5월 왕징웨이(汪精衛)에게 보낸 서신에서 맑스를 비난하면서 한 말이다. 당시 맑스의 중국어 표기가 '馬克斯'이므로 앞의 말 마(馬) 자를 소 우(牛) 자로 변화시켜 폄하한 것이다.

7) 스저춘은 그의 글 「나와 문언문」(我與文言文)에서 이렇게 말했다. "오년계획이 점차 성공하고 혁명시대의 광기가 점점 사라져 가면서 프롤레타리아는 부르주아가 '남긴 독'에 점차 물들어 가고 있다. 그들은 고개를 돌려 옛날의 문학작품을 좀 읽어 보고, 그것들이 결코 완전히 의미 없는 것만은 아니란 것을 알게 되었다. 그래서 문학적 수식이 잘 이루어지기 전의 어리석은 오류를 위해 의견을 냈다. 즉 '문학유산'이라고 하는 명사를 교묘하게 생각해 내 구시대 문학을 인정하는 '이론적 근거'로 삼았다." 스저춘은 1933년 9월 청년들에게 『문선』(文選)을 추천하면서, 그것을 읽으면 자전(字典)으로도 확대 사용할 수 있다고 했다. 그리고 거기에서 '궁전 건축' 등을 묘사하는 단어들은 뽑아 사용할 수도 있다고 했다.

상인의 비평[1]

지평及鋒

오늘날 중국에 훌륭한 작품이 없어, 비평가들과 함부로 논평하는 이들이 불만을 갖게 되었다. 그들은 훌륭한 작품이 없는 까닭을 최근 연구한 적이 있으나 그 원인을 찾지 못했다. 결과적으로 아무 결과가 없었다. 그런데 다시 새로운 해석이 나왔다. 린시쥐안 선생[2]이 말하길 "작가들 자신이 스스로를 훼손하고 있다. 투기를 위한 교묘한 수완"으로 '잡문'을 쓰고 있기 때문에, 싱클레어나 톨스토이 같은 대작가가 될 수 없을 정도로 자기 훼손을 하고 있다는 것이다(『현대』 9월호). 또 다른 시쥐안 선생은 이렇게 말하고 있다.[3] "자본주의 사회에서…… 작가도 무형無形의 상인이 되었다. …… 이자 소득이 상대적으로 높은 보수를 위해 하는 수 없이 '함부로 남용해 제조'하는 방법을 쓰기도 한다. 온갖 정력을 다 바쳐 각고의 노력으로 진지하게 창작하는 사람이 없다."(『사회월보』 9월호)

물론 경제문제에 착안한다는 것은 진일보했다고 할 수 있다. 그러나 "온갖 정력을 다 바쳐 각고의 노력으로 진지하게 창작"해 낸다는 이 학설은 우리가 상식으로만 가지고 있는 견해와 아주 다른 것이다. 우리는 지금까지 자본으로 이익을 올리는 사람만 상인이라고 생각해 왔다. 그래서 출판계에서 상인은 자금으로 서점을 열고 돈을 버는 사장이라고 생각했다. 그런데 이제야 비로소, 비록 '무형'의 상인일지언정 문장을 팔아 약간의 원고료를 받는 사람도 상인이란 걸 알게 되었다. 몇 되의 쌀을 절약하였다 내다 파는 농민, 자신의 근력을 돈과 바꾸는 노동자, 혀를 파는 교수, 매음을 하는 기녀도 모두 '무형'의 상인이다. 단지 사는 사람만 주인이 아니게 된다. 그러나 그의 돈도 분명 어떤 물건을 주고 바꾼 것일 것이므로 그 역시 상인일 것이다. 그래서 "이 자본주의 사회에서는" 모두가 상인이며 단지 '무형'인가 유형인가의 두 종류만 나눌 수 있게 되었다.

시쥐안 선생 스스로의 정의로 자기 자신을 단정하게 되니 자연 그 역시도 '무형'의 상인이 된다. 만일 매문賣文을 하지 않고 있다면 '함부로 남용해 제조'할 필요도 없게 될 것이다. 그렇다면 어떻게 살아가고 있을까. 분명 별도의 장사를 하고 있을지도 모른다. 그럼 아마도 유형의 상인이리라. 그러므로 그의 견해는 어떻게 보든지 상인의 견해로부터 도망칠 수가 없게 된다.

'잡문'은 아주 짧아서 그것을 쓰는 노력이 『평화와 전쟁』(이것은 시쥐안 선생의 문장을 그대로 옮긴 것이다.[4] 원래 제목은 『전쟁과 평화』다)을 쓰는 것처럼 그렇게 긴 시간이 요구되는 건 아니다. 힘이 적게 들어 그래도 조금은 괜찮다. 그러나 상식이 조금은 있어야 하고 약간의 힘든 노력도 필요하다. 그렇게 하지 않으면 '잡문' 역시 '함부로 남용해 제조'하는 수준으로 진일보하게 되어 웃음거리만 남게 되는 걸 면할 수 없게 된다. 아폴리네르[5]가 공작을 노래하길, 공작이 꼬리를 들어 올리면 앞은 아주 휘황찬란하지만 뒤쪽의 항문도 드러나게 마련이라고. 그러므로 비평가의 비평이란 것이 필요한 일이긴 하지만 비평가가 이때 꼬리를 들어 올리면 그의 똥구멍도 드러나게 마련이다. 그런데도 그는 왜 또 하려 하는가? 그것의 정면은 여전히 휘황찬란한 모습의 깃털이기 때문이다. 그러나 만일 공작이 아니고 고작 오리나 거위 종류라면 생각 좀 해보아야 한다. 꼬리를 들어 올리면 드러나는 것이 무엇뿐인가를!

9월 25일

주)_____

1) 원제는 「商賈的批評」, 1934년 9월 29일 『중화일보』의 『동향』에 처음 발표했다.

2) 린쉬쥐안(林希雋)은 광둥성 차오안(潮安) 사람이다. 당시 상하이 다샤(大夏)대학 학생이었다. 그가 잡문을 반대하기 위해 『현대』 제5권 제5기에 발표한 글의 제목은 「잡문과 잡문가」(雜文與雜文家)이다. 그는 이 글에서 당시 중국 문단이 우수한 문학작품을 만들어 내지 못하는 것은 루쉰과 루쉰의 잡문이 준 폐해 때문이라고 비판했다.

3) 또 다른 시쥐안 역시 린쉬쥐안을 말한다. 1934년 9월 『사회월보』 제1권 제4기에 발표한 글의 제목은 「문장의 상품화」(文章商品化)이다. 『사회월보』는 종합적 성격의 간행물로 천링시(陳靈犀)가 주편했다. 1934년 6월 상하이에서 창간해 1935년 9월 정간했다.

4) 린쉬쥐안은 「잡문과 잡문가」에서 이렇게 말하고 있다. "러시아는 왜 『평화와 전쟁』이라고 하는 그런 유의 위대한 작품을 생산할 수 있는가? 미국은 왜 싱클레어, 잭 런던 등과 같은 세계적 명성을 얻은 위대한 작가를 배출할 수 있는가? 그러나 우리의 작가들은 어떤가. 어찌해 영원히 잡문이나 조금씩 쓰면서 큰 만족을 얻고 있는 것인가?" 『평화와 전쟁』은 러시아 작가 톨스토이의 장편소설 『전쟁과 평화』(Война и мир)로 써야 한다.

5) 아폴리네르(Guillaume Apollinaire, 1880~1918)는 프랑스의 시인이자 소설가다. 작품으로 『썩어 가는 요술사』(L'Enchanteur pourrissant), 『동물시집』(Le Bestiaire ou cortège d'Orphée) 등이 있다. 20세기의 새로운 예술창조자의 한 사람으로 평가된다. 평론 「입체파 화가」(Les Peintres cubistes), 「신정신」(L'Esprit nouveau)은 모더니즘 예술의 발전에 큰 영향을 끼쳤다. 「공작을 노래하며」(咏孔雀, La Paon)는 그의 『동물시집』에 들어 있는 단시(短詩)이다.

중추절의 두 가지 소원[1]

바이다오

지난 며칠간은 정말 '희비가 교차했다'. 국경일 9·18을 막 지냈고, 그날은 '하력'[2]으로 '달을 감상하는 중추절'이기도 했다. 그리고 또 '하이닝의 조수 구경'도 있었다.[3] 하이닝은 어떤 사람이 "건륭 황제가 하이닝의 진각로 아들이다"[4]라고 말했기 때문에 주목을 받기 시작했다. 이 만주족의 '영명한 군주'는 알고 보니 가짜를 진짜 중국인인 것처럼 살짝 바꿔치기한 것으로 그렇게 부유하진 않았지만 운이 좋았다. 그는 한 명의 병사도 죽이지 않고 화살 하나도 쓰지 않고 오로지 생식기관에만 의지해 혁명을 했다. 이는 정말 가장 저렴한 대가로 이룬 혁명의 극치였다.

중국인들은 가족을 받들고 혈통을 중시한다. 그러나 다른 한편으로는 상관없는 사람들과 친척관계를 맺는 것도 좋아한다. 나는 그것의 의미를 정말 모르겠다. 어릴 때부터 무슨 "건륭은 우리 한족인 진씨 집안에서 몰래 유괴당한 사람"이라느니, "우리 원나라가 유럽을 정복했다"느니 같은 말을 귀에 못이 박히도록 들었다. 뜻밖에 지금도, 종이담배 가게에서 중국 정계의 위대한 인물 투표를 했더니 여전히 칭기즈칸이 그중 하나로 뽑힌다 한다.[5] 민중을 깨우쳐야 할 신문에서조차 여전히 만주의 건륭 황제가 진각로의 아들이라고 말하고 있는 중이다.[6]

옛날에는 정말 여인들을 변방에 시집보내 화친을 맺었다.[7] 연극에서도 변방의 부마가 된 남자가 등장하면 아주 쉽게 흥미진진해지곤 했다.[8] 근래에도 물론 수양아버지로 삼고자 협객을 찾아 모시는 사람도 있다.[9] 부잣집 늙은이의 데릴사위가 되어 거드름을 피우기 시작한 사람도 있다.[10] 그러나 이러한 일들은 체면을 지키는 일일 수 없다. 사내요 대장부라면 응당 나만의 능력과 나만의 의지를 가져야 하며 자신의 능력과 힘에 의지해야 한다. 그렇게 하지 않는다면, 나는 정말 장차 모든 중국인들이 일본인을 통째로 서복의 자손이라 떠벌릴까 두렵다.[11]

첫번째 소원은 이제부터 다시는 다른 사람과 함부로 친척관계를 맺지 않는 것이다.

그런데 드디어 문학판에서도 친척관계를 맺기 시작한 사람이 있다. 그의 말에 의하면 여성의 재주와 능력은 남성과의 육체관계에 영향을 받게 된다는 것이다. 그러면서 유럽의 몇몇 여성 작가를 거론했다. 모두 남자의 애인 노릇을 한 문인들을 그 증거로 삼았다. 그런데 또 어떤 사람이 그를 반박하여 말하길 프로이트 학설은 믿을 만하지 않다고 했다.[12] 사실 그것은 프로이트 학설과 관계가 없다. 소크라테스의 부인이 전혀 철학을 이해하지 못했고 톨스토이 부인이 글을 쓸 줄 몰랐다고 하는 그런 반증을 그는 기억하지 못하고 있는 게 아닌가. 더구나 세계 문학사상에서 중국인들이 말하는 소위 '부자父子 작가'와 '부부 작가' 같은 그런 "육체에 흥미를 가진" 인물들이 도대체 얼마나 되겠는가? 문학은 매독과 달라 매독균이 없다. 결코 성교를 통해 상대방에게 문학적 재능을 전염시킬 수 있는 것이 아니다. '시인'이 한 여성을 낚시질해 그녀를 '여류시인'[13]으로 치켜세우는 짓은 유혹의 한 수단일 뿐이지 결코 그가 그녀에게 정말로 시적 재능을 전염시키고자 하여 하는 것이 아니다.

　　두번째 소원은 지금부터 시선들을 배꼽의 세 치 아래에서 좀 멀리 두는 것이다.

9월 25일

주)_____

1) 원제는 「中秋二愿」, 1934년 9월 28일 『중화일보』의 『동향』에 처음 발표했다.

2) 하력(夏曆)은 음력(陰曆)을 말한다.

3) 하이닝(海寧)은 저장성 첸탕강(錢塘江) 하류를 말한다. 첸탕강 하류는 강물의 물살이 세고 바다에서 역류하는 조수가 어우러져 장관을 이룬다. 이를 통칭 '저장의 조수'(浙江潮)라고 한다. 이를 보기 위해 수많은 사람들이 몰린다. 하이닝에서 구경하는 것이 가장 전망이 좋다고 한다. 중추절이 지나고 사흘째 되는 날에 조수의 높이가 가장 높아져 매년 이날은 전국에서 관람객이 쇄도한다.

4) 하이닝의 진각로(陳閣老)는 청대 천위안룽(陳元龍, 1652~1736)을 말한다. 자는 광릉(廣陵)이고 호는 건재(乾齋)이다. 강희 24년에 진사(進士)가 되었고 문연각(文淵閣) 대학사(大學士) 겸 예부상서를 지냈다. 본문에 나오는 야사 관련 기록은 아주 많다. 진회(陳懷)의 『청사요략』(淸史要略) 제2편 제9장에 나오는 기록이다. "홍력(弘歷; 즉 건륭)은 하이닝 진씨의 아들이지 세종(世宗; 즉 옹정)의 아들이 아니다. …… 강희 때 옹정과 진씨는 서로 막역했다. 양가에서 각기 아들을 낳았는데 우연히 그 연월일과 시간이 일치했다. 왕이 이를 듣고는 무척 기뻐하여 아기를 안고 오라 명했다. 얼마 후 아기가 다시 진씨 집으로 돌려보내졌지만 자신의 아들이 아니었다. 게다가 아들이 딸로 바뀌었다. 진씨가 왕의 속내를 두려워한 나머지 감히 이에 대해 항의하지 못하고 비밀을 지켰다."

5) "우리 원나라가 유럽을 정복했다"는 말은 민족주의 작가 황전샤(黃震遐)가 1930년 7월 『전봉월간』(前鋒月刊)에 발표한 「황색인의 피」(黃人之血)에 나오는 구절이다. 1934년 9월 3일 상하이 중국화메이담배회사(中國華美烟公司)가 '광화표'(光華牌) 담배 판매 촉진을 위해 '중국역사상 대표적인 위인 선발 장학금' 행사를 벌였다. 여기서 성현(聖賢), 문

신(文臣), 무장(武將), 작가, 원수(元首), 호협(豪俠) 등의 분야에서 200명이 선출되었고 칭기즈칸은 원수 그룹에서 열세번째로 뽑혔다.

6) 1934년 9월 25일 『선바오』 「춘추」 '조수 관람 특호'에 실린 시난(溪南)의 「건륭황제와 하이닝」(乾隆皇帝與海寧)에 나온 이야기다.

7) "변방에 시집보내 화친을 맺었다"의 원문은 '화번'(和番)이다. 옛날 중국인은 변방의 소수민족이나 외국을 '번'(番)이라 불렀다. 한나라 황실은 정치적인 이유로 공주를 외족의 수령에게 출가시켜 화친을 도모했다. 이를 '화친'(和親)이라고 불렀고 이후 민간에서는 이를 '화번'이라고도 불렀다.

8) 부마(附馬). 한대에는 '부마도위'(附馬都尉)를 두어 임금의 말을 관리하게 했고, 위진시대에는 공주의 남편에게 '부마도위'란 직위를 주었다. 위진대 이후 부마는 공주 남편의 칭호가 되었다. 전통 희곡에는 한인(漢人)들이 변방의 부마가 되는 것을 묘사하는 이야기가 등장하곤 했다.

9) 상하이의 건달패 두목 중에 쥐제(句結)란 사람이 있었다. 그를 수양아버지, 혹은 사부님으로 받들어 모시는 시정잡배와 다름없는 문인들도 있었다.

10) 당시의 문인인 사오쉰메이(邵洵美) 등을 지칭한다. 사오쉰메이는 청말의 대관료이며 자본가인 성쉬안화이(盛宣懷)의 손녀사위였다.

11) 서복(徐福)은 서불(徐市)이라고도 하며 진대의 방사(方士)다. 『사기』 「진시황본기」(秦始皇本紀)에 의하면 진시황은 서복의 말을 듣고 남녀 아동 수천 명을 파견하여 바다로 들어가 장생불로할 수 있는 신선약을 구해 오도록 했다. 수년이 지났지만 아무도 돌아오지 않았다. 『사기』 「회남형산열전」(淮南衡山列傳)에는 서복이 바다를 건너 "너른 평원과 못이 있는 곳까지 갔다가 왕이 되어 그곳에 머물러 돌아오지 않았다"는 기록도 있다. 대략 한대 이후부터는 서복이 바다를 건너 일본까지 갔으나 그곳에 머물러 돌아오지 않았다는 전설이 전해지고 있다.

12) 여성의 재능이 남성과의 관계로 인해 영향을 받는다는 주장은 1934년 8월 29일 톈진 『용바오』(庸報) 「다른 페이지」(另外一頁)에 수밍산(署名山)이 발표한 「일본여작가를 평함—사상 변화와 생리는 관계가 있다」(評日本女作家—思想轉移與生理有關係)에 나온다. "여류작가 대부분은 남편의 암시를 받는다. 생리학상 여성은 남성과 관계를 가진 후 여인의 혈액 속에 남성적 소질을 가지게 됨은 물론 실제로 사상적으로도 적지 않은 암시에 물이 든다." 같은 해 9월 16일 『선바오』 「여성들의 정원」(婦女園地) 제31기에 발표된 천쥔예(陳君冶)의 「여작가의 생리영향과 생활영향을 논함」(論女作家的生理影響與生活影響)에서는 수밍산의 견해가 프로이트 학설의 영향을 받았다고 했다. "여류작가가 남성작가처럼 풍부한 작품 생산을 하지 못하는 것에 대해 결코 프로이트주의의 생리현상으로 해석을 해서는 정확한 결론을 얻어 낼 수 없다. 프로이트주의가 불러일으킨 웃음거리는 이미 충분하다. 우리들이 만일, 여류작가가 남성작가의 왕성한

창작활동에 미치지 못하는 원인을 찾아내고자 한다면 오직 역사유물론의 관점에서 그 근거를 찾아야 할 것이다." 프로이트는 오스트리아의 정신병리학자로 정신분석학을 정립했다. 정신분석학은 문학, 예술, 철학, 종교 등 인간의 모든 정신현상이 억압을 받아서 잠재의식 속으로 숨어 버린 어떤 생명력(libido)이, 특히 억압으로 인해 잠재되어 버린 성욕이 만들어 낸 현상이라고 본다.

13) 여기서의 여류시인은 상하이 매판자본가의 손녀인 위슈윈(虞岫雲)을 말한다. 그녀는 1930년 1월 위옌(虞琰)이란 필명으로 시집 『호수바람』(湖風)을 출판했다. 내용이 모두 슬프고 애통함을 호소하는, 무병신음하는 것들로 가득했다. 당시 탕정양(湯增敭), 쩡진커(曾今可) 등 몇몇 문인이 이 시집을 과도하게 칭찬했다.

시험장의 세 가지 추태[1]

황지黃棘

옛날 팔고문으로 시험을 볼 때 세 종류의 답안지가 있었다. 시험생들이 체면을 잃게 되자 나중에는 책론식으로 시험이 바뀌었지만,[2] 여전히 그 모양이었지 싶다. 첫번째 형태는 '백지 답안 제출'이다. 제목만 쓰고 답을 쓰지 않거나 아예 제목도 쓰지 않는다. 그러나 이것이 가장 깔끔하다. 왜냐하면 더 이상의 다른 어떤 주절거림이 없기 때문이다. 두번째 형태는 '모범답안을 베껴 쓰는 것'이다. 그들은 미리 요행을 바라는 마음을 갖고 어떤 문제를 숙독해 외우거나 팔고문으로 된 모범답안을 갖고 들어간다. 만일 문제가 맞으면 시험관의 눈을 속여 그대로 베껴 쓸 생각인 것이다. 물론 품행이야 '백지 답안 제출'에 비해 못하지만 문장은 그런대로 좋다. 게다가 무슨 주절거림도 없다. 세번째 형태는 가장 나쁜 것으로 눈 감고 마구 쓰는 것이다. 격식은 말할 필요도 없다. 마구 써 내려간 문장은 사람들에게 그저 웃음거리만 제공할 뿐이다. 사람들이 차를 마시거나 술 마실 때, 안주거리로 삼는 것은 모두 이런 답안지들이다.

'통하지 않는' 글도 그 안에 있을 것이다. 통하지 않는 글일지라도 그는 어떻든 문제를 보고 쓴 것이다. 게다가 문장을 지음에 있어 통하지 않는 경지의 글을 짓는 일 역시 쉬운 일이 아니다. 우리는, 중국 고금의 문학가 중에 한 구절도 통하지 않는 문장을 쓴 적이 없는, 그런 어느 누군가가 있다는 것을 보증할 수 있는가? 만일 스스로 자기 글이 잘 '통한다'고 생각하는 사람이 있다면 그것은 아마 그가 '통한다'와 '통하지 않는다'조차 무엇인지 제대로 알지 못했기 때문일 수도 있다.

올해 시험관들이 중학생들의 답안지에서 웃음거리를 찾아내 떠들고 계신 중이다. 사실 그런 답안의 병폐는 눈 감고 마구 쓴 데서 온다. 그런 문제들은 모범답안을 베낄 수 있을 때라야만 모두 합격이 가능한 것이다. 예를 들어 '십삼경'은 무엇인가, 문천상은 어느 시대 사람인가 같은 문제를 낸다면 전혀 고통스럽게 심사숙고할 필요가 없다.[3] 숙고하면 오히려 이상해진다. 이상해지면 국학이 쇠락했느니 학생들이 이래선 안 된다느니 하며 문인학사들이 시끄럽게 탄식한다. 마치 그들만이 문학계의 석학인 양, 아주 그럴듯하게 행세한다.

그러나 모범답안을 베끼는 것도 쉽지는 않다. 만일 그 시험관을 시험장에 가두어 놓고 몇 가지 낯선 고전문제를 내 갑자기 물어본다면 아마 그들도 답을 마구 쓰거나 아니면 백지 답안 제출을 하지 않으리란 보장이 없다. 내가 이런 말을 하는 것은 결코 학자와 문인이 된 기성인들을 비난하고자 함에서가 아니다. 단지 우리 고전이 너무 많아 기억을 제대로 못하는 것이 결코 이상한 일이 아니라는 것을, 모두 기억하는 것이 오히려 이상한 일이란 것을 말하고자 함에서다. 고서적들은 또 얼마나 많은 후대 사람들이 수많은 주석에 주석을 가했던가? 어떤 사람이 자기 서재에 틀어박혀 앉아 수많은 서적들을 조사하고 사전들을 뒤적이며 오랜 세월을 보낸 후

비로소 탈고했다 한들 여전히 '미상'未詳은 있게 마련이고 틀린 것은 있게 마련이다. 지금의 청년들은 당연히 그것들을 식별할 능력이 없다. 그러니 자기 글에 증거를 대려면 다른 사람의 무슨 '수정 보충'도 있어야 할 것이고, 그러고도 보충하고 또 보충하고, 고치고 또 고치는 일을 해야 할 것이다. 그래도 정확한 수준의 것은 어쩌다 있을 것이리라.

이렇게 볼 때, 모범답안을 베끼면서 잘 풀어 나갈 수 있는 사람은 현재로선 대단한 인물이다. 청년 학생들은 틀릴 수 있다. 그러나 그것은 보통 사람의 당연한 모습일 뿐이다. 그런데도 그것을 인간세상의 대단한 오류와 병폐로 여기고 있는 풍경이다. 나는 학생들 중에 자신들의 억울함을 호소하는 이가 없는 것이 아주 놀랍다.

9월 25일

주)_____

1) 원제는 「考場三醜」, 1934년 10월 20일 반월간 『태백』(太白) 제1권 제3기에 처음 발표했다.

2) 팔고문(八股文)은 명나라 초기에서 청나라 말기까지 과거시험의 답안을 기술하는 데 쓴 문장의 한 형식이다. 여덟 개의 짝으로 이루어진 형식적인 문체를 말한다. 책론(策論)은 정사(政事)나 경전 해석과 연관된 문제를 내고 응시생이 자유로운 문장 형식으로 자신의 생각을 써나가게 한 시험 형식이다. 청나라 광서제 말년(1901년)에 두 차례 팔고문을 폐지하고 책론으로 시행했다.

3) 십삼경(十三經)은 중국의 열세 가지 경전을 말한다. 『역경』, 『서경』, 『시경』, 『주례』, 『의례』, 『예기』, 『춘추좌씨전』, 『공양전』, 『곡량전』, 『논어』, 『효경』, 『이아』, 『맹자』를 통틀어 이르는 말이다. 문천상(文天祥, 1236~1282)은 중국 남송의 마지막 재상으로 충신이다. 자는 송서(宋瑞)·이선(履善)이고 호는 문산(文山)이다. 원나라에 의해 나라가 망하자 옥중에서 끝까지 절개를 굽히지 않다가 처형되었다. 옥중에서 절개를 읊은 노래인 「정기가」(正氣歌)가 유명하다. 저서에 『문산집』이 있다.

또 '셰익스피어'다[1]

먀오팅

소련에서 셰익스피어 원본극을 공연한다고 하니 가히 '추태'를 보이는 것이라 하겠다.[2] 맑스가 셰익스피어를 언급한 것은 물론 오류였다.[3] 량스추 교수가 셰익스피어를 번역하는 데 따른 원고료는 권당 은화 천 원이었고,[4] 두헝 선생은 셰익스피어를 읽고 나서 "사람 노릇 하는 데 필요한 경험이 아직 더 필요하다"고 했다.[5]

우리들의 문학가이신 두헝 선생은 마치 그전에는 "사람 노릇 하는 데 필요한 경험"이 부족하지 않았다고 혼자 생각했던 까닭에 군중을 믿었던 것 같았다. 그러나 셰익스피어 씨의 『시저전』[6]을 본 이후에는 비로소 "그들은 이성도 없고, 명확한 이해관념도 없으며, 그들의 감정은 완전히 몇몇 선동가들에게 통제되고 조종되고 있음"을 알게 되었다(『문예풍경』[7] 창간호에 실린 두헝의 「셰익스피어극 『시저전』에 표현된 군중」). 물론 이런 판단은 '셰익스피어극'에 근거한 것이지 두헝 선생과는 무관하다. 그는 지금도 그것의 옳고 그름을 판단할 수 없다고 했다. 그러나 자신이 "사람 노릇 하는 데 필요한 경험이 아직 더 필요하다"는 것은 의심할 바 없이 명백하다고 말했다.

이것이 「셰익스피어극 『시저전』에 표현된 군중」이 두헝 선생에게 준 영향이다. 그런데 두헝의 글 「셰익스피어극 『시저전』에 표현된 군중」에서 말하는 군중은 어떤 모습인가? 『시저전』에 표현된 것과 결코 다르지 않을 것이다.

……이것은 우리들로 하여금 최근 백 년 동안 일어난 여러 정변 속에서 늘 보아 왔던 것을 기억나게 한다. '닭이 오면 닭을 맞이하고, 개가 오면 개를 맞이하는' 식의…… 아주 가슴 아픈 정경들이다. …… 인류의 진화는 도대체 어디서 일어나고 있는가? 아니면 우리 이 동방의 고대국가는 지금까지도 여전히 이천 년 전 로마가 겪었던 문명의 단계에 겨우 머물러 있단 말인가?

진정, "옛날의 아득한 정을 그리워하는 것"[8]은 늘 현재를 위해서이다. 두헝의 이러한 비교는 나에게 의심이 들게 한다. 로마에 그러한 군중들이 있었는지, 즉 이성을 가지고 있고 명확한 이해관념을 가지고 있었으며 몇몇 선동가들에게 감정이 통제되거나 조종되지 않는 그런 군중이 있었는지. 그러나 있었다 해도 추방당하고 억압당하고 살육당했을 것이다. 셰익스피어는 조사도 하지 않았고 상상도 하지 않은 듯하다. 그러나 어쩌면 고의로 말살해 버렸을지도. 그는 옛날 사람이었고, 그런 수법을 쓴다 해도 결코 무슨 장난짓거리라 할 수도 없다.

그러나 그의 귀한 손을 통해 한번 취사선택이 이루어지고, 두헝 선생의 명문이 일필휘지하게 되자, 우리들은 정말 군중이란 영원히 "닭이 오

면 닭을 맞이하고, 개가 오면 개를 맞이하는" 것들일 뿐이라고 생각하게
되었고 반대로 그들에게 환영을 받는 쪽에 희망이 있다는 것을 알게 되었
다. 그런데 "나로서 솔직하게 말하자면" 군중들의 무능함과 비루함이 '닭'
과 '개'들보다 훨씬 윗자리에 위치하고 있다는 '심정'이 들게 되었다. 물론
이것은 바로 군중들을 사랑하기 때문이다. 그리고 군중들이 너무 투쟁정
신이 없는 까닭이기도 하다. 자신은 아직 판단할 수 없다고 했지만, "그 위
대한 극작가께서 군중을 그렇게 보았다"고 하시니, 누구라도 믿지 못하겠
다면 셰익스피어에게 직접 물어보시길!

10월 1일

주)_____

1) 원제는 「又是'莎士比亞'」, 1934년 10월 4일 『중화일보』의 『동향』에 처음 발표했다.

2) 1933년 소련실내연극원이 시인 루과푸스키이가 번역한 셰익스피어의 희극 『안토니와
   클레오파트라』를 공연하자 스저춘이 당시의 소련문예정책을 비웃으면서 '추태'라는
   말을 썼다.

3) 맑스는 여러 차례 셰익스피어의 작품을 거론하거나 인용했다. 『정치경제학비판』 「서
   언」과 1859년 4월 19일 『F. 라살에게 보낸 편지』 중에서 셰익스피어 작품의 현실주의
   를 논했다. 『1844년 경제학-철학 수고』와 『자본론』 제1권 제3장의 「화폐와 상품유통」
   에서는 『아테네의 타이먼』에 나오는 극중 시를 인용하여 예를 들거나 주석을 했다. 『루
   이 보나파르트의 브뤼메르 18일』 제5절에서는 셰익스피어의 『한여름밤의 꿈』에 나오
   는 인물을 예로 들었다.

4) 당시 후스(胡適) 등이 주관한 중화교육문화기금운영회 소속의 편역위원회에서 셰익스
   피어 희곡을 번역하는 량스추에게 고액의 원고료를 약정했다.

5) 두헝(杜衡)의 글 「셰익스피어극 『시저전』에 표현된 군중」(莎劇凱撒傳里所表現的群衆)에
   나온 글이다.

6) 『시저전』은 『줄리어스 시저전』으로도 번역된다. 셰익스피어 초기의 역사극으로 로마
   통치계급 내부의 싸움을 묘사했다. 시저 즉 카이사르(Gaius Julius Caesar, B.C. 100 혹

은 B.C. 102~44)는 고대 로마의 정치가이자 장군. 집정관을 지내면서 로마 공화제를 제
정으로 넘어가게 한, 막강한 권력을 행사한 정치지도자다.

7) 『문예풍경』은 스저춘이 주편을 맡았던 문예월간지다. 1934년 6월 창간되어 7월 정간
했다. 상하이 광화서국(光華書局)에서 발행했다.

8) "옛날의 아득한 정을 그리워하는 것"의 원문은 '發思古之幽情'이다. 동한(東漢)의 반고
(班固)가 지은 「서도의 노래」(서도부西都賦)에 나오는 시구다.

구두점 찍기의 어려움[1]

장페이

『원중랑전집교감기』[2]를 보고는 대수롭지 않은 몇 마디를 하고 싶은 생각이 들었다. 문장 나누기의 어려움이다.

이전 청나라 때 한 서당 선생이 비본秘本을 조사하지 않고서도 빈손으로 '사서'四書를 완전하게 구두점을 찍어서 그 마을에서는 대학자로 통했다. 이 일은 우스운 일인 듯하지만 나름의 이유가 있다. 늘 헌책을 사곤 하는 사람들은 처음부터 구두점을 찍어 가면서 읽었던 책을 가끔 만나기도 한다. 잘못 구두점을 찍어 문장을 틀리게 나눈 경우도 있고, 중도에 붓을 놓아 구두점 찍기를 계속하지 않은 경우도 있다. 이런 책들은 깨끗한 정본보다 가격이 싸긴 하지만 읽으려면 정말 사람을 무척 불편하게 만든다.

고서에 구두점을 찍어서 책을 인쇄하는 것은 '문학혁명' 때부터 시작했다. 고서에 구두점 찍는 것으로 학생들에게 시험을 보인 것은 역시 내 기억엔 같은 시기 베이징대학에서 시작한 것 같다. 그것은 정말로 악의에 찬 희극으로 '많고 많은 학생'들에게 웃음을 자아내게 했다.

그때는 백화를 반대하거나 백화 반대를 하지는 않으면서 고문에 능한 학자들이 비난과 냉소의 말을 하더라도 그저 하는 수 없이 내맡기고 있는 때였다. 그러나 학자들도 '기예를 뽐내고자 안달'[3]을 하기 마련이어서 가끔 여기에 손을 댔다. 그런데 손을 대자마자 곧 크게 난처한 일이 벌어졌다. 구두점으로 나누어야 할 문장을 그대로 둔 곳은 그래도 원상태라 괜찮지만 아주 평범한 문장에서조차 구두점을 잘못 찍은 것이다.

사실 고문에 구두점을 찍는 일은 쉽지 않다. 『맹자』의 한 단락을 예로 들어 보자. 우리는 대부분 이렇게 읽는다.

풍부라는 자가 있었다. 호랑이 때려잡기를 잘해 마침내 선사가 되었다. 들로 나갔다. 여러 사람이 호랑이를 쫓고 있었다. 호랑이는 궁지에 몰렸으나 감히 잡을 자가 없었다. 멀리서 풍부가 나타난 것을 보고 모두 달려가 그를 환영했다. 풍부는 팔을 걷어붙이고 수레에서 내렸다. 군중들이 모두 기뻐했다. 선비된 자들이 그를 비웃었다. (有馮婦者, 善搏虎, 卒爲善士. 則之野, 有衆逐虎. 虎負嵎, 莫之敢攖. 望見馮婦, 趨而迎之. 馮婦攘臂下車, 衆皆悅之, 其爲士者笑之.)

그런데 이렇게 문장을 나누어야 한다고 말하는 사람도 있다.

풍부라는 자가 있었다. 호랑이 때려잡기를 잘해 마침내 선사가 되었다. 선비들이 그를 본받았다. 들에는 여러 사람이 호랑이를 쫓고 있었다.…… (有馮婦者, 善搏虎, 卒爲善, 士則之, 野有衆逐虎……)[4]

여기서 풍부를 '비웃는' '선비'들이 바로 앞에서 풍부를 본받았던 '선비'들이란 것이다. 만일 그렇지 않다면 '선비된 자들'은 갑자기 너무 동떨어진다. 하지만 어떤 것이 맞는지 결정하기 어려운 것이기도 하다.

그러나 일정한 가락이 있는 사곡詞曲이라 할지라도, 대구로 이루어진 변문騈文이라 할지라도, 아니면 그리 어렵지 않은 명대 사람의 소품문小品文이라 할지라도, 구두점을 찍는 사람이 또 유명한 학자라 할지라도, 여전히 잘못 찍는 소동이 일어날 수 있다. 독자들은 모기에 물려 뾰두라지가 나고 가려워도 어쩌지 못하는 답답한 형국이 된다. 학자들이 입으론 백화가 어떻게 나쁘다느니 고문이 어떻게 좋다느니 하지만 일단 고문에 손을 대기만 하면 문장을 망쳐 버리기 일쑤다. 그 고문이 바로 그들이 극구 찬양하고 있는 고문이다. 망쳐진 문장이 바로 그들이 고문을 잘 이해하지 못한다는 분명한 표시가 아니겠는가? 고문과 백화의 좋고 나쁘다는 말은 어디에 근거하는 것인가?

고문에 구두점을 찍는 것은 일종의 시금석이다. 단지 몇 개의 구두점만 없어도 그 진면목을 그대로 드러내게 된다.

하지만 이 문제는 더 이상 거론하지 않는 것이 좋겠다. 계속 말했다가는 머잖아 더 고상한 주장이 나오지 않을까 걱정된다. 구두점을 찍는 일은 '시류를 쫓아가는' 유희거리여서 '성령'5)에 손상을 주게 되므로 배척해 마땅하다는 주장 말이다.

10월 2일

주)_____

1) 원제는 「點句的難」, 1934년 10월 5일 『중화일보』의 『동향』에 처음 발표했다.

2) 『원중랑전집교감기』(袁中郞全集校勘記)는 1934년 10월 2일 『중화일보』의 『동향』에 '원중랑재교'(袁中郞再校)란 서명으로 실렸다. 내용은 류다제(劉大杰)가 구두점을 찍고, 린위탕이 교열을 보고, 시대도서공사(時代圖書公司)에서 출판한 『원중랑전집』(袁中郞全集)에서 잘못된 문장 나누기를 비판한 것이다.

3) 원문은 '技癢'. 기예를 가진 사람이 기회가 되면 자신의 재주를 표현하고 싶어 참지 못하는 모습을 말한다. 『문선』(文選)에 실려 있는 반악(潘岳)의 시 「꿩 사냥의 노래」(사치부射雉賦)에 나온다.

4) 풍부가 호랑이를 잡은 이야기는 『맹자』 「진심하」(盡心下)편에 나온다. 이 부분의 문장 나누기에 대해 송대 유창시(劉昌時)는 『노포필기』(蘆浦筆記) 「풍부」(馮婦)편에서 이렇게 말하고 있다. "『맹자』 기록에 '晉人有馮婦者, 善搏虎卒爲善士則之野有衆逐虎'가 있다. …… 지금 이를 읽는 사람들이 '마침내 선사가 되었다'(卒爲善士)를 한 구절로 하고 '들에 나갔다'(則之野)를 하나의 구절로 끊어 읽고 있다. 내가 그 의미를 음미해 보건대 '마침내 선사가 되었다'(卒爲善)를 한 구절, '선비들이 그를 본받았다'(士則之)를 한 구절, '들에는 여러 사람이 호랑이를 쫓고 있었다'(野有衆逐虎)를 한 구절로 해야 하는 것이 아닌가 한다. 호랑이를 때려잡는 용기가 있어서 마침내 선사가 될 수 있었고 그래서 선비들이 그를 본받았다는 의미다. 거기서 멈추지 않고 이어 읽으면 선비들의 비웃음을 산다. '들에는 여러 사람이 호랑이를 쫓고 있었다'(野有衆逐虎)로 의미가 완전하다. 왜 하필 들로 나갔다고 한 연후에 팔을 걷어붙이고, 라고 말할 필요가 있는가?"

5) 이 말은 린위탕을 풍자하기 위해 한 말이다. 린위탕은 1934년 9월 『인간세』 제12기 「구훙밍 특집」(辜鴻銘特輯)의 「편집자 서언」(輯者弁言)에서 "오늘날 시류를 쫓아가는(隨波逐流) 사람이 너무 많다. 이런 부류의 사람은 연구할 가치가 없다"는 말을 했다. '성령'(性靈)은 당시 린위탕이 주장한 문학이론의 핵심어다. 그는 1933년 4월 16일 『논어』 제15기에 발표한 글 「논문」(論文)에서 이렇게 말하고 있다. "글은 개인의 성령의 표현이다. 성령이란 것은 오직 나만이 알 뿐 나를 낳아 준 부모도 모르고 같은 침대를 쓰는 아내도 모른다. 그러나 문학의 생명은 사실 여기에 의지하는 것이다."

기이하다(3)[1]

바이다오

'중국 제일의 일류 작가'인 예링펑과 무스잉 두 선생이 편집한 『문예화보』[2]의 대형 광고를 신문지상에서 일찍 보았다. 보름이 지난 후 한 점포에서 이 잡지를 보았다. '화보'인 이상 그것을 보는 사람은 자연히 '화보'를 본다는 마음을 갖게 되고 먼저 '그림'부터 본다.

보지 않았다면 좋았을 것을 보자마자 기이하다는 생각이 들었다.

다이핑완[3] 선생의 「선양 여행」에 일본인이 붓으로 그린 듯한 삽화 세 개가 실렸다. 기억을 좀 더듬다 보니, 아, 생각이 났다. 일본의 한 잡지 서점에서 본 적이 있었던 『전쟁 판화집』 속에 있던 료지 조메이料治朝鳴의 목각판화였다.[4] 그들이 펑톈奉天 전쟁의 승리를 기념하기 위해 만든 것이었다. 일본인이 중국과의 전쟁 승리를 기념하기 위해 만든 작품이 패전국인 중국 작가에 의해 삽화로 만들어진 것, 그것이 첫번째 기이한 일이다.

다시 다른 책을 넘기다가 무스잉 선생의 『검은 녹색 적삼의 소녀』黑綠衫小姐에 마세렐의 그림인 듯한 세 폭의 삽화가 있었다.[5] 흑백이 분명한 것이 내가 이전에 량유공사에서 번역 출판한 네 권짜리 작은 책자를 보고 그의 화법을 기억하고 있다. 그리고 이번 목각판화 위에는 아주 또렷하게 FM 두 글자가 서명되어 있기도 했다. 우리들의 '중국 제일의 일류 작가'의 이 작품들이 먼저 만들어져 프랑스어로 번역되어 마세렐에게 삽화로 새겨 달라고 부탁이라도 한 것일까? 그것이 두번째의 기이한 일이다.

이번에는 「세계문단 조망대」라는 글이다.[6] 서두에서 이렇게 말하고 있다.

> "프랑스의 공쿠르 기금이 작년에는 뜻밖에(바이다오 주석: 애석하게도!) 중국을 제재로 한 소설 『인간의 조건』에 주어졌다. 그 소설의 작자는 앙드레 말로다."[7] 그러나, "어쩌면 이 책은 작가의 입장 관계로 인해 문자 상으로는 어떻든 찬미를 받고 있지만 내용적으로는 일반 신문 평론의 하나같은 공격을 받고 있다. 마치 말로와 같이 그런 재능 있는 작가가 왜 문예를 선전의 도구로 삼는지 애석해하는 듯하다."

이렇게 "조망해 보면" "마치" 프랑스의 공쿠르 기금의 문학작품 심사위원이 된 사람의 "입장"이란 것은 "문예를 선전의 도구로 삼는" 것에 찬성을 한다는 것이다. 그것이 세번째의 기이한 일이다.

그러나 이런 나의 생각은 "견문이 적어 이상한 일이 많은" 경우일지도 모른다. 다른 사람은 결코 나와 같지 않을 것이다. 예전에 "기이한 것을 본 사람"이 말하길, "기이한 것을 보아도 기이하게 생각지 않으면 그 기이한 것은 저절로 사라진다"고 했다.[8] 현재의 "기이한 일"은 당신이 "본 것은 기이한 것이 아니다"라고 일찌감치 성명을 발표하고 있다. 권두의 「편집자 서문」에 있는 말이다.

매호에 그렇게 심각하지 않은 글과 그림들을 제공하는 것은 단지 문예에 흥미를 갖고 있는 독자들에게 여타의 심각한 문제로 인해 피로에 지친 눈을 좀 쉬게 해줄 수 있거나 얼굴을 펴 활짝 웃게 할 수 있지 않을까 해서다. 단지 그뿐일 따름이다.

알고 보니 '중국 제일의 일류 작가'들은 예전에는 '비어즐리'를 산 채로 베끼는 것을 재미있어하더니,9) 올해는 마르셀을 산 채로 삼키는 재미를 보면서 큰 재능을 하찮게 사용하고 계신다. 그러면서도 그저 사람들에게 "여타의 심각한 문제로 인해 피로에 지친 눈을 좀 쉬게 해줄 수 있거나 얼굴을 펴 웃게 할 수 있지 않을까 해서다"라고 말한다. 만일 다시 이 우리 눈을 쉬게 해준 "문예 그림"상에 문제가 발생한다면 그것이 비록 그리 "심각한" 것이 아닐지라도 결국은 두 분 '중국 제일의 일류 작가'들이 헌신적으로 보여 준 기예의 고심 찬 노력을 헛되게 할 것이다.

그러면, 나도 "얼굴을 펴 활짝 웃어" 보자.

하하하!

10월 25일

주)_____

1) 원제는 「奇怪(三)」, 1934년 10월 26일 『중화일보』의 『동향』에 처음 발표했다.
2) 예링펑(葉鳳靈, 1904~1975)은 장쑤성 난징 사람이다. 작가이자 화가이며 창조사(創造社)의 성원이었다. 무스잉(穆時英, 1912~1940)은 저장성 츠시(慈溪) 사람이며 작가다. 왕징웨이 괴뢰정부의 선전부 신문선전처장을 역임했고 피살당했다. 월간 『문예화보』는 예링펑과 무스잉 등이 함께 편집했다. 1934년 10월 창간했고 1935년 4월 정간해 모

두 4기가 출판되었다. 상하이잡지공사(上海雜誌公司)가 발행했다.

3) 다이핑완(戴平萬, 1903~1945)은 이름이 완예(萬葉)라고도 한다. 광둥성 차오안(潮安) 사람으로 작가이고 '좌익작가연맹'의 회원이다. 그의 「선양 여행」(沈陽之旅)은 『문예화보』 창간호에 발표됐다.

4) 료지 조메이(料治朝鳴)는 일본의 판화가다. 1932년 4월 『판화예술』(版藝術) 잡지를 창간했고 루쉰도 이 잡지를 사서 소장한 적이 있다. 『전쟁 판화집』은 1933년 7월에 나온 『판화예술』의 특집호였다.

5) 마세렐(Frans Masereel, 1889~1972)은 벨기에의 화가이자 목각판화가다. 1933년 9월 상하이 량유공사(良友公司)에서 그의 네 가지 목각 연환화(連環畫)를 번역 출판한 적이 있다. 루쉰은 그 가운데 『한 사람의 수난』(一個人的受難)에 서문을 썼다.

6) 「세계문단 조망대」(世界文壇了望臺)는 세계문단의 소식을 소개하는 『문예화보』의 칼럼 이름이다.

7) 프랑스가 19세기의 자연주의 작가인 공쿠르 형제를 기념하기 위해 만든 문학장려기금이다. 1933년 제31차 수혜자를 발표했다. 공쿠르 형제는 에드몽 공쿠르(Edmond Goncourt, 1822~1896)와 쥘 공쿠르(Jules Goncourt, 1830~1870)를 말한다.
『인간의 조건』(La Condition Humaine)은 앙드레 말로(André Malraux, 1901~1976)의 대표작으로 중국에서는 『인간의 운명』(人的命運 또는 人類的命運)으로 번역되어 나왔다. 1927년 상하이 4·12 대참사를 배경으로 한 장편소설로 1933년 출판되었다. 앙드레 말로는 20세기 중반 프랑스의 소설가이자 정치가로서 드골 정권하에서 정보·문화장관을 역임했고, 인도에서 현지 민족주의자들의 독립운동을 도와주었다. 중국에는 당시 공산당과 제휴하고 있던 광둥의 국민당 정권에 협력하였다가 나중에 결별했다. 유럽에 전체주의가 대두하자 앙드레 지드(André Gide) 등과 함께 반파시즘 운동에 참가했다.

8) 원문은 "見怪不怪, 其怪自敗"다. 옛날의 속담으로 송대 곽단(郭彖)의 『규거지』(暌車誌)에 나오는 말이다.

9) 오브리 비어즐리(Aubrey Beardsley, 1872~1898)는 영국의 화가이자 삽화가다. 툴루즈 로트레크와 일본의 풍속화 우키요에(浮世繪)의 영향을 받아 비어즐리 특유의 섬세하고 장식적인 양식을 확립했다. 아름다우면서도 병적인 선묘(線描)와 흑백의 강렬한 대조로 표현되는 단순하고 평면적인 형태 묘사로 사회상을 그린 작품이 많다. 그의 회화양식은 아르 누보와 그 밖의 운동에 많은 영향을 주었다. 중국에서는 예링펑 등이 그의 작품을 모방했다.

메이란팡과 다른 사람들(상)[1]

장페이

유명한 배우를 경배하는 것은 베이징의 전통이다. 신해혁명 이후 배우들의 품격이 향상하였고 이런 숭배도 깍듯해지기 시작했다. 예전에는 담규천[2]만이 연극계에서 영웅으로 불렸고 모두 그의 기예만 출중하다고 말했다. 그런데 이런 숭배 속에는 역시 얼마간의 권세와 실리 추구가 침투하는 것이 아닌가 한다. 왜냐하면 그는 '늙은 부처'인 자희태후가 좋아했던 적이 있기 때문이다.[3] 그러나 그러해도, 아무도 그를 선전해 준 사람이 없었고 그를 대신해 아이디어를 내 준 사람도 없어 세계적인 명성을 얻지는 못했다. 그를 위해 극본을 써 준 사람도 없었다. 내 생각에 그렇게 하지 못한 것은 얼마간은 '감히 하지 못한 것'일 수도 있다.

　나중에 유명해진 메이란팡은 그와 달랐다. 메이란팡은 남자주인공역인 '성'生이 아니라 여자주인공인 '단'旦이었고, 황실의 배우가 아니라[4] 속인俗人들의 총아였다. 그러자 사대부로 하여금 감히 손을 댈 수 있게 만들었다. 사대부들은 항상 민간인의 물건을 탈취하고자 한다. 죽지사[5]도 사대부들이 문언으로 개작하기도 하고, '가난한 집 고운 딸'[6]을 첩으로 삼기도 한다. 일단 그들의 손에 닿기만 하면 이 물건들 역시 그들을 따라 멸망한다. 그들은 메이란팡을 일반인 대중 속에서 끄집어내 유리 갓을 씌워 자단나무 시렁 위에 올려 놓는 인형 노릇을 하게 만들었다.[7] 대다수 사람들이 이해하지 못하는 말로 그에게 아름다운 「선녀가 꽃을 뿌리다」天女散花, 교태스러운 「대옥이 땅에 꽃을 묻다」黛玉葬花를 연기하게 만들었다. 예전에는 그가 연극을 하는 것이었으나 이제는 그를 위해 연극이 만들어졌다. 무릇 새로운 극본은 모두 메이란팡을 위한 것이었다. 사대부들의 마음과 눈에 맞는 메이란팡이 되었다. 우아하긴 우아하다. 그러나 대다수 많은 사람들은 봐도 이해할 수가 없다. 보러 가지 않으려 하기도 하지만 자신은 보러 가는 것이 어울리지 않는다 생각하기도 한다.

사대부들도 나날이 그 몰락이 드러나고 있는 중이니 메이란팡도 더불어 근자에 아주 쇠락하고 있는 모습이다.

그는 '단' 역을 맡는 배우인데 나이가 너무 들어 어쩔 수 없이 쇠락하고 있는 것일까? 아니다. 라오십삼단[8]도 일흔 살이 되었지만 일단 무대에 오르기만 하면 만당의 갈채를 받지 않았던가? 그럼 왜 그럴까? 그는 사대부들에게 점유당하지 않아 유리 갓 속으로 들어가지 않았기 때문이다.

명성이 일어나고 사그라지는 것은 마치 빛이 일어났다 사그라지는 것과 같다. 일어날 때는 가까운 곳에서 멀리로 퍼져 나가지만 사그라질 때는 먼 곳에 남아 있는 여린 빛만 명멸할 뿐이다. 메이란팡의 도일渡日과 도미渡美는 사실 그의 광채가 발양하고 있는 것을 말함이 아니라 중국에서 그 빛이 쇠하고 있음을 말한다. 그는 끝까지 유리 갓 속에서 뛰쳐나올 생각을 하지 못했다. 그래서 그렇게 타인들에 의해 넣어졌듯 타인들에 의해 되돌아오고 있는 것이다.

그가 아직 사대부들의 보호를 받기 전에 했던 연극들은 당연 속되다. 심지어 상스럽고 추악하기조차 하다. 하지만 발랄하고 생기가 있었다. 그러나 일단 '선녀'로 변하자 고귀해졌다. 그러나 그때부터 뻣뻣하게 죽어 갔고 가련할 정도로 긍지에 가득 차 있었다. 살아 있지도 죽어 있지도 않은 선녀나 임대옥 누이를 보는 것보다는 내 생각에, 대다수 사람들은 우리와 아주 친숙한, 아름답고도 활동적인 시골 아가씨를 더 보고 싶어 한다.

그런데 메이란팡은 아직도 기자들에게 좀더 우아하게 각색한 다른 대본이 필요하다고 말하고 있다.

11월 1일

주)_____

1) 원제는 「略論梅蘭芳及其他(上)」, 1934년 11월 5일 『중화일보』의 『동향』에 발표했다.

2) 담규천(譚叫天, 1847~1917)은 담흠배(譚鑫培)이며 예명(藝名)이 소규천(小叫天)이다. 후베이성 장샤(江夏; 지금의 우창武昌) 사람이다. 경극배우이며 라오성희(老生戲)를 잘했다. 라오성희는 경극에서 재상, 충신, 학자 등 중년 이상의 남자 역을 연기하는 극을 말한다. 1890년(광서 16년) 청 황실의 부름으로 입궐하여 자희태후를 위해 공연을 했다.

3) 자희태후(慈禧太后, 1835~1908)는 청대 함풍제(咸豊帝)의 왕비이다. 동치(同治) 연간에 즉위하여 태후로 추앙을 받았다. 동치와 광서 연간에 막강한 통치력을 발휘하여 실제 통치자 역할을 했다. '늙은 부처'는 청대 궁중에서 태감(太監)이 태상황(太上皇)이나 황태후(皇太后)를 부르던 칭호이다.

4) '황실의 배우' 원문은 '공봉'(供奉)이다. 공봉은 원래 황제 좌우에서 황제를 보필하는 직책을 맡은 사람을 부르던 칭호였다. 청대에는 궁정에 속한 배우를 부르는 호칭으로도 사용했다.

5) 죽지사(竹枝詞)는 대부분 7언으로 되어 있는 중국 고대의 민가다. 송대 곽무천(郭茂倩)의 『악부시집』(樂府詩集) 권81에 있는 기록이다. "죽지는 본래 파유(巴渝)에서 나왔다. 당나라 정원(貞元) 연간에 유우석(劉禹錫)이 위안샹(沅湘)에 있을 때 속요가 비천하다고 생각해 초사의 「구가」(九歌)에 근거하여 「죽지신사」(竹枝新詞)를 만들었다. 그리고

마을 아이들이 그것을 부르도록 가르쳤다. 그리하여 정원 연간과 원화(元和) 연간에 크게 유행했다."

6) 가난한 집 고운 딸(小家碧玉)이란 표현은 『악부시집』「벽옥가」(碧玉歌)에 나온다. "가난한 집의 고운 딸, 감히 귀한 신분을 넘보지 못한다네."

7) 자단나무는 귀한 목재로 비싼 가구를 만드는 데 사용한다. 자단나무 가구는 권문세가의 사대부가 아니면 사용하기 어려웠다. 여기서는 예인(藝人)이 사대부들의 놀잇감이 되어 그 집의 가구와 같은 구실을 하고 있는 것을 비유하고 있다.

8) 라오십삼단(老十三旦)은 허우쥔산(侯俊山, 1854~1935)을 가리킨다. 예명은 시린(喜麟)이고, 산시성(山西省) 훙둥(洪洞) 사람이다. 산시방즈(山西梆子)의 단원이었다. 열세 살에 연기로 유명해지자 13단(旦)이라고도 불렸다. 청대의 신좌몽원생(申左夢畹生)이 『분묵총담』(粉墨叢談)에서 이렇게 말했다. "계유년(1873)과 무술년(1874) 사이에 13단이 요염한 연기로 베이징의 무대를 떠들썩하게 했다." 당시 방즈(梆子)의 노랫가락은 노동 대중들의 많은 사랑을 받았었다. 그러나 사대부들은 이에 대해 멸시하는 태도를 취했다. 이자명(李慈銘)은 『월만당일기』(越縵堂日記 ; 청대 동치 12년 2월 1일자)에서 이렇게 말했다. "도시에 옛날부터 방즈 가락이 있었다. 대부분 저잣거리에서 행해지던 비루하고 속된 연극이었다. 오직 가마꾼과 천한 장사치들만 그것을 들었다."

메이란팡과 다른 사람들(하)[1]

장페이

그런데 메이란팡이 또 소련에 가려 한다.

이에 대한 의견들이 분분하다. 우리의 대화가인 쉬베이훙 교수도 일찍이 모스크바에 가서 소나무를 —— 말이었나, 기억이 분명치 않다 —— 그린 적이 있지만[2] 국내에서는 뭐 그리 시끄럽게 거론하진 않았다. 이것으로도 예술계에서 메이란팡 박사의 위상이 확실히 다른 사람을 능가하는 일등임을 알 수 있게 된다.

또 이로 인해 피곤하게도 『현대』 잡지 편집실도 긴장하기 시작했다. 편집실 수장이신 스저춘 선생께서 말씀하셨다. "그런데 메이란팡은 또 「술 취한 양귀비」를 공연하러 가려 한다!"(『현대』 5권 5기)라고. 이렇게 절규하는 것은 불평이 극에 달했음을 말해 준다. 만일 우리가 스 선생의 성별을 미리 알고 있지 않았다면 히스테리 증세가 난 것은 아닌가 의심했을 것이다.[3] 편집실의 차장인 두형 선생께선 다음과 같이 말씀하셨다.

"극본 검증작업을 마친다면, 가장 진보적인 연극을 몇 개 고른 후 먼저

모스크바로 가 '변신' 이후의 메이란팡 선생의 개인 창작을 선전하는 것
도 무방하다. …… 관례대로라면 소련에 간 예술가들은 해야 할 어떤 일
에 우선하여 먼저 얼마간의 '변신'을 보여 주곤 해왔기 때문이다."(『문예
화보』 창간호)

훨씬 냉정해졌다. 읽자마자 곧 그의 수완이 아주 훌륭함을 알게 된다.
이는 치루산 선생[4]으로 하여금 스스로의 부족함을 부끄러이 여기고 급히
달려가 도움을, 도움에 도움을 청하도록 만들기에 충분하다.

그런데 메이란팡 선생은 중국의 연극은 상징주의이기 때문에 극본의
문장이 좀더 우아해질 필요가 있다고 말씀하고 계신 중이다.[5] 사실 그는
예술을 위한 예술을 하고 계신 중이시다. 그 역시 '제3종인'인 것이다.

그렇다면 그는 "얼마간의 '변신'을 보여 주지" 못할 것이다. 지금 바
로 하기엔 너무 좀 이르다. 그는 어쩌면 다른 필명으로 극본을 만들고 지
식계급을 묘사하면서 끝까지 전적으로 예술을 위한 삶을 사는, 끝까지 세
속의 일은 거론하지 않는, 그런 삶을 살지도 모른다. 그러나 말년이 되기
전에 어쩌면 또 혁명의 편에 서 있게 될지도 모른다. 그렇게 많은 활동을
하고 있으니 어떤 '결말'에 도달하기 전에는 꽃이여, 빛이여 하다가, 만일
그 '결말'에 이르게 되면 이 연극을 만든 것은 나예요, 이 연극은 혁명 편
에 있지 않습니까? 하고 말할 것이다.

그러나 나는 메이란팡 박사가 스스로 문장을 지을 줄 아는지, 다른 필
명으로 자신의 연극을 칭찬할 수 있을지, 아니면 회사를 허명으로 설립해
무슨 '연극연감' 같은 걸 출판하여 친필 서문을 쓰면서 자신이 연극계의
명인이라고 말할 수 있을지 어떨지 잘 모르겠다.[6] 만일 하지 않는다면 그

것은 그런 수완을 부릴 줄 몰라서일 것이다.

만일 수완을 부릴 줄 모른다면 그것은 정말 두헝 선생을 실망시키게 하는 것일 터이니 그에게 '더 많은 빛'을 요구해야 할 것이다.[7]

역시 여기서 그만두기로 하자. '간단히 논함'[8]을 계속했다가는 메이란팡이, 마구 떠드는 비평가들의 비난 때문에 자신이 좋은 극을 연기할 수 없다고 말하게 될 것이니, 나도 이를 미연에 방지해야겠다.

11월 1일

주)_____

1) 원제는 「略論梅蘭芳及其他(下)」, 1934년 11월 6일 『중화일보』의 『동향』에 발표했다.

2) 쉬베이훙(徐悲鴻, 1894~1953)은 저장성 사람으로 1917년 일본에 유학하고 1918년 베이징대학교 화법연구회 강사로 있다가 쿵더학원(孔德學院) 교수가 되었다. 1919년 파리에 유학, 1927년 귀국한 후 1929년 난징 국립중앙대학 예술계 주임교수가 되었다. 1930년 이후 유럽 각지에서 중국근대화전을 개최하고, 1949년 중국의 중앙미술원 원장이 되었다. 그는 1934년 5월 소련 대외문화사업위원회의 초청에 응해 소련에서 열리는 중국미술전에 참가했다. 당시 모스크바 주재 중국대사관에서 열린 초대모임 석상에서 대나무와 말을 그린 적이 있다. 후기에 여러 형식의 말 그림을 그려 유명하다.

3) 히스테리 증세를 당시에는 여성만의 특이한 정신적, 심리적 병증으로 이해하고 있었다. 스저춘 선생이 남자라서 이런 표현을 한 것이다.

4) 치루산(齊如山, 1876~1962)은 이름이 쭝캉(宗康)이고 자가 루산이며 허베이성 가오양(高陽) 사람이다. 당시 베이핑국극학회(北平國劇學會) 회장이었고 메이란팡을 위해 극본을 썼다. 두헝은 『문예화간』(文藝畫刊) 창간호(1934년 10월)에 발표한 「메이란팡이 소련에 가다」에서 이렇게 말했다. "나는 그의 최우선 과제는 희극의식 검토 전문가 몇 사람을 찾아가 도움을 받거나 아니면 각본개편위원회를 조직해야 한다고 생각한다. 이런 일들은 아마 치루산 선생 같은 분들이 담당할 수 있지 않을까 한다."

5) 1934년 9월 8일 『다완바오』 「전영」(剪影)에 실린 리란(犁然)의 「메이란팡, 마롄량, 청지

셴, 예성란의 환영연회석상에서」(在梅蘭芳馬連良程繼先葉盛蘭的歡宴席上)에 메이란팡과의 대담 내용이 나온다. 여기서 메이란팡은 이렇게 말하고 있다. "중국의 전통극은 원래 순수한 상징과 극이기 때문에 사실적인 연극과 다르다."

6) 이 부분은 모두 두헝을 비판, 풍자한 것이다. '연극연감'은 두헝과 스저춘이 1932년에 함께 펴낸『중국문예연감』을 겨냥한 것이다.

7) '더 많은 빛' 역시 두헝을 비판하기 위해 인용한 것이다. 두헝은 1934년 월간『현대』의 제5권 제1기에서 제5기까지, 그리고 제6권 제1기에서 장편소설『더 많은 빛』(再亮些)을 발표했다. 또 연재가 완전히 끝나지 않은 상태에서 단행본으로 출판했다. 단행본의 제목을『배반의 무리』(叛徒)로 바꾸었다. 이 책의 서두「제목 설명」(題解)에서 두헝은 릴케가 임종 시에 했다는 말 "더 많은 빛을"을 인용했다.

8) '간단히 논함'의 원문은 '약론'(略論)이다. 이 글의 원제목을 그대로 옮기면 '메이란팡과 기타 사람들을 간단히 논함'이다. 그래서 '간단히 논하'고 이 글을 여기서 그만두겠다는 뜻이다.

욕해서 죽이기와 치켜세워 죽이기[1]

허파何法

오늘날 문학비평에 불만을 가진 사람들이 있다. 그들은 항상 요 몇 년간의 이른바 비평이란 것들은 치켜세우기와 욕하는 것에 불과할 뿐이라고 말한다.

사실 치켜세우다와 욕하다는 칭찬과 공격이란 말을 얄미운 다른 말로 바꾼 것에 불과하다. 영웅을 가리켜 영웅이라 하고 창녀를 창녀라고 말하는 것은 표면적으론 치켜세우는 것과 욕하는 것으로 보일지라도 사실은 사실에 맞게 말하는 것이다. 비평가를 비난할 수 없는 것이다. 비평가의 잘못은 함부로 욕하고 함부로 치켜세우는 것에 있다. 이를테면 영웅을 창녀라고 한다거나 창녀를 들어 올려 영웅을 만들거나 하는 것이다.

비평이 위력을 잃어버리는 것은 '함부로 마구' 하는 것 때문이며 나아가 '함부로 마구' 한 것이 사실과 상반된 데까지 가기 때문이다. 그러나 그 세세한 사실들이 사람들에게 간파되기만 하면 그 비평의 효과는 곧바로 그 반대가 되어 버린다. 그래서 오늘날은 욕을 먹어 죽임을 당하는 사람은 적지만 치켜세움을 당해 죽는 자는 많다.

당사자는 옛사람인데 위와 같은 사태가 최근 발생한 사람이 있다. 바로 원중랑이다. 이 명말明末의 작가들은 문학사상 그들 나름의 가치와 지위를 갖고 있다. 그런데 불행하게도 일군의 학자들에 의해 치켜세움을 받았고, 찬양을 받았으며, 그들의 문장은 구두점이 찍혀서 인쇄되어 나왔다.

색으로부터 빌리고, 해와 달로부터 빌리고, 촛불로부터 빌리고, 푸른 나무와 노란 꽃으로부터 빌리니, 색깔은 무상하도다. 소리로부터 빌리고, 종과 북으로부터 빌리고 죽은 대나무 구멍으로부터 빌리고…….[2]

'빌린' 결과 원중랑은 엉망진창이 되었다. 마치 그의 얼굴에 잔뜩 꽃을 그려 놓고 여러 사람들에게 보여 주면서 "보세요, 이 얼마나 '성령'이 가득합니까!" 하고 떠들썩하게 칭찬과 감탄을 하는 듯하다. 물론 중랑의 본질과는 아무 상관이 없다. 그러나 꽃을 그린 얼굴을 깨끗이 지우기 이전에는 남들에게 이 '중랑'은 비웃음을 살 것이며 재수 없이 썩어 감을 면치 못할 것이다.

당사자는 오늘날 사람인데 이런 사태가 옛날에 있었던 사람으로 나는 타고르가 기억난다.[3] 그가 중국에 오자 사람들은 강단을 만들어 강연을 하게 하고 그 앞에 가야금을 펼쳐 놓고 향을 태워 올렸다. 왼쪽에는 린창민, 오른쪽에는 쉬즈모가 각각 머리에 인도식 터번 모자를 쓰고 앉아 있었다.[4] 쉬 시인이 그의 소개를 시작했다. "오옴! 웅얼웅얼, 흰 구름 맑은 바람, 은경 종소리…… 때앵!" 그를 마치 살아 있는 신선인 양 소개했다. 그래서 우리들 땅 위의 청년들은 실망을 했고 흩어져 버렸다. 신선과 범인이 어찌 헤어지지 않을 수 있겠는가? 그런데 나는 올해 그가 소련을 논한 글을 보게 되었다. 그가 천명하여 말하길, "나는 영국 통치하의 인도인이다"라고 했다. 그는 자신을 명료하게 알고 있는 사람이다. 그가 중국에 왔을 때 아마 분명 그리 멍청하진 않았으리라. 만일 우리들의 시인 여러분께서 그를 살아 있는 신선으로 만들어 버리지만 않았더라면 그에 대한 청년들의 태도 역시 그처럼 서먹서먹하진 않았으리라. 지금 생각하니 정말 아주 운이 나빴다.

학자나 시인이란 간판으로 어떤 작가를 비평하거나 소개하는 일은 처음에는 옆 사람을 제법 혼란스럽게 만들어 버릴 수 있지만, 그 옆 사람이 작가의 진면목을 분명하게 간파한 다음에는 소개한 그 사람의 무성의함만 남거나 아니면 학식의 부족함만 남게 된다. 그러나 만일 진면목을 분명하게 비판할 수 있는 옆 사람이 없다면 그 작가는 소개자의 소개로 인해 치켜세움을 당하고 죽게 될 것이다. 몇 년이 걸려야 그것의 반전이 가능할지 모른다.

11월 19일

---

1) 원제는 「罵殺與捧殺」, 1934년 11월 23일 『중화일보』의 『동향』에 처음 발표했다.
2) 원문은 '色借, 日月借, 燭借, 青黃借, 眼色無常. 聲借, 鐘鼓借, 枯竹竅借⋯⋯'이다. 당시 류다제(劉大杰)가 구두점을 찍고 린위탕이 교열 감수한 『원중랑전집』은 문장을 잘못 나눈 것이 심했다. 여기 인용한 인용문은 이 책의 『광장』(廣莊) 「제물론」(齊物論)에 나오는 일단락이다. 루쉰은 나중에 자신이 보관하고 있던 초판본 『꽃테문학』의 이 부분 여백에 붓으로 이런 말을 써 놓았다. "후에 차오쥐런(曹聚仁) 선생이, 이 부분 문장은 이렇게 나누어야 한다고 지적했다. '색은 달과 해로부터 빌리고, 촛불로부터 빌리고, 푸른 나무와 노란 꽃으로부터 빌리고 눈으로부터 빌리니, 색이란 무상하다. 소리는 종과 북으로

부터 빌리고 죽은 대나무 구멍으로부터 빌리고……'(色借日月, 借燭, 借靑黃, 借眼, 色無常. 聲借鐘鼓, 借枯竹竅, ……) 그래서 재판에서는 더 이상 이런 종류의 '언어 묘미'를 구경할 수 없게 되었다." 차오쥐런은 1934년 11월 13일 『동향』에 발표한 「구두점 찍기의 세 가지 불후」(標點三不朽)에서 류다제가 구두점을 찍은 책의 오류를 지적했다.

3) 타고르(R. Tagore, 1861~1941)는 인도의 시인이다. 뱅골 문예 부흥의 중심이었던 집안 분위기 탓에 일찍부터 시를 썼고 16세에는 첫 시집 『들꽃』을 냈다. 초기 작품은 유미적이었으나 갈수록 현실적이고 종교적인 색채가 강해졌다. 교육 및 독립 운동에도 힘을 쏟았으며, 시집 『기탄잘리』(Gitanjali)로 1913년 노벨 문학상을 받았다. 1924년 중국을 방문했다. 1930년 소련을 방문하고 1931년 『러시아 서간집』을 출판했다. 이 시집 속에서 그는 자신을 "영국의 신민(臣民)"이라고 말했다.

4) 린창민(林長民, 1876~1925)은 푸젠성 민허우(閔侯) 사람으로 일찍 일본에 유학했고 베이양정부의 사법부총장을 지냈으며 푸젠대학교 총장 등을 역임했다. 쉬즈모(徐志摩, 1897~1931)는 저장성 하이닝(海寧) 사람으로 시인이다. 신월사(新月社)의 주요 멤버였다. 저서에 『즈모의 시』(志摩의 詩), 『맹호집』(猛虎集) 등이 있다. 타고르의 중국 방문 시 그의 통역을 맡았다.

독서 금기[1]

옌위

기억하기로 중국의 의학서적은 항상 '음식 금기'를 언급하고 있다. 어떤 음식은 두 가지를 함께 먹으면 사람에게 해롭다고 한다. 심할 경우엔 사람을 죽일 수도 있다 한다. 예를 들면 파와 꿀, 꽃게와 감, 땅콩과 오리 같은 것들이다. 그러나 진실 여부는 알 길이 없다. 왜냐하면 누군가가 실험해 보았다는 소리를 들은 적이 없기 때문이다.

독서에도 '금기'가 있다. 그러나 '음식 금기'와는 좀 다르다. 어떤 유의 책은 어떤 유의 책과, 결코 함께 보아서는 안 된다. 그렇지 않으면 두 책 가운데 하나는 반드시 압사壓死를 당하게 될 것이다. 아니면 적어도 독자에게 반감을 주어 분노하게 만들 것이다. 예를 들어 지금 유행하여 제창되고 있는 명대 소품문의 몇몇 편은 분명 생동적이고 성령이 가득하다. 잠자리나 화장실, 수레나 배 안에서, 정말 딱 좋은 소일거리 독서물이다. 그런데 먼저 요구되는 것은 읽는 독자의 마음이 텅텅 비어 있고 아련하며 흐릿해야 한다. 만일 『명계패사』나 『통사』[2]를 읽었거나 아니면 명말 유민의 저서를 읽었다면 그 독서 효과는 달라지게 된다. 그 두 가지를 함께 읽으면 분명 두 책이 안에서 전쟁을 시작할 것이고 한쪽을 죽이지 않고선 멈추지 않게 될 것이다. 그래서 나는 명대 소품문을 증오하는 평론가들의 심정을 아주 잘 이해할 수 있다고 자부한다.

요 며칠 우연히 굴대균의 『옹산문외』를 보게 되었다.[3] 그 속에 무신년戊申年(강희 7년) 8월에 쓴 「다이국 북부에서 베이징 입성까지」[4]란 글이 들어 있다. 그의 문필이 어찌 중랑의 글보다 못하겠는가? 그런데 아주 중요한 부분이 있어 여기 몇 구절을 옮겨 본다.

······황허를 따라가며 강을 건너기도 하고 걷기도 했다. 높낮이가 다른 서쪽 오랑캐들의 천막들이, 이른바 파오라고 하는 것들이 연이어 마치 산등성이나 언덕처럼 곳곳에 나타났다. 남자와 여자들 모두 몽고어로 말을 했다. 치즈와 요구르트, 양과 말, 모피를 파는 상인도 있고, 두 마리 낙타 사이에 누워 있는 사람, 수레에 앉아 있는 사람, 안장 없이 말을 탄 사람, 붉은 장삼이나 누런 장삼을 걸치고 손에 작은 철륜鐵輪을 든 채 『금강예주』金剛穢呪를 염불하며 삼삼오오 걸어가고 있는 사람들도 있었다. 말똥과 목탄을 가득 실은 버들광주리를 이고 가는 사람들은 모두 중국 여인들이었다. 하나같이 틀어 올린 머리에 맨발에, 더러운 얼굴에, 양피 저고리를 뒤집어 입고 있었다. 사람이 소, 양과 더불어 함께 자고 덮고 있었다. 그 비린내가 백여 리에 끊이질 않았다.

내 생각에, 이런 문장을 읽고, 이런 광경을 상상하고, 그리고 그것을 완전히 잊지 않고 있다면, 그렇다면, 비록 중랑의 『장자를 확대하여』나 『꽃병의 역사』[5] 같은 글이라 할지라도 분명 쌓인 분노를 깨끗이 씻어 낼 수 없었으리라. 뿐만 아니라 더더욱 분노가 일지도 모른다. 왜냐하면 이 것은 정말 자기들끼리 서로 치켜세웠던 중랑시대에 비해 아주 나쁜 상황 일 것이며, 중랑 그들은 아직 '양저우십일'과 '자딩감도'를 겪지 않았기 때 문에!⁶⁾

명대 사람의 소품은 훌륭하다. 어록체도 나쁘지 않다. 그러나 내가 보 기에 『명계패사』류와 명말 유민들의 작품 역시 정말 훌륭하다. 지금은 바 로 그런 작품에 구두점을 찍고 영인影印을 해낼 때이다. 여러분들께서 좀 깨달아 주시길.

11월 25일

주)_____

1) 원제는 「讀書忌」, 1934년 11월 29일 『중화일보』의 『동향』에 처음 발표했다.

2) 『명계패사』(明季稗史)는 『명계패사휘편』(明季稗史滙編)이다. 청대 유운거사(留雲居士)가 모두 27권으로 편찬했다. 16종류의 회간패사(滙刊稗史)에 기록된 것은 모두 명말의 유 사(遺事)들이다. 예를 들면 복왕(福王) 홍광(弘光) 조정의 일을 기록하고 있는 고염무(顧 炎武)의 『성안황제 본기』(聖安皇帝本紀), 정성공(鄭成功)의 타이완 수복을 기록하고 있 는 황종희(黃宗羲)의 『성씨 하사의 시말』(賜姓始末), 청나라 병사의 잔혹함을 기록하고 있는 왕수초(王秀楚)의 『양저우십일기』(揚州十日記)와 주자소(朱子素)의 『자딩도성기 략』(嘉靖屠城記略) 같은 것들이다. 『통사』(痛史)는 낙천거사(樂天居士)가 편한 것으로 모 두 3집으로 되어 있고 명말청초의 야사 20여 종을 모아 발행한 것이다. 총 제목이 『통 사』다. 민국 1년에 상하이 상우인서관(商務印書館)에서 출판했다.

3) 굴대균(屈大均, 1630~1696)은 자가 옹산(翁山)이고 광둥성 판위(番禺) 사람으로 작가다. 청나라 병사가 광저우에 입성하기 전, 청에 대한 저항운동에 참여했고 실패 후에는 삭 발하고 중이 되었다. 법명은 금종(今種)이다. 나중에 환속하여 북쪽으로 관중(關中) 지 역과 산시(山西)를 여행했다. 저서에 『옹산문외』(翁山文外), 『옹산시외』(翁山詩外), 『광둥 신어』(廣東新語) 등이 있다. 청나라 옹정(雍正), 건륭(乾隆) 연간에 그의 저서들은 금지되 고 파괴되었다. 1910년(선통 2년)이 되어서야 상하이 국학부륜사(國學扶輪社)에서 『옹

산문외』16권과『옹산시외』19권이 영인되어 나왔다.

4) 「다이국 북부에서 베이징 입성까지」(自代北入京記)에서 다이(代)는 옛날의 지명으로 진(秦) 이전에는 대국(代國)이었다가 한나라, 진(晋)나라에 와서는 다이군(代郡)이 되었고, 수 당대 이후에는 다이저우(代州: 지금의 산시성山西省 다이현代縣)가 되었다. 지금의 산시성 북부, 허베이성 서북부 일대에 해당하는 지역이다.

5) 『장자를 확대하여』(廣莊)는 원중랑이『장자』(莊子)의 문체를 모방하여 도가사상을 논한 책이다. 모두 7편으로 되어 있다.『꽃병의 역사』(瓶史)는 원중랑이 화병과 꽃꽂이를 연구한 소품문으로 12장으로 구성되어 있다. 두 책 모두『원중랑전집』에 들어 있다.

6) 명말, 청나라 군대가 중원에 들어와 양저우에서 열흘 동안 일으킨 처참한 도륙을 '양저우십일'(揚州十日)이라 한다.

자딩삼도(嘉靖三屠). 자딩성(嘉靖城)이 청나라 군대에게 필사적으로 저항하자 성의 공격은 계속 실패로 돌아갔다. 나중에 성을 점령한 후, 청의 군대가 광기에 가까운 도륙을 자행했는데, 이를 '자딩의 세 가지 도륙'(嘉靖三屠)이라 한다.

부록

『거짓자유서』에 대하여
『풍월이야기』에 대하여
『꽃테문학』에 대하여

『거짓자유서』에 대하여

『거짓자유서』는 루쉰이 1933년 1월 말부터 5월 중순까지 『선바오』의 부간 『자유담』에 허자간何家幹, 자간家幹, 간幹, 딩멍丁萌이라는 필명으로 발표한 잡문을 모은 문집이다. 1933년 7월에 편집하여 10월에 출판되었고 「서문」과 「후기」를 빼면 모두 43편이다. 5월 중순이라는 시점은 최소한이나마 보장받던 언론의 자유가 급속하게 위태로워지는 때이다. 5월 말부터 『자유담』이 국민당의 언론 검열에 백기를 들게 됨에 따라 루쉰은 이상의 필명이 아닌 다른 수많은 필명으로 투고를 하게 된다. 이후 『자유담』에 다른 필명으로 투고한 글은 『풍월이야기』에 수록했다. 문집에는 결벽에 가까운 루쉰의 성격이 고스란히 드러난다. 루쉰은 독자의 이해를 돕는다는 명분으로 문단의 반응을 자신의 글 바로 뒤에 오려 붙여 놓았다. 루쉰을 비판한 사람들의 말을 빌리면 까탈스럽기 그지없는 '노인티'를 내고 있는 것이다.

『자유담』은 1911년 8월 24일에 처음 만들어졌다. 처음에는 주로 소위 '원앙호접파'鴛鴦蝴蝶派 작가들의 작품을 많이 게재했다. 원앙호접파 문학은 새로이 등장한 상하이 도시민의 미학적 흥미에 부합하는 '유희'를 목적으로 하고 있었다. 그런데 1932년 12월 리례원이 편집을 맡으면서 부터 루쉰, 마오둔茅盾 등 진보적인 문인들이 쓴 민주와 언론의 자유에 관한 잡문과 단평들로 채워지게 된다. 『자유담』의 변화는 국민당의 탄압으로 이어지고 결국 편집인 리례원黎烈文은 1934년 5월에 사직한다. 같은 해 11월 『선바오』를 운영하던 스량차이史量才가 암살되는 사건마저 벌어지자 『자유담』은 급격하게 보수화되고 이후 정간과 복간을 거듭하다 1949년 5월 『선바오』의 정간과 함께 운명을 같이했다. 『다완바오』 등 보수적 신문이 주도한 『자유담』에 대한 공격의 전말은 「후기」에 잘 정리되어 있다.

　　루쉰은 이전까지 일보에 글을 투고한 적이 거의 없으나 『자유담』에는 부지런히 매달 평균 8,9편 꼴로 글을 써서 보냈다. 『자유담』에 투고하게 된 전후사정에 대해서는 「서문」에 잘 나타나 있다. 루쉰은 애당초 『자유담』이라는 신문 부간에 별 관심이 없었으나 해산하다 죽은 아내에 대한 그리움을 표현한 편집인 리례원의 글을 읽은 것이 계기가 되었다. 이를 두고 루쉰은 "적막한 이들을 위하여 소리치기 위해서"라고 했다. 리례원이 『자유담』의 혁신을 위해 홀로 동분서주하다 불행한 일을 당한 것에 대한 안쓰러움과 미안함이 있었던 것이다.

　　문집에 실린 글의 대부분은 당시 시사를 직접적으로 겨냥하고 있다. 루쉰은 『거짓자유서』를 내면서 『자유담』에 투고했으나 게재되지 못한 글도 함께 묶었다. 게재 거부된 까닭은 당시 정치적 상황을 노골적으로 비판하고 있었기 때문이다. 따라서 루쉰은 『자유담』에서 '자유'라는 것은 "아이러니에 불과하다"(「서문」)라고 했던 것이다. 여기저기서 누구나 '자유'를 말하고 있었지만 당시 중국에서 언론의 자유는 근본적으로 '한계' 지어져 있었다. 『자유담』은 표제가 지시하는 바와 같이 언론의 자유를 전제해야만 존재할 수 있는 형식이다. 그런데 당시 언론의 자유를 요구하는 사람에게는 『홍루몽』에서 가씨댁의 가노 초대焦大가 당했던 것처럼 입안 가득 말똥을 쑤셔 넣어 말문을 철저하게 막아 버리는 상황이었다. 심지어 언론의 자유에 대한 요구는 급기야 신문, 잡지의 운명을 담보로 하는 일이기도 했다. 수세에 몰린 『자유담』의 처지야말로 '한계'를 적나라하게 보여 주는 것이다.

따라서 루쉰은 "『자유담』은 실은 자유롭지 않음에도 불구하고 지금 『자유담』이라고 부르고 있으므로 간신히 우리는 이런 자유로운 모습으로 이 지면에서 말하고 있다"(「사실숭상」)라고 했다. 바로 이런 까닭으로 『자유담』에 기고한 글을 모아 '거짓자유서'라는 이름으로 묶어 낸 것이다.

옮긴이 이보경

『풍월이야기』에 대하여

『풍월이야기』는 1933년 6월부터 11월까지 『선바오』의 『자유담』에 발표한 잡문을 모은 문집이다. 「서문」과 「후기」를 제외하면 모두 64편이다. 1934년 10월 편집하여 12월에 출판했다. 1933년 1월부터 5월까지 『자유담』에 발표한 잡문을 묶어 낸 『거짓자유서』와 함께 두고 보면 1933년은 루쉰의 글쓰기 생애에서 잡문 창작이 가장 풍부했던 한 해라고 할 수 있다.

　　1933년 5월부터 국민당이 언론에 대한 감시와 검열을 한층 강화함에 따라 『자유담』은 어려운 처지에 놓이게 된다. 1932년 12월부터 편집인이 리례원으로 바뀌면서 루쉰, 마오둔 등 진보적 작가들의 글이 많이 게재되었기 때문이다. 국민당의 언론 탄압 앞에 속수무책이던 『자유담』은 1933년 5월 말 급기야 "국내의 문호들에게 이제부터 풍월을 더 많이 이야기해 주기를 호소한다"라는 광고를 내기에 이른다. 『자유담』의 처지가 자신의 글과 무관하지 않음을 잘 알고 있었던 루쉰은 6월부터 그동안 『자유담』에 투고하면서 사용했던 필명이 아닌 다른 여러 가지 필명으로 투고했다. 루쉰이 필명을 바꿀 수밖에 없었던 까닭과 20개나 되는 필명의 가짓수는 그 자체로 국민당의 언론 탄압의 실상을 반영한다고 하겠다. 그런데 루쉰의 '변성명'은 그를 비판하는 사람들에게 또 하나의 시빗거리를 만들어 준 셈이 되고 말았다. 루쉰의 '변성명'을 둘러싼 논박은 「후기」에 잘 정리되어 있다.

『자유담』의 광고는 정치, 사회적 이슈('풍운')가 아닌 로맨틱하고 유유자적한 삶('풍류')에 대한 글의 기고를 장려하는 것이었다. 루쉰은 『자유담』의 방침에 대해 "흥미로운 점은 풍운을 이야기하는 사람들은 풍월도 이야기할 수 있다는 것이다. 비록 여전히 그대의 뜻과 다르지만 풍월을 이야기하라고 했으니 풍월을 이야기해 보기로 한다"(「서문」)라고 대응했다. 루쉰은 『자유담』의 광고 이후 풍운이 아닌 풍월을 글감으로 삼았기 때문에 결과적으로 『풍월이야기』는 정치에 대한 직접적인 비판이 가장 적은 잡문집 중 하나가 되었다. 시사에 관한 이야기로 점철되다시피한 『거짓자유서』와 달리 『풍월이야기』에 실린 글들은 적어도 문면적으로는 사회, 정치적 이슈와 거리가 있다.

대신에 루쉰은 정치 비판이 아니라 문화 비판이라는 형식을 선택한다. 『풍월이야기』의 원래 제목은 『준풍월담』准風月談이다. 글자 그대로 해석하면 '풍월에 버금가는 이야기', '풍월에 준하는 이야기'가 된다. 소위 '문학의 자유'를 주장하는 자유주의적 문인들이나 국민당 당국의 의도에 꼭 맞는 풍월이야기라고는 할 수 없지만, 여하튼 간에 문인들의 삶과 문화 전반을 다루고 있으므로 풍월에 가깝거나 흡사한 이야기라는 것이다. 이런 점에서 문집의 첫번째 글이 「밤의 송가」라는 점은 매우 흥미롭다. 「밤의 송가」는 자유주의 문인들이 좋아하는 모던 걸과 문인학사들을 소재로 하고 있다. 「밤의 송가」 같은 글은 당국이 원하는 풍월이야기를 루쉰 특유의 '풍월이야기'로 만들어 가는 글솜씨가 멋지게 드러난다. 루쉰은 "한 가지 화제로 작가를 구속하려고 해도 사실 그렇게 되지 않는다"(「서문」)라는 것을 『풍월이야기』를 통해서 잘 보여 주고 있다고 하겠다.

『풍월이야기』는 문집 전체가 1930년대 중국에서 빈번히 자행되었던 검열과 검열에 대한 저항의 증거이다. 우선 앞서 말한 루쉰이 사용한 수많은 필명이 그렇다. 또한 루쉰은 문집으로 엮으면서 『자유담』에 게재되지 못한 글을 함께 묶어 두었을 뿐만 아니라 게재 당시 삭제되거나 변형된 문장을 원래의 모습대로 되살리는 한편 강조점을 찍어 검열의 증거를 또렷이 양각화시키고 있다. 따라서 『풍월이야기』는 「서문」에서 말한 바와 같이 '중국문망사'中國文網史 다시 말하면, 중국문학 검열사를 기술하는 데 중요한 역사적 사실과 증거가 되기에 부족함이 없다.

옮긴이 이보경

『꽃테문학』에 대하여

『꽃테문학』에는 루쉰이 1934년 1월부터 11월 사이에 쓴, 「서언」을 제외한 잡문 61편이 수록되어 있다. 『선바오』의 『자유담』, 『중화일보』의 『동향』과 반월간지인 『태백』 같은 곳에 발표했던 글들이다. 1936년 6월 상하이 롄화서국聯華書局에서 묶어 출판했고 나중에 『루쉰전집』에 편집되었다. 이보다 1년 전인 1933년에 쓴 잡문들을 묶은 것이 이 책에 같이 실린 『거짓자유서』와 『풍월이야기』이다.

루쉰의 글, 특히 잡문은 그 글이 나오게 된 배경과 맥락을 모르면 이해하기가 난감하다. 루쉰의 후기 잡문은 대개 1930년대 중국과 상하이의 정치·사회사적 상황과 시민 생활, 문단 및 지식인들의 언행과 관련 있거나 누군가의 평론, 글과 관련돼 있다. 그것들에 대한 루쉰의 생각들이다. 격려나 응원, 비판이거나 풍자다. 아니면 신랄한 냉소이거나 전면적 싸움걸기의 글들이다. 그러므로 가능한 한 주석을 읽어 가면서 글의 배경을 이해해야만 루쉰 특유의 글의 묘미를 즐길 수 있다. 1934년 전후의 시대배경에 대해서는 본문의 여러 가지 주석들을 읽으면 저절로 정리가 되리라 생각하지만 여기서 간단하게나마 시간 순으로 설명하는 것도 필요하겠다.

1.

1930년 3월 상하이에서는 좌익작가연맹(이하 좌련으로 약칭)이 비밀리에 결성되어 좌익작가들을 결속시키고 혁명활동에 들어간다. 루쉰은 50여 명이 참여한 창립대회에서 주석단의 한 명으로 추대되었고 집행위원의 한 사람으로 피선되었다. 같은 달 20일 루쉰은 펑쉐펑馮雪峰, 러우스柔石 등과 회담을 하는 도중 뒤를 밟는 사람들을 감지하고 우치야마서점內山書店으로 피신, 1개월여 숨어 지냈다. 10월부터 좌련의 활동이 활발해지자 국민당의 압박이 거세졌고 좌익 극작가인 쭝후이宗暉가 피살되었다. 난징 국민당 정부는 '출판법' 44조를 공포, 좌익서적이나 좌익작가들을 탄압했고 백색테러를 공공연하게 자행했다. 1931년 1월 17일 상하이에서 혁명작가인 러우스, 후예핀胡也頻, 리웨이썬李偉森, 인푸殷夫, 펑컹馮鏗 다섯 사람이 국민당에 체포되어 아무 재판 절차 없이 다른 20여 명과 함께 비밀리에 처형되었다. 당시 러우스의 몸에는 루쉰이 내일서점明日書店과 맺은 계약서가 있어 군경이 러우스에게 루쉰의 행방을 추궁했다. 그러나 러우스는 입을 열지 않았다. 루쉰은 화위안장花園莊 여관으로 피신을 하게 되고 2월 말이 되어서야 귀가한다. 상하이에서의 2차 피신이다. 루쉰은 좌련 오열사의 처형 사건에 분노했다. "우리가 오늘 전사자들을 더 없이 애도하고 마음속에 깊이 새겨두고자 하는 것은, 중국 프롤레타리아 혁명문학사의 첫 장이 동지들이 흘린 붉은 피로 기록되었음을 명심하고자 함이며, 비열하게 폭력을 휘두른 적들을 영원히 폭로하여 동지들에게 끊임없이 투쟁할 것을 깨닫게 하기 위함이다."(「중국 프롤레타리아 혁명문학과 선구자의 피」) 좌련 오열사를 기념하기 위해 루쉰은 펑쉐펑 등과 함께 좌련 기관 발행지 『전초』前哨 1기를 발행, '전사자 기념 특집호'를 만들었고 여기에 루쉰이 기초하고 서명한 글, 「국민당 학살 비판을 위한 중국좌익작가연맹의 혁명작가 선언」을 실었다. 이 시기에 나온 잡문집이 『삼한집』과 『이심집』이다.

1931년의 9·18사변 이후 중국 본토에 대한 일본의 침략은 확대되고 중국의 민족주의 항일운동은 고조되기 시작했다. 9·18사변은 일본 관동군이 선양 외곽의 남만철로를 폭파하고는 중국 군대가 파괴한 것이라고 소문을 퍼뜨린 후 이를 빌미 삼아 선양을 폭격한 사건이다. 그런데도 국민당 정부는 '먼저 국내를 안정시키고 후에 오랑캐를 몰아낸다'는 정책을 고수, 대외적으로는 무저항주의를, 대내적으로는 진보세력에 대한 탄압과 공산당 토벌에 주력했다. 그 결과 일본은 더욱 깊이 본토 내륙을 향해 침투해 들어올 수 있었다. 9·18사변 뒤 얼마 안 되어 일본은 중국의 동북 3성을 거의 다 점령해 내륙 침공의 기지를 마련했고 상하이를 겨냥했다. 그러나 국민당은 여전히 무저항주의로 일관했다. 국민당은 정면 대결을 하지 않은 채 국제연맹에 하소연해 진상조사단의 파견을 요구했다. 조사단이 파견되기도 전, 일본군은 1932년 1월 28일 저녁 상하이 북쪽 외곽에 주둔해 있던 일본 해군육군전쟁부대를 통해 상하이 북부 자베이闸北 일대에 있는 부대에게 상하이 진격명령을 내렸다. 1·28전쟁을 일으킨 것이다. 당시 루쉰의 아파트는 일본 사령부와 대각선에 위치한 아파트였다. 루쉰은 포화의 위험을 피해 가족들과 다시 우치야마서점으로 피신했고 30일 일본군은 루쉰의 집을 수색했다. 상하이에서의 3차 피난이었고 루쉰 일가는 3월 19일이 되어서야 귀가했다.

1932년 3월 8일에는 일본군이 동북에서 만주국을 조작해 내 폐위된 황제 푸이를 데려다가 꼭두각시 정부를 세웠다. 국민당 정부는 제대로 된 저항 한 번 하지 않고 계속 국제사회에 호소만 했다. 청년학생들은 분노로 들끓었고 각계각층은 국민당에게 내전을 중지할 것과 전면 항일전에 나설 것을 요구했다. 이에 대해 국민당은 여전히 테러와 탄압으로 일관했다. 한편으로는 유교윤리를 중심으로 한 '신생활운동'을 전개하고 한편으론 사상 통제와 언론 통제를 강화했다. 이 해 12월 해외에서 돌아온 리례원黎烈文은 『선바오』의 문예부간인 『자유담』을 맡아 편집하기 시작했고 루쉰은 1933년부터 이 부간에 글을 싣기 시작했다.

1933년부터 시작한 일본 관동군의 러허熱河 작전과 전쟁으로 중국 민중들은 생존을 위협받았고 민족 위기는 날로 심각해져 갔다. 국민당 정부는 여전히 대외적으로는 화친정책을 실시하고 대내적으로는 반공산당 '포위토벌'에 몰두했다. 일본군이 산하이관을 넘어 러허를 점령하고 수도 베이핑을 압박하고 있는 상황에서도 난징에서 발행된 국민당 신문 『구국일보』에서는 "전략상 베이핑을 잠시 내어 줌으로써 적을 깊이 유인해야 한다"는, 말도 안 되는 주장을 폈다. 중국공산당은 항일통일전선을 모색하기 시작했으나 국민당의 '포위토벌' 작전에 밀려 1934년 10월 장시江西 소비에트 지구를 포기하고 대장정을 시작했다. 1933년 공산당은 내전 중지와 소비에트 지역에 대한 공격 중지, 민중의 자유와 민주주의적 권리 보장, 민중을 무장시켜 일본과 맞서 싸우게 할 것 등을 골자로 한 공동항일 노선을 국민당에게 요구한 바 있었다. 그러나 국민당은 외교적으론 굴욕적이고 양보하는 화친정책으로 일관했고 국내적으론 각지에서 공산당 토벌작전을 강화했다. '백 사람을 죽일지언정 한 사람을 놓쳐서는 안 된다'가 그들의 구호였다. 수천수만에 이르는 애국지사와 혁명청년, 공산당원들이 감옥에 갇히고 비밀리에 총살당했다.

1933년 루쉰은 차이위안페이蔡元培, 쑹칭링宋慶齡, 양취안楊銓 등이 발기한, 민중권리 수호와 체포된 혁명가를 구명하기 위해 결성된 중국민권보장동맹의 집행위원이 되었다. 1933년 8월 세계제국주의전쟁 반대위원회가 상하이에서 개최되었을 때 루쉰은 회장단의 한 사람으로 피선되었다. 국제적으로는 독일의 히틀러가 1933년 1월 수상에 취임, 수많은 혁명 지식인들을 나치 수용소에 감금했고 과학자와 예술가, 작가들을 체포 구금하거나 해외로 축출했다. 2월에는 일본의 유명한 혁명작가 고바야시 다키지小林多喜二가 일본 정부에 의해 살해되었고, 3월에는 일본 정부가 국제연맹을 탈퇴했으며, 1934년 12월에는 워싱턴 군축조약을 파기했다. 이러한 파시즘의 국제적 강화 속에서 중국국민당의 파시즘 역시 한층 고무되었다. 그들은 1933년 6월 18일 중국민권보장동맹의 부회장인 양취안을 백주 대낮에 대로에서 암살했다. 당시 암살자 명단에 루쉰의 이름도 올라 있었다고 한다. 같은 해 5월에는 좌련 작가인 딩링丁玲이 비밀리에 체포되어 행방을 알 수 없게 되었고, 루쉰이 광저우에 있을 때 루쉰을 데리고 황푸군관학교에 가 강연하도록 주선했던 공산당원 잉슈런應修人이 국민당 특무에게 암살당했다. 루쉰은 도피하면서 분노 속에 이들을 추도했다. "강남의 궂은비도 슬픔에 겨워, 민중 위해 스러져 간 건아를 추모하네."

(「양취안을 애도하며」悼楊銓) "만백성 죄수처럼 덤불 속에 파묻히고, 가슴에 맺힌 노래 땅 꺼질 듯 애달프다. 한없는 근심걱정 광활한 천지에 닿았느니. 조용한 침묵 속에 듣노라 무서운 우렛소리."(「무제」無題)

1934년이 되면 국민당은 소비에트 지구 홍군에 대해서는 대대적인 대규모 군사 토벌작전에 돌입하고, 국민당 통치구에 대해서는 대규모의 '문화포위토벌'전을 펼친다. 진보적인 문화사업, 영화사, 서점 등을 대대적으로 폐쇄하고 2월에는 국민당 중앙당부에서 사회과학 서적과 문예서적을 검열, 금지하는 법안을 공포했다. 검열관들을 상하이에 있는 진보적인 서점에 파견하여 수많은 책과 간행물들을 압수, 소각했다. 그 가운데는 루쉰, 궈모뤄, 마오둔 등의 작품 149종의 책들이 들어 있었다. 5월에는 상하이에 국민당 중앙도서잡지 심사위원회를 설립하고 본격적인 압수와 수색에 들어갔다. 루쉰은 『꽃테문학』「서언」에서 국민당 중앙도서잡지 심사위원회가 진보적인 인사들에게 자행한 언론탄압과 원고검열에 대해 이렇게 고발하고 있다. "'꽃테문학'은 정말 가능하지 않은 일이었다. …… 관청의 간행물 검열부가 갑자기 어찌할 바를 몰라 하더니 일곱 명의 검열관을 잘라 버렸다. 삭제된 곳은 신문에 공백으로 남겨 둘 수도 있었지만, 그땐 정말 심했었다. 이렇게 말해도 안 된다, 저렇게 말해도 안 된다, 또 삭제된 곳은 공란으로 남겨 두어선 안 된다고 했다. 글은 계속 이어 가야 했으므로, 필자는 횡설수설 뭘 말하는지도 모를 글을 쓰게 되었고 그 책임은 전적으로 작가 자신이 지게 되었다. 밤낮으로 살인이 벌어지는 이런 형국에서, 구차하게 연명하며 다 죽어 가는 목숨으로나마 독자들과 만날 수 있었다. 그러하니, 이 글들은 노예의 글이 아니고 무엇이겠는가?" 루쉰이 한 친구와 한담을 나눈 적이 있는데 그 친구가 이렇게 말했다. "요즘 문장은 글의 뼈대가 있을 수 없게 돼 버렸어. 예를 들어 신문사 부간에 투고를 하면 먼저 부간편집자가 몇 가닥 뼈를 빼내고 또 총편집인이 다시 몇 개의 뼈를 더 빼내고 검열관이 또 몇 갤 더 빼내니, 남아 있을 것이 뭐 있겠어?" 검열을 통과한 자신의 글들이 사실은 골기骨氣가 없는 글이며 노예의 글일 뿐이라고 루쉰은 자조하고 있다. 밤낮으로 살인이 벌어지고 구차하게 연명하는 목숨으로 쓴 글이란 것을 토로하고 있다. 그럼에도 그는 그렇게라도 독자들과 만나야 했고 투창을 던져야 했기에 글을 쓰지 않을 수 없었다는 것이다. 정치적 압박이 촘촘한 그물망처럼 사방에서 조여 오는 상황에서도 루쉰은 『문학』, 『역문』譯文, 『태백』太白 등의 잡지를 만들어 청년작가를 양성하는 한편, 청년목각판화 운동을 지원했다.

이러한 혁명과정에서 루쉰은 공산당원들과 긴밀하게 우의를 맺었다. 1932년 홍군의 지휘관 천겅陳賡을 비밀리에 초청해 홍군의 전투상황과 소비에트 지구의 일반 민중들의 생활에 대해 진지하게 물었다. 천겅의 설명에 루쉰은 고무되기도 하고 중국 민족의 희망을 보는 듯했다.(張佳鄰, 「陳賡將軍和魯迅先生一次會見」) 그가 설명하면서 그려 준 지도를 루쉰은 소중하게 간직했다. 또 당시 왕밍王明에게 타격을 받은 취추바이瞿秋白는 백색 테러의 공포 속에 추격을 피해 1933년과 1934년 사이 여러 차례 루쉰의 집에 피신했다. 작가이자 이상주의자이며 공산당 서기를 지낸 바 있는 취추바이에게 루쉰은 숙식 등 여러 편의를 제공했다. 루쉰과 가까이 지내는 동안 취추바이는 루쉰의 필명으로 적들을 폭로하는 잡문을 지어 공동 발표하기도 했다. 이러한 잡문들은 『남강북조집』南腔北調集, 『거짓자유서』,

『풍월이야기』속에 들어 있다. 1934년 1월 잠시 소비에트 지구에 참여하기 위해 루쉰의 집을 떠났던 취추바이가 병 때문에 장정에 참여하지 못하고 있다가 1935년 6월 국민당에 체포되었다. 그의 구명을 위해 동분서주하는 동안 루쉰은 그의 처형 소식을 접했다. 루쉰의 비애와 분노는 형언하기 어려웠다. 그러나 그는 슬퍼할 겨를도 없이 그를 기리기 위해 서둘러 취추바이의 유고문집을 만들었다. 『해상술림』海上述林 상하 2권을 자비로 묶어 출판했고 서문을 모두 루쉰이 직접 썼다. 취추바이는 생전에 『루쉰 잡감선집』을 묶어 출판했다. 취추바이가 쓴 이 책의「서언」은 가장 처음으로 루쉰 잡문의 우수성을 평가한 학술적인 명문으로 지금까지도 회자되고 있다. 루쉰은 자신보다 18세 연하인 이 젊은이를 인생의 지기로 인정했고 그를 진심으로 경애했다. 루쉰은 1933년 봄, 취추바이에게 "인생에서 한 사람 지기 얻으면 그것으로 족하리. 그와 더불어 같은 가슴으로 이 세상을 바라보리."人生得一知己足矣, 斯世當以同懷視之라는 대련을 써 주었다.

1934년 10월 중국공산당이 지도하는 노농勞農 홍군은 국민당 군대가 겹겹이 쳐 놓은 포위망을 뚫고 저 유명한 2만 5천 리 장정을 시작해 북으로 올라가는 항일의 길에 올랐다. 공산당의 지도하에 국민당 통치구의 노동자와 농민들도 점차 투쟁에 가담하기 시작했으며 상하이 문화계에서도 민주주의 운동이 활발하게 전개되었다. 루쉰이 상하이에서 수많은 필명으로나마 수시로 글을 발표할 수 있었던 것은 이 시기 상하이 출판계에 있었던 일부 진보적 민주주의 운동이 만들어 낸, 숨 쉴 수 있는 작은 공간의 덕이기도 했다. 중국공산당은 내전 중지와 전 민족의 역량을 항일에 집중시킬 것을 주장했고, 이러한 주장은 전국 민중과 각계 각층의 호응을 불러

일으켰다. 1935년 12월 베이핑의 학생들은 화베이에 세워진 만주 괴뢰정 권에 반대해 12·9운동을 일으켰다. 이 운동이 고조되어 가면서 전국은 내 전반대와 항일구국의 운동에 휩싸이게 된다. 『꽃테문학』은 이러한 시기, 1934년 1월부터 11월 사이 상하이에서 쓴 루쉰 정신의 기록물이다.

2.

『꽃테문학』에 실린 글들이 주로 발표된 지면은 『선바오』 부간 『자유담』과 『중화일보』 부간 『동향』이다. 부간이란 신문의 부록 같은 것으로 문예나 오락 등 본간과는 일정한 거리를 둔, 다소 독립적인 내용을 가진 지면을 말한다. 신문의 한 면을 부간으로 정하기도 했지만 독립된 지면을 사용하 기도 했다. 이런 부간은 신문에 종속되는 경영상의 한계가 있었지만 때로 는 문학가나 문학단체 등이 상대적인 독립성을 유지하면서 독립된 편집 권을 갖고 운영한 경우도 많았다. 그러므로 중국 현대문학사에서 신문의 부간이 가진 의미는 매우 중요하다. 특히 『선바오』의 부간 『자유담』은 역 사가 가장 긴 부간으로서 1911년 8월 24일 창간되었다. 『선바오』는 1872 년 영국 상인에 의해 상하이에서 발간된 신문으로 소유주가 수없이 바뀌 면서 1949년 5월, 상하이가 공산당 통치로 넘어가면서 정간될 때까지 '중 국의 뉴욕타임스'로 불린, 중국에서 가장 긴 역사를 자랑하는 신문이다. 『자유담』 창간 당시의 주편은 장쑤성 칭푸靑浦 출신의 왕둔인王鈍銀이었다. 그는 당시 『선바오』를 운영하고 있던 동향인 시쯔페이席子佩의 초빙을 받 아 처음으로 『자유담』이란 부간을 창간하였고 3년 반(1911년 8월~1915 년 3월) 동안 이 부간의 편집자가 되었다. 왕둔인은 어려서부터 고소설에

탐닉했고 대중적인 미디어 감각을 지닌 사람으로 나중에 『선바오』를 그만두고 나와서는 『자유잡지』自由雜誌, 『유희잡지』遊戱雜誌, 『토요일』禮拜六 등의 소설류 간행물을 만들어 일세를 풍미하게 만든 사람이기도 하다.

왕둔인 이후 수많은 편집자가 교체되었는데, 루쉰이 『자유담』에 처음 글을 발표하기 시작한 시기인 1933년에는 리례원이 이 부간의 책임자였다. 당시의 『선바오』 총책임자인 스량차이史量才는 무척 예민한 개혁의지의 소유자였고 신문 내용의 혁신에 많은 정력을 기울였다. "『선바오』의 발전 역사에서 1932년에서 1934년 사이, 스량차이가 운영을 맡은 이 시기는 가장 찬란하고도 융성하게 발전한 시기였으며 중국 현대문학과의 관계도 가장 밀접했던 시기였다. 이 시기에 추진된 중요 문예부간인 『선바오』의 『자유담』은 중국 현대문학발전사에서 결코 가벼이 할 수 없는 역할을 담당했다. 그 하나는 통속문학의 발생지가 된 것이고, 다른 하나는 그 시대의 전면前面에 용감하게 서 있었던 점이다."(李永軍, 「不容忽視的『申報 · 自由談』」) 1932년 12월 리례원이 『선바오』에 들어가면서 그는 당시 저우서우쥐안周瘦鵑이 편집을 맡고 있던 『자유담』을 이어받았다. 『자유담』의 주필이었고 언론계의 원로였던 저우서우쥐안은, 신문의 부간이란 것은 시민들의 여가 소일거리나 식후 잡담의 이야깃거리를 제공하면 된다고 생각하고 있었다. 리례원은 이러한 소시민적 취미생활 및 오락주의에 정면으로 반기를 들고, "진보적이고 현대적인 입각점에 군건히 설 것"을 천명하고 민주주의와 과학의 기치를 다시 들었다. 동시에 독재정치와 암흑통치에 전면 반대했다. 이 시기의 『자유담』은 그의 말대로 "논쟁의 장단을 불문하고 시대의 대사를 마음대로 논하는妄談大事" 그런 시기였다. "여기서 대사란 무엇인가? 국경 깊숙이 침략해 들어온 왜구의 온갖 횡포, 국민당 정부의 소극적 대응과 화친정책, 끊이지 않는 내전과 백성들의 유리걸식" 등을 말한다(康化夷, 「黎烈文與『申報·自由談』的革新」). 스량차이는 리례원이 오랫동안 알고 지내던 선배였다. 리례원이 프랑스에 있을 때도 스량차이는 계속 『선바오』에 실을 특약원고를 부탁하곤 했었다. 스량차이는 리례원의 사상이 진보적이고 문학적 사고가 고루하지 않으며 어떤 단체나 당파에 가입한 적도 없는 점을 주시하다가 『자유담』의 편집인으로 발탁했다. 이렇게 하여 리례원은 1933년부터 『자유담』의 혁신에 주력했다.

1932년 말 루쉰이 위다푸를 만났더니 위다푸가 『자유담』에 리례원이라는 새로운 편집자가 프랑스에서 왔는데 낯설고 물설어 원고가 모이지 않을까 걱정하더라고 하면서 루쉰에게 투고를 권했다(『거짓자유서』「서문」). 이렇게 해서 루쉰이 『자유담』에 원고를 싣기 시작한 것이다. 이당시 리례원의 청으로 글을 실은 사람들은 루쉰, 마오둔, 위다푸를 비롯 예성타오, 라오서, 선충원, 두헝, 바진 등에서부터 장타이옌, 류야즈, 우즈후이 등에 이르렀다. 그래서 탕타오唐弢의 말대로 "『자유담』은 5·4 이래 널리 단결을 중시했고 진정으로 '모두 포용하여 받아들이다'兼容幷包를 실천한 출판물"이 되었다. 그러나 이러한 편집방향은 국민당의 눈에 거슬리는 것이었다. 여러 가지의 압력이 스량차이를 통해 리례원에게 전달되었다. 리례원은 1933년 5월 25일 다음과 같은 광고를 냈다. "올해는 말하기가 어려워졌고 붓대를 놀리기가 더욱 어려워졌다." "국내의 문호들에게 이제부터 풍월을 더 많이 이야기하고 근심은 덜 풀어주기를 호소한다. 이것이 작가와 편집인 모두에게 좋은 일이 되기를 희망한다."(『풍월이야기』「서문」주석 1) 이에 대해 루쉰은 이렇게 맞받아쳤다. "중화민국 건국 22년

5월 25일 『자유담』의 편집인이 '국내의 문호들에게 이제부터는 풍월을 더 많이 이야기해 주기를 호소한다'라는 광고를 실은 뒤로 풍월문호의 노장들은 고개를 끄덕이며 한동안 기뻐했다. …… 사실 '풍월을 더 많이 이야기한다'는 말이 바로 '국사國事를 말하지 말라'는 의미라고 생각하는 것은 오해이다."(『풍월이야기』,「서문」) 이것이 이른바 『선바오』의 『자유담』이 '대사를 마음대로 논하는'妄談大事 시기에서 '풍월을 더 많이 이야기하는'多談風月 시기로 넘어가게 된 경위다.

　　이 광고 후에도 리례원은 1년간 더 『자유담』을 운영했지만 당국의 압박으로 1934년 5월 사직했다. 리례원의 후임으로 온 장쯔성張梓生은 루쉰과 같은 사오싱 출신으로 1931년부터 '선바오'사에 입사하여 『선바오연감』申報年鑑을 편집하고 있었다. 장쯔성이 편집자가 되고 나서도 기고자들은 루쉰을 비롯한 좌익작가 혹은 진보작가들에서부터 차오쥐런曹聚仁 등의 좌우 중간에 위치한 작가들, 그리고 일반 기고자 등 크게 달라지지 않았다. 루쉰은 『꽃테문학』,「서언」에서 "편집자인 리례원 선생은 후에 정말 많은 박해를 받았다. 이듬해에 결국 쥐어짜듯 하여 책이 나왔다. 그것으로 붓을 놓을 수도 있었다. 그런데 오기가 생겨 작법을 고치고 필명도 바꾸고 다른 사람에게 베끼게 해 다시 투고했다. 그랬더니 새로 온 사람이 내 글인지를 잘 알아보질 못해 글이 실릴 수 있게 되었다"고 했다. 그러나 위안성다袁省達에 의하면 장쯔성은 필명으로 보낸 루쉰의 원고를 바로 알아보고 게재했을 뿐만 아니라 루쉰의 글이 눈에 띌 수 있게 글 주위를 '꽃테두리'로 장식했다고 한다. 루쉰의 글은 몇 편을 제외하고는 모두 '꽃테'를 둘러 장식했을 뿐만 아니라 대부분 맨 앞에 게재되었다. 그러나 장쯔성에 대한 압력도 강해져 게재 예정인 원고는 모두 국민당 상하이시 당부黨部 신문

검사처의 검열을 받아야 했고 각 부간의 편집자들은 특무기관이 소집하는 회의에 참석해야만 했다. 1934년 11월 13일에는 스량차이가 암살 당하고 1935년 10월 31일에는 장쯔성도 정간 성명을 발표한 뒤 『자유담』을 떠났다. 이에 『자유담』도 종지부를 찍게 되었다(丸山昇, 「『花邊文學』解說」).

『중화일보』는 국민당의 왕징웨이汪精衛를 중심으로 한 개혁파가 운영한 신문으로 1932년 4월 11일 상하이에서 창간되었다. 린바이성林栢生이 사장을 맡았는데 그는 나중에 왕징웨이파 국민당 정권의 선전부장이 되었고 항전에서 승리한 후인 1946년에는 한간漢奸으로 몰려 사형을 당했다. 『동향』은 이 신문의 문학부간으로 1934년 4월 11일부터 간행되었다. 녜간누聶紺弩가 주편을 맡았고 항상 진보적인 작가들의 작품을 실었다. 녜간누는 린바이성과 모스크바 중산대학에서 만나 알고 지내던 사이였다. 당시의 『중화일보』는 이름도 없었고 판로도 좋지 않았다. 『중화일보』의 사장 린바이성은 신문을 개혁하여 유수의 일간지로 만들고자 고심하고 있었고 부간을 창간해 독자수를 늘리고 싶어 했다. 마침 상하이에 온 녜간누에게 부간 편집을 부탁하게 된다. 녜간누는 일본에서 후펑과 교류하며 동경의 좌익작가연맹에도 가입했고 반일 간행물을 만드는 등 활발하게 활동했다. 그는 1933년 말 일본경찰청에 의해 강제출국 조치를 당했고 하는 수 없이 상하이로 되돌아와 있었다. 부간 『동향』은 녜간누 1인의 편집체제로 갔고 사실상 좌련의 영향하에 있었다. 좌련의 기수였던 루쉰을 비롯 쑹즈더宋之的, 톈젠田間, 저우얼푸周而復, 아이칭艾青, 어우양산歐陽山 등이 기본 투고자였다. 『동향』은 문학계의 환영을 받았고 영향이 커져 갔으며 이에 따라 『중화일보』의 독자수도 급증했다. 1934년 대중어 문제 논쟁 시, 이와 관련된 글이 가장 많이 실린 매체 역시 『중화일보』의 『동향』이었다. 그 영향으로 『선바오』, 『다완바오』도 이 논쟁에 가담하는 글을 싣게 되었다. 당시 『중화일보』의 사설을 후평, 두궈양杜國庠 등 좌련의 인물들이 썼고 『동향』 역시 거의 좌련의 간행물이 되다시피 하자 계속 간행할 수가 없게 되었다. 『동향』은 8개월 동안 발행되고 1934년 10월 31일 정간당하게 된다(녜간누 제공 자료, 爾矛, 「聶紺弩與『動向』」, 『新墾地』」). 녜간누는 『동향』의 활동과 전후해서 1934년 중국공산당에 입당했고, 국민당과의 관계에서 아는 사람들이 많아 비밀공작을 담당하는 중앙특과中央特科의 활동에 참가했으며 딩링의 옌안延安으로의 탈출 등을 도와줬다. 항전 중에는 잡지 편집에 종사했고, 1949년 중화인민공화국 수립 후에는 작가협회의 이사 등 요직을 맡았다. 1958년 반우파투쟁 당시에 우파분자로 분류되었고 문화대혁명 10년간 수감되었다가 1979년에 겨우 복권이 되었다. 녜간누는 필명으로 투고된 루쉰의 글을 단박에 알아보고 루쉰을 면담했으며 린바이성과 상의해 루쉰의 원고료를 편당 3원으로 특별대우했다. 다른 원고는 천자당 1원이었다(丸山昇, 『『花邊文學』解說』). 루쉰이 투고한 글은 대개 천자 내외였다. 이렇게 해서 비록 짧은 기간이긴 했으나 루쉰은 『동향』의 주된 집필자의 한 사람이 되었고 여기 실렸던 글들이 고스란히 이 『꽃테문학』에 실리게 된다.

3.

마지막으로 '꽃테문학'의 명칭에 대한 이야기다.

'꽃테'花邊는 루쉰의 글 「거꾸로 매달기」의 부록으로 실린 린모林默의 글 「'꽃테문학'론」에서 왔다. 루쉰의 글 「거꾸로 매달기」는 중국인이 상하이 조계지의 닭·오리만도 못하다고 불평하는 당시 중국 인사들을 향해 개혁과 반항을 촉구한 글이다. 루쉰은 외국인들이 중국인들을 닭이나 오리보다 더 나은 동물로 대우해 주길 기대할 필요가 없다는 생각이다. 수천 년 전통으로 내려온 중국인의 노예 심리상태와 은사恩賜에 익숙한 심리상태에 대한 비판을 통해 루쉰은 침략자들에게 비굴하게 사람 대접해 달라고 청원하는 것보다는 차라리 중국인 스스로 사람다운 사람이 되는 일이 더 중요함을 주장했다. 그는 "차라리 개로 살지언정 여럿이 힘을 합쳐 개혁하는 일은" 죽어도 하지 않으려는 동족을 비난하고 있는 것이다. "사람은 조직을 만들 수 있고 반항할 수 있으며 노예가 될 수도 있고 주인이 될 수도 있다"는 것이 그 글의 요지다. '궁한'公汗이란 필명으로 발표된 루쉰의 이 글을 읽고 린모(좌련 회원, 랴오모사廖沫沙의 필명)의 비판 글이 실렸다. 궁한의 글은 "첫째 서양인은 결코 중국인을 닭·오리보다 못하게 취급하지 않았다는 것, 닭·오리보다 못하다고 자탄하는 사람들은 서양인을 오해하고 있다는 것, 둘째 서양인의 그런 우대를 받고 있으므로 더 이상 불평하지 말아야 한다는 것, 셋째 그가 비록 인간은 반항할 수 있는 존재라고 정면으로 인정하고 있고, 중국인으로 하여금 반항하게 하려 하지만 그는 사실 서양인이 중국인을 존중하여 생각해 낸 이 학대는 결코 사라질 수 없을 것이며 더욱더 심해질 것이라는 것, …… 넷째 만일 어떤 사람이 불평을 하려 한다면 그는 그 중국인이 가망 없는 사람이라는 것을 '고전'에서 찾아 그 증거를 댈 수 있다는 것"이다. 그는 온갖 필명으로 발표되는 루쉰의 글이 친서양적이고 반민족적이며 매판적이라고 비난했다. 루쉰의 글은 글 가장자리에 '꽃테'를 두른 문체라고 비판했다. "사방에 꽃테를 두른 듯한 글이 최근 모 간행물 부간에 게재되고 있다. 이 글들은 매일 한 꼭지씩 발표되고 있다. 조용하고 한가로우며, 치밀하고 조리가 정연해 겉으로 보기엔 '잡감' 같기도 하다가 '격언' 같기도 하다. 그 내용이 통렬하지도 답답하지도 않으며 그렇다고 전혀 뒤떨어진다는 느낌도 없다. 마치 소품문 같기도 하다가 어록의 일종 같기도 하다." 이에 대해 루쉰은 나중에 『꽃테문학』을 묶어 출판하면서 이렇게 말하고 있다. '꽃테'란 명칭은 "나와 같은 진영에 있는 한 청년 전우가 자신의 이름을 바꾼 후 나에게 암전을 쏜 것인데, 그것을 그대로 제목으로 정했다. 그 전우의 발상은 제법 훌륭했다. 그 하나는, 이런 종류의 단평이 신문에 실릴 때는 항상 한 다발의 꽃테를 두르고 나타나 글의 중요성을 돋보이게 하려 하기 때문에 내 전우가 글을 읽는 데 무척 골치가 아프다는 것이다. 둘째는, '꽃테'가 은전의 별칭이기도 하기 때문에 나의 이런 글들은 원고료를 위한 것이고 그래서 사실 별로 읽을 만한 것이 못 된다고 하는 것이다."(「서언」)

이에 대해 마루야마 노보루는 그의 「『꽃테문학』 해설」에서 당시 랴오모사에게 가해진 비난에 대해 승복하기 어려운 점이 있다고 다른 의견을 제시하고 있다. 서양인이 중국인을 학대한다, 서양인은 중국인을 닭이하로 보고 있다고 불편을 말해도 의미가 없다, 인간에게는 단결하고 싸울 수 있는 능력이 있는 것이 아닌가, 라는 루쉰의 주장은, 일본 유학 중 서석린徐錫麟 살해에 대해 청조에 항의전보를 보내자는 당시 유학생 사회의 주장에 대해 적에게 자비를 구하는 것과 같은 행동은 무의미하다, 청조는 타도할 수밖에 없다고 주장한 것과, 위안스카이가 민국 초 혁명파를 죽인 것에 대해 위안스카이가 실수로 사람을 죽였다, 중국의 불행이다, 라는 의견을 낸 차오쥐런曹聚仁의 주장을 반박하며 위안스카이는 위안스카이 나름대로 죽일 만한 적을 죽인 것이다, 실수는 위안스카이에게 있는 것이 아니라 위안스카이를 자기 편이라고 잘못 생각한 혁명파 쪽이다, 라고 하는 사고의 연장선에서 루쉰다운 발상이며 주장이다. 그러나 익명으로 쓰인 이 문장의 복잡한 사고를 제대로 읽어 내고 이 문장의 진의를 틀림없이 이해할 수 있는 것은 오늘날 우리들이 『루쉰전집』을 읽으면서 이해하는 것만큼 그렇게 간단한 것이 아니지 않았을까 하고 그는 반문한다. 마루야마 노보루에 따르면, 루쉰 특유의 사고를 이해하지 못한 랴오모사가 곡해를 한 것은, 그것도 필명으로 게재된 루쉰 글을 곡해한 것은 있을 수 있는 일이었다는 것, 게다가 랴오모사는 좌련 회원으로 열심히 활동하고 있던 상황에서 『자유담』의 편집자인 리례원이 경질될 것이라는 소문을 듣고 이는 좌익작가들의 발표 지면을 하나 잃는 일이 되는 것이라고 생각하고, 『자유담』을 자세히 읽으면서 어딘가 흠을 잡을 만한 글을 만나면 반격하는 글을 쓰겠다고 생각하고 있었다는 것이다. 그런 상황에서 궁한이란 이름으로 발표된 「거꾸로 매달기」를 본 것이다. 『자유담』이 반좌익 혹은 비좌익의 경향으로 흐르지 않을까 신경이 날카로워졌던 랴오모사에게는 루쉰 특유의 몇 겹의 비틀기를 통해 쓰인 이 문장의 참뜻을 이해하기는 어려웠을 것이라는 것이 마루야마 노보루의 생각이다. 랴오모사는 즉시 린모라는 필명으로 쓴 「'꽃테문학'론」을 리례원에게 투고했다고 한다. 이는 리례원이 정말 해고됐는지 확인하기 위해서였다 한다. 원고는 편집실의 이름으로 된 "「거꾸로 매달기」는 한 노선생님이 쓰신 것이니 비판을 자제해 달라"는 편지와 함께 반려되어 왔고 랴오모사는 이 글을 『다완바오』에 다시 투고해 발표했다(丸山昇, 「『花邊文學』解說」).

　　이러한 맥락에서 랴오모사의 다음 글을 다시 읽어 본다면 루쉰 글에 대한 오해의 여부를 떠나 혈기왕성한 27세 청년 애국자의 진지한 울분 같은 것을 느낄 수도 있다. "불평을 끌어안고 사는 중국인은 과연 꽃테문학가가 주장한 '고전'의 증명처럼 죄다 가망이 없는 사람들이란 말인가? 결코 그렇지 않다. 9년 전의 5·30운동과 2년 전의 1·28 전쟁, 지금도 여전히 고난 속에 행군하고 있는 동북 의용군들은 우리들의 고전이 아니란 말인가? 이러한 것들이 중국인들의 분노의 기운이 결집하여 만들어 낸 용감한 전투가 아니며 반항이 아니라고, 누가 감히 말할 수 있는가? '꽃테두리체' 문장이 대중적 인기를 얻는 점은 여기에 있다. 지금 비록 잘 유포되고 있고 일부 사람들이 그것을 옹호하고 있긴 하지만 머잖아 그에게 침을 뱉을 사람이 생길 것이다. 지금은 '대중어' 문학을 건설하는 때다. 내 생각에 '꽃테문학'은 그 형식과 내용을 막론하고 대중들의 눈에서 사라지게 될 날이 올 것이다."

루쉰은 이에 대해 직접 답변하지 않고 2주 후에 발표한 「농담은 그저 농담일 뿐」이라는 글에서 '캉바이두'康伯度란 필명을 사용했다. 이는 '매판'이란 의미를 지닌 말이다. 또 그에 앞서 발표한 「수성」이란 글에서는 "이 '수성水性을 안다'를 '매판'의 백화문을 가지고 좀더 상세하게 설명을 더해 본다면"이라고 하여 자신의 언어를 '매판'의 백화문이라고 짐짓 '자학적으로' 표현하고 있다. 랴오모사가 루쉰이 쓴 「거꾸로 매달기」식 글쓰기는 '매판'적인 붓에서 나온 것이라고 말한 것을 그대로 옮겨 자신에게 사용하고 있는 것이다. 이는 같은 진영의 청년작가가 자신의 글을 곡해하여 자신을 서양 앞잡이, 매판이라고 비난한 것에 대한 일차적인 비분과 분노는 속으로 삭이며, 랴오모사의 글을 존중한다는 것으로 해석할 수도 있지 않을까. 그렇지 않다면 같은 혁명 진영 내에서 일어난 그러한 오해와 비판과 공격이 당시 사회상의 한 단면을 보여 주는 거울이라고 생각하거나 그것을 수긍하는 노작가의 어떤 면모라고 할 수도 있지 않을까. 그렇지 않고서야 자신을 비난하는 상대의 글을 자신의 글을 모아 문집으로 묶을 때 '소중하게' 부록으로 활자화하는 정성을 기울였을까. 이러한 자료들의 모음으로 인해 1930년대 루쉰의 잡문집은 1930년대 중국의 한 축도로서 상하이 도시를 읽을 수 있는 귀중한 민속지ethnography적 보고이기도 하다.

4.

루쉰은 중국 최고의 게릴라 작가였다. 국민당의 통제와 탄압 속에 겨우 숨쉴 만한 매체의 좁은 난을 통해 루쉰이 활발하게 잡문을 발표할 수 있었던 방법 가운데 하나는 필명을 자유자재 사용한 것이었다. 그는 일생 동안 140여 개의 필명을 사용했고 1932년에서 1936년까지 4년 동안에 무려 80여 개의 필명을, 1933년과 1934년 2년 동안에는 60여 개의 필명을 사용했다. 세계 문학사상 이렇게 많은 필명을 사용한 작가는 없을 것이다. 이 가운데 어떤 필명들은 무척 깊은 의미를 담고 있다. 이를테면 『꽃테문학』에 나오는 '웨커'越客는 오나라와 월나라의 관계에서 월나라의 처절한 복수심의 의미를, '윙준'翁隼은 늙은 매란 뜻으로 루쉰이 그토록 찬양한 맹금猛禽 매의 정신을 상징한다. '모전'莫朕은 내가 아니다라는 의미를 넌지시 던진다. '캉바이두'康伯度는 영어 'comprador'를 음역한 것으로 '매판'이란 의미를 지니고 있다. 같은 진영의 청년작가가 루쉰을 '매판'이라고 비판하자 루쉰은 고의로 이 필명을 만들어 내 사용했다. 이러한 필명의 사용은 본문과 유기적인 관계를 유지하면서 글의 내용과 내적인 긴장감을 고

조시켜 주는 역할을 하거나 때로 루쉰 자신을 희화시킨다. 또 때로는 상대방이 던진 돌을 루쉰이 '소중하게' 주워 한 시대를 성실하게 기록하고 있는 듯한 느낌을 준다. "내 투고의 목적은 발표에 있다. 당연히 글에 뼈대를 드러낼 수 없다. …… 그런데 오기가 생겨 작법을 고치고 필명도 바꾸고 다른 사람에게 베끼게 해 다시 투고했다."(『꽃테문학』 「서언」) 이것이 그 당시 루쉰의 방법이었다.

1927년 상하이에 도착한 루쉰은 낮이고 밤이고 물불 가리지 않고 싸우면서 이미 정상적인 생활을 상실해 갔다. 간혹 우치야마서점에 나가거나 우연히 영화를 보는 것 말고 거의 수인처럼 아파트에 갇혀 지냈다. 자신이 거주하는 지역이 '반조계지'半租界地였던 까닭에 루쉰은 자신의 아파트를 '차개정'且介亭이라고 희화화하여 불렀다. '차개'의 차(且)는 '조계'租界의 '조'(租)에서 글자 반에 해당하는 '차'(且)만을 취한 것이고, '개'(介)는 '계'(界)의 아랫부분만을 취해 만든 글자다. 일종의 특수한 정자라는 뜻이다. 형제들과 소원하게 지냈고 첸쉬안퉁이나 린위탕 같은 옛날 친구들과도 대부분 결별하거나 만나지 않았다. 젊은 친구 가운데 각별하게 지냈던 러우스나 취추바이 같은 사람은 비명으로 세상을 떠났고 펑쉐펑은 소비에트 구역으로 갔으며 샤오훙蕭紅을 일본으로 가고 없었다. 남아 있는 사람이라곤 샤오쥔蕭軍, 후펑 등 몇몇에 지나지 않았고 모임도 적었다. 그를 주변과 이어 주는 사회적 연결망은 대량의 간행물과 제한적인 통신뿐이었다. 그는 헤엄치는 물고기이고 자유인이고 싶었다. 그러나 그는 이미 메마르고 뜨거워진 강변에 떨어져 버린 지친 물고기와 같았다(林賢治, 『魯迅最後十年』).

그럼에도 그는 1935년 10월 4일자 샤오쥔에게 보낸 편지에서 이렇게 말하고 있다. "『역문』譯文이 정간된 데 대해 자네는 몹시 격분하고 있는 듯하네. 그러나 난 그렇지 않네. 평생 이런 일을 수없이 겪어 왔기에 이젠 거의 마비가 되었지. 게다가 이건 아주 작은 일에 불과하네. 그런데, 우린 계속 싸워 나가야 할 것인가? 물론일세. 계속 싸워 나가야지! 상대가 누구이든지 간에 말일세." 실의에 빠진 젊은 작가를 위로하는 말이기도 하지만 루쉰 자신에게 하는 말의 울림으로도 들려온다. 루쉰이 세상을 뜨기 1년 전의 글이다.

옮긴이 유세종

지은이 루쉰(魯迅, 1881.9.25~1936.10.19)

본명은 저우수런(周樹人), 자는 위차이(豫才)이며, 루쉰은 탕쓰(唐俟), 링페이(令飛), 펑즈위(豊之餘), 허자간(何家幹) 등 수많은 필명 중 하나이다.

저장성(浙江省) 사오싱(紹興)의 명문가에서 태어나 어린 시절 조부의 하옥(下獄), 아버지의 병사(病死) 등 잇따른 불행을 경험했고 청나라의 몰락과 함께 몰락해 가는 집안의 풍경을 목도했다. 1898년부터 난징의 강남수사학당(江南水師學堂)과 광무철로학당(礦務鐵路學堂)에서 서양의 신학문을 공부했고, 1902년 국비유학생 자격으로 일본으로 건너갔다. 고분학원(弘文學院)에서 일본어를 공부하고 센다이 의학전문학교(仙臺醫學專門學校)에서 의학을 공부했으나, 의학으로는 망해 가는 중국을 구할 수 없음을 깨닫고 문학으로 중국의 국민성을 개조하겠다는 뜻을 세우고 의대를 중퇴, 도쿄로 가 잡지 창간, 외국소설 번역 등의 일을 하다가 1909년 귀국했다. 귀국 이후 고향 등지에서 교원 생활을 하던 그는 신해혁명 직후 교육부 장관 차이위안페이(蔡元培)의 요청으로 난징 중화민국 임시정부의 교육부 관리를 지냈다. 그러나 불철저한 혁명과 여전히 낙후된 중국 정치·사회 상황에 절망하여 이후 10년 가까이 침묵의 시간을 보냈다.

1918년 「광인일기」를 발표하면서 본격적인 작품 활동을 시작한 그는 「아Q정전」, 「쿵이지」, 「고향」 등의 소설과 산문시집 『들풀』, 『아침 꽃 저녁에 줍다』 등의 산문집, 그리고 시평을 비롯한 숱한 잡문(雜文)을 발표했다. 또한 러시아의 예로센코, 네덜란드의 반 에덴 등 수많은 외국 작가들의 작품을 번역하고, 웨이밍사(未名社), 위쓰사(語絲社) 등의 문학단체를 조직, 문학운동과 문학청년 지도에도 앞장섰다. 1926년 3·18 참사 이후 반정부 지식인에게 내린 국민당의 수배령을 피해 도피생활을 시작한 그는 샤먼(廈門), 광저우(廣州)를 거쳐 1927년 상하이에 정착했다. 이곳에서 잡문을 통한 논쟁과 강연 활동, 중국좌익작가연맹 참여와 판화운동 전개 등 왕성한 활동을 펼쳤으며, 55세를 일기로 세상을 등질 때까지 중국의 현실과 필사적인 싸움을 벌였다.

옮긴이 이보경(『거짓자유서』, 『풍월이야기』)

연세대학교 중어중문학과에서 『20세기초 중국의 소설이론 재편 연구』로 박사학위를 받았고, 현재는 강원대학교 중어중문학과에 재직 중이다. 지은 책으로는 『문(文)과 노벨(Novel)의 결혼』(2002), 『근대어의 탄생―중국의 백화문운동』(2003)이 있고, 옮긴 책으로는 『내게는 이름이 없다』(2000)가 있다.

옮긴이 유세종(『꽃테문학』)

한국외국어대학교 중국어과에서 루쉰 산문시집 『들풀』의 상징체계 연구로 박사학위를 받았고, 현재는 한신대학교 중국지역학과에 재직 중이다. 지은 책으로는 『루쉰식 혁명과 근대중국』(2008), 『화엄의 세계와 혁명―동아시아의 루쉰과 한용운』(2009) 등이 있고, 옮긴 책으로는 『들풀』(1996), 『루쉰전』(공역, 2007) 등이 있다.

루쉰전집번역위원회 명단(가나다 순)

공상철, 김영문, 김하림, 박자영, 서광덕, 양태은, 유세종,
이보경, 이주노, 조관희, 천진, 한병곤, 홍석표